Ueberreuter Großdruck

Barbara Wood

Spur der Flammen

Aus dem Amerikanischen von
Susanne Dickerhof-Kranz

UEBERREUTER

Für meinen Mann, George, in Liebe

ISBN 978-3-8000-9271-0

Die Originalausgabe erschien 2005 unter dem Titel »Star of Babylon« im Verlag Severn House.

Das Buch wurde vermittelt von der Literary Agency Thomas Schlück GmbH, 30827 Garbsen.
Deutsche Ausgabe: Erschienen im Krüger Verlag, einem Unternehmen der S. Fischer Verlag GmbH

Aus dem Amerikanischen von Susanne Dickerhof-Kranz

Umschlaggestaltung von Agentur C21 unter Verwendung eines Fotos von Getty Images
Druck: Druckerei Theiss, A-9431 St. Stefan i. L.
Gedruckt auf Salzer EOS 1,3 x Vol., naturweiß, 70g
1 3 5 7 6 4 2

www.ueberreuter-grossdruck.com
www.ueberreuter.at

Erster Teil

Prolog

Alexandria, Ägypten
390 n. Chr.

Obwohl sie sich kaum noch auf den Beinen halten konnte, hetzte die Priesterin durch den dunklen Geheimgang. Hinter ihr lauerte der Tod – bedrohte nicht nur sie, sondern auch alle anderen. Und die musste sie warnen.

Die Bibliothek stand in Flammen.

Die Priesterin strauchelte, schrammte mit der nackten Schulter an der rauen Wand entlang und wäre um ein Haar gestürzt. Aber sie fing sich wieder, rannte weiter, rang nach Luft. Selbst hier, aus sicherer Entfernung, spürte sie die Hitze, atmete den Brandgeruch ein. Würde sie die anderen noch rechtzeitig erreichen?

Während sich Philos das warme Öl von der Haut strich, sinnierte er darüber nach, welch glücklicher Fügung es zu verdanken war, das hinreißendste Geschöpf unter der Sonne für sich zu gewinnen. Artemisia würde dem naturgemäß widersprechen und vorbringen, dass ihr Gesicht zu rund und ihre Nase zu stumpf sei. Für den Hohepriester Philos jedenfalls war sie der Mond; ihre Ausstrahlung schlug jeden Mann unwillkürlich in Bann.

Sie hatten sich gerade geliebt und jetzt entspannte sich Artemisia in dem parfümierten Wasser ihres privaten Bades. Anschließend würden sie, unabhängig voneinander, wieder in die Bibliothek gehen und sich ihren ernsten Pflichten widmen, ohne etwas von ihrer verbotenen Liebe preiszugeben.

Artemisia sah aus dem dampfenden Wasser zu ihm auf. Wenn Philos zu ihr ins Bett kam, nahm er stets seine Perücke ab. Wie alle Priester rasierte er sich den Schädel, was ihm das Aussehen eines Adlers verlieh, nicht zuletzt wegen seiner markanten Nase, die sie liebte. Philos war der bestaussehende Mann überhaupt. Und er gehörte ihr.

Wenn sie doch nur heiraten könnten!

Dem stand ein ehernes Gesetz entgegen. Bereits vor ihrer Geburt waren sie dem Dienst der Bibliothek und ihrer geheimen Mission geweiht worden.

Als Kinder hatten sie das Gelübde der Keuschheit abgelegt, leichtfertig – was wusste ein Kind schon von körperlicher Liebe? Sollte ihre unzulässige Beziehung entdeckt werden, würde man sie aus der Priesterschaft ausstoßen, von ihrer Familie trennen und in die Wüste jagen, um dort zugrunde zu gehen.

Urplötzlich fuhr Philos herum. Ein Geräusch an der Tür. Da kam jemand!

Auch sie hörte es. »Versteck dich!«, zischte sie ihm zu.

Zu spät. Die Tür ging auf. Eine Priesterin aus der Bibliothek stand dort, ihr weißes Gewand an den Schultern zerfetzt. Nacktes Entsetzen stand ihr ins Gesicht geschrieben. Die Anwesenheit von Hohepriester Philos in Artemisias Gemächern nahm sie gar nicht wahr. »Die Bibliothek brennt!«

Jetzt rochen sie den Rauch, und als sie durch die Vorhänge in die Nacht spähten, sahen sie den goldenen Schimmer im Bereich der Bibliotheken. Eilends kleideten sie sich an und stürzten ins Freie.

Der Anblick, der sich ihnen bot, ließ sie erstarren. Prächtige Säulen, Bogen und Kuppeln standen in Flammen. Auf den Straßen drängten sich Menschen, rannten in die brennenden Gebäude hinein, schleppten Stühle, Tische und Bücher wieder heraus, häuften alles zu hohen Stößen auf und hielten Fackeln daran. Ein enthemmter Pöbel bemächtigte sich all dessen, was in und um die Bibliothek greifbar war, raffte Weinkaraffen, heilige Öle, goldene Lampen zusammen.

»Wir müssen ihnen Einhalt gebieten!«, schrie Artemisia, aber Philos hielt sie zurück. Ein furchtbares Bild bot sich ihnen. Priester und Priesterinnen wurden ins Freie gestoßen und, nachdem man ihnen die Gewänder heruntergerissen hatte, auf die Scheiterhaufen gezerrt.

»Wir müssen retten, was noch zu retten ist.« Philos nahm Artemisia bei der Hand und rannte mit ihr in Richtung Hafen, wo seit sechshundert Jahren hohe Wälle die Bibliothek gegen das Meer abschirmten. Hier kannten sie einen geheimen Zugang, und als sie sich durch den von Rauchschwaden durchzogenen Tunnel vorwärts kämpften, begegneten sie anderen Priestern und Priesterinnen, die beladen waren mit allem, was sie vor der aufrührerischen Meute hatten retten können. »Zu den Anlegestellen«, befahl Philos ihnen. »Nehmt mit, was ihr tragen könnt, aber bringt vor allem euch in Sicherheit.«

Philos und Artemisia kämpften sich ins Zentrum des Bibliothekskomplexes vor, ins Sanctum Sanctorum, wo die heiligsten Bücher aufbewahrt wurden. In größter Eile rafften sie die Schriftrollen zusammen und steckten sie unter ihre Gewänder, ohne sich um den erstickenden Qualm und die Hitze zu kümmern, die jenseits der Mauern immer glühender zu spüren war. Zusammen mit ihren Brüdern und Schwestern, die beladen waren mit allem kostbaren Gut, dessen sie habhaft werden konnten, hasteten sie auf den Hafen zu, wurden aber von einem nach Blut und Tod lechzenden Pöbel aufgehalten. »Heiden!«, schallte es ihnen entgegen. »Teufelsbrut!«

Einigen der Priester gelang es nicht, die Menschensperre zu durchbrechen. Die Aufständischen gingen mit Prügeln auf sie los, schlugen sie nieder und zerschmetterten ihnen die Schädel. Philos erkannte, dass es keine Chance mehr gab, zusammen mit Artemisia dieser Meute zu entkommen – nur wenn sie sich trennten, könnte sich vielleicht einer retten. »Geh!«, sagte er und drückte ihr seine Schriftrollen in die bereits voll bepackten Arme. »Nimm dies hier mit. Ich laufe da lang. Sie werden mich verfolgen.«

»Nicht ohne dich!« Tränen strömten ihr übers Gesicht.

»Liebste, die Bücher sind kostbarer als mein armseliges Leben. Wir werden dereinst im Licht wieder vereint sein.«

Artemisia eilte davon. Nur ein einziges Mal

wandte sie sich um und musste sehen, wie sich der Pöbel auf den Geliebten stürzte und ihn über die Köpfe stemmte. Die Schreie, die an ihr Ohr gellten, kamen nicht von Philos, sondern von dem Haufen entfesselter Christen, die ihr Opfer zum Scheiterhaufen schleppten und es in die Flammen warfen.

Kapitel 1

Candice Armstrong war gerade im Begriff, die zweitgrößte Dummheit ihres Lebens zu begehen, als es mitten in der Nacht an ihre Tür klopfte.

Zunächst achtete sie nicht darauf. Ein Pazifiksturm peitschte über die Berge von Malibu und drohte die Elektrizität zum Erliegen zu bringen, bevor sie ihre E-Mail beenden konnte, die sie gerade wie besessen in ihren Computer hämmerte – eine verzweifelte Bitte um Hilfe, die noch gesendet werden musste, ehe der Strom ausfiel.

Und ehe aller Mut sie verließ.

Das Licht flackerte. Sie fluchte leise, dann hörte sie das Klopfen an der Tür. Lauter diesmal, beharrlich.

Candice sah auf die Uhr. Mitternacht. Wer mochte das um diese Stunde sein? Sie warf einen Blick auf Huffy, ihre fette Persianerkatze, die sich ungern bei ihrem Nickerchen stören ließ. Die Katze schlief unbeirrt.

Candice lauschte. Vielleicht hatte sie sich nur getäuscht. Bei dem Sturmgeheul, das ums Haus tobte, wäre es nicht verwunderlich gewesen.

Klopf klopf!

Sie spähte durch den Türspion. Da stand ein Mann auf ihrer Schwelle, dem der Regen nur so von den Schultern troff. Sein Gesicht vermochte sie unter dem breitkrempigen Hut, der an die altmodischen Filzhüte aus den vierziger Jahren erinnerte, nicht zu erkennen. Einen Trenchcoat trug der Mann auch. Wie Humphrey Bogart. »Ja bitte?«, sagte sie.

»Dr. Armstrong? Dr. Candice Armstrong?« Die Stimme hatte einen befehlenden Ton.

»Ja.«

Der Mann hielt einen Dienstausweis hoch. *Los Angeles Police Department.* Er sagte noch etwas – seinen Namen vermutlich –, das allerdings im Donnergrollen unterging. »Darf ich hereinkommen?«, rief er. »Es geht um Professor Masters.«

Candice zog erstaunt die Augenbrauen hoch. »Professor Masters?« Sie öffnete die Tür einen Spalt weit. Der hoch gewachsene Fremde vor ihr war vollkommen durchnässt.

»Wissen Sie eigentlich, dass Ihr Telefon nicht funktioniert?«

Sie zog die Tür ganz auf. »Das passiert hier jedes Mal, wenn es regnet. Kommen Sie herein, Officer. Was ist mit dem Professor?«

»Detective«, korrigierte sie der Fremde und trat über die Schwelle. Candice schlug rasch die Tür hinter ihm zu. »Sie waren schwer zu finden«, merkte der Mann noch an. Als ob er den ganzen Weg hier herauf gefahren sei, um ihr das zu sagen.

Seine Worte riefen ihr etwas in Erinnerung, das Paul, ihr letzter Freund, gesagt hatte, als sie ihre Beziehung beendeten. Sie wollte damals nicht mit ihm nach Phoenix ziehen und dort die Hausfrau spielen, während er seine Anwaltspraxis aufbaute.

»Das hier ist kein Zuhause, Candice«, hatte Paul gesagt. »Das ist ein Schlupfwinkel.« Stimmte das? Aber wovor versteckte sie sich denn? Ihre beste Freundin Zora hatte sie gescholten, weil sie Paul »vom Haken« gelassen hatte. Er sei doch ein guter Fang, wie sie meinte, als ob es sich bei ihm um eine Forelle handelte. Candice hatte es gar nicht darauf abgesehen, sich einen Mann »zu angeln«, und schon gar nicht, wenn dieser sagte: »Deine Karriere steht sowieso auf der Kippe, dann kannst du mich doch genauso gut heiraten.« Was sie suchte, waren Partnerschaft und eine liebevolle Beziehung. Doch die blieben ihr versagt. Sobald ein Mann merkte, dass nicht er im Mittelpunkt ihres Lebens stand, sondern ihr Beruf, verkrümelte er sich ziemlich rasch wieder. Nach einigen Erfahrungen dieser Art hatte Candice beschlossen, Männern insgesamt aus dem Weg zu gehen.

Insofern vermied sie es auch, den hoch gewachsenen Fremden allzu genau anzuschauen. »Was ist mit dem Professor? Wie geht es ihm? Ist er verletzt?«

Der Mann ließ den Blick durch die Blockhütte schweifen, als ob er eine Bestandsaufnahme des Inventars machen wollte – die ägyptische Statue, der Orientteppich, die Lederottomanen, die Kübelpalmen, die Bilder und Poster vom Nil und den Pyramiden. »Er hatte einen Unfall, Dr. Armstrong. Sein Zustand ist kritisch und er fragt nach Ihnen.« Candice konnte die Züge des Mannes im Schatten der Hutkrempe kaum erkennen, sie sah nur ein markantes Kinn und einen geschwungenen Mund.

»Warum fragt er nach mir?« Sie hatte seit über einem Jahr keinen Kontakt mehr zu dem Professor.

»Ich habe keine Ahnung. Da Ihr Telefon nicht funktioniert, wurde ich hier herauf geschickt, um Ihnen Bescheid zu geben.«

Dieser Ton. Schwang da nicht ein leichter Missmut mit?

»Ich hole meine Tasche.«

Während der Polizist sich weiter umschaute, blieb sein Blick an dem großen Müsliriegel neben der Computertastatur hängen. Der Riegel war unberührt, ebenso wie der Becher Schokolade daneben. Ein Mitternachtssnack, der wegen einer eiligen Sache vergessen worden war. Einer E-Mail wegen, wie es aussah.

Die Autoschlüssel in der Hand und den Finger am Lichtschalter, drehte Candice sich an der Haustür noch einmal um und schaute unschlüssig auf den Computerbildschirm mit der E-Mail, die auf den »Senden«-Befehl wartete. Es war ein letzter verzweifelter Versuch, ihre berufliche Zukunft zu retten, indem sie den skandalösen Zwischenfall an Pharao Tetefs Grab aus ihrer Sicht schilderte. Nun gut. Sie würde die E-Mail später abschicken.

Als sie den rechten Vorderreifen ihres Wagens erblickte, seufzte sie laut auf. Ein Pfannkuchen konnte nicht platter sein, und es blieb keine Zeit, den Reifen zu wechseln.

»Ich fahre Sie hin«, grummelte der Polizist. Ein höchst unwilliges Angebot.

Während der Fahrt zum Krankenhaus im zehn Meilen entfernten Santa Monica gab er keine weiteren Erklärungen ab. Er trug immer noch den

Hut, aber jetzt konnte Candice seine Züge besser erkennen. Sie schätzte ihn auf Ende dreißig, an beiden Mundwinkeln verliefen tiefe Falten. Die große Nase war gut geformt. Sein Profil erinnerte sie ein wenig an Pharao Thutmosis III. Nicht schlecht aussehend, dachte sie. Der Pharao.

Der Pacific Coast Highway glich einem Albtraum. Wasser spülte über alle vier Fahrspuren, Schlamm rutschte von den Hängen herab, Blitze zuckten über den nachtschwarzen Himmel. Man konnte nicht einmal die Brandung unten am Strand erkennen und die wenigen Autos krochen nur im Schneckentempo voran.

Candices Gedanken drehten sich um Professor Masters. Wann hatten sie sich eigentlich das letzte Mal gesehen? Vor einem Jahr beim Lunch, als ihr gemeinsames König-Salomo-Projekt beendet war. Sie hatten zusammen gearbeitet, waren sogar Freunde geworden. Aber warum verlangte er jetzt, in dieser Situation, ausgerechnet nach *ihr*?

Sie beugte sich in ihrem Sitz vor, eine Bewegung voller Ungeduld.

Hin und wieder musterte der Polizist seine Beifahrerin unauffällig von der Seite. Sie schien nervös. Angespannt. In Gedanken versunken. Sie sprach kein Wort.

Für ihn war das ungewohnt. Achtzehn Jahre Polizeidienst hatten seine Sinne geschärft. Die meisten Menschen waren leicht einzuschätzen, bei den anderen brauchte es etwas länger. Candice Armstrong indes überraschte ihn. Eine rasante Fahrt durch die Nacht zu einem Krankenhaus, in dem ein Freund darnieder lag. Das führte gewöhnlich zu nervösem Geplapper. Einer Unzahl von Fragen. Zigaretten. Nur bei dieser Frau hier nicht. Sie hielt den Blick starr auf die Fahrbahn gerichtet, ohne etwas zu sehen. Die Konzentration nach innen gerichtet.

»Jericho«, sagte sie unvermittelt.

Der Polizist wandte kurz den Kopf.

»Bitte?«

»Das erste Mal, als ich mit Professor Masters zusammengearbeitet habe, war in Jericho.«

Er blinzelte. Sie führte Selbstgespräche.

Ihre Stimme hatte ihn überrascht. Sie besaß ein tiefes Timbre, klang fest und reif zugleich mit einem Anflug, der ihn unwillkürlich an Eis mit heißer Karamellsauce denken ließ.

»Was ist dem Professor zugestoßen?«, wollte sie wissen. »War es ein Autounfall?«

»Er ist eine Treppe hinuntergestürzt.«

Candice sah ihn ungläubig an. Professor Masters war eine Treppe hinuntergestürzt? »Das hätte sein Tod sein können«, bemerkte sie in Gedanken daran, dass ihr früherer Mentor an die siebzig sein musste.

»Sein Zustand ist kritisch.«

Ein erneutes Donnergrollen, wieder zuckten Blitze über den Himmel. Die mitternächtliche Stunde bekam eine surreale Aura. *Nicht sterben, Professor.*

Und dann fuhren sie schon vom Highway ab, kurvten über eine Anhöhe und rasten einen Augenblick später den Wilshire Boulevard hinunter, bis vor ihnen die Leuchtschrift KRANKENHAUS NOTAUFNAHME auftauchte.

Der Polizist bog auf den Parkplatz ein. Candice hatte erwartet, dass er sie lediglich absetzen würde, aber er stellte den Wagen in der rot markierten Parkzone ab, führte sie durch eine Doppelschwingtür zu einem Fahrstuhl und drückte auf VIER. Die grelle Neonbeleuchtung enthüllte Fältchen in den Augenwinkeln des Fremden und blondes Nackenhaar unter dem Hut, den er immer noch nicht abgenommen hatte. Zu ihrem Erstaunen bemerkte Candice unter dem Trenchcoat eine Anzugjacke, ein weißes Hemd mit gestärktem Kragen und eine penibel geknotete Krawatte aus blauer Seide. War er von einer Abendgesellschaft abberufen worden?

Zu Candices Erstaunen drängten sich vor der

Intensivstation keinerlei Freunde oder Angehörige. Bis auf einen Mann, der sich am Wasserautomaten bediente, lag der Krankenhausflur verlassen da. »Wurde denn niemand benachrichtigt?«, fragte Candice, als sie sich auf der Pflegestation meldete.

»Nur Sie«, erklärte die Schwester und führte Candice zu einem der Betten im grünlichen Licht der Monitore.

Beim Anblick ihres alten Mentors auf den weißen Laken schossen Candice die Tränen in die Augen – der Verband um seinen knochigen Kopf, die Braunüle in seinem Handrücken, der Sauerstoffschlauch in seiner Nase, das Piepsen des Herzmonitors. Das Gesicht des Professors war erschreckend blass. Er sah aus wie eine Mumie.

Candice betrachtete seine Hände, blau angelaufen, wo die Braunüle steckte, und eine Erinnerung stieg in ihr auf, wie diese feingliedrigen Hände an einem alten Papyrus arbeiteten, der in tausend winzige Fragmente zerfallen war. Stunden hatte der Professor damit zugebracht, sie zusammenzufügen. Manchmal brauchte er zwei Wochen, um zwei ausgefranste Fitzelchen zu verbinden. Sie sah ihn vor sich, wie er in mühevoller Kleinarbeit mit der Pinzette ein vergilbtes Teil an das andere legte, jedes mit schwarzen Schnörkeln darauf. »Schauen Sie, Candice«, hatte er ihr bedeutet. »Denken Sie an Ihr *Alephbet.* Und jetzt passen Sie auf.« Der Professor bezeichnete die zweiundzwanzig Buchstaben der alten hebräischen Schrift als *Alephbet*, um es vom heutigen Alphabet zu unterscheiden. Sein Leben lang hatte er sich mit der Entwicklung der frühesten Schriftzeichen zu einem verständlichen Buchstabensystem beschäftigt und war somit einer der wenigen Wissenschaftler weltweit, die das alte Hebräisch wie die Morgenzeitung lesen konnten.

Eine dieser Hände nahm Candice nun in die ihren und betete inbrünstig, dass sie in künftigen Jahren noch viele alte Papyri rekonstruieren mögen. Die Lider des alten Mannes flatterten. Ein Moment der Verwirrung, dann das Erkennen. »Candice … Sie sind da …«

»Schhh… Professor, schonen Sie Ihre Kräfte. Ja, ich bin da.«

Sein Blick wanderte unruhig hin und her, seine Atmung wurde flacher. Die kalten Finger klammerten sich um ihre Hand.

»Candice … Helfen Sie mir …« Sie beugte sich über ihn, um ihn besser zu verstehen.

Der Polizist hatte sich neben einem der Rollwagen, beladen mit medizinischem Gerät, niedergelassen, von wo er den Professor und seine Besucherin im Auge behalten konnte. Er dachte an die Stunden direkt nach der Einlieferung des Professors. Die Krankenschwester hatte vergeblich versucht, Candice Armstrong telefonisch zu erreichen, und ihre Handynummer war nicht registriert. Der alte Mann jedoch, verwirrt und aufgeregt, hatte darauf bestanden, dass man nach ihr schickte, dem Pflegepersonal zugesetzt, bevor er erneut das Bewusstsein verlor. Der behandelnde Arzt diagnostizierte: »Schädeltrauma ... möglicherweise subdurales Hämatom. Wir müssen ihn erst stabilisieren ...« Er konnte nur hoffen, dass vielleicht diese Candice Armstrong den alten Mann beruhigen könnte.

Sie hatten ihre Adresse in der Brieftasche des Professors gefunden, sie wohnte in den Bergen von Malibu. Da es sich um einen Notfall handelte, hatte sich der Polizist erboten, sie trotz des Sturms aufzusuchen. Er war darauf vorbereitet gewesen, so lange an eine Tür zu hämmern, bis die Lichter angingen. Stattdessen war sie noch wach gewesen und hatte sofort geöffnet. In angespannter Aufmerksamkeit.

Davon war jetzt nichts mehr zu spüren. Beschwichtigend und geradezu anmutig beugte sie sich über den alten Mann.

Sie musste in den Dreißigern sein, trug eine beige Wollhose mit cremefarbener Seidenbluse, am Hals mit einer altrosa Kamee verschlossen, am Handgelenk eine feine goldene Armbanduhr – sehr weiblich, dachte der Polizist bei sich, und nicht gerade typisch für eine Frau, die es gewohnt ist, in Dreck und Trümmern zu hantieren. Ihr langes braunes Haar wurde durch eine keltische Spange zurückgehalten, doch ein paar Strähnen hatten sich gelöst und fielen ihr ins Gesicht. Er fand sie eigenartig attraktiv, aber er war schließlich kein Experte.

Ihre Stimme jedoch war einmalig. Weich wie schwerer brauner Honig und doch ein wenig rau.

Candice merkte nichts von den forschenden Blicken des Polizisten. Ihre ganze Aufmerksamkeit auf den Professor gerichtet, beugte sie sich noch tiefer zu ihm hinunter, um seine mühsam artikulierten Worte zu verstehen.

»Mein Haus ...«, flüsterte er. »Gehen Sie hin, Candice. Dringend. Bevor ... bevor ...«

»Alles wird gut, Professor. Keine Sorge. Sie müssen sich beruhigen. Es wird alles gut.«

Aber er wurde immer aufgeregter. »Pandora. Mein Haus.«

»Pandora? Ist das Ihre Katze? Ihr Hund? Soll ich sie füttern?

Professor, soll ich jemanden anrufen? Einen Angehörigen? Jemanden von der Universität?«

Sein Kopf schwankte hin und her. »Nein. Nur Sie. Gehen Sie.« Er schloss die Augen. Seine Stirn furchte sich aus Schmerz oder Verzweiflung, Candice wusste es nicht zu sagen. »Der *Stern von Babylon* …«, flüsterte er.

»Der was?«

Seine Augen blieben geschlossen.

»Professor Masters?«

Er brachte noch drei Worte heraus. »Pandora. Der Schlüssel …«

Dann verlor er das Bewusstsein.

Als Candice neben dem Polizisten die Intensivstation verließ, fühlte sie sich elend. Der Professor hatte so klein und verletzlich gewirkt. Vor sieben Jahren noch, als sie beide in Israel zusammen arbeiteten, war er stark wie ein Fels gewesen.

Im Fahrstuhl suchte Candice in der Tasche nach ihrem Handy. »Hoffentlich bekomme ich um diese Zeit noch ein Taxi«, murmelte sie, während sie die Auskunft wählte.

»Ich fahre Sie nach Hause.«

»Ich will nicht nach Hause. Ich muss erst zum Haus des Professors. Ich glaube, ich soll mich um ein Haustier kümmern.«

»Ich fahre Sie.« Wieder so ein halbherziges Angebot, aber sie akzeptierte es.

Sie rannten durch den strömenden Regen über den Parkplatz.

»Bluebell Lane in Westwood«, sagte sie, als sie in den Wagen einstiegen. »Ich weiß die Hausnummer nicht, aber ich werde das Haus wieder erkennen.«

Es lag in einer der besseren Gegenden von West Los Angeles. Eine lange Auffahrt führte zu dem großen, im Tudorstil gehaltenen Gebäude, das von sauber gestutzten Hecken, Rosensträuchern und penibel gepflegtem Rasen umgeben war. Das Haus lag im Dunkeln. Candice sprang aus dem Wagen und rannte durch den Regen davon.

Als der Polizist sie an der Haustür einholte, suchte sie bereits fieberhaft in Pflanzenkübeln und unter der Fußmatte nach dem Schlüssel. »Er hatte etwas von einem Schlüssel gemurmelt. Ich kann ihn aber nicht finden.«

Es gab keinen Schlüssel, aber wie sich herausstellte, war die Haustür nicht verschlossen.

Als sie in der unbeleuchteten Halle standen, rief Candice: »Hallo, Miezekatze. Pandora? Pandora? Hallo?«

Sie lauschte auf ein begrüßendes Miau, auf das leise Tappen von Pfoten auf einem Marmorboden. Aber da war nichts als Stille, die gelegentlich von einem Donnergrollen durchbrochen wurde.

Sie wagte sich weiter ins Innere des Hauses vor. Schaute in dunkle Räume, spähte in schattige Korridore, fühlte sich wie ein Eindringling, während sie unverdrossen »Pandora!« rief.

»Pandora! Hier Miezekatze!« Erneut stiegen Erinnerungsfetzen in ihr auf: die Tage bei dem Salomo-Projekt, das Aroma von des Professors Pfeifentabak, seine melodische Stimme, mit der er so weise von lang vergangenen Kulturen sprach. Sie betete insgeheim, dass es ihm bald wieder gut gehen möge. Nach Aussage der Krankenschwester war die Haushälterin anwesend gewesen, als er den verhängnisvollen Sturz tat. Anderenfalls, du lieber Himmel …

Während sie wieder in der rotundenartigen Halle stand, die Hände in die Hüften gestemmt, und sich fragte, wie weit sie überhaupt in dieses Haus vordringen durfte, glaubte sie, ein unterdrücktes Gemurmel zu vernehmen. Als sie bemerkte, dass der Polizist nicht mehr an ihrer Seite war, ging sie zum Fuß der Treppe und schaute hinauf. Da oben, im Schatten, sah sie ihn stehen. Zu ihrer Überraschung sprach er in sein Handy.

Sie konnte nichts verstehen, fragte sich aber, warum er da oben stand. Wonach suchte er?

Aus dem Wohnzimmer fiel ein schwacher Lichtschein.

Candice näherte sich der offen stehenden Tür und fühlte sich instinktiv von dem Bild angezogen, das über dem Kaminsims hing. Im klassischen Stil eines Ingres oder David gemalt, stellte es Pandora dar, nach der griechischen Mythologie eine Erdgöttin, erhaben und gertenschlank, in einem fließenden Gewand, die mit einer wehmütigen Geste auf das Gefäß deutete, das Zeus ihr mitgegeben hatte.

Candice reckte sich hoch und schob vorsichtig das Bild zur Seite.

Nein, dahinter war kein Schlüssel verborgen, auch kein Safe, der einen Schlüssel versteckt halten konnte.

Sie richtete das Bild wieder gerade und trat einige Schritte zurück, um es zu betrachten. Das *musste* die Pandora sein, von der der Professor gesprochen hatte. Sie konnte sich auch nicht erinnern, dass er während ihrer Zusammenarbeit irgendwelche Haustiere erwähnt hätte.

Da bemerkte Candice den ausgestreckten Arm der Pandora. Obwohl sie auf das Gefäß deutete, das Zeus ihr mitgegeben hatte, ein Gefäß, worin alle Übel der Welt enthalten waren, konnte der blasse Fingerzeig auch so interpretiert werden, dass er aus der Leinwand und über den rechten Rahmen hinaus auf eine kunstvoll gefertigte Holzkiste auf einem Marmorsims verwies.

Candice erkannte darin den Zigarrenhumidor, den der Professor auf Reisen stets bei sich zu tragen pflegte. Vor dieser Wand wirkte er irgendwie deplatziert.

Sie hob den Deckel. Ihre Augen wurden groß. Der Humidor enthielt keine Zigarren, nur ein altes Buch.

Als sie Schritte hinter sich vernahm, holte Candice rasch das Buch heraus und hielt es dem Polizisten hin. »Ich glaube, das ist es, wonach der Professor verlangt hat.« Sie deutete auf das Bild. »Pandora hat mir den Weg gewiesen.«

Er sagte nichts dazu, und während sie im Schatten stand und die Blitze den Raum mit all seinen Antiquitäten und antiken Schätzen erhellten, fragte sie: »Kann ich das mitnehmen? Ich bringe es morgen früh gleich dem Professor. Soll ich eine Quittung unterschreiben?«

»Ich vertraue Ihnen auch so«, meinte der Polizist.

Während sie die Haustür verriegelten und in den schwarzen Regen blickten, fragte Candice: »Was haben Sie da oben auf dem Treppenabsatz gemacht? Haben Sie etwas herausgefunden?«

Er hielt den Blick geradeaus in die Sturmnacht gerichtet. »Ich habe nur noch einmal auf dem Teppich nachgesehen, wo er gestolpert ist.«

»Ich dachte, ich hörte Sie mit jemandem telefonieren.«

»Mit dem Ehemann der Haushälterin. Sie hatte die Ambulanz angerufen. Ich wollte sie sprechen, aber sie hat ein Beruhigungsmittel bekommen.«

Candice sah ihn nachdenklich an. Seine Kinnmuskeln spielten, seine Stimme hatte einen härteren Klang. Da durchfuhr sie ein alarmierender Gedanke. »Es war kein Unfall, nicht wahr? Wurde deswegen ein Detective mit dem Fall betraut?«

»Ich wurde nicht mit dem Fall betraut. Und es war ein Unfall.«

»Aber warum wurde ein Polizist ausgeschickt, mich zu holen?«

Endlich sah er sie mit seinen umschatteten Augen an. »Ich dachte, Sie wüssten es. John Masters ist mein Vater.«

Kapitel 2

Das Klingeln des Telefons weckte sie.

Im Dämmerlicht des frühen Morgens spähte Candice auf die Uhr. Zu früh für den Anruf aus San Francisco, den sie so sehnlich erwartete und der ihr bestätigen würde, dass sie den Auftrag in der Tasche hatte und ihre berufliche Zukunft gesichert war.

Sie strich sich das Haar aus der Stirn und griff nach dem Hörer.

»Hallo?«

Schweigen.

»Hallo? Wer ist denn da?«

Klick.

Einen Moment lang starrte sie den Hörer an, dann war sie hellwach. Über die Auskunft holte sie die Telefonnummer des Krankenhauses ein, ließ sich mit der Intensivstation verbinden und erkundigte sich nach dem Befinden des Professors. Insgeheim beschwor sie alle guten Mächte, dass es dem alten Mann schon besser ginge und er bereits mit den Schwestern flirtete. Ein brillanter Kopf, der die Grundlagen religiösen Glaubens wissenschaftlich erforschte, ein genialer Verstand, der noch zwanzig produktive Jahre vor sich hatte, von einer Falte im Teppich zu Fall gebracht!

Sein Zustand war unverändert kritisch. »Wenn er wieder bei Bewusstsein ist«, bat sie die Pflegeschwester, »richten Sie ihm bitte aus, dass Candice Armstrong ihn heute Morgen besuchen kommt.«

»Schon wieder?«

»Was meinen Sie damit, ›schon wieder‹?«

»Sie waren erst vor wenigen Minuten hier, Miss Armstrong.«

»War ich nicht.«

»Aber Sie haben sich in die Besucherliste eingetragen. Ich habe Ihre Unterschrift vor mir liegen.«

Candice rieb sich die Augen. Wahrscheinlich war das noch die Liste von letzter Nacht, die man nicht ausgetauscht hatte. Sie bedankte sich bei der Schwester und legte auf.

Während sie sich unter der heißen Dusche mit Avocado-Gel und Shampoo einschäumte, wanderten ihre Gedanken zu dem zurück, was der Polizist vergangene Nacht im strömenden Regen gesagt hatte. »John Masters ist mein Vater.«

Er hatte noch einmal seinen Dienstausweis gezückt und diesmal konnte Candice es deutlich lesen: *Detective Lieutenant Glenn Masters.*

Als er da vom Regen durchnässt, immer noch in Trench und Hut, so vor ihr stand, empfand sie, dass er eher einem Kriminalbeamten am Tatort glich als einem Mann, der in das Haus seiner Kindheit zurückgekehrt war. Zumindest nahm Candice an, dass er hier aufgewachsen war. Sie wusste, dass der Professor seit fünfzig Jahren in diesem Haus lebte; er hatte sich oft genug damit gebrüstet, es von einem Stummfilmstar gekauft zu haben, der seiner Meinung nach immer noch darin herumspukte. »Tut mir Leid«, hatte sie eingelenkt. »Das muss hart für Sie sein. Ich hatte kein Recht, Sie von der Seite Ihres Vaters zu reißen.«

Als er den Ausweis wortlos wieder einsteckte, hatte sie noch gemurmelt: »Ich wusste gar nicht, dass der Professor einen Sohn hat.« Verwundert rief sie sich die lange Zeit in Erinnerung, die sie an der Seite des Professors in Israel verbracht hatte, die Monate und Stunden, die sie dem Salomo-Projekt gewidmet, in denen sie oftmals über private Dinge gesprochen hatten. Doch nie war ein Wort über seinen Sohn gefallen.

Sie waren schweigend zurückgefahren, und als sie vor ihrem Blockhaus anhielten, hatte Candice gefragt: »Detective Masters, Ihr Vater erwähnte einen *Stern von Babylon.* Haben Sie eine Ahnung, worum es sich dabei handeln könnte?«

»Nein.«

Das alte, ledergebundene Buch in ihrer Schultertasche war ihr wieder eingefallen. Sie hatte es hervorgeholt, vergilbt und zerlesen, mit französischem Titel. »Möchten *Sie* es ihm nicht bringen? Es schien ihm sehr wichtig zu sein. Er könnte in der Nacht aufwachen, und wenn er dann das Buch sieht …«

»Sie bringen es ihm. Er hat nach Ihnen verlangt.«

Auf ihren verwunderten Gesichtsausdruck hin hatte er sich zu einer Erklärung bequemt. »Mein Vater und ich haben seit Jahren keinen Kontakt mehr. Als er ins Krankenhaus gebracht wurde, war es nicht die Schwester, die mich angerufen hat, sondern seine Haushälterin. Mein Vater wusste nichts davon. Er wusste nicht einmal, dass ich da war. Als er das Bewusstsein wiedererlangte, verlangte er nach nur einem Menschen: nach Ihnen.« Keine Verbitterung, kein Groll klang in seiner Stimme. Lediglich die Feststellung einer Tatsache.

Dennoch spürte sie jetzt ein schlechtes Gewissen, als ob man ihr die Schuld daran geben könnte, dass sein Vater nach ihr und nicht nach seinem

Sohn verlangt hatte. Insbesondere, da der Professor Witwer war. Wie Candice sich erinnerte, war seine Frau, die Mutter des Detective, vor langer Zeit verstorben.

Bevor er davonfuhr, hatte Glenn Masters noch angeboten, ihren platten Reifen zu wechseln, doch sie hatte abgewunken. Sobald der Regen aufhörte, würde sie den Reifen eigenhändig wechseln, sie hatte keine Garage und pflegte deshalb ihren Wagen unter einer alten Eiche zu parken.

Während sie sich nun im hellen Morgenlicht mit einem Handtuch die Haare trocknete, dachte sie: Merkwürdig, die beiden Männer leben in derselben Stadt und wechseln kein Wort miteinander. Was musste geschehen sein, um eine so tiefe Kluft zwischen ihnen aufzureißen?

Sie zog ihre Jeans an und streifte sich eine rosafarbene Seidenbluse über, einst das Geschenk von einem Börsenmakler, der sie umworben hatte. In Gedanken versunken ging sie in die Küche, wo sie Huffy ihre Frühstücksbrekkies vorsetzte, die diese mit lautem Schnurren begrüßte. Für sich selber bereitete sie einen Instant-Kaffee und nahm das Buch zur Hand, das sie im Haus des Professors gefunden hatte.

Découvertes mésopotamiennes, von Pierre Duchesne, herausgegeben 1840 in Paris. Von immenser Wichtigkeit für Professor Masters, da es ihm keine Ruhe ließ, während er in kritischem Zustand in einem Krankenhausbett lag.

Jemandem, der Professor Masters nicht kannte, mochte es merkwürdig vorkommen, dass das Buch in einem Humidor versteckt war und der einzige Fingerzeig auf sein Versteck von der Figur auf einem Gemälde kam, die geradewegs darauf hinwies. Für Eingeweihte jedoch war gerade dies Anzeichen genug, dass das Buch zu einem äußerst wichtigen und geheimen Projekt gehörte. Wann immer der Professor an einer neuen Theorie arbeitete, trieb ihn stets die Angst um, akademische oder andere Rivalen könnten sein Wissen stehlen; und es war bekannt, dass er seine Notizen und Forschungsergebnisse an den seltsamsten Plätzen in seinem Haus verbarg. Bei ihrem gemeinsamen Salomo-Projekt zum Beispiel hatte Candice einige der wichtigsten Notizen des Professors im Toaster versteckt gefunden.

Die Frage stellte sich nun: Was machte dieses Buch so wichtig?

Was hatte es mit dem letzten Projekt des Professors zu tun?

Und folgerichtig: Welches war denn das letzte Projekt des Professors? »*Finden Sie den ›Stern von Babylon‹ …*«

Beim Klingeln des Telefons zuckte Candice zusammen. Reed O'Brian! Der ihr verkündete, dass sie den Auftrag in der Tasche hatte!

»Hallo?«

Wieder nur Stille.

»Hallo? Welche Nummer wollen Sie denn?«

Klick.

Ein Witzbold. Vermutlich einer ihrer ehemaligen Studenten. Wenn sie nur den Hörer daneben legen könnte, aber sie erwartete einen Anruf, der ihr Leben retten würde.

Candice wandte sich erneut dem Buch zu. Aus seinen vergilbten Seiten stieg leichter Modergeruch. Der Text war auf Französisch geschrieben. Am Anfang ihres Studiums hatte Candice neben Latein und Altgriechisch auch Französisch und Deutsch belegt, nachdem ein Großteil der wissenschaftlichen Werke über Ägyptologie in diesen Sprachen verfasst waren. Insofern reichten ihre Kenntnisse aus, um den Titel *Entdeckungen in Mesopotamien* zu übersetzen und sich einen Eindruck zu verschaffen, worum es in dem Buch ging: Pierre Duchesne, französischer Konsul in Ägypten von 1823–1833, hatte verschiedene Reisen in das Tal von Tigris und Euphrat unternommen, wo er seinem Hobby, der Archäologie, nachging. Über diese Reisen hatte er einen Bericht verfasst und mit Stichen all jener Fundstücke angereichert, die er nach Paris mitgebracht hatte. An diesen Bildern (Statuetten, Fragmente von Flachreliefs, Tafeln mit Keilschrift) war nichts Besonderes, einige wurden von Erklärungen oder Beschreibungen begleitet, wohl weil Duchesne selber nicht genau wusste, worum es sich dabei handelte. Auf jeden Fall war darunter nicht ein Stück, das auch nur im Entferntesten an einen Stern erinnerte, und es gab keine Kapitel oder Untertitel, die auf einen *Étoile de Babylon* verwiesen.

»Das kann nicht der Schlüssel sein, von dem der Professor gesprochen hat«, murmelte Candice und überlegte, ob sie noch einmal zum Haus des Professors gehen und sich den Humidor etwas genauer ansehen sollte.

Ihre Gedankengänge wurden von einem lauten »Hallo« unterbrochen. Zora stand auf der Schwelle der Terrassentür, eine Freundin, die ein Stück die Straße hinunter in einem ähnlich baufälligen Blockhaus wie Candice lebte.

Zora, eine kräftige, große Frau, war in einen fließenden afrikanischen Kaftan gekleidet, darunter trug sie keinen BH. Außerdem war sie barfuß. An Handgelenken und Fesseln prangten mystische Tätowierungen. Mit ihren vierunddreißig Jahren war Zora eine halbwegs erfolgreiche Künstlerin, die sich in allem versuchte, was ihre Fantasie beflügelte – heute Morgen zum Beispiel waren ihre Arme von Töpferton verkrustet. Aufgrund ihres Hangs zu Astrologie, Kräutermedizin und der Entschlüsselung anderer Leute Aura, wurde kolportiert, sie hätte ihren Namen frei erfunden. Aber nein, auf ihrer Geburtsurkunde stand wahrhaftig Zora Rothstein, Tochter von Abel und Ruth. Wie sie einräumte, hatte sie aus künstlerischen Gründen den Namen Rothstein fallen gelassen. Ihre Bilder, Skulpturen, Keramiken und aufregenden Schmuckstücke waren mit einem dramatischen Zora! signiert.

Geschieden, mit zwei Kindern, bezeichnete Zora sich selbst als neo-feministische Gaia-Anhängerin mit jüdischen Wurzeln und der Tendenz zu heidnischen Bräuchen und weißer Magie. Sie las aus Teeblättern und Tarotkarten und glaubte ernsthaft an die harmonischen Eigenschaften bestimmter Orte auf dieser Erde, zu denen zum Beispiel die Berge von Malibu gehörten. Diese Zora also stand nun auf Candices Schwelle, um wie jeden Montag einen Morgenkaffee zu schnorren, da sie wie gewöhnlich vergessen hatte, am Wochenende einzukaufen. Doch kam sie nie mit leeren Händen. Ihre heutige Morgengabe bestand aus duftenden warmen Zimtbrötchen, frisch aus dem Ofen.

»Zora, was weißt du über einen *Stern von Babylon?*«, fragte Candice, ohne die Nase aus dem Buch zu heben.

»Schönen guten Morgen auch«, meinte ihre Freundin und setzte Wasser auf. »Schon Nachricht aus San Francisco?«

»Noch nicht. Reed meinte, die Museumskommission würde in dieser Woche zu einer Entscheidung kommen.«

»Du kriegst den Job. Teeblätter lügen nicht.« Auch das Wahrsagen gehörte zu Zoras Neigungen. Egal, was die Teeblätter, Tarotkarten, Kristallkugeln und Tierkreiszeichen verrieten, Zora gab ihrer Freundin immer eine positive Prognose. Sie wusste, dass es kritisch um Candices berufliche Zukunft stand. Nach dem verhängnisvollen Zwischenfall am Grab von Pharao Tetef hatte Candices Karriere einen Knick bekommen, und Zora konnte gut verstehen, dass die Freundin mit ihren vierunddreißig Jahren allmählich in eine Art beruflicher Torschlusspanik geriet.

Das Telefon klingelte erneut. Zora erstarrte, hoffte auf gute Nachrichten. Aber es wurde wieder aufgelegt.

»Schon das dritte Mal heute Morgen. Es klingelt und niemand ist dran.«

»Nicht mal ein Atmen?«

Candice ging in ihr Wohnzimmer und holte ein Nachschlagwerk aus dem Regal. Zora folgte ihr. Dann sah sie die E-Mail auf dem Bildschirm und las sie.

»Klingt ziemlich verzweifelt.«

»Findest du?«, meinte Candice zerstreut, während sie das Buch nach einem *Stern von Babylon* durchblätterte.

»Schätzchen«, sagte Zora milde. »Reed kennt deine Situation. Er kennt auch deine Geschichte. Lass ihn mal machen.« Sie wusste, wie viel dieser Auftrag für Candice bedeutete. Buchstäblich die Rettung. Eine zweite Chance. Einen Traumjob in San Francisco – die Koordinierung einer Fernsehdokumentation über das alte Ägypten mit einem Begleitbuch zur Serie –, dem die Hälfte aller Ägyptologen Amerikas hinterherhechelten! Nur bezweifelte Zora, dass es Candices Anliegen förderlich war, wenn sie Reed O'Brian ständig mit nachträglichen Überlegungen bombardierte. »Das ist wie eine Narbe aufkratzen«, riet sie der Freundin. »Lass ihn in Ruhe.«

»Ich hab die E-Mail nicht abgeschickt. Ich wurde vorher gestört.«

»Gestört?«

»Ein Detective von der Polizei stand plötzlich vor meiner Tür.«

Zora blieb der Mund offen stehen. »Was hat ein Detective hier zu suchen? Hast du Ärger?«

Candice setzte sie über die nächtlichen Ereignisse ins Bild.

»Wie furchtbar«, meinte Zora, die den Professor kannte. Und dann: »Sieht er denn gut aus, dieser Detective? Ist er ledig?«

Candice rief sich den geheimnisvollen Glenn Masters ins Gedächtnis. Er besaß tatsächlich das gute Aussehen seines Vaters. In jüngeren Jahren war John Masters ein ziemlich attraktiver Mann gewesen. »Doch, ich denke schon«, räumte sie ein. »Auf eine gewisse, angespannt nervöse Art.«

»Ich liebe angespannte Männer. Es macht Spaß, sie aufzulockern. Wie Larry.« Damit bezog sie sich auf ihre neueste Errungenschaft.

»Ich dachte, du magst Larry, weil er Joga praktiziert und grünen Tee trinkt.«

»Ich mag ihn, weil er zwei Eigenschaften hat, die ich an einem Mann am meisten schätze. Er ist reich und wohlhabend.« Zora biss ein Stück von dem warmen, zuckrigen Brötchen ab und fragte kauend: »Dieser Detective also, wirst du ihn wieder sehen?«

Candice antwortete nicht. Sie blätterte jetzt völlig konzentriert in einem Buch, das so dick war wie das New Yorker Telefonbuch.

Wieder typisch, seufzte Zora innerlich. Wenn Candice einmal eine Spur hatte, folgte sie ihr so besessen wie ein Spürhund. Wenn sie diese Zielstrebigkeit doch nur auch einmal bei Männern anwenden würde.

Zora ließ Candices Liebesleben vor ihrem geistigen Auge Revue passieren. Da hatte es Paul, den Anwalt, gegeben; David, den Börsenmakler, und Benjamin, der eine Kette von Sportartikelgeschäften sein Eigen nannte; dann Gareth, den Koch, und diesen Sowieso-Ägyptologen. Alle so viel versprechend am Anfang und dann aus unerfindlichen Gründen ein Reinfall. Und dieses ganze letzte Jahr nichts, nada, null. Enthaltsamkeit. Candice, die sich sofort in die Berge verkroch, sobald auch nur ein männliches Wesen in ihre Richtung blickte. Versteckte sich in einem Blockhaus mit einer Katze. Das war nicht in Ordnung so. Und das hatte Zora auch immer wieder gesagt. Ohne Erfolg.

»Mist«, murmelte Candice, legte das Buch beiseite und kehrte in die Küche zurück.

Wenn Candices Stimme diesen dunklen Klang annahm, wusste Zora, dass sie unter Spannung stand. Bei den meisten Menschen wurde die Stimme unter Stress höher. Bei Candice, deren Stimme bereits ein warmes Timbre besaß – eine Schlafzimmerstimme, wie Zora befand, als ob sie gerade erst aufgewacht war –, bei Candice wurde die Stimme unter Spannung noch dunkler, verführerischer. Was hätte Zora für so eine Stimme gegeben!

Der Wasserkessel pfiff. »Was ist das?« Zora tippte auf den Deckel des Duchesne-Buches auf dem Küchentisch.

»Der Professor hat mich gebeten, es für ihn zu holen.« Candices Blick fiel auf das verblasste Impressum im Innendeckel des Buches. *Stokey's Buchantiquariat. Figueroa Street.* »Hast du je von einem *Stern von Babylon* gehört?«

Zora goss gerade heißes Wasser über Instant-Vanille-Kaffeepulver in einen riesigen Keramikkrug, den sie vor drei Jahren getöpfert hatte. »Ist das ein anderer Name für den Stern von Bethlehem?«

Candice sah sie überrascht an. »Ja, könnte sein.«

»Könnte aber auch ein Schiffsname sein. Die *SS Stern von Babylon*. Oder ein Diamant mit einem Fluch darauf, wie der Stern von Indien.« Zora ging zur Terrassentür. »Danke für den Kaffee. Hab ein paar Sachen im Brennofen. Lass mich wissen, wie es dem Professor geht. Und ruf mich sofort an, wenn du Nachricht aus San Francisco hast.«

Das Wechseln des Reifens bot keinerlei Problem – Candice hatte schon in frühen Jahren gelernt, solcherlei Pannen eigenhändig zu beheben. Sie löschte die nicht gesandte E-Mail, schaltete den Computer aus, griff sich die Autoschlüssel und ermahnte Huffy, die sich gerade auf dem Sofa einer ausgiebigen Katzenwäsche unterzog: »Falls Reed O'Brian anruft, sage ihm, dass ich sein Angebot annehme.«

Sie schob das Duchesne-Buch in ihre Schultertasche. Auf dem Weg zu ihrem Wagen überdachte sie noch einmal, was Zora über den *Stern von Babylon* gesagt hatte. Ob das wirklich ein anderer Name für den Stern von Bethlehem sein konnte? Dieser Gedanke erregte sie. Hatte das Geheimprojekt des Professors etwa mit der Geburt Jesu zu tun?

Kapitel 3

Den verdächtigen Wagen bemerkte Candice zunächst nicht.

Ihre Gedanken drehten sich zum einen um den Professor – nach dem Buchantiquariat würde sie zu ihm ins Krankenhaus fahren –, zum anderen um Reed O'Brian. Vielleicht hätte sie die E-Mail doch abschicken sollen.

Reed kannte alle Einzelheiten des Zwischenfalls bei der letzten Grabungskampagne – die ganze Welt kannte sie. Wenn sie ihm die Geschichte doch nur aus *ihrer* Sicht erzählen könnte, ihm erklären könnte, was damals tatsächlich vorgefallen war: Wie sie des Nachts im Camp aufgewacht war, ein merkwürdiges Licht im Grab entdeckt hatte, wie sie hineingegangen war, seltsame Geräusche in der Grabkammer gehört hatte, wie sie vorwärts gekrochen war und Professor Barney Faircloth, den Ausgrabungsleiter, vor dem offenen Sarkophag hatte stehen sehen, wie er einen Gegenstand aus der Brusttasche zog und zwischen die Leinenbinden der Mumie steckte, den Sarkophag schloss, Staub auf der Stelle verteilte, wo seine behandschuhten Hände geruht hatten, und sich dann zurückzog, indem er mit einem Besen seine Fußspuren im Sand verwischte.

Wie Candice sich geräuspert hatte. Der Professor herumfuhr. Diese überaus peinliche Situation. Er, mit wesentlich mehr Erfahrung und einem hervorragenden Ruf, sie, die frisch promovierte Ägyptologin.

»Morgen ist der große Tag«, begann er etwas zu forsch. »Morgen werden wir den Sarkophag öffnen und sehen, ob meine Theorie stimmt.« Nach Faircloths Überzeugung stammten die Azteken von den Ägyptern ab, die den Atlantik auf Flößen überquert hätten. Sein Leben lang schon suchte er nach dem Pharao, der diese Expedition initiiert hatte. Und glaubte, ihn nunmehr gefunden zu haben.

Candice hatte nichts zu sagen gewusst. Sie hatten in der steinernen Kammer gestanden, in der es nach Verwesung und Unrat roch, mit dem umstrittenen König aufrecht in seinem vergoldeten Sarg, der angeblich noch versiegelt war.

»Ich wollte nur …« hatte der Professor hinter sich deutend gesagt. »Sichergehen.« Und dann: »Was haben Sie gesehen?«

»Sie haben etwas in der Mumie versteckt.«

Erst auf der Höhe von Vermont und Pico wurde ihr bewusst, dass ihr seit Malibu ständig ein Chrysler Cherokee mit den Kennzeichen einer Autovermietung folgte. Also bog sie, ohne den Blinker zu setzen, ab. Der Chrysler folgte ihr. Sie bog auf den Parkplatz eines kleinen Einkaufszentrums ein, der Chrysler ebenfalls. Sie fuhr wieder los, bog noch einmal ab und schoss dann bei Dunkelgelb über eine Kreuzung, bis ein schwarzer Geländewagen ihren Rückspiegel ausfüllte. Los Angeles war voller Spinner.

Faircloth war so nervös gewesen, dass sogar seine Stimme verschwitzt klang. »Candice, wir alle *wissen*, dass Tetef der König ist, der die Expedition ausgeschickt hat. Nur wird uns ohne Beweise niemand glauben. Ich habe nur ein wenig nachgeholfen.« Es war ein kleines Amulett mit eingravierter, gefiederter Schlange. Es stammte aus dem Museo Nacional de Antroplogía in Mexico City und sollte nun bei einer Mumie im Niltal entdeckt werden.

Entgegen vorherrschender Meinung hatte Candice die Sache nicht auffliegen lassen. Sie hatte ja nicht einmal gewusst, wie sie sich verhalten sollte. Dr. Faircloth war ihr Held. Ihn zu einer Ausgrabung zu begleiten, war die Erfüllung eines Traums gewesen. Er jedoch hatte die Berufsethik aufs Gröbste verletzt und sie auch noch gebeten, ihn nicht zu verraten. Also hatte sie ein Ferngespräch mit ihrem ehemaligen Doktorvater geführt, einem weiteren renommierten Ägyptologen und zugleich Präsident der Ägyptologischen Gesellschaft von Kalifornien. Sie hatte ihn im strengsten Vertrauen angerufen und lediglich um seinen Rat gebeten. Er aber hatte gesagt: »Ich kümmere mich darum.« Und der Albtraum hatte begonnen.

Da war der Chrysler schon wieder.

Sie behielt ihn im Auge. Sie konnte nicht erkennen, ob der Fahrer weiblich oder männlich war. »Wenn Sie in Ihrem Wagen verfolgt werden, fahren Sie zur nächsten Polizeistation«, hatte die Leiterin des Selbstverteidigungskurses beim CVJM ihnen eingebläut. Schön und gut, nur, wo befand sich die nächste Polizeistation?

Als Candice eine Lücke in der rechten Fahrspur entdeckte, zog sie einfach hinüber, worauf ein BMW-Fahrer ihr wütend den Stinkefinger zeigte. Im dichten Verkehr hatte sie den Chrysler abgehängt. Candice bog in die erstbeste Seitenstraße ab und kurvte durch ein Wohngebiet zum Wilshire Boulevard, wo der Verkehr noch zäher floss.

Candice hatte nicht wissen können, dass zwischen ihrem Mentor und Faircloth schon immer eine Erzrivalität herrschte. In aller Öffentlichkeit wurde Faircloth vom Präsidenten der Ägyptischen

Gesellschaft von Kalifornien degradiert, der diese Demütigung noch steigerte, indem er eine umfassende Untersuchung aller früheren Publikationen, Abhandlungen, Thesen, Vorlesungen, ja sogar Briefe an Herausgeber, auf Irrtümer, Fiktion, Plagiate und Fälschungen hin verfügte. Zeitungsredaktionen witterten einen Skandal und ein aggressives Nachrichtenteam lockte die unerfahrene Candice in ein Interview für eine populäre Sonntagnachtshow im Fernsehen. Ihre Aussagen wurden aus dem Zusammenhang gerissen zitiert, Kommentare wurden drum herum arrangiert, die Candice in einem völlig falschen Licht erscheinen ließen und den Eindruck erweckten, sie stelle die gesamte Zunft der Ägyptologen als Grabräuber und Scharlatane dar.

Die Reaktion war kurz und heftig. Candices Kollegen befanden, der Vorfall hätte »intern« geklärt werden müssen. Obwohl Fairecloths Schuld außer Frage stand, bezichtigte man Candice der Eifersucht, stellte sie dar als eine, die aus Profilierungssucht das Rampenlicht suchte und nur Ärger machte. Mit einem Mal war sie bei Grabungskampagnen nicht mehr willkommen, auch nicht auf Symposien, bei Vorlesungen, wo auch immer Ägyptologen zusammentrafen. Ihre Publikationen verkauften sich nicht mehr, ihre Theorien wurden ignoriert, Geldquellen für Grabungsprojekte blieben ihr verschlossen. Ihre Karriere war praktisch beendet, ehe sie richtig begonnen hatte. Und dann nahte Rettung in Gestalt von Professor Masters, der sie bat, ihn bei seinem König-Salomo-Projekt zu begleiten.

Solche Art Rettung war Faircloth nicht beschieden. Seine Frau verließ ihn, er war finanziell ruiniert und fand schließlich nur eine Anstellung an einer kleinen Hochschule im Mittleren Westen. Und doch hatte er am Ende zu Candice gesagt: »Ich trage Ihnen nichts nach« und dabei wie hundert Jahre alt ausgesehen.

Als sie das Antiquariat entdeckte, nahm sie die erstbeste Parklücke am Straßenrand, stellte den Wagen ab und stürmte in den Buchladen. Hinter den Buchregalen versteckt, behielt sie die Straße im Auge, wo auch schon der Chrysler Cherokee im Schneckentempo vorbeizog.

Stokey's Antiquariat erinnerte sie an die alte Fernsehserie *Twilight Zone*. Selbst die Luft roch alt und muffig. Mit einem Auge auf dem Straßenverkehr, betätigte Candice die Klingel neben der Registrierkasse.

Aus dem Hinterzimmer tauchte der Ladenbesitzer auf, ein gebeugter Mann namens Goff, der in der einen Hand ein angebissenes Pastrami-Sandwich hielt, in der anderen eine Papierserviette. Er stopfte die fettigen Enden des Fleischs in das mit Senf beschmierte Brötchen zurück und wickelte die Serviette darum.

Mit einem herzhaften Bissen im Mund erklärte er, sich an das Duchesne-Buch zu erinnern und auch an den Nachmittag vor sechs Monaten, da Professor Masters es gekauft hatte.

»Hat ’ne Menge dafür bezahlt«, meinte Mr Goff mit gestopfter Stimme und senfverklebtem Mund. »Duchesnes Antiquitätensammlung ist vor hundert Jahren in Flammen aufgegangen, als sein Haus in der Nähe von Paris niederbrannte. Das machte das Buch umso wertvoller, weil es das einzige Zeugnis von Duchesnes Sammlung darstellte. Glaube sowieso nicht, dass das Buch eine hohe Auflage hatte. Wenn es hochkommt, ein paar Hundert Exemplare. Masters erzählte mir, dass er schon einmal ein Exemplar besessen hätte, das aber bei einem Orkan zerstört wurde, als ein Teil seiner Bibliothek unter Wasser stand.«

Candice konnte sich noch gut an den Vorfall erinnern. Professor Masters war untröstlich über den Verlust eines Teils seiner wertvollen antiquarischen Sammlung gewesen. »Können Sie mir sagen, was dieses Buch so wertvoll macht? Wenn der Professor vor fünf Jahren schon ein Exemplar davon besessen hat, warum hat er dann so lange gewartet, es zu ersetzen?«

»Es ging ihm gar nicht so sehr um das Buch selber, viel mehr um einen besonderen Stich. Ich zeig's Ihnen.« Goff legte den Sandwich beiseite, wischte sich die Hände an der Hose ab und klappte die einzelnen Buchseiten so behutsam um, wie ein Chirurg beim Offenlegen von Muskelschichten vorgehen mochte.

Der Reisebericht stammte aus der Zeit vor der Massenfotografie, insofern handelte es sich bei den Illustrationen um Stiche, die so kunstfertig und detailgenau waren, dass man sie unschwer für Fotos hätte halten mögen. »Hier ist es. Oh!« Ein zusammengefaltetes Stück Papier klemmte zwischen zwei Seiten, es war beschriftet. »Gehen Sie lieber vorsichtig damit um«, meinte Mr Goff, als er es Candice aushändigte. »Könnte wichtig sein.«

Candice legte den Zettel in ihre Brieftasche und wandte sich dann der Abbildung zu, die Mr Goff gesucht hatte. Es war eine Stein- oder Tontafel, typisch für die mesopotamische Kultur vorchristlicher Zeit. Diese Art Tafeln wurden zur Archivierung oder im Schriftverkehr eingesetzt. »Sieht aus wie Keilschrift«, murmelte Candice. »Aber ich kann die Sprache nicht identifizieren.«

»Daran war der Professor interessiert. Er sagte,

dass die Wissenschaftler seit Jahrzehnten bemüht seien, diese Sprache zu entschlüsseln.« Goff widmete sich wieder seinem Sandwich. »Er meinte, diese Tafel wäre einzigartig. Es sei noch kein anderes Exemplar mit dieser Schrift gefunden worden. Das Verhalten des Professors … Er hat mir natürlich nichts verraten, aber ich hatte so eine Vermutung, dass er noch einen anderen Stein mit denselben Schriftzeichen gefunden hatte und die beiden vergleichen wollte.«

Candice zog die Brauen zusammen. War Professor Masters etwa auf einen seltenen archäologischen Fund gestoßen?

Im Hintergrund des Ladens sah sie einen Fotokopierer stehen und bat Mr Goff, den Stich von der rätselhaften Duchesne-Tafel zu kopieren. Das Buch war zu kostbar, um es ständig bei sich zu tragen. Sie würde es an einem sicheren Ort verwahren und das Foto der Tafel später einem guten Freund faxen, der die Schriftzeichen womöglich entziffern konnte.

Während sie wartete, beobachtete sie die Straße. Seit sie den Laden betreten hatte, war der Chrysler nicht mehr aufgetaucht.

Gerade als Mr Goff ihr die Fotokopie aushändigte, klingelte sein Telefon, ein altmodischer schwarzer Apparat mit Wählscheibe.

Goff nahm ab, lauschte einen Moment und hielt ihr dann den Hörer hin.

»Heißen Sie Armstrong?«

»Ja, warum?«

»Für Sie.«

Wie war das möglich? Niemand wusste, dass sie hier war. Vorsichtig nahm sie den Hörer, als ob er stechen könnte, und hielt ihn ans Ohr. »Candice Armstrong«, meldete sie sich.

Klick.

»Also …«, setzte sie verwundert an. Und dann fielen ihr plötzlich die morgendlichen Anrufe ein und was sie bedeuten konnten. »Ach du Schreck!«

»Alles okay?«, rief Mr Goff hinter ihr her.

Sie schlüpfte durch zwei Beinahe-Zusammenstöße – einer mit einem Stadtbus – und handelte sich diverse obszöne Gesten ein, als sie sich in höchster Eile in den nachmittäglichen Berufsverkehr einfädelte. Wenn man sie angefahren hätte, hätte sie dem Polizisten erklärt, dass sie beraubt worden sei, und hätte um eine Polizeieskorte gebeten.

Die regennasse Straße zu ihrem Blockhaus brachte ihren Wagen mehrere Male ins Schlingern, und als sie sich dem Haus näherte, wurden ihre schlimmsten Befürchtungen bestätigt.

Huffy saß miauend mitten auf der Straße. Candice wusste mit absoluter Sicherheit, dass sie die Katze eingesperrt hatte.

Jemand war in ihr Haus eingebrochen.

Jeden Morgen wachte Glenn Masters mit derselben Frage auf: Wird heute der Tag sein?

Der unvermeidbare Tag, an dem er sich in das verwandeln musste, was er am meisten hasste: einen Gewaltmenschen.

Diese Frage quälte ihn beim Duschen, beim Frühstück, beim täglichen Kreuzworträtsel, und dann steckte er seine Dienstmarke ein und fuhr zu seiner Dienststelle bei der Hollywood Division, wo er wieder einen Tag in einer Welt voller Gewalttaten verbringen, sich im Zaum halten und dagegen wappnen würde, selber ein Teil dieser gewalttätigen Welt zu werden.

Die Polizeipsychologin hatte ihn gewarnt, wenn er seine Gefühle unter Verschluss hielt, würde das das Gegenteil bewirken. »Eines Tages werden Sie Ihre Grenzen erreichen und außer Kontrolle geraten«, hatte sie gesagt und ihm geraten, ab und zu Dampf abzulassen.

Leicht gesagt.

Dann hatte sie ihn zu seinem Liebesleben befragt, was sie, wie er fand, nichts anging. Lapidar hatte er geantwortet: »Keine Klagen.« Sherri teilte nicht länger sein Leben. Nach dem Unfall hatten sie sich auseinander gelebt und danach hatte es keine dauerhafte Beziehung mehr gegeben. Glenn konnte es nicht riskieren, sich erneut zu verlieben, da er wusste, wie Gefühle miteinander verquickt waren, und wenn er das eine herausließ, würde das andere folgen. Er wusste, dass hinter dem liebenden Menschen, der er sein konnte, der andere, der hasserfüllte Mann lauerte.

Als er sich nun in dem täglichen Chaos auf der Polizeistation umsah, fragte er sich, was zum Teufel er hier eigentlich machte. Nach dem Begräbnis seiner Mutter hatte er sich bei dem Gedanken an ihren gewaltsamen Tod zwei Wochen lang jede Nacht übergeben müssen. Dann hatte er Beruhigungsmittel für den Magen eingenommen, Schlaftabletten und Pülverchen gegen Albträume. Und als er schließlich aus diesem Dämmerzustand erwacht war, mitgenommen aber eiskalt, hatte er ein neues Credo gefunden: Nie wieder Gewalt, nie wieder.

Dennoch war er in den Polizeidienst eingetreten. Und natürlich in die Mordkommission. Auf die Frage von Freunden, warum er sich nicht in ein nettes, friedliches Kloster hoch oben in den tibetischen Bergen zurückzog und sein Leben inmitten der Wolken fristete, hatte Glenn nur zu sagen gewusst, dass es da draußen Kriminelle zu fassen gab, und das konnte nicht auf einem Berggipfel bewerkstelligt werden.

Hier war er nun also, ein gewaltloser Mensch in einer gewalttätigen Welt.

Beim Anblick seines Schreibtisches, der sich unter seiner täglichen Last bog – ungelöste Fälle, Zeugenbefragungen, Beweismittel und Spuren, die es zu verfolgen galt –, hätte Glenn am liebsten mit irgendetwas geworfen. Nicht, dass er so etwas je täte. Glenn Masters geriet nie außer Kontrolle. Kontrolle hielt das Leben und das Universum davon ab, ins Chaos zu driften. Obwohl er heute Morgen wirklich Mühe hatte sich zu bremsen.

Der alte Mann ... so zerbrechlich und hilflos in seinem Krankenbett.

So hatte er sich das Wiedersehen mit seinem Vater nicht vorgestellt. In seiner Vorstellung spielte es sich stets in ihrem Haus, in seines Vaters Arbeitszimmer ab. Der alte Mann würde würdevoll in seinem großen Lederarmsessel sitzen und sagen: »Mein Sohn, ich habe dich heute hergebeten, weil ich fand, es sei an der Zeit, zuzugeben, dass ich falsch gehandelt habe. Ich hoffe, du kannst mir vergeben.« Glenn würde ihm selbstverständlich vergeben, sie würden sich in die Arme fallen und nach einer so langen Trennung als Vater und Sohn wieder zueinander finden. Stattdessen hatte das lang ersehnte Wiedersehen in einem Krankenzimmer stattgefunden, der alte Mann bewusstlos, nicht einmal ahnend, dass sein Sohn anwesend war.

»Glenn?«

Er drehte sich in seinem Stuhl. Maggie Delaney, seine Kollegin bei der Mordkommission, sah ihn aus großen Augen an. »Ja?«, fragte er.

»Wir haben endlich eine Spur zu dem Pförtner, der meint, etwas gesehen zu haben.« Sie hielt ihm ein Schriftstück hin.

Er starrte darauf. Konnte sich keinen Reim auf ihre Worte machen. Als ob sein hilflos daliegender Vater ihn ebenso hilflos gemacht hätte. War das ansteckend wie ein Virus? Vor seinem inneren Auge sah er das fein gewundene Gehirn, das so viel Wissen, Intelligenz und Verständnis barg und nun unter Bandagen dahindämmerte. Neuronen, die ins Leere feuerten. »Tut mir wirklich Leid, Mr Masters«, hatte der Chirurg am Telefon beteuert. »Ich kann Ihnen keine Hoffnungen machen. Wir haben alles Menschenmögliche getan. Bei einem jüngeren Menschen würde so ein Schlag auf den Kopf nicht so traumatisch wirken, aber Ihr Vater ist siebzig …«

War das der Preis, den man für Langlebigkeit zahlte – Gebrechlichkeit und Verwundbarkeit und ein Chirurg, der meinte, wenn man bloß jünger wäre? Während Glenn auf seinen still daliegenden Vater mit den geschlossenen Augenlidern starrte, hatte er sich insgeheim gefragt: Werde ich in dreißig Jahren auch so sein?

Eine andere schreckliche Vorstellung bahnte sich ihren Weg – Glenn sah seinen Vater hilflos am Fuß der Treppe liegen. Wie unwürdig, über eine Teppichfalte zu stolpern und wie eine lieblos weggeworfene Stoffpuppe die Treppe hinunterzufallen und hilflos liegen zu bleiben. Was, wenn Mrs Quiroz nicht im Haus gewesen wäre? Wie lange hätte sein Vater so den Schmerzen ausgeliefert dagelegen, auf Gedeih und Verderb, bis der Postbote, der Gärtner oder ein besorgter Nachbar ihn gefunden hätte? Dem Himmel sei Dank für Mrs Quiroz. Glenn hatte noch einmal bei ihr angerufen, doch sie stand immer noch unter Beruhigungsmitteln, wie ihr Ehemann ihm mitteilte. So groß war der Schock gewesen.

Als er das Haus nach so vielen Jahren wieder betreten hatte, waren die Erinnerungen über ihn hergefallen wie Gespenster, die sich nach menschlicher Gesellschaft sehnten. Als ob sie aus den Hauswänden gestiegen wären und sich, Aufmerksamkeit heischend, um ihn versammelt hätten. Geburtstagspartys, Weihnachtsfeiertage, von Mrs

Quiroz aufgetragene Mahlzeiten. Und er, Glenn, in der offenen Tür zum Arbeitszimmer seines Vaters, des Professors, der damals zwanzig Jahre jünger war, über wichtige Arbeiten auf seinem Schreibtisch gebeugt. Der Sohn, achtzehn Jahre alt, wie er auf dieser verhängnisvollen Türschwelle stand, sich nach tröstenden Worten sehnte und verzweifelt wünschte, vom Vater in die Arme genommen zu werden und zu hören, dass die Welt nicht so schrecklich war, wie sie sich ihm plötzlich darbot. Glenn, der sich räusperte. Der Vater, der den Kopf hob. Und dann hatte er in dieser grässlichen Stille die Gedanken seines Vaters gelesen: *Wenn du die Uni abbrichst, bringt das deine Mutter nicht zurück, mein Sohn.*

Noch am selben Tag war Glenn von zu Hause ausgezogen und hatte sich bei der Rekrutierungsstelle der Polizei von Los Angeles gemeldet. Sein Lebenstraum, in die wissenschaftlichen Fußstapfen des Vaters zu treten, war der Realität einer Laufbahn im Polizeidienst gewichen.

»Großartig. Das ist wirklich gut«, wandte er sich nun an Maggie Delaney. Glenn versuchte, sich auf Naheliegendes zu konzentrieren. *Der Pförtner des Highland Avenue Gebäudes meint gesehen zu haben …*

Wieder verselbstständigten sich Glenns Gedanken und er sah das Bild seiner Mutter vor sich. Eine lang vergessene Erinnerung. Mit leuchtenden Augen hatte Lenore ihm etwas erzählt, und obwohl er damals nicht verstand, wovon sie redete, hing er an jedem ihrer Worte. Aber dann war sein Vater hereingekommen und hatte sie gescholten. »Verwirr mir den Jungen nicht mit deinem Gerede vom Jüngsten Tag und Armageddon. Du hast es versprochen, Lenore.« Sie war verstummt, das Gesicht wie versteinert. Damals hatte Glenn zum ersten Mal das beklemmende Gefühl, dass seine Eltern ein schreckliches, unaussprechliches Geheimnis teilten.

Wie hatte er das nur vergessen können?

Was waren ihre Worte noch gewesen?

Er drückte die Hand an die Stirn, als ob er die Silben aus dem Gehirn pressen könnte.

»Die Letzten Dinge, mein Schatz. *Taeschata* auf Griechisch, *De Novissimis* auf Latein. Die Letzten Tage.«

Das ergab doch keinen Sinn. Seine Mutter sprach nie über religiöse Dinge. Sie war Wissenschaftlerin, ihr gesamtes Weltbild beruhte auf Zahlen und Gleichungen. Warum hätte sie von so esoterischen Vorstellungen wie dem Ende der Welt sprechen sollen?

Ein kalter Schauer lief Glenn in diesem Augenblick über den Rücken. Und er verspürte ein Gefühl der Angst.

»Glenn?« Maggie Delaney wartete auf eine Antwort.

Er furchte die Stirn. Welches Geheimnis verband seine Eltern …? »Wie bitte?«, sagte er.

»Sollen wir diese Spur verfolgen?«

Maggie war nicht die Einzige, die Glenns untypische Zerstreutheit bemerkte. Captain Boyle stand auf der Schwelle und musterte seinen besten Detective mit besorgtem Blick.

Glenn war ein merkwürdiger Fall: unbeliebt bei den Kollegen und zugleich bewundert und respektiert. Er war ein Einzelgänger, das Wort »Team« gehörte nicht zu seinem Vokabular. Und doch hatte er alle Hürden genommen. Einmal auf der Spur eines Kriminellen, gab Glenn Masters nicht mehr auf. Er war cool, nicht der typische Action-Cop. Masters würde nie einen Raum stürmen und aus zwei Pistolen gleichzeitig feuern. Im Gegenteil, er weigerte sich, überhaupt eine Waffe zu tragen. Er war ein Verhandlungsspezialist. Ein Kopfmensch. Der richtige Typ für schwierige Situationen wie Selbstmörder auf dem Dach eines zwölfgeschossigen Gebäudes oder bei Geiselnahmen. Glenn hasste Gewalt und ging ihr, wo er konnte, aus dem Weg. Einige Kollegen hatten sich beschwert. »Er trägt keine Waffe. Gibt uns keine Rückendeckung.« Also setzte Captain Boyle Masters in kniffligeren Situationen ein. Wie der mit dem jungen Mann im Motel und dem Baby auf dem Arm, dem er die Pistole an den Kopf hielt. Oder der mit dem durchgeknallten Drogensüchtigen, der damit drohte, eine Handgranate in eine Kindertagesstätte zu werfen. Situationen, die Verhandlungsgeschick erforderten. Glenns Coolness ließ eine Salatgurke wie eine Chilischote erscheinen.

Allerdings fragte Boyle sich manchmal, wie Masters sich in einer wirklich brenzligen Situation verhalten würde. Aus der er sich nicht mit seiner Redegewandtheit herausmanövrieren konnte, wenn er in die Enge getrieben und Action gefragt war? Man wusste nie genau, was in Masters vorging. Ein Einzelgänger, wenig Freunde. Er hing nie im Cock n' Robin, der bei den Kollegen bevorzugten Kneipe, herum. Soweit der Captain wusste, gab es derzeit auch keine feste Beziehung in seinem Privatleben.

Obwohl es da mal eine gegeben hatte, vor ein paar Jahren, eine Bergsteigerin noch dazu. Warum hatte er das Interesse verloren? Wenn man ihn so mit Delaney sah … Maggie Delaney war Kriminalbeamtin in Zivil, Leiterin der Abteilung »Häusliche Gewalt« und derzeit der Mordkommission überstellt. Ihr wohlgeformter Körper zeugte von hartem, täglichem Fitnesstraining, die männlichen Kollegen hatten nur Augen für sie. Sie wiederum schien nur Augen für Glenn Masters zu haben. Nur, dass er das nicht zu merken schien. Boyle rieb sich den schmerzenden Magen. Seine Pensionierung stand kurz bevor – adios Sodbrennen, hallo Fliegenfischen. Nur er und Molly in ihrem Caravan. Er hoffte, in Glenn einen würdigen Nachfolger zu finden. Der Job war reinste Knochenarbeit und verlangte einen kühlen Kopf und Boyle hatte auf Kosten seiner Gesundheit einen kühlen Kopf bewahrt. Glenn war für diesen Job wie geschaffen, so eiskalt, dass Boyle sich manchmal fragte, ob er überhaupt einen Magen besaß.

Vermied Glenn jegliche Gewalt, weil sie verschüttete Gefühle in ihm hervorrief, womöglich die Ketten zerriss, die seine Empfindungen im Zaum hielten? Das würde eine Menge erklären, zumal gerade jetzt, da Captain Boyle eine Nachricht für seinen Lieblingspolizisten hatte. »Ein Krankenhaus hat angerufen.«

Das war wieder typisch Masters. Nicht einmal seinen befreundeten Kollegen hatte er von dem Unfall seines Vaters erzählt.

Boyle trat näher. »Glenn, kann ich Sie mal kurz sprechen? Privat?«

Maggie verließ das Zimmer.

»Ich erhielt gerade einen Anruf von einem Krankenhaus«, hob Boyle mit ratlosem Gesichtsausdruck an. »Ich soll Ihnen ausrichten, dass sie einen Eingriff vorgenommen haben, um den Druck auf das Gehirn Ihres Vaters zu mindern, und dass er jetzt ruhig schläft.« Der Satz stand im Raum wie eine Frage.

Als Glenn nicht antwortete, bohrte Boyle weiter. »Was soll das Ganze? Ihr Vater befindet sich in kritischem Zustand und Sie sagen uns nichts davon?«

»Captain, wenn Sie erlauben, würde ich gern zur South Central fahren und …«

Der alte Mann legte väterlich eine Hand auf Glenns Arm. »Sie wollen nicht darüber reden, okay. Aber ich möchte, dass Sie sich frei nehmen. Fahren Sie heim. Fahren Sie an einen See. Seit ich weiß nicht wann, haben Sie sich nicht krankgemeldet oder Urlaub gemacht. Machen Sie mal eine Pause und besuchen Ihren Vater, okay?«

»He, Glenn!« Ein Kollege rief aus dem Bereitschaftsraum herüber. »Anruf für dich. Leitung zwei.«

Glenn nahm den Hörer ab. Die warme, honigschwere Stimme von Candice Armstrong war nicht zu verkennen. »In mein Blockhaus ist eingebrochen worden. Alles verwüstet. Ich bin beraubt worden.«

Kapitel 4

Das reinste Chaos!

Jemand war in ihr Haus eingedrungen und hatte alles verwüstet: Bücher aus den Regalen gefegt und wahllos verstreut; Plastiken zertrümmert; Schubladen ausgeleert und ihren Inhalt durchwühlt; sogar die Sofakissen waren aufgeschlitzt worden.

Candice kochte vor Wut.

Fünf Minuten nach den Polizisten aus Malibu stand Zora auf der Schwelle. Sie hatte die Streifenwagen und die Scheinwerfer gesehen und wollte wissen, was los war. Als Glenn dreißig Minuten später auftauchte, musterte Zora den hoch gewachsenen Fremden in dem Trench und dem Filzhut mit unverhohlener Neugier.

Er ließ sich von den Kollegen vor Ort berichten und machte sich dann selbst ein Bild von dem Schaden. Zunächst im Schlafzimmer. Sein Blick glitt über den geblümten Bettüberwurf mit passenden Kissen, den sauber gewachsten Hartholzboden, die Kommode, auf der einige kostbare Schmuckstücke lagen, bis zu der Statuette, die echt und wertvoll aussah. Nichts davon hatte der Einbrecher angerührt. Ein Bücherregal jedoch war umgekippt und eine Schublade voller Papiere auf dem Fußboden ausgeleert worden.

Ein merkwürdiger Einbruch.

Glenn spähte ins Badezimmer. Farblich aufeinander abgestimmte Handtücher mit hübscher Rosenstickerei hingen säuberlich gefaltet an ihrem Halter. In einem Glasgefäß lagen rosa Seifenstücke in Muschelform. Daneben standen mehrere Flaschen mit Duschgel in Regenbogenfarben und eine Schale mit pfirsichfarbenen Badekugeln. Eine flauschige Badematte in Korallenrot bedeckte den Boden. Der ganze Raum wirkte sehr feminin, wie seine Besitzerin, befand Glenn. An einer Wand hingen dekorativ arrangiert kleine Bilderrahmen: Candice am Abschlusstag an der Highschool, auf einer Geburtstagsfeier, mit einer Frau, die ihre Mutter sein könnte. Als er ein Foto von Candice Armstrong mit seinem Vater entdeckte, hielt er inne.

Professor Masters, sieben Jahre jünger, den Arm um Candices Schultern gelegt, hinter ihnen ein Schild – JERICHO – auf Englisch, Arabisch und Hebräisch, und beide grinsten unter einer grellen Sonne in die Kamera, als ob sie sich königlich amüsierten. Candices Haar, das sie damals noch länger trug, wehte im Wind. Glenn musste daran denken, wie ihr die Haare ins Gesicht fielen, als sie sich über das Krankenbett beugte …

Er riss sich zusammen.

Was kümmerte ihn ihr Aussehen. Er ermittelte hier an einem Tatort.

Glenn wandte sich einem kleinen, fensterlosen Raum zu, der üblicherweise als Abstellraum diente. Auf dem Boden verstreut lagen Ausdrucke, Karten, Notizen, Textmarker und Ringbücher. Mitten drin Candice Armstrong auf den Knien, in einer blassblauen Bluse und langem geblümten Rock, die mit tränenüberströmtem Gesicht versuchte, Ordnung zu schaffen.

»He«, sagte Glenn. »He.« Er fasste sie an den Schultern und half ihr auf die Füße. »Alles okay?«

Nein! »Ja.«

»Ganz bestimmt?«

Als sie seinen besorgten Blick sah, wusste sie, was in ihm vorging. Sie wischte sich die Tränen fort.

»Das sind Tränen der Wut. Ich weine nicht aus nichtigem Anlass.«

Glenn deutete auf die Verwüstung. »Das würde ich kaum einen nichtigen Anlass nennen.« Er zog ein blütenweißes Taschentuch hervor. »Hier.«

Während Candice sich die Augen trocken tupfte, stieg ihr der Duft aus dem mit Monogramm versehenen Leinen in die Nase: Hugo Boss. Edel. Teuer.

Glenns Blick wanderte zu der rosafarbenen Kamee an ihrer Kehle, dem Sitz dieser unglaublichen Stimme. »Ich helfe Ihnen.« Er kniete sich hin, um die Bücher aufzuheben.

Das erste war eine einfache Broschur mit dem Titel *Weibliches Erbrecht im Neuen Reich*, von Candice Armstrong. »Eine Doktorarbeit, eingereicht an der Philosophischen Fakultät, Fachbereich Ägyptologie, an der Universität von Kalifornien, Los Angeles, 1994. Ein Band (xi + 301 Seiten (inklusive 43 Abbildungen, 12 Tabellen). Universitäts-Mikrofilm Nr. 7632839. Betreut von Mark Davison.«

Glenn griff nach einem anderen Bändchen mit dem Titel *Ägyptische Liebesgedichte*. Es öffnete sich automatisch an einer bestimmten Stelle und er kam nicht umhin zu lesen:

Mein Boot gleitet flussaufwärts
im Takt mit den Schlägen der Ruderer.
Ich fahre nach Theben, der Stadt der Zwei Reiche.
Und werde zu Ptah, dem Gott der Wahrheit,
flehen:

»Bring mir heute Nacht die Liebste.«
Die Göttin Meschkent sei meiner Liebsten Ruhekissen,
die Göttin Mayet sei ihr Blumenbett,
die Göttin Neith ihr knospender Lotus,
die Göttin Anuket ihr Blütenkelch.

Glenn blätterte zurück auf die Titelseite. »Aus der original Hieroglyphenschrift übersetzt von Dr. Candice Armstrong.« Er stellte das Buch ins Regal. Diese Frau war gescheit. Das musste man ihr lassen.

Die Wände dieses kuriosen kleinen Raumes waren über und über mit Bildern und Landkarten, Notizen, Diagrammen, Zeitungsausschnitten, Tabellen und was wie eine Zeittafel aussah behängt. Auf einer schwarzen Wandtafel standen in weißer Kreide hingeworfen die Sätze:

Warum wurde Tut-Ench-Amun ermordet?
KV55: Warum männliche Mumie im Frauensarg?
Warum verschwindet Nofretete aus der Geschichtsaufzeichnung? Oder etwa nicht??

Die Fotografien zeigten ägyptische Könige und Königinnen, die meisten Echnaton und seine Gemahlin Nofretete. Glenn vermutete hier den Nexus von Candice Armstrongs Universum, hier war die Achse, um die sich ihr gesamtes Leben drehte.

»Ist aus diesem Raum irgendetwas gestohlen worden?«

»Ich habe keine Ahnung.« Förmlich vor Wut zitternd drückte Candice einige Papiere an die Brust. »Huffy hätte getötet werden können. Meine letzte Katze wurde von Kojoten zerfetzt. Deshalb darf Huffy auch nie nach draußen!«

Wie auf ein Stichwort sprang die silberfarbene Perserkatze auf den Schreibtisch, erregt mit der Schwanzspitze zuckend. Sie war nicht an Fremde in ihrem Haus gewöhnt. Doch zu Candices Überraschung ließ sie sich von Glenn hinter den Ohren kraulen. »Sie lässt sonst niemanden an sich heran.«

»Ich mag Katzen. Ganz ehrlich. Kein Bluff. Dr. Armstrong, Sie hätten mich von dem Buchladen aus anrufen sollen.« Sie hatte ihm von den merkwürdigen Anrufen zu Hause und in dem Antiquariat berichtet. »Die Polizei hätte in Minuten da sein können und den Eindringling auf frischer Tat ertappt.« Er ließ den Rest aus: Dass sie vor ihrem Blockhaus auf die Polizei hätte warten können, dass es leichtsinnig gewesen war, alleine ins Haus zu gehen, der Einbrecher hätte immer noch anwesend sein können.

»Eine schlechte Angewohnheit, gegen die ich fast täglich ankämpfe«, räumte Candice ein und reichte ihm das Taschentuch zurück. »Meine Impulsivität. Ich handle ohne nachzudenken.«

Hätte sie denn auf Dr. Faircloths unmoralisches Vorgehen anders reagieren sollen? Vielleicht hätte sie warten, nachdenken, mit ihm und anderen Grabungsteilnehmern diskutieren sollen. Und warum sich jetzt noch, zehn Jahre danach, den Kopf darüber zerbrechen?

»Ist schon gut«, sagte der Detective. Er bemerkte ihre Blässe, ihre angespannte Haltung, die Angst in ihren Augen. »Sie hatten Angst.«

»Habe ich immer noch.«

Glenns Blick wanderte noch einmal durch den kleinen Raum. Was für Motive konnten den Einbrecher bewogen haben? Wonach mochte er gesucht haben?

»Niemand könnte Interesse an dem hier haben«, meinte Candice, die offenbar seine Gedanken las. »Meine Theorie ist nicht besonders populär. Keiner würde sie stehlen wollen.«

»Ihre Theorie?«

»Dass Nofretete ein Pharao war.«

Glenn starrte sie erstaunt an.

»Die Geschichtsschreibung beweist es, aber die Ägyptologen ziehen die Königinversion vor.« Candice verschwieg den Rest: Dass sie ihre Passion, Nofretete zu ihrem rechtmäßigen Status zu verhelfen, ihrer Mutter verdankte. Sybilla Armstrong war um ihr Recht betrogen, ihrer Ideen beraubt worden und sie hatte nie Wiedergutmachung erfahren. Candice war damals zwölf Jahre alt gewesen und konnte demzufolge nachvollziehen, was Nofretete widerfahren war.

»Wenn der Einbrecher nicht hinter Ihrer Arbeit her war, wonach dann?«

»Der Arbeit Ihres Vaters. Dem *Stern von Babylon*. Das ist die einzige Erklärung.«

Glenns Augenbrauen zogen sich bis zur Hutkrempe hoch. »Na schön. Schauen Sie sich in Ruhe um. Machen Sie eine Liste aller fehlenden Dinge. Ich werde noch ein Wort mit den Kollegen draußen reden.«

Candice konnte sich nicht erinnern, wann sie je solche Wut verspürt hatte. Ihre Arbeit, ihr Leben waren verletzt, ja verwüstet worden. Erneut fühlte sie Tränen aufsteigen. Hätte sie doch nur Glenns duftendes Taschentuch behalten.

Die Ermittler machten ihre Arbeit gründlich, suchten nach Fingerabdrücken, nahmen Fotos von Fuß- und Reifenspuren. Die Haustür war aufgebrochen worden, wie Glenn konstatierte. Vermutlich mit einem Brecheisen. Er versuchte, sich auf seine Ermittlungsarbeit zu konzentrieren, aber seine Gedanken schweiften immer wieder ab zu Dr. Armstrong, wie sie da auf dem Fußboden hockte, ihre kostbaren Papiere an sich drückte und so zornig und verletzlich zugleich wirkte.

Als Candice schließlich zu den anderen stieß, das Aroma von frisch gefiltertem Kaffee das Blockhaus erfüllte und Zora in einem scharlachrot-goldenen Kaftan ungeniert mit den Polizisten flirtete, bemerkte sie, dass Glenn endlich seinen Filzhut abgenommen hatte. Sie vermied es, allzu genau hinzuschauen. Sie hatte immer angenommen, dass Männer, die ihren Hut nie abnahmen, etwas zu verbergen hatten, schütteres Haar etwa oder einen kahlen Kopf. Glenn Masters' Haar jedoch war voll, sauber zurückgekämmt und von jenem eigenartigen Blondton, der im Sommer weizengold erglüht und im Winter wie Bronze schimmert.

Inzwischen hatte er auch seinen Trench abgelegt und stand nun in einem schmucken dunklen Sportjackett über grauen Hosen vor ihr, mit einer sorgfältig geknoteten weinroten Seidenkrawatte auf einem makellos weißen Hemd. Dazu eine durchtrainierte Figur. Das hier war kein Bürohengst. Glenn Masters setzte seinen Körper bewusst ein. Sie bemerkte, dass die weinroten Manschettenknöpfe mit dem Rot seiner Krawatte korrespondierten, und sie stellte sich vor, wie er den Effekt vor dem Spiegel ausprobierte. Womöglich hatte ihn das zum Detective Lieutenant gemacht. Seine Beharrlichkeit, die ihn auf Spuren führte, die andere übersahen.

Sie fragte sich, ob er verheiratet war. Der Professor hatte nie eine Schwiegertochter erwähnt. Andererseits hatte er auch über seinen Sohn nie ein Wort verloren.

Glenn kam zu ihr herüber. »Dr. Armstrong. Was veranlasst Sie zu glauben, dieser Einbruch hätte mit meinem Vater zu tun?«

»Die Art und Weise, wie eingebrochen wurde. Meine Wertsachen wurden nicht angerührt.« Sie führte ihn zu einem Tisch vor der Terrassentür mit kleinen Bürsten, weichen Tüchern, Reinigungslösungen, Terpentin, Wattebällchen und Schwammtüchern. »Mein Hobby«, erklärte sie und wies auf eine Glasvitrine. »Ich kaufe alte Kameen und säubere sie. Manchmal finde ich unter all dem Schmutz echte Raritäten.« Sie deutete auf einen Amethyst in einer ovalen Goldfassung. »Den habe ich auf einem Trödelmarkt für fünfzig Cent gekauft und kürzlich wurde er auf tausend

Dollar geschätzt. Warum hat der Einbrecher den nicht mitgenommen?«

»Vielleicht kennt er sich mit Edelsteinen nicht aus.«

»Detective, halten Sie die für wertvoll?«

Glenn nahm die Gold- und Silberarbeit wahr, die Edelsteine, die große handwerkliche Kunstfertigkeit. »Ja«, erklärte er mit allem Nachdruck.

»Leicht mitzunehmen, leicht zu verkaufen. Dennoch hat er sie nicht mitgenommen. Da ist noch etwas. Ich wurde heute verfolgt. Von einem Chrysler Cherokee.«

Glenn schluckte hart. Er wünschte, sie hätte ihm schon früher davon erzählt. »Haben Sie die Zulassungsnummer?«

»Die Rückseite konnte ich nicht sehen, aber vorne hatte er ein Nummernschild von einer Mietwagenfirma.«

»Ich werde das durchgeben und hoffe, dass uns das weiterführt.«

Wenn er das doch nur früher gewusst hätte!

»Ich bin sicher, dass es derselbe Mann ist, der mich wiederholt angerufen hat. Und ich glaube auch –«, sie hob ihre Schultertasche auf und holte Duchesnes Buch heraus, »dass er danach suchte.«

Sie zeigte Glenn die Abbildung von der nicht identifizierten Steintafel. »Der Antiquar hat mir bestätigt, dass es sich um eine einzigartige Tafel handelt, zu der es vermutlich auf der ganzen Welt kein Äquivalent gibt. Dennoch hegte er den Verdacht, dass Ihr Vater womöglich doch einen ähnlichen Stein gefunden haben könnte. Wissen Sie etwas davon?«

Glenn schüttelte den Kopf.

»Sagt Ihnen diese Steintafel irgendetwas?

Glenn ließ sich Zeit. »Mein Vater ist Experte auf dem Gebiet der Keilschrift. Ich kenne ihn fast nur über Tontafeln dieser Art gebeugt, die mit kleinen, keilförmigen Zeichen versehen waren. Als ich zehn Jahre alt war, brachte er mir das Akkadische Alphabet bei.«

»Und sagt Ihnen das hier etwas?«

Glenn schüttelte erneut den Kopf. »Das ist keine Sprache, die ich kenne. Der Stein selbst ist auch ungewöhnlich. Meistens wurde Keilschrift auf Tontafeln geritzt, die dann in der Sonne getrocknet wurden. Hier scheint es sich eher um einen harten Stein zu handeln, in den Schrift geschnitten wurde, wie um sie haltbar zu machen. Und schauen Sie mal, wie abgegriffen der Stein ist, als ob er über Generationen weitergereicht worden wäre. Diese Steintafel wurde nicht in einer Bibliothek oder einem Archiv aufbewahrt, sie wurde benutzt. Die Sprache jedoch kann ich nicht ausmachen.«

»Ich auch nicht. Ich habe die Tafel fotografiert und werde das Foto einem Freund faxen. Wenn es jemanden auf diesem Planeten gibt, der diese Sprache identifizieren kann, dann er. Jetzt zu dem Zettel.« Sie griff in ihre Brieftasche. »Hier. Das steckte neben der Seite mit der Abbildung.« Sie reichte Glenn den Zettel. »Das ist die Handschrift Ihres Vaters.«

Glenn las mit gerunzelter Stirn. »›*Findet sich die Antwort im Grab von Nacht?*‹ Was bedeutet das?«

»Ich weiß es nicht. Nacht war ein Adliger in der Achtzehnten Dynastie in Ägypten, mein absolutes Fachgebiet. Vielleicht hat Ihr Vater deshalb nach mir verlangt. Vielleicht dachte er, ich könnte seine Frage beantworten.«

»Wie lautet denn die Frage?«

»Genau das muss ich noch herausfinden.« Sie strich sich eine Haarsträhne aus dem Gesicht.

»Aber woran hat mein Vater wohl gearbeitet, das so …«, setzte Glenn an. Er hielt inne. Ihre Blicke kreuzten sich. Und beide hatten plötzlich denselben Gedanken.

»Wir nehmen meinen Wagen«, sagte Glenn.

Er gab den Beamten seine Handynummer, und Candice fragte Zora, ob es ihr etwas ausmachen würde, noch zu bleiben – was ihr in der Tat nichts ausmachte, denn sie war gerade damit beschäftigt, einen Kuchen für die netten Polizeibeamten aufzutauen.

Als sie auf das Haus an der Bluebell Lane zurollten, sahen sie im Licht des trüben Nachmittags, dass ein Fenster an der Vorderfront eingeworfen war.

Candice wollte sogleich losstürzen, doch Glenn hielt sie zurück. Der Eindringling konnte noch im Haus sein.

Sie gingen umsichtig vor. Noch auf dem Fußweg verständigte Glenn die Polizei von Santa Monica über sein Handy. In der Eingangshalle blieben sie stehen und lauschten. Bei dem Gedanken an maskierte, bewaffnete Männer in irgendwelchen dunklen Ecken überlief Candice eine Gänsehaut. Glenn knipste nacheinander verschiedene Lampen an, spähte und lauschte, um sicherzugehen. Dann besahen sie sich den Schaden.

Obwohl das Haus weniger verwüstet schien als Candices Blockhaus, war es nach der gleichen Methode durchsucht worden: Wertgegenstände wie Fernseher, Videorecorder, eine mit Münzen gefüllte Flasche, eine Zuckerdose voller Dollarnoten waren unberührt geblieben, während Bücher aus den Regalen gerissen und Schubladen ausgeleert worden waren. Das Bild der Pandora hing schief, der Humidor lag zerbrochen auf dem Fußboden.

Beim Aufnehmen des Humidors stieg Candice der Duft der kleinen Zigarren in die Nase, die der Professor mit Vorliebe rauchte – »Las Cabrillas«, kleine Coronas aus Honduras mit einem eigenartigen Eichen- und Pfefferaroma. Der Duft rief ihr die glücklichen Tage in Jericho ins Gedächtnis zurück …

»Nichts anrühren.« Glenn stand auf der Schwelle.

Candice erhob sich hastig. »Tut mir Leid.« Das Zigarrenaroma hatte sie mit einem Mal traurig gemacht. Es kam ihr so vor, als stünde der Professor hier bei ihnen, irgendwo im Schatten; sie glaubte sogar, Blicke aus der Dunkelheit zu spüren.

Der Schreibtisch im Arbeitszimmer des Professors bot ein einziges Durcheinander aus Filzschreibern, Papieren, Notizblöcken, gerahmten Fotografien, Visitenkarten und seinen geliebten Schokoladen-Karamell-Bonbons, alles von einer gleichgültigen Hand durchwühlt. Auf dem Teppich lag eine Messingplakette, die der Professor von seinen Studenten geschenkt bekommen hatte: *Es ist Gottes Ehre, eine Sache verbergen; aber der Könige Ehre ist's, eine Sache erforschen.«* Die Sprüche Salomos, 25,2.

Neben der Plakette lag eine Ausgabe einer Vierteljahresschrift des Internationalen Antiquitätenmarktes. Candice nahm sie zur Hand. Die Ausgabe datierte vor sechs Monaten. Professor Masters hatte sich erst vor sechs Monaten erneut für das Duchesne-Buch interessiert, als er nach Aussage von Mr Goff mit dem dringenden Wunsch nach ebendiesem Buch in sein Antiquariat gestürmt kam. Jetzt wusste sie, warum. Eine Seite aus dem Journal fehlte, es war die Seite mit den Verkaufsanzeigen.

Candice legte das Journal beiseite und hielt sich die Hände an die Nase. Roch ihre Haut jetzt auch schon nach den Coronas? Sie konnte nichts riechen. Und dennoch, wenn sie die Hände wegzog, blieb dieser pfeffrig-würzige Duft.

Seltsam.

»Hier ist etwas.« Glenn beugte sich über eine tiefe Schublade mit Hängeregistratur, die aufgebrochen worden war. »Die Korrespondenzakten meines Vaters. Er hat immer alles penibel geordnet und abgeheftet.« Einige der Akten waren sehr dick und reichten vierzig und mehr Jahre zurück. Die gesamte B-Akte war verschwunden.

Mit Unbehagen spähte Candice hinter sich in die Schatten, die überall in den Ecken lauerten. Ihre Nackenhaare kräuselten sich bei dem Gefühl des Beobachtetwerdens. Und dann dieser merkwürdige Duft …

»Detective …«, setzte sie an.

Er hob eine Hand. Aus der Art, wie er den Raum musterte, schloss sie, dass er ebenfalls etwas spürte. Roch er vielleicht auch diesen Zigarrenduft?

»Bleiben Sie hier«, wisperte er und schon bewegte er sich vorsichtig auf die andere Tür zu, die zur Küche und den Arbeitsräumen führte.

Candice wollte aber nicht allein zurückbleiben. Sie fühlte sich beobachtet, und dann diese Corona …

Jemand hatte sie geraucht, ehe sie und Glenn hier eintrafen!

Sie fuhr auf dem Absatz herum. Aber da war nichts, nur dunkle Schatten, die belanglose Dinge zu grotesken Figuren verzerrten. Sie lauschte auf die Tritte des Detective, aber das Haus lag beängstigend still. Sie wollte nach ihm rufen und wusste doch, dass sie sich still verhalten sollte.

Und dann: *Knarz!*

Candice hob den Kopf. Jemand war in dem Stockwerk über ihr.

War Detective Masters über die Hintertreppe gestiegen?

Ihr Puls begann zu rasen, ihr Mund wurde trocken. Vorsichtig ging sie auf Zehenspitzen zu der

Tür, die in die Eingangshalle führte. Der Zigarrenduft wurde immer stärker.

Er war hier im Haus!

Candice stürzte zum Schreibtisch und griff sich den Brieföffner aus Messing, den sie dort hatte liegen sehen. Gerade als sich ihre Finger um den Griff schlossen, ertönte über ihr ein gewaltiges Krachen.

»Detective Masters?«, rief sie.

Und dann: heftige Schritte über ihrem Kopf, die Geräusche eines Kampfes. Sie eilte an den Treppenabsatz, spähte ratlos in die Dunkelheit nach oben. »Detective?«

Noch ein Krachen, kurze Stille, und dann ein Donnern, das die Treppe herunterkam.

»Ist das …«, rief sie aus. Eine Figur löste sich aus dem Dunkel – groß, eine männliche Gestalt. Riss sie zu Boden und rannte davon. Candice rief ihr hinterher, im nächsten Moment löste sich eine weitere Gestalt aus dem Dunkel und flog die Treppe hinunter, Detective Masters schoss an ihr vorbei und zur Haustür hinaus.

Candice rappelte sich auf, eilte zur Haustür und sah gerade noch, wie Masters den Eindringling zu Fall brachte. Der andere war kleiner und beweglicher, er entwand sich Glenns Griff und versetzte ihm einen heftigen Schlag an die Schulter. Mit einem Satz war Glenn wieder auf den Beinen und verpasste dem anderen einen wilden Schwinger.

Mit dem Brieföffner in der Hand stürzte Candice in den Regen hinaus. Die beiden Männer waren in einen heftigen Kampf verwickelt. Dann kam der Fremde wieder auf die Beine, rannte davon, den Detective dicht auf den Fersen. Sie verschwanden hinter einer Hecke.

Als Candice die Hecke erreichte, sah sie gerade noch, wie der Fremde auf die Straße lief, den Detective dicht hinter sich. Ein Wagen tauchte aus dem Nichts auf, preschte die Straße herunter und hielt mit quietschenden Reifen. Die Beifahrertür wurde geöffnet, der Fremde sprang hinein. Glenn rüttelte am Türgriff und hämmerte an die Scheibe. Doch der Fahrer gab Gas, Glenn musste loslassen und konnte sich gerade noch an den Straßenrand retten.

»Verdammt!«, rief er und hieb mit der Faust auf den Boden.

Außer Atem kam Candice bei ihm an. »Sind Sie okay?« Seine Handknöchel bluteten.

»Haben Sie das Nummernschild?«

»Ich habe nicht mal die Automarke.«

Mit bebender Brust und geballten Fäusten starrte Glenn die Straße hinunter. Als er sich Candice wieder zuwandte, war sein Gesicht von Wut erfüllt. »Der Drecksack hat eine von Vaters Zigarren geraucht! Während er sein Haus durchwühlte!«

Das Piepen seines Handys riss Glenn aus seinen Gedanken. Es war das Krankenhaus. Sein Vater hatte das Bewusstsein wiedererlangt, er war ansprechbar, sein Zustand nach wie vor kritisch. Der Arzt bat Glenn sofort zu kommen.

Kapitel 5

Glenn trat so hart auf die Bremse, dass der Wagen ins Schleudern geriet und Candice in ihren Sicherheitsgurt gepresst wurde.

»Was ist los?«, rief sie und schaute sich um, ob sie jemanden angefahren hätten.

»Dieser Mann«, sagte Glenn nachdenklich. »Ich kenne ihn.«

Sie folgte seinem Blick zu einer langen schwarzen Limousine, die in der Kurzparkzone des Krankenhauses parkte. Gerade traten drei Männer auf den Wagen zu. Ein merkwürdiges Trio, dachte Candice bei sich, während sie ihre Körperhaltung studierte. Der in der Mitte schien der Boss zu sein, die beiden Männer neben ihm, mit dunklen Sonnenbrillen an einem trüben Tag, waren offensichtlich Untergebene. Der eine war Afro-Amerikaner, groß und sehnig, der andere ein Weißer um die fünfzig, mit einem auffallend roten Mal an der linken Wange, ungefähr die Größe einer menschlichen Hand, als ob ihn jemand hart geschlagen hätte und der Abdruck geblieben sei.

Beide trugen legere Kleidung: beige Slacks und weiße Hemden mit offenem Kragen.

Der Mann in der Mitte war kleiner, er musste so um die sechzig sein, mit weißem Haar und einem weißen, sauber gestutzten Bart. Sein Aufzug mutete, selbst für südkalifornische Verhältnisse, im Regen seltsam an: weiße Shorts mit Bügelfalte, weiße Sneakers und weiße Kniestrümpfe, weißes Polohemd, um die Schultern einen weißen Pullover mit V-Ausschnitt geschlungen, als sei er gerade vom Tennisplatz oder von seiner Jacht abberufen worden.

Candice wandte sich Glenn zu. Er hatte einen seltsamen Gesichtsausdruck.

»Wer ist das?«, fragte sie.

»Jemand aus meiner Vergangenheit. Vor langer, langer Zeit …«

Glenn wählte die erstbeste Parklücke, und als er aus dem Wagen sprang, nahm der ältere Mann ihn sofort wahr.

Er kam zu ihm herüber, die beiden anderen Männer folgten ihm wie Schatten. Bodyguards? überlegte Candice. Aufgrund ihrer körperlichen Vorzüge schienen sie jedenfalls nicht angeheuert worden zu sein. »Hallo, mein Sohn«, grüßte der

Mann mit sanfter Stimme und streckte eine sehnige, sonnengebräunte Hand aus.

»Philo«, sagte Glenn. Es war zwanzig Jahre her. Sie gaben sich die Hände. »Ich kam, so schnell ich konnte. Wie bedauerlich das ist.« Philo Thibodeau sprach mit einem weichen Südstaaten-Akzent. »Meine geliebte Frau ist erst vor drei Jahren verstorben. Erinnerst du dich an Sandrine? Und jetzt dein Vater.« Er tat einen tiefen Atemzug und spähte zu dem Krankenhaus hinüber, als ob seine verschatteten grauen Augen durch die Betonmauern bis in die Intensivstation dringen könnten und es ihn betrübte, was er dort sah. »Als ich von dem Unfall deines Vaters erfuhr, fielen mir die alten Zeiten wieder ein, die wir …« Von seinen Gefühlen übermannt, schlug er sich die teuer behandschuhten Hände vors Gesicht. »Sie haben mich nicht zu ihm gelassen. Nur Familienangehörige, wurde mir beschieden.«

Unterdessen beobachtete Candice die anderen beiden Männer und musste zu ihrem Schrecken feststellen, dass beide sie ungeniert hinter ihren Sonnenbrillen fixierten. Sie schaute weg, dann wieder hin. Unsichtbare Blicke schienen sie zu durchbohren. Es verursachte ihr eine Gänsehaut, und mit einem Mal hatte sie ein ungutes Gefühl, was dieses Trio betraf.

»Ruf mich an, wenn du irgendetwas brauchst, mein Sohn. Ich bleibe so lange wie nötig in der Stadt. Ich bin im Beverly Hills Hotel.«

Als sie die Limousine davonrollen sahen, fragte Candice: »Wer war dieser Mann?«

»Philo Thibodeau. Ein Texas-Milliardär. Seiner Familie gehört halb Houston, seiner Firma die andere Hälfte. Er war vor langer Zeit ein enger Freund meiner Eltern. Seine Frau und meine Mutter gehörten derselben Studentinnenverbindung an. Das letzte Mal habe ich ihn beim Begräbnis meiner Mutter gesehen, das ist zwanzig Jahre her. Ich hatte ihn ganz vergessen. Merkwürdig ...«

Candice war der Name nicht unbekannt. Philo Thibodeau besaß, soweit sie sich erinnerte, mehrere Firmen, ganze Städte, ein Football-Team, eine Fernsehstation, die Kassenknüller produzierte, eine Hotelkette und die meisten Rinder in Texas. Er war einer jener Männer, die immer im Hintergrund agierten, der allgegenwärtige menschenfreundliche Förderer, der bei Wohltätigkeitsbällen, bei politischen Veranstaltungen und wichtigen Events zugegen war. War er nicht auch ein enger Freund des Präsidenten?

Glenn sagte nichts dazu und fasste sie nur leicht am Ellenbogen, als sie sich in den Besucherstrom vor dem Krankenhaus einreihten.

Sie kamen nicht weit. »Dr. Armstrong.« Abrupt machte er Halt, nahm den Hut ab und wischte sich über die Stirn. »Gehen Sie bitte voraus. Ich bin sofort wieder bei Ihnen. Ich muss mir nur rasch die Hände waschen.« Im grellen Neonlicht des Krankenhauses bemerkte Candice, wie fahl Glenns Gesicht geworden war.

Er wartete, bis sie den Fahrstuhl erreicht hatte, dann ging er auf die Männertoilette und fuhr sich mit einem feuchten Papierhandtuch über Stirn und Nacken. Seine Hände zitterten, sein Puls raste und er wusste nicht, warum.

An Philo Thibodeau hatte er zwanzig Jahre lang nicht mehr gedacht. Nach dem Tod seiner Mutter hatte Glenn hart daran gearbeitet, seine Vergangenheit, seine schlimmen Erinnerungen, alle Gefühle hinter sich zu lassen. Er hatte Berge erklommen, um seinen Zorn zu bezähmen, er hatte schwierigste Kletterfelsen bezwungen, um diese grausame Welt zu vergessen. Von Wyoming bis in die Schweiz, von Tasmanien bis nach Montana hatte er diese Welt unter seinen Füßen zertreten, seinen Körper bis an seine Grenzen getrieben, um seine Wut, seinen Hass, seine Liebe und seine Passion am Fuß der Berge zurückzulassen. Und es war ihm gelungen.

Bis heute. Bis gerade jetzt, Minuten zuvor – das

Gesicht eines Mannes, den er vergessen glaubte, durch den Panzer um sein Herz gedrungen war.

Warum hatte ihn diese Begegnung so nervös gemacht? Glenn sah im Spiegel, wie blass er wirkte. Er fand keine Erklärung für seine Gefühle. Er konnte sich an nichts erinnern, was ihn wegen Philo so plötzlich in Unruhe versetzen sollte. Aber er wusste eines: Das Wiedersehen mit Thibodeau verhieß nichts Gutes. Überhaupt nichts Gutes.

Candice wurde auf die Intensivstation eingelassen. John Masters wirkte heute in seinem Bett noch hinfälliger als beim letzten Mal. Seine Augen standen offen, sein Blick jedoch irrte herum. Seine Gesichtszüge waren verzerrt. »Professor? Können Sie mich hören?«

Eine Erinnerung stieg in ihr auf: John Masters hatte sein König-Salomo-Projekt einer illustren Zuhörerschar von achthundert Leuten vorgestellt und seine Ansprache mit den Worten beendet: »Und all dies wäre mir nicht möglich gewesen ohne die Unterstützung der so gescheiten und kompetenten Dr. Candice Armstrong.« Dann hatte er sie aufgefordert, sich zu erheben und ihren Beifall entgegenzunehmen. Damit hatte sie nicht gerechnet.

Sie zog das Duchesne-Buch aus ihrer Schultertasche. »Ich habe getan, worum Sie mich gebeten haben«, sagte sie und hielt es so, dass er es sehen konnte. »Ich habe das Buch mitgebracht.« Der Blick des alten Mannes heftete sich auf das Buch. »Ja, ja. Der Schlüssel …« Eine gehetzte, papierdünne Stimme. »Der *Stern von Babylon*«, keuchte er. »Müssen ihn finden. *Dringend* …«

»Wo ist er? Wo soll ich suchen?«

Candice dachte an den Tag, da sie den Professor zum ersten Mal getroffen hatte, bei einer Vorlesung in Royce Hall. Eine imposante Gestalt, zweiundsechzig Jahre alt damals, kraftvoll mit silbergrauem Haar wie ein Patriarch der alten Schule, seine Haut von der Sonne Moses' und Salomos gebräunt. Candice wusste, wie umstritten er war. Der Professor hatte es sich zu seiner Lebensaufgabe gemacht, die historische Wahrheit der Geschichten des Alten Testaments zu belegen, Beweise außerhalb der Bibel dafür zu finden, dass Salomo und Abraham tatsächlich gelebt hatten.

Es gab weder geschichtliche noch archäologische Zeugnisse, dass solche Männer wie Josua und David und andere mächtige biblische Gestalten je existiert hätten. Manch ein Wissenschaftler behauptete sogar, sie seien reiner Mythos. Das wiederum bestärkte den Professor umso mehr in seinem Bestreben, den Menschen wahre Helden und keine Mythen zu präsentieren. »Wenn Sie behaupten, dass Moses nie gelebt habe«, hatte er einst in einem Fernsehinterview erklärt, »unterminieren Sie die Kraft der Bibel. Sie wird zu einer reinen Märchensammlung degradiert.«

Ebendies war die Leidenschaft des Professors, sein ganzes Bestreben galt dem Ziel, die biblischen Aufzeichnungen durch archäologische und andere externe Quellen zu belegen. Er war von Wissenschaftlern angegriffen worden, die ihm vorwarfen, er sei ein Atheist und missbrauche die Wissenschaft, um den Glauben zu zerstören. Dabei strebte er genau das Gegenteil an.

Die biblischen Geschichten zu beweisen, hatte John Masters erklärt, würde die Menschen in ihrem Glauben eher bestärken als ihn zu schmälern.

An jenem schicksalhaften Abend vor acht Jahren, als Professor Masters Fragen der Zuhörer beantwortete, war Candice unvermittelt aufgestanden und hatte gefragt: »Professor Masters, wie stehen Sie zu der Tatsache, dass die Kartusche von Pharao Echnatons Gott – und ›himmlischem Vater‹ Aton – den Namen Amram trägt, denselben Namen, der in der Bibel Moses' Vater zugeschrieben wird?«

Die Zuhörer missbilligten diesen Einwurf, einige murmelten tatsächlich abschätzige Bemerkungen, John Masters hingegen war entzückt. Hier war jemand mit Chuzpe, wie er konstatierte, eine junge Frau, die ohne Scheu eine unpopuläre Theorie aufgriff und dazu noch den Mut hatte, sie laut auszusprechen. Er hatte sie auf Anhieb erkannt. Und er glaubte auch nicht, dass sie an Barney Faircloths Fall irgendwelche Schuld trug. Sie hatte Recht daran getan, die unmoralischen Methoden dieses Burschen aufzudecken, und sie verdiente eine zweite Chance.

Das hatte den Beginn ihrer Freundschaft markiert. Aufgrund ihrer Sachkenntnis in Hieroglyphen hatte der Professor sie für sein König-Salomo-Projekt engagiert, und es war eine perfekte »Ehe«, wie er sich auszudrücken pflegte – die Ehe ihrer beider Disziplinen, der Bibelanalyse und der Ägyptologie. Candice war nicht an der Bibel interessiert, und John Masters hatte keinerlei Interesse an Ägypten, solange es nicht in der Bibel erwähnt wurde, in ihrer Zusammenarbeit jedoch ergänzten sich ihre jeweiligen Kenntnisse auf das Beste.

»Professor«, wisperte Candice an seinem Ohr. »Was ist der *Stern von Babylon*?«

Seine Augenlider flatterten. Sein Atem kam nur mühsam, seine Worte waren ein lautloses Flüstern. »Bringen Sie ihn her. Der *Stern von Babylon* wird hier sicher sein. Jetzt schlafen.«

»Ja«, antwortete sie, da sie ohnehin nicht wusste, wovon die Rede war. »Ich werde den *Stern von Babylon* finden und ihn zurückbringen. Ruhen Sie sich aus.«

Der Professor schloss die Augen und sank in einen tiefen Schlaf. Candice blieb noch eine Weile an seinem Bett sitzen, in Erinnerungen versunken. Sie sah sich mit John Masters unter einer heißen Sonne auf Grabungsfeldern herumgehen, hörte ihn hebräisch und arabisch sprechen, liebte den Klang dieser Sprachen. Sie wünschte, er wäre ihr Vater, denn ihr eigener Vater war in Vietnam im Alter von neunzehn Jahren gestorben, bevor sie geboren war. Sie hatte den Geruch der ledergebundenen Bücher in seinem Arbeitszimmer in der Nase, hörte das Knistern des Kaminfeuers, während sie beide über Steininschriften brüteten – »Ist das das *hetep*-Symbol, Candice?« –, und sie wiederum war stolz darauf, ihm das eine oder andere erklären zu können, das *er* nicht wusste. In den brennend heißen Tagen in Israel und in den Regennächten von Santa Monica hatten sie beide die Bruchstücke für das Mysterium des Königs Salomo zusammengefügt.

In diesem Moment fiel Candice der Sohn dieses

Mannes wieder ein, der Detective, und sie machte sich Sorgen. Als sie die Intensivstation eilig verließ, lief sie geradewegs einem Mann in die Arme. »Ian!«, rief sie aus.

Sir Ian Hawthorne. Einer von Englands angesehensten Archäologen. Dreiundvierzig Jahre alt, von imposanter Größe, rotbackig, blondes Haar, das, wie gewöhnlich, unbedingt einen Frisör brauchte. Bei seinem Anblick musste Candice jedes Mal an einen alternden Rettungsschwimmer denken. Sein Aufzug passte auch nicht recht ins Bild: zerknitterte Khakihosen, verwaschenes Jeanshemd, Goldrandgläser mit Schmutzfilm.

»Was für eine Überraschung«, sagte sie. »Ich wusste nicht, dass du in der Stadt bist.«

Hawthorne küsste sie auf die Wange. »Ich nehme an dem Symposium über Neutestamentliche Archäologie an der Universität von Los Angeles teil.«

»Trägst du auch etwas vor?«

»Lieber Himmel, nein! Candice, du siehst großartig aus. Wie lange ist es her, dass wir uns gesehen haben?«

»Vier Jahre. Das Seminar in Hawaii.« Sie schaute sich fragend um. »Ist Melanie auch hier?«

»Die Sache mit Melanie und mir ist vorbei.«

»Tut mir Leid.«

»Conroy drüben an der Universität hat mir von John Masters berichtet. Einfach schrecklich. Die Schwestern wollten mich nicht zu ihm lassen. Sie bestanden darauf, ich müsste entweder ein Angehöriger oder die Königin von England sein. Leider bin ich keines von beiden.«

Die Fahrstuhltür öffnete sich und Glenn trat heraus. Er trug wieder seinen Hut, wie Candice auffiel, aber er wirkte immer noch sehr blass. Sie machte die Männer miteinander bekannt.

Als die beiden sich die Hand reichten, mutmaßte Glenn, dass die blutunterlaufenen Augen Hawthornes weniger mit seiner archäologischen Tätigkeit unter brennend heißer Sonne als vielmehr mit dem Inhalt bestimmter Flaschen zu tun hatten. Schon aus zwei Armlängen Entfernung konnte Glenn den Alkohol riechen.

»Muss wieder zurück zum Symposium. War schön, dich wieder zu sehen, Candice. Vielleicht können wir uns noch einmal treffen. Detective, ich wünsche Ihrem Vater eine rasche Genesung.«

Nachdem Hawthorne gegangen war, stand Glenn mit nachdenklichem Blick da. Irgendetwas ging in ihm vor. »Sie sollten bei einer Freundin übernachten«, wandte er sich schließlich Candice zu.

»Glauben Sie, der Einbrecher kommt noch einmal zurück?«

Glenn schüttelte den Kopf. Etwas anderes beunruhigte ihn.

Philo Thibodeaus plötzliches Auftauchen auf der Bildfläche, dazu noch in Tenniskleidung, dann dieser Sir Dingsda in Archäologie. Beide kamen ins Krankenhaus, beide sorgten sich um seinen Vater, Professor John Masters. Und in dessen Haus war eingebrochen worden, genau wie bei Candice.

Glenn Masters glaubte nicht an Zufälle.

»Darling!« Sybilla Armstrong begrüßte ihre Tochter überschwänglich, während sie den attraktiven Mann an ihrer Seite neugierig musterte.

Als Candice und Glenn zum Blockhaus zurückgekehrt waren, fanden sie Zora bei Kaffee und Kuchen schamlos mit einem der Polizeibeamten flirten. Während Candice einen Koffer packte und Huffy in ihren Katzenkorb setzte, sicherte Glenn das Blockhaus nach allen Seiten ab und stellte sicher, dass alle zwei Stunden eine Polizeistreife vorbeischaute. Dann waren sie zu Sybilla Armstrong und fünfzig Jahre in die Vergangenheit zurück gefahren.

»Einfach schrecklich«, rief Sybilla aus und zog beide ins Haus.

»Eingebrochen! Und ich dachte, Malibu Canyon sei eine sichere Gegend. Gott sei Dank warst du zu dem Zeitpunkt nicht zu Hause.«

Wie Glenn sogleich bemerkte, hatte ihre Stimme den gleichen satten Klang wie die ihrer Tochter. Sinnlich und reif, was ihn an eine üppige Frucht denken ließ. Sybilla hatte pyramidenförmig gestuftes Haar; es war in der Mitte gescheitelt, zu den Seiten hin extrem gekräuselt und auf dem Oberkopf vollkommen flach, sodass es wirkte, als hätte sie einen elektrischen Schlag bekommen. Zu schwarzen Tights trug sie eine Pucci-Tunika in lebhaften Farben, an den Ohren baumelten riesige Ohrreifen. Hier stand eine Frau, die die Marschrichtung selber vorgab. Und reich war, wenn Glenn das Anwesen richtig einschätzte.

Sybilla Armstrongs Haus lag in den Hügeln. Der moderne Bau stammte aus den Fünfzigern und war halb mit blendend weißem Gips, halb mit Glas verkleidet. Kein großes Haus, aber seine Fensterfassaden erlaubten einen Rundumblick über die bei Nacht glitzernde Stadt. Hinter Glastüren schimmerte blassgrün ein nierenförmiger Swimmingpool. Das »Retro-Design« war perfekt. Von der Decke hingen Calder-Mobiles. Eine blassrosa Sitzlandschaft schwang sich um einen grünen Couchtisch in Amöbenform. Stehlampen mit schwarzen und rosa Tütenlampen. Selbst ein alter »Weltraum«-Fernseher mit dicken runden Knöpfen und Röhrenbeinen fehlte nicht. Glenn fragte sich, wie wohl der Empfang dieses Gerätes sein mochte. Sein Blick wanderte weiter zur Küche, wo ein türkisfarbener Kühlschrank mit türkisen und schwarzen Resopal-Tresen und Plastikstühlen mit Chrombeinen korrespondierte. An der Wand hing eine »Atom-Uhr« aus den fünfziger Jahren, die den Eindruck vermittelte, als ob Elektronen um einen Nukleus wirbelten. So eine Behausung hatte Glenn noch nie gesehen. Aber sie hatte Stil. Es war Sybilla Armstrong gelungen, Kitsch elegant aussehen zu lassen.

»Detective, darf ich Ihnen einen Drink anbieten?«

»Besten Dank, nein. Ich muss zu meiner Dienststelle zurück.« Und ein paar Dinge bezüglich Philo Thibodeau und Ian Hawthorne überprüfen.

Eigentlich wollte er Candice noch ein paar warnende Hinweise geben, dass sie die Türen und Fenster verriegeln und keine Fremden einlassen sollte. Aber er wollte diese beiden Frauen alleine in ihrem Haus in den Bergen nicht unnötig verunsichern. Er würde später eine Rund-um-die-Uhr-Überwachung veranlassen.

Es überraschte Sir Ian nicht sonderlich, dass Jessica Randolph die teuerste Suite im teuersten Hotel von ganz Los Angeles bewohnte. Das gehörte zu ihrem Stil. Nur das Beste, Teuerste, Kostbarste, das Einzigartige und Perfekte war gut genug für Ms. Randolph, ihres Zeichens Händlerin in Antiquitäten, Kunst und Artefakten.

Obwohl Ian sie recht gut kannte und ihrer beider Geschichte weit zurück reichte, schließlich unterhielten sie beide einen Wohnsitz in London, konnte man sie nicht gerade enge Freunde nennen. Was ihm also wirklich Rätsel aufgab, als er um diese späte Stunde an ihre Zimmertür klopfte, war die Tatsache, dass sie ihn so überraschend angerufen hatte. Was um alles in der Welt konnte sie von einem mittlerweile glücklosen, praktisch mittellosen Archäologen wollen, dessen bessere Tage, wie Ian zugestehen musste, hinter ihm lagen.

Als die Tür aufschwang, blickte Ian in aristokratische Züge, die von einer umwerfend roten Haarpracht eingerahmt wurden. Jessica war nicht nur unendlich reich, sie war auch schön.

»Ian Darling!«, hauchte sie in einer Aura aus Chanel und Blasiertheit. Sie trug einen Hausanzug aus glänzender türkisfarbener Seide, der garantiert der Kollektion eines erstklassigen Schneiders aus Hongkong entstammte.

»Ich war einigermaßen überrascht, als ich deine

Nachricht erhielt«, sagte Ian beim Eintreten. »Ich wusste gar nicht, dass du in L.A. bist. Das Letzte, was ich von dir hörte, war von der Auktion in Istanbul, es ging um die Versteigerung einer Krone aus dem siebzehnten Jahrhundert.«

»Stimmt, Darling. Der Verkauf ist vor zwei Tagen abgeschlossen worden.« Sie schenkte ihm ein maliziöses Lächeln. »Meine Provision betrug fünfhunderttausend.«

Er ließ sich seinen Neid nicht anmerken. »Woher wusstest du, wo du mich finden würdest?«

Sie schwebte vor ihm her mit einem Gang, an dem sie jahrelang gearbeitet haben musste. »Ich hörte, dass du an dem Symposium über Neutestamentliche Archäologie teilnimmst, also rief ich an, und man war so freundlich, mir dein Hotel zu nennen.

Schenk dir was von dem Champagner ein, Darling. Ich komme gleich zu dir.«

Ian ließ den Champagner stehen und wandte sich stattdessen der Hausbar zu. Während er sich ein Glas Glenlivet einschenkte, vermied er den Augenkontakt mit dem sonnengegerbten, rotbäckigen, verlebten Gesicht im Spiegel. Ian wusste, dass er gut aussah – genug Klatschspalten hatten das bestätigt –, nur heute fühlte er sich diesem Ruf nicht gewachsen. »Umwerfend, begehrenswert, charmant«, hatten sie gezwitschert, als ob er sich regelmäßig in Wimbledon und beim Pferderennen sehen ließ. Diese Tage gehörten leider der Vergangenheit an. Heute, mit seinen dreiundvierzig Jahren, war Sir Ian verschuldet, ausgebrannt und trank zu viel.

Jessica war am Telefon. Sie sprach fließend Französisch, beinahe akzentfrei. Soweit er mitbekam, nahm sie an einer Konferenzschaltung teil und leitete eine Auktion zwischen Händlern in Singapur und Quebec. Es ging um einen in Paris zum Verkauf anstehenden Rembrandt.

Während er sie beobachtete, staunte Ian wieder einmal darüber, was für eine bemerkenswerte Person diese Frau war. Blut schien nicht in ihren Adern zu fließen, flüssiges Geld sehr wohl. Sie sprach auch eine eigene Sprache – die Substantive und Verben bestanden aus Dollars, Cent, Pfund, Euros und Rubel. Ihre Lieblingsmusik war der Klang der Registrierkassen. Sie beurteilte das Aussehen eines Mannes nicht nach seinem Äußeren, sondern nach seiner Brieftasche. Für Jessica gab es keine hässlichen Millionäre. Wenn sie überhaupt ein Herz hatte, was Ian bezweifelte, war es klein, rund, aus Gold und ähnelte einem Krügerrand.

Ian blickte hinüber zum Servierwagen. Wie es zu Jessica passte, hatte sie Kaviar bestellt, vermutlich den seltensten und teuersten dieser Welt, und er bemerkte auch, dass der kleine Löffel benutzt war, ein paar Cracker fehlten ebenfalls. Eine große Menge des Kaviars jedoch war noch vorhanden, überflüssig, konnte mit dem Rest abgeräumt werden. Das war Jessicas Art. Sie aß nie alles auf, nahm lediglich einen Bissen und verwarf den Rest, nur um zu zeigen, dass sie es sich leisten konnte. Sie hatte sowieso keinen Appetit auf Essen, nur auf Bargeld. Wenn etwas an Gewicht zunahm, dann ihr Bankkonto, nicht aber ihr Körper.

Ian mutmaßte, dass Jessica eine Kunstfigur war. Keiner kannte ihre tatsächliche Herkunft, ihre Wurzeln. Ihr Akzent war quasi Britisch, mit Einsprengseln eines Südstaatenakzents und dann und wann einem Funken Französisch. Ian würde sogar darauf wetten, dass Jessica Randolph nicht einmal ihr richtiger Name war. Vermutlich kam sie aus der amerikanischen Arbeiterklasse und hatte mit dreizehn Jahren angefangen zu arbeiten. Wahrscheinlich hatte sie nicht einmal einen Highschool-Abschluss. Aber sie hatte Grips. Erstaunlich viel Grips. Ihr Fachgebiet war die Kunst – Ankauf und Verkauf von Kunst. Vom Instinkt geleitet. Jessica verhielt sich wie einer jener Drogenspürhunde, die von der Flughafenpolizei zum Erschnüffeln geschmuggelter Ware eingesetzt wurden – sie konnte eine Fälschung aus fünf Meter Entfernung riechen. Sie ging nie in irgendwelche verdreckten Ateliers oder Lofts. Sie glaubte nicht an Schmutz und alternative Lebensweisen. Das überließ sie kleinen Akademikern, wie er, Ian, einer war. Sie wartete lieber in ihrem klimatisierten Hochhausbüro, dass die Schätze den Weg zu ihr fanden.

Sie und Ian hatten vor Jahren einmal eine Liebesaffäre gehabt, als Jessica noch am Fuße der Platinleiter ihrer rasanten Karriere stand. Rückblickend betrachtet musste Ian zugeben, dass es im eigentlichen Sinne keine »Liebesaffäre« gewesen war. Sie hatten sich nie wirklich geliebt. Sex hatten sie gehabt, das sehr wohl. Aber das war auch alles. Zwei hungrige Körper, die sich zusammenfanden, um ihre Bedürfnisse zu stillen, aber dabei nie wirklich eine Verbindung entstehen ließen. Er erinnerte sich besonders an eine Nacht in jenem Hotel in London, als sie sich auf dem Höhepunkt ihrer Lust befanden und er sich auf die Ellenbogen stützte, um ihr in die Augen zu schauen, und dabei diesen distanzierten Blick von ihr wahrnahm, der auf die Zimmerdecke gerichtet war und ihn schlichtweg erschreckte.

»Was weißt du über den *Stern von Babylon*«, fragte sie, während sie ihr Handy zuklappte.

Er zog seine sonnengebleichten Augenbrauen hoch. »Den *Stern von Babylon*?«

»Du hast doch immer ein Ohr am Draht, Darling. Ich frage mich, ob du irgendwelche Gerüchte zu diesem Thema vernommen hast.«

»Keine Ahnung. Worum geht es?«

»Wenn ich das wüsste«, erklärte Jessica trocken, »würde ich nicht danach fragen, ich würde ihn *verkaufen*.« Sie zündete sich eine Zigarette an und blies den Rauch durch die Nase. »Ich dachte mir, dass Candice Armstrong vielleicht etwas wüsste.«

»Candice? Wie sollte sie? Und woher kennst du Candice?«

»Ich kenne ihre Reputation«, erklärte Jessica vage.

»Hast du mich deswegen hergebeten? Das hättest du mich auch am Telefon fragen können.«

»Ich möchte dich um einen Gefallen bitten.« Sie schwebte schon wieder davon – Jessica begnügte sich nie mit einfachem Gehen. »Ich muss heute Nacht noch nach London«, sagte sie. »Etwas Unvorhergesehenes, um das ich mich persönlich kümmern muss. Aber einer meiner Kunden ist am *Stern von Babylon* interessiert, und ich frage mich, ob du nicht die Augen offen halten könntest. Bei dem Symposium, an dem du teilnimmst, sind Hunderte von Wissenschaftlern und Archäologen aus der ganzen Welt versammelt. Da muss es doch *Gerüchte* geben.«

»Du meine Güte, Jessica«, brauste Ian auf. »Ich habe nicht die leiseste Idee, worum es bei dem *Stern von Babylon* geht. Ist es eine Halskette? Ein Mosaik? Was ist es?«

Jessica nahm ihm seine Ungeduld nicht übel. »Ich weiß es auch nicht, Ian. Ich bitte dich lediglich, deine Antennen auszufahren. Es ist sehr wichtig.« Sie zog wieder an ihrer Zigarette. »Eine Menge Geld steht auf dem Spiel. Und ich wäre bereit zu teilen, dir einen Finderlohn zu zahlen.«

Ian war überrascht. »Nun, ich bin nur noch zwei Tage hier, dann geht es zurück nach Jordanien.«

»Ja, habe ich gehört. Ein Mosaikboden, nicht wahr?« Jessica gab sich unbeeindruckt. »Überlege es dir, Darling, und denk daran, was für eine hübsche Provision du dir von mir einhandeln könntest.«

Jessica zwinkerte ihm zu und Ian hätte sie umbringen können. »Du gewinnst immer! Du bist reicher und erfolgreicher als ich! Du bist gerissen, geheimnisvoll und die Welt ist dein persönliches Spielzeug!«, hätte er ihr am liebsten ins Gesicht geschleudert. Stattdessen lächelte er milde und prostete ihr zu.

Er hasste ihre Überlegenheit und hasste sich

selbst dafür, ihrer Gnade ausgeliefert zu sein. Die traurige Wahrheit war nur, dass er das Geld brauchte. Verzweifelt brauchte.

»Nun gut, meine Liebe«, lenkte er ein und setzte sein leeres Glas ab. »Ich denke mal, es kann nicht schaden, wenn ich mal ein paar Fühler ausstrecke und mich umhöre, was die Leute so über den mysteriösen *Stern von Babylon* wissen.«

Nachdem Ian gegangen war, lächelte Jessica siegessicher vor sich hin. Sie wusste, dass Ian sie für eine kalte, herzlose Frau hielt. Wie auch immer. Er brauchte nicht zu wissen, dass sie nur noch Augen für einen einzigen Mann hatte, den sie, koste es, was es wolle, zu dem *Ihrigen* machen wollte.

Und dazu war Jessica bereit, jedwedes Risiko einzugehen. Selbst wenn es bedeutete, den *Stern von Babylon* zu stehlen.

Ja selbst, für den *Stern von Babylon* zu *töten*.

Kapitel 6

Sybilla hatte das Haus bereits verlassen. Auf dem Küchentisch hatte Candice eine Nachricht ihrer Mutter vorgefunden: »Liebes, du wirst den San-Francisco-Job bestimmt bekommen. Keiner kennt sich im alten Ägypten so gut aus wie du. Dr. Faircloth gehört der Vergangenheit an und Mr O'Brian weiß das. Er wird sich nicht ins eigene Fleisch schneiden.«

Candice wünschte, sie besäße den Optimismus ihrer Mutter. Heute Morgen hatte sie nur einen einzigen Anruf erhalten, und der kam nicht aus San Francisco. Detective Masters hatte hören wollen, ob Candice und ihre Mutter wohlauf seien, keine nächtliche Störung soweit? »Ich habe Ihren Freund überprüft«, hatte er noch hinzugefügt.

»Meinen Freund?«

»Hawthorne hat sich tatsächlich für das Seminar registriert und die gestrigen Vorlesungen besucht.«

»Sie haben Ian überprüft? Ian ist kein Dieb!«

»Ideen werden tagtäglich gestohlen.«

»Jeder Beruf hat seine unmoralischen Elemente«, hatte sie wie zu Ians Verteidigung erklärt. »Sir Ian ist ein auf seinem Gebiet hoch geschätzter und angesehener Mann. Er würde sich nie auf so ein niedriges Niveau begeben und einen Kollegen in Nöten zu seinem Vorteil ausnutzen.« Obwohl er, wie Candice gehört hatte, gerade ziemlich harte Zeiten durchmachte. Spielschulden, so sagte man.

War sein unerwartetes Auftauchen tatsächlich ein Zufall oder steckte etwas anderes dahinter? Für einen Augenblick spürte Candice einen Stich der Angst. Aber nein. Der Detective traute den Menschen einfach nicht mehr, redete sie sich ein. Und das konnte sie ihm nicht einmal verübeln.

Sie sah ihn wieder vor sich, wie er vergangene Nacht am Bett seines Vaters gestanden hatte, wie er ernst und stumm, wie in ein Gebet versunken, auf den alten Mann geblickt hatte. Er hatte seinen Hut aufbehalten, und Candice konnte aus seiner Haltung nicht erraten, was in ihm vorging. Dieser Mann war ein einziges Rätsel. Sie vermeinte, einen melancholischen Zug hinter dieser kontrollierten Oberfläche zu spüren, als ob zwei Seelen in der Brust dieses Mannes wohnten, die des steifen Detective und die eines anderen, der sich noch offenbaren musste. Warum nur vermittelte er den Eindruck eines Mannes, der sich ständig irgendwie unter Kontrolle hielt, als ob er befürchtete, dass er sich beim kleinsten Anlass gehen lassen würde und ...

Was dann? Ein unvorstellbarer Gefühlsausbruch? Unglaubliche Lachanfälle? Weinkrämpfe? Sie konnte sich diesen *anderen* Glenn Masters einfach nicht vorstellen und fragte sich, ob seine Selbstbeherrschung nicht vielleicht inzwischen so weit ging, dass er sich, wenn sich die Gelegenheit böte, gar nicht mehr würde gehen lassen können. Candice schüttelte den Kopf. Warum dachte sie überhaupt über den Detective nach? Sie hatte doch viel näher liegende Sorgen.

Am Eingang zur Intensivstation drückte Candice auf den Klingelknopf. Die Dienst habende Schwester ließ sie mit vorwurfsvollem Blick herein. »Miss Armstrong? Aber Sie haben sich bereits registriert.«

»Schon wieder?« Man sollte meinen, dass das Pflegepersonal auf einer Intensivstation sorgfältiger mit den Besucherprotokollen umging. »Ich war gestern Abend hier«, setzte sie an und wollte gerade erklären, dass dasselbe Versehen schon gestern Morgen vorgekommen war, als sie am Bett des Professors eine Frau erblickte, schlank, mit roten Haaren, die sich gerade über ihn beugte. »Wer ist das?«, fragte sie.

Der Blick der Schwester wurde noch vorwurfsvoller. »Das ist Candice Armstrong.«

»*Ich* bin Candice Armstrong!«

Ihre Stimme drang bis zu der rothaarigen Frau, die den Kopf hob, mit einem Blick die Situation erfasste, nach ihrer Handtasche griff und davonstürzte.

»Warten Sie ...!«, rief Candice, als die Frau an ihr vorbeihastete.

Candice rannte ihr nach, aber ehe sie sich versah, war die Frau im Fahrstuhl verschwunden. Was Candice in der Eile erhascht hatte, waren die unglaublich schönen Gesichtszüge einer etwa Mitte Dreißigjährigen. Die sie noch nie zuvor gesehen hatte.

Sie nahm die Treppe und kam gerade in der Eingangshalle an, als die Schwindlerin durch die Doppelglastür ins Freie preschte und über die Rampe der Notaufnahme davonlief. Candice wich Rollstühlen und Rollbahren aus, hetzte hinter ihr her und rief laut: »Warten Sie! Wer sind Sie?«

Die Frau rannte über den Parkplatz auf das mehrgeschossige Parkhaus zu, das neben dem Krankenhaus lag.

Candice sprintete hinterher, wand sich zwischen Autos hindurch, immer bemüht, die Rothaarige nicht aus den Augen zu verlieren. Doch dann war die Frau in den Schatten des Parkhauses verschwunden.

Candice schlüpfte hinein, presste sich an einen Betonpfeiler und lauschte ins Dunkel.

Da hörte sie im Parkdeck über sich das Stakkato von Pfennigabsätzen. Sie hetzte die Rampe hoch und um die Ecke. Da war sie, die Rothaarige. Gerade stieg sie in ein rotes Mustang-Cabrio, mit offenem Dach und roten Ledersitzen.

»He!«, rief Candice.

Die Frau schaute sich nicht einmal um, ließ den Motor an und stieß rückwärts aus der Parklücke. Als sie den Gang wechseln musste, hatte Candice aufgeholt und hieb auf den Kofferraum ein. »Wagen Sie es nicht davonzufahren! Wer sind Sie! Warum geben Sie sich für mich aus?«

Nach einem raschen Blick in den Rückspiegel legte die Rothaarige den Gang ein. Der Mustang flog unter Candices Händen davon, schoss mit quietschenden Reifen um die Ecke zum nächsten Parkdeck und war verschwunden.

Candice blickte wortlos hinterher. Sie hatte es nicht geschafft, sich das Kennzeichen zu merken.

Als sie sich zum Ausgang wandte, vernahm sie ein Geräusch, das sie innehalten ließ. Ein laufender Motor. Der Fahrer am Steuer entweder unentschieden oder abwartend. Ein donnernder Auspuff, dann ein Röhren und das Quietschen von Reifen und im nächsten Augenblick kam der rote Mustang wieder um die Ecke geschossen und geradewegs auf sie zu.

Candice machte auf dem Absatz kehrt und raste davon.

Der rote Mustang blieb ihr auf den Fersen, nahm mit quietschenden Reifen jede Kehre zum nächsten Parkdeck. Candice rannte um ihr Leben, hechtete über die niedrigen Trennmauern immer weiter das Parkhaus hinauf. Als ihr Absatz wegbrach, stürzte sie und konnte sich gerade noch in Sicherheit bringen, ehe der rote Mustang sie streifte. Sie hatte keine andere Wahl, als hinaufzulaufen bis zum obersten Parkdeck, das unter freiem Himmel lag.

Warum wollte diese Frau sie über den Haufen fahren?

Sie kletterte über die nächste Trennmauer, rannte mit aller Kraft, den röhrenden Mustang auf den Fersen, bis sie das oberste Parkdeck erreicht hatte.

Sie drehte sich um. Der Mustang raste geradewegs auf sie zu. »Sind Sie verrückt?«, rief sie.

Sie sah rote wehende Haare, blasse Hände um

das Lenkrad geklammert, Augen hinter einer dunklen Sonnenbrille verborgen.

Candice rannte ans Ende des Parkdecks. Sie saß in der Falle. Von hier ging es nur noch nach unten. Fünf Geschosse. »Hilfe!« Aber der Wind trug ihre Stimme davon. Die Menschen auf dem Gehweg weit unten blickten nicht einmal auf.

An der Außenseite des Gebäudes gab es eine Feuerleiter, nur ein paar Meter entfernt. Candice lief hin und erstarrte. Höhenangst packte sie. Der Blick nach unten auf die Straße genügte und Candice ließ die Leiter wieder los.

Als sie sich in panischer Angst umschaute und der Mustang auf sie lospreschte – die Verrückte am Steuer wollte sie wohl wie eine Wanze zerquetschen –, nahm Candice die verschiedenen geparkten Wagentypen wahr: BMW, Mercedes,. Porsche, ja selbst ein Rolls Royce. Die Parkzone für die Ärzte, und das bedeutete, Alarmanlagen! Sie kletterte auf den nächstbesten Wagen, einen blauen Lexus, sprang von da auf weitere Motorhauben und setzte jede einzelne Warnanlage in Betrieb, während der Mustang an ihr vorbeiraste. Ein Geheul von Sirenen und Hupen hallte durch das Parkhaus und würde garantiert den Wachdienst auf den Plan rufen.

Doch als Candice den letzten Wagen erreicht

hatte und von der Motorhaube sprang, jeder weitere Fluchtweg versperrt, sah sie den roten Mustang, der ungeachtet der Alarmanlagen auf sie zusteuerte.

»Sie hielt geradewegs auf mich zu! Es war total verrückt! In einem öffentlichen Parkhaus bei helllichtem Tag!«

Der Notarzt wollte ihr ein Beruhigungsmittel geben, aber Candice lehnte ab. Sie brauchte ihren klaren Verstand. Wollte sich an jede Einzelheit erinnern. In der letzten Sekunde, als der Mustang auf sie zuhielt und sie gegen einen Landrover quetschen wollte, hatte die Rothaarige das Steuer herumgerissen und war die Rampe hinuntergefahren. Wie Candice vermutete, wegen der heulenden Alarmanlagen und weil die Frau wusste, dass jemand kommen würde.

Glenn stand mit verschränkten Armen in der mit einem Vorhang abgeteilten Kabine, während Candice im Krankenhemd auf dem Untersuchungsbett saß und die Beine baumeln ließ. Er vermied den Blick auf ihre nackten Fesseln. »Sie hätten ihr nicht nachlaufen dürfen«, meinte er.

Es klang wie ein Vorwurf. »Sie hat sich für mich ausgegeben! Ich hatte keine Lust, erst noch auf die

Polizei zu warten! Ich will wissen, was sie mit dem Professor vorhat.«

»Es gab einen Zeugen«, beruhigte er sie. »Er hat sich das Kennzeichen gemerkt. Wir werden die Frau finden. Sind Sie in der Lage, mit auf die Intensivstation zu kommen?«

»Ich bin so was von wütend!«, zischte Candice, während sie ihre Sachen packte. In ihr Haus war eingebrochen worden, ihre Katze lief im Freien herum, jemand gab sich für sie aus und versuchte dann auch noch, sie über den Haufen zu fahren.

Glenn konnte ihr ihren Zorn nicht verübeln, fand aber dennoch, dass ein wenig Selbstbeherrschung durchaus angebracht wäre. Als sie im Fahrstuhl inmitten von Krankenhausbesuchern mit Blumensträußen und Luftballons nach oben fuhren, konnte Candice Glenns Züge nicht erkennen. Er trug wieder einen dieser unvermeidlichen Filzhüte – diesmal in marineblau –, der seine Augen beschattete. Dennoch konnte sie seine Anspannung spüren. War es ihr Beinahe-Unfall? Oder etwas anderes?

Sie traten aus dem Fahrstuhl und sahen sich einer Ansammlung von Menschen gegenüber. Als sie Glenn entdeckten, kamen sie herbeigeeilt, drückten ihm die Hand und drückten ihm ihr Mitgefühl aus.

Der Milliardär Philo Thibodeau war ebenfalls anwesend, in weißen Slacks, weißem maßgeschneiderten Hemd mit aufgesticktem Wappen auf der Brusttasche, den Kragenknopf offen, der den Blick auf eine sonnengebräunte Brust freigab, die mit dem weißen Bart kontrastierte. An seiner Seite die beiden völlig unpassenden Männer, die Candice als seine Bodyguards einstufte, obwohl sie nicht danach gebaut waren und offensichtlich keine Waffen trugen. Aus ihrem blasierten Gehabe und der Art, wie sie auf andere herabsahen, sprach eine gewisse Arroganz, die Candice an ein Pfauenpaar denken ließ. Als sie den Afro-Amerikaner ein paar Worte mit Philo wechseln hörte, revidierte sie ihren ersten Eindruck: kein Afro-Amerikaner, schlichtweg Afrikaner. Der Mann sprach mit einem eindeutigen Akzent. Kenia? Der Mann mit dem Brandmal auf der Wange beobachtete Candice schon wieder ungeniert wie neulich hinter seinen dunklen Augengläsern.

Das ließ sie schaudern.

Die Anwesenden waren eine gemischte Gruppe: Junge und Alte, ein ethnischer Mix, eine Frau im indischen Sari, ein Asiate im grauen Anzug. Besorgte Menschen. Und mittendrin Glenn, mit ratlosem Gesicht. *Er kennt diese Leute überhaupt nicht.*

»Hallo.« Eine seidige Stimme riss Candice aus ihren Gedanken. »Sind Sie nicht Dr. Armstrong?«

Candice drehte sich überrascht zu einer kleinen, untersetzten Frau um, die mit ihrem gefiederten Hut leichte Ähnlichkeit mit einer Wachtel aufwies. Sie war ungefähr Ende sechzig und kam ihr irgendwie bekannt vor.

»Ich habe Sie von dem Foto auf Ihrem Buch über ägyptische Liebesgedichte wieder erkannt«, fuhr die Frau mit dieser lieblichen Stimme fort. »Ihre Interpretation des *wadjet*-Symbols. So einfühlsam. Wo andere Übersetzer scheiterten, haben Sie die Seele des antiken Ägypten erfasst.« Und mit einem Schmunzeln: »Ich spiele in derselben Liga.« Sie streckte ihre Hand aus. »Mildred Stillwater.«

Candice war sprachlos. Vor ihr stand eine der größten Expertinnen in Orientalistisk, Dr. Mildred Stillwater. »Dr. Stillwater! Was für eine Ehre! Ich verwende Ihr Buch ständig für einen Gegencheck bei meinen Hieroglyphen.«

Die Dame lächelte fein. »Wir wollten John einen Krankenbesuch abstatten. Wenn er aufwacht, würden Sie ihm bitte ausrichten, dass ich in der Stadt bin und meine Gedanken bei ihm sind?«

»Er weiß Ihre Gebete gewiss zu schätzen.«

Ein merkwürdiger Ausdruck kam in Stillwaters

Augen. »Wir beten nicht, meine Liebe. Aber John weiß das. Er wird es verstehen.«

Thibodeau tauchte wie ein Schatten an Mildreds Seite auf. »Ich denke, wir sollten Dr. Armstrong in diesem Moment nicht unnötig behelligen …«, sagte er mit einem entschuldigenden Lächeln und geleitete sie davon.

Ian Hawthorne befand sich auch in der Menge, sein graubeiger Pullover im Zopfmuster unterstrich noch sein sportlich-wildes Aussehen. »Übermorgen fahre ich nach Jordanien zurück, Candice.« Er zuckte die Schultern. »Keine besondere Grabungsstätte, aber immerhin meine.«

Glenn drängte sich zu Candice durch. »Dr. Armstrong, wir können jetzt hinein.«

Ian packte sie am Arm. »Hör zu, Candice. Wenn ich irgendetwas für dich tun kann …« Er blickte bedeutungsvoll in Richtung Intensivstation. »Ich mag den Alten.« Und er steckte ihr eine Visitenkarte mit seinen diversen Telefonnummern zu.

Candice dankte ihm und folgte Glenn durch die Schwenktüren auf die Intensivstation, wo er seinen Dienstausweis zückte und unverzüglich mit der Befragung des Pflegepersonals begann. Wie sich herausstellte, hatte die rothaarige Frau seinen Vater verschiedene Male besucht und sich jedes Mal als Candice Armstrong ausgegeben. Hatte irgendeine von den Schwestern zufällig gesehen, ob die Frau mit seinem Vater gesprochen hatte? Keine konnte sich erinnern. Während Glenn mit dem Besucherprotokoll beschäftigt war, trat Candice an das Krankenbett ihres alten Mentors.

Der Zustand des Professors hatte sich verschlechtert, sein Gesicht war aschfahl. Sie nahm seine Hand. Sie fühlte sich an wie kalte Knochen, die in Pergament gewickelt waren. Sein Profil erinnerte sie an die Mumie von Sethos I., einem großen, noblen Monarchen. Dieses plötzliche Schrumpfen der Gesichtszüge alarmierte sie. Noch vor wenigen Jahren war er so robust und kraftvoll gewesen. Konnte der Alterungsprozess so rasant fortschreiten?

Wie gerne hätte Candice jetzt ein Gebet gesprochen. Aber sie war nicht religiös, ihre Mutter hatte ihr keine spezielle Glaubensrichtung gewiesen, sie hatten nie einen Gottesdienst besucht. Candice musste an all die biblischen Schriften denken, die der Professor im Laufe seines Lebens entschlüsselt und analysiert hatte, indem er heilige Worte für andere erleuchtete. Auf persönlicher Ebene hatte er nie über religiöse Themen mit ihr gesprochen, lediglich im Zusammenhang mit den antiken Völkern, die er erforschte.

Es dauerte einen Moment, bis sie gewahr wurde, dass er die Augen aufgeschlagen hatte.

»Professor?«, fragte sie sanft.

Er starrte blicklos an die Decke.

Candice beugte sich über ihn, bis sie in seinem Blickfeld war. Sein Blick war glasig und unscharf.

»Professor?«, fragte sie etwas lauter.

Die Augäpfel bewegten sich ein wenig. Trübe Pupillen fanden Candices Gesicht und hielten sich daran fest. Candice spürte etwas Bewegung in der Hand, die sie festhielt. Sein Brustkorb hob sich, als er Luft holte und dann flüsterte: *»Dschebelmarrah …«*

Der eine Mundwinkel hing schief, als ob der Professor auf einmal einen Schlaganfall erlitten hätte. Candice beugte sich tiefer über das Bett. »Was haben Sie gesagt?«

Seine Lippen und seine Zunge waren trocken, sein Kinn schien unter der Bewegung zu knirschen. »Dschebel …«, sagte er noch einmal, »marrah …«

»Was ist Dschebelmarrah?«

Einen Moment lang wurde sein Blick klar und er erkannte sie. »Candice«, murmelte er. *»Stern von Babylon …«*

»Ja, Professor. Ich suche bereits danach. Überanstrengen Sie sich bitte nicht. Ich finde ihn. Ich werde ihn zurückbringen.«

Des Professors faltiges Gesicht wurde unter der

Anstrengung noch zerfurchter. Candice spürte seine Anspannung und war beunruhigt. Sollte sie die Schwester rufen?

»Versprechen Sie es, Candice. Dschebelmarrah …«

»Ich verspreche es«, sagte sie und sah, wie der Lebensfunke in seinem Blick allmählich erlosch, spürte, wie der Druck seiner Hand nachließ. »Ich werde den *Stern von Babylon* finden. Sie ruhen jetzt ein wenig.«

Als sie in das Dienstzimmer der Schwestern trat, erklärte Glenn dem Pflegepersonal gerade, wie wenig er davon hielt, dass Fremde ungehindert Zutritt zu seinem kranken Vater hatten. Er würde einen Polizeibeamten am Eingang zur Intensivstation postieren, und wer immer Zutritt zu Professor Masters wollte, musste sich ausweisen. »Die Besucherliste ist nicht sehr lang«, schloss Glenn mit einem zornigen Gesichtsausdruck. »Ich und Dr. Armstrong hier. Falls sonst noch jemand meinen Vater zu sehen wünscht, möchte ich sofort informiert werden, ist das klar?« Und falls die Rothaarige noch einmal auftauchte, sollte man sie unter einem Vorwand festhalten.

Als die automatische Tür aufschwang, war die Menge vor der Intensivstation noch angewachsen. Der Wachdienst des Krankenhauses gab Anweisungen auseinander zu gehen. Eine Frau protestierte. Eine Hispano-Amerikanerin mit langen silbergrauen Zöpfen und einer Haut wie altes Elfenbein bestand darauf, Señor Glenn sprechen zu dürfen. »Da!« Sie stürzte auf ihn zu. »Lo siento«, sagte sie. »Tut mir so Leid.«

Glenn legte ihr beruhigend eine Hand auf den Arm. »Alles in Ordnung, Mrs Quiroz. Es war nicht Ihre Schuld. Unfälle passieren halt.«

»Ich so aufgeregt, wenn ich sie anrief. Ich nicht nachgedacht. Ich es Ihnen hätte sagen müssen. Und dann mein Mann kommen und mich nach Hause bringen.«

Glenn versuchte sie zu beschwichtigen. »Mir was sagen müssen, Mrs Quiroz?«, fragte er behutsam.

»Señor Glenn, ich es Ihnen sagen wollen und vergessen. Ihr Vater hat eine Brief geschrieben, bevor er gestürzt ist. Ich sehe Brief und stecke weg. Ich sehe Ihre Name darauf. Steht ›Lieber Glenn‹, also ich weiß, es ist besonders. Ich denke, vielleicht Polizei kommt und mitnimmt. Also ich verstecke. Aber *Dios mio,* weiß nicht mehr, wo!«

»Nicht so schlimm, Mrs Quiroz. Ich werde ihn finden.«

»Ich wollte ihn sichern.«

»Warum dachten Sie, der Brief würde nicht sicher sein?«, fragte Glenn. Und dann: »Mrs Quiroz, warum dachten Sie, die Polizei würde den Brief mitnehmen?«

»Weil Ihr Vater«, sie bekreuzigte sich, den Rosenkranz am Handgelenk. »Señor Glenn, da noch jemand mit ihm da oben auf der Treppe.«

Glenn erstarrte. »Was wollen Sie damit sagen?«

»Ich arbeite spät, müssen Sie wissen. Der Professor mir sagen, ich soll nach Hause gehen, aber ich verspreche noch sauber machen, war Dreck auf dem Küchenboden von Regen. Der Professor schreiben Brief. Dann höre ich Türglocke. Sie hinaufgehen, ich weiß nicht, wer. Und dann höre ich Streit, wissen Sie? Professor ist aufgeregt. Und dann ein Geräusch wie Donner. Ich renne und finde ihn auf dem Boden und höre Schritte rennen raus.«

»Mrs Quiroz.« Glenn bemühte sich um eine gefasste Stimme. »Was genau wollen Sie damit sagen?«

»Ihr Vater nicht gestolpert. Der Professor diese Treppe hundertmal am Tag gegangen. Er vorsichtig. Er nicht fallen. Señor Glenn, Ihr Vater *gestoßen* worden.«

Kapitel 7

Er rannte.

So schnell er konnte. Bis an die Schmerzgrenze. Bis seine Lungen brannten. Verschärfte noch das Tempo, erhöhte den Steigungswinkel, trieb sich selbst bis an seine Grenzen.

Jemand versuchte, seinen Vater zu ermorden.

Der Schweiß troff Glenn von der Stirn und vom Hals und rann ihm über den Körper. Die Hände zu Fäusten geballt, die Arme rhythmisch wie Kolben schlagend, hämmerten seine Füße auf das Laufband. Selbst die Maschine klang jetzt angestrengt, als ob sie sich ebenfalls ihren Grenzen näherte.

Diese unbändige Wut, als er Mrs Quiroz hatte sagen hören, »er wurde gestoßen«. Genau da, mitten auf dem Krankenhausflur, wäre Glenn am liebsten explodiert, hätte seinen Gefühlen freien Lauf lassen mögen ohne Rücksicht auf die Folgen. »Sind Sie sicher?«, hatte er stattdessen zurückgefragt und noch weitere Fragen gestellt. Sich Notizen gemacht. Nach außen hin ruhig und gefasst, innerlich brodelnd wie ein Vulkan.

Und dann hatte er bemerkt, dass Philo Thibodeau sich nicht mehr im Gedränge vor der Intensivstation befand. Glenn hatte sofort das Beverly Hills Hotel angerufen. Hier war kein Philo Thibodeau registriert. Daraufhin hatte Glenn mit seiner Dienststelle telefoniert und einen Beamten angewiesen, sämtliche Hotels in Beverly Hills und Los Angeles abzuklappern. »Finden Sie Philo Thibodeau.«

Danach hatte er Candice Armstrong nach Hause gebracht. Die rosafarbene Kamee in ihrer Halsbeuge hatte gebebt, als sei die erhabene Göttin darauf selbst in Rage. Zunächst hatte Glenn sich vergewissert, dass er Candice unbesorgt im Haus ihrer Mutter zurücklassen konnte, dass der Streifenwagen postiert und alle Fenster und Türen verriegelt waren, ehe er sie ihrem Schicksal überließ. Etwas blass um die Nase hatte sie ihn mit einer noch dunkleren Stimme und den Worten »Finden Sie den Täter, Detective« verabschiedet.

Jetzt forcierte er noch das Tempo auf dem Laufband, stellte den Steigungswinkel auf die höchstmögliche Stufe, forderte seine letzten Reserven. Wenn er jetzt zu laufen aufhörte, würde er geradewegs ausrasten.

Letzter Stand der Dinge: kein Philo Thibodeau in irgendeinem Hotel in Beverly Hills oder Los Angeles registriert. »Überprüft die Flughäfen«, hatte Glenn angeordnet.

Und dann, Volltreffer! Los Angeles International Airport meldete, ein Privatjet von Philo Thibodeau erhielt gerade Starterlaubnis, eine Stunde nachdem Mrs Quiroz ihre explosive Aussage gemacht hatte. Zielort: Singapur.

Glenn hätte sich sonst wohin treten mögen. An diese Möglichkeit hätte er als Erstes denken müssen, hätte Thibodeau gleich gestern Abend auf dem Parkplatz festnageln sollen, als sein Instinkt ihn warnte, dass das unvermittelte Auftauchen dieses Mannes nichts Gutes verhieß. Er verfügte über keinerlei Beweise, konnte den Milliardär weder mit dem Überfall auf seinen Vater in Verbindung bringen noch mit den beiden Einbrüchen oder mit der Rothaarigen, die Candice Armstrong überfahren wollte. Dennoch ahnte er, Thibodeau steckte irgendwie hinter alledem. Jetzt hatte er genug.

Er drosselte das Tempo des Laufbandes, fiel in einen leichten Trab, zähmte seine Wut und gewährte seinen Beinen einen leichten Auslauf, ehe er die Maschine ganz abstellte.

Doch nur sein Körper stand still, sein Verstand lief auf vollen Touren. Er würde sich nicht in falscher Sicherheit wiegen, nur weil Thibodeau einige tausend Meilen weit entfernt war. Glenn würde ein Netz auswerfen, so groß und weit wie der Planet selbst. Philo würde ihm nicht entkommen.

In der Zwischenzeit hatte Glenn eine Auflistung aller Telefongespräche seines Vaters sowie seine Kontoauszüge angefordert, um nach häufig gewählten Telefonnummern oder ungewöhnlichen Kontobewegungen zu forschen. Morgen würden seine Leute die Angestellten und die Studenten an der Universität befragen, desgleichen Mr Goff vom Antiquariat, die Anwohner von Bluebell Lane, die Lieferanten, Gärtner, den Briefträger – jeden, der Kontakt zu seinem Vater gehabt hatte.

Glenn schwor sich eine Antwort zu haben, ehe Philo erneut zuschlug.

Mit zittrigen Fingern knöpfte Candice sich die Bluse auf.

Sie stand immer noch unter Schock. Der Professor die Treppe hinuntergestoßen! Dieses schreckliche Bild verfolgte sie. Wie musste er sich gefühlt haben, als er das Gleichgewicht verlor, Stufe um Stufe hinunterrollte, sich an den Kanten schlug, in dem Bewusstsein, dass ihm das jemand mutwillig angetan hatte und er womöglich nicht lebend unten ankommen würde.

Jemand versuchte den *Stern von Babylon* zu stehlen.

Ihr ganzes Leben lang war Candice gegen die Ungerechtigkeit Sturm gelaufen, dass jemand die Errungenschaften eines anderen für sich selbst in Anspruch nahm. Das gehörte zu ihrer fundamentalen Überzeugung. Schon einmal zuvor war sie Zeuge eines solchen gemeinen Diebstahls geworden, hatte jemand frech die unverdiente Ernte eines anderen einfahren sehen. Und nun war jemand dabei, genau dieses Professor Masters anzutun, einem alten Mann, der sich nicht wehren konnte.

Am liebsten hätte Candice jedes Teil im Haus ihrer Mutter in Stücke geschlagen. Stattdessen hatte sie verschiedene Telefongespräche geführt, um herauszufinden, wo es noch ein lieferbares Exemplar des Journals über den Internationalen Antiquitätenmarkt gab. Überdies hatte sie erwogen, ihre neuen Kollegen aus der Branche zu fragen, ob sie etwas über den *Stern von Babylon* wüssten, den Gedanken dann jedoch wieder verworfen. Der Professor hatte seine Forschung geheim gehalten und das musste sie respektieren.

Den ganzen Abend lang hatte sie über den

Stern von Babylon recherchiert, in allgemeinen geschichtlichen Quellen, im Internet zum Thema römische Legenden, in mittelalterlichen Handschriften, einem Gerücht über Marco Polo nachgehend, um schließlich herauszufinden, dass der *Stern von Babylon* ein siebeneckiges Sternensymbol sein könnte, genauso gut aber ein wirklicher Stern am Sternenhimmel – Capella, der sechstgrößte Star am Firmament – oder aber, dass er sich auf die Göttin Ishtar beziehen könnte. Am Ende faxte sie die Fotokopie der Duchesne-Steintafel an den Herausgeber von *Altorientalische Schriften.* Wenn einer die Schrift entschlüsseln konnte, dann dieser Mann.

Und was bedeutete Dschebelmarrah? War es ein Wort oder zwei? Stand es für einen Ort? Sie war versucht Ian Hawthorne zu fragen. Es klang arabisch oder hebräisch, und Ian war ein Experte, was das alte Jerusalem von der babylonischen Herrschaft bis zu den römischen Eroberern betraf. Auf diesem Gebiet war er unschlagbar und zudem für sein scharfes Auge berühmt. Ian konnte sich eine Tonscherbe anschauen und auf den Punkt genau sagen, welcher Makkabäerfürst zum Zeitpunkt ihres Brennvorganges an der Macht gewesen war. Doch Ian konnte sie nicht fragen.

Candice ging in das kitschige Schlafzimmer ihrer Mutter und zog die Vorhänge beiseite. Der Streifenwagen war immer noch in der Einfahrt geparkt, der Polizist hinter dem Steuer winkte ihr zu. Sie winkte zurück.

Glenn Masters hatte auf Polizeischutz bestanden und sie war ihm dankbar dafür. Mit dem Polizisten vor dem Haus fühlte sie sich sicherer hier oben in dem Haus ihrer Mutter.

Glenn Masters. Candice war selber über ihre Reaktion überrascht gewesen, als er ihre Kabine in der Notaufnahme betrat. Die kurze Erregung bei seinem Anblick, das unvermittelte Gefühl von Geborgenheit. Es war lange her, dass ein Mann ihr dieses Gefühl vermittelt hatte. Sie wüsste gar nicht mehr zu sagen, wer und wann. Es musste mit seiner Größe und seiner Coolness zu tun haben, dass sie sich fühlte wie eine arme Prinzessin in Not. Und zu ihrer Überraschung gefiel ihr diese Rolle. Candice lächelte. Logisch war das nicht. Und eigentlich sollte alles in ihrem Leben logisch sein.

Sie fragte sich erneut, ob er verheiratet war. Er trug einen schlichten Goldreif, jedoch an der rechten Hand ...

Sie riss sich zusammen. *Hör auf damit!*

Wie das übrige Haus, stellte auch Sybillas Schlafzimmer einen Schritt zurück in die fünfziger Jahre dar. Ihre einzige Konzession an die Neuzeit war eine digitale Uhr auf dem dänischen Teak-Nachttisch und eine gerahmte Fotografie aus dem Jahr 1969. Ein junger Soldat, der wie ein kleiner Junge in Verkleidung wirkte. Candices neunzehnjähriger Vater, gefallen in Vietnam.

Ein Geräusch. Irgendwo im Haus.

»Huffy?«, rief sie. Die Katze war wahrscheinlich dabei, das Haus zu erkunden.

Auf der Suche nach einem Hausmantel zog Candice den Garderobenschrank auf.

Sybilla kleidete sich mit Stil, wenn auch extravagant und in leuchtenden Farben. Scharlachroter Chiffon, mitternachtsblaue Seide, knallgelbe Baumwolle und cremefarbenes Leinen, alles mit den passenden Accessoires. Schließlich fand Candice einen Kimono, der mit Apfel- und Kirschblüten bedruckt war.

Nachdem Sybilla das übliche Beileidstelegramm der Armee erhalten hatte, war sie aus dem College ausgeschieden. Da sie überhaupt kein Geld hatte und für Candice sorgen musste, hatte sie eine Stelle als Sekretärin in einer Werbeagentur angenommen. Sie war klug, kreativ und sprühte geradezu vor Ideen – die ihr Chef ungeniert ausnutzte und als die seinen ausgab. Während Mr Wyatt eine Gehaltserhöhung und Beförderung nach der anderen kassierte, verblieb Sybilla auf dem Stand einer kleinen Sekretärin. Der Auftrag der Kosmetikfirma – Candice war damals gerade zwölf – hatte das Fass dann zum Überlaufen gebracht.

Plötzlich klingelte irgendwo ein Telefon, gefolgt von einem Piepsen. Das Fax! Candice stürzte hin, voller Hoffnung, ihr Freund möge die Schrift auf der Duchesne-Steintafel entziffert haben. Ihr Gesicht wurde blass, als sie die Antwort las: »Nicht zu entschlüsseln.«

Sie ging ins Badezimmer, warf die Kleider ab und trat in die Duschkabine. Ein genüssliches Bad wäre verlockend gewesen, aber sie konnte sich so einen Luxus im Moment nicht leisten. Eine rasche Dusche und dann zurück an die Arbeit. Als sie gerade den Duschhahn aufdrehen wollte, hörte sie wieder ein Geräusch. Sie lauschte. Das war nicht das Faxgerät.

Sie spähte ins Schlafzimmer, wo das Licht weiche Schatten warf, sah das Wohnzimmer und dahinter das Glitzern von Los Angeles bei Nacht. Der schimmernde Swimmingpool warf Schatten an die Gartenmauern und blassgrüne Lichter tanzten über die Wohnzimmerwände wie lebende menschliche Gestalten. »Huffy?«, rief sie. Was hatte die Katze da draußen bloß vor?

Candice schlüpfte in die Dusche.

Es war Sybillas Traum gewesen, eines Tages selber eine Werbeagentur zu leiten, mit eigenem Büro und Sekretärin, eigenen Werbeetats, auch wenn sie sich damit mitten in eine Männerdomäne begab. Sie besuchte die Abendschule und bildete sich kontinuierlich weiter. Der Erfolg lag zum Greifen nahe. Dann kam die Sache mit der Kosmetikfirma. Man wollte neue Namen für eine Duftserie, die es schon viele Jahre gab, deren Blumennamen nun aber aus der Mode waren. Sybilla hatte neue Namen wie *Leidenschaft, Verlangen* und *Liebe* vorgeschlagen. Hatte Toilettenwässer und Lotionen mit Namen wie *Süße Träume, Frühlingsromanze, Sommerbrise* und *Herbstsonate* versehen. Die Verkaufszahlen schnellten in die Höhe. Mr Wyatt wurde zum Geschäftspartner gemacht und Sybilla bekam nicht einmal einen warmen Händedruck.

Und da hatte sie das Unvorstellbare unternommen und Mr Wyatt direkt konfrontiert. Hatte die gebührende Anerkennung für ihre Leistung verlangt. Ohne zu zögern hatte er sie gefeuert. Sie hatte sich gewehrt, hatte seine Geschäftspartner informiert, sich in offenen Briefen an Chefredakteure und bei lokalen Rundfunksendern beschwert. Sie gab nicht auf, auch nicht, als Mr Wyatt, unter Druck gesetzt, sie mit einer Gehaltserhöhung wieder einstellen wollte. Sie verlangte Anerkennung. Sagen Sie den Leuten, dass es meine Ideen waren.

Der Durchbruch gelang, als sie sich direkt an einen Kunden der Agentur wandte, einen Wäschehersteller, der gerade eine neue Dessousserie auf den Markt bringen wollte. Sybilla eröffnete ihm, dass frühere Anzeigenkampagnen für seine Produkte auf ihr Konto gingen, und bot an, umsonst für die neue Wäscheserie zu arbeiten.

Das Ergebnis war schlichtweg spektakulär. Als Sybilla ihre eigene kleine Werbeagentur eröffnete, zogen zwei von Mr Wyatts Kunden mit, bereit ein Risiko zu wagen. Sie wurden nicht enttäuscht. Weitere Kunden folgten, die neue Agentur expandierte so erfolgreich, dass Sybilla Armstrong Creations inzwischen nur noch renommierte Kunden und Spitzenetats betreute und finanziell bestens dastand. Weil Sybilla den Mut besessen hatte, für Gerechtigkeit zu kämpfen.

Und nun wollte jemand dem Professor seine Ideen stehlen. Das würde Candice nicht zulassen.

Sie stellte die Dusche ab und schob die beschlagene Glastür beiseite. An den Schlafzimmerwänden tanzten kleine grünliche Lichter, als sei jemand im Swimmingpool. War eine Brise aufgekommen? Die Bäume warfen gespenstische Schatten an die Gartenmauern, dass es so wirkte, als kletterten schattenhafte Gestalten darüber.

Candice schalt sich wegen ihrer Nervosität. Immerhin stand ein Streifenwagen vor ihrem Haus. Und dann erstand vor ihrem inneren Auge ein weiterer Polizist, Glenn Masters.

Ihr Herz tat wieder einen kleinen Hüpfer. Dieses verräterische Organ, das sich ihrem Verstand widersetzte. Sie wollte jetzt nicht über den Detective oder sonst einen Mann nachdenken. Aber ihr Herz ging eigene Wege. Candice verdrängte das Bild – sein unerwartetes Auftauchen in der Notaufnahme, diese hoch gewachsene Gestalt mit dem schmucken Filzhut, der genau den richtigen Knick hatte.

Genug damit!

Es gab weiß Gott an Wichtigeres zu denken. An das Projekt in San Francisco, eine Fernsehserie über ägyptische Frauen – Ehefrauen, Mütter, Bäckerinnen, Sängerinnen, Tänzerinnen, Näherinnen, Königinnen – Candice wollte alles daransetzen, um diesen Job zu bekommen. Der Professor und der mysteriöse *Stern von Babylon*. Wo sollte sie mit ihrer Suche als Nächstes ansetzen?

Während sie nach dem Badetuch griff, wanderten ihre Gedanken zu jenem Tag zurück, da sie den Professor zum letzten Mal gesehen hatte. Es war vor einem Jahr in der Mensa der Universität in Los Angeles gewesen, wo der Professor immer noch lehrte. Wie wohl sie sich in der Gesellschaft dieses Mannes gefühlt hatte; er im Tweedjackett mit Lederflecken an den Ellenbogen, die Pfeife in der Hosentasche, so klug und männlich. Fühlte man sich so als Tochter, die den Sonnenschein und ein Sandwich mit ihrem Vater teilte? Er war so integer und vermittelte ihr ein Gefühl der Geborgenheit. Nicht, dass sie sich bei ihrer Mutter nicht geborgen gefühlt hätte. Aber die Vorstellung eines Vaters gab ihr Ruhe und Sicherheit.

»Woher rührt diese Leidenschaft für das alte Ägypten?«, hatte er sie bei passender Gelegenheit einmal gefragt.

Candice wollte ihm die Geschichte erst gar nicht erzählen. Denn sie begann ausgerechnet in den Anfangstagen von Sybillas neuer Werbeagentur. Candice ging jeden Tag nach Schulschluss in die kleine Agentur ihrer Mutter und machte in einer stillen Ecke ihre Schularbeiten, während rings um sie herum Telefone klingelten, Leute herumhasteten und mit lauter Stimme Aufmerksamkeit heischten. Candice hasste diese überhitzte, hektische Atmosphäre und zog sich immer mehr in ihre Bücher zurück. In der achten Klasse beschäftigten sie sich gerade mit der Antike, und als sie die alten Ägypter durchnahmen, fing Candice sofort Feuer.

Die antiken Bewohner des Niltals waren weniger materialistisch und viel spiritueller eingestellt als die Belegschaft im Büro ihrer Mutter. Es war ein ruhiges, beschauliches Zeitalter, in dem Boote mit dreieckigen Segeln den friedlichen Nil hinunterglitten, an dessen Ufer Palmen in den klaren blauen Himmel ragten. Die Menschen beschäftigten sich mit den Göttern, mit ihren Seelen und mit dem Leben nach dem Tode, nicht mit Einschaltquoten, Verbraucherindizes und Profitmargen.

Und aufgrund ihrer Beschäftigung mit der antiken Welt hatte Candice auch John Masters kennen gelernt. Sie erinnerte sich noch genau, was er gesagt hatte, als sie leidenschaftlich vom alten Ägypten gesprochen hatte. »Sie sind auf der Suche nach etwas, Candice.«

»Nach Antworten!«, hatte sie impulsiv erwidert. »Nach der Entschlüsselung von Geheimnissen. Was wurde aus Nofretete, nachdem das Reich ihres Gatten zusammengebrochen war? Wer war der Pharao des Exodus?«

»Nein«, hatte Masters nachdenklich entgegnet. »Sie sind auf der Suche nach Ihrer Seele.«

Krach!

Sie fuhr hoch. Horchte, sah die Schatten die Mauern entlangkriechen, spürte ihr Herz rasen. Huffy musste mit ihrem unmöglich langen Schwanz etwas umgestoßen haben.

Es war besser, sie schaute nach.

Glenn war gerade dabei, sich nach dem Duschen mit einem Badetuch abzutrocknen, als sein Blick in den Spiegel und auf die hässliche Narbe an seinem rechten Schulterblatt fiel. Er konnte sich noch auf den Tag genau erinnern, wann sie ihm zugefügt worden war und er geglaubt hatte sterben zu müssen. Sherri war an jenem Tag bei ihm gewesen. Er sah ihr blasses Gesicht genau vor sich, wie sie sich über ihn beugte, und fragte sich, was sie heute wohl machte. Höchst wahrscheinlich immer noch Extremklettern. Schon merkwürdig, wie nahe man sich einem Menschen wähnen konnte, bis hin zu dem Gedanken an eine Heirat. Dann fielen auf einmal die gemeinsamen Interessen weg und beide Partner entfremdeten sich. Wie sich später herausstellte, war es allein das Klettern gewesen, das sie beide verbunden hatte.

Seine Gedanken wanderten zu Candice Armstrong.

Eine Frau mit Schneid, aber zu impulsiv. Eine Draufgängerin. Glenn kannte die Geschichte von dem Faircloth-Skandal und der Grabkammer Tetefs. Sie besaß Mut, das musste man ihr lassen, aber Glenn hätte die ganze Sache anders angefangen, wäre ruhiger, methodischer und nach allen Regeln der Vernunft vorgegangen. Am Ende wäre das Resultat zwar das gleiche gewesen – Faircloths Ruf ruiniert –, dennoch hätte er selbst keinen Schaden davongetragen, wie es jetzt bei Candice der Fall war. Ihre berufliche Perspektive am Boden. Eine ungeduldige Frau. Nicht gerade der geeignete Partner zum Steilwandklettern.

Er zog sich eine schwarze Hose und ein schwarzes T-Shirt an, dann griff er nach dem Telefonhörer und rief seine Dienststelle an. Zu seinem Fall lag nichts Neues vor.

Warum war sie nicht verheiratet? Oder war sie etwa mit ihrem Beruf verheiratet? Welche Wut und Leidenschaft in ihren Augen brannten, als sie die Sachen vom Boden der kleinen Kammer auflas, die den Kern ihres Universums bildete – wie eine Mutter, die ihre Kinder verteidigt.

Er verdrängte die Gedanken an Candice Armstrong und konzentrierte sich stattdessen auf Philo Thibodeau. Jahrelang hatte er nicht mehr an diesen Mann gedacht und doch hatte sein unerwartetes Auftauchen die Alarmglocken in seinem Hinterkopf läuten lassen.

Und Erinnerungen freigesetzt: an seine Mutter, Lenore, die Professorin, und an ihre engsten Freunde, Sandrine Thibodeau und ihren Mann Philo.

Die vier waren enge Freunde. Sandrine und Lenore hatten gelegentlich kleine Reisen oder Spritztouren ohne ihre Männer unternommen. Wann immer Glenn fragte, wohin sie gefahren seien, tätschelte seine Mutter seine Wange und sagte: »Reine Mädchensachen, Liebling.« Er hatte sich immer ausgemalt, sie verbrächten ihre Zeit in einem exklusiven Schweizer Kurort, wo sie in Schlammbädern versanken und grässliche Kräutertees tranken. Er erinnerte sich jetzt auch wieder, dass er Philo schon damals nicht leiden konnte, jedoch nicht zu sagen wusste, warum. Vielleicht lag es an der Art, wie Philo Glenns Mutter zum Lachen brachte, wie er ihr in den Mantel half, wie er sie auf eine Weise berührte, die der damals acht-, zwölf- oder fünfzehnjährige Glenn nicht angemessen fand. Und ihr Mann, der Professor, war ahnungslos.

Morven.

Glenn erstarrte. Wo kam *das* auf einmal her?

Dann tauchte eine andere Erinnerung in ihm auf: Es war nach dem Begräbnis seiner Mutter. Er litt unter Schlaflosigkeit, zwang sich schließlich zu

Schlaftabletten. Eines Nachts wachte er wie benebelt auf, hörte Stimmen im Untergeschoss, zornige Stimmen von zwei Männern, der eine drohte dem anderen ihn umzubringen. Glenn war so schlaftrunken, dass er die beiden Männer nicht erkennen, nicht verstehen konnte, worum es bei diesem Streit ging. Und dann war er wieder in den Schlaf geglitten, hatte den Vorfall vergessen.

Warum kehrte die Erinnerung daran jetzt, zwanzig Jahre später, wieder zurück? Und wer oder was war Morven?

Die Vergangenheit holte ihn wieder ein, sie ritt auf den Spuren der Schreckgespenster, die er vor langer Zeit bezwungen hatte. Oder glaubte, bezwungen zu haben. Glenn griff nach seinem Trenchcoat und den Autoschlüsseln. Er musste sich im Haus seines Vaters noch einmal genauer umschauen.

Noch tropfnass von ihrer Dusche schlüpfte Candice in den Kimono und zog den Gürtel fest. Sie wollte sich den Klamauk ihrer Katze näher besehen. »Wo bist du, dummes Tier?«, rief sie. »Was machst du denn da draußen?«

Das Wohnzimmer, in das schimmernde grüne Licht des Pools getaucht, wirkte wie ein Aquarium, und nach der heißen Dusche glaubte Candice, zwischen den Möbeln zu schwimmen. In der Eingangshalle stolperte sie über eine zerbrochene Vase. Sie hatte auf einem Podest gestanden, das Huffy offensichtlich erforscht hatte. Candice konnte nur hoffen, dass es kein teures Stück war.

Sie fuhr regelrecht zusammen, als das Telefon klingelte.

Und dann rannte sie los. Sie hatte Reed O'Brian in San Francisco die Telefonnummer ihrer Mutter hinterlassen. »Hallo?«, rief sie atemlos in die Sprechmuschel.

Stille.

»Hallo?«

Klick.

Sie starrte den Hörer an.

Und dann überfiel sie der Schrecken.

Glenn rollte gerade den Wilshire Boulevard hinunter, als sein Handy klingelte. Seine Dienststelle. »Wir haben den Mustang ausfindig gemacht, Detective. War von einer Frau namens Jane Smith gemietet. Sie hat ihn heute Nachmittag zurückgebracht. Keine Spuren zu finden.«

»Kreditkarte?«

»Personalausweis und Kreditkarte scheinen gefälscht, Detective.«

»Schon Nachrichten aus Singapur?«

»Thibodeau ist noch in der Luft.«

Glenn stieß einen verhaltenen Fluch aus. Es gab keine Garantie, dass Philo tatsächlich in Singapur landen würde. Er konnte seine Route jederzeit ändern und, wo immer er wollte, wieder auftauchen.

»Nehmen Sie Kontakt mit Interpol auf. Sagen Sie ihnen, wir brauchen ...«

Glenns Handy war belegt.

Candice legte auf und drückte die Wahlwiederholtaste. Immer noch belegt!

Sollte sie den Mann im Streifenwagen verständigen? Aber womöglich war der Anrufer genau darauf aus, um sie zu packen, wenn sie aus dem Haus kam.

Sie spähte aus dem Fenster. Der Streifenwagen stand immer noch auf Position. Der Polizist hatte sich nicht mehr gerührt, seit sie das letzte Mal hinausgeschaut hatte. Er saß im Schatten. Sie konnte sein Gesicht nicht erkennen. War er vielleicht eingeschlafen? Sollte sie hinausgehen und ihn aufwecken?

Sie hörte schon wieder ein Geräusch und schwang herum. »Huffy?«, rief sie, diesmal um einiges schärfer.

Keine Reaktion.

Candices Nackenhaare sträubten sich. *Sie war nicht allein im Haus.*

Glenn tätigte noch fünf weitere Anrufe von seinem Handy aus. In Los Angeles war es mittlerweile beinahe Mitternacht, auf der anderen Seite des Globus jedoch schon früher Morgen. Dort waren Menschen bereits bei der Arbeit, Menschen, die Philo Thibodeau finden würden.

Glenn ignorierte das Rückruf-Signal. Wer immer es war, er würde wieder anrufen.

Candice kroch durchs Wohnzimmer und griff sich den Feuerhaken. Sie hätte gerne das Licht eingeschaltet. Die Schatten an den Wänden verzerrten alles, es kam ihr so vor, als bewegten sich dreißig Leute auf sie zu. Aber das Licht würde dem Eindringling nur helfen. Unterdessen hatte sich der Poolfilter eingeschaltet, sein beständiges Summen überdeckte jegliches andere Geräusch.

»Ich habe die Polizei angerufen«, sagte sie absichtlich laut. »Und vor dem Haus steht ein Streifenwagen.«

Auf Zehenspitzen bewegte sie sich über den Teppichboden, den Feuerhaken geschultert wie ein Schlagmann den Schläger beim Baseball. »Also verschwinden Sie lieber. Hier gibt es nichts zu stehlen.«

War es etwa die Rothaarige? Hatte sie ihren flotten Mustang heimlich in der Nähe des Hauses geparkt und war, von dem Streifenpolizisten unbemerkt, durch den Garten geschlichen? Aber wie war sie hereingekommen?

Da bemerkte Candice, dass die Hintertür zu dem kleinen Patio offen stand.

Sie begann zu zittern. Sie schätzte die Entfernung bis zur Haustür. Würde sie es bis nach draußen zu dem Streifenwagen schaffen?

Er überfiel sie hinterrücks. Sie hatte ihn weder kommen gehört noch gespürt. Kräftige Arme packten sie um die Taille und hoben sie einfach hoch. Der Feuerhaken entglitt ihren Händen. Sie wollte schreien, aber eine verschwitzte Hand hielt ihr den Mund zu.

»Ganz ruhig!«, zischte er. »Einen Ton und ich bring dich um.« Statt sich nach vorne aus der Umklammerung zu winden, warf Candice sich mit aller Kraft nach hinten. Das brachte den Mann aus dem Gleichgewicht. Er taumelte gegen die Wand und löste dabei seinen Griff. Candice schaffte gerade einen halben Meter, bis er sie am Saum ihres Bademantels packte.

Sie stürzte zu Boden. Kroch auf allen vieren weiter. Beim Sturz hatte sie ihr Handy fallen lassen. Sie bräuchte nur die Wahlwiederholung zu drücken und hätte Glenn Masters dran. Aber wo war das Handy?

Sie trat nach ihrem Angreifer. Da war er bereits über ihr, riss sie an einem Arm in die Höhe und presste ihr die Hand auf den Mund.

In dem großen Spiegel in der Eingangshalle war sein Spiegelbild zu sehen. Trotz der schummerigen Beleuchtung konnte Candice einiges erkennen. Der Mann hatte eine Stirnglatze, das restliche Haar war lang und in einem Pferdeschwanz nach hinten gebunden. Seine stämmige, muskulöse Figur steckte in Jeans und Hawaii-Hemd.

»Wo ist er?«, knurrte er.

Er nahm die Hand gerade lange genug von ihrem Mund, damit sie antworten konnte. »Wo ist wer?«

»Der *Stern von Babylon.*«

»Ich habe keine ...«

Da spürte sie etwas Scharfes an ihrer Kehle, sah etwas im Spiegel aufblitzen. Ein Messer! *»Wo ist er?«* Sein Knoblauchatem stieß sie ab. »Sag's mir oder es geht dir so wie dem Professor!« Candice versuchte Zeit zu gewinnen, aber die Klinge drückte noch fester an ihre Kehle. Er würde sie einfach hier im Haus ihrer Mutter umbringen.

»Bitte«, flehte sie.

Die Klinge ritzte ihre Haut. Blut sickerte an ihrem Hals entlang. In Panik schrie sie auf.

Doch dann, wie sie es in ihrem Selbstverteidigungskurs gelernt hatte, riss sie den Kopf nach hinten und traf den Mann direkt auf das Nasenbein. Für einen kurzen Augenblick löste er seine Umklammerung. Candice rammte ihm den Ellenbogen in die Rippen und rannte um ihr Leben.

Er kam hinterher.

Sie schoss zur Haustür hinaus, rannte schreiend die Einfahrt hinunter und hämmerte an die Tür des Streifenwagens. Als sie die Fahrertür aufriss, plumpste der Streifenpolizist von seinem Sitz geradewegs auf die Einfahrt. Candice trat über ihn hinweg, schwang sich hinter das Lenkrad, schlug die Tür zu und verriegelte den Wagen.

Mit dem Messer in der Hand kam der Mann die Einfahrt heruntergetorkelt und erklomm die Motorhaube. Sein Gesicht war blutüberströmt.

Die Konsole zwischen den Sitzen war mit jedwedem technischen Schnickschnack ausgestattet, den Candice nicht zu betätigen wusste. Sie drückte alle möglichen Knöpfe und Schalter, griff nach dem Funksprechgerät und schrie hinein. »Hilfe! Ich sitze in einem Streifenwagen und da ist ein Mann auf meiner Windschutzscheibe.« Sie hieb unaufhörlich auf die Konsole ein, bis plötzlich das Blaulicht ansprang und die umstehenden Bäume und Mauern in grelle Lichtblitze tauchte.

Eine blecherne Stimme aus dem Gerät: »Ganz ruhig, Ma'am. Wir können Sie nicht verstehen, wenn Sie so schreien. Wo befinden Sie sich?«

Der Schlüssel steckte im Anlasser. Sie drehte ihn. »Hedgewood!«, brüllte sie, während sie den Gang einlegte. Sobald sich der Streifenwagen in Bewegung setzte, jaulte die Sirene auf.

Candice gab Gas im Rückwärtsgang, dann trat sie heftig auf die Bremse. Der Mann flog gegen die Windschutzscheibe, verschmierte sie rot. Aber er klammerte sich weiter fest.

Sie gab wieder Gas, scherte sich nicht, wohin sie fuhr, riss das Lenkrad nach links und nach rechts, sodass der Mann auf der Motorhaube hin und her schwang. »Ich bin ganz oben in Hedgewood Drive. Bel Air! Jemand versucht mich umzubringen!«

Mit heulender Sirene und zuckendem Blaulicht jagte der Streifenwagen in Schlangenlinien die schmale Straße hinunter, bis er in eine massive alte Eiche krachte, die ganze Jahrhunderte, Erdbeben, Erdrutsche, Waldbrände, brütende Bussarde, Invasionen von Borkenkäfern, Indianer und eifrige Pfadfinder überstanden hatte. Der Mann flog von der Motorhaube, schlug auf dem Boden auf und lag still. Candice brüllte immer noch in das Funksprechgerät, während in der Entfernung eine zweite Sirene aufheulte und der Mensch am anderen Ende des Funkgerätes ihr bedeutete, dass Hilfe unterwegs sei und sie bitte Ruhe bewahren möge. Sie sah, wie sich ihr Angreifer aufrappelte und sich nach einem Blick zu ihr in die Büsche schlug.

»Ist er tot?«, fragte sie den Sanitäter, der ihre Halswunde versorgte. Der verletzte Polizist wurde in den Krankenwagen geladen. »Nur bewusstlos geschlagen, Ma'am.«

Ein Wagen kam die enge Straße herangebraust, kam mit quietschenden Reifen zum Stehen. Glenn flog geradewegs auf Candice zu. »Sind Sie okay?«, rief er, noch ehe er sie erreicht hatte. »Verdammter Mist«, sagte sie nur.

Glenn sah, wie fest der dünne Kimono über ihren Brüsten zugezogen war, sah, wie der feuchte Stoff an ihrem Körper klebte. Er wandte den Blick ab und trat zu den Kollegen am Tatort.

Vor dem demolierten Streifenwagen blieb er stehen. »Sie haben wirklich ganze Sache gemacht«, rief er Candice zu. »Überall Blut und eine perfekte Blutspur, die vom Haus ins Gebüsch führt.« Er konnte seine Bewunderung nicht verhehlen, als er sie sich am Steuer des Streifenwagens vorstellte, wie sie versuchte, den Angreifer abzuschütteln. »Wir haben die Notfallambulanzen vor Ort benachrichtigt, dass sie auf gebrochene Nasen und

Gesichtsverletzungen achten sollen. Obwohl ich bezweifle, dass der Mann so dumm sein wird, ins Krankenhaus zu gehen.« Glenn blätterte in seinem Notizblock. »Ein Hawaii-Hemd?«

»Das war alles, was ich erkennen konnte. Mit blauen Palmen.« Diese Stimme! Wie honigfarbener Whiskey, der über heiße Steine lief. Glenn musterte das einsame Haus in den Hügeln mit skeptischem Blick. »Hier können Sie nicht bleiben.«

»Ich möchte meine Freunde nicht behelligen, und weitere Angehörige habe ich nicht. Kommt wohl nur ein Hotel in Frage.« Nachdenklich betrachtete Glenn die Kamee an ihrem bandagierten Hals – eine zarte Göttin, mit Blut befleckt – und sagte spontan etwas, das er eigentlich gar nicht sagen wollte: »Ich weiß, wo Sie sicher sind.«

»Wo?«

Der letzte Ort auf dieser Welt, an dem er sie haben wollte. »Bei mir.«

Kapitel 8

»Ist ganz einfach«, sagte Rossi und kratzte gedankenverloren das erdbeerrote Mal auf seiner Wange. Es juckte nicht, nur bildete er sich ein, dass es jucken sollte. »Der Mann, den ich angeheuert habe, ist gut und verschwiegen. Der Plan ist folgender: Er verschafft sich, als Blumenbote verkleidet, Zutritt zur Intensivstation, tut verwirrt, auf der Suche nach dem Patienten, dem er angeblich den Blumenstrauß bringen soll. In den zwei Minuten, die die Schwestern brauchen, um ihn rauszuwerfen, hat er ausgekundschaftet, wo unser Freund liegt. Ich komme ein paar Minuten später und gebe mich als Angehöriger aus.«

Philo Thibodeau streichelte nachdenklich die silbergraue Siamkatze auf seinem Schoß. Draußen rollten glitzernde Brecher an einen südkalifornischen Strand. »Vor der Intensivstation ist ein Polizist postiert.«

Rossi war damit beschäftigt, eine Injektionsspritze aufzuziehen.

»Kein Problem.«

»Sie wollen den Personalausweis sehen.«

»Auch kein Problem.«

Philo blickte zum Strand hinüber. »Wie lange wird es dauern?« »Bei einer Kaliuminjektion kann der Tod unmittelbar eintreten, also injiziere ich weit entfernt vom Herzen. Ins Bein wahrscheinlich. Das gibt mir genug Zeit, die Station zu verlassen.« Er setzte die Kappe auf die Nadel, schob die Injektionsspritze in seinen Hemdärmel und knöpfte die Manschette zu. »Wenn der Herzstillstand eintritt, bin ich längst verschwunden. Sie werden mich nicht damit in Verbindung bringen.«

»Gibt es eine Chance auf rasche Wiederbelebung?«

Rossi schüttelte den Kopf. »Sie werden den Grund für den Herzstillstand nicht kennen und die falschen Medikamente verabreichen. Als Gegenmittel zum Kalium bräuchte er Insulin als IV-Stoß, Glukoselösung und Kalziumglukonat. Aber darauf wird keiner kommen.«

Rossi war vor langer Zeit einmal Arzt gewesen. »Sie werden sich fünfzehn Minuten bis zu einer halben Stunde, je nachdem, damit aufhalten, bevor sie aufgeben und ihn für tot erklären.« Philo kitzelte die schnurrende Katze unter ihrem Diamanthalsband.

Eigentlich sträubte sich alles in Glenn dagegen, sie hierher zu bringen. Aber der Mann, der sie überfallen hatte, war höchstwahrscheinlich derselbe, der seinen Vater die Treppe hinuntergestoßen hatte, und Glenn fühlte sich für ihre Sicherheit verantwortlich.

Zumindest redete er sich das ein. In Wahrheit, was er natürlich nicht länger als eine flüchtige Sekunde zugeben wollte, hatte es mehr damit zu tun, wie sie zitternd im Heck des Rettungswagens gesessen hatte, mit bandagiertem Hals und langen nackten Beinen, die der verrutschte Seidenkimono freigab. Sie hatte so schmal und verletzlich ausgesehen und dennoch hatte sie ihren Angreifer abgewehrt und ihm auch noch Schaden zugefügt. Glenn konnte einfach an nichts anderes mehr denken, und er spürte, dass Candice Armstrong ihm ganz allmählich in einer Weise unter die Haut ging, die das sichere Gleichmaß seiner Gefühle bedrohte. Während der Autofahrt hatte sie die Möglichkeit eines Jobs in San Francisco erwähnt. Er hoffte inständig, dass sie den Job bekam.

Schweigend fuhren sie im Fahrstuhl bis zum achten Stock, es gab nicht einmal die übliche Musikberieselung, die die Spannung lösen würde. In Glenns Gedanken überschlugen sich die Fragen: Wer hatte seinen Vater gestoßen? Wo war der Brief, den Mrs Quiroz versteckt hatte? Gab er Aufschluss über den Angreifer? Und was bedeutete das Wort *Morven,* dieses unerklärliche Wort, das die Vergangenheit heraufbeschwor? Gleichzeitig spürte er Candices Nähe, den Duft ihrer Haut, den unruhigen Atem, der ihm zeigte, wie sehr sie der Überfall mitgenommen hatte.

Candice versuchte einen kühlen Kopf zu bewahren. Sie hatte zwar auf Drängen des Notarztes ein paar Beruhigungstabletten aus dem Medizinschrank ihrer Mutter eingesteckt, aber noch keine davon eingenommen. Es war schon weit nach Mitternacht und sie hatte ihre Mutter noch nicht in New York angerufen. Schließlich wollte sie Sybilla nicht unnötig beunruhigen. Auch als sie Huffy bei Zora ablieferte, hatte Candice den Überfall mit keinem Wort erwähnt und für den Verband an ihrem Hals eine belanglose Ausrede erfunden.

Als Glenn die Wohnungstür aufschloss, schlug Candice vor, er solle zu seinem Vater ins Krankenhaus fahren. »Ich komme auch allein zurecht.«

»Ich werde Sie nicht allein lassen. Und mein Vater würde sowieso nicht merken, ob ich da bin oder nicht. Die Station wird mich rufen, wenn man mich braucht.«

Wenn *man* mich braucht. Nicht, wenn *er* mich braucht. Warum diese Kluft?, hätte sie am liebsten gefragt. Was hatte ihn und seinen Vater in all den Jahren so sehr voneinander getrennt, dass es nun, in dieser tragischen Stunde, weiterhin zwischen ihnen stand?

Glenn war in seinem üblichen Trenchcoat am Haus ihrer Mutter vorgefahren, und als er ihn nun ablegte, war Candice einigermaßen erstaunt, was darunter hervorkam. Kein Anzug, kein Jackett mit Hemd, nur eine schwarze Hose und ein T-Shirt, das sich an feste Muskeln und einen straffen Bauch schmiegte. Das Schwarz stand ihm gut, dachte Candice unwillkürlich, er wirkte darin kraftvoll und beherrscht.

Sie wandte den Blick ab. Solange ihre berufliche Perspektive ungewiss war, musste sie ohne Liebesbeziehung. auskommen. Also redete sie sich ein, dass Glenn Masters auch wieder nur so ein gut aussehender Typ war, der selbst ein T-Shirt zu tragen wusste.

Die Einrichtung der Wohnung hätte aus einem Lifestyle-Magazin stammen können: Wildledersitzgarnitur in Burgunder und Grau, Chromlampen, indische Teppiche, echte Palmen in riesigen Kübeln und ein prächtiger Esstisch aus dunklem Rauchglas mit einer Navajo-Vase in der Mitte – eine gelungene Mischung aus Art Déco und Indianerkunst.

Glenn trat an den CD-Spieler. »Was möchten Sie hören?«

»Mir ist alles recht.«

»Ich persönlich liebe Blues«, erklärte er und schob eine CD von B.B. King in die Plattenlade.

Candice bemerkte, dass eine der Zimmerwände über und über mit Schwarzweißfotos von Bergen, Felsen, Steilwänden, Klippen, Felsen und Schluchten von Normal- bis Postergröße bedeckt war. Glenn fing ihren Blick auf. »Ich habe früher Extremsport betrieben«, erklärte er. »Bergsteigen, Freeclimbing, Felsklettern. Das da sind einige der Orte, die mich herausgefordert haben.«

Während er in der Küche verschwand, schaute Candice sich einige der Fotos näher an und entdeckte in beinahe jeder Felswand eine Gestalt. Es war jedes Mal Glenn, der unglaublich glatte und steile Wände mit scheinbar spielerischer Leichtigkeit erklomm. Auf einigen der Bilder war auch eine Frau zu erkennen, gertenschlank und sehnig, mit Glenn an einem gemeinsamen Seil. Candice studierte die Bildunterschriften: Eagle Crag, Hongkong; Gola Island, Donegal, Irland; Grampians, Australien; Red Rock Canyon, Nevada; Chimney Butte, North Dakota. Und in Kalifornien – Joshua Tree, Yosemite Nationalpark, Sequoia.

Glenn kam mit zwei Gläsern mit Eiswürfeln

und Orangensaft aus der Küche. Als er sah, wie aufmerksam sie die Fotos betrachtete, sagte er: »Nach dem gewaltsamen Tod meiner Mutter war ich kurz vor dem Ausrasten und wurde sehr jähzornig. Ich war damals achtzehn und hätte eine Wut-Therapie gebraucht, aber das gab es damals noch nicht. Also begann ich mich fürs Extremklettern zu interessieren.«

Und die Frau auf den Fotos?

»Es sieht sehr gefährlich aus.«

»Kann es auch sein. Es kann aber auch erhebend sein, befreiend. Sie sollten es einmal ausprobieren.«

»Mir wird schon auf einer Trittleiter schwindelig«, gestand Candice. »Während meines Graduiertenstudiums habe ich auf einer Grabungsstelle nahe der Großen Pyramide gearbeitet. Mein Professor forderte mich zu einem Wettklettern auf die Spitze der Cheops-Pyramide heraus. Hinauf wäre ich gut gekommen, aber ich wusste, der Abstieg wäre eine völlige Katastrophe geworden. Wir haben oben auf der Pyramide gestrandete Touristen gesehen, die Angst vor dem Abstieg hatten und von ägyptischen Militärhubschraubern geholt werden mussten. Das hätte mir auch geblüht. Wie passend, mit einem Hubschrauber von der Spitze der Großen Pyramide gehievt zu werden. Funktioniert das denn? Für Ihre große Wut, meine ich?« Sie fasste sich an den Hals.

»Ich habe mit dem Felsklettern aufgehört. Was ist los?«

»Der Verband sitzt zu fest.«

Er führte sie zu dem burgunderroten Ledersofa und stellte die Gläser auf geflochtenen Navajo-Untersetzern ab. »Ich werde den Verband wechseln.«

»Warum haben Sie das Felsklettern aufgegeben?«, wollte Candice wissen, als er mit einem Verbandkasten zurückkam, und fragte sich dabei, ob es mit der Frau am Seil zusammenhing.

»Ein Unfall, ich hatte mich am Knie verletzt.« Er setzte sich neben sie und ließ den Deckel des grünen Kastens mit dem weißen Kreuz aufschnappen. Als er vorsichtig den Verband von ihrem Hals wickelte, wurde er stutzig.

»Was ist?«, fragte Candice in der Vorstellung, ihre Halsschlagader blute. Glenn fasste mit beiden Händen an ihren Nacken, um ihr Haar zu heben und das rosafarbene Halsband aufzuknöpfen. Bei der unerwarteten Berührung seiner Fingerspitzen auf ihrer nackten Haut hielt Candice unwillkürlich den Atem an.

»Ihre Kamee ist blutverschmiert.«

Er ließ das Halsband in ihre Hand fallen und

wandte sich der Halswunde zu, aus der zwar kein Blut mehr sickerte, die aber richtig gesäubert werden musste. Während er einen Wattebausch mit einem Antiseptikum tränkte, setzte draußen der Regen wieder ein, ein sanftes Wispern an den Glasschiebetüren, das mit dem weichen Sound der Bluesgitarre verschmolz.

Glenn ging so behutsam wie möglich zu Werke. Er hatte schon mit Stichwunden, Schusswunden, eingeschlagenen Schädeln, durch Fleisch ragenden Knochen, ja sogar abgerissenen Gliedmaßen zu tun gehabt. Dieser kleine Schnitt jedoch erschreckte und verunsicherte ihn. Und machte ihn gleichzeitig wütend. Ihr Hals, so weiß und zart – sie könnte selber eine Kamee sein – verletzt! Er würde den Bastard finden und *ihm* den Hals aufschlitzen.

Candice sah die Ader an Glenns Schläfe pulsieren und fragte sich, woran er gerade dachte. An seinen Vater, mit Sicherheit. Entfremdet, und dennoch sorgte er sich.

»Warum Kameen?«, bohrte Glenn weiter, dem bei ihrem Schweigen und in ihrer Nähe unbehaglich wurde. Bevor sie das Haus ihrer Mutter verließ, hatte sie sich umgezogen – jetzt trug sie eine Bluse aus einem Nichts an Stoff und einen fließenden Rock mit weitem Saum. Ihr Haar wurde von einem schlichten Clip zurückgehalten. Ein feiner Duft von einer Badeessenz stieg von ihrer Haut auf – Lavendel oder Pfingstrose?

»Ich sammle Kameen leidenschaftlich gern«, erklärte Candice und wich dabei seinem Blick aus. Wenn sie ihm jetzt in die Augen schaute, müsste sie womöglich ihren Entschluss über freiwillige Enthaltsamkeit noch einmal überdenken. »Ich reinige sie und bringe wunderschöne Damen wieder zum Leben.«

»Wie Nofretete«, ergänzte Glenn mit einem raschen Lächeln. Er tupfte die Wunde trocken, dann gab er Salbe auf den Finger und verstrich sie sanft auf der Wunde. »Warum glauben Sie, dass sie ein König war?«, fragte er, um sich von dem, was er tat, und von ihrer körperlichen Nähe abzulenken. Er spürte, dass auch Candice sich in dieser Situation nicht ganz wohl fühlte.

Sie schaute über seine Schulter auf ein Porträt über dem Kamin. »Meine Theorie ist unbeliebt.« Wie hatte Reed O'Brian in seinem Büro in San Francisco es noch formuliert? »Wenn wir Ihnen den Dokumentarfilm anvertrauen, Candice, dann kein Wort darin, dass Nofretete ein Pharao gewesen sei. Zu radikal. Die Serie geht über Frauen in traditionellen Rollen im alten Ägypten. Nicht über weibliche Könige.«

»Archäologen lassen Hatschepsut als Pharao gelten, weil die Fakten nun mal für sich sprechen«, fuhr Candice fort, während Glenn Verbandmull, Heftpflaster und eine Schere aus dem Verbandskasten nahm. Er war noch nicht fertig mit ihrer Wunde. Das bedeutete erneute Berührung, intime Nähe. »*Ein* weiblicher Pharao reicht der konservativen, männerorientierten Welt der Ägyptologen.«

Glenn legte eine sterile Wundauflage auf die Schnittwunde, dann nahm er Candices Hand und führte sie dorthin, damit sie den Mull auf der Stelle hielt, wobei er ihr Handgelenk so behutsam anhob, als sei es aus Porzellan. »Und warum glauben *Sie,* dass Nofretete ein König war?«

Ihr Blick löste sich von dem Porträt und glitt zu den geschlossenen Vorhängen, hinter denen der Regen an die Scheiben klopfte. Wie Glenn ihre Hand an den Hals geführt hatte! Aber er hat doch nur einen Wundverband angelegt, schalt sie sich innerlich. Und doch hatte es sich so zärtlich angefühlt. »Es ist in den Überlieferungen zu finden. Man hat Tempelreliefs ausgegraben, die neue und unerwartete Darstellungen von Nofretete zeigen. Auf einem dieser Reliefs zum Beispiel steht sie neben Echnaton und ist *genauso groß wie er* – gewöhnlich wurden die Gemahlinnen der Könige kleiner dargestellt Auf anderen Reliefs ist sie mit königlichen Insignien versehen, wie sie Gefangene auf einem Schiff mit der Keule erschlägt.«

Schnipp. Schnapp. Und ein Stück Heftpflaster wurde zart über den Mull geklebt. »Sie könnte einfach nur eine starke Königin gewesen sein«, meinte Glenn.

Er musste den Kopf neigen, um zu sehen, was er da tat. Candice bemerkte, wie sorgfältig sein Haar zurückgekämmt war. Und da war wieder dieser Duft von Hugo Boss. Sie sprach rasch weiter. »Es gibt noch mehr. In dem Moment, da Nofretete aus der Geschichte verschwindet, taucht ein Mann namens Semenchkare auf.«

Schnipp. Schnapp. Das zweite Stück Heftpflaster war an seinem Platz und fertig. »Echnatons homosexueller Geliebter.«

»Das ist die vorherrschende Theorie, die auf Reliefs basiert, auf denen Semenchkare auf Echnatons Schoß sitzt und ihn küsst. Aber war Semenchkare wirklich ein junger Mann oder war es Nofretete in ihrer neu gewählten Rolle als Mit-Regentin? Semenchkare trug den Throntitel *Nefer-neferu-Aton,* denselben wie Nofretete.«

Glenn lehnte sich zurück und inspizierte sein Werk. »Dieser Verband ist besser«, meinte er ein wenig stolz und auch erleichtert darüber, dass er jetzt ein bisschen Distanz zu Candice halten konnte. »Es wird schwierig sein, Beweise dafür zu finden. Die Amarna-Gräber sind inzwischen alle erforscht.«

Candice war von seinem Wissen beeindruckt. »Wir schauen weiter, über die Amarna-Gräber hinaus. Echnatons Tempel und andere Gebäude wurden nach dem Zusammenbruch der Achtzehnten Dynastie allesamt abgerissen und auf den Sockeln wurden neue Tempel errichtet. Wir haben bisher nur wenig Beweise gefunden, aber wir werden noch mehr finden.«

Glenn ließ den Deckel des Verbandskastens zuschnappen. »Und natürlich werden *Sie* sie finden und Nofretete zur Wiederherstellung ihres verdienten Ruhms verhelfen?«

»Ja.« Candice hätte gern mehr über die Frau erfahren, die mit ihm zusammen Berge erklommen hatte. War sie bei seinem Unfall dabei gewesen, traf er sie noch? Eigentlich ging sie das ja nichts an. Und einfach so danach fragen konnte sie auf keinen Fall.

Sie schaute auf seine schönen schlanken Hände, als er die Verbandsreste zusammenräumte, und bemerkte eine merkwürdige Narbe an seiner rechten Hand, gleich neben dem kleinen Finger. Stammte die Wunde von einem seiner Einsätze? Eine verirrte Kugel vielleicht ...

»Ich bin mit Polydactylie geboren worden«, erklärte er, als er ihren Blick bemerkte.

»Ich wollte nicht unhöflich sein.«

»Ist schon gut. Ich hatte einen überzähligen Finger. Er wurde mir mit neun Jahren abgenommen.«

»Mit neun! Warum so spät?«

»Meine Mutter wollte nicht, dass er entfernt wird. Da war sie unerbittlich.«

»Warum?«

»Es lag in ihrer Familie, ihr Vater hatte ebenfalls sechs Finger an der rechten Hand. Vielleicht war sie stolz darauf. Am Ende siegte jedoch mein Vater und der extra Finger wurde entfernt.« »In der Schule haben die Kinder Sie bestimmt dumm angemacht deswegen.«

»Im Gegenteil, sie fanden es cool. Danach war ich nur noch der Normalfall.«

Von wegen Normalfall, dachte sie im Stillen. Stattdessen fragte sie: »Gefällt Ihnen Ihr Beruf?«

Es war keine Frage des Gefallens, dachte er. Kriminelle zu jagen lag ihm im Blut, in jedem Atemzug, den er tat. Und er würde auch nie in den Ruhestand gehen, sondern bei irgendeinem Einsatz mit der Polizeimarke am Revers sterben. »Muss er wohl«, sagte er. »Nach zwanzig Jahren.«

»Ist er gefährlich?«

»Er hat auch seine heiteren Momente.« Er erkannte winzige Spuren von Angst in ihren Augen und befand, dass sie selbst einen heiteren Moment brauchte. »Als ich noch Streife fuhr, jagte ich mit meinem Kollegen einem betrunkenen Fahrer auf dem Pacific Coast Highway hinterher. Wir stellten ihn und warfen ihm Trunkenheit am Steuer vor. Der Kerl war eindeutig betrunken, behauptete aber, er sei es nicht, und verlangte, dass ich es beweise. Ich deutete auf die obere Hälfte eines Ampelpfostens, der quer über seiner Motorhaube hing.«

Candice lächelte. Als sie nach ihrem eiskalten Orangensaft griff, blieb ihr Blick erneut an dem Familienporträt über dem Kamin hängen. »Das ist vor dreißig Jahren an Weihnachten gemalt worden«, erläuterte Glenn. »Meine Mutter, mein Vater – nun ja, Sie kennen ja den alten Herrn. Und ich, mit acht Jahren.«

Das Gemälde faszinierte sie. Der Professor mit vollem schwarzen Haar und schwarzen Augen, ein bemerkenswert gut aussehender Mann. Und neben ihm der lächelnde Knabe in Anzug und passender Krawatte, wie ein kleiner Gentleman. Seine rechte Hand ruhte auf der Linken, der sechste Finger war deutlich zu sehen. Aber es war die Frau, die Candice in Bann schlug. Glenns Mutter, die gewaltsam getötet worden war. »Sie ist umwerfend«, hörte sie sich sagen.

»Sie war Mathematikprofessorin. Meine Eltern teilten dieselbe Leidenschaft, kleine Partikel zu finden und zu größeren Wahrheiten zusammenzusetzen: Mein Vater hantierte mit Ton- und Papyrusfragmenten, meine Mutter mit Ziffern und Zahlen.«

Er hielt einen Moment inne, als müsste er zu einer Entscheidung gelangen, dann tat er etwas Überraschendes. Er streifte sich den Goldreif vom rechten Ringfinger. »Der gehörte meiner Mutter.« Er reichte ihn Candice.

Jetzt sah sie, dass es kein Ehering war. Aber Glenn trug den Ring verdreht, sodass der Schmuckstein nicht zu sehen war: ein traumhaft schöner quadratischer Rubin mit Goldfäden drüber, wie gesponnene, züngelnde Flammen. Auf der Innenseite des Rings verlief eine Inschrift.

Candice las: *Fiat Lux.* »Es werde Licht.«

»Meine Mutter hatte mir immer gesagt, dass er eines Tages mir gehören würde. Sie konnte ja nicht ahnen, dass ›eines Tages‹ so viel näher lag als sie dachte.« Glenn nahm den Ring wieder und steckte ihn an.

Er trat ans Fenster. Als er die Vorhänge aufzog, blickte Candice auf einen kleinen Balkon mit

Topfpflanzen. Dahinter tanzten und schimmerten die Lichter der Großstadt.

»Sie wurde erschlagen«, sagte er, mit dem Rücken zu ihr. »Ich, war damals siebzehn. Sie kam gerade aus einem Lebensmittelgeschäft, als ein Kerl sie mit einem Hammer niederschlug, ihre Handtasche packte und wegrannte. Ein Zeuge meinte, der Täter sei ein männlicher Weißer, groß und dünn, vielleicht blond, vielleicht kahlköpfig, gewesen. Es war alles so schnell passiert. Die Polizei ging sehr methodisch vor. Es brauchte Monate mühevoller Arbeit, aber sie fanden den Kerl und er gestand die Tat.«

Glenn wandte sich um. »Meine Mutter wurde durch einen willkürlichen, zufälligen Gewaltakt getötet. Ich muss wissen, warum. Klingt das plausibel?«

Candice konnte ihn verstehen. Schließlich war ihr Vater in einem sinnlosen Krieg gefallen. »Wie haben sie ihn gefunden?«

»Der Hammer hat sie auf die richtige Spur geführt. Sie haben das Gebiet in konzentrischen Kreisen durchforstet und fanden einen Werkzeugschuppen. An dem Hammer klebten Blut und Haare. Von meiner Mutter. Der Zeuge, der die Tat beobachtet hatte, erkannte den Mann bei einer Gegenüberstellung. Der Mann bekam lebenslänglich und starb im Gefängnis. Ich hatte gerade mit meinem Studium an der UCLA angefangen und wollte eigentlich dem Vorbild meines Vaters folgen, aber nach diesem Erlebnis entwickelte ich so eine fixe Idee von Gerechtigkeit und Verbrecherjagd. An meinem achtzehnten Geburtstag habe ich mitten im Semester mein Studium geschmissen und mich bei der Polizei von Los Angeles gemeldet.«

Und seither haben Sie dunkle Verbrecher gejagt. Jetzt verstand Candice, was vor so vielen Jahren zur Entfremdung zwischen Professor Masters und Glenn geführt haben musste: Der Sohn ging radikal seine eigenen Wege und ließ die Träume seines Vaters platzen.

Sie sah das Flackern in seinen Augen und wusste, dass sie ihm für einen Moment zu nahe gekommen war, zu nahe an seine Gefühle, zu nahe an das, was er verbergen wollte. »Es ist spät«, murmelte er. »Ich zeige Ihnen das Gästezimmer.«

Er nahm ihre kleine Reisetasche, obwohl die so gut wie nichts wog und obwohl ihre einzige Wunde ein Kratzer am Hals war. Ohne jedes Aufheben behandelte er sie wie eine Prinzessin.

Er ging die Treppe hinauf und einen Flur entlang. Eine Tür stand offen, und was Candice erblickte, ließ sie unvermittelt innehalten.

Der Raum war voller Bilder, auf dem Boden gestapelt, an die Wand gelehnt, auf Staffeleien – ein Maleratelier. Glasschiebetüren führten auf einen Balkon, der noch über den Baumwipfeln lag. Jetzt waren sie kahl, aber in wenigen Wochen würden sie belaubt und in voller Blüte dastehen. Bestimmt ein sehr sonniges Zimmer, das durch die Motive der Bilder noch heller wurde.

Es schien sich um abstrakte Gemälde von Galaxien, Sternhaufen und Spiralnebeln zu handeln, alle weiß, elfenbeinweiß, Flecken von opalisierendem und perlweißem Schnee, umgeben von goldenen Lichtringen und safrangelben und topasgoldenen Wolken mit dem zartesten Hauch von Blau, Saphir, Aquamarin, Lapislazuli und Türkis. Obwohl sich die Gemälde irgendwie ähnelten, waren sie doch auch sehr verschieden, einige davon explosiv, andere auf sanfte Weise glühend.

Und da begriff sie: Er malte das Licht.

»Das ist etwas, das ich bei meinem Unfall erlebt habe. Ich befand mich auf einem Alleingang am Blacktail Butte in Wyoming …«

»Alleingang?«

»Ja, man klettert die Steilwand ohne Sicherung, nur mit dem Kreidebeutel und den Kletterschuhen. Ich ›schmierte ab‹, wie man unter Bergsteigern sagt. Es war ein Screamer, das heißt, ein sehr langer Sturz. Während des Fallens sah ich dieses Licht.«

Er deutete auf die Leinwände um sie herum. »Seither habe ich versucht, diesen Eindruck einzufangen und festzuhalten. Ich glaube, man nennt es die Luminanz, aber ich bin mir nicht sicher.«

»Die Luminanz?«

»Das Wort kam mir beim Fallen in den Sinn. Ich habe es noch nie zuvor gehört. Zumindest glaube ich das.«

Was immer die Luminanz sein mochte, sie war atemberaubend schön. »Verkaufen Sie die Bilder?«, fragte Candice und wusste die Antwort schon.

»Sie sind unverkäuflich.«

Als er sich umständlich räusperte und unbehaglich von einem Bein aufs andere trat, wurde ihr plötzlich klar, dass er diese Bilder noch nie jemandem außer ihr gezeigt hatte. Sie hatte einen Schritt in ein verschlossenes, geheimes Reich gemacht.

Mit einem Mal schaute Glenn sich mit gerunzelter Stirn um.

»Das ist merkwürdig«, murmelte er.

»Was?«

»Eins der Bilder fehlt.«

»Sind Sie sicher?«

»Es stand genau dort.« Er wies auf eine Stelle vor der begehbaren Garderobe. »Es war eines der frühen Bilder.«

»Könnte es jemand genommen haben?«

Sein Stirnrunzeln vertiefte sich. Warum sollte jemand in seine Wohnung einbrechen und ein einziges Gemälde stehlen? Dann sagte er: »Mrs Charles, die Frau, die einmal die Woche zum Putzen herkommt. Ich erkläre ihr immer wieder, sie bräuchte hier nicht zu putzen, aber sie behauptet, wenn sie nicht wenigstens Staub saugen darf, werden wir in Staub ersticken. Das wird's wohl sein. Sie hat das Bild irgendwo anders hingestellt.«

Glenn blieb auf der Türschwelle stehen, wie um sich zu vergewissern, dass Mrs Charles nicht die Missetäterin sein konnte. Während er das tat, erhaschte Candice noch einmal einen Blick auf die Bilder und entdeckte etwas, das sie aus der Nähe nicht hatte wahrnehmen können.

In beinahe jedem Gemälde war ein Gesicht verborgen.

Der Arzt in dem knisternd weißen Arztkittel, das Stethoskop um den Hals geschlungen, schlenderte über den Krankenhausflur. Es war schon spät und es herrschte kaum noch Betrieb. Er nickte dem uniformierten Polizisten vor der Intensivstation freundlich zu. Der Polizist warf einen Blick auf das Namensschild am Revers des Arztkittels und nickte zurück.

»Wen haben wir denn da drin? Einen VIP?«

»Versuchter Mord. Höchste Sicherheitsstufe.« Der Cop wirkte gelangweilt.

»Na, dann viel Glück«, meinte der Arzt und setzte seinen Rundgang fort.

An einem Wasserspender hielt er an, nahm einen Schluck, dann ging er weiter. Hinter einer Ecke schaute er auf die Uhr, um zu sehen, wie viel Zeit verstrichen war, seit Rossi das Kalium verabreicht hatte. Der Herzstillstand musste unmittelbar bevorstehen.

Gerade als Glenn die Tür zum Gästezimmer aufstieß, klingelte sein Handy. Es war das Krankenhaus. »Was? Ja, besten Dank. Ich werde in etwa dreißig Minuten da sein.« Er lauschte in den Hörer, dann sagte er: »Ich weiß das zu schätzen, Schwester, aber hier handelt es sich um eine polizeiliche Ermittlung und ich muss meinem Vater einige Fragen stellen.«

Während er das Gespräch beendete und eine andere Nummer in sein Handy hämmerte, sagte er zu Candice: »Das war das Krankenhaus. Mein Vater hat sich erholt. Der Druck auf sein Gehirn hat nachgelassen, er ist wach, er spricht und ist bei klarem Verstand.«

»Dem Himmel sei Dank.« Candice lächelte erleichtert.

»Vielleicht kann er uns sagen, wer ihn die Treppe hinuntergestoßen hat.« Das zweite Telefonat war noch kürzer als das erste, eine knappe Anweisung an seine Dienststelle, weitere Sicherheitsbeamte vor der Intensivstation zu postieren. Jetzt, da der Professor wach war, schwebte er in noch größerer Gefahr. Glenn steckte das Handy in die Gürteltasche. »Es wird nicht lange dauern«, sagte er zu Candice. »Ich werde die Tür von außen abschließen. Aber legen Sie die Sicherheitskette vor, wenn ich weg bin.«

»Ich komme mit.«

Er wollte protestieren, aber mit einem Blick auf ihr Gesicht sah er ein, dass es sinnlos war. »Also los.«

Das Alarmsignal auf der Intensivstation schrillte los.

Das Notfallteam kam angerannt – Menschen in weißen Laborkitteln, grünen OP-Kitteln, Technikeruniformen. Als die Tür zur Intensivstation aufschwang, mischte sich der Arzt vom Ende des Korridors unter das Team und gelangte unbehelligt auf die Station.

Der Plan funktionierte wie ein Uhrwerk, genau wie Rossi vorhergesagt hatte. Der angebliche Blumenbote war bis auf die Intensivstation vorgedrungen, hatte den Verwirrten gespielt, mit den Schwestern diskutiert und sich, bevor er hinauskomplimentiert wurde, die Patientenliste an der Wandtafel eingeprägt: Bett Nummer 1, John Masters; Bett Nummer 8, Richard Chatzky. Das hatte er dann an Rossi weitergegeben, der sich daraufhin als Richard Chatzkys Cousin ausgab.

Und schon war er drinnen. Der Rest war ein Kinderspiel. Während die Schwestern beschäftigt waren, spritzte Rossi das Kalium in das Bein des Komapatienten Chatzky. Alles, was Philo Thibodeau, im weißen Arztkittel mit Stethoskop und falschem Namensschild, zu tun hatte, war, auf das Alarmsignal zu warten.

Als das Notfallteam zu dem Herzstillstand geeilt kam, stahl Philo sich fort an das Bett Nummer 1, sieben Kabinen vom aktuellen Geschehen entfernt, wo John Masters lag, der sich gerade von seinem Treppensturz zu erholen begann. Mit den Geräuschen im Rücken – den eiligen Schritten, den Rufen nach Lidocain, Defibrillator und was an anderen Dingen gebraucht wurde, von denen Rossi ihm versichert hatte, dass sie die Wiederbelebungsversuche verlängern und ihm daher mehr Zeit mit Masters lassen würden – beugte sich Philo über dessen Bett. »Hi, John. Erinnerst du dich an mich?«

Glenn brachte den Wagen mit einem harten Quietschen auf dem Krankenhausparkplatz zum Stehen. Beide sprangen heraus, es drängte sie, den Professor zu sehen, ehe wieder irgendeine Komplikation eintrat. Candice hatte ihm nie richtig danken können für alles, was er für sie getan hatte. Das wollte sie jetzt nachholen. Und auch Glenn hatte einen Entschluss gefasst: Es war an der Zeit, die zwanzigjährige Kluft zwischen ihnen zu überbrücken.

Die Augenlider des Professors flatterten, bis sie sich ganz öffneten. Er runzelte die Stirn. Dann wurde sein Blick klar. »Du!«, wisperte er.

Philo lächelte. »Höchstpersönlich.«

Die strenge Atmosphäre der Intensivstation war erfüllt von aufgeregten Stimmen – *»Gerade Linie. Immer noch kein Blutdruck.« »Wir brauchen Blutgase, verdammt noch mal.«*

»Ich werde nichts verraten«, keuchte John Masters.

Philo beugte sich näher. »Ich bin nicht wegen des Sterns von Babylon gekommen. Ich lasse deinen Sohn und diese Armstrong danach suchen. Ich bin hier, um dir zu sagen, dass Lenore dir nie gehören wird.«

»Was ...«

Philo legte seine Hand auf des Professors Kehle. Daumen und Mittelfinger drückten auf je eine Halsschlagader. »Sie gehörte mir«, sagte er laut genug, dass es die Rufe am Bett von Mr Chatzky übertönte, der auf die Wiederbelebungsversuche nicht ansprechen wollte. »Lenore hat niemals dir gehört. Aber jetzt wird sie für immer mein sein.«

»Er reagiert nicht!«

Philo übte leichten Druck auf die Arterien aus, als John Masters den schwachen Versuch machte, sich zu wehren. »Es war deine Schuld, dass sie getötet wurde«, sagte Philo, während er den Druck verstärkte. »Wäre sie mit mir verheiratet gewesen, wäre sie beschützt worden. Aber du hast zugelassen, dass sie ermordet wurde.«

John Masters versuchte, die Hand von seiner Kehle zu ziehen, aber Philo war stärker.

»Holt einen Priester!«

Die Augen des Professors traten aus ihren Höhlen, seine Lippen liefen blau an. Philo lächelte immer weiter, während er spürte, wie das Leben aus dem Manne wich, den er fünfundvierzig Jahre lang gehasst hatte.

Kapitel 9

Angesichts des hektischen Treibens auf der Intensivstation eilt Glenn im Laufschritt ans Bett seines Vaters, erleichtert, dass das Notfallteam nicht mit ihm beschäftigt ist. »Dad? Ich bin's.« Keine Antwort. »Dad?« Dann Candices Stimme: »Der Monitor! Die Herzlinie ist flach!« Glenn ruft Hilfe. Die Schwestern verwirrt – noch ein Herzstillstand? Ein Notfallteam wird geholt, der Defibrillator hereingerollt. »Zurück!« Lange Injektionsnadeln in John Masters' Brust. Durcheinander, sein Gesicht erst weiß, dann gelb verfärbt. Noch mehr Lidocain. Der Stromstoß erhöht. Glenn und Candice, besorgt im Hintergrund, vom Gedanken beherrscht, dass das alles nicht wahr sein kann, weil sie dem Mann in dem Bett doch noch so viel zu sagen haben. Dann ruft jemand: »Lasst es gut sein. Tut mir Leid, Detective. Sieht aus, als war's ein Schlaganfall.«

Glenn hatte das Pflegepersonal, das Notfallteam, den wachhabenden Polizisten, die Pförtner in der Halle, allesamt gnadenlos und immer wieder befragt. Ein Herzstillstand beim Bettnachbarn zu genau dem Zeitpunkt, da sein Vater unerwartet verschied, konnte kein Zufall sein. Hatte irgendjemand irgendetwas gesehen? Endlich erinnerte sich der Polizist vage an einen Arzt – weißes Haar, weißer Bart, mit einem Anflug von Südstaaten-Akzent.

Glenn hatte Candice in einem Taxi zu seiner Wohnung geschickt, damit sie sich schlafen legte. Er würde bald nachkommen. Als er schließlich nach Hause kam, graute schon der Morgen und Candice war fort. Auf dem Tisch lag eine Nachricht für ihn: Sie sei zu ihrem Blockhaus gefahren, ein paar Sachen holen. Ein Mr French habe angerufen, sie sollten beide um 12 Uhr mittags in sein Büro kommen, es sei dringend. Er sei John Masters' Anwalt und es ginge um das Testament.

Und nun tigerte Glenn vor dem Anwaltsbüro auf und ab, zornig mit sich hadernd, weil er seinen Vater besser hätte bewachen lassen sollen. Er trat ans Fenster und schaute in den Regen und auf den Parkplatz hinaus. Ohne Candice konnte das Treffen nicht beginnen.

Alles in ihm war in Aufruhr – Wut, Zorn, Kummer und noch etwas anderes, nicht Identifizierbares, drohten ihn zu überwältigen. Aber er musste einen kühlen Kopf behalten. Es gab so viel zu tun. Der Brief, den Mrs Quiroz erwähnt hatte, musste gefunden werden. Er hatte sie deswegen noch einmal angerufen, aber sie konnte sich immer noch nicht erinnern, wo er versteckt sein könnte. Und dann dieses geheimnisvolle Morven ... das Wort verfolgte ihn geradezu. Und war ihm doch auf merkwürdige Weise vertraut.

Da bog Candices Wagen auf den Parkplatz ein. Glenn konnte sie deutlich hinter der Windschutzscheibe erkennen. Beim Anblick ihrer schlanken Arme musste er wieder daran denken, wie sie am Abend zuvor ausgesehen hatte in ihrer Bluse aus diesem hauchdünnen Stoff, wie Gaze, und dann ihr Duft, eine flüchtige Blume, die er nicht kannte.

Sie könnte mir gefährlich werden, dachte er bei sich. Am Abend im Krankenhaus, als das Laken über das Gesicht seines Vaters gezogen wurde, hatte Candice spontan die Arme um Glenn geschlungen. Und er hatte zögernd und etwas unbeholfen die Arme um sie gelegt, um sie rasch wieder wegzuziehen. Er würde zu gegebener Zeit und auf seine eigene Art trauern, in einer beherrschten und disziplinierten Weise. Nicht, indem er einknickte, weil er eine Frau in den Armen hielt.

Als Candice aus dem Wagen stieg, sah sie Glenn an einem der Fenster stehen und auf sie warten.

Am frühen Morgen, nachdem Glenn immer noch nicht nach Hause gekommen war, war sie erst einmal nach Malibu zu ihrem Blockhaus gefahren. Alles schien ruhig, sie hatte ihren Anrufbeantworter abgehört – keine Nachricht aus San Francisco –, hatte Zora angerufen, um ihr von dem Professor zu berichten und nach Huffy zu fragen, geduscht und sich umgezogen. Und auf dem Weg zum Anwaltsbüro von Whalten, Adams & French hatte sie sich immer wieder gefragt, warum sie im Testament des Professors erwähnt wurde.

Beim Verlassen des Fahrstuhls lief sie Glenn geradewegs in die Arme. Auf den Schultern seines Trenchcoats und der Krempe seines Filzhutes glitzerten Regentropfen. Er musste kurz vor ihr eingetroffen sein.

»Wie geht es Ihnen?«, fragte sie. »Sie sind ja gar nicht nach Hause gekommen.«

»Ich bin zu meiner Dienststelle gefahren, um mein Team zusammenzustellen. Philo hat meinen Vater ermordet und wir werden ihn kriegen.«

»Detective«, begann Candice zögernd. »Es tut mir sehr Leid wegen gestern Abend. Nur meinetwegen waren Sie nicht an der Seite Ihres Vaters, als er verschied.«

Glenn winkte ab. »Nicht Ihre Schuld, Dr. Armstrong. Die Verantwortung lag bei mir und es war meine Entscheidung. Ich hätte schon viel früher meinen Stolz überwinden und mich mit meinem Vater versöhnen sollen. Damit muss ich jetzt leben.«

Sein Blick jedoch verriet deutlich, dass das kein leichtes Unterfangen sein würde.

»Hören Sie zu«, sagte er zu Candice. »Sie sind in Gefahr. Der Mörder wird annehmen, mein Vater hätte seine Geheimnisse vor seinem Tod Ihnen anvertraut.«

»Und Ihnen.«

»Ich kann auf mich aufpassen.«

»Ich auch.«

»Können Sie nicht!« Glenn schaute auf das Pflaster an ihrem Hals, auf die rosafarbene Kamee, die in ihrer Halsmulde ruhte. Die Blutspur, die gestern darauf geleuchtet hatte, fiel ihm ein. »Na schön«, lenkte er ein. »Vielleicht können Sie doch.«

Schließlich bat Mr French – groß, geschniegelt, professionell – sie in das private Konferenzzimmer, wo sie an einem langen Tisch Platz nahmen. Der Anwalt setzte sich ans Kopfende und zog ein umfangreiches Dokument hervor, das John Masters' letzten Willen und Testament enthielt.

Zunächst sprach er den Anwesenden knapp sein Beileid aus, dann wandte er sich direkt an Glenn:

»Es war der Wille Ihres Vaters, dass der Inhalt seines Testaments Ihnen sofort nach seinem Tode zugänglich gemacht wird. Es sei zwingend, dass keine Zeit verloren werde.«

Bevor Mr French mit der Verlesung des Testaments beginnen konnte, nahm Glenn ihn, der seinen Vater schon viele Jahre kannte, beiseite und fragte, ob er wüsste, was Morven sei. Doch der Anwalt hob nur die Augenbrauen. »Morven? Ist das ein Name?«

»Kennen Sie Philo Thibodeau?«

»Ich weiß von ihm, habe ihn aber nie persönlich kennen gelernt. Seine Frau und Ihre Mutter waren befreundet, soweit ich mich erinnere. Verbindungsschwestern, nicht wahr?«

Glenn nickte und bat den Anwalt fortzufahren.

Mr French las die allgemeine Aufteilung von John Masters' Besitztümern vor, und Glenn nahm überrascht zur Kenntnis, wie reich sein Vater gewesen war. Mit angespannter Miene hörten er und Candice allen weiteren Verfügungen zu. Und dann das: »Candice Armstrong vermache ich alle Rechte an dem Salomo-Projekt.«

Candice war gerührt. Obwohl sie ihm bei seinen Recherchen geholfen hatte, war das Projekt doch ganz und gar die Frucht von John Masters' genialer Schöpferkraft. Das Buch verkaufte sich unvermindert an Colleges und in Museen und würde einen willkommenen Beitrag zu ihrem Einkommen leisten. Noch wichtiger jedoch erschien ihr der Gedanke, dass der Professor ihr auch ein klein wenig von sich selbst vermacht hatte.

»Meinem Sohn Glenn vermache ich den restlichen Besitz, nach Aufteilung der oben genannten Legate. Er soll das Grundstück und das Haus darauf mitsamt der kompletten Möblierung erhalten.« Glenn spielte nervös mit seinem Goldring. »Ebenfalls meinem Sohn Glenn vermache ich«, Mr French räusperte sich bedeutungsvoll, »den *Stern von Babylon.*«

Glenns Kopf schoss hoch. »Sagt er auch, was der *Stern von Babylon* ist?«

»Tut mir Leid. Darüber steht hier nichts. Aber ich wurde angewiesen, Ihnen das hier zu geben.« Er reichte Glenn einen schmalen Briefumschlag. »In dem Umschlag befindet sich der Schlüssel zu Ihres Vaters Safe. Vielleicht finden Sie dort, was Sie suchen.«

Der Bankmanager, ein kleiner grauer Mann mit hoher Stimme, führte sie in den Tresorraum und dort zu einem kleinen Nebenzimmer mit Tisch und Stühlen. Er bat sie, sich Zeit zu lassen und den Summer zu drücken, falls sie Hilfe bräuchten, und ob er ihnen irgendetwas bringen dürfte, Kaffee, Tee?

Beide lehnten dankend ab und warteten ungeduldig, dass er die Tür hinter sich schloss.

Dann nahm Glenn den Hut ab und öffnete die Stahlbox.

In der Box befand sich eine abgegriffene Pappschachtel von der Größe eine Schuhkartons. Sie war mit Packpapier und Schnur verpackt und trug zwei Adressen – Absender und Empfänger – in fast unleserlicher Schrift, mit einer stattlichen Anzahl ausländischer Briefmarken. Im Karton selber lag das original Packmaterial, zusammengeknüllte Seiten einer Moskauer Zeitung.

Der Karton enthielt zwei Dinge. Zum einen eine handgezeichnete Landkarte, uralt, das Papier vergilbt und bröselig und an einigen Stellen fast schon zerfallen, so oft war sie schon zusammengefaltet und aufgeklappt worden. Die Karte war grob gezeichnet, wie von einer zittrigen Hand, die Ortsnamen und Bezeichnungen auf Russisch. Am unteren Kartenrand prangte ein Pfeil, dessen Spitze auf ein großes X wies.

Mit einer Büroklammer an der Karte befestigt war die ausgerissene Seite aus der Jahresschrift des Internationalen Antiquitätenmarktes. Candice überflog die Seite, bis sie auf die einzige Kleinanzeige mit einer Moskauer Adresse stieß: Ein Mr Sergei Baskow bot eine Tontafel, Mesopotamien, Sprache und Entstehungsdatum unbekannt, zum Verkauf.

»Der Name des Verkäufers beginnt mit einem B«, rätselte Candice. »Dazu die fehlende B-Akte aus der Korrespondenz Ihres Vaters. Und Baskow ... Soweit ich mich erinnere, gab es im frühen zwanzigsten Jahrhundert einen Theologen, ein Russe glaube ich, namens Ivan Baskow, der sich auf semitische Sprachen spezialisiert hatte. Jahrelang kursierten Gerüchte über ihn, dass er etwas in der Wüste entdeckt habe und gestorben sei, bevor er etwas darüber veröffentlichen konnte. Wenn die Geschichte stimmt, muss, was immer Baskow gefunden hat, noch da draußen liegen und darauf warten, wieder entdeckt zu werden.«

Glenn drehte nachdenklich an seinem Goldring. »Mein Vater muss also eine Ausgrabung geplant haben. Vielleicht an einem Ort mit Namen Dschebelmarrah.«

Sie schoben die Zeitungsschnipsel beiseite, um das zweite Objekt zu betrachten. »Du meine Güte«, sagte Glenn.

Candice stand wie vom Donner gerührt. »Das ist die andere Tontafel, die mit dem Alphabet, die zu Duchesnes Tafel passt.« In dem hellen Neonlicht war die Keilschrift deutlich zu erkennen. Die gleichen nicht identifizierbaren Symbole. »Hier steht etwas.« Candice beugte sich über die Seite mit den Kleinanzeigen. Da stand in des Professors klarer Handschrift: »Die Tafeln waren zusammen mit dem *Stern von Babylon* vergraben.«

Sie schaute zu Glenn auf. »Ivan Baskow hat das Gebiet von Euphrat und Tigris erforscht. Er muss über ein Geheimversteck von Tontafeln gestolpert sein. Genau wie Duchesne. Vielleicht stammt Duchesnes Tafel aus demselben Versteck.«

Glenns Blick glitt zu dem Fragment, das so brüchig und zerbrechlich wirkte, als könnte es beim kleinsten Lüftchen zu Staub zerfallen. Gedankenvoll spielte er mit seinem Ring. Candice stellte sich vor, dass er so wohl auch Beweise an einem Tatort sichtete. Oder seine Luminanz-Bilder malte. Schließlich räusperte er sich. »Dr. Armstrong, haben Sie irgendetwas Ungewöhnliches an der Schrift auf der Duchesne-Tafel festgestellt?«

»Sie meinen, abgesehen davon, dass sie nicht zu entziffern ist? Nein. Ich hatte keine Zeit, die Tafel eingehender zu betrachten.«

»Keines der Symbole wiederholt sich.«

Ihre Augen wurden groß. »Das haben Sie bemerkt?«

»Zweiundzwanzig Symbole, jedes anders, keines taucht zweimal auf.«

»Es ist ein Alphabet«, schlug Candice vor.

»Ja, oder irgendein Geheimcode. Womöglich eine Chiffre.«

»Der Schlüssel!«, rief Candice. »Das würde auch erklären, warum die Duchesne-Tafel nicht aus Ton gebrannt wurde, sondern aus solidem Stein gefertigt ist. Sie ist der Schlüssel zur Chiffrierung, der Schlüssel, von dem Ihr Vater sprach. Mit der Duchesne-Tafel können wir entziffern, was auf dem Fragment steht. Wir müssen nur herausfinden, welche Sprache verschlüsselt wurde.«

Glenn stocherte in den Zeitungsschnipseln und zog ein weißes Stück Papier ans Licht. »Sieht aus, als hätte mein Vater den Code bereits geknackt. Das hier müsste das sein, was auf dem Fragment steht.«

Candice las den Satz: *Die Frau des Astronomen.* »Detective, die Notiz, die ich in dem Duchesne-Buch fand – ›liegt die Antwort im Grab von Nacht?‹ Da Ihr Vater den Zettel in die Seite mit dem Foto der Steintafel geklemmt hatte, vermute ich, dass er die Steintafel in der Achtzehnten Dynastie ansiedelte oder in dieser komplizierten Keilschrift einen Bezug zu Nacht zu finden glaubte. Nacht war ein Schreiber mit dem Titel Astronom des Amon am Tempel von Karnak irgendwann zwischen den Jahren 1500 und 1315 vor unserer Zeitrechnung. Seine Ehefrau Tawy war Musikantin des Amon. Darüber hinaus ist über die beiden nichts bekannt, es ist sogar ungewiss, unter welchem König sie dienten. Nachts Grab nahe dem Tal der Könige ist für seine wunderbaren Wandgemälde berühmt. Ich habe sie studiert. Obwohl der Grabinsasse ein Astronom war, kommen keine Sterne in den Bildern vor.«

Candice stand die Figur der Lady Tawy auf den Wandgemälden von Nacht vor Augen, der Sängerin des Amon, die in den Händen ein Musikinstrument hielt. Hatte der *Stern von Babylon* womöglich mit ihr und gar nicht mit ihrem Gatten zu tun? Aber was hatte ein ägyptischer Adliger aus der Achtzehnten Dynastie mit Babylon zu tun, das seine Blütezeit erst tausend Jahre später erleben sollte? »Warum eine Geheimschrift, Detective? Warum ist das hier nicht in den Zeichen der damaligen Sprache geschrieben worden?«

»Vielleicht handelte es sich um eine Art Geheimbund. Hüter verbotenen Wissens.«

Glenns Handy klingelte.

Es war Mrs Quiroz. Ihr war wieder eingefallen, wo sie den Brief seines Vaters versteckt hatte.

Kapitel 10

Jessica Randolph hatte nicht vorgehabt, Candice Armstrong mit ihrem Wagen zu verfolgen und zu jagen. Ihr waren nur die Pferde durchgegangen, als Candice auf ihre Motorhaube hämmerte und ihr befahl anzuhalten. Und nachdem sie erst einmal die Verfolgung aufgenommen hatte, fand Jessica richtig Gefallen an der Sache. Wäre sie auch bis zum Äußersten gegangen? Jessica fand die Frage reizvoll. Nun, vielleicht bot sich noch einmal eine Gelegenheit, das auszuprobieren?

Sie schlüpfte aus dem Bett und in einen seidenen Morgenrock, bewegte sich auf Zehenspitzen, um den Mann, der noch in dem zerwühlten Bett schlief, nicht aufzuwecken. Sie maß ihn mit einem verächtlichen Blick. Parlamentsmitglied, wohlhabend und einflussreich, verheiratet, vier Kinder und womöglich der schlechteste Liebhaber, den sie je in ihrem Bett gehabt hatte. Aber darum ging es gar nicht bei ihrer Affäre. Körperliche Befriedigung rangierte nicht sehr hoch auf

Jessica Randolphs Prioritätenliste. Ihre Leidenschaft galt der Akquisition und dieser Mann verfügte über gesellschaftliche Kontakte zu den Besitzern einer der eindrucksvollsten privaten Kunstsammlungen in England. Im Moment war Jessica auf der Spur einer Handschrift aus dem fünften Jahrhundert, und der Mann in ihrem Bett wusste, wo dieses Manuskript zu finden war und wie man den derzeitigen Besitzer zum Verkauf bewegen konnte.

Jessicas nackte Füße versanken in einem flauschigen apricotfarbenen Teppich. Ihr Schlafzimmer war mehr als luxuriös, es bestand aus einer Ansammlung kostbarster Antiquitäten, teuerster Möbelstücke, feinster Stoffe und Kristalllüster. Sie hatte ihr Heim, ihr Liebesnest, persönlich ausgestattet und eingerichtet. Für Jessica gab es eine feste Regel: Sie brachte ihre Liebhaber immer hierher, sie ging nie in deren Wohnung oder traf sich mit ihnen in irgendwelchen Hotels oder Absteigen. Alles im Leben Jessicas musste in ihren eigenen Räumlichkeiten stattfinden, ob sie nun über eine Ming-Vase verhandelte oder intime Stunden mit einem Mann verbrachte. Ihr Acht-Zimmer-Apartment lag in einer der nobelsten Gegenden Londons. Und es war nicht ihr einziger Wohnsitz.

Heute Abend würde sich alles ändern. Es würde keine Liebhaber mehr geben, nur noch einen einzigen Mann. Der, auf den sie fast ihr ganzes Leben gewartet hatte.

Unter der seidenen Bettdecke ertönte ein Schnarchen. Er hatte zu viele Fragen gestellt und Jessica war, wie immer, ausgewichen. Ihre Vergangenheit ging ihn nichts an; woher sie kam und was sie angestellt hatte, um ihre Spitzenposition in der Welt des Kunsthandels zu erreichen, war ihr heiliges Geheimnis und kein Stoff für Klatschspalten.

Wenn die Skandalblätter je dahinter kämen ...

Als sie das Telefon im Boudoir klingeln hörte, schlüpfte Jessica rasch aus dem Schlafzimmer, zog die Tür hinter sich zu und griff noch vor ihrer Haushälterin nach dem Hörer. Jessica beschäftigte in all ihren Residenzen festes Personal. Es war handverlesen und wurde für seine Diskretion und Verschwiegenheit bezahlt. Es war ihre ultraprivate Leitung, deren Nummer nur wenige kannten. »Jessica am Apparat.«

Am anderen Ende der Leitung antwortete eine sonore Stimme: »Professor Masters ist tot.«

»Verstehe. Was ist mit dem *Stern von Babylon?*« Geschäftsmäßiger Ton, kein Stocken.

»Wir werden seinen Sohn Glenn unter Beobachtung halten. Das könnte dann für uns ganz einfach werden oder sehr kompliziert.«

»Und Candice Armstrong?«

»Sie wird heute Abend von der Bildfläche verschwinden. Warten Sie auf meinen Anruf.«

Der Brief befände sich im Arbeitszimmer des Professors, hatte Mrs Quiroz gesagt. Der Brief, den John Masters an seinen Sohn geschrieben hatte, ehe der Mörder zuschlug.

Glenn zerrte so heftig an dem gelben Absperrband, als wollte er das ganze Haus einreißen. Beim Betreten der Diele griff er automatisch nach dem Lichtschalter und der große Kronleuchter erstrahlte in vollem Glanz. Es roch bereits muffig im Haus, als ob es jahrelang nicht bewohnt worden sei. Wie rasch das Leben vergeht, dachte Candice im Stillen.

Sie fanden den Brief zusammengerollt und aufrecht in einer Vase mit Trockenblumen stehen. In den dreißig Jahren in Diensten des Professors hatte einiges von seiner Geheimniskrämerei auf Mrs Quiroz abgefärbt.

Glenn stand mitten im Zimmer und wog die »Schriftrolle« in der Hand.

»Ich nehme an«, setzte Candice an, um die peinliche Stille zu überbrücken und um Glenn irgendwie zu helfen, »dass Ihr Vater dachte, jemand aus dem Krankenhaus würde Sie benachrichtigen. Sie benachrichtigen immer die Familienangehörigen. Und mich hat er ausdrücklich rufen lassen. Nicht an *Ihrer* Stelle, sondern zusätzlich.«

Glenn sah sie mit einem so dankbaren Blick an, dass Candice die Augen niederschlagen musste.

Ein verirrter Telefonanruf schreckte beide aus ihren Gedanken. Dann sahen sie, dass das Lämpchen des Anrufbeantworters blinkte, offenbar waren mehrere Nachrichten aufgelaufen. Glenn drückte die Abspieltaste, ließ die verschiedenen Anrufe durchlaufen. Und dann: »Professor Masters, hier spricht noch einmal Elias Konstantine.« Er sprach Englisch mit einem schweren Akzent. »Bitte entschuldigen Sie, dass es so lange gedauert hat, aber Sie wissen ja, Papierkrieg, Gehälter ... nun, ich kann Sie nach Dschebel Mara bringen. Sie müssen aber sofort nach Damaskus kommen. Und ich muss Sie warnen, es ist gefährlich hier. Sie reisen auf eigenes Risiko, Professor Masters. Heute sprach mich ein Mann an, ob ich ihn nach Dschebel Mara führen könnte. Ich erklärte ihm, dass ich einen solchen Ort nicht kenne. Ich fürchte, Sie haben Rivalen.«

»Damaskus!«, platzte Candice heraus. »Also hat Ihr Vater eine Ausgrabung geplant. Und Dschebel Mara ist der Ausgrabungsort. Aber wieso weiß noch jemand davon? Der Professor hat nur mir davon erzählt.«

Glenn drehte den zusammengerollten Brief seines Vater immer noch unschlüssig in der Hand. »In der Korrespondenzakte, die meinem Vater gestohlen wurde, muss sich ein Brief von Sergei Baskow befunden haben, in welchem er meinem Vater von Dschebel Marrah erzählt hat.«

»Also hat jeder von uns ein Teil des Puzzles«, erklärte Candice trocken und stellte sich dabei eine globale Schnitzeljagd vor.

Glenn griff nach seinem Handy und rief seine Dienststelle an. »Keine neuen Hinweise auf die Einbrüche«, berichtete er, als er wieder auflegte. »Und keine Spur von Philo Thibodeau.« Er grübelte über Konstantines letztem Wort: Rivalen.

Der Mörder seines Vaters machte Jagd auf den *Stern von Babylon.* Das bedeutete, dass er selber auch Jagd machen musste.

Beinahe feierlich zog er sich den Hut vom Kopf und legte ihn auf dem Schreibtisch ab. Er entrollte den Brief, holte einmal tief Luft und wappnete sich für das, was nun kommen sollte.

Als er laut anfing: »Lieber Sohn«, unterbrach ihn Candice. »Sie müssen mir den Brief nicht vorlesen.«

»Sie sind doch auch in die Sache verwickelt, Dr. Armstrong. Sie haben ein Recht zu wissen, was in diesem Brief steht.« Das entsprach nicht ganz der Wahrheit. Glenn fühlte sich einfach sicherer, wenn er den Brief laut vorlas, indem er die persönlichen Worte publik machte und auf diese Weise eine sichere Distanz zwischen sich und den Kummer über den Tod des Vaters legte.

»Lieber Sohn«, fing Glenn noch einmal an. »Wenn du diesen Brief liest, bin ich bereits tot, entweder durch einen Unglücksfall, auf natürlichem Wege oder durch einen Unfall auf meiner Grabungsstätte in Syrien. Möglicherweise werde ich sterben, bevor ich meine große Suche beginnen kann. In dem Fall bitte ich dich, sie für mich fortzusetzen. Sollte ich in Syrien begraben werden, bitte ich dich, was immer ich angefangen habe, für mich dort fortzuführen.

Vergib mir, mein Sohn, ich schreibe mit äußerster Dringlichkeit, denn ich befinde mich in großer Gefahr. Und auch du schwebst in Gefahr. Es gibt Dinge von absoluter Wichtigkeit, die du wissen musst, aber zuerst muss ich Frieden mit dir schließen.«

Glenn schossen die Tränen in die Augen, als er die Worte seines Vaters im erlöschenden Tageslicht las. Candice knipste die Schreibtischlampe an.

»Mittlerweile wirst du meine Sachen im Safe durchgegangen sein und aus dem Brief von Sergei Baskow erfahren haben, dass sich der *Stern von Babylon* in Dschebel Mara befindet. Da ich fest glaube, dass der Stern dich zur Achtzehnten Dynastie im alten Ägypten und zu erstaunlichen Entdeckungen führen wird, rate ich dir, die Hilfe von Dr. Armstrong in Anspruch zu nehmen. Vielleicht erinnerst du dich an den Namen, sie hat mir bei dem Salomo-Projekt assistiert. Sie ist ein guter Mensch und eine erstklassige Ägyptologin. Überdies ist sie vertrauenswürdig.«

Schatten krochen in das Zimmer, schoben sich näher, als ob sie lauschen wollten. »Wir glauben, das Alter bringt Weisheit«, hatte John Masters geschrieben. »Zumindest hatte ich das immer geglaubt. Aber dem ist nicht so. Was das Alter bringt, ist die Erkenntnis, dass es uns an Weisheit *mangelt.*«

Glenn hielt inne. Räusperte sich. Trat näher an die Lampe heran.

»Ich kann mir nur vage vorstellen, was nach dem Tod deiner Mutter in dir vorging. Ich war einfach zu verzweifelt, um dich zu trösten. Wie oft hatte ich mir gewünscht, den Mut dazu oder mehr Mitgefühl aufzubringen. Aber wann immer wir zusammenkamen, brachen die Dinge auseinander.

Zeit meines Lebens habe ich Zerbrochenes zusammengefügt, und das tust du nun ebenfalls, mein Sohn, als Polizist. Und dennoch können wir das, was zwischen uns zerbrochen ist, nicht zusammenflicken. Du glaubst womöglich, es sei mir peinlich, dass du Polizist geworden bist«, las Glenn mit angespannter Miene vor. »Dem ist nicht so. Ich bin stolz auf dich. Aber ich bin zu starrköpfig, das auszusprechen. Wenn du diesen Brief liest, bedeutet das nicht, dass ich den ersten Schritt zu unserer Versöhnung gemacht hätte. Es bedeutet, dass ich tot bin. Und du sollst wissen, mein Sohn, dass ich dich von ganzem Herzen liebe, dass ich dich immer geliebt habe und so stolz auf dich bin, dass mir die Worte für meine wahren Gefühle fehlen.«

Glenn schlug die Hände vors Gesicht. Candice wartete.

Wieder prasselte der Regen an die Fensterscheiben. Glenn trat noch näher an die Lampe, der Brief zitterte in seinen Händen. »Und nun zum geschäftlichen Teil. Mein Sohn, ich habe dir ein. ganzes Potpourri voller Geheimnisse aufgetischt, das aus Antworten ohne Fragen besteht. Und es gibt noch etwas, was du nicht weißt: Ich habe dich all die Jahre vor etwas beschützt. Ich hätte dir schon vor langem von Morven und der Luminanz erzählen sollen.«

Candice riss die Augen auf. *Die Luminanz!*

»Es ist an der Zeit, dass du die Wahrheit erfährst. Aus Gründen deiner eigenen Sicherheit habe ich sie all die Jahre von dir fern gehalten. Du hast nie erfahren, worin die eigentliche Arbeit deiner Mutter bestand.« Glenn hielt inne, die Stirn gerunzelt. *Die eigentliche Arbeit?*

»Du musst es selber nachlesen«, fuhr sein Vater fort. »In ihrem Tagebuch. Ich habe es dir nie gezeigt. Nach ihrem Tod habe ich es weggepackt. Es liegt in ihrem Nachttisch, wo sie es immer aufbewahrt hat. Lies es, mein Sohn. Du sollst wissen, mit wem du es zu tun hast, gegen welche Kräfte du ankämpfen wirst.«

Glenn blickte zur Zimmerdecke auf, als ob er durch die Balken, den Gips und die Teppiche das Tagebuch in seiner Schublade erspähen könnte.

Er las weiter. »Philo Thibodeau ist wahnsinnig. Er hat Nostradamus verinnerlicht und erachtet die Prophezeiungen des siebten Kapitels, der dreiundachtzigsten Strophe, für wahr. Philo darf den *Stern von Babylon* nicht in die Hände bekommen. Er würde ihn für böse Zwecke missbrauchen. Ich spreche von nichts Geringerem als Armageddon, denn ich glaube, er hegt Pläne für eine große Vernichtung ...«

Glenn hielt inne.

»Lesen Sie weiter«, bat Candice.

»Das war alles. An dieser Stelle wurde er unterbrochen.« Glenn starrte auf das letzte Wort und die Leerstelle dahinter, in der es an der Tür geläutet haben musste und sein Mörder das Haus betrat.

Candice fröstelte. Mit den nachmittäglichen Schatten war ein kalter Hauch gekommen. Er legte sich über das Haus wie kriechender Nebel. »Was meinte er wohl mit ›große Vernichtung‹?« Sie stellte sich den *Stern von Babylon* wie eine furchtbare Waffe vor, die von irgendeinem nahöstlichen Diktator in der Wüste zurückgelassen worden war. Sie wandte sich Glenn zu, dessen Gesicht im Schatten lag. »Was steht auf den Tontafeln, die Ihr Vater so verzweifelt sucht?« Unwillkürlich griff sie sich mit der Hand an den Hals: Jemand hätte sie für diese Tafeln beinahe umgebracht. »Etwas Biblisches? Eine Prophezeiung womöglich?« *Das Ende der Welt.*

Glenn ließ den Brief auf den Schreibtisch fallen und verließ wortlos das Zimmer. Candice hörte ihn in den ersten Stock hinauflaufen, hörte ihn herumsuchen, dann kam er zurück mit einem Buch in der Hand. Dem Tagebuch seiner Mutter.

Es war ein wunderschönes Buch, exquisit gestaltet. Der Einband aus schimmernder smaragdgrüner Seide, die Seiten aus kostbarem Bütten mit Goldrand und einem roten Seidenband als Buchzeichen. Der Verschluss war eine magnetische Lasche. Glenn schlug das Buch an einer beliebigen Stelle auf und blickte auf die Handschrift seiner Mutter: *Es gibt keinen Tod.*

Er schlug das Buch wieder zu. Nicht jetzt, noch nicht. Dies hier war mehr als ein Buch, es war der Weg zu seinen Gefühlen, zu seinem Herzen. Und sein Herz war seine Achillesferse, die er mit seinem Leben beschützte.

Candice spürte seinen inneren Widerstand. Welchen anderen Weg gab es, dem Rätsel auf die Spur zu kommen?

»Die Prophezeiungen des Nostradamus«, überlegte sie. »Vielleicht können die uns weiterhelfen.«

Glenn sah sie erleichtert an und nahm ihre Idee sofort auf. Nach einigem Grübeln erinnerte er sich an einen bestimmten alten Folianten seines Vaters. Er ging in die Bibliothek, griff zielsicher den ledergebundenen Band heraus und begann sogleich, ihn durchzublättern. Die Kapitel, Centurien genannt, waren jeweils in einhundert gereimte Vierzeiler unterteilt. Nachdem er das siebte Kapitel gefunden hatte, blätterte er rasch weiter, kam aber nur bis Vierzeiler zweiundvierzig. Dort endete der Text.

Glenn legte das Buch nieder. Auf einmal war er sich sehr sicher: Es war Zeit zum Handeln. Er griff zum Handy: »Der Mörder meines Vaters ist nicht länger in den Staaten, weil es hier nichts mehr für ihn zu tun gibt. Er wird versuchen, Elias Konstantine durch Überredung oder Gewalt dazu zu bringen, ihn nach Dschebel Mara zu bringen. Dort werde ich ihn finden.«

»Wir werden ihn finden«, korrigierte ihn Candice.

Glenn starrte sie an. »Bitte?«

»Ich komme mit. Das habe ich Ihrem Vater versprochen.«

Als ihm klar wurde, was sie da sagte, überkam Glenn ein Gefühl der Panik. Gegen diese weit aufgerissenen, tränenfeuchten Augen war er nicht gefeit. Er *durfte nicht* zulassen, dass Candice mit nach Syrien reiste.

Er suchte nach Worten, die überzeugend klangen. »Ich kann das nicht zulassen. Das Risiko ist zu hoch. Wenn Philo Thibodeau der Mann ist, den ich suche, dann ist er ein reicher, mächtiger Mann, dem jeder Einfluss und alle Möglichkeiten zur Verfügung stehen.«

»Das bedeutet zwei gegen einen.« Als Candice

merkte, dass Glenn hart blieb, fügte sie hinzu: »Ich werde eine Hilfe sein, kein Hindernis, Detective. Schließlich bin ich Archäologin. Wie wollen Sie den *Stern von Babylon* finden?«

Er musste professionell und cool bleiben. »So, wie ich auch einen Mörder finde. Ich verfolge Spuren.«

»Wie wollen Sie nach Syrien hineinkommen? Es dauert Wochen, bis man ein Visum bekommt.«

»Ein Behelfsvisum durch Interpol. Gegenseitige Amtshilfe. Machen wir ständig.« Er hob das Handy: »Hier ist Masters. Ich muss mit Captain Boyle sprechen. Es ist dringend.« Während er wartete, wandte er sich wieder Candice zu. »Überlassen Sie mir das, Dr. Armstrong. Bis Sie Ihr Visum bekommen, habe ich den Täter schon gefasst.«

Nun zog Candice ihr eigenes Handy hervor. Als ob sie sich duellierten.

»Was haben Sie vor?«

»Ich rufe Ian Hawthorne an. Wie er mir sagte, fährt er nach Jordanien zurück. Er leitet dort eine Ausgrabung. Er kann mich als seine Mitarbeiterin ins Land schleusen. Von Amman ist es dann nur noch ein Katzensprung bis nach Damaskus.«

»Dr. Armstrong ...«

Als Hawthorne sich meldete, sagte Candice: »Ian, hier ist Candice. Ich sollte dich anrufen, wenn du mir einen Gefallen erweisen könntest. Nun, jetzt ist es so weit.«

Glenns Gesicht verfinsterte sich.

Als sie das Handy wieder in ihrer Tasche verstaute, deutete sie Glenns Gesichtsausdruck falsch. »Keine Sorge, ich werde ihm nicht verraten, warum ich nach Jordanien muss. Ich werde ihm nur im absoluten Notfall etwas über den *Stern von Babylon* erzählen. Und er würde nie fragen. Ian ist ein Gentleman.«

Glenn versuchte eine andere Taktik. »Dr. Armstrong, Ihre Gegenwart wird meine Ermittlungsarbeit gefährden.«

Ihr Handy piepste. Sie las die Digitalanzeige auf dem Display. San Francisco.

»Ich muss diesen Anruf annehmen«, erklärte sie.

Es war Reed O'Brian. »Wir haben von John Masters' Tod gehört. Was für ein tragischer Verlust für die wissenschaftliche Welt.« Eine Pause. »Aber nun habe ich eine Nachricht, die Sie direkt angeht. Wir haben uns für Sie entschieden, Candice. Sie haben den Job.«

Sie starrte auf den sauber gefegten kalten Kamin, die verrußten Steine. Spürte Glenns Blick. Hörte den Regen am Fenster. Sie hatte den Auftrag.

»Oh«, war alles, was sie herausbrachte.

Glenn starrte sie an. »Was ist?«

»Ich habe den Job, Detective. Von dem ich Ihnen erzählt habe.«

Glenn fiel ein Stein vom Herzen. Sie ging nach San Francisco. Candice hielt immer noch das Handy in der Hand und hörte Reed vierhundert Meilen entfernt sagen: »Sind Sie noch dran?« Auf einmal wurden ihr die Knie weich. Man glaubte an sie! Sie hatten den ganzen Faircloth-Vorfall beiseite geschoben und sie aufgrund ihrer Meriten gewählt. Endlich wurde sie unter ihresgleichen wieder geschätzt. Ihr wissenschaftlicher Ruf war wieder hergestellt!

Da fiel ihr Blick auf Glenn, auf sein finsteres Gesicht, das smaragdgrüne Buch in seiner Hand, und plötzlich fiel ihr wieder ein bestimmter Satz ein. Sie legte die Hand über die Sprechmuschel, ließ Reed O'Brian kurz in der Leitung hängen und zischte Glenn zu: »Detective, wenn Sie den *Stern von Babylon* und die Tontafeln finden, was werden Sie damit tun?«

Ob dieser unerwarteten Frage blickte er verständnislos drein. »Den zuständigen Behörden übergeben, warum?«

»Ihr Vater wollte, dass sie hierher gebracht werden, in Sicherheit.«

»Es ist ungesetzlich, Antiquitäten oder andere kulturelle Schätze außer Landes zu schaffen. Was immer der *Stern von Babylon* sein und die Tontafeln sein mögen, so ich sie überhaupt finde, ist es meine Pflicht, sie der syrischen Regierung zu übergeben.«

»Aber Ihr Vater ...«

»Ich bin dem Gesetz verpflichtet, Dr. Armstrong.«

Candice sah seine entschlossene Miene. Und in diesem Moment spürte Candice, dass es keine weiteren Fragen oder Entscheidungen mehr gab. Eine große Ruhe überkam sie. Ihr Weg lag klar und deutlich vor ihr. »Bringen Sie den *Stern von Babylon* nach Hause«, hatte John Masters gesagt.

Sie nahm das Handy wieder ans Ohr und sagte zu Reed, der noch in der Leitung hing: »Ich kann den Job nicht annehmen. Tut mir Leid.«

»Was!« Glenn packte sie am Handgelenk. »Sind Sie verrückt? Nehmen Sie den Auftrag an! Gehen Sie nach San Francisco!«

Candice schüttelte seine Hand ab und beendete die Verbindung.

Glenn atmete heftig. »Ich kann nicht glauben, was Sie da gerade getan haben.«

Ich auch nicht. »Ich weiß, was ich tue.«

»Verdammt, Dr. Armstrong, ist Ihnen denn

nicht klar, wie gefährlich die Situation ist. Wenn ich den Mörder meines Vaters *nicht* verfolge, wird *er Sie* verfolgen!«

Sie reckte das Kinn, um ihre Enttäuschung zu überspielen. Das San-Francisco-Projekt hätte ihr Leben, ihre Existenz gerettet. »Umso besser. Dann bin ich eben der Köder.« Tapfere Worte, aber ohne echten Mut gesprochen. Ob er wohl spürte, wie viel Angst sie tatsächlich hatte? Dann fiel ihr Reed O'Brian und seine Entscheidung zu ihren Gunsten wieder ein. Ungeachtet der Tatsache, dass sie sich in ihren Kreisen unbeliebt gemacht hatte und ihr guter Ruf mit dem Makel eines Skandals behaftet war, hatten O'Brian und der Museumsvorstand ihre wahren Meriten und Fähigkeiten erkannt. Wenn die Vertrauen in sie hatten, sollte sie es auch haben.

Ich schaffe es.

Glenn nahm einen neuen Anlauf. »Ich dachte, Sie wollten Ihre Impulsivität beherrschen.«

»Ich bin nicht impulsiv.«

Gern hätte er gesagt, dass sie Sturheit gleich noch dazu auf ihre Liste setzen sollte. »Sie können nicht fahren.«

»Sie können mich nicht aufhalten.« Sie schaute ihn herausfordernd an, voller Selbstvertrauen. Aber als sie ihm in die Augen sah, machte ihr Herz einen alarmierenden Satz. Und ihr wurde klar, dass es eine Sache ist, einem attraktiven Mann an der Haustür gute Nacht zu sagen, sich dann zurückzuziehen und den Mann aus dem Gedächtnis zu streichen oder aber mit diesem Mann über Tage oder Wochen auf engstem Raum um die halbe Welt zu reisen. Dennoch, sie hatte ihr Versprechen gegeben, die Tontafeln zu finden und nach Hause zu bringen. Sie brauchte nur ein wenig Willenskraft, um dem Charme des Detective zu widerstehen. Kein Problem!

Als Candice so herausfordernd vor ihm stand, bemerkte Glenn, dass ihre rauchige Stimme noch dunkler wurde, und er fühlte sich unbehaglich in seiner Haut, musste an heiße Nächte und zerwühlte Betten denken. Aus ebendiesem Grunde konnte er nicht zulassen, dass sie mitkam – sie würde ihn auf die schlimmste Art und Weise ablenken. Er hatte irgendwo auf der anderen Seite des Globus eine Verabredung mit der Gefahr und er musste alle seine Kräfte und Sinne beieinander haben. Wenn sie nun einmal entschlossen war zu fahren, dann war er ebenso entschlossen, sobald sie in Damaskus eingetroffen waren, einen Weg zu finden, sie zur Rückreise in die Staaten zu bewegen – notfalls mit Gewalt.

Kapitel 11

Sie trafen sich im Geheimen.

In der vierzigsten Etage eines Büroturms, hoch über den glitzernden Lichtern von Houston, versammelten sich zweiundzwanzig Menschen unter dem Mantel der Nacht. Es war eine ernste Gesellschaft, die sich nach Büroschluss hier einfand und gemessen durch die Lobby schritt, wo der reguläre Wachmann durch eine Vertrauensperson ersetzt worden war. Sie verloren keine Zeit mit belanglosem Geplänkel oder Smalltalk, sondern nahmen ihren Platz an dem langen Konferenztisch ein, der von Deckenleuchten erhellt wurde. Ein jeder trug eine Aktenmappe unter dem Arm, jeder war darauf vorbereitet, Bericht zu erstatten. Die Ledersessel rund um den Tisch standen im Halbdunkel. Nur gelegentlich verriet das Aufblitzen von Gold, Platin oder Edelsteinen an Handgelenken oder Fingern den Reichtum dieser Leute und im weiteren Sinne ihren Einfluss. Nicht alle waren Amerikaner. Die Mehrzahl war aus der ganzen Welt eingeflogen. Sie kamen auch nicht jedes Mal in diesem Hochhaus oder in den Vereinigten Staaten zusammen, aber nachdem sie nun schon einmal im Lande waren, fiel diesmal der Vorsitz an Philo Thibodeau, zu dessen Petrochemiekonzern dieser Büroturm gehörte.

Er stand am Kopfende des Tisches, sein weißes Haar war von einem Punktstrahler in helles Licht getaucht. Er trug ein weißes Sakko über Hemd und Hose in Weiß. Alles an ihm war makellos wie immer. Philo pflegte sich mehrmals am Tag umzuziehen. Obwohl die übrigen Teilnehmer sich Wasser oder Kaffee eingegossen hatten, stand kein Glas vor Philo. Er aß oder trank niemals in Gesellschaft von anderen. Niemand, nicht einmal seine Frau hatte Philo Thibodeau je einen Schluck trinken oder einen Happen zu sich nehmen sehen.

Er wandte sich nun dem Mann zu seiner Rechten zu: »Mr Greene, wir beginnen bei Ihnen.«

Der Mann schlug seinen Aktenordner auf, räusperte sich und begann seinen Bericht vorzutragen. »Es geht um Roger Fieldstone, unter Arrest, weil er Gegenstände aus dem Getty-Museum in Malibu gestohlen hat. Sein Fall wird nächste Woche vor dem Obersten Gericht von Los Angeles verhandelt.«

Thibodeau schnalzte missbilligend mit der Zunge. »Diese Angelegenheit muss schnell bereinigt werden. Welcher Richter hat den Vorsitz? Einer von unseren Leuten?«

Der Mann blätterte in seinen Notizen. »Richter Norma Brown.«

»Ah ja, eine gute Frau. Ich werde sie anrufen. Weisen Sie Fieldstone eine andere Aufgabe zu. Das war schlampige Arbeit. Diesmal sollte es etwas Unbedeutenderes sein. Versuchen Sie es mit dem Spektrometer-Labor.«

Der nächste Bericht kam von einem Mann, dessen Hände so schwarz wie Dominosteine waren. »Wir sind einem Buch auf der Spur, das angeblich von einem der ersten Anthropologen stammt, der Ostafrika erforscht hat. Es soll Beschreibungen religiöser Rituale enthalten, die er heimlich beobachtet hat. Ich treffe mich nächste Woche mit dem Verkäufer.«

»Ausgezeichnet, Mr Kimbata«, lobte Thibodeau. »Der Nächste.«

So ging es einmal rund um den Tisch. Jeder Anwesende gab seinen Bericht ab und sprach dabei mit einem von seiner Muttersprache geprägten Akzent. Ein gebeugter Mann mit Brillengläsern, die so dick wie Flaschenböden schimmerten, berichtete: »Im letzten *Antiquities Quarterly* wird eine Stele aus dem minoischen Kreta mit eingemeißelter Linear-B-Schrift angeboten.«

Thibodeau hob die Hand. »Ich habe mich damit beschäftigt. Eine Fälschung. Der Nächste.«

Mr Yamamoto aus Tokio wusste zu berichten: »Für die seidene Schriftrolle mit bislang unbekannten Texten des Tao verlangt der Verkäufer fünf Millionen.«

Die Gruppe steckte einen Moment lang die Köpfe zusammen und beriet sich, bis alle sich darüber einig waren, dass der Preis angemessen sei.

Der letzte Bericht kam von einem Finanzgenie und Börsenexperten von der Wall Street, der die Wahl eines gemeinsamen Bekannten zum Präsidenten einer beeindruckend großen und mächtigen Unternehmensgruppe bekannt gab. Es gab zustimmendes Kopfnicken und Thibodeau stieß sogar einen anerkennenden Pfiff aus. Dieses Unternehmen in der Tasche zu haben, war mehr als die Erfüllung eines Traumes.

Dann war er selber an der Reihe. »Meine Damen und Herren, ich habe Nachricht erhalten, dass Dr. Candice Armstrong Jagd auf den *Stern von Babylon* macht.«

Ein Mitglied meldete sich zu Wort, Mr Barney Voorhees, Kulturminister eines kleinen europäischen Landes. »Es dauert Wochen, bis man ein Visum für Syrien bekommt. Wir könnten sie immer noch aufhalten.«

»Sie hat Ian Hawthorne um Hilfe gebeten«, erwiderte Philo. »Er hat Verbindungen in Jordanien und weiß genau, welche Hand man schmieren muss, um rasch an ein Visum zu kommen. Einmal in Damaskus, wird sich Armstrong mit einem Mann namens Elias Konstantine zusammentun.«

»Was ist mit Glenn Masters?«

»Der wird auch nach Syrien reisen.«

»Gibt es keine Möglichkeit sie aufzuhalten?«, meldete sich eine Stimme aus dem Halbdunkel, ein Mann mit einem österreichischen Akzent.

»Es gibt Mittel und Wege«, erklärte Thibodeau. Aber zu diesem Zeitpunkt wollte er die beiden schon gar nicht mehr aufhalten. Sollen sie den *Stern von Babylon* ruhig finden, danach wären Armstrong und Masters entbehrlich. Diesen Gedanken behielt Philo jedoch für sich.

»Lassen Sie uns darüber abstimmen«, schlug eine Frau vor, deren tadelloses Englisch den Anflug eines französischen Akzents erahnen ließ.

Die Umsitzenden bekamen je eine kleine schwarze und eine kleine weiße Kugel, glatt und aus Opakglas, ausgehändigt. Dann wurde eine Schale herumgereicht und jedes Mitglied ließ die jeweilige Kugel verdeckt in die Schale fallen. Nachdem alle abgestimmt hatten, wurde die Schale Philo Thibodeau gereicht, der die Murmeln nacheinander aus der tiefen Schale holte. Daraufhin gab er ebenfalls sein Votum ab und alle Kugeln waren weiß. Es war somit einstimmig beschlossen, Candice Armstrong und Glenn Masters nach Syrien reisen zu lassen.

Die Abstimmung war eine reine Farce, aber die anderen Mitglieder ahnten nichts davon. Es war schon lange her, dass sie innerhalb der geheimen Gesellschaft irgendwelche Macht ausgeübt hatten. Philo ließ ihnen ihre Illusion, denn sie diente seinen Zwecken.

Das Treffen war beendet und die Teilnehmer kehrten zurück in ihr alltägliches Dasein als Banker, Politiker, Wissenschaftler und Schriftsteller, zu ihren Familien und Freunden, die alle nichts von ihrer Zugehörigkeit zu einer alten, geheimen Gesellschaft wussten. Als Philo allein im obersten Stock des Hochhauses zurückblieb, nickte er zufrieden und ging dann in ein angrenzendes Büro, wo er bereits erwartet wurde.

»Die Buschhorn will nicht verkaufen«, sagte der Mann mit der Statur eines Bulldozers. Er hatte ein kantiges Kinn und zwischen den Vorderzähnen klaffte eine Lücke. Gewöhnlich bekam dieser Mann, was er wollte. Nur diesmal hatte er kein Glück gehabt.

Philo wiegte bedauernd den Kopf. Er zog es

vor, Akquisitionen im Stillen und auf zivilisierte Art zu tätigen. Wenn er jedoch auf Widerstand stieß, wurden andere Maßnahmen erforderlich.

Auch davon ahnten die anderen Mitglieder nichts.

Sammy war ihr Retter.

Ohne seine liebevolle Gesellschaft hätte Britta Buschhorn die letzten Jahre nicht überstanden. Deswegen verwöhnte sie ihn mit dem besten Futter, schenkte ihm die schönsten Spielsachen und erlaubte ihm für zwei Stunden am Tag vollkommene Freiheit in ihrem Haus.

Er war der glücklichste Kakadu auf der Welt.

Britta lebte allein in einer Wohnung in der Hedderichstraße in Frankfurt am Main. Sie war erst zweiundvierzig, doch ihr Haar war so weiß wie die Federn des Vogels auf ihrer Schulter. Brittas große, verschattete Augen hatten zu viel Grauen gesehen. Sie war von Rebellen gefoltert worden, die ihr kleines Hospital im südostasiatischen Dschungel überfallen hatten, das sie mit ihrem Mann betrieb. Von den neunundzwanzig Mitarbeitern hatte Britta, nach Monaten der Dunkelhaft und kurz vor dem Verhungern, als Einzige überlebt.

Sammy hatte ihr Kraft gegeben. Ein sanftmütiger Vogel, der bewundernde Pfiffe ausstieß, wenn sie sich anschickte zu duschen, der mittags mit ihr Schwarzbrot und Würstchen teilte, sich gern am Kopf kraulen ließ und die Wohnung mit drolligen Geräuschen erfüllte. Er war ihr treuer Kamerad und ihr Liebstes in ihrem Kampf für die Menschenrechte. Als Mitglied von Amnesty International schrieb Britta Bittbriefe und Gesuche, hielt Vorträge, organisierte Protestmärsche und engagierte sich, wo immer es ihr möglich war, gegen die Ungerechtigkeiten dieser Welt. Sammy war ihr Lichtblick in dieser Düsternis.

Der Rollstuhl war motorisiert. Ein Luxus, aber notwendig – die Rebellen hatten ihr beide Beine gebrochen und die waren nie richtig verheilt. Als sie nun, Sammy auf der Schulter, zu seinem Käfig rollte, versprach sie ihm ein Extrahäppchen, wenn er nur brav sei und sein Mittagsschläfchen hielte. Sammy antwortete mit einem leisen Krächzen, knabberte zärtlich an ihrem Ohrläppchen und ließ sich bereitwillig auf seine Sitzstange setzen. Dann hob er keck den Kopf, stellte seine wunderbare weiße Haube auf und schien abzuwägen, welchem Snack er den Vorzug geben sollte, dem Kalkschulp oder dem hart gekochten Ei. Britta vermeinte zu hören, wie die Wohnungstür geöffnet wurde. Aber das konnte nicht sein, die war verriegelt.

Als sie sich umblickte, standen zwei Männer in Regenmänteln auf der Schwelle; der eine ein Schwarzer, der andere ein Weißer mit einem kleinen roten Mal auf der Wange. Ein dritter Mann, älter, mit schlohweißem Haar und weißem Bart, trat hinzu. Die beiden Männer machten ihm Platz, als teilte sich das Meer für einen Propheten. Der Ältere trug weiße Hosen und ein weißes, am Kragen offenes Hemd unter einem langen cremefarbenen Kaschmirmantel, als ob er den trüben Tag aufhellen wollte. Er füllte die kleine Wohnung mit seiner starken Präsenz. »Haben Sie keine Angst, Frau Buschhorn.« Philo sprach fließend Deutsch mit dem Hauch eines amerikanischen Akzents. »Wir wollen Ihnen nichts zuleide tun.«

»Wer sind Sie? Was wollen Sie? Wie kommen Sie hier herein?« Britta schwang ihren Rollstuhl herum, um die Eindringlinge von Angesicht zu Angesicht zu sehen und um ihnen zu zeigen, dass sie sich nicht so leicht einschüchtern ließ.

Philo nahm sich Zeit, sie zu taxieren. Eine starke Frau. Das Haar frühzeitig weiß geworden, wie bei ihm selber auch. Er kannte ihre Geschichte. Als Britta Buschhorn ihren Schergen entkommen und von Touristen gefunden worden war, hatte sie internationale Schlagzeilen gemacht und wurde bald darauf zur Symbolfigur der Menschenrechtsbewegung. Philo wusste, was in ihr vorging: Sie glaubte, dass er ihr nichts mehr antun könnte, was die Rebellen nicht schon getan hatten.

Aber da irrte sie.

Er zog ein schmales Büchlein hervor. Während ihrer Gefangenschaft hatte Brittas Ehemann Jacob eine Reihe mystischer Visionen erfahren. In der Dunkelheit hatte er Licht gesehen; in seinem Schmerz Gott gefühlt; in den Schreien seiner gefolterten Kollegen hatte er die Stimme Gottes vernommen; und als er vor Schmerzen bewusstlos wurde, hatte eine gütige Hand ihn emporgehoben und mit Licht umgeben.

Um seinen Mitgefangenen Kraft und Trost zu spenden, hatte Jacob ihnen seine Visionen enthüllt, hatte, wenn die Rebellen gerade nicht herschauten, mit Kreide, Kohle oder Bleistift alles auf Papierfetzen niedergeschrieben. Britta trug die Fetzen bei sich, als ihr die Flucht gelang. Nachdem sie sich im Krankenhaus erholt hatte und nach Hause zurückgekehrt war, hatte sie Trost in diesen Schriften gefunden, und weil sie glaubte, die Welt an diesen Botschaften der Hoffnungen teilhaben lassen zu müssen, hatte sie sie in einem kleinen Bändchen veröffentlicht. Das Büchlein wurde, für sie selbst völlig überraschend, umgehend zum Bestseller. Jacob Buschhorns Vermächtnis wurde in viele Sprachen übersetzt, natürlich auch ins Englische. Diese Ausgabe hielt Philo nun in der Hand.

»Wir sind wegen der originalen Papiere hier, aus denen übersetzt wurde.«

Jetzt begriff Britta. »Sie sind der Mann, der versucht hat sie zu kaufen.« Es hatte mehrere Angebote gegeben, das letzte belief sich auf eine Million US-Dollar.

»Der bin ich«, bekannte Philo höflich. »Und nun bin ich hier, sie zu holen.«

Sie griff nach dem Telefonhörer. Philo war mit zwei Schritten neben ihr, legte ihr die Hand auf die Finger. »Haben Sie keine Angst.« Seine dunkelgrauen Augen hielten ihrem Blick stand, durchdrangen sie mit der Kraft seines Willens. »Wir werden Ihnen nichts tun. Ich verspreche es.«

Ihre Hand lag noch immer auf dem Hörer. »Sie können die Papiere nicht haben.«

»Meine Partner werden Ihre Wohnung durchsuchen, aber sie werden behutsam vorgehen. Ich habe sie angewiesen, alles so zu belassen, wie sie es vorgefunden haben. Wenn irgendetwas nicht nach Wunsch läuft, sagen Sie es mir bitte.«

»Suchen Sie ruhig«, erwiderte Britta trotzig.

»Das werden wir.« Er ging in die Küche.

Britta nahm den Hörer ab und begann die

Wählscheibe zu drehen. Dann bemerkte sie die Stille im Hörer und wusste, dass die Leitung tot war. Sie legte den Hörer auf die Gabel zurück. Mittlerweile machte es sich der Mann in dem langen Kaschmirmantel in ihrer Küche bequem. Britta ließ keine Angstgefühle aufkommen. Er konnte noch so lange suchen, er würde die Papiere nicht finden. Und keine Macht der Welt würde Britta dazu bringen, den Verbleib der Papiere zu verraten.

»Meine Partner und ich sind weder Diebe noch Kriminelle«, erklärte Philo, als er den Wasserkessel zur Hand nahm. »Wir sind Ritter eines geheimen Ordens, Mitglieder der ältesten und heiligsten Gemeinschaft auf Erden, und unsere Mission darf durch persönliche Eitelkeiten nicht behindert werden.«

Britta sah ihn herausfordernd an. Sie konnten sich alles nehmen, was ihnen gefiel, sie konnten ihre Wohnung einfach leer räumen. Sie hatte schon mehr als das überlebt, inzwischen stand sie über solchen Dingen.

Philo ließ Wasser in den Kessel laufen. »Bitte hören Sie mir gut zu, Frau Buschhorn.« Seine dunkelgrauen Augen fixierten sie.

»Es ist wichtig, dass Sie Bescheid wissen.«

Philo stellte den Wasserkessel auf den Herd

und drehte die Flamme an. »Unsere Wurzeln liegen in einer Priesterschaft der Antike, einer Bruderschaft von Männern und Frauen, den Hütern des Wissens. Das war dreihundert Jahre vor Christi Geburt, als Alexander der Große eine Vision erlebte, die ihm auftrug, alles Wissen der Welt zusammenzutragen.« Während Philo mit Tassen, Untertassen, Löffeln, Milch und Zucker hantierte, gingen die zwei Männer daran, Brittas Schlafzimmer systematisch zu durchsuchen.

»Um dieses Ziel zu erreichen«, fuhr Thibodeau fort und füllte dabei Milch in ein Kännchen, »sandte Alexanders Nachfolger Ptolemäus Botschaften an alle Könige, Königinnen, Kaiser und Herrscher der bekannten Welt und bat sie um die Werke ihrer Dichter und Denker, Schriftsteller und Propheten, um heilige und weltliche Schriften, Lieder und Hymnen, und dann schickte er Mittelsleute in alle Städte Asiens, Afrikas und Europas, die diese Werke zusammentragen sollten. Ausländische Schiffe, die in Alexandria festmachten, wurden nach Schriftrollen und Manuskripten durchsucht, und was immer gefunden wurde, wurde in die große Bibliothek getragen und dort ohne jeden Skrupel kopiert.«

Thibodeau fand eine kleine braune Teekanne. Unterdessen wurden Brittas Schränke im Schlafzimmer so gründlich durchsucht, als handelte es sich um eine polizeiliche Ermittlung. Britta ließ sich keine Unruhe anmerken. Sie war zwar eine zerbrechliche Frau im Rollstuhl, aber von drei Eindringlingen in ihre Privatsphäre wollte sie sich nicht einschüchtern lassen. In seinem Käfig am Fenster putzte Sammy eifrig sein Gefieder.

»Zwei Jahrhunderte später«, fuhr Thibodeau unbeirrt fort, »vergrößerte und bereicherte Ptolemäus' Nachfolgerin Kleopatra die Bibliothek noch, indem sie weiterhin Botschafter in alle Welt aussandte, Bücher und Wissen nach Alexandria zu bringen. Es wird behauptet, dass zu Lebzeiten Jesu die Bibliothek von Alexandria Kopien und Übersetzungen aller Bücher dieser Welt enthielt. Stellen Sie sich das vor, Frau Buschhorn. *Aller Bücher dieser Welt.*«

Thibodeau holte ein Tablett hinter dem Toaster hervor, breitete ein Platzdeckchen darüber, das er in einer Schublade gefunden hatte, und setzte Tassen und Teller darauf. Dann trug er es ins Wohnzimmer. »All diese Bücher wurden in der Bibliothek Gelehrten aus aller Welt zugänglich gemacht, chinesische, arabische, hebräische Handschriften, die Werke von Plato, Cäsar und Ptah-Hotep. Eine Versammlung der brillantesten Köpfe wandelte durch die großen Vorlesungshallen, durch die

Gärten und Museen des riesigen Gebäudekomplexes. Es war eine Universität, Frau Buschhorn. Die erste Universität der Welt. Ein Leuchtfeuer, wie der berühmte Leuchtturm von Pharos.«

Der Wasserkessel pfiff. Philo ging in die Küche, den Tee aufzubrühen. Als er am Fenster vorbeiging verdeckte er das Licht. Ein Moment lang war alles dunkel, bis er weiterging. Britte überlief es kalt.

Als er mit der dampfenden Kanne zurückkam, saß Sammy unbeschwert in seinem Käfig und spielte mit den schimmernden Glasperlen und den kleinen Glöckchen, die so fröhlich klingelten.

Die beiden Männer hatten ihre Suche im Schlafzimmer beendet und begannen nun, zielstrebig das Wohnzimmer zu durchforsten. Nachmittägliche Schatten krochen über den Teppich, fielen auf die Eindringlinge. Der Mann, der zu ihr sprach – sie erkannte Philo Thibodeau mittlerweile aus den Nachrichten wieder, wo der amerikanische Milliardär und der deutsche Bundeskanzler sich die Hände reichten –, behielt, selbst in ihrer komplexen Muttersprache, diesen leisen, einschmeichelnden Ton bei und sah sie dabei mit so viel Mitgefühl an, als ob er die Störung ihrer Privatsphäre zutiefst bedauerte.

»Im Jahr 391 n. Chr. betrachtete der Patriarch von Alexandria die Bibliothek wo alles Wissen der antiken Welt angehäuft war, mit größtem Missfallen. Er befürchtete, dass, solange dieses Wissen existierte, die Menschen weniger geneigt wären, den Evangelien Jesu Christi zu glauben. Demzufolge bat er Kaiser Theodosius, dem daran gelegen war, alle heidnischen Kulte zu eliminieren, um die Erlaubnis, die Bibliothek zu zerstören. Ein christlicher Mob, von Brandreden und satanischem Gerede aufgebracht, griff die Bibliothek mit Brandfackeln an. In einer Orgie frömmelnden Hasses rafften sie Bücher und Schriftrollen aus der Bibliothek und verbrannten sie auf riesigen Scheiterhaufen in den Straßen Alexandrias, während die Priester und Priesterinnen sich zu retten versuchten. Können Sie sich das vorstellen, Frau Buschhorn?«

Britta konnte es. Vor einem flammend gelben Hintergrund sah sie Frauen und Männer, die sich gehetzt versammelten, Priester mit geschorenen Häuptern, Priesterinnen in langen schwarzen Perücken, mit flatternden weißen Gewändern, die in panischer Angst Arme und Körbe mit so vielen Büchern und Rollen wie möglich beluden und wegtrugen. Und draußen der wutentbrannte Mob, der sich die Priester griff und sie auf die Scheiterhaufen warf, um Fleisch und Papyrus gemeinsam zu verbrennen.

»Man schätzt, dass etwa eine halbe Million Schriftrollen an jenem Tag verbrannt wurden.« Philo reichte Britta eine Tasse Tee, schenkte sich selber ein und stellte die Tasse beiseite. Er ließ sie unberührt, wie auch Brittas Tasse unberührt blieb.

»Der Brand in der Bibliothek ist eine historische Tatsache«, sagte Thibodeau und zog sich einen Stuhl näher heran. »Was die Geschichte jedoch verschweigt, ist, dass viele der Priester und Priesterinnen mit ihrem Leben davongekommen sind – und mit einigem mehr.«

Die beiden Männer hatten ihre Suche im Wohnzimmer beendet und wandten sich nun, da sie nichts finden konnten, dem Kamin zu, der in all den Jahren nicht benutzt worden war. Sie griffen sich einen Stapel alter Zeitungen, die in den Altpapiermüll wandern sollten, knüllten sie zusammen und legten sie auf den Kaminrost. Britta sah ihnen verblüfft zu. Nachdem die Zeitungen aufgebraucht waren, wurden Poster von den Wänden gerissen – STOPPT DAS TÖTEN und FREIHEIT FÜR ALLES LEBEN –, dann Magazine, Briefe und Bücher aus den Regalen gezerrt.

Brittas Herz setzte einen Schlag lang aus. Sie waren dabei, einen Scheiterhaufen in ihrem Wohnzimmer zu errichten.

»Die Priester flohen aus Alexandria«, fuhr Thibodeau ungerührt fort, als ob er von dem Geschehen um sich herum nichts mitbekäme. »Mit allem, was sie an Büchern und Schriftrollen tragen konnten – die Legende besagt, dass eine Priesterin sogar einen ganzen Korb unter ihr Gewand schob, damit sie schwanger aussah, ein Korb, der mit den Prophezeiungen des Orakels von Delphi gefüllt war. In Zypern fanden sie sich zusammen. Von da aus zogen sie in Richtung Spanien und dann nach Frankreich, den anti-heidnischen Bewegungen immer einen Schritt voraus. Mit der Zeit ließen sich einige unter ihnen zum Christentum bekehren, aber das hielt sie nicht von ihrem Gelübde ab, die Schriften, mochten sie auch noch so heidnisch sein, zu hüten. Über die Jahrhunderte hinweg, während andere Schriften von intoleranten Geistern zerstört wurden, haben diese Alexandrier bewahrt, was sie vor dem Feuer retten konnten, und ihre Suche nach weiteren Schriften fortgesetzt, denn das war ihre heilige Pflicht.«

Philo hielt einen Moment lang inne, damit Britta sich sammeln konnte. »Ich habe keine Angst vor Ihnen«, sagte sie nur.

Er zog die Augenbrauen hoch. »Das hatte ich von Ihnen auch nicht erwartet, Frau Buschhorn. Ich dachte nur, es sei fair, Sie wissen zu lassen, warum wir die Aufzeichnungen Ihres Mannes haben wollen.«

Er goss Sahne in ihren Tee und gab zwei Stück Zucker dazu. Britta sah einen merkwürdigen Goldring an seinem Finger aufblitzen: Der Schmuckstein war ein quadratischer Rubin mit Goldfäden darüber wie gesponnene züngelnde Flammen.

In seinem Käfig am Fenster schlief Sammy den Schlaf des Gerechten.

»Der geheime Bund wuchs. Seine Mitglieder begleiteten die Konquistadoren und Padres nach Südamerika, wo sie heilige aztekische und Maya-Handschriften sicherstellten. Sie segelten mit den ersten Sträflingen nach Australien, lauschten den Mythen der Aborigines und schrieben ihre Weisheiten nieder. Es gibt keinen Winkel dieser Erde, dessen Heiligtümer der Geheimbund nicht erforscht hätte. Als Anthropologen, Forscher und Missionare bewegten sie sich unter den Indianern von Feuerland an der Südspitze Südamerikas, beobachteten versteckte Stämme in Neuguinea und Afrika. Alles, was sie von ihnen über das Göttliche, das Spirituelle und jedwede Prophezeiung lernten, brachten sie zurück und stellten es neben die Tora, die Lehren Jesu, die Worte Buddhas und Mohammeds, die Erleuchtungen von Laotse und Konfuzius.«

Der Mann begann ihr Angst zu machen. Politische Rebellen waren eine Sache, ein Visionär eine andere. »Aber Sie haben das Buch doch.« Britta wollte sich keine Schwäche anmerken lassen. Philo sah auf das schmale Bändchen, das auf dem Tisch lag. »Das reicht nicht. Die Übersetzung ist schwach. Zu viele Fehler darin. Das gilt auch für die deutsche Buchfassung. Für unsere Zwecke muss eine heilige Schrift so rein und ursprungsgetreu wie möglich sein. Als die Schriftrollen von Qumran gefunden wurden, stellte sich heraus, dass das Buch Samuel, wie es im Alten Testament steht, wesentlich kürzer ist als im Original. Jahrhundertelang wiederholte Übersetzungen und immer neue Abschriften, da können schon einmal Fehler vorkommen.«

Philo zog sich den Ring vom Finger, um Britta die Inschrift auf der Innenseite zu zeigen. *»Fiat Lux.* Es werde Licht«, sagte er. »Licht kann nicht gefälscht werden. Dies aber«, und damit deutete er auf das Buch von Jacob Buschhorns Erleuchtungen, »ist gefälscht und spendet daher kein Licht.«

Er schob sich den Ring wieder an den Finger und gab den Männern im Hintergrund ein Zeichen. Sie strichen Streichhölzer an und entzündeten das Feuer. Als die Flammen aufzüngelten, lief Britta ein Schauer über den Rücken.

»Die Alexandria-Sammlung besteht einzig und allein aus reinen, unverfälschten Schätzen«, fuhr Philo fort. »Wir sind im Besitz des zweiten Bandes der ›Criswell-Weissagungen‹, der nie zur Veröffentlichung gekommen ist. Fünfzig Edgar-Cayce-Vorlesungen, die nur uns bekannt sind. Bis dato unbekannte Vierzeiler von Nostradamus, die erst Ende des neunzehnten Jahrhunderts ans Licht kamen. Die vergessenen Streitreden von Faraday Hightower. Und ein Essay von Scholem Alejchem in original Jiddisch.«

Er schenkte ihr ein gewinnendes Lächeln, das ihr Herz heftig schlagen ließ. Sie hatte keine Ahnung, wovon dieser Verrückte sprach, aber er machte ihr Angst. Noch beängstigender waren die Flammen in ihrem Kamin. »Sie verstehen also jetzt, Frau Buschhorn, warum wir die Originalaufzeichnungen von Jacobs Visionen brauchen.«

Als sie nichts darauf sagte, nur still mit gefalteten Händen in ihrem Rollstuhl saß, bemerkte Philo: »Sie haben Ihren Tee noch nicht getrunken. Ein köstliches Aroma. Darjeeling, nehme ich an.« Der Tee befand sich in einem nicht gekennzeichneten Behälter in der Küche, aber Philo wusste einen Oolong von einem Earl Grey zu unterscheiden. »Herbsternte«, merkte er noch an, angesichts der rötlichen Färbung. »Mit dem typischen Charakter von West Bengalen. Ich bewundere Ihren Geschmack.«

Seine dunkelgrauen Augen, nunmehr mit den Flammen aus dem Kamin erglühend, fixierten sie, während seine Männer die Glut noch anfachten.

Draußen sank die Dämmerung über einen trüben Tag und lange Schatten fielen in die Wohnung. Nur das Kaminfeuer warf goldene Lichtkegel an die Wände. »Diese Papiere sind alles, was mir von meinem geliebten Mann geblieben ist«, wandte Britta mit bebender Stimme ein. »Ohne sie habe ich gar nichts mehr.« Sie wurde sich mit zunehmender Panik über diese traurige Wahrheit klar: Ohne Jacobs Vermächtnis, ohne seine Worte, die in Dunkelheit, in Schmerz und Verzweiflung gesprochen waren; ohne das Originalpapier, diesen aus Schubladen und Schachteln gerissenen, aus Papierkörben entwendeten Fetzen und Papierschnipseln, die sie mit jenen Tagen der Verzweiflung und der Hoffnung verband, konnte sie nicht weiterleben.

Philo nahm ihre Hände in die seinen. »Ich muss diese Papiere haben«, sagte er mit feierlichem Ernst und allem Nachdruck. Die Glut in seinen Augen wurde intensiver, obwohl er mit dem Rücken zum Feuer saß.

»Für Ihre eigennützige Sammlung«, erwiderte Britta bitter und hätte dem Mann, der vor ihren leblosen Beinen in seinem Kaschmirmantel kniete, am liebsten ins Gesicht gespuckt.

»O nein, nicht für meine Privatsammlung.« In Philos Augen blitzte es auf. Seine Stimme sank zu einem Flüstern, behielt jedoch ihre Macht. »Natürlich können Sie mein Unterfangen nicht verstehen, begreifen nicht, auf welchem Pfad ich wandle. Was in meiner Absicht liegt, ist jenseits alles Sterblichen, jenseits aller Vorstellung.« Seine Finger schlossen sich fester um Brittas Hände, sie spürte seine Energie auf sie überfließen und konnte den Blick nicht von ihm wenden. »Ein glorreicher Moment steht bevor und Sie werden daran teilhaben, Frau Buschhorn. Doch diese Papiere sind für diesen glorreichen Moment von entscheidender Bedeutung. *Ich muss sie haben.«*

Philo erhob sich und schaute auf Sammy, der friedlich in seinem Käfig schlummerte. »Ein wunderschöner Vogel«, sagte Thibodeau, während er durch die Stäbe spähte. »Leidet er unter Panikattacken? Kakadus neigen dazu. Keiner weiß warum. Sie wachen mitten in der Nacht auf, sind verängstigt und flattern wie wild in ihrem Käfig herum. Albträume womöglich.«

Britta ließ ihn nicht aus den Augen. Als Thibodeau ein Paar weiße Handschuhe aus seiner Manteltasche zog, hielt sie den Atem an. Die beiden Männer hatten sich wie stumme Wächter beiderseits des Kamins postiert.

»Menschen sind wie Kakadus.« Philo streckte die Hand nach der Käfigtür aus. »Der Vogel sieht nicht gut in der Dunkelheit, weiß nicht, ob er sicher ist, und verfällt daher in Panik. So ergeht es uns Menschen auch. Wir sehen nicht gut genug in der Dunkelheit, um zu wissen, ob wir sicher sind. Aber wir *sind* sicher, Frau Buschhorn. Glauben Sie mir, denn *ich* sehe ausgezeichnet im Dunkeln. Ich sehe, was um uns herum ist und was vor uns liegt. Es gibt keine Dunkelheit, nur ein helles Leuchten.« Thibodeaus Hand ruhte auf dem Schnappriegel. »Wie alt ist er?«

»Zehn.« Britta schluckte. Ihr Mund wurde trocken.

»Wussten Sie, dass Kakadus bis zu fünfundzwanzig Jahre alt werden können? Ich kannte einen, der war dreißig. Sie können sich also auf zwei weitere Jahrzehnte liebevoller Gesellschaft mit diesem schönen Vogel freuen.«

»Was haben Sie vor?«

»Ich werde die Wohnung mit diesen Papieren verlassen.«

Britta reckte das Kinn. »Sie kriegen sie nicht.«

»Frau Buschhorn ...« Ein sanfter, beinahe neckender Ton.

Britta blieb stumm.

Philo öffnete die Käfigtür.

»Bitte ...«

Er schaute sie fragend an.

Wieder schluckte sie. Als sie geglaubt hatte, nach den Torturen durch die Rebellen gäbe es nichts mehr, womit man ihr wehtun könnte, hatte sie nicht mit einem Mann wie Philo Thibodeau gerechnet. »Sie können die Papiere nicht haben. Jacobs Blut und Schweiß und Tränen kleben daran. Wenn ich die Papiere aufgebe, ist es, als gäbe ich *ihn* auf.«

»Genau deswegen brauche ich die Paniere, weil Blut, Schweiß und Tränen daran kleben.« Philo langte in den Käfig und nahm den Vogel, der ihm vertrauensvoll das Köpfchen entgegenstreckte, in die hohle Hand.

Philo kniete sich neben den Rollstuhl, Sammy, dessen Haube sich stetig hob und senkte, in den behandschuhten Händen. »Wo sind die Papiere?«

Tränen schossen Britta in die Augen. »Bitte, tun Sie das nicht.« Philo brachte Sammy auf Augenhöhe und stieß einen Pfiff aus. Sammy sah ihn neugierig an, neigte den Kopf und stellte die Haube auf. Philo pfiff noch einmal und Sammy antwortete.

Und dann zitierte Philo feierlich aus der englischen Übersetzung von Britta Buschhorns Buch: »›Und Gott sprach: Du bist mein Stolz, meine Zierde, Jacob Buschhorn, du und deine Mitstreiter. Der Himmel und seine Engel erwarten dich.‹«

Britta fing an zu schluchzen und Sammy, der endlich die Gefahr spürte, begann aufgeregt zu kreischen.

»›Und Gott sprach: Nichts geschieht ohne Sinn. Nichts geschieht ohne mein Zutun.‹

»›Und Gott sprach: Du bist nicht allein. Ich bin bei dir.‹«

Sammys gellendes Kreischen war nun voller Panik. Britta wurde in jene albtraumhaften Tage und Nächte im Dschungelkrankenhaus zurückversetzt, als die Gefangenen glaubten, jeder Tag sei der letzte, als ihr Mann unter der Folter von Gott sprach und Worte des Trostes für seine Mitgefangenen fand. »Bitte ...«, stammelte sie, während ihr die Tränen über das Gesicht strömten.

Philo fuhr ehrfurchtsvoll fort: »›Und Gott sprach: Ich bin das Licht der Welt.‹«

Sammys Kreischen und der beißende Gestank von brennendem Papier erfüllten die Wohnung. Nackte Furcht stand in den Augen des Vogels, als er die Nähe des Feuers spürte. Verzweifelt schlug er gegen Philos Hände.

»Sie tun ihm weh!«, rief Britta.

»Wo sind die Papiere?«

»Tun Sie meinem armen Sammy nichts. Ich flehe Sie an!«

»Wo sind die Papiere?«

Sie rang nach Luft.

»Wie man sagt, hat Jacob seine Schergen gesegnet, ehe ihn endlich der gnädige Tod ereilte.« Philo trat vor den Kamin, den Vogel immer noch in den Händen, der angesichts des Infernos verzweifelt um sich schlug. »Es heißt, er hat sie gesegnet, weil sie ihn zu Gott geführt haben. Wo sind die Papiere?«

Britta trug sie immer bei sich, unter ihrer Bluse, an ihrem Herzen. So hatte sie die Papiere auf ihrer Flucht herausgeschmuggelt, so hatte sie sie bei der Überführung des Leichnams ihres Mannes und bei seinem Begräbnis getragen, und so trug sie sie jetzt, um ihren Jacob ständig bei sich zu haben.

Sie zog die Papiere hervor – ein gelber Seidenbeutel an einer schwarzen Kordel, noch warm von ihrer Haut. Einer der Männer griff danach, öffnete den Beutel und zeigte Philo den Inhalt – Papierfetzen, verschmiert und voller Flecken, die Handschrift verkrampft und fahrig. Jacob Buschhorns Vermächtnis.

Philo trat an den Vogelkäfig und legte den Vogel hinein. Er rührte sich nicht.

Sammy war tot.

Britta weinte hemmungslos wie ein Kind, von heiserem Schluchzen geschüttelt. Philo wandte sich zum Gehen. Sein Blick ruhte voller Mitgefühl auf der Frau im Rollstuhl.

»Panikattacken, wie ich schon sagte.«

Als sie in der Dämmerung auf die Straße traten, sagte der Mann mit dem Erdbeermal auf der Wange: »Gratuliere, Philo.«

Philo hatte nie daran gezweifelt, dass er Erfolg haben würde. Als Ritter der Flamme rann das Blut der heiligen Kämpfer in seinen Adern ...

Kapitel 12

Südfrankreich, im Jahre 1096

Alarich Comte de Valliers galoppierte seinen Soldaten eine Meile voraus und trieb sein Streitross zu immer noch größerer Eile an.

Belohnungen harrten seiner. Margot mit ihren milchweißen Armen und Lippen so süß wie Wein. Nie war sein Verlangen nach ihr größer als im Kampfesgetümmel. Und dieses letzte war eine große Schlacht gewesen, der Feind war unterworfen, er hatte Ruhm erworben. Jetzt war es Zeit fürs Bett – aber nicht, um zu schlafen.

Es war ein guter Feldzug gewesen, mit lediglich zwölf Mann Verlust (im Gegensatz zu den zweiunddreißig des Barons) und ansehnlicher Beute – Fässer mit Wein, Stoffe aus dem Osten, ein paar fette Schafe sowie des Barons eigenes feuriges Kriegsross. Alarichs Männer freuten sich darauf, wieder auf die Bauernhöfe zu kommen, von wo man sie geholt hatte, um für ihren Lehnsherrn zu kämpfen. Sie wollten zurück zu Frau und Kindern, die ihren Ehemann und Vater seit Monaten nicht gesehen hatten, wollten ihr normales Leben wieder aufnehmen, bis sie ihr Herr erneut zu den Waffen rief.

Worauf sich Alarich freute, war neben der Vereinigung mit seiner Liebsten ein Abend mit seinem Bruder Baudouin, der wegen einer Beinverletzung, die er sich in einer früheren Schlacht zugezogen hatte, an diesem Feldzug nicht hatte teilnehmen können und sicherlich darauf brannte, alle Einzelheiten zu vernehmen. Er gab seinem Pferd, einem andalusischen Hengst namens Tonnerre – »Donner« – die Sporen. Schneller! Schneller! Alarich hielt eine Überraschung für Margot bereit. Einen Span des Kreuzes, an dem Christus gestorben war! Er selbst glaubte nicht recht daran. Wenn man, so argwöhnte er, sämtliche Späne des wahren Kreuzes aneinander legte, würden sie eine Strecke ergeben, die sich durch das Land der Franken und wieder zurück zog. Er hatte den Mann, von dem er die Reliquie erworben hatte, gefragt: »Woher weißt du, dass dies ein Stück des wahren Kreuzes Christi ist?«

»Ein Fremder kam in mein Dorf und erweckte damit einen Toten wieder zum Leben. Ich wurde Augenzeuge dieses Wunders.«

Einfältiger Narr, hatte Valliers gedacht. Der Fremde wie auch der vermeintliche Tote waren bestimmt Freunde gewesen; der eine war vorausgeeilt und hatte im Dorf den Sterbenden gespielt, dann war der Zweite mit seinen Hölzchen gekommen, um den Dummköpfen das Geld aus der Tasche zu ziehen. Margot jedoch war tief gläubig. Was machte es also aus, ob der Holzsplitter vom Kreuze Christi stammte oder irgendwoher aus dem Wald? Ausschlaggebend war doch die Freude, die sie ihm gegenüber für dieses Geschenk äußern würde.

Alarich ritt durch den Frühjahrsregen, ein Mann, der nicht länger im Frühling seiner Jugend, sondern mit seinen fünfunddreißig Jahren an der Schwelle zum Herbst seines Lebens stand, also nicht mehr jung, aber auch noch nicht alt war. Das Schicksal hatte es gut mit ihm gemeint: Er war auf dem von Sonne durchdrungenen Boden Südfrankreichs groß geworden, inmitten von ausgedehnten Weinbergen und Eichenwäldern. Ein gut aussehender, robuster Mann mit langem blonden Haar, gestutztem blonden Bart und grünen Augen, ein Mann, der vor Kraft strotzte, leidenschaftlich und verliebt war. Der Regen machte ihm nichts aus. Wie sein durchweichter Mantel hüllten ihn die Gedanken an zurückliegende siegreiche Schlachten ein und die Erinnerungen an die Bauernmädchen, mit denen er geschlafen hatte, wärmten ihn. Ehebruch war für Alarich keine Sünde, denn Liebe empfand er für die Frauen, die er auf die Schnelle besprang, nicht. Auch ihre Namen erfuhr er niemals. Immerhin verließ er sie stets befriedigt, und das war es doch, wozu ein Mann bestimmt war.

Jetzt aber fand er, dass er für eine Weile genug gekämpft und herumgehurt hatte und mit Margot zusammen sein wollte, seiner Herzensdame, dem Mittelpunkt seines Universums. Er wollte zu Hause bleiben, ihr gegenüber seine Pflicht erfüllen und sie schwängern. Gesegnete, duldsame Margot, die die Abwesenheit ihres Ritters wie eine Frau von wahrhaft hohem Rang ertrug. Gab es einen glücklicheren Mann? Margot war seine zweite Gemahlin. Seiner ersten Frau war er als Kind anverlobt worden, mit fünfzehn hatte er sie geheiratet, mit zwanzig war sie im Kindbett gestorben. Er hatte sich bereit erklärt, Margot zu ehelichen, deren Vater in einer Schlacht gegen den Herzog von Burgund gefallen war und seine Tochter als Mündel der Krone zurückgelassen hatte, weil sich ihm dadurch die Möglichkeit bot, ihre Ländereien den seinen zuzuschlagen. Er hatte sie einst von seinem Vater geerbt, als dieser auf einer Pilgerreise nach Santiago de Compostela gestorben war. Ein wundersames Schicksal hatte es dann gefügt, dass er sich in Margot verliebt hatte. Sie hatte ihm vier Kinder geboren, von denen jedoch nur eins das Kleinkindalter überlebt hatte. Jetzt brannte Alarich darauf, die lustvolle Aufgabe zu übernehmen, sie zum fünften Mal zu schwängern.

Was Alarich nicht ahnte, war, dass in einiger Entfernung und in höchster Eile ein anderer Mann auf ihn zu galoppierte, dem allerdings der Sinn nicht danach stand, holde Damen zu beschlafen oder mit Kriegsbeute zu prahlen. Seine Mission war eine heilige.

Bruder Christofle war Tag und Nacht geritten, seit er von Paris aufgebrochen war, und jetzt, da es regnete und die Pfade aufgeweicht waren, fanden die Hufe seines Pferdes auf dieser letzten Meile kaum noch Halt. Er hatte eine wichtige Botschaft zu überbringen: den Aufruf, Gottes Werk in Jerusalem zu verrichten.

Er gelangte zur gleichen Zeit wie der Comte zum Landgut. Beide galoppierten in den vom Regen durchnässten Hof, wo Stalljungen herbeieilten, um sich um die Pferde zu kümmern. »Mein Gebieter«, hob der Mönch an, als er aus dem Sattel glitt.

»Wein!«, bellte Alarich jovial. »Und Fleisch!«

Diener deuteten eine knappe Verbeugung an und rannten ins Haus zurück. »Allmächtiger!«, entfuhr es Alarich, als er sich seines Helms entledigte. »Wer zum Teufel seid Ihr denn?«

»Bruder Christofle. Vom Orden der Alexandrier.«

Alarich grunzte.

»Ich komme in einer dringenden Angelegenheit, Herr«, sagte der Mönch, dem der Regen übers Gesicht lief, derart feierlich, dass Alarich am liebsten aufgelacht hätte. Er schlug dem Mönch kräftig auf die Schulter und dröhnte: »Kommt, guter Bruder, und wärmt euch den Hintern an meinem Herd!«

Sie betraten die große Halle, deren Boden mit Binsen ausgelegt und deren Wände mit Tapisserien behängt waren. Kräuterduft lag in der Luft: Margot besaß eine Schwäche für Kamille und glaubte, durch Verstreuen dieser Pflanze im Haus Krankheiten und böse Geister fern zu halten. Alarich ging schnurstracks auf die große Feuerstelle zu, wo Flammen einladend flackerten und tanzten.

»Mein Gebieter«, hob Bruder Christofle von neuem an, »auf ein Wort. Ich bitte euch. Es ist dringend.«

Lachend warf Alarich seinen nassen Mantel ab, unter dem ein verdreckter und mit Blutflecken behafteter Harnisch zum Vorschein kam. Zwei junge Knappen halfen ihm, seine Rüstung und Unterkleider abzulegen, um anschließend den nackten Körper mit dicken, warmen Tüchern abzureiben. Derweil die Glut des Feuers seinen kräftigen, von vielen Narben übersäten Körper erhellte, meinte er von oben herab und ohne jegliches Schamgefühl: »Nichts ist dringlicher, als der Dame dieses Hauses meinen Respekt zu erweisen.« Er tauchte die Finger in eine Schale mit parfümiertem Wasser und benetzte sich die Wangen. »Nur möchte ich sie nicht aufsuchen, solange der Gestank der Schlacht noch an mir haftet.«

Ein Diener erschien mit Wein. Alarich griff sich einen Krug und setzte zu einem mächtigen Schluck an, ohne seinen seltsamen Besucher aus den Augen zu lassen.

Der Mönch war ein krummbeiniger, kahl geschorener kleiner Mann mit eingefallener Brust und aufgeschwemmtem Bauch. Kutte und Kapuze waren schmutzverkrustet wie alles andere, zudem roch er nach Schweiß, Bier und Jauche. Alarich kratzte sich den Brustkorb und rülpste genüsslich. »Was also habt Ihr mir zu berichten?«

Bruder Christofle raffte seine nasse Kutte und kehrte das nackte Hinterteil dem Feuer zu. »Im gesamten Christentum rufen Prinzen und Herzöge Männer zu den Waffen. Eine gewaltige Streitmacht, Herr, ist im Begriff, sich zu formieren, um ins Heilige Land zu ziehen und Jerusalem aus der Hand der Ungläubigen zu befreien.«

Die Kunde von einem Feldzug gen Osten war Alarich bereits zu Ohren gekommen. Auf die leidenschaftliche Rede von Papst Urban im Frühjahr hin hatten Tausende gerufen: »Es ist Gottes Wille!« Und seither fegte das Fieber des Kreuzzugs durchs Land. Ohne großes Interesse hörte er sich an, was sein Besucher zu sagen hatte. Seine Gedanken drehten sich weit mehr um fleischliche Gelüste.

»Die Ungläubigen haben schreckliches Unheil über unsere Leute gebracht«, fuhr der kleine Mann fort. »Sie treiben Christen zusammen und zwingen sie zur Beschneidung. Sie überfallen christliche Pilger, binden sie an Pferde und schleifen sie durch die Straßen von Jerusalem.«

Alarich drehte sich mal so, mal so, während die jungen Knappen seinen fröstelnden Körper rubbelnd und massierend zu neuem Leben erweckten. Ein weiterer Krug Wein. Alarich setzte ihn an die Lippen und beobachtete seinen absonderlichen Gast über den Rand des Gefäßes.

Christofle war anders als andere Mönche. Er trug kein Kruzifix um den Hals, kein Rosenkranz baumelte an seinem Gürtel und er würzte seine Rede auch nicht mit den bei heiligen Männern üblichen Beschwörungen »Gott« und »Jesus« und »Maria«. Was er vortrug, wirkte lebendig und beredt. Mit wachsender Eindringlichkeit beschrieb er Folterszenarien, berichtete von Sklaverei und herausgerissenen Eingeweiden, und obwohl ihm im Verlauf seiner Schilderungen die Fantasie durchzugehen schien, ahnte Alarich, dass der Mönch die Wahrheit sprach. Die Ungläubigen waren nun mal so.

Was Bruder Christofles persönliche Ansicht betraf: Jenseits aller Grausamkeiten und Religionen stand zu vermuten, dass Urban in Wahrheit aus ganz anderen Gründen zum Kampf aufrief. Europa war eine Brutstätte für Kriege, Schlachten, Scharmützel; Lehnsherren, des eintönigen Lebens im Schloss überdrüssig, bemächtigten sich nach Lust und Laune der Ländereien und Häuser von Nachbarn, und sobald sie siegreich von einem kleinen Feldzug zurückkehrten, taten sich die Unterworfenen wieder zusammen, setzten sich zur Wehr und alles ging von vorn los. Als wäre die Landkarte von Europa ein riesiges Schachbrett und das Spiel ständig in Bewegung, ohne Rücksicht auf Menschenleben, ohne einen eventuellen Frieden in Betracht zu ziehen. Streitereien ohne Ende, wie der

Mönch befand, wie Schweine, die sich ums Futter raufen. Urban, der weiseste der Päpste, sah eine Möglichkeit, sein Christenvolk zu einigen – indem er ihm einen gemeinsamen Feind bescherte.

»Mein Gebieter, viele aus Eurer Ritterschaft heften sich bereits Kreuze an ihre Rüstung, malen sie auf Helme und Schilde und nennen sich Kreuzesträger. Sie werden unter dem Banner Jesu Christi marschieren. Es soll ein heiliger Krieg werden.«

Alarich war nicht beeindruckt. Als ihm zwei Knappen in ein weiches Gewand aus Fuchspelz halfen, musterte er die Platte mit gebratenen Tauben, die eben aufgetragen wurde. Sein Heißhunger musste gestillt werden, er wusste kaum, womit er anfangen sollte. Außerdem war da noch Margot, die oben wartete ...

»Godefroi de Bouillon hat die Stadt Verdun verkauft und seine Ländereien beliehen, um von dem Geld seine Soldaten zu entlohnen. Sollte Alarich de Valliers' Beitrag geringer ausfallen?«

»Ich bin kein religiöser Mensch, guter Bruder«, sagte Alarich ungeduldig, in Gedanken bei Margot.

»Ihr geht nicht wegen der Religion, sondern um alte Schriften sicherzustellen. Es ist Eure Pflicht, Alarich, diese Schriften nach Frankreich zu bringen.«

Der Comte blinzelte. Schriften sicherstellen? Was sollte das bedeuten? Welch sinnloses Vorhaben! Alarich war weder des Lesens noch des Schreibens kundig, er konnte nur mit Müh und Not seinen Namen kritzeln. Margot dagegen war in dieser Kunst sehr wohl bewandert, sie besaß sogar Bücher. Darüber hinaus zeichnete sie sich als Jägerin und Schachspielerin aus und verstand es, die Laute zu schlagen. Nichts versetzte ihm einen größeren Schrecken, als wenn Margot im Damensattel auf ihrer kastanienbraunen Stute ausritt, ihren Lieblingsfalken auf dem Arm. Sei noch erwähnt, dass sie sich die neueste Mode zu Eigen gemacht hatte, das heißt unter ihrem Kleid geschnürt war, was ihre weiblichen. Formen zur Geltung kommen ließ. Allein der Gedanke daran war erregend, und entsprechend gierte er danach, dieses einengende Mieder aufzuschnüren.

Da Christofle merkte, dass die Aufmerksamkeit seines Gastgebers abdriftete, fügte er hastig hinzu: »Unter den Schriften befinden sich Briefe, kostbare und sorgfältig aufbewahrte Briefe von der heiligen Maria Magdalena, in ihrer Handschrift. Die gilt es zu retten! Fürwahr eine vornehme Aufgabe, mein Gebieter.«

Aber Alarichs Magen knurrte höchst unvornehm und beim Gedanken an Margot zwischen den Laken zuckte es auch in einem anderen Körperteil.

Während Alarich den Knochen einer Taube aussaugte, sagte Christofle: »Besagte Briefe befinden sich im Haus eines reichen Kaufmanns und Mitglieds unseres Ordens, in einer Seitenstraße der Via Dolorosa in Jerusalem, unweit des Tors des Herodes. Sie wurden im Jahre zweiundachtzig Unseres Herrn von einem Rabbiner namens Joseph in die große Bibliothek in Alexandria verbracht. Die Heilige hatte sie ihm vor ihrem Tod anvertraut und ihn gebeten, sie an den sichersten Ort der Welt zu schaffen. Joseph wusste, dass die Hüter der Bibliothek die Briefe vor denen schützen würden, die den Einfluss von Magdalena bekämpften. Denn obwohl ihr viele zugetan waren, gab es auch solche, die danach trachteten, ihre Schriften zu vernichten. Der Rabbiner sagte, er würde die Manuskripte wieder abholen, aber er kam nicht zurück. Als die Bibliothek dann in Flammen aufging, nahm eine Priesterin diese Briefe an sich und brachte sie nach Zypern und von dort aus nach Jerusalem, wo sie sich seither befinden.«

Alarich warf den Knochen ins Feuer und wischte sich die fettigen Finger an seinem Pelz ab. Er runzelte die Stirn. Was sollte dieses Gefasel von einer

Bibliothek? Und dann durchschoss es ihn: Briefe, geschrieben von Magdalena! Welch ein Geschenk für seine geliebte Margot.

»Euch kommt diese heilige Pflicht zu, mein Gebieter ...« Bruder Christofle verlor den Faden, als er unversehens die körperliche Abnormität des Ritters gewahrte.

Alarich merkte, was dem Mönch aufgefallen war: der sechste Finger an seiner rechten Hand. Was als Glückszeichen angesehen wurde. Wie seinem Großvater, der ebenfalls diese Eigenart aufgewiesen hatte und ein bedeutender Krieger gewesen war, verhalf ihm der zusätzliche Finger dazu, das Schwert wirkungsvoller einzusetzen. Er gab ihm mehr Druck auf die Klinge, ermöglichte einen kontrollierteren Schwung und eine im Vergleich mit anderen größere Treffsicherheit. Sein Bruder Baudouin verfügte nicht über einen sechsten Finger, was ein Grund dafür sein mochte, dass die beiden seit frühester Jugend, seit sie sich im Hause eines Oheims auf die Ritterschaft vorbereitet hatten, miteinander wetteiferten und erst als Pagen, dann als Knappen ihre Geschicklichkeit im Ringkampf und beim Speerwurf, bei Kunststücken und im Gefecht mit Stöcken verfeinert hatten.

»Warum sollte ich mich um Bücher sorgen?«

Nur mit Mühe unterdrückte Bruder Christofle

seine Verbitterung und Enttäuschung. Der Alexandrier, den er zuvor in Rouen aufgesucht hatte, hatte ihn »Wabbelbauch« genannt und mit einem Stock fortgejagt. Aber diesem Ignoranten und Großmaul hier nahm Christofle die Bemerkung nicht übel. Im Stillen mit seinem elenden Schicksal hadernd, beneidete er Alarich um dessen Kraft und Gesundheit. Selbst all seine Zähne schien er noch zu besitzen, er zeigte sie ja auch jedes Mal, wenn er den Kopf zurückwarf und lachte. Christofle dagegen überprüfte wie die meisten, die das Alter von fünfzig Jahren erreicht hatten, täglich seine immer wackeliger werdenden Kauwerkzeuge und sah mit Schrecken der Zeit entgegen, da er nicht länger imstande sein würde, Brot und Fleisch zu kauen, und sich stattdessen mit Haferschleim begnügen müsste. Wozu war das Leben dann noch nütze? Warum überhaupt weiterleben? *Der Auftrag,* beschwor er sich. Solange noch ein Alexandrier atmete, bestand Hoffnung.

So in etwa redete er sich gut zu.

»Ihr seid immerhin ein Alexandrier!«, sagte er vorwurfsvoll und schlug den breiten Ärmel seiner Kutte zurück. »Dieser Ring hier weist uns als solche aus. Ihr besitzt auch einen.«

Alarich rümpfte die Nase. Der Ring kam ihm durchaus bekannt vor. Dann fiel es ihm ein: Zu seinem dreizehnten Geburtstag hatte ihm sein Vater den gleichen geschenkt, verbunden mit einer Geschichte von heldenhaften Priestern, die sich und viele Bücher vor einem Feuer gerettet hatten. Eines dieser Bücher wurde sogar, wie er sich zu erinnern glaubte, hier im Haus verwahrt, eine brüchige Schriftrolle, die seit Jahrhunderten niemand mehr zu Gesicht bekommen hatte.

»Dreihundert Jahre vor Christi Geburt eroberte ein General namens Alexander Ägypten und suchte bei dieser Gelegenheit auch das in der Wüste befindliche Orakel von Amon auf. Dort wurde Alexander eine in blendendes Licht getauchte Vision zuteil, in der Gott ihm befahl, eine Stadt zu errichten, die alle anderen, bisherige und zukünftige, übertrumpfen, eine Stadt, die das Licht der Welt sein sollte, ein Zentrum des Studierens, der Erleuchtung und Toleranz. Sie erhielt den Namen Alexandria. Von dort aus wollte der junge General sein Reich regieren, aber er starb in Persien, im Alter von dreiunddreißig Jahren. Sein Sohn kam später nach Alexandria zurück und begann mit dem Bau der großen Bibliothek und Universität. Aber dreihundert nach Christus wurde die Bibliothek ein Raub der Flammen.

Die Alexandrier wurden über alle Kontinente verstreut«, schloss der Mönch. »Und jetzt droht unseren Brüdern in Jerusalem und auch den geheiligten Dokumenten, die sie bewahren, Gefahr.«

Alarich sah ihn verständnislos an.

»Ihr habt doch einen Eid geleistet, nicht wahr?«

Alarich überlegte. Sein Vater hatte ihm die Geschichte so erzählt, wie er sie von seiner Mutter vernommen hatte. Seines Wissens hatte keiner in seiner Familie jemals Kontakt zu einem anderen Alexandrier gehabt. Eigentlich hatten sie niemals einen Gedanken an diese Bruderschaft verschwendet. Aber in der Tat, einen Eid hatte er geleistet, auch wenn er nicht mehr wusste, worum es da gegangen war. »Bin ich an ihn gebunden?«, fragte er.

Gott der Gerechte! Mit dieser Misere war Christofle schon häufig genug konfrontiert worden. Als ob es die Bruderschaft gar nicht gäbe! Sie schien wie ein Baum zu sein, dessen Laub und Äste abgestorben waren und dessen Stamm vor sich hin faulte. Nur Christofle und ein paar wenige Getreue – sozusagen die Wurzeln – fühlten sich weiterhin ihrer Mission verpflichtet. Ohne ihn und seine tapferen Brüder wäre es mit den Alexandriern aus und vorbei.

Christofle in seiner stinkenden Kutte warf einen Blick auf die gebratenen Tauben, auf die

Weinkrüge. Er dachte an die parfümierte Frau, die oben wartete – und war verbittert. Auf derartige Freuden hatte er zugunsten einer Bruderschaft verzichtet, die zum Aussterben verurteilt war, weil die Menschen mehr ihren Gelüsten frönten, als sich mit Gott zu befassen. Die Häuser, in denen er in Europa vorstellig geworden war, bargen oftmals wertvolle Schätze, die zum Teil verrotteten, weil man sich nicht mehr erinnerte, wozu sie nütze waren. Nachdem die Alexandrier zunächst nach Zypern geflohen waren, hatte man abgesprochen, sich zur Sicherung der Schätze in alle Richtungen zu verstreuen. Nach Christofles Meinung war dieses Vorhaben unsinnig gewesen, weil dadurch der Orden nur geschwächt worden war. Das Kloster in Zypern beherbergte die größte Gruppe Alexandrier – genau zwölf Männer, einer älter als der andere, die mehr um ihre Eingeweide denn um Schriftrollen besorgt waren, über Blähungen und Hämorrhoiden klagten, über Furunkel und Magengeschwüre, über den Verlust ihrer Zähne und ihrer Jugend – zwölf mürrische Mönche, die sich beim ihnen zugestandenen Bier zankten, anstatt den ihnen anvertrauten, allmählich zerfallenden Manuskripten und Buchrollen Aufmerksamkeit zu schenken.

Dies erwähnte Christofle Alarich gegenüber

nicht, sah er doch in Comte de Valliers die letzte Chance für den Orden. Diese Expedition ins Heilige Land könnte die Alexandrier mit neuer Kraft erfüllen. Wenn es ihm nur gelänge, Zugang zu diesem vernagelten Ritterschädel zu finden!

»Verzeiht mir, guter Bruder, aber die Dame meines Herzens erwartet mich. Genießt die Gastlichkeit meines Hauses, Wein und Fleisch sind reichlich vorhanden. Vielleicht können wir uns ja morgen oder übermorgen nochmals unterhalten ...«

»Aber Hoher Herr ...«

Der Comte war bereits verschwunden.

Alarich lauschte an der schweren Tür, und da kein Laut zu ihm drang, stellte er sich seine schöne Margot im Schlummer vor, die dichten Wimpern auf weißen Wangenknochen ruhend. Er öffnete die Tür zu der schwach erhellten Kammer. Die mit öligem Pergament ausgekleideten Fenster waren geschlossen, um den Regen abzuhalten. Großflächige Wandbehänge mit Szenen aus der Bibel milderten die Kälte, Flammenzungen auf dicken Kerzen flackerten, vom Luftzug bewegt. Margots Kleider waren über die Truhe aus Zedernholz neben dem Bett gebreitet, obenauf lag, wie stets in Reichweite, der Dolch mit dem juwelenbesetzten Griff.

Die Vorhänge um das Bett waren zugezogen. Alarich schob sie mit einem »Ich habe eine Überraschung für dich, mein Liebes!« beiseite. Margot jedoch wartete ihrerseits mit einer Überraschung auf: Sie lag nackt im Bett, ihr langes Haar zerzaust auf dem Kissen, und neben ihr lag, gleichfalls nackt, Baudouin, sein Bruder.

Keiner war später in der Lage, den Ablauf der Vorgänge in jener Nacht zusammenzufassen, am wenigsten Alarich selbst. Beim Anblick der beiden wurde ihm schwarz vor Augen, sein Kampfarm griff unwillkürlich nach Margots Dolch und holte zum Schlag aus. Um was zu treffen? Er wusste es nicht. Sollte er jedoch darauf abgezielt haben, ein Kissen zu durchbohren, dann setzte er dieses Vorhaben erfolgreich um, denn Baudouin und Margot, die jäh erwachten, rollten sich rechtzeitig beiseite und wichen dem Angriff gerade noch aus.

Aber nicht lange. Wie ein wutschnaubender Stier ging Alarich auf sie los, völlig außer sich und blind vor Eifersucht. Er hatte es auf Baudouin abgesehen, der ohne ein Wort der Erklärung oder Entschuldigung auch noch kaltblütig genug war, zwischen seinen Kleidern nach seinem eigenen Schwert zu tasten, derweil Margot, ihre Blöße notdürftig mit den Armen verdeckend, zitternd am Feuer stand, die Augen vor Entsetzen weit aufgerissen.

In einem Punkt war Baudouin besser dran – er war gut ausgeruht. Alarich dagegen verlieh sein Zorn neue Kräfte. Fluchend und seinen Bruder mit allen erdenklichen Schimpfnamen überschüttend, griff er ihn immer wieder an, ziellos, den Blick von Tränen verschleiert. Er schmiss den Dolch weg, hetzte zu der Wand, an der ein altes Erbschwert hing, riss es herunter. Auch diese Waffe war für einen Mann mit sechs Fingern geschmiedet worden – für Alarich mit seiner besseren Schlagkraft und dem größeren Ausholvermögen ein weiterer Vorteil.

Er warf seine Pelzrobe ab und ging, jetzt ebenso nackt wie sein Bruder, erneut auf Baudouin los.

Das Feuer warf die langen Schatten der beiden Duellanten an die Wände. Metall prallte aneinander. Margot warf sich zwischen sie, schrie, sie sollten aufhören. Aber sie schoben sie beiseite, setzten ihren Kampf fort, griffen abwechselnd an, parierten, sprangen aufeinander los, wehrten Paraden ab.

Als Alarich bei einer heftigen Attacke das Schwert aus der Hand geschlagen wurde, duckte er sich, um dem Schlag auszuweichen und griff sich wieder den auf dem Boden liegenden Dolch. Die nächste Attacke wehrte er ab, indem er mit einem Fußtritt gegen das Schienbein Baudouin zum Straucheln brachte. Nur mit Mühe konnte sich der Bruder den daraufhin durch die Luft schwirrenden Dolchstößen entziehen.

Schließlich sah sich Baudouin an eine Wand gedrängt. Sein Schwert lag auf dem Boden. Mit beiden Händen das Heft des Dolches umklammernd, hob Alarich den Arm, um zum tödlichen Stoß auszuholen, als im letzten Augenblick Baudouin nach Margot griff und sie als lebenden Schild an sich zog, zu spät für Alarich, der den Stoß ausführte und ihr die Klinge mit einer solchen Wucht in die Brust rammte, dass die Knöchel seiner Finger freigelegte Rippen streiften.

Ein verwunderter Ausdruck stand auf ihrem hübschen Gesicht, dann entglitt sie anmutig Baudouins Griff.

Den Brüdern stockte das Blut.

Bis sich Alarichs Kehle der Schrei entrang: »Ich werde dich umbringen!«

Aber schon stürzte Baudouin aus der Kammer, verschwand so schnell hinter einem Vorhang, dass Alarich blinzeln musste. Er hetzte dem Bruder nach, traf in der Halle auf Männer, die wegen des Lärms herbeigeeilt waren und jetzt verdutzt schauten, als Baudouin splitternackt an ihnen vorbeirannte, verfolgt von dem ebenfalls nackten, mit Blut verschmierten Alarich, der, den Dolch in der Hand, wie ein Wahnsinniger brüllte.

In den schrecklichen Tagen, die nun folgten, spürte Alarich, dass es nicht nötig war, das Geschehen noch einmal zu überdenken und sich zu fragen, warum er sich zu einer derartigen Tat hatte hinreißen lassen oder warum er weder auf einer Erklärung noch auf einer Entschuldigung bestand oder warum er seinen Bruder nicht zu einem ehrenhaften Duell herausforderte. Denn er wusste doch die Wahrheit bereits: die verstohlenen Blicke bei Tisch, Margot und Baudouin lustwandelnd im Garten, Margots Launenhaftigkeit, wenn Alarich nach längerer Abwesenheit nach Hause kam – eindeutige Hinweise, die er geflissentlich übersehen hatte.

»Es ist nicht Eure Schuld, Herr«, versicherten ihm seine Männer. Wie die meisten wohlhabenden Ritter hielt sich Alarich einen kleinen Trupp von Söldnern, die ihm treu ergeben waren und zwischen Kriegszügen ihre Zeit damit verbrachten, sich sportlich zu betätigen und ihr Rüstzeug für den nächsten Kampf bereitzuhalten. Derart niedergeschlagen hatten sie ihren Herrn noch nie erlebt.

»Es war meine Hand, die sie getötet hat!«, brüllte er dann.

»Der Stoß galt Eurem Bruder, Herr.«

Sein Kummer schlug um in Zorn und Rachsucht. »Schafft mir meinen Bruder her! Er ist schuld daran, dass ich meine geliebte Margot umgebracht habe. Dafür soll er sterben! Ich werde ihn bis ans Ende der Welt verfolgen.«

Bruder Christofle verlegte sich darauf, Alarich zu beschwören, das tragische Ereignis zu vergessen und unter Gottes Banner nach Jerusalem zu reiten. Ein fürwahr ehrenvolles Vorhaben.

Aber Alarich wollte nicht nach Jerusalem. Alles, was ihn bewegte, war, unbedingt Baudouin aufzuspüren und ihn im Zweikampf zu töten. Das allein erschien ihm als ehrenvolles Vorhaben.

»Es gibt höhere Ziele als Rache, Herr, es gibt eine größere Liebe als die eines Mannes zu einer Frau oder zwischen Brüdern – die Liebe zu Gott. Ihr solltet diesen Aufruhr des Fleisches außer Acht lassen und das Kreuz aufnehmen«, drängte der Mönch.

Aber der Ritter, außer sich vor Kummer, wollte weder auf gute Worte noch auf Argumente hören.

Christofle geriet in Bedrängnis. Er hatte ganz auf Alarichs Zusage gebaut, ins Heilige Land zu ziehen. Deswegen tat er etwas, wozu er sich noch nie verstiegen hatte. Er griff zu einer Lüge. Dem Orden zuliebe, redete er sich ein, um die Alexandrier zu retten. Er klammerte sich an diesen Gedanken, konnte er doch den wahren Grund für seinen Besuch bei Alarich de Valliers, das düstere Geheimnis, das an seiner Seele nagte, nicht einmal sich selbst eingestehen.

Und so log er denn darauf los: »Wenn Ihr meint, Euren Bruder aufspüren zu müssen, dann zieht gen Osten, denn wohin sonst sollte Baudouin gehen, wenn nicht dorthin, wo ihm Vergebung gewährt wird?« Christofle selbst glaubte nicht einen Augenblick lang an diese Erklärung. Da Baudouin sicher wusste, dass es seinen Bruder nach Rache dürstete, legte er bestimmt die größtmögliche Distanz zwischen sich und alle Menschen, die ihn kannten. Vielleicht hatte er bereits die Küste erreicht, um nach England überzusetzen.

Für Alarich dagegen fielen die Ausführungen des Mönchs auf fruchtbaren Boden. Baudouin hatte mit der Frau seines Bruders geschlafen und sie auf abscheulichste Weise ermordet. Der Lump würde in Jerusalem um Absolution nachsuchen, denn Papst Urban hatte jenen, die im Namen Gottes dorthin zogen, die Vergebung all ihrer Sünden versprochen.

So geschah es, dass Alarich in Christofles Plan einwilligte, die heiligen Schriften zu retten, wenngleich er mit Rachegelüsten im Herzen und nur einem Gedanken aufbrach: seinen Bruder ausfindig zu machen und mit ihm abzurechnen.

Bruder Christofle verkündete in der Stadt, die Alarich unterstand, dass alle, die ihrem Lehnsherrn nach Jerusalem folgten, von jeglichen Sünden freigesprochen würden und ihnen die ewige Seligkeit sicher sei. Der Ansturm der Bewerber erstaunte ihn nicht. Ihr Leben war hart und kurz, eigentlich ein Leidensweg zwischen den Mysterien um Geburt und Tod. Dazu sorgten sie sich um ihr Seelenheil. Umfassende Absolution war diesen Sündern mehr wert als alles Gold der Christenheit. Die Bauern waren die Ersten, die sich freiwillig meldeten – als Leibeigene, rechtlose Untertanen ihres Lehnsherrn, mit dem Verbot belegt, ihre Höfe zu verlassen, mussten sie so schwer arbeiten, dass wenige von ihnen erwarteten, älter als fünfundzwanzig Jahre zu werden. Sie packten die Gelegenheit beim Schopf, diese Fron hinter sich zu lassen, mit ihrem Lehnsherrn zu ziehen und die Vergebung ihrer Sünden gewährt zu bekommen. Ihnen folgten die Händler in der Stadt und viele andere: Ehebrecher, Taschendiebe, Gauner, Rebellen, idealistische Jugendliche, Abenteuerlustige, Frauen, die den Misshandlungen von Ehemännern und Vätern entgehen wollten, ein auf Almosen angewiesener Priester, ein Mörder und ein zerlumpter einäugiger Bettler. Alarich, verstrickt in Kummer und Hass und Rachegelüste, machte sich weder die Mühe, sich ihre Namen einzuprägen, noch stattete er sie angemessen aus, wie dies andere Lehnsherren taten. Alarichs armselige »Armee« malte sich Kreuze auf Helme und Hemden, immerhin etwas, um sich auszuweisen. Als sie dann aber Lyon erreichten, um sich mit anderen Gruppen von Kreuzträgern zu vereinen, schämten sie sich ihres jämmerlichen Aufzugs. Einige schlichen sich davon und dienten sich anderen Rittern an, um ein Schwert und einen Umhang mit einem Kreuz darauf zu bekommen, auch wenn dies unter Zeitdruck mit großen Stichen und dadurch schief und nicht immer mittig aufgenäht worden, aber zumindest besser als nichts war, schon weil es den Träger als Pilger auf heiliger Mission auswies.

Alarich ritt an der Spitze seines Lumpenpacks. Er trug ein Panzerhemd, einen aus Ketten geknüpften Kopfschutz sowie einen eisernen Helm. Bewaffnet war er mit einem trapezförmigen Schild, einem Schwert und einer Lanze mit einem Fähnchen daran, das ihn als Mann von hohem Rang auswies. Sein Schwert war doppelschneidig und sowohl mit einer eisernen Parierstange als auch mit einem starken, seinen sechsten Finger berücksichtigenden Heft versehen. Er hatte den Alexandrier-Ring wieder gefunden, den ihm sein Vater hinterlassen hatte, einen massiven Goldreif mit einer

Inschrift, die er nicht entziffern konnte. An nichts von dem, was ihm sein Väter über die Alexandrier erzählt hatte, konnte er sich erinnern, auch nicht an die Eidesformel, die er als Junge hatte sprechen müssen. Aber das war nicht weiter wichtig. *Deswegen* ritt er ja nicht nach Jerusalem. Als sie zu ihrer heiligen Mission aufbrachen, überkam Bruder Christofle eine ungute Vorahnung. Alarich stand dem eigentlichen Zweck des Unternehmens völlig gleichgültig gegenüber, aber in seiner Seele herrschte Aufruhr und seine Augen loderten rachelüstern. Alles in allem konnte das nur Unheil bedeuten.

Das wahllos zusammengewürfelte Pack schlug zusehends über die Stränge, als die Männer begriffen, was es bedeutete, dass ihnen am Ende des Kreuzzugs die Absolution ihrer Sünden gewährt würde: eine großartige Gelegenheit, sich unterwegs noch so richtig auszutoben. Hurerei, Glücksspiel, Diebstahl, Lug und Trug und zwischendrin auch mal ein Mord prägten die Atmosphäre, die in dieser Lumpenbande von Kreuzträgern herrschte. Auf ihrem Weg schlossen sich ihnen Bauern und Tagelöhner an, folgten ihnen auf Ochsenkarren oder zu Fuß, die wenige Habe geschultert. Als die ständig größer werdende Truppe vor Köln lagerte, verbreitete sich das Gerücht, der Geist Karls des Großen sei erschienen, um ihnen für ihren Marsch nach Jerusalem seinen Segen zu erteilen.

Alarich schenkte all dem keine Beachtung. Wann immer ein Lager aufgeschlagen wurde, trugen seine Söldner dafür Sorge, dass die Pferde angepflockt waren und bewacht wurden. Dies war eigentlich die Pflicht eines Ritters, nur hatte der Comte de Valliers seine Pflichten vergessen. Er suchte keinen Kontakt zu anderen Alexandriern, wie Bruder Christofle drängte, aber auch keiner der anderen war auf die Gesellschaft von Mitgliedern des Ordens erpicht. Jeder berauschte sich an seinen eigenen Vorstellungen von Mut und Tapferkeit und den Reichtümern, die ihrer harrten. Auf Bücher verschwendeten sie keinen Gedanken, aber natürlich würden sie sie mitbringen, wie dies ihr Auftrag war.

In jedem Weiler, jedem Dorf und jeder Stadt forschte Alarich nach seinem Bruder, mischte sich unter die Bewohner und fragte: »Kennt jemand Baudouin de Valliers? Hat ihn jemand gesehen oder von ihm gehört?« Wenn neue Armeen zu seiner Gruppe stießen, ritt er zu den Männern und suchte unter den Gesichtern nach dem seines Bruders.

Christofle sah beunruhigt, dass Alarichs Rachegelüste nicht abklangen, sondern im Gegenteil noch zunahmen, und warnte ihn: »Habt Ihr schon einmal überlegt, dass Ihr es sein könntet, der bei einem Duell mit Baudouin sein Leben verliert?«

Alarich lachte bitter. »Mir ist es egal, ob ich lebe oder sterbe, denn das Einzige, was ich je geliebt habe, ist für immer von mir gegangen. Alles Leben ist aus mir gewichen. Wein schmeckt wie Wasser, Fleisch wird in meinem Mund zu Sägespänen. Alle Freude, alles Glück ist mir entrissen worden. Mir bleibt nur noch ein Wunsch: meinen Dolch in die Brust meines Bruders zu stoßen.«

Tage gingen in Nächte über und Nächte in Wochen und der Umfang der Truppe schwoll ständig an. Ritter, die sich einst gegenseitig überfallen hatten, ritten jetzt Seite an Seite mit dem Ziel, das Heilige Land von den Ungläubigen zu erretten. Immer mehr Gruppen folgten, darunter die eigene Armee des Papstes. Die Nachricht verbreitete sich durch Europa und weitere Männer vernahmen den hehren Ruf: Comte Bohemond di Taranto, der gerade Amalfi belagerte, als die Nachricht von den Kreuzträgern ihn erreichte, zerschnitt seinen kostbarsten roten Mantel, um daraus Kreuze für seine Ritter fertigen zu lassen, verließ Amalfi und brach ins Heilige Land auf. Bajuwaren,

Alemannen und andere deutsche Fürstentümer ehrten ihr altes Versprechen gegenseitiger Unterstützung und eilten ihren fränkischen Brüdern zu Hilfe, marschierten gemeinsam, Lehnsherren und Vasallen, Barone und Herzöge, Prinzen und Ritter, ausgerüstet mit Pallasch und Axt, Armbrust und Kruzifix.

Bruder Christofle drohte allmählich zu verzweifeln. Wie oft hatte er Alarich beschworen, sich ganz in den Dienst dieser heiligen Sache zu stellen und wie ein Ritter und Ehrenmann zu handeln! Aber in Alarichs Adern floss Gift. Er ließ sich den Bart nicht mehr schneiden, sein Haar verfilzte, seine Kleidung starrte vor Dreck. Schon war er kaum noch von dem einäugigen Bettler zu unterscheiden, der sich im Schlepptau des Priesters von den Essensresten der Soldaten ernährte. Dieser armselige Tropf von einem Bettler schien die ganze Aussichtslosigkeit der Expedition zu verkörpern, die man mit Fug und Recht nicht als Armee bezeichnen konnte und die mit Sicherheit nicht in der Lage war, eine Stadt wie Jerusalem zu erobern. Wir sind wie dieser bemitleidenswerte Geselle, durchzuckte es Christofle beim Anblick des klapprigen armen Mannes, dem ein gütiges Schicksal versagt geblieben war. Denn auch wenn wir Kreuze auf unsere Schilde malen und »Nach Jerusalem!« brüllen, sind wir letzten Endes allesamt einäugige Bettler.

Nachts träumte er von Kunigunde.

Christofle war noch ein ganz junger Mann, als er in Liebe zu einem Mädchen namens Kunigunde entbrannte und sie zu ihm. Ihr Vater hatte sie ins Kloster gebracht, um dort das Gelübde der Alexandrier abzulegen und den Ring zu erhalten. In dieser Zeit waren sie und Christofle heimlich ein Liebespaar geworden, und als ihr Vater sie wieder abholte, hatte sie versprochen, ihm Nachricht zu schicken. Aber Wochen und Monate vergingen, ohne dass sie von sich hören ließ oder seine Briefe beantwortete. Nach einem Jahr qualvollen Wartens war Christofle restlos am Boden zerstört, als ihr Vater ihm mitteilte, Kunigunde sei nun verheiratet und er solle sie in Ruhe lassen. Daraufhin beschloss Christofle, sein Leben in den Dienst des Ordens zu stellen und allen weltlichen Vergnügungen zu entsagen.

Jetzt, dreißig Jahre später, fragte er sich, wozu das gut gewesen war. Das Leben eines Mannes beinhaltete mehr als einen mit seinem Namen verzierten Betschemel in einem Kloster, das niemand kannte. Während die Welt draußen die Freuden der wechselnden Jahreszeiten genossen hatte, der Romanzen und Festlichkeiten, während man den sich überall bietenden Lustbarkeiten gefrönt, Kinder gezeugt, untereinander gestritten hatte und gestorben war, war Christofle hinter steinernen Mauern ebenso verschimmelt wie die Bücher in seiner Obhut. Er war ein verbitterter alter Mann geworden.

Und dies war sein dunkles Geheimnis, der wahre Grund, weshalb er gen Jerusalem zog.

Auch Alarich träumte.

Es waren Albträume, in denen er Margot immer wieder aufs Neue tötete, auch wenn er versuchte, seine Hand am Zustechen zu hindern, und dann schweißgebadet und jedes Mal entsetzt und erschüttert hochschreckte. »Ich schließe die Augen, aber der Schlaf hat kein Erbarmen mit mir«, beklagte er sich bei Christofle. »Meine Lider sind von Schlaflosigkeit verklebt, aber immer sehe ich ihre schöne Gestalt, ihre Lippen, ihr Haar. Wie sie lächelte, wenn ich sie berührte, die Flammen, die durch mich hindurchschossen, wenn ich ihre nackten Brüste streichelte. Nie habe ich sie mehr begehrt als jetzt, da ich weiß, dass ich sie für immer verloren habe.«

Der zusammengewürfelte Tross erreichte die Stadt Mainz, wo sich die unüberschaubare Menge von Pilgern aus verschiedenen Regionen Lothringens, aus Ostfrankreich, Baiern und Alemannien mit mehr als fünfzehntausend bewaffneten Fußsoldaten vereinten und von dort aus gemeinsam zunächst ins Königreich Ungarn aufbrachen. Es war eine Armee von nicht mehr zu zählender Stärke, die da frohgemut gen Jerusalem zog, eine gewaltige Menschenwoge, unterwegs auf prächtigen Pferden oder in Eselskarren zusammengepfercht oder zu Fuß, Ritter in Rüstung und Helmbusch, Bauern in Lumpen, Frauen, die ihre Röcke rafften und Beine zur Schau stellten, auch Kinder sowie Vieh und Schafe, Hühner und Hunde, und immer noch mehr gesellten sich hinzu, ballten sich, so weit das Auge reichte, zusammen wie eine Gewitterwolke, beseelt vom gemeinsamen Gedanken an die Schlacht, die ihnen bevorstand, an die Beute und Reichtümer und Belohnungen und an die Gnade Christi.

Im ungarischen Königreich angelangt, schlugen sie in einer Flussebene ihr Lager auf, um auf weitere Verstärkung zu warten.

Der König hieß sie willkommen und gestattete ihnen, sich mit lebenswichtigen Gütern einzudecken. Friedliches Verhalten auf beiden Seiten war oberstes Gebot, schon weil der König argwöhnte, von einer so großen Armee könnten schnell Übergriffe ausgehen. Und tatsächlich wurden die Lagernden unruhig, als sich das Eintreffen christlicher Truppen aus dem Süden tagelang verzögerte. Sie ergaben sich maßloser Trinkerei und brachen den befohlenen Frieden. Die meisten Ritter und Prinzen zogen die ihnen unterstehenden Männer zur Rechenschaft, nur Alarich scherte sich weder um die Disziplin seiner Soldaten noch um ihre Bedürfnisse. »Männer müssen unter einem Banner reiten, Herr«, beschwor ihn Christofle, »um für eine gemeinsame Sache zu kämpfen.« Er hätte gern hinzugefügt: »Sie brauchen einen Anführer, der sie im Griff hat«, behielt das aber für sich.

Missmut und Enttäuschung stiegen in ihm auf, wenn er durch das ausgedehnte Lager streifte und andere Alexandrier beobachtete, Männer, die sich eigentlich den hehren Regeln ihres Ordens entsprechend hätten verhalten sollen, stattdessen jedoch mit einfachen Soldaten dem Wein zusprachen, herumhurten und sich dem Spiel ergaben. Wieder und wieder versuchte er, sie an ihren Auftrag zu erinnern, aber sie hatten nichts für die Leiden und Opfer ihrer Vorfahren übrig, hassten das geschriebene Wort und verachteten Bücher. Einige griffen zu Prügeln, vertrieben Christofle und riefen ihm nach, sich tunlichst nicht wieder blicken zu lassen.

Als den ungeduldigen Kreuzträgern bewusst wurde, dass der Weg ins legendäre Jerusalem sehr viel weiter war als ursprünglich angenommen, beschlossen sie, sich an den Ungarn schadlos zu halten. Sie raubten ihnen Wein, Korn, Schafe und Vieh, und wer Widerstand leistete, wurde getötet. Erneut verhängten Herzöge und Edelmänner Strafen und stellten die Disziplin unter ihren Leuten wieder her, während sich Alarichs Gefolge noch rabiater, hemmungsloser und arroganter gebärdete.

Niemand wusste zu sagen, wie es zum Eklat gekommen war, und die späteren Aufzeichnungen enthielten allerlei Widersprüchliches, weil die Chronisten – gebildete Männer, die vorgehabt hatten, in aller Ruhe am Rande des Schlachtfelds zu sitzen und aufzuschreiben, was sie sahen – auf Derartiges nicht gefasst und unversehens in die Auseinandersetzungen verstrickt waren.

Die überwiegende Meinung jedoch war, dass Vergewaltigung und Diebstahl, mittlerweile die Hauptbeschäftigung der gelangweilten Pilger, schon weil sie um die Absolution ihrer Sünden wussten, als Ursache dafür anzusehen war, dass ungarische Truppen einen Vergeltungsschlag gegen die Lagernden durchführten, sie verprügelten und ihrer Habe beraubten. Einige Herzöge und Prinzen bemühten sich, den Frieden wieder herzustellen, indem sie vorbrachten: » Sind wir nicht alle Christen?« Worauf ein zweifelhafter Frieden geschlossen wurde – bis eine kleine Schar von Alarichs Männern in dem Begehr, Verpflegung besorgen zu wollen, beim Magistrat der Stadt vorstellig wurde und dieser in der Annahme, das sei nur ein Vorwand, sie als Spione hinstellte und das Verbot aussprach, keinerlei Waren mehr an die lagernde Truppe zu verkaufen. Daraufhin machten sich Alarichs Männer wutentbrannt daran, umso mehr Vieh und Schafe von umliegenden Bauernhöfen zu rauben. Wiederum schritten die Ungarn dagegen ein.

Jetzt entbrannte Kampfeslust, Schmähungen wurden ausgestoßen. »Warum marschiert ihr nicht nach Jerusalem?«, brüllten die Pilger in der Annahme, die Ungarn seien keine Christen. Und die Ungarn brüllten zurück: »Und warum marschiert *ihr* nicht nach Jerusalem?«, in der Annahme, dass die Pilger den Weg dorthin scheuten.

Andere Kreuzträger kamen ihren Brüdern zu Hilfe, auch fränkische und alemannische Ritter, die, wenngleich zögernd, der Aufforderung nachkamen, zum Schutz ihrer Männer einzugreifen. Ein Gefecht entbrannte, Verstärkung aus der Stadt rückte an, fiel mit Kampfgeschrei über die Pilger her. Die ersten Pfeile zerschnitten die Luft, Schwerter prallten aneinander. Tote und Verwundete sanken zu Boden.

Das anfängliche Scharmützel eskalierte. Bruder Christofle eilte zu Alarich. »Herr, Ihr müsst Eure Männer zurückrufen, sonst bleibt niemand mehr, um mit euch nach Jerusalem zu ziehen.« Aber Alarich schenkte ihm keine Beachtung.

Jede Seite war jetzt entschlossen, Unrecht, ob tatsächliches oder vermeintliches, zu vergelten; sowohl Pilger wie Ungarn sahen sich als die an, denen Unbill zugefügt worden war, und bis zur Mittagszeit war ein mörderischer Kampf entbrannt.

Klirren von Metall gegen Metall, dumpfe Schläge von Metall auf Körper, gellende Schreie, Ströme von Blut. Pferde ergriffen wiehernd die Flucht, zertrampelten noch Lebende. In aufeinander folgenden Salven schwirrten die Pfeile der Bogenschützen wie Fliegenschwärme durch die Luft. Die Krieger ließen ihren Pferden freien Lauf, um mit den Bogenschützen und Speerwerfern anzugreifen. Es war ein mörderisches Aufeinanderprallen, begleitet von Geschrei und Kriegsgeheul.

Von Natur aus und durch langjährige Übung ein Mann des Kampfes, konnte sich Alarich nicht länger dem Kriegsgetümmel entziehen. Bis er auf Tonnerre aufsaß, der, als er Blut witterte, aufwieherte und die Augen rollte, kämpften die Ungarn bereits mit vollem Einsatz, ohne Rücksicht auf Verluste. Diejenigen, die von den Pferden der Kreuzträger niedergetrampelt wurden, stießen weiterhin mit ihren Speeren nach denen, die über sie hinwegsetzten, und so mancher Franke verlor sein Leben, als er sich über sein Opfer beugte, um ihm zum Zeichen des Triumphes die Hand abzuhacken. Der Geruch von Blut überlagerte die Schweißausdünstungen der Soldaten, Schwärme von Raben kreisten bereits am Himmel.

Das wogende Schlachtengetümmel erfuhr jäh eine Wende, als ein zusätzliches Kontingent unter der Führung eines Frankenherzogs in die Stadt einbrach und unter Frauen und Kindern wütete. Um ihnen zu Hilfe zu eilen, bliesen die Ungarn zum Rückzug – und das wurde ihnen zum Verhängnis. Die Pferde der Kreuzträger kreisten sie ein, Bogenschützen und Speerwerfer legten zum Todesstoß an.

Vom Blutrausch erfasst zog sich das Gemetzel in die Länge, wütete in der Stadt und in der Ebene, bohrten sich Speere in alles, was sich ihnen in den Weg stellte, wurden Männer ermordet, die bereits die Waffen gestreckt hatten, Kinder mit

Knüppeln erschlagen. Ob Pilger oder Ungarn, unübersehbar war die Zahl derer, die an diesem Tag ihr Leben verloren, in einer Schlacht, die keinen Namen hatte und in keinem Geschichtsbuch Erwähnung fand, die aber den schaurigen Auftakt zu dem kennzeichnete, was später der Erste Kreuzzug genannt werden sollte.

Noch kam es hier und dort zu einzelnen Scharmützeln. Alarich, der mittlerweile abgesessen hatte, kämpfte zu Fuß, Mann gegen Mann. Als er gerade mit einem grimmig dreinschauenden Ungarn das Schwert kreuzte und einen Franken »Vorsicht, Herr!« rufen hörte, wirbelte er gerade noch rechtzeitig herum, um mit anzusehen, wie der einäugige Bettler einen Stich in den Bauch erhielt – einen tödlichen Angriff, der Alarich gegolten hatte. Der Mörder, ein Mann in einer roten Tunika und einem mit Hörnern bestückten Helm, ergriff beim Anblick von Alarichs mächtigem Schwert die Flucht.

Langsam verzog sich der Staub und gab den Blick auf das angerichtete Blutbad frei. Alarich, der kampfesgewohnte Krieger, hatte derart Schreckliches noch nie erlebt. Raben machten sich bereits daran, den Leichen die Augen auszupicken, und ein paar Frauen, die überlebt hatten, bahnten sich weinend einen Weg durch die Toten, hockten schluchzend im Dreck. Was hatte dies alles mit dem Begriff ehrenwert zu tun? Mit dem hehren Auftrag von Papst Urban?

Alarich spürte eine schwere Last von sich abfallen, so als hätte er sich seiner Rüstung entledigt. Sein Herz tat einen Sprung und spannte sich in seiner Brust, in seinen Adern pulsierte wieder frisches Blut, schwemmte das Gift hinweg. Es war ihm, als sei er aus einem langen Schlaf erwacht. Inmitten so vieler Toter fühlte sich Alarich vom Leben erfüllt wie niemals zuvor.

Er machte sich auf die Suche nach Christofle, der dem Massaker entkommen war, indem er sich in einem Zelt versteckt hatte. Alarich beugte das Haupt vor dem Mönch. »Weil ich so selbstsüchtig war und mich nur mit meinen eigenen Sorgen beschäftigt habe«, sagte er, »habe ich zugelassen, dass meine Leute abgeschlachtet wurden. Ich bin tief betroffen über das, was ich angerichtet habe. Guter Mönch, ich möchte meinen Bruder finden, aber nicht mehr, um mich zu rächen, sondern um ihn um Vergebung zu bitten und ihm zu vergeben. Das Leben ist zu wertvoll, um es mit Hassgefühlen auszufüllen. Nur fürchte ich, dass ich weder weiterziehen noch umkehren kann! Sagt mir, was ich tun soll, guter Mönch!«

Und dann hörte er, wie ihm der Wind wispernd

seinen Namen zutrug: »Alarich ...« Er folgte dem Ruf und entdeckte den einäugigen Bettler, der, obwohl kaum noch am Leben, die Klinge in seinem Bauch fest umklammert hielt. Und da dem Bettler der Hut vom Kopf gerutscht war, sah Alarich auch, dass das Haar des Einäugigen so flachsblond war wie sein eigenes. Und das gesunde Auge blau. Er nahm ihm die Augenklappe ab und schaute seinem Bruder ins Gesicht. Es schien ihm, als ob die ganze Welt verstummte.

»Ich bin dir gefolgt ...«, keuchte Baudouin. »Ich schäme mich für das, was ich getan habe. Zur Sühne wollte ich an deiner Seite kämpfen.«

»Sprich jetzt nicht, Bruder«, brachte Alarich hervor.

»Ich wollte mich herausreden, dass sie mich verführt hat. Aber ich habe sie begehrt. Wir dürfen Margot keinen Vorwurf machen. Du warst so oft fort ...«

Alarich schloss Baudouin in die Arme und drückte ihn an sich. »Lange Feldzüge bringen mit sich, dass eine Ehefrau sich selbst überlassen bleibt, mein Bruder. Anstatt mich um Margot zu kümmern, war ich auf Beute und Ruhm aus. Alle drei sind wir an dieser Tragödie schuld und gleichzeitig trifft keinen von uns eine Schuld.«

»Kannst du mir verzeihen?«

»Wenn du mir verzeihst.«

Einen langen Moment sahen sich die Brüder an. Dann tat Baudouin seinen letzten Atemzug. Alarich hob das Gesicht gen Himmel, ein markerschütternder Schrei entrang sich seiner Kehle. Er sprang auf und sah wild um sich. Wo war der Soldat in der roten Tunika und dem gehörnten Helm? Erneut flammten seine Rachegelüste auf, nur richteten sie sich diesmal gegen den Mörder seines Bruders. Er rannte los, lief kreuz und quer über das Schlachtfeld. Als er den Mann am anderen Ende erblickte, stürmte er auf ihn zu, mit pochenden Schläfen, das Herz hämmernd wie Hufschläge eines Streitrosses. Mit einem blutrünstigen Schrei schwang er sein breites Schwert. Der unbewaffnete Ungar duckte sich.

Und dann ...

Ein gleißendes Licht. Es kam von nirgendwo und überall her, grell, bohrte sich in Alarichs Augen. Verwirrt sank er auf die Knie. Das Licht breitete sich aus, wurde noch heller, wirbelte und schwebte um ihn herum, wurde das Universum. Alarich fühlte sich so leicht, als schwebte er wie ein Adler, aber er sah kein Land unter sich, keine Menschen, keine Stadt. Nur Licht – kühl und besänftigend und ihn völlig einhüllend. Aber er war nicht allein; er spürte, dass irgendwelche lichterfüllte, formlose Wesen ihn umschwirrten. Niemals hatte er eine derart himmlische Freude, eine solche Heiterkeit verspürt. Keine noch so siegreiche Schlacht, keine noch so große Leidenschaft in den Armen einer Frau ließ sich mit dieser Ekstase vergleichen.

Und dann hatte er – eine Vision.

Eine Vision, die ihn derart überwältigte, dass er zu Boden sank und den Kopf mit den Armen bedeckte. Aus dem Licht drang eine Stimme zu ihm – vielmehr spürte er sie, so als spräche sie nicht sein Gehör an, sondern sein Herz. Und bewegte es. »Ja!, rief Alarich aus. »Ja!«

Das Licht erlosch. Wie ein Kind schluchzend lag Alarich auf der Erde, das Gesicht im Staub.

Mühsam stand er auf, wischte sich die Tränen aus den Augen und sah sich um. Es war bereits Abend, das Feld verlassen. Langsam, wie im Traum ging er zurück zum Lager und suchte Christofle auf.

»Eitel wie ich war«, sagte er zu ihm, »hielt ich mich für einen guten Ritter. Ich verfluchte meinen Bruder für unehrenhaftes Verhalten. Dabei bin ich um nichts besser als er! Aus purem Eigennutz trat ich einem heiligen Bündnis bei, ohne an meine Männer oder unseren Auftrag zu denken. Das entspricht keineswegs den Anforderungen des Rittertums. Ich habe meinem Treueschwur zuwidergehandelt. Jetzt will ich das wieder gutmachen!«

Er berichtete von seiner Vision. Christofle hörte vor Verwunderung und Ehrfurcht zu, war doch seit dem großen Alexander persönlich keinem Alexandrier mehr das Göttliche Licht zuteil geworden. »Es war höchst wundersam, Christofle! Die Stimme, die zu mir sprach, gehörte einem Hohepriester namens Philos. Er sagte, er sei ein Urahn von mir und dass ich von ihm abstamme, sein königliches Blut fließe in meinen Adern.«

»Seid gepriesen, Herr!«, rief Christofle aus und warf sich dem Ritter zu Füßen.

»Ich werde nach Jerusalem ziehen«, fuhr Alarich fort, »aber nicht um meiner selbst willen, denn ich weiß jetzt, dass Vergebung belohnt wird. So, wie ich meinem Bruder vergebe, wird mir Belohnung zuteil, und so bitte ich auch diese armen Menschen, sie mögen mir verzeihen.« Er schaute auf die Toten um sich herum. »Ich werde nach Jerusalem ziehen, um einen höheren Auftrag zu erfüllen. Ich begreife nun, dass dies hier vorbestimmt war«, sagte er. »Genauso wie ich jetzt weiß, dass das, was zwischen meinem Bruder und Margot und mir geschehen ist, dazu dienen sollte, mir die Augen über mich selbst – über mein eigennütziges, selbstsüchtiges Leben – zu öffnen und hierher zu führen, damit ich den Ruf vernehme, die Alexandrier zu vereinen und unsere heilige Mission durchzuführen.«

In dem gleißenden Licht hatte Alarich eine Vision seiner selbst gesehen: als helmbewehrter, machtvoller Kreuzträger auf einem feurigen Schlachtross, an der Spitze einer vieltausendköpf Armee, die alle wie er ein Banner trugen. Und er wusste, wie man sie nennen würde: die Ritter der Flamme. Sie würden ehrenvoll gen Jerusalem reiten, die heilige Stadt den Heiden entreißen und die heiligen Bücher retten.

Während er so sprach, ging vor Christofles Augen eine wundersame Veränderung mit Alarich vor – so als hätte sich das Licht seiner Vision in seine Seele gesenkt und strahlte durch ihn durch nach außen, glühte der Comte de Valliers nun vor Stolz und Ehrfurcht und Entschlossenheit. Seine Gesichtszüge hatten sich verklärt, seine Haltung drückte Selbstbewusstsein aus, seine Worte waren bezwingend. Ein Mann, der dazu bestimmt war, ein großer Anführer zu werden, ein Held, für den Männer ihr Leben hingaben.

Vom Eindruck dieser Verwandlung überwältigt konnte Christofle nicht anders, als nunmehr das Geheimnis zu bekennen, das seine Seele vergiftete: dass er nicht besser als jeder andere Teilnehmer dieser vermaledeiten Truppe sei. Dass er hehre Absichten geheuchelt habe, in Wirklichkeit aber aus erbärmlichem Stolz mitgekommen sei. »Ich war verbittert über den Verlust meiner geliebten Kunigunde und bin deshalb in den Orden eingetreten. In einen Orden, der im Aussterben begriffen ist! Die Nachkommen der Alexandrier vergessen den Orden, sie scheren sich nicht um eine dreizehnhundert Jahre alte Verpflichtung! Was geht sie das an? Als ich sie aufsuchte und sah, wie feudal sie lebten, während die ihnen anvertrauten kostbaren Schriften und Buchrollen vor sich hin rotteten, wurde mir bewusst, dass ich mich jahrelang vergeblich aufgeopfert habe. Deshalb setzte ich all meine Hoffnungen auf Euch, mein Gebieter, und habe Euch immer wieder bedrängt. Um meiner selbst willen, um mit dem Gedanken sterben zu können, ein Leben geführt zu haben, das wenigstens zu irgendetwas nütze war. Ich wollte, dass Ihr meinetwegen aufbrecht und nicht, um Gott zu dienen, und dafür schäme ich mich!«

Alarich legte die Hand auf den Kopf des weinenden Mönchs. »Ihr werdet mit uns reiten, guter Bruder, als ein Ritter der Flamme, auf dass kommende Generationen Euch wegen Eurer Opferbereitschaft, Eurer Furchtlosigkeit und Euren heldenhaften Taten in Erinnerung behalten und Euren Namen rühmen.«

Endlich kannte Alarich seine Bestimmung. Er musste schnellstens nach Frankreich zurückkehren und von dort aus seine große Alexandrier-Armee zusammenstellen. Es war ihm bestimmt, seine in alle Himmelsrichtungen verstreuten Brüder ausfindig zu machen und zu vereinen und an den einstigen Ruhm, den Ruhm Alexanders des Großen, anzuknüpfen. Und so sollten die edlen Ritter der Flamme gen Jerusalem aufbrechen, um die kostbaren Aufzeichnungen der heiligen Maria Magdalena zu retten und nach Hause zu bringen, in Sicherheit.

Zweiter Teil

Kapitel 13

Moussa fuhr wie der Teufel.

Es war schon spät. Er hatte die drei Gäste seines Vaters am Flughafen abgeholt und raste nun in seinem kanariengelben Chevrolet, Baujahr 1957, durch das nachtschlafende Damaskus, während seine Passagiere sich an ihre Sitze klammerten und um ihr Leben bangten.

Schweigend fuhren sie durch die märchenhafte Szenerie mit ihren Springbrunnen, Minaretten und geheimnisvollen Gässchen. Damaskus – besungen von Lawrence von Arabien, smaragdgrüne Oase am Rande einer Wüste –, eine Stadt mit fast zwei Millionen Einwohnern, die stolz behauptete, der älteste kontinuierlich besiedelte Ort der Welt zu sein. Weil hier immer schon Menschen lebten, hatte es keine Möglichkeit gegeben, zu ergründen, was unter der Stadt lag, und somit war Damaskus zu einer riesigen, unerforschten archäologischen

Stätte geworden. Gelegentlich rührte sich der Boden unter der modernen Stadt, eine Straße brach ein und bis dato unbekannte Geschichte gelangte ans Tageslicht.

Candice erinnerte sich an ihren ersten Besuch in Damaskus. Ihr Taxifahrer hatte auf der ganzen Strecke fröhliche Geschichten zum Besten gegeben. Nicht so Moussa Konstantine. Nach ein paar freundlichen Worten zur Begrüßung hatte er sich schweigend um ihr Gepäck gekümmert und sie dann zu seinem Wagen geleitet, nicht ohne sich wiederholt umzusehen.

Und nun jagte er mit ihnen durch die Stadt, als ob sie verfolgt würden.

Candice spürte instinktiv, dass etwas nicht stimmte. Vor ihr, auf dem Beifahrersitz, saß Glenn. Ob er auch so ein ungutes Gefühl hatte?

Der Wagen fuhr Richtung Nordwesten, wo sich der Berg Quassioun malerisch im Mondlicht über der Stadt erhob. Sie durchfuhren den Al-Mouhajarine-Distrikt, eine vornehme Wohngegend mit luxuriösen Häusern und Villen mit dem schönsten Blick auf Damaskus. Im Westen lag eine Bergkette, nach Osten erstreckte sich die Wüste tausende von Meilen bis zum Indischen Ozean. Und irgendwo in dieser endlosen Wüste ruhte der *Stern von Babylon.*

Sie fuhren an dunklen Gebäuden und geschlossenen Geschäften vorbei, an vergitterten Lebensmittelläden, an Moscheen, deren Minarette wie silberne Finger in den Himmel ragten, durch menschenleere Straßen, die nur gelegentlich von dem trüben Schein einer Straßenlaterne erleuchtet wurden. In Damaskus kannte man offenbar kein Nachtleben. Dann verlangsamte Moussa sein Tempo und brachte den Wagen am Straßenrand zum Stehen. Nach einem prüfenden Blick die Straße hinauf und hinunter führte er seine Passagiere im Eilschritt zu einem in eine hohe Mauer eingelassenen Tor. Der Mann, der sie überschwänglich im Innenhof begrüßte, war ihr Gastgeber, Elias Konstantine.

Er war von gedrungener Gestalt, mit buschigen Augenbrauen unter einem vollkommen kahlen Schädel. Sein weißes Hemd über der gewölbten Brust kontrastierte lebhaft mit seiner olivfarbenen Haut. »Treten Sie ein! Treten Sie ein! Willkommen in meinem Haus!«

Und wieder ging es im Eilschritt vorbei an plätschernden Springbrunnen und üppigen Bougainvillea, die sich an jeder Hausecke rankten.

Sie passierten einen orientalisch geschwungenen Torbogen und betraten eine Eingangshalle, deren Marmorboden wie Kristall glänzte. »Was für traurige Umstände uns hier zusammenführen, Mr Masters«, begann Konstantine. »Ich verehrte Ihren Vater. Möge er in Frieden ruhen.«

Er führte sie durch einen langen Korridor, dessen Wände mit wunderbaren Ikonen geschmückt waren, einige darunter so alt, dass das Blattgold bereits von den Rahmen blätterte. Als Candice wie gebannt vor dem Porträt eines jungen Mannes auf einem fuchsroten Pferd stehen blieb, der einen gefallenen Feind mit dem Speer durchbohrte, sagte Konstantine: »Das ist der heilige Demetrius. Wir sind griechisch-orthodox und sehr stolz auf unsere alte Religion.«

Das Interieur der Villa war eine gelungene Mischung aus Tradition und Moderne – üppiges orientalisches Mobiliar gruppierte sich um türkische Säulen, während in einer Ecke für sich eine Computeranlage, modernstes HiFi-Gerät und ein Breitbandfernseher standen. Elias Konstantine verriet seinen Gästen, dass er im Import-Export-Geschäft tätig sei, und allem Anschein nach liefen seine Geschäfte gut.

»Meine Tochter wird Ihnen sogleich einige Erfrischungen servieren.« Dann wurde sein Ton ernst. »Es tut mir ausgesprochen Leid, aber ich kann Sie doch nicht nach Dschebel Mara bringen.«

»Wie bitte?«

Glenn legte seine Hand beschwichtigend auf Candices Arm. »Mr Konstantine, wenn es um Geld geht ...«

»Es geht um das Risiko«, erklärte der Syrer. »Als Ihr Vater Kontakt mit mir aufnahm, waren die Zeiten ruhiger und sicherer. Heute ist das nicht mehr so. Denken Sie an die Situation im Irak. Außerdem haben verschiedene Leute mir Fragen gestellt. Ich befürchte, dass mein Haus beobachtet wird. Ich kann meine Familie keinem Risiko aussetzen. Tut mir Leid, aber in dieser Sache sind Sie auf sich selbst angewiesen«

Glenn, Candice und Ian Hawthorne wechselten rasche Blicke. Sie alle dachten dasselbe: Zwei Amerikaner und ein Brite allein in der großen Wüste. Sie hatten mit Konstantines Schutz gerechnet. Jetzt standen sie ohne jede Hilfe da.

Eine junge Frau betrat den Raum. Sie trug ein Tablett mit einer silbernen Teekanne und Gläsern, gefolgt von zwei weiteren Frauen, die mit Käse und Brot, hart gekochten Eiern, Oliven, Butter, Honig und Feigen üppig beladene Platten balancierten. Konstantines Gäste verspürten jedoch keinen Hunger.

»Gibt es sonst jemanden, der uns hinführen könnte?«, fragte Candice, als sie sich auf einen Divan inmitten üppiger Kissen setzte.

»Leider nein.« Konstantine legte nicht einmal Bedauern in seine Stimme.

»Könnten Sie uns wenigstens verraten, wo Dschebel Mara liegt?«, fragte Glenn, immer noch im Stehen.

»Es ist eine kleine Bergkette nördlich von Palmyra.«

»Palmyra!«, rief Candice. »Aber das ist doch ein Touristenort!« Ian stöhnte. »Baskow ist vor achtzig Jahren dort gewesen. Seitdem sind jede Menge Touristen dort herumgetrampelt. Was, wenn einer von denen den *Stern von Babylon* gefunden hat? Er könnte jetzt einen Kaminsims in Cheshire schmücken. Oder, noch schlimmer, als Aschenbecher dienen!«

Glenn drehte nachdenklich den Goldring an seinem rechten Ringfinger. Candice konnte sich lebhaft vorstellen, was er gleich tun würde: Seine Dienstmarke zücken, den Polizisten herauskehren, offiziellen Einfluss spielen lassen und womöglich damit drohen, die örtliche Polizei einzuschalten. Aber nichts von alledem. Stattdessen sagte er: »Ich kenne Sie nicht, Mr Konstantine, aber ich nehme an, Sie sind ein Mann der Vernunft und man kann vernünftig mit Ihnen reden.«

Konstantine spreizte die Hände. »Ich bin ein wohlhabender Mann. Ich brauche kein Geld.«

»Ich biete Ihnen auch kein Geld. Lassen Sie mich Ihnen erklären, worum es uns geht.«

Der Syrer verschränkte die Arme und lehnte sich zurück mit einer Miene, als wollte er Glenn bedeuten, dass er sich seine Mühe sparen könne.

Glenn berichtete ihm von Pierre Duchesne und der Tafel mit den geheimnisvollen Inschriften, die jener gefunden hatte, gefolgt von einem Russen namens Baskow, der 1920 den Spuren Duchesnes in der Hoffnung gefolgt war, weitere Täfelchen zu finden. »Wir nehmen an, dass Baskow die Steintafeln gefunden hat, dann aber an einem Fieber erkrankte und nach Moskau zurückkehrte, wo er kurz danach dem Fieber erlag. Wir glauben, dass Baskow seinen Fund nicht mitnehmen konnte – entweder war er zu sperrig oder zu zerbrechlich oder Baskow fühlte sich beobachtet –, auf jeden Fall hat er eine Skizze von dem Fundort angefertigt. Diese Karte und ein Fragment aus dem Fund verblieben bei seiner Familie, wahrscheinlich in irgendeinem Koffer auf dem Dachboden, bis zum Zusammenbruch der Sowjetunion. Baskows Großenkel hat dann diese beiden Fundstücke in einem Antiquitätenmagazin angeboten, wo mein Vater sie entdeckte.«

Ganz gegen seine Absicht leuchteten Konstantines kleine schwarze Augen mit lebhaftem Interesse auf. »Was hoffen Sie denn zu finden? Ein antikes Tontäfelchenarchiv?«

»Ja, oder irgendeine andere Art von Archiv.«

»Und was ist dann der *Stern von Babylon?*«

Glenn musterte den Mann, der ihnen so lange wie ein Geschenk des Himmels erschienen war und sich nun als so unkooperativ erwies, lange und gründlich. Er hatte keine Vorstellung davon, was sich hinter dem *Stern von Babylon* verbarg, ob er ein Ort, ein Objekt, die Überreste eines Tempels, ein himmlisches Ereignis oder ein astronomisches Maß darstellte. Er konnte Elias Konstantine auch nicht verraten, dass sie sich in einem Wettlauf mit einem Mann befanden, der irgendeine Art von Armageddon plante, indem er diese Tontäfelchen als Mittel benutzte. Und so sagte er zu diesem griechisch-orthodoxen Mann mit dem goldenen Kreuz auf der behaarten Brust: »Es ist der Stern von Bethlehem.«

Konstantine sah nicht, welch konsternierte Blicke Candice und Ian hinter seinem Rücken wechselten. Von plötzlichem Interesse gepackt beugte sich der Syrer in seinem Stuhl vor. »Einer der Heiligen Drei Könige kam aus Babylon. Steht auf den Tontäfelchen womöglich etwas über die Geburt unseres Heilands, geschrieben von der Hand eines der drei Weisen?«

»So lautet unsere Theorie.«

Elias schürzte die Lippen. »Haben Sie diese Karte bei sich?«

Glenn wandte sich Candice zu, die die Karte aus ihrer Schultertasche nahm. »Es ist eine Fotokopie«, sagte sie beinahe entschuldigend und schaute Glenn verwundert an.

Konstantine brütete einen Moment lang über der Karte. »Ich kann diese Markierungen nicht zuordnen.«

»Das können wir auch nicht. Wir nehmen an, das große X markiert den Fundort des Sterns von Bethlehem.«

Konstantine erhob sich. »Ich muss ein paar Telefongespräche führen.«

Kaum hatte er den Raum verlassen, zischte Candice Glenn zu: »Sie haben ihn angelogen.«

»Nicht unbedingt. Der *Stern von Babylon ist* in der Tat ein anderer Name für den Stern von Bethlehem und die Tontäfelchen *könnten* einen Reisebericht der Heiligen Drei Könige enthalten.«

»Sie haben ihn angelogen!«

»Wenn man jemanden nicht mit Geld motivieren kann, muss man es mit der Religion versuchen«, sagte er und deutete auf die Ikone des heiligen Demetrius, von dem Konstantine so ehrfürchtig gesprochen hatte.

»Wir werden vor Sonnenaufgang aufbrechen müssen«, verkündete Konstantine, der sich wieder zu ihnen gesellt hatte. »Bei Nacht zu fahren ist zu riskant. Unsere Straßen«, und damit machte er eine Handbewegung, die alle Unebenheiten, Schlaglöcher, fehlende Ampelanlagen und Straßenmarkierungen, unvorsichtige Fußgänger und rücksichtslose Autofahrer einschloss. Dankbar für die Aussicht auf ein paar Stunden Ruhe ließ Candice sich daraufhin in den Frauentrakt führen, während Ian und Glenn ihre Schlafquartiere im anderen Teil des Hauses bezogen.

Bei nachtschlafender Zeit wurden Candice, Glenn und Ian geweckt. Sie stärkten sich mit schwarzem Kaffee und mit Datteln gefüllter Pitta, dann stiegen sie in den kanariengelben Chevrolet. Im Osten verfärbte sich der Himmel rosarot.

Sie fuhren in drei Wagen: Konstantine und seine Gäste im ersten mit Moussa am Steuer, die anderen beiden Wagen hatten Benzinkanister, Reservereifen, Treibriemen und Ersatzteile an Bord. Von Damaskus nach Palmyra ging es durch unwegsames Gebiet und es gab nur eine einzige Tankstelle auf der Strecke. Autopannen, hatte Konstantine mit ernster Miene erklärt, seien auf dieser Strecke so häufig wie Sandflöhe.

Durch schmale, gewundene Wohnstraßen ging es hinunter ins Tal, vorbei an ummauerten Gärten, eleganten Mausoleen, verschwiegenen Cafés. Sie folgten dem Fluss, passierten Verwaltungsgebäude, Botschaften, Luxushotels und den Universitätskomplex. Auf dem breiten Boulevard herrschte wenig Verkehr, nur ein paar Bauern zuckelten auf ihren Eselkarren zum Markt.

Als sie den Fluss überquerten und das wuchtige Nationalmuseum passierten, klingelte Konstantines Handy. Nach wenigen Worten sagte er: »Wir werden verfolgt.« Er bellte einen knappen Befehl ins Telefon und gab dann Moussa Anweisung, an der nächsten Kreuzung abzubiegen.

Moussa riss das Lenkrad nach links und preschte die An-Nasre-Avenue hinunter auf das Zentralpostamt und einen verlassenen Taxistand zu. Die beiden anderen Wagen fuhren weiter, aber ein hellblauer Nissan, zerbeult, ohne Nummernschild und ohne Licht, bog ebenfalls ab und schloss zu ihnen auf. »Gib Gas«, befahl Konstantine und drehte sich in seinem Sitz nach den Verfolgern um.

Moussa trat das Gaspedal durch, aber die Verfolger hielten mit. Candice und Glenn spähten durch die Heckscheibe, konnten aber nicht erkennen, wer hinter dem Lenkrad des Nissan saß.

Vor ihnen tauchten die Mauern der Altstadt auf.

»Weiter!«, brüllte Konstantine und stemmte sich mit der Hand gegen das Armaturenbrett, während Glenn, Ian und Candice sich an den Vordersitzen festzuhalten suchten.

Sie tauchten in ein Labyrinth aus verwinkelten Straßen und Gässchen, mit verschnörkelten Balkonen über schattigen Durchgängen und dunklen, verlassenen Basaren. Irgendwo in der Nähe befand sich jene Stelle, wo zweitausend Jahre zuvor ein Reisender namens Paulus seine Bekehrung zum Christentum erfuhr.

Moussa tat alles, die Verfolger abzuschütteln, schlug Haken, machte Kehrtwendungen, fuhr im Kreis, lenkte den Chevrolet durch so enge Gassen, dass Glenn und Candice um den gelben Autolack bangten, jagte mit quietschenden Reifen durch Schlaglöcher, schoss haarscharf an Fußgängern vorbei.

Der Nissan blieb dicht hinter ihnen.

»Was wollen die?«, rief Ian, als der Chevy wieder einmal durch ein Schlagloch holperte, dass er, Glenn und Candice mit den Köpfen ans Wagendach schlugen.

»Warum können wir nicht einfach anhalten und reden?«

»Diese Männer wollen nicht reden!« In Konstantines Augen glomm ein gefährliches Feuer.

Sie erreichten den Ostteil der Altstadt, wo christliche Ikonen, Statuen und Gebetbücher in den Schaufenstern feilgeboten wurden. Und im Lichtkegel ihrer Doppelscheinwerfer gefangen: ein alter Mann in seiner langen Dschellaba mit einem Esel an einem Strick.

Moussa drückte auf die Hupe. Candice schlug die Hände vors Gesicht. Ian rief irgendetwas und der Chevy zog scharf nach rechts, holperte über den zerborstenen Kantstein, krachte in einen verlassenen Verkaufsstand, schwenkte auf die Straße zurück und preschte weiter.

Sie schauten durch die Heckscheibe. Der Nissan vollzog das gleiche Manöver und verfehlte den alten Mann, der wie versteinert mitten auf der Straße stand, nur um Haaresbreite.

Weiter ging die Fahrt unter einem römischen Triumphbogen hindurch, an einem Friedhof vorbei, den Nissan immer im Rückspiegel, in halsbrecherischem Tempo wieder über den Fluss, Moscheen und eine Kirche zur Linken, einmal rund um einen Verkehrskreisel, am Olympiastadion vorbei, bis sie schließlich auf eine Fernstraße gelangten, wo Schilder Richtung Homs, Aleppo und Bagdad wiesen. Es herrschte nur wenig Verkehr, dennoch hatte Moussa mit dem einen oder anderen Eselgespann, Motorrad oder dem gelegentlichen Minibus zu kämpfen, die er im Slalom umfuhr, den Nissan immer auf den Fersen.

Auf gerader Strecke drückte Moussa das Gaspedal bis zum Anschlag durch und der Chevrolet schoss davon. Der Nissan fiel einen Moment lang zurück, holte sie aber sogleich wieder ein.

Konstantine fluchte auf Griechisch, auf Arabisch und dann, um der Ausgewogenheit willen, auf Englisch.

Schließlich murmelte Ian: »Die können mich mal!«, langte in den Canvassack zu seinen Füßen und zog eine Pistole heraus.

»Lieber Himmel!«, stieß Candice hervor.

Ian kurbelte die Scheibe herunter und lehnte sich hinaus.

»Sind Sie noch bei Sinnen?«, schrie Glenn.

»Will nur den einen oder anderen Reifen treffen.«

»Sie könnten jemanden töten!« Glenn packte Ian am Arm und zerrte ihn in den Wagen zurück. Sie rangen miteinander.

Ein Schuss löste sich, die Kugel ging geradewegs durch das Autodach. Von dem Knall erschreckt verlor der dichtauf folgende Fahrer die Kontrolle über sein Fahrzeug, versuchte gegenzusteuern und überzog. Der Wagen schlidderte durch ein Schlagloch, wurde in die Luft geschleudert und überschlug sich mehrfach, wie Glenn, Ian und Candice entsetzt durch die Heckscheibe verfolgten.

Der Nissan landete auf dem Dach und stand sofort in Flammen. Ein Feuerball stieg zum Himmel auf, die Menschen im Wageninneren schrien, aber sie konnten den Flammen nicht entkommen.

Das Dokument flatterte in Jessica Randolphs Händen, als sie es in die helle Mittelmeersonne hielt, um die mittelalterliche Schrift zu studieren.

Warum war Philo so sehr an diesem Schriftstück gelegen? Sie verglich es mit all den anderen Akquisitionen, die sie im Laufe der Jahre für ihn getätigt hatte – die Epistel des griechischen Philologen Longinus (das Original, nicht die Fälschung aus dem vierten Jahrhundert); der »Traum« des keltisch-kymbrischen Dichters Daffyd ab Gwilym, von dem die Waliser nur annahmen, dass er existierte, den Philo aber wahrhaftig besaß; die angeblich »verschollenen« Notizen von Leonardo da Vinci; das Diamantene Sutra; die fehlenden Teile aus Anfang und Ende des Evangeliars »Book of Kells«. Mit diesen Werken hatte der Brief nichts gemein.

»Das ist es doch, was du gesucht hast?«, fragte Terry Leslie, ihre Freundin und Eigentümerin der Jacht, und reichte Jessica einen gefüllten Champagnerkelch. Ein Buffet mit exotischen Früchten und kaltem Hummer war aufgebaut und der Steward wartete diskret im Halbdunkel, aber Jessica ignorierte die Köstlichkeiten und den Champagner. Der Blick auf die Waage am Morgen hatte ihr gereicht. Ein Kilo zu viel. Das bedeutete, einen Fastentag einlegen. Insgeheim beneidete sie die Freundin um ihren tief gebräunten, straffen Körper, dessen harte Muskeln tägliches Fitnesstraining verrieten. Das wiederum war unverzichtbar in einem Beruf, bei dem man sich an glatten Wänden emporhangeln, sich unter Lichtsensoren durchschlängeln und von Oberlichtern abseilen musste.

Die dreißig Meter lange Jacht dümpelte auf azurblauer See vor Anker. Unter Deck gab es vier luxuriös eingerichtete Privatkabinen, Bäder mit Whirlpool und goldenen Wasserhähnen. Die fünfköpfige Crew, die das Luxusschiff bediente, ahnte nicht, dass ihre Dienstherrin eine berüchtigte Einbrecherin war, die der Polizei seit Jahren ein Schnippchen schlug.

Eine Woche zuvor hatten Jessica und Terry im noblen Salon der Jacht zusammengesessen, die Türen zum Achterdeck weit offen. An einem Tisch, auf dem gewöhnlich Seekarten studiert wurden, hatte Jessica den Lageplan eines Museums in Melbourne ausgerollt. Ein wohlhabender Sammler hatte dem Museum seine wertvolle Sammlung vermacht und unter den aufgelisteten Sammlerstücken befand sich auch der Brief eines gewissen Raymond von Toulouse. Diesen Brief wollte Philo Thibodeau haben.

Terry Leslie hatte den Lageplan eingehend studiert. Auf ihm waren das Beleuchtungssystem des Museums, die Schaltfelder, Belüftungsschächte, Eingänge, elektrische Verkabelung, Notstromaggregate, Sensoren und Monitore verzeichnet. Zu dem Lageplan gehörte noch eine Namensliste des Wachpersonals mit Dienstplänen und Kontrollrunden. Den beigefügten Bericht hatte Terry überflogen und sich die wichtigsten Punkte gemerkt: *Fenster sind aus einbruchsicherem Polycarbonat; Hundestaffel im Einsatz, hochsensible Bewegungsmelder.* Kurzum, das Museum verfügte über ausgefeilte Sicherheitssysteme.

Ein Kinderspiel.

Acht Tage später lieferte Terry die Ware.

»Einfach perfekt«, lobte Jessica die Einbrecherin, deren erstklassige Arbeit ihr nicht nur zu dieser Luxusjacht, sondern auch zu einer Villa in Spanien, einer Eigentumswohnung in Hollywood und einer Flotte von Luxuswagen verholfen hatte.

Terry Leslie brüstete sich damit, sechsundfünfzig »Brüche« gemacht und nicht einen Pfusch begangen zu haben. »Sie werden mich nie schnappen«, lächelte sie, wohl wissend, dass die Polizei nach einem Mann fahndete.

Jessica überflog das Schriftstück und übersetzte im Geiste das mittelalterliche Französisch. In einem vertraulichen Brief an seinen Bischof äußerte im Jahre 1048 ein Raymond von Toulouse Bedenken über eine geheime heidnische Bruderschaft, die sich offenbar mit der Bewahrung ketzerischer Schriften befasse, in Erwartung des Tages, da der Antichrist auferstehen und die Weltherrschaft übernehmen würde. In dem Schreiben erwähnte Raymond auch eine Festung in den Pyrenäen.

Warum lag Philo so viel an diesem Schriftstück?

Da kam Jessica ein Gedanke: Nicht der Brief an sich war so wertvoll, es war sein Inhalt.

Eine geheime Bruderschaft.

Während die Jacht vor sich hin dümpelte und Terry an diversen Köstlichkeiten naschte, überschlugen sich Jessicas Gedanken.

Eine Bruderschaft wovon? Vom Heiligen Gral? Vom Blut Jesu? Eine geheime Vereinigung, von der selbst Jessica, die schon aus beruflichen Gründen über geheimste Verbindungen Bescheid zu wissen pflegte, noch nie gehört hatte. Ein Geheimbund, grübelte sie weiter, so geheim, dass sich Freimaurer daneben wie Exhibitionisten ausnahmen.

Raymond von Toulouse hatte geschrieben: »Man erkennt sie an ihrem Flammenring.«

Flammenring?

Der Ring an Philos rechter Hand!

Gehörte *er* etwa dieser geheimen Bruderschaft an?

Hinter den dunklen Sonnengläsern leuchteten ihre grünen Augen auf und ihre Gedanken überstürzten sich fast. Was für ein unverhoffter Glücksfall! Nun wurde ihr klar, wie wertvoll dieser Brief tatsächlich war – nicht etwa für Philo, sondern für sie. Jessica begehrte Thibodeau. Sie begehrte seine Macht und seinen Wohlstand und wollte daran teilhaben. Nach Sandrines Tod vor drei Jahren hatte Jessica ihre Chance gewittert. Jetzt war Philo Witwer, keine Frau stand mehr im Wege. Doch was immer sie auch anstellte, um ihn zu verführen, es ließ ihn kalt. Jessica ließ sich nicht von ihrem Ziel abbringen. Aber sie hatte es mit anderen Mitteln versucht und ihn mit dem *Stern von Babylon* geködert. Der Erfolg wiederum hing von Candice Armstrong und Glenn Masters ab. Sollte dieser Plan scheitern, musste ein Reserveplan herhalten.

Und dafür war dieser Brief wie geschaffen.

Jessica schmunzelte in sich hinein. Sie hatte schon vor vielen Jahren ihre Lektion gelernt – und zwar vor ihren Brustimplantaten, vor ihrer Nasenkorrektur, vor ihrer Namensänderung; in jenen Tagen ihrer kleinen Betrügereien, als sie der Polizei immer nur einen kleinen Schritt voraus war – dass der clevere Gauner jederzeit einen Plan in der Hinterhand haben muss. Wenn der erste Trick fehlschlug und der Reserveplan nicht griff, musste Plan C zum Einsatz kommen.

Sie würde Philo kriegen, koste es, was es wolle, selbst wenn es dafür einen Mord zu begehen galt.

Kapitel 14

Philo wusste nur zu gut, dass die Polizei von Los Angeles ihn suchte, um ihn wegen John Masters' Tod zu befragen. Aber das kümmerte ihn nicht. Sie würden ihn nie finden, und selbst wenn, wäre es zu spät.

Aus seinem rundum verglasten Wohnzimmer war der Himmel zum Greifen nah. Zu dem rund zweitausend Quadratmeter großen Penthouse, dreißig Stockwerke über Houston gelegen, gab es vom Erdgeschoss keinen direkten Zugang. Man gelangte nur über Philos Privatfahrstuhl und die Personalaufzüge nach oben. Philo flog mit dem Hubschrauber ein und aus. Sollte die Polizei, in der Hoffnung ihn zu schnappen, das Gebäude unter Beobachtung stellen, konnte sie lange warten.

Thibodeau trug wieder makelloses Weiß, die einzig geziemende Farbe für einen Gentleman aus dem Süden, wie Philo befand. Sein einziges Zugeständnis an Farbe waren ein blassgelber Krawattenschal und ein passendes Einstecktuch aus Seide.

Auch das Interieur seiner Wohnung – Sofas, Teppiche, Wände, Blumen, ja selbst der gewaltige Couchtisch aus Marmor – erstrahlte in Crème und Weiß. Das perfekte Ambiente für das neu erworbene Gemälde über dem Kamin, in dem ein munteres Feuer prasselte.

Es war eine abstrakte Malerei von transparentem Weiß über topasfarbenen bis gelb changierenden Farbspritzern mit himmelblauen Einsprengseln; perlweißer Schnee mit einem kristallinen Zentrum aus strahlend weißem Licht – das konnte nur eine Darstellung der Luminanz sein. Lenore musste ihr Versprechen John gegenüber gebrochen und ihrem Sohn von dem Geheimbund erzählt haben. Wie sonst hätte Glenn von der Luminanz wissen können? Er besaß Talent, das musste man ihm lassen. Philo hatte sich einmal, während der Detective bei seinem Vater im Krankenhaus weilte, in sein Atelier gestohlen und eingehend alle Gemälde betrachtet, hatte die schrittweise Entfaltung von Glenns Vision verfolgt. Seine späteren Bilder, die Andeutungen eines Gesichtes zeigten, kamen der letzten Wahrheit bereits sehr nahe. Philo wertete das als ein Zeichen. Allmählich fügte sich alles zusammen.

Bald, Lenore, bald …

Er nippte an seinem edlen Scotch. Er befand

sich allein in dem riesigen Raum – nur so konnte er den Drink genießen.

Philo trank oder aß nie in Gesellschaft anderer. Keiner sah ihn je schlafen oder intime Dinge verrichten. Derlei Gewohnheiten ziemten sich nicht bei einem Mann mit heiliger Mission. Genau darin hatte Jesus' Fehler gelegen, dass er mit seinen Jüngern gegessen und getrunken, sie verwirrt hatte, weil sie nicht begreifen konnten, warum der Sohn Gottes Speisen und Wein zu sich nahm. Nicht einmal Philos Frau Sandrine hatte ihn je essen sehen. Sein letztes Mahl in Gesellschaft eines anderen Menschen war das Picknick mit Lenore gewesen.

Jener Tag, der sein Leben für immer verändert hatte.

Er betrachtete das Polaroidfoto, das in der Frühe abgegeben worden war. Glenn Masters und Candice Armstrong an einem Flughafen kurz vor dem Einsteigen, nicht ahnend, dass sie fotografiert wurden. Ein kurzer Blickwechsel, auf einen Fotofilm gebannt. Oberflächlich gesehen: Ungeduld, Verärgerung über die Präsenz des anderen. Aber dahinter erkannte Philo ein Verlangen, ein so elementares Gefühl, von dem nicht einmal die Beteiligten etwas ahnten. So musste er selber geschaut haben, bevor er sich seine Liebe zu Lenore eingestand.

An jenem Tag, da sich sein Schicksal entschied ...

Als er sie im Fluss stehen sah, dachte Philo zunächst, sie sei nackt. Doch als er näher kroch, bemerkte er, dass sie ein knöchellanges Gewand trug, das eng anlag und so hell wie ihr Teint war. Sie badete auch nicht, sie schöpfte das Flusswasser mit den Händen hoch über den Kopf und ließ es durch die Finger rieseln. Die Tropfen blitzten wie Diamanten. Eine geisterhafte Erscheinung mitten im Wald, die Diamanten aus dem Wasser schöpfte und in den Wind streute.

Als er noch näher heranrobbte, sah er kleine Brüste, schmale Hüften, lange Haare und lange Beine. Er schätzte sie auf sein Alter, fünfzehn. Ihre Schönheit faszinierte ihn, doch eine innere Stimme warnte ihn, dass sie ihn nicht sehen durfte. Obwohl er zu einer reichen Familie von hohem gesellschaftlichen Rang gehörte, pflegten die Mädchen von Houston Philo links liegen zu lassen, weil er klein und pummelig war und zu viele Sommersprossen hatte. Eine derartige Abfuhr von so einem wunderbaren Geschöpf würde er nicht ertragen. Doch dann trat er versehentlich auf einen dürren Ast, ihre violetten Augen durchforschten die Dunkelheit, fanden ihn und hielten ihn fest.

»Hallo«, sagte sie.

Er trat hervor. »In diesen Wäldern spukt es.«

»Ich weiß. Das Wasser fällt nicht richtig. Ich glaube, dass die physikalischen Gesetze hier nicht gelten.« Sie wurde rot. »Ich möchte einmal Physikerin werden.«

Philo musste schlucken. Sie schrieben das Jahr 1948 und Mädchen dachten eigentlich nicht daran, Physiker zu werden. Auch wenn sie hätte Bergarbeiterin werden wollen – Philo war einfach hingerissen.

Er wusste, wer sie war: Lenore Rousseau. Ihr Vater war ein Mitglied der Alexandrier, dessen Abkunft ebenso weit zurückreichte wie die Philos.

»Wir mögen wohl eine demokratische Gemeinschaft sein«, hatte Philos Mutter ihm stets eingeschärft, »in der kein Mitglied über dem anderen steht. Dennoch können nur wenige Mitglieder ihren Stammbaum bis zu den Anfängen des Ordens zurückverfolgen wie wir, dreihundert Jahre bevor die Priester ins Exil getrieben wurden. Du bist der direkte Nachkomme des Hohepriesters Philos und der Prinzessin Artemisia, und vergiss nie, Philo, dass du einen höheren Stand hast als die anderen.«

Lenore war zum ersten Mal an diesem Ort, es ging um ihre Initiation. Philo, der im vergangenen Sommer an seinem vierzehnten Geburtstag initiiert worden war, antwortete stolz auf ihre Frage nach dem Ablauf des Rituals. »Eigentlich ist es ganz einfach«, meinte er, wobei sich seine knabenhafte Stimme wiederholt überschlug, als er den Blick dieser wunderbaren violetten Augen auf sich spürte. »Ein wenig Fasten und Meditieren, ein paar Fragen und dann das Treuegelübde.« Danach wurde der Novize in das okkulte Wissen der Ahnen eingeweiht und mit der Mission der Alexandrier vertraut gemacht. Aber diesen Teil erwähnte Philo nicht. Zuerst musste sie ihr Gelübde abgelegt haben.

Lenore schaute auf die kleinen Wellen, die ihre Füße umspielten, und stieß einen kleinen Schrei aus. »All diese Steine. Ich werde es nie zurück ans Ufer schaffen!« Zwei Fuß entfernt.

Philo reichte ihr die Hand und der Blick ihrer wunderbaren Augen fuhr ihm in das wild schlagende Herz und geradewegs in die Seele. »Du bist so galant. Mein edler Ritter.«

Sie legte ihre kühle, glatte Hand in seine verschwitzte, pubertäre Pranke und er geleitete sie ritterlich aus dem Wasser ans Ufer. Sie so zart und ätherisch, so elfenhaft mit ihrem langen, gelockten Haar, die rosigen Brustwarzen unter dem fließenden Gewand deutlich sichtbar, er dagegen plump und unbeholfen, ein Trampel mit breitem texanischen Akzent.

Sie jedoch hatte ihn weder ausgelacht noch ignoriert. Sie hatte ihn galant genannt. Und in diesem Augenblick hatte Philo sich geschworen, sich ihrer sein ganzes Leben lang als würdig zu erweisen.

In den folgenden Jahren wuchs Philo noch ein wenig, aber leider nur ein paar Zentimeter. Als Ausgleich für seine mangelnde körperliche Größe kultivierte er seinen Stil, nur, wem sollte er nacheifern? Sein Vater war ein verschlossener Mann, den Philos dominante Mutter nur seines Geldes und seiner Genealogie wegen geheiratet hatte, ein Mann, der sich mit Hingabe seiner Briefmarkensammlung widmete und seine Frau vernachlässigte. Kein gutes Vorbild für einen heranwachsenden Knaben.

Er fand sein Ideal in Robert E. Lee, dem großen General der Konföderierten im amerikanischen Bürgerkrieg, der einst als schönster Mann des Südens und wahrer Gentleman gegolten hatte.

Obschon Lee den Krieg verloren hatte, hegte er keinen Groll. Im Gegenteil, er bewies seinen Landsleuten beispielhaft, wie man die Schmach vergessen und mit der Gründung eines vereinigten Amerika beginnen konnte. Mit seinem ritterlichen Verhalten setzte er höchste Maßstäbe. Mäßigkeit, Selbstbeherrschung, Pflichtbewusstsein, Aufrichtigkeit, Rücksichtnahme, Tapferkeit, eine respektvolle Haltung gegenüber Frauen, Ehrgefühl und eine tiefe religiöse Überzeugung waren die Tugenden, die für ihn den wahren Gentleman auszeichneten. Diesen Ehrenkodex des Robert E. Lee machte Philo sich zu Eigen und richtete sein ganzes Leben danach aus. Selbst in späteren Jahren, da er gezwungenermaßen töten musste, tat er das voll Mitgefühl und Respekt für seine Opfer und in der Überzeugung, dass sie vor Gott in einem besonderen Licht stehen würden.

Und da Robert E. Lee der »letzte edle Ritter« genannt wurde und Philo selbst von edlem Geblüt war, nahm er diesen Titel als seinen eigenen an.

Auf einem Gebiet allerdings ging er mit seinem Idol nicht konform. Lee schrieb: *Es gibt Dinge in der Bibel, die ich womöglich nicht erklären kann, die ich aber als das unfehlbare Wort Gottes ohne Einschränkung akzeptiere und dessen Lehre ich als göttliche Eingebung ansehe.*

Der Irrtum lag darin, dass Gott gar nicht existierte und es deshalb auch kein *Wort* Gottes geben konnte.

Philo feilte an seiner Aussprache und eliminierte für die Südstaaten typische Ausdrücke, er arbeitete an seiner Körperhaltung (durch seinen aufrechten Gang wirkte er größer als er war) und an seinen Umgangsformen. Er kultivierte ein weltmännisches Gebaren und eine liberale Weltanschauung. Er konzentrierte sich ganz auf sein Studium und verdiente sich höchste Auszeichnungen. Und das alles nur für Lenore, seine Waldnymphe mit den violetten Augen, die ihn galant genannt hatte.

Bis auf die gelegentlichen gesellschaftlichen Anlässe bei Ordensmitgliedern, die auf der ganzen Welt verstreut waren, sahen sie einander wenig nach ihrer ersten Begegnung: Lenore lebte in Kalifornien, Philo in Texas. Und doch beherrschte sie sein ganzes Denken und Fühlen. Was immer er unternahm, jeder Atemzug, den er tat, galt Lenore, und wenn Philo sich die Zukunft ausmalte, sah er Lenore an seiner Seite.

Da gab es nur ein Hindernis: Batseba Thibodeau.

Ein Klingelton zeigte an, dass jemand Einlass in das Wohnzimmer über der Stadt wünschte. Philo stellte seinen Drink beiseite, drückte auf einen Knopf an einer Konsole und eine der Türen schwang auf.

Der Mann mit dem Erdbeermal auf der Wange trat ein. »Das ist gerade eingetroffen.«

»Besten Dank, Mr Rossi.« Philo strahlte. Das Jacob-Buschhorn-Manuskript, genauestens erfasst und mit einer sorgfältigen Übersetzung versehen. Endlich eine fehlerfreie Textgrundlage. Insofern war Sammy, der Kakadu, nur ein geringes Opfer für so einen hohen Gewinn gewesen. »Schon Neuigkeiten aus Damaskus?«

»Noch nicht, Sir.«

Philo wartete, bis die Tür sich hinter seinem Besucher mit einem deutlichen Klicken geschlossen hatte – er hasste unverschlossene Räume –, dann wandte er sich dem Päckchen zu.

Der Textexperte hatte die Originalpapierfetzen der neuen Abschrift und Übersetzung beigelegt. Noch im Stehen überflog Philo den Text. Bittere Enttäuschung breitete sich in ihm aus.

Die neue Fassung erfüllte seine Erwartungen in keiner Weise. In dem Glauben, dass Britta Buschhorns englische Übersetzung fehlerhaft sei, hatte er alle Hoffnung auf das deutsche Original gesetzt. Doch in der neuen Abschrift erwies es sich nun als ebenso unvollkommen. Die vermeintlichen Eingebungen wie etwa: »Gott offenbarte mir Seinen Plan ...« klangen banal und hoffnungslos profan. Sie waren nicht der visionäre Schlüssel zu einer höheren Wahrheit. Sie hatten nichts von der Intensität, was Lenore ihm einst in einem Brief anvertraut hatte, den er wie einen kostbaren Schatz hütete: *Mein lieber Philo. Wir Menschen sind in all den Zeitläuften der Welt erwachsen geworden. Als Gott uns erschuf, waren wir Kinder. Seine Gesetze sind Zeugnis davon. Die ersten Gesetze handelten von der Moral – die Gesetze von Hamurabi, Moses, Konfuzius. Sie schufen die Regeln, nach denen wir unser Leben ausrichteten. Nunmehr sind wir erwachsen und Gott enthüllt uns immer erstaunlichere Gesetze – die Gesetze der Physik, der Astronomie und der Welt der Quantenmechanik. Wir erfahren jeden Tag aufs Neue, dass der Wissenschaft große Entdeckungen gelingen. Gott bereitet uns auf einen Paradigmenwechsel von ungeahntem Ausmaß vor. Wir stehen an der Schwelle zu dem, was wir Wunder nennen.*

Philo staunte immer wieder aufs Neue darüber, dass Lenore sich auf Gott beziehen konnte, obwohl sie den Alexandriern angehörte und die Alexandrier nicht an die Existenz Gottes glaubten. Aber auch das gehörte zu ihrer Komplexität. Sie war fasziniert von der Erfahrung und dem Phänomen der Luminanz und ihre Ausstrahlung schlug jeden unwillkürlich in ihren Bann.

Philo warf das Buschhorn-Manuskript auf den Couchtisch. Dies war nur ein weiterer vergeblicher Versuch, eine weitere Enttäuschung auf seiner Suche. Seine letzte Hoffnung ruhte nun auf dem *Stern von Babylon.*

Er nahm den Scotch wieder zur Hand, der bernsteinfarben in seinem Glas schimmerte.

Batseba. All die Jahre hindurch hatte er sie als Hindernis betrachtet.

Damals hatten die Leute sich vor Philos Mutter gefürchtet. Nicht etwa, weil sie die einflussreichste Gastgeberin in den Südstaaten Amerikas war und die Erwähnung oder Nicht-Erwähnung auf ihrer Einladungsliste gesellschaftlichen Aufstieg oder Ruin bedeutete. Nein. Die Leute fürchteten sie, weil sie mit den Verstorbenen sprach. Sie benötigten ihren Trost, wie seine Mutter versicherte. Und Philo war überzeugt, dass die Toten ihr zuhörten. Jedermann hörte auf Batseba.

Eine eindrucksvolle Frau, deren Ahnenreihe über zweitausend Jahre zurückreichte – ganz im Gegensatz zu der ihres unbedeutenden Gatten, dessen Stammbaum nur bis zur *Mayflower* zurückreichte – und die mit der sprichwörtlichen eisernen Hand regierte. Im Zentrum dieses eisernen Regiments stand ihr einziges Kind: Philo.

Eigentlich hieß sie ja Jimmynell, doch fand sie diesen Namen zu texanisch und zu albern. Und da sie sich bereits im frühen Alter von acht Jahren dem Wort der Bibel verschrieben hatte und damals schon wusste, dass sie eines Tages eine Frau von Rang und Bedeutung sein würde, hatte sie sich einfach umbenannt in Batseba, wie die Frau von David und Mutter von Salomo. Die Batseba aus der Bibel hatte die Thronbesteigung ihres Sohnes betrieben. So niedrige Beweggründe lagen Batseba fern. Sie hatte weitaus höher gesteckte Ziele für ihren Philo im Auge.

Schon von frühester Jugend an wurde Philo eingetrichtert, dass er zu etwas Besonderem auserkoren sei. Dabei verwirrte ihn nur eines: Warum gingen seine Eltern jeden Sonntag zum Gottesdienst, wenn sie nicht an Gott glaubten, und warum musste er die Bibel auswendig lernen? Batseba versicherte ihm immer wieder, dass er das eines Tages verstehen werde, und dann, am Tag seiner Einführung in den Orden, verstand er tatsächlich.

Was nun den Reichtum der Thibodeaus betraf, ließ er sich mit dem Wort groß nur unzureichend umschreiben. Wenn man allein die riesige Eingangshalle des Familiensitzes bedachte, die mit einem Teppich nur aus Pfauenfedern ausgelegt war; die großzügigen Empfangsräume und Esszimmer, die luxuriösen Schlafzimmer; der Ballsaal im dritten Stock, der rund zweihundert Gäste fasste, mit dem Orchester im darunter liegenden Stockwerk. Wurde der Ballsaal nicht genutzt, durfte Philo mit seinem Fahrrad darin herumfahren.

In jenen Jahren, in den 1930ern und 40ern, gab seine Mutter den gesellschaftlichen Ton in Houston an. Was sie bestimmte, wurde sklavisch von allen anderen befolgt. Wenn jemand von Mrs Thibodeau nicht empfangen wurde, wurde er auch anderenorts nicht empfangen, egal wie reich und vornehm er war. Ihr Hauptkriterium für derlei Weihen lautete: »Der Reichtum der Familie muss drei Generationen zurückreichen.« Auf diese Weise sortierte sie elegant alle Neureichen aus.

Philo verbrachte seine Jugend zwischen rauschenden Festen und dunklen Séancen, er sah Damen in eleganten Ballroben Walzer tanzen und schwarz gewandete Witwen mit den Verstorbenen sprechen. Wo einmal in der Woche Gäste in prunkvoller Abendgarderobe flanierten, wurden anderentags trauernde Hinterbliebene eingelassen. Der junge Philo bewegte sich zwischen diesen so gegensätzlichen Welten im Kielwasser seiner Mutter, die ihm wie ein gewaltiges Schiff vorkam, das, einer »Titanic« gleich, die Meere durchpflügte. Falls sie ihm je Furcht einflößte, war er sich dessen nicht bewusst. Wenn sie ihn in ihrem großen

Himmelbett zwischen seidenen Laken zum Schlafen bettete, herzte und küsste, ihm über das Haar strich und ihm immer wieder versicherte, dass er etwas Besonderes, Einzigartiges und Kostbares sei, sonnte sich der Drei- oder Zwölfjährige in der Bewunderung seiner Mutter, in der Anbetung seines kleinen, unscheinbaren Selbst und fragte sich: *Bin ich das wirklich?* Im Übrigen hatte er mit Erreichen seines dreizehnten Lebensjahres auf einem eigenen Bett bestanden, was ihm, wenn auch frostig, gewährt wurde. Nachdem er mit vierzehn Jahren in die Geheimnisse der Alexandrier eingeweiht worden war, wusste er, dass er tatsächlich etwas Besonderes darstellte. An seinem einundzwanzigsten Geburtstag schloss er sein Studium mit Auszeichnung ab, was ihm neue Zärtlichkeitsbekundungen seiner Mutter eintrug, die ihm ins Ohr wisperte: »Denke immer daran, dass du von königlichem Geblüt bist, mein Sohn. Von königlichem Geblüt.«

Er war mithin bereit, seinen rechtmäßigen Platz als Oberhaupt der Alexandrier, dem ersten überhaupt in der über zweitausendjährigen Geschichte ihres Ordens, einzunehmen. Mit Lenore Rousseau an seiner Seite.

Philo war einundzwanzig, als er Lenore zu einem Picknick einlud. Als er Lenore im weichen

Sonnenlicht neben sich sitzen sah, schien ihm ein Traum in Erfüllung zu gehen. Er ergriff ihre Hand und machte ihr einen Heiratsantrag.

Lenore schwieg einen Moment. Dann sah sie Philo an. »Philo, du hast mich auf ein Podest gestellt«, sagte sie. »Da gehöre ich nicht hin. Ich bin doch nur eine Frau mit allen Fehlern und Schwächen. Ich entspreche nicht dem Bild, das du dir von mir machst.«

Philo hörte kaum, was sie sagte. Ihre Demut und Bescheidenheit machten sie in seinen Augen noch perfekter. Er kniete vor ihr nieder: »Lenore, du bist mein Licht, dein Glanz weist mir den Weg. Lenore, du erfüllst mein ganzes Sein.«

Sie schüttelte den Kopf und entzog ihm sanft die Hand. »Was willst du von mir?«

»Ich flehe dich an, sei meine Herzensdame, lass mich dir dienen, dich in meinem Herzen bewahren und mein ganzes Streben dir widmen.«

»Philo, ich werde heiraten.«

Die Welt wechselte die Farben – das Grün wurde grau, der blaue Himmel weiß, aber Philos Seele brannte rot. Auch die Geräusche veränderten sich und der Boden schien zu schwanken, als hätte diese zauberhafte Studentin der Physik unumstößliche physikalische Gesetze außer Kraft gesetzt. Lenore und ihre umstrittene Quantentheorie: »Mathematische Gleichungen werden Gott offenbaren.«

»Ist er Physiker?«, hatte Philo gefragt, wie er sich später, als alles vorbei war, erinnerte. In seinem Innersten glimmte ein Feuer auf, zuerst nur ein Funke wie von einem Feuerstein geschlagen. Aber nun flammte es auf, angefacht von den Stürmen, die durch seine Seele fegten. Es interessierte ihn überhaupt nicht, ob der Mann Physiker war. Er wusste nicht einmal, warum er gefragt hatte.

»Er studiert Orientalistik. Er heißt John Masters.«

Nun schlugen die Flammen hoch. Der Mann hatte Gestalt gewonnen, er wurde real. Er schaute auf die Reste ihrer Sandwiches, auf die Olivenkerne, die Orangenschalen und die leeren Sodaflaschen – Zeugnisse ihres gemeinsamen Mahles. Er wusste mit einem Schlag, dass er nie wieder im Beisein eines anderen Menschen würde essen können.

»Bitte wünsch mir Glück«, sagte Lenore. In ihren so betörenden violetten Augen lag ein bittender Ausdruck.

»Ich wünsche dir Glück«, hatte er erwidert, denn das hätte Robert E. Lee auch gesagt. Ein Gentleman zeigte niemals niedrige Regungen, und schon gar nicht einer Dame gegenüber.

Er hatte verloren und würde sein Schicksal mit Anstand tragen, wie es der große Verlierer Lee auch getan hatte.

Aber auf dem Heimweg in seinem Alfa Romeo, den er für sein *Magna cum laude* bekommen hatte, brannte ein gefährliches Feuer in ihm. Es brannte nicht aus Wut, Hass oder Enttäuschung, sondern aus dem unmittelbaren Bedürfnis heraus, Lenore zu treffen. Sie zu verletzen. Ihr den Schmerz zuzufügen, den sie ihm angetan hatte. Aber das konnte er nicht! Mochte sie auch Schuld an dem Inferno in seiner Seele haben, er konnte sie deswegen nicht strafen, seine makellose, schuldlose Lenore.

Aber das Feuer, das in ihm loderte, drängte heraus. Er musste sich davon befreien oder es würde ihn verzehren. *Jemand musste bezahlen.*

Sein Vater hockte wie gewöhnlich über seiner Briefmarkensammlung. Gerade betrachtete er ein quadratisches Stückchen Papier unter dem Vergrößerungsglas, als arbeite er an einem Krebsheilmittel. Sein Vater, der, von Geburt an reich, nie in seinem Leben einen Finger hatte krumm machen müssen, dieser einst so attraktive Mann war nun, nach zwanzig Jahren Ehe mit der dominanten Batseba, ergraut und verwelkt. Er war ein Verlierer.

Batseba saß in ihrem Séancezimmer und sprach mit den Geistern der Verstorbenen, wobei sie ihnen eigentlich Anweisungen gab, ihnen befahl, geduldig zu sein. Philo hatte sich manches Mal gefragt, warum seine Mutter sich anmaßte, Geistern Befehle zu erteilen. Es musste an ihrer endlos langen Ahnenreihe liegen, dass sie sich praktisch unsterblich wähnte, und dieser Wahn gipfelte offenbar in einer Art selbstgefälliger Anmaßung den Toten gegenüber.

Philo betrat das große Wohnzimmer und stellte sich vor das Gemälde über dem Kamin. Es war ein eindrucksvolles, Schrecken erregendes Bild: Die Alexandrier-Priester flohen vor dem Mob, während im Hintergrund die große Bibliothek brannte. Philo riss an dem Bild, bis der massive Rahmen zu Boden krachte, trat auf das Bild ein und stieß es ins Kaminfeuer. Es tat gut, diese Priester zu treten. Fast blind vor Wut stieß und trat Philo die Priester an Lenores Stelle.

Die Leinwand fing Feuer. Philo packte das brennende Bild am Rahmen und zog es über den Teppich und durch das ganze Haus hinter sich her, ließ eine Flammenspur hinter sich, entfachte hier und da neue Feuer. Er verriegelte die Tür zu seines Vaters Arbeitszimmer und die Tür zum Séancezimmer, er sah nur noch Flammen, Hitze, überall Feuer. Als die ersten Feuersirenen durch die Nacht schrillten und die Nachbarn angelaufen kamen, irrte er immer noch umher. Er hörte auch die gellenden Schreie, hörte den machtlosen Vater und die rasende Mutter an verschlossene Türen hämmern: *Lass uns raus! Lass uns raus!*

Mit Rauchvergiftung und Verbrennungen zweiten Grades wurde Philo in ein Krankenhaus nach Houston gebracht. In seinem Delirium streifte er durch ein riesiges Haus, das einem Spiegelsaal im Karneval ähnelte und wo er auf die beiden wichtigsten Frauen seines Lebens traf – die Mutter, die ihn mit ihrer Liebe erstickte, und das Mädchen, das ihn verschmähte –, die nun zu einer einzigen Gestalt verschmolzen. Die im Fluss badende Lenore war zugleich Batseba, die unter den Augen von König David auf dem Dach ihres Hauses ein Bad nahm. Nach der reinigenden Taufe im Fluss führte Batseba David zu ihrem Himmelbett, wo sie ihn liebkoste und ihm ihre ewige Liebe schwor. Er wandelte mit Jesus.

Als Philo neun Jahre alt war, hatte Batseba ihn zu einer Erweckungsversammlung in einem alten Sandsteingebäude am Rande der Stadt mitgenommen, wo ein texanischer Hinterwäldler Hölle und Verdammnis über die Köpfe seiner schwitzenden Gemeinde heraufbeschwor. Batseba liebte Erweckungsversammlungen, weil, wie sie erklärte, die Verstorbenen gerne daran teilnähmen (obwohl, wie sie später mit dem Prediger stritt, Gott *nicht* anwesend war). Und während der Prediger sprach, hatte Philo sich gefragt, ob Jesus womöglich in breitem Texanisch gepredigt habe.

In seinem Koma, als verschmorte Nervenenden unter Spezialverbänden tanzten, Morphium in seinen Venen schwamm und sein Gehirn in einer Fruchtblase aus Betäubungsmitteln und Halluzinogenen dümpelte, traf Philo am See Genezareth auf Jesus und stellte zu seiner Verwunderung fest, dass er tatsächlich ein breites Texanisch sprach. Und was er zu Philo sagte, war dieses: »Das hast du prima hingekriegt, mein Junge, aber du bist noch nicht fertig. Gott wartet auf dich, nur wird Er nicht ewig warten. Und bevor du gehst, will ich dir noch was über das schnieke Mädchen erzählen, das du heiraten wolltest.«

Drei Tage lang lag Philo im Koma, und als er erwachte, sagte man ihm, er wäre beinahe gestorben. Sie irrten sich. Er *war* gestorben.

Und wiederauferstanden.

Wie Jesus hatte auch Philo den Märtyrertod erlitten, hatte drei Tage lang die niederen Bereiche des Himmels durchstreift, die Hölle und verschiedene Unterwelten und ein paar fremde Länder dazu, und war dann ins Leben zurückgekehrt, um seine große Reise anzutreten.

Was ihn jedoch von seinem Vorgänger unterschied, erkannte Philo, sobald frische Kraft in seinen Adern pulsierte: Jesus war nur mit Wasser getauft worden, Philo jedoch mit Feuer. Den Beweis für seine Erlösung und Verwandlung lieferte sein Haar. Als die Bandagen von jenen Körperteilen abgenommen wurden, die das Feuer gereinigt hatte, stellte sich heraus, dass das Haar des Einundzwanzigjährigen schlohweiß geworden war. Ein junger Prophet mit dem Aussehen eines Alten.

Philo wertete das als Zeichen.

Eine große Aufgabe lag vor ihm, ein langer Weg zu Ruhm und Gott. Philo wusste nun, dass Lenore das erkannt hatte. Diese wunderbare, kluge Frau hatte es gewusst! Und um Philos heiliger Mission willen hatte sie das größte Opfer gebracht.

Er verstand so vieles besser, jetzt, da Jesus ihm alles erklärt hatte. Lenore würde sich nie mit etwas Unvollkommenem bescheiden. Sie hatte begriffen, dass Philo der Auserkorene auf einer heldenhaften Reise war, dem sie nicht im Wege stehen durfte. So wie Jesus vierzig Tage durch die Wüste gezogen war und Moses vierzig Jahre in der Wildnis zugebracht hatte, so wie jeder Erwählte sich einer Prüfung unterziehen musste, die ihn für seine große Aufgabe bereitmachte – die harten Lehrjahre und die Feuerprobe, die Metamorphose und am Ende die Erlösung –, so musste auch Philo jetzt den heiligen und einsamen Pfad eines Erwählten beschreiten.

Aus diesem Grunde war Lenore zum größten Opfer bereit: einen ungeliebten Mann zu heiraten. (Und sie musste heiraten, sie brauchte den Schutz der Ehe und Sicherheit.) Nun verstand Philo erst, was sie mit ihrem »Nein« wirklich gemeint hatte: Ich werde mit dir gehen, Philo, aber jetzt noch nicht, denn ich würde dir nur im Weg stehen. Ich werde bei John Masters bleiben, bis du hoch genug gestiegen bist. Dann werde ich zu dir kommen.

Er empfand keinen Hass mehr auf John Masters, eher Mitleid, weil der arme Mann glaubte, dass Lenore ihn liebe. Und wenn die Zeit für John gekommen war, wollte Philo gnädig mit ihm verfahren.

Noch auf dem Krankenbett erfuhr der Einundzwanzigjährige von den Notaren, dass er ein erstaunliches Vermögen geerbt hatte, dazu noch verschiedene lukrative Unternehmen, hochwertige Immobilien, hochkarätige Aktienpakete und die Lebensversicherungspolicen seiner Eltern. Doch diese Reichtümer spielten keine Rolle für einen wie Philo, dem eines Tages die ganze Welt gehören würde.

Der Brand wurde untersucht und als Unfall hingestellt. »Funkenschlag aus dem Kamin«, hieß es in dem Abschlussbericht der Versicherung, und der zuständige Sachbearbeiter lächelte in sich hinein, als er hunderttausend Dollar auf einem geheimen Konto deponierte.

Als Philo sich daranmachte, das Finanzimperium der Thibodeaus zu übernehmen und zu seiner geheimen, heiligen Gralssuche aufzubrechen, konnte er die allgemeine Betrübnis und Trauer nicht verstehen. Es war doch ein glorreicher Moment, ein Tag des Frohlockens. Warum Trübsal blasen über das, was seinen Eltern widerfahren war? Sie hatten den Märtyrertod erlitten, damit ihr einziger Sohn in die Unterwelt hinuntersteigen konnte, dort seine wundersame Wandlung erfahren und dann zu neuem Leben wiederauferstehen konnte. Ein jeder sollte sich mit Batseba freuen. Nun konnte sie die Toten persönlich schikanieren.

Als er aus seinen Erinnerungen auftauchte, stellte Philo seinen Drink beiseite und trat feierlich vor das Porträt von Lenore. Zu beiden Seiten des Bildes standen Vasen mit weißen Rosen, die täglich erneuert wurden, und in einer Alabasterschale brannte eine Flamme, die Lenores elfenbeinfarbene Haut in weiches Licht tauchte. Unter dem Porträt stand eine elegante Kommode, in Wahrheit ein feuerfester Safe, in welchem Philo ihre Briefe von einst aufbewahrte. Er hatte sie so viele Male gelesen, dass sie ihm unwiderruflich im Gedächtnis verhaftet waren. *»Lieber Philo, warum glauben die Leute, Gott sei so groß wie der Himmel? Es ist pure Anmaßung, wenn man Größe mit Bedeutung gleichsetzt. Gott kann genauso gut ein kleinster Partikel sein.«* Philo kehrte an den Couchtisch zurück. Nachdenklich schaute er auf die Buschhorn-Übersetzung und auf die mit Blut, Schweiß und Tränen eines gemarterten Missionars getränkten Originalpapierfetzen. Dann raffte er alles zusammen und warf den ganzen wertlosen Kram ins Kaminfeuer.

Schließlich nahm er das Polaroidfoto wieder zur Hand. Er schnitt das Foto in der Mitte durch, wobei er Glenn Masters zwischen Daumen und Zeigefinger hielt und die andere Hälfte den Flammen übergab. Im prasselnden Feuer flammte Candice Armstrong in ihrer blassrosa Bluse, dem langen Rüschenrock und den von einem Clip zurückgehaltenen Haaren auf, verfärbte sich tiefschwarz und verglühte dann zu Asche. Ein symbolischer Tod, dem der wahre Tod folgen sollte.

Die Macht des Feuers, dachte Philo.

Er griff nach dem Telefon und wählte eine Nummer. Dann lauschte er dem Bericht über einen schrecklichen Autounfall vor den Toren von Damaskus.

Er legte auf und sann über das Gehörte nach. Die Männer waren im Feuer umgekommen. Ein weiteres Zeichen, dass das Ende nahte.

Er erschauerte, fühlte sein Herz klopfen. Bald, Lenore …

Bald würde die ganze Welt die Verzückung des Feuers erfahren.

Kapitel 15

Sie saßen fest. Mitten in der Wildnis.

»Dank unserem John Wayne hier, haben wir keine Ahnung, wo wir uns befinden«, sagte Glenn und blinzelte in die aufgehende Sonne. Die Morgendämmerung kroch über das syrische Plateau. Es war ein trostloser Anblick.

»Sie sollten mir eigentlich dankbar sein«, grummelte Ian und zündete sich eine Zigarette an. »Wenn ich nicht geschossen hätte, hätten uns diese Bastarde geschnappt und in die Sklaverei verkauft. Ich will meine Pistole wieder.«

»Zum Teufel mit Ihnen!«

»Es ist nicht Ihre ...«

»Schluss jetzt!«, rief Candice. Seit Konstantine sie hier abgesetzt hatte und nach Damaskus zurückgefahren war, benahmen sich die beiden Männer wie nervöse Kampfhähne. »Wir sollten uns überlegen, wie wir nach Palmyra kommen.«

Ian und Glenn starrten sie an. Die aufgehende Sonne lag auf Candices Gesicht, ihre Augen blitzten. Der Anblick schlug beide Männer in den Bann.

»Was schlägst du vor?«, fragte Ian schließlich. »Wir können, nicht auf die Landstraße zurück, wo uns diese Verrückten garantiert suchen werden. Nach dem was passiert ist, sind sie bestimmt auf Rache aus.«

Der Wagen, der sich überschlug, auf dem Dach landete und sofort Feuer fing. Die Insassen gefangen, ihre gellenden Schreie.

Diese Bilder sollten das Trio noch lange verfolgen.

»Ich muss verrückt gewesen sein, mich darauf einzulassen«, hatte Konstantine nach dem Zwischenfall wütend erklärt und war noch eine Weile weitergefahren, um sicher zu sein, dass sie nicht verfolgt wurden. Schließlich war er auf einen staubigen Feldweg abgebogen, der zu einem Olivenhain führte, und hatte angehalten. »Ich wusste, dass das Risiko zu hoch sein würde. Wir fahren nach Damaskus zurück.«

Aber die drei Reisenden wollten nur eins: nach Palmyra.

»Ich kann Sie nicht hinbringen«, hatte Konstantine kategorisch erklärt.

Sie hatten es bei seinen Männern mit Bestechung versucht, hatten großzügige Summen geboten, aber die Männer hatten das brennende Auto noch vor Augen und die Schreie der Opfer in den Ohren. »Wir müssen an unsere Familien denken«, waren Konstantines letzte Worte gewesen, nachdem Moussa das Gepäck der drei ausgeladen und sich wieder hinter das Steuer des Chevrolet gesetzt hatte. Dann waren sie fort.

»Wir müssen uns abseits der üblichen Wege halten«, meinte Glenn, dem Ians Entschluss allmählich einleuchtete. »Die Freunde dieser Männer«, und wieder sah er das brennende Auto vor sich, »werden Ausschau nach uns halten.« Und falls Philo hinter alledem steckte, hätte sich der Suchtrupp nun verdreifacht, ja vervierfacht. Wen immer sie unterwegs trafen, sie konnten niemandem mehr trauen. »Wir brauchen eine neue Strategie.«

»Verdammt nochmal«, murmelte Candice, schnappte sich ihre Reisetasche und verschwand hinter einem Gebüsch aus Kichererbsensträuchern. Ein Reißverschluss wurde aufgezogen, in Sachen herumgesucht, gefolgt von einem geheimnisvollen Rascheln und Candices ungeduldigem Ächzen. Als sie wieder auftauchte, hatte sie ihren Rüschenrock und die dünne Bluse mit konventionellen Hosen und einer langärmeligen Bluse aus dunkelblauer Seide vertauscht, die Knöpfe bis zum Hals geschlossen.

Den Rucksack über der Schulter, die Reisetasche in der Hand, steuerte sie unter den Blicken der entgeisterten Männer geradewegs auf die Landstraße zu, stellte sich an den Straßenrand und gab den vorbeifahrenden Autos Winkzeichen.

»Du meine Güte!«, rief Ian. Glenn lief ihr bereits hinterher.

Zu spät. Mit quietschenden Bremsen kam der erste Wagen zum Stehen.

Wie sich herausstellte, hegten der Fahrer und seine Insassen keinerlei mörderische Absichten. Sie entpuppten sich als ein Gespann von Brüdern, die sich nach einem erfolgreichen Markttag in Damaskus auf dem Nachhauseweg befanden. Fröhliche junge Männer, die den Fremden nur allzu gern einen Platz auf dem Rücksitz ihres klapprigen Mercedes anboten. *»Ahlan wa sahlan!«,* riefen sie, als der Fahrer Gas gab und den Wagen wieder auf die Straße steuerte. »Willkommen in Syrien!«

»Das war leichtsinnig«, zischte Glenn Candice auf dem Rücksitz zu. Sie saßen eng aneinander gedrängt, da sie sich den Rücksitz mit dem dritten Bruder teilen mussten.

»Aber wir haben eine Fahrgelegenheit, oder etwa nicht?«, presste sie zwischen den Zähnen hervor. »Wenn es nach Ihnen oder Ian gegangen wäre, hätten wir dort gewartet bis zur Wiederkunft Christi.«

»Kein Grund zickig zu werden«, erwiderte Glenn, während er versuchte, seinen Arm über die Rücklehne zu legen. Überall türmten sich Waren und ließen ihm keine andere Wahl, als den Arm um Candices Schultern zu legen, und da ließ er ihn dann auch.

Etwa siebzig Meilen vor Palmyra hielten sie in einem Dorf an, das, wie ihr Fahrer stolz verkündete, für seine Brüder berühmt war: Kain hatte Abel hier erschlagen. Man lud die Fremden zum Mittagessen ein – eine Geste, die sie akzeptieren mussten. Die fünf Schwestern der drei Brüder trugen Platten mit Eiern und Jogurt, mit Brot und Oliven beladen heran und zu Ehren der Gäste wurde sogar ein Huhn geschlachtet und gebraten. Ihre Gastgeber sprachen kein Englisch, also fungierte Ian als Dolmetscher und bald schon entspann sich eine lebhafte gestenreiche Unterhaltung, die von Kinofilmen – die Brüder entpuppten sich als Fans von Jackie Chan – bis zur Politik im Nahen Osten führte.

Sie schmausten im Schatten einer gewaltigen Sykomore, neben dösenden Hunden und von staunenden Kindern umringt, wobei die drei Reisenden ständig die Straße im Auge behielten. Ihre Sorge blieb unbegründet und schließlich wurde das Trio mit warmem Händedruck verabschiedet. Das angebotene Geld lehnten die Brüder entschieden ab. Ein Bauer und sein Sohn wollten die Fremden in ihrem rostigen alten Lastwagen mitnehmen. Unterwegs luden die beiden freundlichen Syrer ihre Mitfahrer zu süßem Tee und köstlichen, mit Nüssen gefüllten und vor Honig triefenden Küchlein ein und Candice starrte in die Ferne, wo die Ruinen von Palmyra aus der Wüste aufragten. Die in den letzten Sonnenstrahlen golden aufleuchtenden Mauern ließen etwas von dem Glanz unter der Herrschaft der großartigen Kriegerkönigin Zenobia ahnen. Im Zentrum der »neuen« Stadt ließ der Bauer seine Mitfahrer aussteigen, winkte, als man ihm Geld anbot, lächelnd ab und wünschte ihnen viel Glück.

Dem Glück allein wollte Glenn jedoch ihren weiteren Weg nicht überlassen. »Wir sollten uns möglichst unauffällig verhalten und nicht in einem Hotel übernachten. Camping wäre das Beste«, schlug er vor, als sie durch den überfüllten Ort gingen.

Aber Candice hatte den so genannten Campingplatz gesehen, staubig, ohne sanitäre Anlagen oder Schatten. Auf einmal konnte sie nicht mehr. Vor zwei Tagen waren sie in Los Angeles abgeflogen und seither ständig auf Achse, dazu die Erinnerungen an den brennenden Wagen – ihre Nerven lagen bloß.

Der Empfangschef im Lotus-Hotel bedauerte sehr, aber wie überall in der Stadt, gäbe es auch bei ihm keine freien Zimmer mehr. Candice erspähte Zimmerschlüssel am Schlüsselbrett und fragte, was damit sei. Wie ihr bedeutet wurde, seien diese für Gäste reserviert, die im Voraus bezahlt hätten.

Nach einem Blick auf die überfüllte Hotelhalle, die zahlreich herumstehenden Gepäckstücke, den Mann auf dem Sofa, der mit dem Kopf auf dem Rucksack schlief, griff Candice entschlossen in ihre Schultertasche und zog ein Bündel amerikanischer Dollarnoten hervor. Bevor Glenn noch etwas tun konnte, sagte sie: »Sollte sich bei den Zimmern etwas ändern, halten Sie bitte eins für mich frei.«

Ein Taxi brachte das Trio zu dem Beduinenlager in Dschebel Mara.

Ihr Plan war, die ortsansässigen Beduinen aufzusuchen und herauszufinden, ob sich unter den Ältesten noch jemand an Baskow und seine Grabungen erinnerte. Da das Geschehen gerade achtzig Jahre her war, bestand durchaus die Möglichkeit, dass es noch Spuren in den Geschichten der Einheimischen gab.

Auf der Fahrt zeigte ihr Fahrer auf die vielen,

über das flache Land verstreuten Beduinenzelte. »Sie sind Nomaden«, erklärte er in passablem Englisch. »Sie ziehen umher, weil ihre Herden ständig neue Weiden brauchen. Inzwischen sind aber schon viele Beduinen sesshaft geworden.«

Doch selbst die sesshaften Beduinen lebten noch wie einst ihre Vorfahren in transportablen Zelten aus Ziegenfell, wie die Besucher feststellten, als sie sich einer Senke mit einer Ansammlung verschieden großer Zelte näherten. Männer hockten im Schatten bei Wasserpfeife und Brettspiel, Kinder und Hunde tollten herum, während Frauen rasch Blicke aus den geöffneten Zeltklappen warfen.

Ein groß gewachsener Mann trat gemessenen Schrittes auf sie zu. Er trug die Dschellaba und das landestypische arabische Kopftuch, die *kafflyeh.* Er stellte sich als Scheich Abdu vor und hieß die Fremden willkommen.

Während Ian sich auf Arabisch mit dem Scheich unterhielt und ihm den Zweck ihrer Reise erklärte – die Quellen einer alten Geschichte zu finden –, wanderte Candices Blick über die Zeltstadt hinaus zu einer schroffen Gebirgskette, die gute dreihundert Meter hoch aufragte und die man in diesem flachen Land »Dschebel« nannte. Ihr Herz schlug schneller. War der *Stern von Babylon* etwa zum Greifen nahe?

Scheich Abdu bat die Fremden in sein Zelt und sie staunten nicht schlecht, als sie ein Fernsehgerät auf einem Kamelsattel entdeckten, das mittels Drähten mit einem Generator im Freien verbunden war. Männer erhoben sich von handgeknüpften Teppichen und verneigten sich höflich vor den Gästen, die meisten in der landesüblichen Dschellaba, bis auf zwei jüngere Männer in Bluejeans mit Handy an der Gürtelschlaufe.

Frauen in farbenprächtigen Gewändern und üppigem Goldschmuck an Händen und Armen servierten gesüßten Tee mit Gerstekeksen. Danach zogen sie sich hinter einen Vorhang zurück, der den Frauenbereich des Zeltes von dem der Männer trennte.

Bevor Glenn ihr eigentliches Anliegen vortrug, sollte Ian die Beduinen fragen, ob noch andere Fremde Nachforschungen nach einem Ort namens Dschebel Mara angestellt hätten. Eine rothaarige Frau womöglich? Ein Amerikaner mit schlohweißem Haar und weißem Bart? Doch man versicherte ihnen, dass sie seit dem letzten Herbst die ersten Besucher in diesem Beduinenlager seien.

Scheich Abdu hörte höflich zu, als Ian ihm ihrer aller Anliegen vortrug, nämlich den Ort zu finden, an dem ein Fremder namens Baskow drei oder vier Generationen zuvor Ausgrabungen vorgenommen hatte. Der Scheich zog die anderen Männer zu Rate und sogleich setzte ein lebhafter Disput ein. Mythen und Legenden entwickeln im Laufe der Jahre eine seltsame Eigendynamik, wenn sie weitergereicht und wiederholt, ausgeschmückt und angereichert, ja sogar verfälscht werden. Trotz alledem blieben sich die Geschichten im Kern gleich: Ein verrückter Europäer hatte in der Wüste nach alten Steinen gegraben.

Ian übersetzte für seine Mitstreiter. »Wir haben Glück. Sie kennen die Geschichte«, sagte er gerade, als sich ein alter Mann erhob und erregt das Wort ergriff.

Candice und Glenn sahen, wie sich Ians Gesichtszüge verfinsterten. Er befragte den Alten, andere mischten sich ein, es gab eine heftige Auseinandersetzung, bis Ian sich schließlich seinen Freunden zuwandte: »Das hier ist nicht das Dschebel Mara von Iwan Baskow.«

»Was?« Candices Hoffnungen stürzten ein wie ein Kartenhaus. »Aber sie kennen doch die Geschichte!«

»Ja, nur hat sie sich nicht hier zugetragen. Es gibt noch ein Dschebel Mara.«

»Noch ein Dschebel Mara? Wissen sie auch wo?« Glenn breitete seine Landkarte von Syrien aus, und alle scharten sich drum herum, diskutierten und argumentierten, wiegten die Köpfe, lachten, runzelten die Stirn, zeigten mit Fingern auf tausend Stellen, die Hunderte von Meilen auseinander lagen. Am Ende dann, nachdem ein jeder sich nach ausgiebigem Kopfkratzen mit dem anderen beraten hatte, nachdem sie das Unmögliche ausgeschlossen und das Mögliche erwogen hatten, nachdem Erinnerungen einer ernsthaften Prüfung unterzogen worden waren, kristallisierte sich ein möglicher Grabungsort für Baskows Unternehmungen heraus. »Hier«, verkündete der Scheich voller Stolz.

Natürlich war »Dschebel Mara« nicht auf der Karte verzeichnet. So einfach ging es dann doch nicht. »Verdammter Mist«, murmelte Ian. »Sieht so aus, als müssten wir von Palmyra aus in südöstlicher Richtung bis zum Wadi Awarid, dann ein paar Meilen nach Norden und dann wieder nach Osten bis kurz vor die Al Rutaymah-Salzseen. Hier«, sagte er und tippte auf einen großen weißen Fleck auf der Karte, »liegt Wadi Raisa. In der Nähe sollen wir Dschebel Mara finden.«

Glenn hatte seine Zweifel. »Sind sich diese Männer sicher?« Ian zuckte mit den Schultern. »Wer weiß das schon?« Er sah besorgt aus. »Wie die Männer hier sagen, ist es ein verlassenes und unwirtliches Gebiet. Wir werden dort höchstwahrscheinlich nur Banditen, Räuber und Deserteure diverser Armeen antreffen.«

Bevor sie sich von dem Scheich verabschiedeten, baten sie ihn Dritten gegenüber um Diskretion, was ihre Unterhaltung anbelangte, und unterstrichen ihr Anliegen mit einem fürstlichen »Trinkgeld«. Dann kehrten sie in die moderne Welt von Palmyra am Rande der Wüste zurück, wo sie es sich im Lotus-Hotel bequem machten, um neue Pläne zu schmieden.

Der Empfangschef strahlte, als er Candice sah, und schwenkte einen Zimmerschlüssel. Es sei tatsächlich ein Zimmer frei geworden, verriet er ihr nicht ohne Stolz. Ian hatte sich bereits in Richtung Hotelbar verzogen und Glenn wollte die nächste Polizeidienststelle aufsuchen. Candice hatte somit Zeit, sich frisch zu machen.

In dem Zimmer war es unsagbar stickig. Candice riss das Balkonfenster auf und ließ die Zimmertür offen stehen, damit es Durchzug gab. Dann ging sie ins Bad. Vor dem Badezimmerspiegel zog sie den Wundverband von ihrer Kehle. Die Wunde war bereits verheilt und brauchte kein Pflaster mehr.

Dann nahm sie sich ihre Reisetasche vor und begann auszupacken. Unter anderem ein Buch mit dem Titel *Hebräische Bibelquellen,* das ihr bei dem Fragment über die »Frau des Astronomen« von Nutzen sein konnte. So viel hatte Candice vor ihrer Abreise noch herausfinden können: dass nämlich das Alphabet auf der Duchesne-Tafel in der Tat eine Verschlüsselung des alten hebräischen Alphabets darstellte. Und zwischen den Buchseiten steckte die zusammengefaltete Fotokopie der Duchesne-Tafel.

Das unerwartete Zusammentreffen mit der Frau im Flur vor der Intensivstation kam Candice wieder in den Sinn. Obwohl Dr. Mildred Stillwater das Nachschlagewerk vor vierzig Jahren veröffentlicht hatte, galt es auch heute noch als das wichtigste Werkzeug für Archäologen und Bibelforscher. Wo hatte sie in all den Jahren bloß gesteckt? Das Foto auf der Umschlagseite zeigte die Autorin in jüngeren Jahren, wenngleich damals schon pummelig und einer Wachtel ähnlich, wirkte sie mit ihrem heiteren Lächeln und dem gelassenen Blick, als hätte sie in ihrem Leben nie irgendwelchen Stress erlebt. Stillwater war eine brillante Wissenschaftlerin und, soweit Candices Kenntnisse reichten, unverheiratet. Die Biografie sagte nicht viel über die Autorin: *Dr. Mildred Stillwater, geboren 1940 in Evansville, Ohio, Tochter eines Predigers und einer Organistin, als sechstes von acht Kindern. Alles Mädchen. Wuchs auf einer Farm auf, besuchte die Universität von Chicago. Herausragende Expertin für Orientalistik.*

Candice dachte an die anderen merkwürdigen Leute auf dem Krankenhausflur. Waren sie wirklich gekommen, um einem geschätzten Kollegen die Ehre zu erweisen, oder waren sie hinter dem *Stern von Babylon* her?

Sie trat auf den Balkon, um Luft zu schöpfen. In die einsetzende Dämmerung mischten sich bereits die Düfte der Nacht: Jasminblüten und Geißblatt; der Bratengeruch von einem Lamm am Spieß; von frisch gebrühtem Kaffee; und dann war da noch die Wüste in ihrer unendlichen Weite. Palmyra »Braut der Wüste«, Stadt der Karawanen und Handelsrouten, wo Kulturen aufeinander trafen, sich vermischten und bekämpften. Tausende von Palmen mit zerzausten Wedeln. Hier hatten schon vor Tausenden von Jahren Menschen gesiedelt. Die Römer hatten der Stadt ihre Götter und ihre Gesetze gebracht.

Eine leichte Brise streichelte Candice über das Gesicht. Sie schloss die Augen und glitt in eine andere Welt, stellte sich diese Oase vor Hunderten von Jahren vor, die Menschen, den Marktplatz, einen stattlichen römischen Zenturio hoch zu Ross ...

Es klopfte an ihre offene Tür.

Im Türrahmen stand Glenn. Für Candice, die noch in ihrer Traumwelt gefangen war, glich er dem stattlichen Zenturio mit Helmzier, roter Tunika, glänzendem Brustpanzer, Schwert an der Seite – einem Symbol weltumspannender Macht.

»Ich dachte, vielleicht interessiert es Sie, was ich bis jetzt herausgefunden habe«, sagte Glenn und trat mit vorwurfsvoller Miene ein. »Sie hätten die Tür nicht offen stehen lassen sollen.«

Der Zenturio verschwand und vor ihr stand Glenn Masters – nicht mehr mit Helm und Tunika, aber nichtsdestoweniger sexy in seinen schwarzen Cargohosen und dem blauen Baumwollhemd – und machte ihr schon wieder Vorhaltungen.

»Ich habe mich diskret in der Stadt umgehört. Niemand hat sich nach Dschebel Mara erkundigt. Niemand hat einen Wagen mit Fahrer gemietet, um dorthin zu gelangen. Niemand wollte etwas über Baskow und den *Stern von Babylon* wissen.«

»Noch nicht«, bemerkte Candice, die an ihre Verfolger und den brennenden Wagen dachte.

Glenn nickte, er dachte dasselbe.

Er trat zu ihr auf den Balkon und blickte auf die eindrucksvolle Kulisse der Palmen vor dem nächtlichen Himmel, an dem die ersten Sterne erschienen.

Candice wollte sich über die Brüstung lehnen,

zog sich aber rasch wieder zurück. »Was ist los?«, fragte Glenn.

»Ich mag keine Höhen.«

»Wir sind nur im ersten Stock.«

»Einer zu viel für mich. Mir wird schwindelig, wenn ich von etwas eine hohe Meinung habe.«

Sie sah ein kurzes, amüsiertes Lächeln über sein Gesicht huschen, dann wurde er wieder ernst. Bestimmt machte er sich Gedanken, wie es weitergehen und wie sie nach Dschebel Mara gelangen sollten. »Wir werden einen anderen Fahrer finden«, erklärte sie lapidar, als bräuchten sie nur ein Taxi zu rufen.

Glenns Gedanken indes weilten woanders. Er stellte sich vor, wie er Candice im Mondlicht malen würde. Dann richtete er seinen Blick wieder auf die Straßenszene vor ihnen.

»Ich war bei der Polizei und habe Meldung über den Wagen gemacht, der uns von Damaskus aus verfolgt hat«, sagte er schließlich. »Ich habe der Polizei unsere Situation erklärt. Man wird ein Auge auf alle Personen halten, die sich nach Dschebel Mara oder dem *Stern von Babylon* erkundigen. Und man wird Sie morgen früh zum Flughafen begleiten.«

»Was?« Candice warf den Kopf zurück.

Glenn bemühte sich ruhig zu bleiben. »Ich habe der Polizei gesagt, dass ich einen Verbrecher jage und dass Sie in Gefahr sind. Sie wollen, dass Sie diese Stadt so rasch und unauffällig wie möglich verlassen.«

»Sie hatten kein Recht dazu!«

»O doch, allerdings.«

»Ich werde nicht gehen!«

Diese Stimme. Warum nahm sie ihn immer wieder aufs Neue gefangen? Ihrem Aussehen nach müsste Candice eine viel höhere Stimme haben, ein Sopran müsste sich aus dieser schlanken Kehle erheben, wo eine Kamee-Göttin über einer Schnittwunde wachte. Wenn er diesem Klang mit geschlossenen Augen lauschte, stellte er sich eine Frau von kräftiger Statur und reiferen Alters vor, eine Frau »mit Erfahrung«, wie der Volksmund sagte, deren rauchiges Singen man nur in schummrigen Bars mit ständig verstimmtem Klavier hörte.

»Ich habe einen Wagen mit Fahrer gemietet«, erklärte er. »Morgen früh breche ich auf.«

»Ich komme mit.«

»Nein.«

»Dann werde ich mir selber einen Wagen besorgen.«

»Und allein losziehen?«

»Ich wollte, als alles anfing, sowieso allein losziehen.« Sie würde es ohne irgendwelche Hilfe oder Unterstützung schaffen. Selbst wenn ihr davor graute. »Hören Sie, wir haben nicht alle Zeit der Welt. Nach dem, was Ihr Vater andeutete, plant Philo irgendeine große Zerstörungstat. Ein Armageddon. Und wenn er nun den *Stern von Babylon* nur als Vorwand benutzt, um die Welt in die Luft zu jagen?«

»Umso mehr Grund für mich, allein zu reisen.«

»Und umso mehr Grund für mich, mitzukommen!«

»Das wird nicht klappen, Dr. Armstrong. Auf Anordnung der Polizei darf Ihnen niemand einen Wagen oder einen Führer vermieten. Wir sind hier in einer Kleinstadt, hier spricht sich alles schnell herum, insbesondere, wenn es von der Polizei kommt.«

»Wie können Sie mich einfach so ausbooten?«

»Ich boote Sie nicht aus. Ich stelle Sie unter Polizeischutz. Ich muss mich allein aufmachen und rasch vorankommen.«

»Das klingt, als sei ich invalide oder ein Mühlstein …«

Er packte sie fest bei den Schultern. »Verdammt, Candice, ich könnte es mir nie verzeihen, wenn Ihnen etwas zustieße! Was glauben Sie, wie viele Tote ich in meinem Leben noch verkraften kann?«

Das brachte sie zum Schweigen. Dieser harsche Ton und dazu dieser flehende Blick. Der Schmuckstein seines Ringes, den er immer nach unten gedreht trug, drückte in ihre Schulter, und sie stellte sich vor, wie sich der Rubin und die golden züngelnden Flammen in ihre Haut brannten, um dort ein dauerhaftes Mal zu hinterlassen.

Eine betretene Stille setzte ein. Als Candice an Glenns Schulter vorbei auf die gespenstisch weißen Marmorsäulen vor ihrem Balkon blickte, entdeckte sie einen Mann inmitten des Säulenwaldes. Mit einem bunten Hawaii-Hemd.

»He!«, stieß sie hervor.

»Was?«

»Da ist er!«, rief sie und war im nächsten Moment verschwunden.

Glenn rannte hinter ihr her, aus dem Zimmer, den Flur und die Treppe hinunter und durch die Hotelhalle, wo er gerade noch einen Blick auf sie erhaschte, wie sie über die Hotelterrasse an gedeckten Tischen und speisenden Gästen vorbeistob und verschwand.

Mit einem unterdrückten Fluch auf den Lippen nahm er die Verfolgung auf.

Candice rannte über geborstene Steinplatten, zwischen hohen Säulen hindurch, Treppen hinauf, die ins Nichts führten, um eingesunkene Bassins herum, in denen einst die Reichen planschten, und an Nischen vorbei, wo vormals Götterstatuen standen. Vor den Überresten eines Opferaltars blieb sie schließlich stehen. Sie war nicht allein. Um sie herum drängten sich Touristen, plauderten, lachten, machten Schnappschüsse und grinsten in Kameralinsen.

Aus den Augenwinkeln sah sie das Haiwaii-Hemd um eine Ecke verschwinden und nahm erneut die Verfolgung auf.

Immer tiefer wurde sie in das Labyrinth aus Säulen, fensterlosen Räumen und bröckelnden Mauern gezogen. Hier gab es keine Touristen mehr, nur noch Gespenster.

»Kommen Sie heraus, damit ich Sie sehen kann«, rief sie. Ihre Stimme hallte von den Wänden wider. Sie drehte sich um. Das Tempelheiligtum versperrte ihr den Blick auf das Hotel. Sie konnte keine Musik und keine Stimmen mehr hören, nur noch das Pfeifen des Windes. Entschlossen hob sie einen Steinbrocken auf. Als sie ein Geräusch hinter sich hörte, schoss sie herum und prallte direkt in Glenns Arme.

»Haben Sie ihn gesehen?«, fragte sie atemlos.

»Moment! In welche Richtung ist er denn gelaufen?«

»Keine Ahnung. Am besten trennen wir uns«, erklärte sie und wollte bereits loslaufen.

Glenn legte ihr die Hand auf den Arm. »Es ist sicherer, wenn wir zusammenbleiben.«

Aber Candice ging unbeirrt an einer Mauer entlang, offenbar überzeugt, dass Glenn den anderen Weg einschlagen würde. Störrisch, dachte Glenn. Impulsiv, hartnäckig und nun störrisch. »Warten Sie«, lenkte er ein. »Erzählen Sie mir erst einmal, was genau Sie von Ihrem Balkon aus gesehen haben.«

»Ihn habe ich gesehen, dasselbe lange Haar, zu einem Pferdeschwanz gebunden, die Stirnglatze. Und das Hemd mit den blauen Palmen.«

»Konnten Sie sein Gesicht erkennen?«

»Er schaute zu mir herüber.«

Glenn sah sie verwundert an. »Er schaute geradewegs zu Ihnen herüber?«

»Ja, er stand einfach da und ... O nein!«

Sie rannten gleichzeitig los, durch die Ruinen, über die Hotelterrasse, ein zweites Mal zwischen speisenden Gästen hindurch, die Treppe hinauf, den Flur hinunter und zu Candices Zimmer, das sie genauso vorfanden, wie sie es verlassen hatten – die Tür sperrangelweit offen.

»Was fehlt?«, fragte Glenn und zog automatisch Schranktüren und Schubladen auf, als handele es sich um sein Zimmer.

Sie entdeckte sofort, was fehlte: die Fotokopie von der Duchesne-Tafel. Sie war aus dem Buch von Mildred Stillwater verschwunden. Ihr sank das Herz. Nun wäre sie nicht mehr in der Lage zu übersetzen, was immer sie finden würden. »Ein Trick«, sagte sie. »Er hat mich absichtlich nach draußen gelockt, damit sein Komplize mein Zimmer durchsuchen konnte!«

»Wo ist die Landkarte?« Gott sei Dank steckte sie noch in ihrem Rucksack.

Besorgt blickte Glenn auf seine Armbanduhr. Er war hin- und hergerissen von dem Wunsch, sofort nach Dschebel Mara aufzubrechen und seinem Verantwortungsgefühl Candice gegenüber. Candice wiederum drängte es, ihrem Angreifer nachzuspüren und dafür notfalls die ganze Stadt auf den Kopf zu stellen. Aber in Palmyra wimmelte es vor Touristen, sie würde ihn nie finden.

Angesichts Glenns finsterer Miene sagte sie nur: »Sagen Sie bloß nichts. Ich weiß, was Sie denken.«

»Woher wollen Sie wissen, was ich denke?«

»Sie denken, dass ich viel zu impulsiv bin und wir deswegen diesen Reinfall erlebt haben.«

»Na schön, Sie wissen, was ich denke.«

Sie stemmte die Hände in die Hüften. »Die anderen wissen also nun, wo wir sind, und werden uns nach Dschebel Mara folgen. Was nun?«

»Damit das klar ist, *ich* fahre nach Dschebel Mara. Sie fahren nach L.A. zurück. Nichts auf der Welt wird mich dazu bringen, Sie weiter mitmachen zu lassen.«

»Ich werde versuchen meine Impulsivität zu bremsen.«

»Sie können es nicht und das wissen Sie. Derartig kopflos hier rauszurennen!«

»Er hätte entkommen können.«

»Er *ist* entkommen!«

»Du meine Güte, wird hier ein Schiedsrichter gebraucht?«

Ian stand im Türrahmen. »Die Flugsicherung am Flughafen lässt euch ausrichten, ihr möchtet leiser reden, sie können die Piloten nicht verstehen.«

Er sah, wie die beiden sich anfunkelten und sich wohl am liebsten gegenseitig an die Gurgel gegangen wären. »Ich bringe euch frohe Botschaft. Ich habe zwei Typen angeheuert, die uns nach Dschebel Mara bringen.« Er grinste unverschämt. »Ein kleines Dankeschön wäre nicht übel.«

Sie nannten sie schlicht und einfach die Organisation und François Orléans arbeitete seit fast zwanzig Jahren für sie. Eine halbe Ewigkeit für einen Job wie diesen, aber andererseits auch nicht zu lange, um sich daran zu erinnern, dass sie ursprünglich Internationale kriminalpolizeiliche Organisation genannt wurde – ein wahrer Zungenbrecher, der dazu geführt hatte, dass man die Organisation bald nur noch »Interpol« nannte, eine Kurzfassung, die ihr haften geblieben war.

Fast vierhundert Beamte aus vierundfünfzig Nationen standen im Dienste von Interpol. Die Zentrale befand sich in Lyon. Ein Drittel der Beamten war von den Aufsichtsbehörden in Mitgliedsländer abkommandiert; die restlichen zwei Drittel arbeiteten in der Verwaltung und unterstanden der Organisation direkt. Zu ihnen gehörte François. Er stammte aus Lyon.

Während Interpol auf vielen Gebieten im Einsatz war – weltweites Vorgehen gegen das organisierte Verbrechen, Drogenhandel, Waffenschmuggel –, hatte François mit derlei Angelegenheiten nichts zu tun. Auf dem Schild an der Tür zu seinem Büro stand *Interpol – Œvres d'art volées.* Interpol – Abt. Kunstraub.

Weil sein Job sein Leben war, hatte François nie geheiratet, und da er somit, abgesehen von einem entfernten Cousin in Marseille, so gut wie keine Angehörigen besaß, ging er völlig in seiner Arbeit auf. An diesem Abend saß er noch zu später Stunde bei starkem Kaffee und einer Gauloise zwischen den Lippen in seinem Büro, als ihm eine schier unglaubliche Meldung in die Hände fiel: Eine komplette Sammlung von Möbeln aus der Zeit Louis' XV. – Sofas, Stühle, Schränke, Schreibtische – war am helllichten Tage aus einem Haus in Paris entwendet worden. Über eine derart schamlose Dreistigkeit konnte François nur den Kopf schütteln.

Der Zufall wollte es, dass das Opfer ein Politiker war, weshalb man mit dem Vorgang Orléans betraut hatte, der nicht nur Polizist war, sondern auch Diplomat. Eine Voraussetzung für sein Fachgebiet. Kulturell Wertvolles konnte unter Umständen heikle Fragen aufwerfen, vor allem wenn es mit religiösen Fragen oder einem Nationalhelden zu tun hatte. Als in Madrid eine Diebesbande aus dem Prado einen Reliquienschrein, in dem sich angeblich die Gebeine des heiligen Jakobus befanden, entwendet und zum Verkauf an einen privaten Sammler nach Brasilien geschmuggelt hatte, hatte die spanische Regierung darauf gedrungen, den Fall vorrangig zu bearbeiten, weil Jakobus der Schutzheilige des Landes war.

Orléans zeichnete sich noch durch weitere Fähigkeiten aus. Die Kollegen bei Interpol behaupteten, François' wahre Stärke sei, einfach alles zu wissen. Er kannte sich nicht nur auf dem Kunstsektor hervorragend aus. Seine Begeisterung für die Künste war von Kindesbeinen an in ihm geweckt worden, schon weil seine Mutter Kuratorin des Pariser Louvre gewesen war. Wenn sich andere Dreikäsehochs mit Spielzeugpistolen und Autos und Gummibällen verlustierten, hatte sich François in Bücher vertieft, in denen Gemälde von Raphael, da Vinci und Matisse abgebildet waren. Undenkbar, dass er einen anderen Beruf hätte ergreifen können. So etwas wäre ihm auch nie in den Sinn gekommen. Er liebte die Kunst, er liebte Kulturgüter. Ja, er empfand sich sogar als ihr Beschützer. Aber seine eigentliche Gabe war sein Erinnerungsvermögen, sein so genanntes »fotografisches Gedächtnis«. Seine Kollegen meinten sogar scherzhaft, er sei besser als ein Computer, denn wenn sie ihn etwas fragten, erhielten sie nicht nur sehr viel schneller, sondern auch umfassender Antwort.

Er legte den Bericht über das gestohlene Mobiliar beiseite, lehnte sich in seinem knarzenden Stuhl zurück und massierte sich den Nacken. Er hatte vor, den Fall seinem Mitarbeiter Reverdy zu übertragen, einem hartnäckigen Briten, der niemals aufgab. François selbst befasste sich nicht mehr mit derlei mühsamer und zeitraubender Plackerei. Sein Platz war der Schreibtisch, und er bekleidete den höchsten Rang, in den ein Nichtmitglied der Generalversammlung oder des Verwaltungsrats, die sich beide aus handverlesenen Teilnehmern zusammensetzten, aufsteigen konnte. François zog es nicht nur vor, im Hintergrund zu bleiben; dies war auch wichtig für seine *eigentliche* Tätigkeit.

Eine Tätigkeit, von der Interpol nichts wusste.

Als sein Faxgerät unvermittelt zu summen begann, begab er sich erwartungsvoll zu dem Gerät. Was er sich erhoffte, war ein Bericht über Jessica Randolph. Einem Gerücht zufolge war sie hinter einem Brief aus dem elften Jahrhundert her, der kürzlich einem Privatmuseum im australischen Melbourne vermacht worden war. Nicht dass Jessica den Diebstahl selbst ausführen würde; sie war eine Frau, die sich niemals die eigenen hübschen kleinen Hände schmutzig machte. Nein, sie würde sich mit jemandem zusammentun und François konnte sich gut vorstellen, mit wem.

Aber die Faxmitteilung drehte sich dann doch nicht um die attraktive Kunsthändlerin.

Vielmehr handelte es sich um die Meldung, dass Britta Buschhorn wegen des Diebstahls der

Aufzeichnungen ihres Mannes vorstellig geworden sei. Die von ihr informierten Behörden in Frankfurt hatten diese Aufzeichnungen als »zeitgeschichtlich bedeutsam« eingestuft und den Fall an die Internationale kriminalpolizeiliche Organisation mit der Bemerkung »dringend« und »vorrangig zu erledigen« weitergeleitet.

François legte das Fax auf den Schreibtisch und kramte ein Päckchen Gauloises hervor, zündete sich mit einem goldenen Feuerzeug eine weitere Zigarette an, griff nach dem Ausdruck, hielt die Flamme an die Ecke des Schreibens, sah zu, wie es aufloderte, warf es dann in den Papierkorb. Und während François Orléans, durch den jüngeren Bruder von Ludwig XIV., einem Mitglied der Alexandrier, mit dem französischen Königshaus verwandt, beobachtete, wie sich die Meldung zu Asche verwandelte, funkelte an seiner rechten Hand der Ring mit dem viereckigen Rubin und den goldenen Verzierungen im Schein des Feuers auf.

Kapitel 16

Feuer erlaubte ihm sich zu konzentrieren.

Philo fixierte den Flammenkern, um zur Seele der Hitze vorzudringen. Obwohl ihn niemand rundheraus beschuldigt hatte, er habe seine Eltern bei lebendigem Leibe verbrennen lassen, kamen nach der Beisetzung diesbezügliche Gerüchte auf. Es sei doch nicht normal, hieß es, wie ein junger Mann derart von Feuer besessen sein könne. Die verkohlte Leiche eines Bundesbruders, der ihn im Kreise anderer zum Spaß als »Philo den Pyro« tituliert hatte, wurde eine Woche später im verbrannten Wrack seiner 245 PS starken Corvette – einem schwarzen Kabrio mit weißem Verdeck, positronisch gesteuertem Heck und Spinner-Radkappen – aufgefunden. Seither hütete man sich, diesen Spitznamen zu wiederholen.

Außerdem verbrannte Philo niemanden mehr. Sein Weg war der Pfad der Rechtschaffenheit, er folgte einem messianischen Ruf. Eine Spur verkohlter Leichen hinter sich herzuziehen, war da nicht angebracht. Philo ersann andere Methoden, um Menschen zu überzeugen oder auszuschalten, und sein Aufstieg vollzog sich unaufhaltsam.

Feuer stand für ihn jedoch weiterhin im Mittelpunkt, nicht anders als für alle Alexandrier, dieser große, über den gesamten Globus verstreute Bund, dessen Mitglieder neben ihrem Alltag ein geheimes Leben hatten und von einem Eid zusammengehalten wurden, der aus vorchristlicher Zeit datierte. Philo war darauf bedacht, dass in seinen verschiedenen Wohnungen, ob im Kamin oder in Schalen, an Kerzen und Öldochten, niemals das Feuer erlosch, gemahnte es ihn doch an seine heilige Verpflichtung und an den Tag, da er und Lenore Seite an Seite in Gottes verklärendem Licht stehen würden.

Aber hier, in dieser Kapelle, brannte die kostbarste aller Flammen des gesamten Planeten, aller Kerzen in Kirchen und Tempeln und Synagogen und heiligen Stätten, und diese einsame Flamme war die wichtigste und heiligste.

Und hierhin kam er täglich, um Kraft aus ihr zu schöpfen und zu der Frau zu sprechen, die er fast sein Leben lang geliebt hatte und bis in alle Ewigkeit lieben würde.

»Die Menschen haben Angst vor mir, Liebste.« Seine Stimme hallte leise von Marmor- und Glaswänden wider. Die Stimme eines einsamen Mannes unter einer gleißenden Sonne. »Warum nur? Ich bin gütig. Ich bin ein Gentleman. Ich verhalte mich ausnehmend freundlich. Und dennoch fürchtet man mich.«

Verwirrt von der Undurchschaubarkeit der menschlichen Psyche schüttelte er den weiß behaarten Kopf. Es schien, als würde er, je großherziger er sich gab, umso mehr Schrecken verbreiten.

»Als es Jesus dereinst hungerte«, sagte er zu Lenore, »hat er einen Feigenbaum, der keine Frucht trug, verflucht. Woher sollte denn der Baum wissen, was Jesus brauchte? Es ist einfach grausam, den armen Baum zu verdammen, auf ewig unfruchtbar zu sein. Dennoch ist dies nicht das Entscheidende daran. Sondern die Reaktion seiner Jünger. Sagten sie etwa: ›Herr, wie kannst du so grausam sein?‹ oder: ›Herr, der Baum kann doch nichts dafür, dass er keine Frucht trägt.‹ Oder: ›Herr, warum tust du dem Baum nicht etwas Gutes an und verleihst ihm Fruchtbarkeit?‹ Aber sie sagten nichts dergleichen. Stattdessen fragten sie verwundert: ›Wie konnte der Baum so rasch verdorren?‹ Das war alles, was sie beschäftigte. Nicht der unerwartete Zorn Jesu, nicht die ungerechte Bestrafung, sondern wie schnell so ein Baum stirbt! Vielleicht fragten sie sich auch: Wenn Jesus einem Baum Derartiges antut, kann er dann auch uns so etwas antun? Das heißt, sie fürchteten sich vor ihm. Ich aber bin kein solcher Messias, Lenore. Mich sollen die Menschen nicht fürchten, sondern sich ihrer eigenen Fruchtbarkeit bewusst sein und überlegen, was sie der Welt zu bieten haben.«

Er dachte an sein letztes Gespräch mit ihr vor zwanzig Jahren. Es war um Glenn gegangen. In wenigen Monaten würde er achtzehn werden und Lenore wollte seinen Eintritt in den Orden vorbereiten.

Bevor sie einander Lebewohl sagten, hatte Philo ihr wie jedes Mal seine Liebe und Verehrung zum Ausdruck gebracht und sie hatte geantwortet: »Philo, ich liebe dich wie einen Bruder und Freund. Mein Herz jedoch gehört John. Ich werde ihn niemals hintergehen.«

Dies war es, was er an ihr am meisten bewunderte. Dass sie tapfer den Schein wahrte, um über das Opfer, das sie brachte, indem sie mit einem ungeliebten Mann zusammenlebte, hinwegzutäuschen. Philo hatte ihr Gesicht umfasst und gesagt: »Meine wunderbare kleine Schauspielerin. Selbst mir gegenüber lässt du die Maske nicht fallen.«

Dies waren die letzten Worte, die sie gewechselt hatten. Dann der Anruf – er wusste nicht mehr, wem die Stimme am anderen Ende der Leitung gehörte –, um ihn zu informieren, dass Lenore tot, ermordet worden sei, dass man ihr mit einem verdammten Hammer den Schädel zertrümmert habe. Philo war schier wahnsinnig geworden vor Kummer und Schmerz, vor Trauer, die so tief und so mächtig und so unerträglich war, dass er am liebsten Gott geflucht hätte, nur dass da kein Gott war, den man fluchen konnte.

Und dann stieg langsam in ihm die Erkenntnis auf, dass Lenore gar nicht tot war. John Masters hatte gelogen, um sie ganz für sich zu haben. Die Beerdigung war eine Farce gewesen. Seither suchte Philo überall nach der Geliebten. Wenn er auf der Straße eine Frau sah, die ihr ähnelte, folgte er ihr, innerlich von Schmerz zerrissen und ausgehöhlt, versuchte, sie einzuholen und wiederum auch nicht, weil er tief in seinem Inneren wusste, dass sie es nicht sein konnte, und Angst davor hatte, der Wahrheit ins Gesicht zu sehen. Das letzte Mal war er einer Frau einen Kilometer lang gefolgt und dann vor dem Hotel Georges V. in Paris stehen geblieben, um sich zu sagen, dass es mit dem Begräbnis seine Richtigkeit gehabt hatte und Lenore tot war.

Dennoch suchte er weiter. Jetzt aber war es eine Suche nach dem Sinn des Lebens. Er lief über die Boulevards der modernen Großstädte und durch die engen Gassen alter Kleinstädte, forschte in Hochhäusern und Lehmhütten, in Wüsten und auf Berggipfeln. Bei wem immer, ob bei klugen Männern oder Einfaltspinseln, suchte er Antwort auf die Frage: *Warum?*

Und als er sich dann eines Tages im Straßenanzug, mit Krawatte und langem schwarzen Mantel inmitten einer erdrückenden und halb nackten Menschenmenge an den Ufern des Ganges wiederfand – wie er dort hingekommen war, vermochte er nicht zu sagen – und sich, als er in das heilige und reinigende Wasser stieg, seine italienischen Tausend-Dollar-Slipper mit dem Schlamm und Dreck des großen Lebensstroms Indiens füllten, fühlte er sich von einer seltsamen Kraft durchdrungen. Und mit einem Mal begriff er, dass *Lenores Tod einen Sinn gehabt hatte.*

Auch aus welchem Grund sie hatte sterben müssen, wurde Philo am vor Menschen wimmelnden Ufer des heiligen Flusses deutlich.

Vor der Rückkehr zu seiner Frau Sandrine, die ihn nicht mit Fragen bestürmen würde, suchte er das Taj Mahal auf, eine Gedenkstätte, die sein Gefühl für Lenore auf eigene Weise widerzuspiegeln schien. Dort fanden sich alsbald auch zwei rotgesichtige Australier mit Rucksäcken ein, die ihrem unflätigen Benehmen nach betrunken zu sein schienen. »Schau sich das einer an«, durchbrach das Grölen des einen die Stille des Orts, »Taj Mahal, die größte Erektion, die je ein Mann einer Frau beschert hat.« Worauf sein Kumpel wie ein Esel losbrüllte.

Philo folgte den beiden zu ihrem schäbigen Hotel, merkte sich ihre Zimmernummer und kam später am Abend, als sie infolge übermäßigen Bierkonsums bereits tief und fest schliefen, nochmals zurück. Wie verdutzt waren die beiden Australier, als sie um zwei Uhr nachts benommen aufwachten und feststellen mussten, dass sie gefesselt waren: der eine wie ein Adler gespreizt und von der Hüfte abwärts nackt auf dem Bett, der andere in sitzender Haltung auf einem Stuhl. »Ihr habt die Ruhestätte einer Dame missachtet«, sagte Philo leise aus dem Dunkel. »Ich will euch lehren, in Zukunft den Gräbern von Frauen mit Respekt zu begegnen. Einer von euch wird bestraft, der andere wird dabei zusehen, auf dass ihr immer an euer Vergehen denken werdet. Dies hier ist Dr. Banarjee. Er ist Chirurg. Beim kleinsten Mucks, den ihr von euch gebt, werdet ihr euch an der Watte, die er euch in den Mund gestopft hat, verschlucken. Dr. Banarjee interessiert es nicht, wer oder woher ihr seid oder warum ihr sein Land besucht. Ihr habt euch der Lästerung schuldig gemacht. Ich habe ihm hunderttausend Dollar dafür bezahlt, dass er der Verbreitung einer Blutlinie, die Frauen entwürdigt, Einhalt gebietet.«

Durch die geöffneten Fensterläden drang unten vom Hof her das leise Wimmern einer Sitar, begleitet von schwermütigem Hindi-Gesang. Der Duft von Sandelholz erfüllte die Luft, als die Operation mit örtlicher Betäubung fachmännisch durchgeführt wurde. Dem jungen Mann auf dem Stuhl wurde übel, und als das erste der drei kleinen Organe entfernt wurde, verlor er das Bewusstsein und kam erst wieder zu sich, als Dr. Banarjee dem Freund des jungen Mannes erklärte, wie er es anstellen musste, von nun an für den Rest seines Lebens durch einen Strohhalm zu urinieren.

Daraufhin begab sich Philo nach Hause und machte sich daran, selbst eine Gedenkstätte zur würdigen Erinnerung an eine Frau zu errichten.

Er vernahm ein Hüsteln hinter sich. Der Mann mit dem Erdbeermal stand am Eingang zur Kapelle. Mr Rossi war der Einzige, dem Philo gestattete, den geheiligten Boden zu betreten.

Kaum war sich Philo seiner Berufung bewusst geworden, hatte er beschlossen, sich mit Aposteln zu umgeben. Allerdings wollte er sich, anders als Jesus, der egoistischerweise deren zwölf erwählt hatte, mit lediglich drei begnügen.

Sie sollten aus den Reihen der Alexandrier stammen und sich in aller Ergebenheit dem heiligen Auftrag verschrieben haben; sie mussten unverheiratet und in jeder Beziehung unbelastet sein, intelligent und gebildet und von tadelloser Herkunft. Der Erste, den er berief, konnte mit einem erstaunlichen Vorfahren aufwarten – dem berühmten Bruder Christofle höchstpersönlich, der Alarich und die Ritter der Flamme nach Jerusalem begleitet hatte. Wenngleich Christofle die Mutter seines Sohnes nicht geheiratet hatte, war die direkte Abstammung allein schon dadurch legitimiert, dass Kunigunde selbst Alexandrierin war (Rossi besaß die von ihr geschriebenen Briefe an Christofle, in denen sie ihm mitteilte, dass sie ihm einen Sohn geboren habe, obwohl zu vermuten stand, dass diese Briefe Christofle nie erreicht hatten und in Kunigundes Familie verblieben waren, bis sie in Rossis Hände gelangten). Zu Ehren des ruhmreichen Ahnen hatten alle erstgeborenen Söhne in Rossis Familie den Namen Christopher erhalten. Auf den Ruf Philos hin hatte Christopher Rossi seine gut gehende Arztpraxis aufgegeben und sich in Philos Dienste gestellt. Sein Engagement für die Mission der Alexandrier und für Philo war so groß, dass er bereit war, für beide sein Leben hinzugeben.

Seinen zweiten Mann fand Philo in Nairobi – Peter Mbutu, in dessen Adern das Blut einstiger äthiopischer Könige floss. Er trat von seinem Posten als kenianischer Minister für Naturschutz und Bodenvorkommen zurück und schloss sich Philo an.

Der Dritte, der einer alten russischen Ahnenreihe entstammte, war eine Enttäuschung, spielte sich sehr bald auf und war der Meinung, dass Philo eigentlich *ihm* zu Diensten sein sollte. Worauf Philo dafür sorgte, dass der Mann in seinem Privatjet an der Flanke eines Vulkans auf Hawaii zerschellte.

Jetzt wandte er sich Mr Rossi, der höflich Philos stumme Zwiesprache mit Lenore abwartete, mit fragend gerunzelten Brauen zu.

»Ihr Anruf.« Durchaus nicht unterwürfig, sondern selbstbewusst reichte Rossi ihm das Handy. Er war nun mal arrogant und eitel, stammte er doch von dem großen Christofle ab, der dazu beigetragen hatte, die Alexandrier wieder zu vereinen. Philo bewunderte Rossis Selbstbewusstsein, seine Überzeugung, etwas Besseres zu sein – selbstredend mit Ausnahme des Meisters, dem er diente.

Der Anruf, auf den Philo gewartet hatte. Der Mann mit den Bomben.

Ein kurzer Wortwechsel. »Wie schnell können Sie die Vorrichtung installieren?«

»Sie werden jeweils nach Anforderung des Kunden gefertigt. Die Mechanismen sind kompliziert. Wie Sie sagten, ist das genaue Timing der Detonation von höchster Wichtigkeit. Geben Sie uns eine Woche Zeit.«

Eine Woche. Wenn Glenn Masters und Candice Armstrong gute Arbeit leisteten, würde der *Stern von Babylon* dann Philo gehören.

Er gab das Handy zurück, entließ Rossi und kehrte zu Lenore zurück.

Vor vierhundert Jahren hatte ein Kaiser seine geliebte Kaiserin im Wochenbett verloren und, von Kummer überwältigt, beschlossen, sie in der schönsten Grabstätte, die man sich vorstellen konnte, zur letzten Ruhe zu betten. Beim Anblick des Taj Mahal mit seinen Kuppeln und Bögen und Umgängen aus weißem Marmor, alles in perfekter Symmetrie ausgeführt, die sich in dem Bassin widerspiegelte, über dem sich ein tiefblauer Himmel wölbte, hatte sich Philo gesagt, diese Art Gedenkstätte sei auch Lenores würdig.

Zweiundzwanzig Jahre hatte es gedauert, bis zwanzigtausend Männer das Taj Mahal fertig gestellt hatten. Um Philos Vorhaben, eine gläserne Kapelle unter Verwendung edler Metalle und

Steine in einem Privatpark außerhalb von Houston, Texas, umgeben von einem hohen Zaun und scharf bewacht, durchzuführen, waren drei Jahre und hundert Mann erforderlich gewesen. Und wenn der Bau dieser Gedenkstätte für seine Geliebte auch keine Antworten auf seine Fragen mit sich brachte, so hatte er dadurch immerhin Trost erfahren. Hierhin konnte er sich zurückziehen und seine Seele erquicken. Für andere Menschen war der Zutritt verboten. Niemand sollte die beseligende Erinnerung an Lenore durch Schnappschüsse oder obszöne und respektlose Bemerkungen entweihen. Dieses Heiligtum war allein Philo vorbehalten. Nicht einmal John Masters wusste davon, auch dessen Sohn nicht. Sollten sie doch weiterhin das schlichte Grab auf dem öffentlichen Friedhof besuchen und glauben, der Ehefrau und Mutter ihre Ehrerbietung zu erweisen. Dabei erwies einzig und allein Philo seiner Lenore in der ihr zustehenden Weise die Ehre.

Nicht einmal Sandrine hatte von der Kapelle gewusst.

Die Ehefrau hatte er sich zum Schein zugelegt, um andere Frauen auf Abstand zu halten und sich auf seine Mission zu konzentrieren. In einer ähnlichen Beziehung mochten Magdalena und Jesus zueinander gestanden haben. Nachdem Philo die tragischen Geschehnisse – der Verlust der Eltern und das Niederbrennen seines Zuhauses – verwunden hatte, war in ihm der Entschluss gereift, sich zu verheiraten. Er hatte eine Frau gesucht und gefunden, Sandrine Smith, eine blendende Erscheinung in weißem Hermelin und roséfarbenen Brillanten, durchaus reizvoll, wenngleich eiskalt, attraktiv, auf gesellschaftlichen Aufstieg bedacht. Nach einer angemessenen Zeit des näheren Kennenlernens, das teure Restaurantbesuche, Theater- und Opernaufführungen, Rodeos, texanische Grillfeste sowie Empfänge in der Residenz des Gouverneurs und im Weißen Haus einschloss, legte er sich zurecht, wie er es am besten anstellte, ihr gegenüber seine Pläne so klar wie möglich zu umreißen, um keine Zweifel aufkommen zu lassen.

»Sandrine Smith«, wollte er sagen, »ich möchte dich heiraten. Lieben kann ich dich nicht, denn mein Herz gehört einer anderen, aber ich werde dich respektieren und beschützen und immer für dich da sein. Du wirst über mein Geld verfügen, meinen Namen tragen und das gleiche gesellschaftliche Ansehen genießen wie ich. Und wir werden gemeinsame Kinder haben. An meiner Seite kannst du ein finanziell sorgenfreies, unbeschwertes Leben genießen.«

Am dem Abend, an dem er ihr den Antrag machen wollte, hatte Sandrine, noch ehe Philo zu Wort kam, gesagt: »Philo, ich glaube, du hast vor, mich zu bitten, deine Frau zu werden. Wenn dem so ist, sage ich dir gleich, dass ich mit ja antworte. Auch wenn ich dich nicht liebe und niemals lieben werde. Aber ich werde dich respektieren und dir Kinder schenken. Darüber hinaus jedoch habe ich für Affären nichts übrig, weshalb ich von vornherein auf getrennten Schlafzimmern bestehe. Was deine diesbezüglichen Bedürfnisse anbelangt, bitte ich dich nur, sie diskret zu handhaben und mich weder zu demütigen noch in Verlegenheit zu bringen.«

Eine Verbindung, die nach Meinung Houstoner Spötter im Himmel geschlossen worden war.

Die Ehe war so gewesen, wie beide sich das gewünscht hatten, und als bei Sandrine Krebs diagnostiziert wurde, war abzusehen, dass das Ende bevorstand. Deshalb sah Philo, als er unter dem Vorwand, seine Frau zu Hause pflegen zu wollen, Sandrine aus der Klinik abholte und die Ärzte ihn über Chemotherapie, Dosierung der Medikamente und die Art ihrer Verabreichung aufklärten, von der Durchführung dieser Chemotherapie ab und injizierte der Kranken stattdessen lediglich mit Traubenzucker versetztes Leitungswasser und Schmerzmittel. Zu ihrem eigenen Besten. Denn wenn Lenore wieder in sein Leben trat, war darin für Sandrine kein Platz.

Als vor siebzehn Jahren, ein Jahr bevor er Sandrine kennen lernte und heiratete, die gläserne Kapelle fertig gestellt worden war, hatte Philo die Bauarbeiter, seine Assistenten und seine Leibwächter fortgeschickt und war ehrfürchtig unter die funkelnde Kuppel getreten, um die ewige Flamme zu entzünden, auf dass sie niemals erlösche. Und wie sie so in der goldenen Schale tanzte und flackerte und abwechselnd Lichtreflexe und Schatten auf Marmoraltäre und Säulen warf, hatte sie Philos Blick auf ihre gelbe, heiße Mitte gelenkt. Er hatte in ihre brennende, glühende Seele geschaut, ihre Hitze gespürt, den Duft des Öls, der sie nährte, gerochen. Und eine Stimme war an sein Ohr gedrungen: *»Die Toten sind nicht tot. Wie konntest du das vergessen?«*

Philo hatte einen Schrei ausgestoßen, damals vor siebzehn Jahren, einen Schrei, der von der Kapellendecke aus Glas und Gold widerhallte. Die Stimme seiner Mutter! Sie hatte ihn daran erinnert, dass das Leben nach dem Tod ein Eckpfeiler des Glaubens der Alexandrier war.

Er war auf die Knie gesunken, ungeachtet der Kälte, die vom Marmorfußboden abstrahlte.

Ein Zittern hatte sich seiner bemächtigt. Tränen brannten ihm in den Augen, als er durch die gläserne Kuppel zur gleißenden Sonne emporschaute. Wie nur konnte er vergessen, dass er eines Tages wieder mit Lenore vereint sein würde?

Wann denn?, begehrte sein Herz auf. Philo war mittlerweile fünfzig Jahre alt. Sollte er sich nochmals vierzig Jahre allein herumquälen?

Wie ein Priester, der sein Gelübde ablegt, hatte er sich der Länge nach und mit seitlich ausgestreckten Armen auf den polierten Marmor geworfen und geweint, bis der Boden von seinen Tränen nass war.

Lenore, Lenore. Was für ein leeres und sinnloses Erdendasein ohne sie.

Und dann fiel ihm ein Vers aus Edgar Allen Poes Gedicht »Der Rabe« ein, raunte ihm wie ein Gespenst mit dunstigem Atem höhnend und spöttisch zu:

»Sag mir: wird es denn geschehen,
dass ich einst in Edens Höhen
darf ein Mädchen wider sehen,
selig in der Engel Heer –
darf ich Lenor', die ich verloren
sehen in der Engel Heer?«
Sprach der Rabe: »Nimmermehr.«

Nein!, entrang es sich Philos Seele. *Nicht* nimmermehr!

Aber wie? Wie nur? Er schlug mit den Fäusten auf den Marmor, bis sie bluteten. Und dann: *»Weine nicht, wenn geliebte Menschen sterben, denn sie werden wieder bei dir sein. Sie wandeln in den Wolken, bis zu dem Tag, da sie wieder auf Erden wandeln, wenn sich Großvater Schöpfer zu seinen Kindern gesellt.«* Philo meinte einen Chor zu hören, den Gesang der Topaa-Indianer Südkaliforniens, die zwar längst ausgestorben waren, deren religiöse Überzeugungen jedoch in Philos persönlichem Archiv erhalten und bewahrt wurden.

Der vermeintliche Chor wurde lauter. *»Im Buch Daniel steht geschrieben, dass viele, so unter der Erde schlafen liegen, aufwachen werden, zum ewigen Leben.«*

Jetzt erhoben Soprane und Baritone ihre Stimmen, und ein. hundertfacher Chor sang: »Und Jesus sprach: ›Ich bin die Auferstehung und das Leben. Wer an mich glaubt, wird leben, auch wenn er gleich stürbe.‹«

In Philos Kopf stach und zischte es wie Feuer, als die Stimmen aufeinander prallten, übereinander zusammenschlugen und wieder zu Harmonie fanden. Aufhören!, rief er, aber die Stimmen wurden nur noch lauter. Er hörte Worte von Konfuzius: »Behandle die Geister der Toten, als wären sie zugegen« und vom heiligen Augustinus: »Am Jüngsten Tage wird das, was unseren Körper ausmacht, wieder erstehen. Der Allmächtige Gott wird alles, was durch Feuer oder durch wilde Tiere verschlungen worden oder in Asche und Staub zerfallen ist, zusammenfügen und uns wieder körperlich machen.«

In seinem erhitzten und gemarterten Kopf schwoll das Gewirr der Stimmen an. Es waren die Stimmen der Alexandrier. Sie riefen ihm durch die Jahrhunderte hindurch zu, schrien von der anderen Seite zu ihm herüber, so wie Batseba Thibodeau einstmals zu den Toten hinübergeschrien hatte, zu Alexandriern mit Namen Marcus und Julia, Theodorich und Guillem, Comte de Toulouse, Baron of Rosslyn, Egill der Däne, Mary MacLeod, André de Chartres, Charles Brynmorgan, all jene, die ihm die umfangreiche Sammlung des Geheimbunds nahe gebracht und ihm eingeschärft hatten, was er glauben sollte.

»Aufhören!«, rief er und hielt sich die Ohren zu.

Das Stimmengewirr verstummte. Nur eine, die eines Dichters namens Yeats, drang leise durch die Stille: *»Wie viele liebten die Momente deiner schönen Reize / Und liebten deine Schönheit mit Liebe* *wahr und falsch / Doch ein Mann liebte des Wanderers Seele in dir …«*

Philo stockte der Atem. Er blinzelte auf den Marmor. Des Wanderers Seele in dir … hallte es in ihm nach und verebbte.

Und dann begriff er. Urplötzlich. Als ob die Sonnenstrahlen in der Kapelle eine feine Kerbe in seinen Schädel gemeißelt hätten und durch Knochen zur grauen Masse, dem Sitz seines Bewusstseins, vorgedrungen wären. Es war ihm von Anfang an klar gewesen, warum Lenore hatte sterben müssen – um ihm freie Hand zu geben, seine heilige Aufgabe auf Erden durchzuführen –, nur hatte er vergessen, dass Lenore darauf wartete, zu ihm zurückzukehren.

Er hatte sich daraufhin aufgesetzt, an jenem Tag vor siebzehn Jahren. Noch immer von allen möglichen Gedanken erfüllt, aber nicht länger in Aufruhr, sondern allmählich zur Normalität zurückkehrend, hatte Philo in die Sonne geschaut und dort eine Frage geschrieben gesehen: *Warum noch länger warten?*

Er hatte sich erhoben, mit jetzt geschärfterem Blick hatte er das Herz der ewigen Flamme in der goldenen Schale durchdrungen, er spürte, wie neue Energie in seinen Nerven und Sehnen und Muskeln, frische Tatkraft durch Venen und Arterien und Kapillare strömte. Er vernahm Geräusche mit nie gekannter Deutlichkeit – Vogelgezwitscher im Park um die Kapelle, eine Biene, die zwischen den Blumen auf dem Altar summte – und spürte, dass Haut und Haare prickelten wie zu neuem Leben erwacht.

Er wusste, warum Lenore gestorben war. Um ihm diesen neuen Weg zu weisen. Er wusste auch, was er tun musste. *Wie* er es tun musste, hatte er genau vierzehn Stunden später erkannt. In einem dreihundert Jahre alten Buch mit dem Titel *Die Prophezeiungen des Nostradamus* las er die VII. Centurie und darin den Vierzeiler 83.

Und jetzt, siebzehn Jahre später, nach hartnäckiger Verfolgung eines fest umrissenen Ziels, den baldigen Besitz des *Sterns von Babylon* vor Augen und in Erwartung darauf, dass der Bombenleger seine pyrotechnische Zauberei in Stellung brachte, würde die Welt Zeuge werden, wie sich Philos ruhmreiches Schicksal und die Prophezeiung eines Astrologen aus der Renaissance erfüllten.

Kapitel 17

Glenn rang mit sich, ob er Candice erzählen sollte, was er gerade im Tagebuch seiner Mutter gelesen hatte.

Candice lag zusammengerollt auf dem Rücksitz des klapprigen Pontiac und schlief. Sie hatten unerwartet anhalten müssen, weil der vorausfahrende Toyota Landcruiser mit einer Reifenpanne liegen geblieben war. Während die angeheuerten Fahrer aus Palmyra sich um den Wagen kümmerten, nutzte Ian die Zeit für eine Zigarettenpause und ein Schwätzchen mit den Männern.

Um sie herum nichts als Ödnis auf dem syrischen Plateau, über das sich nunmehr die Dämmerung senkte.

Ihre Abreise aus Palmyra war ziemlich überstürzt vonstatten gegangen. Um jede Verfolgung auszuschalten, waren sie noch im Schutz der Nacht aufgebrochen. Mit den erfahrenen Männern am Lenkrad hatte es sich das Trio bequem gemacht, um dringend benötigten Schlaf nachzuholen. Der unerwartete Halt am Wegrand hatte die beiden Männer geweckt, und während Ian sich im Freien die Beine vertrat, war Glenn auf den Vordersitz geklettert und hatte im Tagebuch seiner Mutter geblättert. Was da geschrieben stand, traf ihn wie ein Schock.

Irgendwann schlug Candice die Augen auf und versuchte sich zurechtzufinden. »Wo sind wir?«, fragte sie Glenn.

Diese Stimme! Bei Tag besaß sie einen warmen Honigton – aber im schlaftrunkenen Zustand war sie rauchig und noch verführerischer. »Der Toyota hat eine Panne.« Er zeigte durch das Rückfenster.

Candice seufzte, setzte sich auf und spähte hinaus. Der helle Morgen offenbarte die ganze Ödnis dieser Gegend. Gott sei Dank gab es in der Nähe eine kleine Felsgruppe, hinter der Candice sich erleichtern konnte. Als sie zurückkam, reichte Glenn ihr eine Wasserflasche, etwas Brot und Käse.

Sie musterte die dunklen Ringe unter seinen Augen. Hatte er denn überhaupt nicht geschlafen? Da fiel ihr Blick auf das Tagebuch auf seinem Schoß. Er hatte etwas entdeckt, und zwar nichts Gutes.

»In diesem Tagebuch stehen Dinge, die alte Erinnerungen in mir wachrufen«, begann Glenn, nachdem Candice es sich auf dem Rücksitz bequem gemacht hatte und hungrig über ihren bescheidenen Imbiss herfiel. »Dinge, die ich schon vor langer Zeit vergessen hatte oder vielleicht bewusst verdrängt habe. Ich fürchte«, es machte Glenn Mühe, das, was nun kommen sollte, in Worte zu fassen, »meine Eltern gehörten einer geheimen Gesellschaft an, die sich die Alexandrier nannte.«

Candice hielt mitten im Kauen inne. »Eine geheime Gesellschaft? Etwa so wie die Freimaurer oder die Rosenkreuzer?«

»Ich erinnere mich jetzt, dass meine Mutter mir von der großen Bibliothek in Alexandria erzählt hat, von einer geheimen Priesterschaft, die dem Brand im vierten Jahrhundert n. Chr. entkommen konnte. Im elften Jahrhundert dann waren sie Kreuzritter, nannten sich die Ritter der Flamme. Ich hielt das zunächst für ein Märchen, heute glaube ich jedoch, dass die Geschichte stimmt. Meine Eltern gehörten dieser Gesellschaft an.« Er schaute auf den Goldring mit dem quadratischen Rubin an seinem Finger. »Dieser Ring ist das Erkennungszeichen für die Mitglieder dieses geheimen Bundes.«

»Was für ein Ziel verfolgt dieser Geheimbund?«

»Ich weiß es nicht. Meine Mutter schrieb in ihr Tagebuch, mein Vater habe ihr verboten, mit mir darüber zu sprechen. Jedenfalls nicht vor meinem achtzehnten Lebensjahr. Tragischerweise starb sie vor meinem achtzehnten Geburtstag.«

»Hat das irgendetwas mit der Luminanz zu tun?«

Glenn sah sie verwundert an. Diese Lichterscheinung, als er damals beim Klettern abstürzte und glaubte, sterben zu müssen. Rührte die Vision in Wirklichkeit aus den Tiefen seines Gedächtnisses? Hatte sein Verstand im Schock des Sturzes etwas aus seiner Kindheit aufgegriffen, eine lebensrettende Erinnerung zum Beispiel? Sollte seine Mutter ihm die Luminanz tatsächlich beschrieben haben, dann war es das, was er gesehen und immer wieder auf die Leinwand zu bannen versucht hatte.

Glenn schob den Gedanken beiseite und nahm seine Erzählung wieder auf. »Diese Gesellschaft verfolgt in der Tat ein Ziel. Es handelt sich keineswegs nur um eine gesellschaftliche Vereinigung, sie hat auch einen Auftrag, ich weiß nur nicht welchen.« Glenn schüttelte den Kopf. Es hatte keinen Sinn, darüber zu spekulieren. Die Antwort würde sich mit der Zeit finden. »Nein, etwas anderes beunruhigt mich.«

Er hatte sich dazu durchgerungen, Candice in die Gefährlichkeit ihrer Situation einzuweihen. Wenn sie erst einmal überzeugt war, würde sie bestimmt nach Los Angeles zurückfahren.

»Philo macht mir Angst«, las Glenn vor. *»Ich spüre eine fortschreitende Obsession. Sandrine scheint sich dessen nicht bewusst zu sein oder sie verdrängt es. Wohin soll das führen? Ich fürchte, er hat Dinge getan, die ich nicht in Worte zu fassen wage. Ich kann auch nicht zur Polizei gehen, das würde Verrat an der Gesellschaft bedeuten. Noch weniger kann ich mit John darüber sprechen, denn das Thema Philo ist zwischen uns tabu. Kann ich andere Mitglieder ins Vertrauen ziehen? Nein, sie alle scheinen ihn zu verehren, selbst Mildred Stillwater, die so offensichtlich in ihn verliebt ist, dass sie sich selbst aufgegeben und ihr ganzes Leben in seinen Dienst gestellt hat. Mithin muss ich diese Gedanken für mich behalten. Meine Hoffnung gilt Glenn. Wenn er erst einmal in den Orden aufgenommen ist, können wir vielleicht gemeinsam gegen Philo vorgehen, denn ich bin ziemlich sicher, dass Philo die Luminanz für böse Zwecke missbrauchen will.«*

Glenn verstummte. Wenn Philos Obsession schon vor zwei Jahrzehnten spürbar war, wie schlimm würde es dann heute um ihn stehen? »Ich habe ein bisschen in Philos Vergangenheit gestöbert. Seine Eltern sind bei einem mysteriösen Brand umgekommen. Es gab zahlreiche Gerüchte, aber keine Beweise.«

»Sie glauben, Philo habe das getan? Seine eigenen Eltern?« Candice fröstelte bei dem Gedanken. »Wenn er aber eine Massenvernichtung im Sinn hat, wozu braucht er dann Baskows Tontafeln?« Und wieder schoss ihr dieser verrückte Gedanke durch den Kopf, dass der *Stern von Babylon* womöglich gar keine Antiquität war, sondern etwas Neuzeitliches, eine Maschine zum Beispiel, von unvorstellbar zerstörerischer Kraft. »Was ist mit dem Hinweis auf Nostradamus in dem Brief Ihres Vaters? Haben Sie den entsprechenden Vierzeiler gefunden?«

Glenn verneinte. »In praktisch jedem Verweis, den ich gefunden habe, hieß es, die VII. Centurie verfüge nur über zweiundvierzig Verse.«

»Hat Ihr Vater womöglich die Kapitelangabe verwechselt?«

»Auch daran habe ich gedacht. Aber alle anderen Vierzeiler mit der Nummer dreiundachtzig in den übrigen neun Kapiteln ergeben keinen Sinn. Nostradamus hilft uns hier nicht weiter.«

Jener Streit in der Nacht vor zwanzig Jahren, den er ungewollt mit angehört hatte, kam Glenn wieder in den Sinn. Dazu Mrs Quiroz' Behauptung, sein Vater sei die Treppe hinuntergestoßen worden. War Philo zurückgekehrt, um diese zwanzig Jahre alte Drohung wahr zu machen? Aber warum gerade jetzt?

Weil sein Vater den *Stern von Babylon* gefunden hatte. Glenn kniff die Augen zusammen und spähte nach Westen, der Richtung, aus der sie gekommen waren. Ob Philos Handlanger schon die Verfolgung aufgenommen hatten? Er wandte sich nach Osten: Oder wusste Philo bereits, wo der *Stern von Babylon* zu finden war, und hatte sich mit seinen Schergen bereits dort postiert? Glenn hatte es im Laufe seiner Dienstjahre schon mit so manchem Verbrecher aufgenommen, auch mit sechs jugendlichen Kriminellen, die ihn in einer Gasse eingekeilt hatten. Wenn Philo aber nun mit zwanzig oder hundert Männern anrückte, was dann?

Er musste daran denken, wie er Candice in Palmyra im Mondlicht hatte malen wollen. Wie kam es, dass er, der über viele Jahre hinweg keinen Strich gezeichnet hatte, irgendwann auf einmal zu Farbe und Pinsel griff und seine Seele auf Leinwand bannte? Die Luminanz einzufangen versuchte. Und nunmehr eine andere Lichterscheinung erfassen wollte, Candice Armstrong.

»Jetzt werden Sie verstehen, warum Sie nach Los Angeles zurück müssen«, sagte er schließlich.

»Keiner weiß, wozu Philo fähig sein mag, wenn ich ihn stelle.«

»Und ich soll Sie die Sache alleine durchstehen lassen?« Candice kletterte aus dem Wagen und streckte die steifen Glieder. Nach Los Angeles zurück. Zu Zora und Huffy und ihrem gemütlichen Blockhaus in den Bergen. Zu einem geruhsamen, gut bezahlten Job in San Francisco – wenn Reed bereit war, ihren kurzen Abenteuertrip zu verzeihen –, aber zumindest außerhalb der Reichweite eines Mannes, der offensichtlich wahnsinnig war und irgendeine große Zerstörung plante. Sie musste wieder frösteln und tat so, als käme das von der frischen Morgenbrise. Nichts würde sie lieber tun, als geradewegs nach Los Angeles zurückzufahren. »Ich bleibe«, erklärte sie.

Ihr Entschluss überraschte Glenn nicht im Geringsten. Mochte sie ihn auch noch so sehr provozieren, empfand er doch eine gewisse Hochachtung vor ihr. Diese Frau war gewiss kein Feigling, das musste der Neid ihr lassen. Kein Leichtgewicht. Eine Kämpfernatur. So jemanden würde die Los Angeles Police mit Kusshand nehmen. Deshalb hatte sein Vater nach ihr verlangt. Wenn jemand den *Stern von Babylon* finden konnte, dann Candice Armstrong.

»Yallah!«

Ian winkte fröhlich zu ihnen herüber. Der Toyota war wieder startklar.

Dennoch machte ihr Fahrer ein griesgrämiges Gesicht. Er zeigte zum östlichen Horizont, wo in großer Entfernung ein gewaltiges Unwetter über der Wüste tobte, wo Blitze durch Wolkenmassen zuckten und Donnerschläge grollten. »Kein gutes Zeichen.«

»Können wir den Sturm umfahren?«, wollte Glenn wissen.

Der Fahrer schüttelte den Kopf. »Es liegt alles in Gottes Hand. Vielleicht geraten wir mitten in den Sturm hinein, vielleicht zieht er vorbei. Im Frühjahr ist das Wetter in der syrischen Wüste unberechenbar. Unwetter tauchen aus dem Nichts auf und verschwinden ebenso schnell wieder. Sie ziehen über Steinwüsten und bringen Hochwasser und Zerstörung. Wer auch immer diese öde Wildnis durchquert, ist der Gnade der Natur ausgeliefert.«

Dennoch setzten sie ihre Fahrt durch die Wüste fort, wobei die kundigen Fahrer jedem Schlagloch mit List und Tücke auswichen. Dann endete die asphaltierte Straße und von nun an ging es nur noch über unbefestigte Wege. Derweil hing Candice ihren Gedanken nach. Glenn würde die Tontafeln, vorausgesetzt, sie fanden sie, sofort den syrischen Behörden übergeben. Sie hatte gehofft, die Tontafeln so lange behalten zu können, bis sie eine Übersetzung angefertigt hatte. Doch nun war die Duchesne-Chiffreschrift verschwunden, und was immer auf den Tafeln stand, würde ein Geheimnis bleiben.

Der Mann in dem Hawaii-Hemd, der sie inmitten der Ruinen angestarrt hatte.

Im Nachhinein betrachtet war der Trick so offensichtlich gewesen, dass sie sich über ihre eigene Dummheit ärgerte. Warum hatte sie Glenn ihre Entdeckung nicht zugeflüstert? Sie hätten sich aus dem Hotelzimmer geschlichen – selbstverständlich die Tür abgeschlossen – und sich auf die Suche nach dem Mann gemacht, ihn gestellt und die Antworten aus ihm herausgeholt. Stattdessen war sie losgaloppiert wie ein wütendes Nashorn.

Hatte Zora vielleicht doch Recht? Unterminierte sie unbewusst ihre eigenen Erfolgsaussichten? »Schick diese E-Mail nicht an Reed. Das ist wie eine Wunde immer wieder aufkratzen. Wart's einfach ab.« Sie hatte die E-Mail nicht abgeschickt und prompt den Job bekommen. Und wenn sie sie nun doch abgeschickt hätte? Hätte Reed sich die Sache anders überlegt, weil er ihre Verzweiflung gespürt und sie für den Job doch nicht geeignet befunden hätte?

Hätte sie auf Dr. Faircloths falsches Spiel nicht

besonnener reagieren und die Angelegenheit auf diskretem Wege regeln lassen können, ohne dass ihr später ein Strick daraus gedreht würde? Aber warum überhaupt sollte ein Mensch, wenn auch ungewollt, seine eigenen Bemühungen unterminieren?

Weil die Angst vor dem Versagen größer war als der Wunsch nach Erfolg.

Während zerrissene Flecken von Wildblumen an ihr vorüberjagten und riesige Wolkenberge majestätisch über den Himmel zogen, sah Candice sich in diesem unerbittlichen hellen Licht der Wüste klarer als je zuvor: Schon weil sie glaubte, die Erfolge ihrer Mutter nicht überbieten zu können, versuchte sie es gar nicht erst.

Sie schloss die Augen. Lieber Gott, mach, dass diese Tontafeln da draußen sind. Lass mich sie finden und zurückbringen und mein Versprechen einem sterbenden Mann gegenüber einlösen. Lass mich dieses eine Mal Erfolg haben.

Angesichts ihrer geschlossenen Augen und des zurückgelegten Kopfes glaubte Glenn, sie schliefe. Die Entwicklung der Dinge erfüllte ihn nicht gerade mit Freude. In Palmyra hatte er die Gelegenheit gehabt, Candice zu einer Rückkehr nach Kalifornien zu bewegen. Aber dann musste Ian im unpassendsten Moment auftauchen und verkünden, er habe zwei Typen angeheuert, die sie nach

Dschebel Mara bringen würden. Und sie könnten ihm ruhig dankbar sein.

Dankbarkeit war das Letzte, was Glenn empfand. Ihm war gar keine andere Wahl geblieben, als Candice mitzunehmen, sie hätte sich sonst prompt Ian angeschlossen. Aber zu dritt waren sie alle Mal sicherer. Glenn vermied den Gedanken an Ians Pistole, die er immer noch bei sich trug. Er hatte die Rückgabe verweigert, auch wenn ihn das noch einen Schritt näher an den gefürchteten, unvermeidlichen Akt der Gewalt brachte.

Sie hatten das, was man wohl kaum eine Landstraße nennen konnte, hinter sich gelassen und holperten nun über eine Wüstenpiste. Keine Menschenseele weit und breit – keine Beduinen, Touristen, Soldaten oder Banditen –, die einzigen Lebewesen waren Gazellen, Schakale und Hasen sowie riesige Schwärme von Zugvögeln, die beim Herannahen der Wagen aus dem struppigen Gras aufflogen. Während sie stetig ostwärts fuhren und die Zivilisation immer weiter hinter sich ließen, überkam die kleine Truppe ein Gefühl absoluter Verlorenheit und Einsamkeit. Ganz allmählich wurde ihnen bewusst, wie abhängig sie von Telefonen, Benzin und allen Errungenschaften der zivilisierten Welt waren und wie verwundbar sie das machte. Was, wenn ihre beiden Fahrzeuge liegen blieben oder wenn ihnen das Benzin ausging? Was, wenn Ians Satellitentelefon nicht mehr funktionierte? Und sie versuchten sich vorzustellen, wie Baskow sich vor achtzig Jahren in dieser gottverlassenen Gegend gefühlt haben mochte.

Schließlich gelangten sie in eine steinige Ebene mit merkwürdigen Erhebungen aus zerklüftetem Felsgestein und seltsamen geologischen Verwerfungen, als hätte sich hier vor Millionen von Jahren ein furchtbares Drama zwischen Felsen und Lavamassen abgespielt. Wie gebannt saßen Glenn, Ian und Candice in ihren Sitzen und spähten durch die Wagenfenster, denn nun hatten sie das Gebiet erreicht, das Scheich Abdu ihnen auf der Landkarte markiert hatte.

Gegen Mittag stießen sie auf den ersten Orientierungspunkt – eine unerwartete Ansammlung von Klippen und steil aufragenden Bergen, als hätte die Hand eines Riesen sie auf das Plateau gesetzt. Der Anblick war atemberaubend. Die Fahrzeuge hielten an und alle kletterten ins Freie.

Durch ihre Ferngläser sondierten sie den mächtigen Bergrücken, bis Glenn meinte: »Das muss Dschebel Mara sein, genauso hat Scheich Abdu ihn beschrieben. Aber es deckt sich nicht mit Baskows Skizze.«

Sie stiegen wieder ein und fuhren weiter, bis

sie zu einem gewaltigen Felsmassiv gelangten, das sich tausend Fuß hoch vor ihnen auftürmte und wie das Rückgrat eines Dinosauriers endlos in beide Richtungen erstreckte.

Stumm schauten sie sich um. So trostlos und unwirklich musste es wohl auf dem Mond aussehen, dachten sie im Stillen. Hier und da ein ausgetrocknetes Rinnsal, hin und wieder kümmerliche Grasbüschel, ansonsten nur karge Wildnis.

Sie versuchten sich anhand Baskows Karte zu orientieren, aber ohne Erfolg. Keines seiner Symbole, nicht ein Detail seiner Skizze passte zu der Topografie.

In südlicher Richtung entdeckten sie ein ausgetrocknetes Flussbett, das sich in das Kalksteinplateau eingegraben hatte und am Fuß des Felsmassivs endete.

»Das ergibt keinen Sinn«, meinte Glenn, der den Verlauf des Wadi mit dem Fernglas studierte. »Das Wasser kommt aus dem Süden, aber es kann nirgendwo ablaufen.«

Daraufhin suchten sie die Südwand des Felsmassivs ab, um herauszufinden, wohin sich die Regenfluten aus dem Wadi ergossen.

Bis dann doch einer der Fahrer fündig wurde und die anderen durch lautes Rufen aufmerksam machte.

Die Kluft im Felsen war so unauffällig, dass sie nur aus einem bestimmten Winkel einsehbar wurde. Die Fahrzeuge konnten den schmalen Hohlweg nicht passieren, so machten sie sich zu Fuß auf den Weg. Doch die beiden Fahrer zögerten, weigerten sich weiterzugehen. »Sie wollen da nicht durch«, klärte Ian die anderen auf. »Sie sagen, hier spukt es. Böser Zauber. Sie haben Angst vor diesem Ort.«

Die drei wagten sich allein in den gewaltigen Felsspalt vor, traten auf kalten Sand, der Spuren von Skorpionen und Schlangen zeigte. Im Dunkeln tappend, folgten sie blind dem mäandernden Tunnel. Glenn, der die Führung übernommen hatte, tastete sich an den kühlen Wänden voran. Wenn er die anderen vor einem Felsvorsprung warnte, hallte seine Stimme gespenstisch von den kahlen Wänden wider. Hin und wieder hielten sie an und lauschten ins Dunkel und bei dem Gedanken an Horden von haarigen Spinnen und Nestern von Schlangen sträubten sich Candice die Haare.

»Hoffe nur, dass uns das irgendwohin führt«, bemerkte Ian in seiner unerschütterlichen Art. »Hier wollte ich nicht lebendig begraben sein.«

Und dann, vor ihnen – Licht.

»Großer Gott«, stieß Ian aus, als sie ins helle Sonnenlicht traten.

Sie mochten ihren Augen kaum trauen. Sie standen praktisch am Grund eines Berges, der sich dem Himmel zu öffnete. Die Höhlung bildete ein unendlich langes Tal, das von Steilhängen und Klippen flankiert wurde. Hierhin also hatten sich die Wassermassen des alten Wadi ergossen, hatten über Jahrtausende den Felsen ausgewaschen und im Laufe der Zeit dieses sagenhafte versteckte Tal geschaffen.

Und doch war es kein gewöhnliches Tal. An einigen Stellen wies der sandige Boden Spuren von Kopfstein und gepflasterten antiken Gehwegen auf. Hin und wieder stießen sie auf Bruchstücke von Säulen, verwitterte Steinbögen über einer vormals prächtigen Straße. Zu beiden Seiten des Tals entdeckten sie in die Felswände gegrabene merkwürdige Öffnungen, die nur Türen und Fenster gewesen sein konnten. Ein unheimlicher Wind pfiff durch das Tal, trug feinen Silt herbei und klang wie das Stöhnen unglücklicher Geister. Die Eindringlinge blieben andächtig stehen.

Sie hatten eine verlorene Stadt entdeckt.

Kapitel 18

Sieht wie eine kleinere Ausgabe von Petra aus«, meinte Ian. »Eindeutig nabatäisch.«

»Von diesem Ort habe ich noch nie gehört«, sagte Candice beeindruckt.

»Moment mal.« Ian schnippte mit den Fingern. »Ich glaube, ich weiß, was es ist. Ja, natürlich! Dschebel Mara ist nicht der historische Name. Dschebel Mara ist Arabisch und bedeutet so viel wie Böser Berg; ohne Zweifel ein Spitzname für diesen Ort, der schon so lange verlassen ist und um den sich Spuklegenden und Geschichten von bösem Zauber ranken. Das ist Daedana, hier kreuzten sich wichtige Karawanenwege zwischen Babylon und dem Mittelmeer.«

»Eine Stadt von Felsenwohnungen«, bemerkte Glenn und dachte an die Pueblokultur im Südwesten Arizonas und Neu Mexikos. Die gesamte Anlage war direkt in das Gestein hineingearbeitet worden, in den Fels gehauene Treppen führten zu Vorsprüngen, die zugleich als Türschwellen zu den Felsenwohnungen dienten. Die Fassaden waren schlicht, eine Andeutung von Säulen flankierte die Eingänge, während die Türrahmen ohne jede Verzierung waren. Die Häuser reichten über vier Stockwerke hoch und ein jedes hatte Zugang über eine eigene Steintreppe.

Die drei leuchteten mit Taschenlampen in Öffnungen, hinter denen sich karge, schmucklose Räume verbargen. Es gab jahrhundertealte Graffiti – *C'est moi, Philippe Agoustin. 1702.*

»Ob wir hier ein Autogramm von Baskow finden werden?«, fragte Ian im Scherz, auf den jedoch keiner einging. Schweigend setzten sie ihre Erkundungstour durch die Geisterstadt fort, entdeckten Reste von ehemaligen Ställen und Speiselokalen, Schreine für unbekannte Götter, ja sogar ein Amphitheater mit mehreren Sitzreihen. Am Ende ihrer Besichtigungstour wurde ihnen klar, warum sie noch nie von diesem Ort gehört hatten. Daedana war vor langer Zeit geplündert und so gründlich ausgeraubt worden, dass sich keinerlei Wertgegenstände, ja nicht einmal für Archäologen Verwertbares, mehr finden ließen. Und natürlich wohnte hier auch niemand, dazu rankten sich zu viele Legenden und Spukgeschichten um die Stätte.

Wo aber war der *Stern von Babylon?*

Irgendwo über dem Plateau ging ein Gewitter

nieder. Verwundert hoben die drei die Köpfe, als sie das ferne Donnergrollen vernahmen. Aber etwas anderes beschäftigte Glenn viel mehr. Er grübelte immer noch darüber nach, wohin das Wasser aus dem Wadi geflossen sein mochte.

Sie gingen durch den Hohlweg zurück, der, wie ihnen jetzt bewusst wurde, der Hauptverbindungsweg in die antike Stadt gewesen sein musste.

Auf dem Plateau entdeckten sie etwas, das ihnen vorher entgangen war – einen riesigen Felsvorsprung aus Kalkstein, der ein natürliches Sammelbecken bildete. Vor unendlich langer Zeit hatten die Menschen das Becken erweitert und ein Kanalsystem angelegt, durch das das angesammelte Wasser bis in die Stadt hinein und um den Berg herumgeführt wurde. Bei genauerem Hinsehen fanden die drei sogar Spuren von künstlich angelegten Rinnen, Röhren und Leitungen. »Schaut mal hier.« Glenn schob etwas Geröll beiseite und legte eine steinerne Röhre frei. »Sie haben Wasserreservoire angelegt, die ihre in den Fels gehauenen Zisternen speisten. Damit sie im Winter nicht unter Überschwemmungen und im Sommer nicht unter der Trockenheit leiden mussten, haben sie eine Art Wasserbewirtschaftung praktiziert.«

»Die Nabatäer waren Experten in der Kunst des Bewässerns«, fügte Ian beinahe stolz hinzu.

Da bemerkte Glenn, dass Candice sich schon wieder auf den Weg in das Tal machte. »Was haben Sie vor?«, rief er hinter ihr her.

»Den *Stern von Babylon* suchen. Es ist ja noch hell genug.«

»Wir sollten zuerst eine sichere Stelle für unser Lager suchen und unsere Nachtwache organisieren. Wir werden umschichtig Wache halten müssen.«

Mit wehendem Haar, die Hände in die Hüfte gestemmt, stand Candice da und funkelte ihn an.

»Der *Stern von Babylon* läuft uns nicht weg«, sagte Glenn, der sich schon wieder darüber ärgerte, wie diese Frau mit seinen Gefühlen spielte. Ob sie etwas davon ahnte? »Es sei denn, Sie hätten heute Nacht gern Besuch von Ihrem Hawaii-Hemd in Ihrem Zelt ...«

»Ist ja schon gut«, lenkte sie ein.

Sie wählten eine hoch gelegene, flache Stelle auf festem Grund. Diese Vorkehrung war überlebenswichtig in einem Gebiet, das regelmäßig von Sturzfluten heimgesucht wurde. Im Rücken hatten sie den Schutz des Felsmassivs und nach Westen ungehinderten Blick. Sie würden es sofort merken, wenn sich jemand dem Lager näherte, und hätten dann Zeit sich zu wappnen.

Bei einbrechender Dämmerung errichteten die Syrer Zelte für die Westler, sie selber zogen es vor, im Auto zu übernachten. Ein Lagerfeuer wurde entzündet, Essen zubereitet und Kaffee aufgesetzt. Es wurde nur wenig gesprochen. Die zwei Syrer teilten die Nachtwachen unter sich, Glenn und Ian auf, und als Candice protestierte, weil sie auch ihren Teil dazu beitragen wollte, wurde sie einfach überstimmt.

Irgendwann setzte ein sanfter Regen ein, der allerdings nicht lange anhielt. Der Mond ging an einem atemberaubend klaren Himmel auf und ein kühler Wind fächelte über das trockene Gras. Candice und ihre Begleiter schliefen tief und traumlos, Glenn mit der Pistole unter dem Kopf.

Am nächsten Morgen erwachten sie zu einem makellos schönen klaren Tag. Die Nacht war ohne Störung verlaufen, kein unerwünschter Besucher hatte sich blicken lassen.

Nach einem kurzen Frühstück kehrten sie in die verlassene Stadt Daedana zurück.

Unbeeindruckt von dem entfernten Donnergrollen gingen Glenn, Candice und Ian die antike Hauptstraße entlang und ließen den Blick über die Hausfassaden schweifen, hinter denen einst Händler, Künstler, Reisende, Soldaten, Prostituierte und Politiker gewohnt hatten. Obwohl die Stadt einen verlassenen Eindruck machte, konnten sie sich des Gefühls nicht erwehren, dass sie aus dunklen Fenster- und Türöffnungen beobachtet wurden. Verstärkt wurde dieses Gefühl noch durch den Wind, der durch die Straße seufzte, als sei er auf der Suche nach den Seelen, die vormals hier gelebt hatten.

»Warum haben Duchesne oder Baskow diese Stadt in ihren Aufzeichnungen nicht erwähnt?«, überlegte Candice laut.

»Damit niemand an die Tontafeln herankam«, meinte Ian. »Schließlich wollten sie ja an ihren Fundort zurückkehren.«

Sie hatten das Tal in seiner gesamten Länge abgeschritten, hatten den Marktplatz mit seinen letzten noch erhaltenen Säulen überquert, waren um einen Brunnen herumgegangen, der nunmehr mit Sand und Staub gefüllt war, und hatten im Amphitheater verweilt, wo schon lange keine Zuschauer mehr applaudierten oder Beifall johlten, als sie doch noch fündig wurden.

Es war die einzige Hausfassade in der Straße, vor deren Eingang sich Steine türmten. Und grob in den Felsen geritzt: ein fünfzackiger Stern.

Eilends erklommen sie die Steintreppe zu dem Felsvorsprung und blieben verwundert vor der Mauer aus Bruchsteinen und Trümmern stehen. Alle anderen Hauseingänge waren nichts als gähnende

Löcher, nur dieser eine Eingang war verschlossen. Hatte Baskow seinen Fundort tarnen wollen?

Hastig machten sie sich ans Werk. Die zwei am Eingang des Hohlwegs postierten Syrer sollten sofort Alarm geben, falls sich jemand dem Lager näherte.

Mit klopfendem Herzen schob Candice die Steine weg. Bald würden sie alle Antworten wissen: Was sich hinter dem *Stern von Babylon* verbarg, warum Philo Thibodeau über Leichen ging, um an den Stern zu kommen, und was Professor Masters mit der »gewaltigen Zerstörung« gemeint haben mochte.

Endlich hatten sie den letzten Brocken beiseite geräumt. Modergeruch schlug ihnen entgegen, als auf der anderen Seite der Wand Steine zu Boden polterten.

Der Durchbruch war geschafft.

Die Öffnung sah aus wie der Eingang zu einem unterirdischen Stollen: Irgendjemand musste vor langer Zeit den Türsturz mit geborstenen Säulenresten abgestützt haben. »Bestimmt Baskows Werk«, vermutete Glenn. »Er hat die tiefen Sprünge am Rahmen bemerkt und ihn abgesichert.«

»Sieht nicht sehr stabil aus«, bemerkte Ian.

»Das ist merkwürdig.« Candice fuhr mit dem Finger über die Ränder des Durchbruchs.

»Ziegelsteine«, meinte Glenn. »Haben wir die an anderen Hauseingängen auch gesehen?«

»Nein …« Der alte Eingang war offenbar vor sehr langer Zeit mit Ziegeln verschlossen worden, sie passten nicht zu dem umgebenden Gestein.

Ian reichte Candice die Taschenlampe. »Die Ehre gebührt dir, meine Liebe. Schließlich hast du das hier entdeckt.«

Unentschlossen wog Candice die Taschenlampe in der Hand, dann reichte sie sie an Glenn weiter. »Ihr Vater hat Ihnen den *Stern von Babylon* vermacht.«

Glenn schob die Taschenlampe durch die Lücke.

»Was sehen Sie?«, fragte Ian aufgeregt und dachte an Howard Carters berühmten Ausspruch bei der Entdeckung des Grabes von Tut-Ench-Amun: »Ich sehe wunderbare Dinge«.

»Nichts als Dunkelheit«, sagte Glenn.

Eilends rissen sie noch mehr Ziegel heraus, selbst Candice packte mit an, bis ihr der Schweiß über die Stirn lief. Die Sonne stand schon hoch am Himmel, als sie endlich eintreten konnten.

Sie befanden sich in einem kleinen Raum, der offenbar die ganze Behausung darstellte.

»Das muss eine Art Apartmenthaus gewesen sein, wo die Menschen in Einzimmerwohnungen lebten«, bemerkte Ian.

»Kannst du irgendwelche Tontafeln entdecken?«, fragte Candice.

In dem Raum roch es schal, modrig und – alt. Alles, was sie im Lichtkegel ihrer Taschenlampen entdeckten, waren Tonscherben und Fragmente, die *eventuell* von zerfallenen Tontafeln stammten. Dennoch stießen sie auf Bruchstücke mit einer Art Schrift darauf – Keilschrift, die wie Übungstäfelchen aussahen. Das ließ den Schluss zu, dass damals immerhin schon Aufzeichnungen gemacht wurden. Aber all dieses gab keinen Hinweis darauf, dass Duchesne und Baskow die Tontafeln hier gefunden haben könnten.

»Hier ist was.« Ian triumphierte so laut, dass Staub von der Decke rieselte. »Gott sei Dank hat Baskow eine Tafel übersehen.« Sofort war Candice an seiner Seite und beleuchtete das kleine rechteckige Stück getrockneten Tons. Im Lichtkegel erkannte sie sofort, dass die Tafel mit den gleichen keilförmigen Zeichen bedeckt war, die sie von Duchesnes Geheimschrift kannte. Sie zog eine weiche Bürste aus der Tasche, ging neben der Tontafel in die Hocke und säuberte vorsichtig die Oberfläche. Ihr Herz schlug aufgeregt. »Ich muss ein Foto machen«, erklärte sie. »Aber ich brauche eine Art Maßstab.« Ian reichte ihr seine Armbanduhr, und als Candice sie neben die Tontafel legte und diese dabei unabsichtlich berührte, zerfiel sie zu Staub.

»Großer Gott!«, rief Ian aus. »Wie konnte das denn passieren?« Candice fühlte sich den Tränen nahe. Jetzt hatte sie nicht einmal einen Schnappschuss von der Schrift!

Da ertönte Glenns Stimme: »Okay, Leute. Nicht bewegen.« Ganz der Ermittler am Tatort.

»Was ist los?«

Sie folgten dem Schein seiner Taschenlampe, und als sie sahen, was da auf dem Boden lag, wurden ihre Augen vor Erstaunen ganz groß.

Ein menschliches Skelett.

»Ist das hier etwa ein Grab?«, fragte Candice verblüfft. War die ganze Stadt womöglich eine Nekropole? Archäologen hatten das auch von Petra in Jordanien und Knossos auf Kreta behauptet: Friedhöfe, die wie Städte gebaut waren.

»Irgendetwas hier ergibt keinen Sinn«, meinte Ian, während er im Licht der Taschenlampe die Wände sondierte. »Aber was ist das denn?«

In die Wand war etwas eingeritzt.

Candice trat neben ihn. »Sieht aus wie Hebräisch oder Aramäisch. Ian, kannst du das entziffern?«

Er fuhr mit den Fingerspitzen über die Worte. »Babylon ... ist ... hier.«, übersetzte er mühsam. »Von Babylon. Ja genau, das ist es. Etwas von Babylon ... ist hier.«

»Wie heißt das erste Wort? Heißt es ›Stern‹?«

»Ich kann das erste Wort nicht entziffern. Die Zeichen entsprechen nicht …« Er dreht sich zu Candice um. »Hast du die hebräische Quellentextsammlung dabei?«

»Die ist in meinem Rucksack im Auto. Ich hole das Buch. Bin gleich wieder zurück.« Ehe Glenn etwas einwenden konnte, war sie schon verschwunden.

Als sie mit dem Rucksack über der Schulter zurückkam, blätterte sie bereits eifrig in Mildred Stillwaters Buch. »Ich kann es nicht finden«, sagte sie enttäuscht. »Das erste Wort ist nicht aufgelistet.«

»Bestimmt heißt es ›Stern‹«, beharrte Ian. »Was sonst sollte vor ›von Babylon‹ stehen?«

Candice hielt die Taschenlampe noch einmal auf die Stelle an der Wand. »Ich glaube, das ist kein Hebräisch, Ian. Das erste Wort ist Persisch. Und es steht für Stern.«

»›Der *Stern von Babylon* ist hier‹!«, verkündete Ian voller Stolz. Suchend schaute er sich um. »Aber wo? Ich kann keinen Stern sehen. Ob Baskow ihn mitgenommen hat?«

Glenn wurde aufmerksam. »Da ist eine Kerbe vor dem Wort ›Stern‹. Hat das was zu bedeuten?«

»Pah, ein Riss in der Wand«, meinte Ian abfällig.

Aber Candice war bereits mit einem Vergrößerungsglas zur Stelle. »Sie haben Recht, Glenn. Die Kerbe gehört zu den eingeritzten Worten. Sie weist auf einen Eigennamen hin. Das habe ich übersehen. Deswegen ist das erste Wort auch Persisch. Außerdem ist es gar kein Wort, es ist ein Name! *Esther!*« Sie drehte sich zu ihren Begleitern um. »Persisch für Stern.«

»Esther von Babylon ist hier«, murmelte Jan. »Baskow hat falsch übersetzt. Der *Stern von Babylon* ist kein Gegenstand, kein Objekt, kein Symbol, kein Ort – er ist eine *Person.*«

»Und dies ist ihr Grab«, fügte Candice hinzu.

Stumm standen sie in der Runde und blickten auf das Skelett zu ihren Füßen. »Ich glaube nicht, dass das ein Grab ist«, meinte Glenn schließlich.

»Was sollte es sonst sein?«

»Ich glaube nach wie vor, dass wir uns in einem Wohnhaus befinden.« Er schwenkte seine Taschenlampe. »All diese Scherben hier, zerbrochene Krüge und Töpfe.«

»Die waren für das Leben nach dem Tode bestimmt, nicht für den praktischen Gebrauch. Sie haben nur symbolischen Charakter«, warf Ian ein.

»Demnach verfügte ein Grab auch über eine Kochstelle?«

»Natürlich! Gräber enthalten alle möglichen symbolischen Objekte – auf Kreta gibt es sogar einige mit Toiletten. Die Verstorbenen sollten im Leben nach dem Tode ein möglichst vertrautes Umfeld vorfinden.«

Glenn wies auf die rußgeschwärzte Kochstelle, die nicht den Eindruck vermittelte, als sei sie nur symbolisch vorhanden. »Und hier.« Der Strahl seiner Taschenlampe fuhr über die Wände bis zu dem zugemauerten Fenster.

»Da könnten Sie Recht haben«, gab Candice zu und dachte an all die anderen Hausfassaden mit ihren hohlen Tür- und Fensteröffnungen. Allmählich fragte sie sich, warum Esther ausgerechnet in ihrem Haus begraben sein sollte.

»Wir wissen nicht einmal, wie alt diese Gebeine sind«, gab Glenn zu bedenken. »Vielleicht liegen sie erst seit ein paar hundert Jahren hier.«

In diesem Moment stieß Ian auf die Lampe.

»Erstaunlich«, murmelte er. »Das ist eine griechische Arbeit.« Seine Stimme klang aufgeregt. »Wie ihr wisst, bestanden die ersten Lampen aus flachen Näpfen mit einem in Öl schwimmenden Docht. Dann kamen allmählich getöpferte Lampen in Gebrauch. Die Griechen stellten Lampen mit vollständig geschlossenem Körper her, wie diese hier, damit das Öl nicht mehr verschüttet werden konnte. Später wurden die Tongefäße dann glasiert, damit das Öl nicht in dem porösen Ton versickerte. Die meisten Lampen griechischen Ursprungs waren schwarz oder dunkelgrün glasiert, wie diese da oder …«

»Können Sie uns ein Datum nennen?«, unterbrach Glenn ungeduldig.

»Die frühesten Lampen werden auf das fünfte Jahrhundert v. Chr. datiert. Sie wurden überwiegend in Griechenland und Süditalien gefunden. Dass diese Lampe so weit gereist ist, deutet auf Handelsbeziehungen mit anderen Völkern hin.«

Candice zog die Augenbrauen hoch. »Willst du damit sagen, diese Lampe sei zweitausendfünfhundert Jahre alt?«

»Bis auf ein Jahrhundert mehr oder weniger, ja. Ohne Zweifel.«

Glenn meldete sich zu Wort. »Das heißt noch lange nicht, dass die Lampe damals hier begraben wurde. Sie hätte auch noch Jahrhunderte später in Gebrauch sein können.«

»Das bezweifle ich«, erwiderte Ian. »Schauen Sie, Haushaltsgegenstände gingen leicht zu Bruch, ganz besonders Lampen. Die am besten erhaltenen, auf die wir bei unseren Ausgrabungen gestoßen sind, waren die unbenutzten. Aber kann es sein, dass eine Tonlampe Jahrhunderte übersteht? Nein, das ist unwahrscheinlich. Zudem begannen in der hellenistischen Zeit die Töpfer, ihre Lampen haltbarer zu machen und mit geometrischen Mustern zu verzieren. Und wir Menschen neigen nun einmal dazu, Altes wegzuwerfen und uns etwas Neuem, Modernerem zuzuwenden.«

»Das beweist noch gar nichts«, sagte Glenn, ganz der Mann von der Mordkommission. »Wir sollten uns vor voreiligen Schlüssen hüten.«

»Diese Lampe wurde zusammen mit Tontafeln in Keilschrift aufgefunden«, wandte Candice ein. »Wie wir wissen, wurde die Keilschrift während der Persischen Periode um das siebente Jahrhundert herum vom Aramäischen abgelöst. Wir dürfen also mit Fug und Recht annehmen, dass dieses Haus, oder was immer es war, in jener Zeit zugemauert wurde. Das würde sich mit der Zeit der Babylonischen Gefangenschaft decken, die, soweit ich mich erinnere, das bevorzugte Forschungsthema Ihres Vaters war.« Sie schaute Glenn herausfordernd an. »Habe ich Recht?«

»Mein Vater widmete seine Forschungsarbeit drei besonderen Zeitabschnitten der Bibel: dem Exodus, der Herrschaft von König Salomo und der Babylonischen Gefangenschaft. Sie haben ihm geholfen, das Rätsel um Salomo zu lösen, Dr. Armstrong. Bleiben also noch zwei. Und da wir uns in einiger Entfernung vom Roten Meer befinden ...« Er ließ den Satz in der Luft hängen.

»Aber was hat diese Frau mit der Babylonischen Gefangenschaft zu tun?«, überlegte Candice, während sie im Schein der Taschenlampe noch einmal die morschen Gebeine betrachtete. »Und ist sie *wirklich* Esther«, wandte Jan ein, »wie es die Inschrift an der Wand besagt?«

Die drei Eindringlinge schauten einander stumm und fragend an. Nun hatten sie zwar den *Stern von Babylon* gefunden, standen dafür aber vor einem viel größeren Rätsel: Was war das für ein Ort und warum war diese Frau hier begraben worden?

Sie traten ins Freie, um frische Luft zu atmen. In dem Raum war es beklemmend stickig und eng geworden.

Ian zündete sich die unvermeidliche Zigarette an. »Dann ist sie also die Frau des Astronomen, der in Baskows Fragment erwähnt wird?«

Candice schüttelte den Kopf. »Wir haben es offenbar mit zwei Astronomen zu tun, die zeitlich über tausend Jahre getrennt lebten. Professor Masters glaubte, in der Keilschrift einen Bezug zu dem ägyptischen Höfling Nacht zu finden. Nacht war zwar Astronom, nur was für eine Verbindung es zu einer Frau gegeben haben soll, die tausend Jahre später gelebt hat, ist mir ein Rätsel.«

Ian trat seine halb angerauchte Zigarette aus und sie kehrten in das Haus zurück. Candice machte Aufnahmen, wobei sie ein Lineal als Maßstab neben alle Gegenstände legte und sich bemühte, nichts anzurühren.

»Was mich interessieren würde, ist Folgendes«, sagte Ian, während er eine zerbrochene Lampe untersuchte. »Warum wurde diese Frau in einem Haus bestattet? Warum nicht in einem Grab?«

Candice war immer noch mit ihren Aufnahmen beschäftigt. »Vielleicht ist sie an etwas Ansteckendem gestorben und keiner wollte den Leichnam anfassen. Also hat man einfach das Haus zugemauert.« Sie schaute zu Glenn hinüber, der mit gefurchter Stirn in der Hocke saß. »Was ist?«, fragte Candice. »Haben Sie etwas entdeckt?«

Er zeigte auf die rechte Hand des Skeletts, die einen Eisennagel umklammert hielt. »Ich glaube, wenn Sie die Spitze dieses Nagels mit dem Gekritzel an der Wand vergleichen, werden Sie feststellen, dass damit die Worte eingeritzt wurden.«

Candice ging neben ihm ebenfalls in die Hocke. Verblüfft schaute sie auf den Nagel zwischen den Fingern des Skeletts. »Die Tatsache, dass sie ihn immer noch festhält, beweist, dass sie diese Worte eingeritzt hat, bevor sie starb. Womöglich wusste sie, dass sie nicht in einem normalen Grab beigesetzt würde. Womöglich waren andere auch auf diese Weise gestorben und dann eingemauert worden. Sie wollte nicht in Vergessenheit geraten.«

Glenn verfolgte jedoch eine andere Theorie. Er trat an das zugemauerte Fenster und ließ den Lichtkegel der Taschenlampe über das Mauerwerk wandern. Dann hob er eine zerbrochene Schale auf und besah sie von allen Seiten. »Diese Schalen und Krüge haben keinen Symbolcharakter, weil sie einst Wein und Getreide enthalten haben. Es sind angetrocknete Reste vorhanden, das bedeutet, dass jemand den Wein getrunken und das Getreide gegessen hat«, meinte er schließlich.

»Die Männer, die sie hier begraben haben«, warf Ian ein. »Das kam häufiger vor. Die für die Verstorbenen bestimmte Nahrung wurde von den Totengräbern verspeist.«

»Und wozu die Lampen?«

»Symbolisch, wie ich schon sagte.«

»Sieht aus, als hätten sie gebrannt. Und zwar lange Zeit.«

»Was ist daran so ungewöhnlich?«, wollte Candice wissen. »Wir haben doch festgestellt, dass dies eine Wohnstätte war, bevor sie in ein Grab verwandelt wurde. Esther hat diese Gegenstände vor ihrem Tod benutzt.«

Glenn wandte sich erneut dem zugemauerten

Fenster zu und hielt die Taschenlampe auf eine Stelle, die ihnen vorher entgangen war: Ruß auf den Ziegeln. »Das Fenster diente als Rauchabzug, wie ihr an den schwarzen Spuren über der Kochstelle sehen könnt. Seht ihr den Ruß an den Wänden?«

»Wollen Sie damit sagen, dass Esther noch am Leben war, als dieses Haus zugemauert wurde?«

»Lebendig begraben?«, fragte sich Ian. »Ein bisschen melodramatisch, finde ich.«

Candice betrachtete die Töpfe und Krüge, die auf einmal eine ganz neue, erschreckende Bedeutung bekamen. »Esther wurde lebendig mit Nahrung begraben?« Sie konnte es nicht fassen. »Aber warum sollte man jemanden lebendig begraben und noch mit Essen und Trinken versorgen?«

Glenn furchte die Stirn. »Vielleicht eine Art Strafe.«

»Oder ein Opfer«, murmelte Candice. Sie hockte sich nieder und ging behutsam mit einer Kamelhaarbürste ans Werk. Stück für Stück legte sie diverse Gegenstände, Pinsel, Federn und Tintenfässer frei. »Wurde sie hier etwa eingemauert, um etwas zu schreiben?«, überlegte sie laut.

»Das ergibt doch keinen Sinn«, widersprach Ian. »Wenn jemand sie zum Schreiben zwingen wollte, wozu dann einmauern? Wie sollte man dann an die Tontafeln kommen?«

»Vielleicht ist sie auch nicht eingemauert worden, *damit* sie etwas schreibt«, sagte Glenn, »sondern eher, damit sie *nicht* schreibt. Vielleicht hat sie etwas Verbotenes geschrieben und wurde zur Strafe eingemauert.«

Während die drei in nachdenklichem Schweigen vor dem Skelett standen, stellten sich wie von selbst Fragen ein, Fragen, auf die es bislang keine Antworten gab: Sollte Esther in der Tat bei lebendigem Leib begraben worden sein, worin bestand dann ihr Verbrechen? Was hatte sie getan oder geschrieben, das eine so unvorstellbar harte Strafe nach sich zog? Und warum in einer Geheimschrift?

Ich spreche von nichts Geringerem als Armageddon ... stand im Brief des Professors.

Schließlich brach Candice das Schweigen. »Nachdem sich die Tontafeln nicht hier befinden, dürfen wir davon ausgehen, dass Baskow sie mitgenommen hat, dann krank wurde und starb.«

»Er wird sie versteckt haben«, griff Ian den Gedanken auf, »und hat dann eine Skizze von dem Versteck angefertigt. Jetzt ergibt das alles einen Sinn. Wir haben seine Karte an der falschen Stelle eingesetzt.«

Als sie wieder ins helle Tageslicht traten, verharrte Glenn noch einen Augenblick vor dem mysteriösen Haus. In seinem Hinterkopf regte sich etwas, ein flüchtiger Gedanke, den er nicht zu greifen vermochte, der jedoch wichtig zu sein schien. Es hatte mit Esthers Gefängnis zu tun ... mit einer Sache, die sie übersehen hatten ...

Er kam darauf, als sie den Hohlweg erreichten. Sofort blieb er stehen und schaute auf das ruinenübersäte Tal zurück, in dem einst Menschen gelebt hatten, die auf Eselkarren fuhren und sich des Lebens freuten.

»Geht schon mal vor«, sagte er zu den anderen. »Ich muss noch was überprüfen.«

Er wartete ihre Reaktion gar nicht erst ab, sondern kehrte um und stapfte über den zerborstenen Gehweg zu der einsamen Kammer an Ende des Tales.

Vor dem Eingang blieb er nachdenklich stehen. Vielleicht war es ein Fehler gewesen, noch einmal herzukommen, dachte er in einem Aufwallen der widersprüchlichsten Gefühle, die er so sorgsam unter Kontrolle gehalten hatte und die sich nun Bahn brachen. Esthers Haus hatte offenbar Ähnlichkeit mit Candice Armstrong – es ließ ihn schwach werden.

Als er sich unverrichteter Dinge zum Gehen wandte, kam Candice die Treppe herauf.

»Wo ist Hawthorne?«, rief er ihr entgegen.

»Er will sich Baskows Skizze noch einmal vornehmen. Was machen Sie hier?«

»Erklären Sie mir, wie Keilschrifttafeln gemacht werden.«

Sie sah ihn nachsichtig an. »Nun, die Keilschrift hat ihren Namen von der Kombination keilförmiger Abdrücke auf Schreibmaterial, meistens auf Ton.«

»Ich weiß, mit dem Stylus oder Rohrgriffel wurden Zeichen in den weichen Ton gedrückt. Der Zuschnitt des Rohrendes bestimmte die Form der Zeichen. Weiter.«

»Man nimmt also einen Tonklumpen, klopft ihn ein wenig flach und drückt mit dem Stylus Zeichen hinein. Beim Trocknen in der Sonne wird der Ton dann hart und die Schrift haltbar.«

»Und wenn der Ton nun nicht in der Sonne trocknet? Wenn diese Tafeln zum Beispiel nur im Inneren des Hauses an der Luft getrocknet sind?«

»Sie müssen in der Sonne trocknen, sonst sind sie nicht lange haltbar. Sie könnten ganz leicht zerbrechen und zu Staub zerfallen. Du meine Güte!« Candice riss die Augen weit auf. »Die Tafel, die zerfallen ist! Von der wir annahmen, Baskow hätte sie übersehen!«

»Ja, sie war zwar beschriftet, aber nicht in der Sonne getrocknet, deshalb hat Baskow sie nicht mitgenommen. Vermutlich hat er noch andere Tontafeln gefunden und schnell gemerkt, dass sie bei der geringsten Berührung zerfallen. Irgendetwas hat mich die ganze Zeit beschäftigt, aber ich kam nicht dahinter, was. Jetzt weiß ich es: Esther war allein in diesem Raum, eingemauert, dem Tod geweiht, und doch von ihrem Anliegen so beseelt, dass sie noch im Angesicht des Todes weiterschreiben *musste.*«

Glenn schaute sich um. »Sie hat nicht einmal versucht, einen Fluchtweg zu graben«, sagte er, wieder ganz der Ermittler am Tatort, während er die Wände im Schein der Taschenlampe absuchte. »Es gibt keine Anzeichen von Gewalt, keine Kratzspuren an den Wänden, keinerlei Hinweis darauf, dass sie irgendetwas anderes getan hätte als ihre Worte in Tontafeln zu ritzen.«

Er trat an das vermauerte Fenster und legte die Hände an die Ziegelsteine. Wie musste Esther sich gefühlt haben, als sie zusehen musste, wie ein Stein auf den anderen gelegt wurde, bis das Tageslicht ausgesperrt war. *Nicht daran denken! Lass es sein!*

Candice trat zu ihm, in ihrem Schweigen schwang eine Frage. Er wusste, was sie sagen würde, er wusste auch bereits seine Antwort darauf. »Schon aufgrund dieser Erkenntnis müssen wir die Tontafeln in die Vereinigten Staaten schaffen, sehen Sie das ein?«, beschwor sie ihn. »Die syrischen Behörden werden sie einfach wegschließen, oder sie geraten in die gleichen bürokratischen Mühlen wie damals die Schriftrollen vom Toten Meer, die erst Jahrzehnte später an die Öffentlichkeit gelangten.«

Glenn straffte sich innerlich. Esthers Belange gingen ihn nichts an. Er war auf der Suche nach einem Killer.

Da vernahm er ein Geräusch. »Was war das?«

Candice blieb beharrlich. »Ihr Vater wusste, wovon er sprach. Wenn wir die Tafeln finden sollten und aus der Hand geben, könnte Philo sie an sich bringen. Er hat genug Geld, um Regierungsbeamte zu bestechen.«

»Ich glaube, da ist etwas …« Sie versperrte ihm den Weg. Am Hauseingang rührte sich etwas, womöglich nur ein Tier auf Nahrungssuche, dennoch sollte er besser nachsehen.

»Bitte, sagen Sie, dass Sie einverstanden sind.«

Der Einsturz kam völlig unerwartet.

Ein plötzliches Grollen. Der Türrahmen knackte und barst auseinander. Ein ohrenbetäubender Lärm, als das Dach einstürzte und das obere Geschoss herunterkrachte.

Dann wurde es finster um Glenn und Candice.

Kapitel 19

Hustend setzten sie sich auf, kaum in der Lage, in dem dicken Staub zu atmen. Glenn knipste seine Taschenlampe an. »Alles in Ordnung?«

Candice nickte nur mit schreckensbleichem Gesicht.

Er schaute sich um. Der Eingang war vollständig versperrt.

»Was ist passiert?«, fragte Candice mit bebender Stimme.

»Der Türrahmen ist eingestürzt.«

»Die anderen werden uns doch rausholen, nicht wahr?«

Glenn hielt sich die Hand vor den Mund. »Wenn sie können. Wenn Ian die beiden Männer überreden kann, das Tal zu betreten. Sie werden behaupten, das sei der böse Zauber, vor dem sie uns gewarnt haben.«

Er holte tief Luft und rüttelte mit aller Kraft an einem der Felsbrocken. Aber der Stein ließ sich nicht von der Stelle bewegen. Candice sah seine verzweifelten Anstrengungen und fing an, um Hilfe zu rufen.

»Das ist sinnlos«, sagte Glenn schwer atmend. »Man kann uns nicht hören.«

Nackte Angst packte die beiden. Sie waren lebendig begraben wie Esther.

Eine Weile blieben sie regungslos sitzen.

Endlich schwenkte Glenn seine Taschenlampe über die Wände, dann hob er einen Stein auf und begann, die Mauer systematisch abzuklopfen.

»Was suchen Sie denn?«

»Einen Fluchtweg.«

Candice sah ihn an, als sei er verrückt. Sie saßen in einer steinernen Falle. Wie sie auf ihrer Erkundungstour gesehen hatten, verfügten die Felsenwohnungen jeweils nur über eine einzige Tür, ein einziges Fenster. Zwischen den einzelnen Behausungen gab es keine Verbindung, es gab keinen Keller und keinen Dachboden.

Aber Glenn ließ sich nicht beirren und klopfte weiterhin die Wände ab. »Sie könnten mir helfen.«

Candice griff nach einem Stein. »Wenn es einen Fluchtweg nach draußen gibt, hätte Esther ihn dann nicht genommen?«

»Vielleicht gab es damals keinen.«

»Wie meinen Sie das?«

»Sehen Sie zu, dass Sie einen Hohlraum finden.«

Sie begann ebenfalls zu klopfen, hielt aber immer wieder inne, um zu lauschen. Mit jedem Atemzug wuchs ihre Angst, dass die Luft knapp wurde und die Taschenlampen ihren Geist aufgeben würden.

Unermüdlich klopfte sie die Wände Zentimeter um Zentimeter von oben nach unten ab. Bei der Vorstellung, von den Felsen wie in einer Grabkammer eingeschlossen zu sein, stieg immer wieder Panik in ihr auf, die sie zu beherrschen versuchte.

Und dann: *tapp* – ein hohler Klang.

»Gehen Sie beiseite.« Glenn trat mehrfach gegen die Mauer, bis der Stein nachgab. Sie spürten einen Lufthauch, rochen modriges Gestein. »Deshalb konnte Esther auf diesem Weg nicht entkommen. Das ist ein Kanal. Zu Esthers Zeit führte er garantiert Wasser.«

Der Tunnel sah ziemlich schmal aus. »Kommen wir da durch?«, fragte Candice.

»Wird eng werden.«

Auf Händen und Füßen, die Taschenlampen zwischen den Zähnen, robbten sie sich vorwärts. Glenn kroch voran, um das Geröll von Jahrhunderten aus dem Weg zu räumen. Während sie sich wie Maulwürfe durch die Finsternis gruben, kamen sie an eine erste Biegung, dann an eine zweite. Candice hatte das Gefühl, von dem massiven Gestein um sie herum erdrückt zu werden.

»Wo sind wir?«, flüsterte sie und hatte entsetzliche Angst, dass sie nie wieder aus diesem Labyrinth herausfänden. »Ich habe die Orientierung verloren.«

»Wir bewegen uns geradewegs ostwärts.«

»Ach ja?« So kam es ihr gar nicht vor. »Wo liegt Osten?«

»Diese Röhren und Kanäle enden irgendwo, ich schätze, am Fuß des Steilabbruchs.«

Candices Hand glitt über einen Stein. Er war nass. »Glenn? Dieser Kanal ist gar nicht trocken. Hier muss vor kurzem noch Wasser durchgeflossen sein.«

Sie kamen an eine Stelle, wo sich drei Kanalgänge trafen und in unterschiedlichen Höhen verzweigten. Als Glenn sich dem obersten Gang zuwandte, wollte Candice ihn zurückhalten. »Sollten wir nicht nach *unten?«*

»Wir müssen nach oben«, erwiderte er knapp.

Und da begriff sie auch warum: Die tiefer liegenden Schächte würden voller Wasser stehen.

Schweigend kletterten sie weiter. Candice

schätzte, dass sie bei dieser Steigung irgendwo oben auf dem Berg herauskommen mussten.

»Was ist das?«, rief sie aus.

Eine Erschütterung war durch das Gestein gegangen.

»Erdbeben!«, schrie sie auf.

Aber es war kein Erdbeben, es war viel schlimmer. »Wasser«, sagte Glenn. »Und es kommt in unsere Richtung.«

Die Sturzflut hatte ihren Ursprung in den zerklüfteten Bergen im Süden, wo ein Gewitter über der Wüste getobt hatte. Die einzelnen Rinnsale und voll gelaufenen Wadis hatten sich zu einem reißenden Strom vereint, der nun auf die antike Stadt zu kam. Das Wasserreservoir würde die Wassermassen auffangen und in das uralte Kanalsystem ableiten.

»Ich sehe Licht!«, rief Glenn. »Über uns. Wir müssten es gleich geschafft haben.«

Die Erschütterung nahm zu, und nun dröhnte ein unnatürliches Röhren durch die Kanalschächte, als jagte ein grässliches Ungeheuer hinter ihnen her. Die Luft im Kanal wurde dick, der Druck auf Candices Ohren nahm zu und schon liefen ihr kleine Rinnsale über Hände und Knie.

Die Sturzflut war direkt hinter ihnen.

Soweit sie erkennen konnten, endete der Tunnelschacht an der Ostseite des Berges. Seine Öffnung bot gerade Platz genug, um aufrecht stehen zu können, und von da brach die Wand steil nach unten ab, zur Wüstenebene.

Als das Dröhnen immer näher kam, taxierte Glenn hastig die Lage. Hinunter konnten sie nicht, also mussten sie hinaufklettern.

Auf der rechten Seite entdeckte er einen Felsvorsprung, der gerade für sie beide reichte. »Halten Sie sich fest!«

Er schwang sich hinüber auf die andere Seite, wobei er sich an Unebenheiten in der Wand festhielt. Durch seine Schritte ging ein Steinregen nieder. Dann streckte er die Hand aus. »Geben Sie mir Ihre Hand.«

»Ich kann nicht!«

»Natürlich können Sie! Schnell!« Die Vibration in dem Schacht wurde immer heftiger, das Dröhnen war ohrenbetäubend. Candice stand bereits mit den Füßen im Wasser.

Wie versteinert stand sie da, die Augen fest geschlossen. Bei dem Gedanken an den schieren Abgrund vor ihr wurde ihr bereits schwindelig. »Ich kann nicht!«

»Nicht runterschauen. Nehmen Sie meine Hand. Jetzt!«

Sie riss den Arm hoch, packte Glenns Hand. Mit

beinahe übermenschlicher Anstrengung zog er sie zu sich herüber und sie landete an seiner Brust, gerade als die Wassermassen aus dem Schacht schossen, wie ein gewaltiger Geysir aufstiegen und in einem gigantischen Wasserfall zu Tal stürzten.

Mit fest geschlossenen Augen klammerte Candice sich an Glenn, während das Gestein um sie herum vibrierte, als wollte es die Eindringlinge abschütteln, es Sand und Geröll auf sie regnete und ihr schmaler Felsvorsprung wegzubrechen drohte.

Doch dann ebbte die Flut allmählich ab. Der Berg hatte sich wieder beruhigt, aber Candice zitterte noch. Sie weigerte sich, die Augen aufzumachen, und als sie es schließlich doch tat, erblickte sie, an Glenns verschwitztem Nacken vorbei, den steilen Abgrund vor sich und sonst nur Himmel um sie herum.

»Alles in Ordnung?«, fragte Glenn.

Sie nickte stumm.

»Dann klettern wir jetzt.«

Er musterte die Felswand über sich. Steil an manchen Stellen, dann gab es wiederum kleine Vorsprünge, Ritzen und Spalten, an denen man sich festhalten und hochziehen konnte.

»Versuchen Sie regelrecht zu kleben«, ermahnte er Candice. »Setzen Sie so viel wie möglich Fläche Ihrer Schuhsohle auf den Felsen, um den besten

Halt zu bekommen. Nicht auf den Zehenspitzen klettern. Achten Sie darauf, wo ich mit den Händen Halt suche. Machen Sie es mir nach.«

Sie begannen ihren mühsamen Aufstieg vorsichtig Schritt um Schritt. Glenn half Candice, so gut er konnte, führte ihre Hand da an, wo er Halt gefunden hatte. Was hätte er darum gegeben jetzt Haken, Karabiner und jede Menge Sicherungsseil zur Hand zu haben.

An manchen Stellen verharrte Candice voller Angst und musste ermuntert werden. Einmal glitt sie aus, schrie auf und griff nach seiner Hand. Er packte sie am Arm und hielt sie mit festem Griff, als ihr der Rucksack von der Schulter rutschte und in die Tiefe fiel.

»Keine Ententanz-Position«, rief er gegen den Wind. »Halten Sie die Ellenbogen enger am Körper, wie ich es tue. Sie schaffen es! Ganz ruhig.«

Er sah, dass ihre Beine unkontrolliert zitterten, eine Erscheinung, die unter Kletterern gemeinhin als »Nähmaschine« bezeichnet wurde und von überstrapazierten Muskeln herrührte. »Sie haben guten Stand. Schmiegen Sie sich an den Fels und machen Sie jetzt mal den ›toten Mann‹.«

»Bitte was?«

»Ja, hängen Sie sich von Ihrem Halt mit gestreckten Armen ab, damit Ihr Körpergewicht von

Ihrem Skelett und nicht von den Armmuskeln gehalten wird. Ja, genauso.«

Sie kletterten weiter.

Eine Gewitterbö zog heran, schwarze Wolken türmten sich über ihnen, begleitet von Donnergrollen und zuckenden Blitzen. Der Wind wurde heftiger, drohte die zerbrechlichen Körper von der Felswand zu fegen.

Verzweifelt suchten Candices Hände nach einem Halt, schickten Geröll und Steine zu Tal. »Sie dürfen nicht gegen den Berg ankämpfen«, rief Glenn. »Lassen Sie ihn helfen.«

Sie zwang sich zu einer Verschnaufpause, lehnte sich mit ihrem ganzen Gewicht in die Felswand, obwohl die Angst sie eigentlich vorantrieb. Sie legte die Wange an den Felsen und atmete den Geruch des alten Gesteins. Der Wind zerrte an ihr, wollte sie fortreißen, aber sie schmiegte sich in dieses uralte Gestein und spürte, wie die Wärme des Tages vom Felsen direkt auf sie überging. Ein unerwartet angenehmes Gefühl. Sie schloss die Augen. Ihr Atem wurde gleichmäßiger. Jetzt empfand sie dieses uralte, raue, vom Zahn der Zeit geschundene Gestein nicht mehr wie einen Feind, eher wie eine natürliche Kraft, die ihr Sicherheit schenkte. Sie brauchte keine Angst mehr zu haben.

Das gab ihr Zuversicht weiterzuklettern.

Sie erreichten eine Stelle, an der nur noch glatter Fels zu sehen war. Es gab keine Spalten, Ritzen oder Vorsprünge, an denen man sich festhalten konnte. Glenn starrte auf die Wand über ihm. Sie waren auf der Windseite des Berges gefangen und über ihnen dräute das Gewitter.

Plötzlich rief Candice: »Ich hab einen!«, streckte den Arm aus, fand einen sicheren Griff, zog sich an Glenn vorbei in die Höhe, spreizte zu einem Tritt hinüber und wies auf den Halt, den sie gefunden hatte. Er zog sich zu ihr hoch, und danach war es, als seien sie ihr Leben lang zusammen geklettert. Sie stiegen abwechselnd, mal der eine, mal der andere vorn. Glenn bemerkte eine neue Elastizität und Sicherheit in Candices Bewegungen, als spüre sie den gemeinsamen Rhythmus des Kletterns. Es war wie ein Tanz, den sie in der Abendröte vollführten.

Als die Wand sie endlich freigab und die beiden ganz oben standen, bereitete eine feuerrote Sonne gerade ihren Abschied von diesem Tag vor und tauchte alles in Rot und Gold, während die dunklen Gewitterwolken weitertrieben, über Daedana hinweg hinaus in die Wüste.

Candice stand regungslos auf dem Gipfelkamm, mit weit aufgerissenen Augen, offenem Mund und bleichem Gesicht.

»Alles in Ordnung«, sagte Glenn, der nur zu gut verstand, was in ihr vorging. Er hatte es zur Genüge bei Anfängern erlebt: die große Erleichterung, wenn der Gipfel erreicht war, gepaart mit den Nachwirkungen des Schreckens. Und dann die Panik, ohne Halt so ausgesetzt in der Höhe zu stehen. Manch einer hatte danach nie wieder einen Berg erklommen. »Nehmen Sie meine Hand.«

Sie rührte sich nicht.

»Sie schaffen es«, sagte er und dachte dabei daran, wie ein Professor sie an der Großen Pyramide zu einer Kletterpartie herausgefordert hatte. Nur gab es hier keinen Hubschrauber, der einen im Notfall abholte. »Wir müssen jetzt absteigen.« Glenn nahm sie bei der Hand. »Sie werden es schaffen. Nur nicht loslassen.«

Sie fanden einen relativ einfachen Weg nach unten, einen, der wohl schon vor zweitausend Jahren von den Wasserbauingenieuren Daedanas geschaffen worden war.

Als sie im Lager ankamen, waren der Toyota Landcruiser und die angeheuerten Fahrer verschwunden. Keine Spur von Ian, obwohl sein Segeltuchbeutel noch auf dem Beifahrersitz des Pontiac lag. Sie machten sich sofort auf den Weg in das vergessene Tal, wo sie Ian vorfanden, der wie besessen das Geröll vor Esthers Haus wegschaufelte.

»Mein Gott«, rief er aus, als er sie erblickte. »Ihr seid rausgekommen!« Blut rann ihm über die Stirn.

»Was ist passiert?«

»Keine Ahnung. Ich war im Lager. Die Mistkerle haben mir eins über den Schädel gebraten und mehr weiß ich nicht. Als ich wieder zu mir kam, war der Toyota fort. Sie haben alles mitgenommen – Wasser, Nahrungsmittel, das Satellitentelefon, eure beiden Rucksäcke, mein Geld, meine Reiseschecks, ja sogar«, und dabei hob er mit einer traurigen Geste den Arm hoch, »meine Armbanduhr. Die Autoschlüssel vom Pontiac haben sie auch mitgehen lassen. Wir sitzen total fest. Ohne jede Möglichkeit Hilfe zu holen.«

Kapitel 20

Candices Rucksack war nicht etwa verschwunden, wie Ian befürchtet hatte. Sie hatte ihn ja in Esthers Haus noch dabeigehabt und dann, nachdem er ihr bei ihrer Klettertour von der Schulter gerutscht und zu Tal gestürzt war, am Fuß des Bergmassivs wieder aufgelesen. Wohingegen Glenns Rucksack nicht mehr da war, aber das störte ihn nicht weiter. Er trug seine Ausweispapiere und sein Geld stets bei sich. Wie sich herausstellte, hatten die flüchtigen Syrer auch die Autoschlüssel für den Pontiac nicht mitgenommen. Candice hatte sie, nachdem sie Mildred Stillwaters Buch aus dem Kofferraum geholt hatte, geistesabwesend in ihren Rucksack gesteckt. Und zu ihrer aller Freude fanden sie Wasserflaschen, Brot, Datteln und Käse ebenfalls im Kofferraum des Pontiac.

»Also doch kein Totalverlust«, meinte Ian, als sie über die Wüstenebene Richtung Wadi Raisa rasten.

Seine Mitfahrer blieben wortkarg. Glenn saß am

Steuer, Candice auf dem Rücksitz, das Gesicht dem offenen Fenster zugekehrt, die Augen geschlossen. Ohne die syrischen Fahrer fühlten sie sich schutzlos jeglichen Banditen, Räubern und Deserteuren ausgeliefert, die dieses Niemandsland nahe der irakischen Grenze unsicher machten. Und vom Westen her drohte ebenfalls Gefahr: Die flüchtigen Fahrer würden in Palmyra das Gerücht verbreiten, die Amerikaner hätten den *Stern von Babylon* gefunden und wären den Tontafeln auf der Spur.

Bevor sie ihr Lager in Dschebel Mara abbrachen, hatten die drei in Schichten geschlafen und Wache gehalten, wobei Ian unbedingt seine Waffe wiederhaben wollte, was Glenn ihm jedoch verweigerte. Die Nacht war von fernem Hyänengeheul erfüllt. Während Glenn sich ein wenig Schlaf gönnte, durchlebte er wieder einen vertrauten Traum: jene Nacht vor zwanzig Jahren, als er zwei Männer hatte streiten hören. »Ich werde dich umbringen«, hatte der eine gebrüllt. Nur war jetzt ein neues Puzzleteil dazugekommen: Der andere Mann hatte mit dem Wort »Blut« gekontert. Hatte das sein Vater gesagt oder Philo Thibodeau?

Glenn beobachtete Candice im Rückspiegel. Irgendetwas stimmte nicht. Seit der Tortur auf dem Dschebel Mara hatte sie kaum ein Wort gesprochen. Steckte die Angst noch so tief in ihr, dass sie sich nicht davon lösen konnte? Er hatte das bei anderen gesehen und auch selber schon erlebt: nach seinem Sturz, als er die Luminanz gesehen hatte. In der Überzeugung, nie wieder einen Berg erklimmen zu können, hatte er es dennoch versucht und sich an Mount St. Helena über dem Napa Valley herangewagt. Die Kletterroute hatte er geschafft, obwohl sein Knie höllisch schmerzte.

Ihm war klar, dass er Candice bei der derzeitigen Lage unmöglich nach Hause schicken konnte. Wenn er ihr jetzt die Tontafeln anvertraute, schwebte sie in noch größerer Gefahr als vorher. Obwohl er sich für ihr Wohl verantwortlich fühlte, musste er diese Jagd bis zu ihrem bitteren Ende fortsetzen, und er hoffte inbrünstig, dass er, wenn der Moment der Wahrheit kam und er dem Mörder seines Vaters gegenüberstand, die innere Kraft und genug Selbstbeherrschung finden würde, um das Richtige zu tun.

Mit einsetzendem Tageslicht erreichten sie ein Plateau und vor ihnen erstreckte sich eine goldbraune Sandwüste, die bis an den Horizont reichte. »Wir sind da«, sagte Glenn. »Wadi Raisa.«

»Der zieht sich ja bis in die Ewigkeit«, bemerkte Candice, als sie im hellen Morgenlicht dastanden und den Wasserlauf betrachteten.

»Und weiter.« Angesichts der tiefen Schlucht

in dem Kalksteinfelsen furchte Ian die Stirn. »Da haben wir aber ganz ordentlich zu suchen.« Die Schlucht nahm ihren Ursprung irgendwo im Südosten und führte nach Norden, wo dann die durch gelegentliche heftige Regengüsse anfallenden Hochwasser in den Euphrat flossen. »Baskow könnte diese Tafeln auch hundert Meilen von hier vergraben haben.«

Sie verschwendeten keine Zeit.

Den Pontiac ließen sie auf höher gelegenem festen Terrain stehen, diesmal sicherheitshalber verriegelt. Vorsichtig arbeiteten, sie sich durch die Klamm nach unten, wobei sie auf Markierungen an den Felswänden achteten und die geologischen Formationen studierten.

»Ist euch eigentlich schon mal der Gedanke gekommen, dass die Tontafeln vielleicht gar nicht so lange in ihrem Versteck geblieben sind?«, fragte Ian. »Ich meine, wir haben einen an Fieber leidenden Russen, der einen wertvollen Fund verstecken will. Was sollte seine Männer daran hindern, die Dinger sofort wieder auszugraben und auf dem Schwarzmarkt zu verkaufen?«

»Davon hätten wir in den letzten achtzig Jahren sicherlich Kenntnis bekommen«, meinte Glenn, der einen über ihnen kreisenden Habicht beobachtete. »Irgendein Stück wäre im Lauf der Jahre garantiert in einem Museum oder in einer Privatsammlung aufgetaucht.«

»Wie hat Baskow dann seine Leute dazu gebracht, die Tafeln nicht anzurühren?«

»Vielleicht hat er mit einem guten alten Zauber gearbeitet. Die Tafeln mit einem Fluch belegt. Oder den Männern mehr Geld bei seiner Rückkehr versprochen.«

»Er könnte sie auch umgebracht haben.«

Glenn blieb abrupt stehen und sah Ian an. Dessen Augen waren hinter dunklen Sonnengläsern verborgen. »Wie kommen Sie auf diese Idee?«

»Gibt es einen sichereren Weg, den Fund unentdeckt zu lassen? Ein anderer sicherer Weg wäre, alleine hierher zu kommen, um die Tafeln ohne Hilfe und so geschickt zu verstecken, dass nicht einmal eine Maus sie finden würde.« Er kniff die Augen zusammen, als er die lange, unwegsame Strecke abschätzte, die noch vor ihnen lag. »Ich habe das grausame Gefühl, dass wir eine ziemlich anstrengende Suche vor uns haben.«

»Oder auch nicht.« Candice wies auf ein seltsames Objekt. Zu ihrer Rechten, in dreißig Fuß Höhe, stapelten sich sechs rostige Benzinkanister vor einer Felswand. Auf einem der Kanister war noch eine verblichene Aufschrift zu erkennen: *Anglo-Persian Oil Company.*

»So hieß British-Petroleum in früheren Jahren«, rief Ian aus. »Diese Kanister sind mindestens achtzig Jahre alt.«

Die Kanister waren mit Sand gefüllt, um ihnen mehr Standfestigkeit zu verleihen. Als Ian und Glenn sie von dem Felsen wegrollten, kam eine Öffnung zum Vorschein. Candice leuchtete mit der Taschenlampe hinein und entdeckte einen Metallkasten. Nachdem sie sich vergewissert hatte, dass in dem Hohlraum keine unliebsamen Wüstentiere hausten, zog sie den Kasten behutsam hervor und trug ihn ins Freie. Es war ein alter Werkzeugkasten mit einem verrosteten Vorhängeschloss.

Glenn zog ein Schweizermesser aus der Tasche und machte sich daran, den Deckel aufzustemmen. »Wahrscheinlich liegt nach all dieser Zeit alles in Scherben«, brummte Ian missmutig. »Und wer weiß, wie Baskow mit den Dingern umgegangen ist. So lange halten sich sonnengetrocknete Tontafeln nun auch wieder nicht.«

Aber als Glenn den Deckel aufklappte, riss Ian erstaunt die Augen auf. »Großer Gott!«

»Baskow hat sie in seine Kleider eingewickelt«, sagte Candice. »Und hier, Faserreste von einem Korb. Da drin muss Esther die Tafeln aufbewahrt haben. Sie sind erstaunlich gut erhalten.«

Andächtig stand das Trio vor den kleinen Tonklumpen. Vor über zweitausend Jahren waren sie von einer Frau beschriftet worden, die, um das zu vollbringen, in Kauf genommen hatte, bei lebendigem Leib eingemauert zu werden.

Glenn und Ian sollten sich die Nachtwache teilen, aber Glenn verspürte noch keinen Wunsch, sich von Ian ablösen zu lassen. Als er Schritte hinter sich hörte, sagte er: »Ich halte noch eine gute Stunde durch.« Es war jedoch nicht Ian Hawthorne, es war Candice, die mit zwei Tassen in der Hand auf ihn zukam. »Ian hat Kaffee gekocht.«

Glenn ergriff seine Tasse, schnupperte misstrauisch daran und nahm vorsichtig einen Schluck. »Gar nicht so übel.«

Candice setzte sich, den Kaffee in der Hand, zu ihm. »Haben Sie schon etwas zu den Tontafeln herausgefunden?«, wollte er wissen.

Zunächst hatten sie an einem sicheren Ort im Schutz der Berge ihr Lager aufgeschlagen. Dann hatten sie Baskows Werkzeugkasten untersucht.

Der russische Theologe hatte die zerbrechlichen Tontafeln in Lagen zwischen seinen Leinenhemden verpackt, die Candice vorsichtig heraushob, bis sie auf ein seidenes Halstuch stieß. Was sie darunter entdeckte, ließ sie erschrocken zurückfahren. Auf dem Boden des Kastens lagen keine Tontafeln, sondern verschieden große Keramikstücke, die mit Tinte beschriftet waren – und nicht etwa in der Geheimschrift, sondern auf Hebräisch! Hatte Esther etwa zwei Geschichten niedergeschrieben?

»Zu meinem Kummer«, flüsterte Candice Glenn zu, obwohl sie in dieser weiten, nächtlichen Wüste bestimmt niemand hörte, »kann ich die Tontafeln ohne die Duchesne-Chiffrierung nicht entziffern. Aber Ian arbeitet an den Keramikstücken. Womöglich werfen diese ein Licht auf unseren Fund.«

Sie nippte an ihrem Kaffee. »Was macht Ihr Knie?«

»Mein Knie?«

Erstaunt sah sie ihn an. »Sie haben mir erzählt, dass Sie nach dem Unfall mit Ihrem Knie das Klettern aufgegeben hätten. Auf Dschebel Mara haben Sie sich aber wacker geschlagen.«

»Und Sie erst! Noch besser als wacker.«

Er hatte erwartet, dass sie von ihrer Panik auf dem Gipfel sprechen würde. Stattdessen sagte sie: »In Los Angeles ist mir aufgefallen, dass Sie im Dienst keine Waffe tragen«, und deutete auf die Pistole in seinem Schoß.

»Ich ziehe Gespräche dem Austausch von Kugeln vor.«

»Macht es Ihnen etwas aus, tagtäglich mit Gewalt konfrontiert zu werden?«

Jeden Tag, dachte er. »Es geht nicht immer nur um Autojagden und Schießereien.«

Sie sah, dass er in sich hinein schmunzelte. »Erzählen Sie.«

Bedächtig nahm er einen Schluck Kaffee. Hawthorne mochte so manchen Fehler haben, aber Kaffee konnte er kochen. »Nun ja, bevor ich Detective wurde, fuhr ich Streife. Mein Partner und ich bekamen einen Anruf, dass Tiere ausgebrochen seien. Es war eine ländliche Gegend, also nichts Ungewöhnliches. Da fanden wir diesen Ziegenbock auf der Straße. Wir kriegten ihn irgendwie an die Leine, und als wir ihn aufs Polizeirevier führten, stand da so ein angesäuselter Typ rum und glaubte seinen Augen nicht zu trauen. ›Ich denke, ihr arbeitet sonst immer mit Deutschen Schäferhunden.‹«

Sie bogen sich vor Lachen. Glenn rieb sich die Augen. »Jetzt würde mir ein bisschen Elmore James gut tun.«

»Warum ausgerechnet Blues«, fragte Candice.

»Warum nicht? John Lee Hooker. Ike Turner. Lightnin' Hopkins. Die Besten. Ich habe sogar die Originalaufnahme von *Come On In My Kitchen,* von Robert Johnson, 1936. Der Stolz meiner Sammlung.« Er sah sie an. »Blues ist der Soundtrack der Wirklichkeit. Welche Musik mögen Sie?«

»Bitte nicht lachen: John Denver.«

Er lachte.

»Und was nun?«, fragte sie.

Glenn wusste, worauf sie anspielte. »Wir haben, was Philo will, und er weiß, wo wir uns aufhalten.« Glenn hob den Kopf, als erwarte er, dass Hubschrauber aus dem Nichts auftauchen, Männer in Kampfanzügen mit gezückten Waffen herausspringen, Thibodeau gelassen aus dem Cockpit steigen und die Hand nach den Tontafeln ausstrecken würde.

Glenn verstand das alles nicht. Er hatte damit gerechnet, dass Philo oder zumindest seine Handlanger hier auftauchen würden. Warum waren sie nicht gekommen?

»Vielleicht erwartet er, dass wir die Fundstücke nach Damaskus bringen.«

Das wäre eine Möglichkeit. Aber das würde nicht geschehen. Jedenfalls jetzt nicht. Die Tontafeln den Behörden zu übergeben, kam auch nicht mehr infrage, abgesehen davon, dass dieser Plan garantiert fehlgeschlagen wäre. Wie Candice richtig bemerkt hatte, konnte Philos Reichtum jeden Weg in jedes Bankgewölbe ebnen und ganze Armeen von Wachen bestechen. Glenn sah es mittlerweile als persönliche Aufgabe an, diese Tafeln zu beschützen.

Und nicht nur sie.

Die kleine Wunde an Candices Hals hatte ihm deutlich gemacht, was er vorher übersehen hatte: Philos Komplize hatte sie im Haus ihrer Mutter nicht umgebracht, weil das gar nicht zu Philos Absichten gehörte. Er hatte Candice und ihren archäologischen Sachverstand gebraucht, um die Tontafeln zu finden. Aber nun hatte sie ihren Zweck erfüllt.

Mithin war sie überflüssig.

Und somit hatte Glenn zwei kostbare Schätze in seiner Obhut. Mit wachsendem Unbehagen nippte er an dem heißen, kräftigen Kaffee. Irgendetwas stimmte nicht. Er ließ die letzten achtundvierzig Stunden noch einmal im Geiste ablaufen und kam zu dem Schluss, dass sie Palmyra viel zu überstürzt verlassen hatten. Hatte Philo ihnen eine Falle gestellt?

»Detective«, setzte Candice an.

»Glenn«, korrigierte er sie und hätte das Angebot am liebsten gleich wieder zurückgenommen. Sich beim Vornamen zu nennen, war der erste Schritt zu Intimitäten.

»Die Alexandrier, diese geheime Bruderschaft,

der Ihre Eltern angehörten. Haben Sie inzwischen eine Vorstellung, was sie treiben? Ich meine, sind sie Hüter des Heiligen Grals? Und wie passt da der *Stern von Babylon* ins Bild?« Mit Candice ging wieder einmal die Fantasie durch. Hüteten die Alexandrier womöglich den Becher, aus dem Jesus beim letzten Abendmahl getrunken hatte? Und wenn der Becher und der *Stern von Babylon* zusammenkamen, ergab das dann Armageddon?

Glenn hatte das Tagebuch seiner Mutter auf seinen Wachposten mitgenommen, um darin zu lesen, wenn er nicht gerade den Horizont nach Lastwagen, Flugzeugen oder Helikoptern absuchte. »Soweit ich den Aufzeichnungen meiner Mutter entnehmen kann, handelt es sich um eine Art religiösen Orden. Darüber hinaus weiß ich nichts.«

»Aber Sie sagten doch, Ihre Mutter sei nicht religiös gewesen?«

»War sie auch nicht. Nicht im herkömmlichen Sinne. Meine Eltern sind nie in die Kirche gegangen, haben mir nie zu beten beigebracht. Ich war bestimmt das einzige Kind in der Gegend, das kein Gutenachtgebet sprach. Meine Mutter war eine spirituelle Atheistin, die ihr Weltbild aus Wissenschaft und Mathematik ableitete.«

Er schlug das Tagebuch auf und reichte es Candice. Sie stellte ihre Kaffeetasse ab und begann zu lesen: *»Es gibt keinen Tod. In unseren Körpern pulsiert dieselbe Energie, die Welten hervorbringt, und das Erste Hauptgesetz der Thermodynamik besagt, dass Energie weder erzeugt noch zerstört werden kann. Die gesamte, im Universum verfügbare Energiemenge ist konstant. Einsteins Relativitätstheorie, die Äquivalenz von Masse m und Energie E:E =* mc^2*, beweist, dass Masse und Energie austauschbar sind, was den Schluss nahe legt, dass im Universum Energiemenge und Masse feste Größen sind. Wo aber geht die Energie des Lebens hin? Sie kann nicht sterben, also wird sie woanders hin transportiert.«*

Während Glenn seinen Kaffee trank, bemerkte er, dass Candice beim Lesen unbewusst an ihre Kamee fasste. Seine Augen folgten dem rosa Band bis in ihren Nacken, wo es auf altmodische, sehr feminine Art verknotet war. Außerdem nagte sie an ihrer Unterlippe beim Lesen. *Diese zum Küssen einladenden Lippen!*

Abrupt stand er auf und steckte die Pistole in den Gürtel. »Sie sollten sich schlafen legen. Sie müssen todmüde sein.«

»Bin ich auch«, gab sie zu. Sie hatte gehofft, Ians Kaffee würde sie wach halten. »Sie müssen aber auch müde sein.«

Das war er, in der Tat. Er unterdrückte ein

herzhaftes Gähnen. Dennoch musste er wach bleiben, er musste darüber nachdenken, was zu tun war und wie er die Tontafeln als Köder für Philo einsetzen konnte.

Immerhin hatten die syrischen Fahrer zwei Schlafsäcke dagelassen. Candice schlüpfte in den einen, wohlweislich in der Nähe des Feuers und im Schutz der Felsen. Als Ian darauf bestand, seine Wache anzutreten, gab Glenn widerwillig nach und trollte sich, die Pistole im Gürtel, ins Lager, wo er auf der anderen Seite des Lagerfeuers den zweiten Schlafsack entrollte und hineinkroch.

Mitten in der Nacht erwachte Glenn plötzlich. Die Sterne im kalten Nachthimmel über ihm wirkten wie Eissplitter, die Wüste umgab ihn mit unnatürlicher Stille. Rasch vergewisserte er sich, dass Ian immer noch auf seinem Wachposten saß.

Er schälte sich aus dem warmen Schlafsack und schlich auf leisen Sohlen zu dem geparkten Pontiac. Auf dem Beifahrersitz ruhte der Metallkasten mit Esthers Vermächtnis. Und dann entdeckte er den Schlüssel im Zündschloss.

Nach einem letzten Blick auf die schlafende Candice stand sein Entschluss fest. Es gab nur einen Weg, sie und die Tontafeln zu schützen. Die Erkenntnis war ihm buchstäblich im Schlaf gekommen und er wollte keine Zeit verlieren. Er glitt hinter das Lenkrad, zog die Wagentür mit einem leisen Klicken zu und griff nach dem Zündschlüssel.

Ehe er noch seine Ansprache halten konnte, wusste Philo, dass Ärger bevorstand.

Ygael Pomeranz machte im hinteren Teil des Bankettsaals eine Szene, während zwei von Philos Leuten ihn zu besänftigen suchten. Philo wusste, dass er selber einschreiten musste, demgemäß hielt er seine Rede kurz.

Das fünfhundertköpfige hochkarätige Publikum, unter denen nur wenige Alexandrier waren, lauschte den Worten dieses Mannes, dem gerade der höchste humanitäre Orden des Staates Texas verliehen worden war. Pro Nase hatten sie tausend Dollar Eintritt bezahlt, allein für die Ehre, dieselbe Luft wie der Philantrop Philo Thibodeau atmen zu dürfen. Sie bewunderten ihn. Er hatte nicht nur einen ganzen Anbau für das St. Jude-Hospital gespendet, sondern auch noch eine hochmoderne Forschungsstelle zur Bekämpfung von Krebskrankheiten finanziert. Als sie sich nun von ihren Sitzen erhoben – die Frauen in ihren glitzernden Abendroben, die Männer im Frack –, um Philos bescheidener Dankesrede gebührend zu applaudieren, entging es ihrer Aufmerksamkeit, dass im hinteren Teil des Bankettsaals ein Gentleman vom Wachdienst des Hotels festgehalten wurde.

»Philo, du Teufelsbrut!«, schrie Ygael, aber seine Stimme ging in dem allgemeinen Lärm unter.

Indem er sich entschuldigend auf dem Podium verneigte, wo Politiker und Verwaltungsratsmitglieder des Hospitals gleichermaßen huldvoll lächelten und klatschten, schlängelte sich Philo davon, wobei er den Sicherheitsleuten mit einer Geste bedeutete, den aufgebrachten Ygael in ein privates Hinterzimmer zu bringen.

»Du spendest Krankenhäusern Geld, aber du stiehlst heilige Bücher. Du bist ein Pharisäer, Philo!«

Rossi trat einen Schritt näher.

»Alles in Ordnung«, erklärte Philo. »Lass uns bitte allein. Mein lieber Ygael, welchem Anlass verdanke ich diese Ehre?«

Zu seinem Frack trug Ygael Pomeranz die Kippa und den Gebetsschal. Er war achtundsechzig Jahre alt und ein Meister der Kabbala und des jüdischen Mystizismus. Von tiefem Glauben beseelt, hätte er es leicht zum Rabbiner bringen können, hätte er nur an die Existenz Gottes geglaubt. »Ich weiß, was du getan hast, Philo. Und frag mich nicht, wie ich dahintergekommen bin.«

»Das hatte ich auch nicht vor«, erwiderte Philo ruhig.

»Du hast auf unlautere Art Dinge erworben. Und wie? Durch Diebstahl! Du hast mit Schmugglern, Grabräubern und Dieben gemeinsame Sache gemacht. Du hast mit Erpressung und Einschüchterung gearbeitet. Und das schon seit Jahren.« Die Furchen auf Ygaels Stirn vertieften sich. »Das ist unter deiner Würde, Philo.«

Ygaels Ahnenreihe reichte zurück bis zu einer Talmudschule aus dem sechsten Jahrhundert und das allein machte ihn schon zu einem hoch angesehenen und mächtigen Mitglied der Gesellschaft.

Er war ein Mann, auf dessen Wort man hörte.

Dennoch war Philo nicht beunruhigt. Der Alte mochte sich noch so schlau vorkommen, von Philos Bomben wusste er garantiert nichts.

»Wirst du den anderen davon berichten?«

»Morgen findet die Hochzeit meiner Tochter statt.« Philo wusste das. Er hatte eine Einladung erhalten und abgesagt. »Ich werde morgen Abend eine außerordentliche Versammlung einberufen«, sagte Ygael. »Das hat es in der Geschichte unseres Ordens noch nie gegeben. Es gibt keinen Präzedenzfall. Wir können dich nicht aus der Gemeinschaft ausschließen, aber wir werden ab sofort jeden deiner Schritte überwachen. Und wir werden die gestohlenen Schätze an ihre rechtmäßigen Besitzer zurückgeben.«

»Und damit die Existenz unserer Gesellschaft preisgeben?«

»Es gibt Mittel und Wege. François Orléans ...«

Ihr Mann bei Interpol, dessen Abstammung bis auf die Herzogin von Narbonne im zwölften Jahrhundert zurückging. »Hast du es ihm gesagt?«

»Ich werde es morgen tun. Nachdem ich meiner Tochter und ihrem Ehemann den Segen gegeben habe.«

Unbeeindruckt erhob sich Philo aus seinem Sessel und trat auf den Mann zu. »Mein teurer Freund, ich bin aufrichtig bestürzt. Du bist einem Irrtum oder womöglich einer Übertreibung aufgesessen. Was mich besonders betrübt, ist die Tatsache, dass all dies meinem Ruf schaden kann. Ich habe Feinde, das gebe ich gerne zu. Welcher reiche Mann hat die nicht? Aber was mich am meisten betrübt, ist, dass du, mein teurer Freund, solchen Kummer leidest. Das bricht mir beinahe das Herz.«

Er legte dem alten Mann die Hände auf die Schultern und schaute ihm in die Augen. »Ygael, du bist und bleibst mein Bruder. Ich würde mir lieber den rechten Arm abhacken, als dich leiden zu sehen, und im Namen des Ordens zu stehlen, würde genau dies bedeuten. Es gibt für alles, was du gehört hast, eine Erklärung. Vor allem aber wünsche ich mir, dass deine Seele wieder Frieden findet. Stimmst du mir darin zu?«

Ygael war wie gebannt von Philos Blick, seiner einschmeichelnden Stimme, seinem Zauber. »Ich mochte meinen Ohren nicht trauen«, sagte er, und seine Stimme klang nun viel unsicherer. »Ich sagte, nein, das ist unter Philos Würde, aber dann legten sie mir Beweise vor ...«

Philos Stimme war nur noch ein Wispern, als er die Augen schloss und sagte: »Natterngezücht, an unserem Busen genährt, teurer Bruder. Seit Jahrhunderten werden wir verfolgt.« Ygael seufzte laut auf, als Philo weitersprach. »Sind unsere Mütter und Väter nicht um ihr Leben gerannt, als die große Bibliothek brannte? Mit wie viel Lüge und Verrat hatten sie damals zu kämpfen? Und selbst heute noch müssen wir wachsam sein.«

Ygael standen Tränen in den Augen, als er sich daran erinnerte, wie einer seiner Vorfahren, ein Ritter der Flamme, in Jerusalem den Märtyrertod gestorben war. Gewiss, der Orden war immer schon verfolgt worden und man musste stets wachsam bleiben. Er hatte Philo zu Unrecht beschuldigt, das wurde ihm nun klar.

»Lass uns den Namen Gottes preisen«, sagte

Philo leise, während sich seine Finger in Ygaels Schultern gruben und er den armen Ygael erneut in seinen Bann schlug.

»Im Namen Gottes«, flüsterte Ygael.

Sie umarmten einander und Ygael bat um Vergebung.

Nachdem der Alte gegangen war, kehrte Philo in den Bankettsaal zurück, wo er mit tosendem Beifall begrüßt wurde.

Am nächsten Tag fiel Ygael Pomeranz bei den Hochzeitsfeierlichkeiten seiner Tochter tot um. Alle waren bestürzt, hatte sich Pomeranz doch augenscheinlich bester Gesundheit erfreut. Der herbeigerufene Arzt konstatierte einen Herzanfall und ordnete keine weiteren Untersuchungen an. Selbst bei einer Blutanalyse wäre die Droge nicht entdeckt worden, die Ygaels Champagner, einem 1993er Taittinger Brut Rosé, einem vorzüglichen Jahrgang mit einem Preis von dreihundert Dollar die Flasche, heimlich beigefügt worden war.

Kapitel 21

Der Geruch von frisch gebrühtem Kaffee und das helle Tageslicht hatten sie aufgeweckt.

Candice rieb sich die Augen und blinzelte in die Sonne. Warum hatten Glenn und Ian sie nicht geweckt? Und warum hatte sie überhaupt so lange geschlafen? Eigentlich fühlte sie sich auch gar nicht erholt, eher zerschlagen. Ians starker Kaffee hätte doch das Gegenteil bewirken müssen.

Aber als sie mühsam aus ihrem Schlafsack kroch und die kalte Asche in dem Lagerfeuer erblickte, wurde ihr klar: Der Kaffeeduft war reine Einbildung gewesen. Dann registrierte ihr benebeltes Gehirn, dass der Pontiac fort war.

Fröstelnd in dem beißenden Wind suchte sie eilends Zuflucht in der Felsnische, die ihr, Ian und Glenn in der Nacht zuvor Schutz geboten hatte. Mit der Hand über den Augen suchte sie die Ebene nach Gestalten ab, rief Ians und Glenns Namen, bis ihr bewusst wurde, dass die nächste menschliche Ansiedlung etwa hundert Meilen entfernt lag. Und so, wie sich allmählich ihr Kopf klärte, traf die Erkenntnis sie wie ein Schock, dass sie sich ganz allein in der syrischen Wüste befand. Da sah sie die Staubwolke am Horizont.

Ein Militärjeep mit bewaffneten Männern hielt geradewegs auf sie zu.

Als Jessica Randolph fünfzehn Jahre alt war, sperrte ihr alter Vater, seines Zeichens Laienprediger, sie so lange ein, bis sie zu Gott gefunden hatte. Nach vier Tagen ohne Wasser und Brot halluzinierte sie, ihr Vater sei Gott. Das genügte. Damals hieß sie noch Ruby Frobisher und war nur ein barfüßiges Mädchen, das auf der falschen Straßenseite lebte und Jungen Dinge erlaubte, weil sie an ihre Versprechungen glaubte. Mit sechzehn lief sie von zu Hause weg, auf dem Rücken immer noch die Striemen vom Gürtel ihres Vaters, und schwor sich, dass kein Mann in ihrem Leben jemals wieder Macht über sie haben sollte.

Es bedurfte einiger Jahre des Kämpfens, bis ihr klar wurde, dass sie auf ihrem Weg zur Macht Männer mit Macht als Trittsteine brauchte. Sie modifizierte also ihren Schwur entsprechend. So kam es auch zu der kurzen Affäre mit Ian Hawthorne, der sie mit seinem »Sir« und seinem englischen Stammsitz beeindruckte, bis sie dahinter kam, dass er auf dem besten Wege war, sich zu ruinieren. Er glaubte, in seines Vaters Fußstapfen treten und ein ebenso zügelloses Leben führen zu müssen, nachdem dieser sich nach seinem geschäftlichen Niedergang umgebracht hatte. Obwohl Ian immer wieder beteuerte, dass er sein Leben wieder in den Griff bekommen und alle Schulden tilgen würde, wusste Jessica nur zu gut, dass er nur eine langsame Form des Selbstmordes beging.

Mit Philo Thibodeau war das schon eine andere Sache.

Es war nicht etwa seine offensichtliche Macht, die sie anzog, der immense Reichtum, seine Verbindungen zu den höchsten Regierungskreisen und der Wirtschaft, nein, es war seine Ausstrahlungskraft – und über die verfügten nur wenige Männer von Welt und Geld. Ihr Vater, obwohl verarmt, gehörte auch dazu. Diese Kraft rührte aus der Seele und strahlte wie eine Sonne. Charisma. Sie hatte sich aus dem Bann ihres Vaters geflüchtet, aber dann war sie in Philos Bann geraten. Aus eigenem Antrieb, wie sie sich selbst einredete, schließlich wollte sie an seiner Macht teilhaben. Und daran hielt sie fest, nachdem sie einmal zu der Überzeugung gelangt war, dass ein weißhaariger Jebediah Frobisher aus Kentucky nichts war im Vergleich zu dem reichen, distinguierten weißhaarigen Texaner.

In ihren Anfangsjahren als Betrügerin hatte Jessica die Kunst perfektioniert, menschliche Körpersprache, Gesichtsausdrücke und Stimmen zu deuten. Sie konnte beinahe Gedanken lesen, und ihr aktueller Eindruck von Philo sagte ihr, dass er etwas Großes vorhatte. Es war aus seiner Anspannung und dem Feuer in seinen Augen zu lesen. Sie hatte dieses Feuer auch in den Augen ihres Vaters brennen sehen, der an die baldige Wiederkunft Christi glaubte und täglich damit rechnete, Jesus auf seiner Türschwelle vorzufinden.

Was nun aber Philo und seine geheime Bruderschaft im Schilde führten, war ihr immer noch nicht klar.

Sie hatte auf diskretem Wege bei Branchenkollegen Erkundigungen über Philos Erwerbungen eingeholt und das Ergebnis traf sie wie ein Schock.

Die Hopi-Prophezeiungen, von Thomas Banacyca persönlich verfasst. Die früheste Fassung von *Black Elk Speaks.* Die heimlichen Predigten von Paramahansa Yogananda. Die Parabeln von Johannes Septimus, von eigener Hand geschrieben. Ein Buch aus dem zwölften Jahrhundert mit den Visionen von Hildegard von Bingen. Eine Privatsammlung der Schriften von Thomas Merton.

Von all diesen Werken hatte Jessica nie zuvor gehört. Und alle waren religiösen Inhalts.

Nun wurde es Zeit für den Reserveplan und die Festung, die in Raymond von Toulouses Brief erwähnt wurde.

Sie wusste, dass Ian Hawthorne von Philo angeheuert worden war, den *Stern von Babylon* zu stehlen, und sie wiederum hatte Ian einen noch höheren Preis dafür geboten, um den Stern oder was immer es war, als Köder für Philo zu benutzen. Ian wollte sie auf dem Laufenden halten, aber sie hatte noch keine Nachricht von ihm. Also musste Plan B in Aktion treten, besagter Brief von Raymond von Toulouse. Und sie musste Philo wissen lassen, dass sie im Besitz dieses kostbaren Briefes war.

Zunächst galt es jedoch, alles über die geheime Bruderschaft herausfinden, von der Raymond sprach.

Man hatte Jessica im Dorf vor dem Betreten der Festung hoch in den Pyrenäen gewarnt. Ein böser Zauber ginge dort um, hieß es, die Mönche verehrten Satan. Wie sollte sie das abhalten? Die halbe Welt betete den Teufel an. Dann wieder sagte man, der Weg zur Festung sei versperrt. Das hielt sie ebenso wenig ab. Es gab immer Mittel und Wege. Schließlich hieß es, die Festung würde bewacht. Die Wachen kümmerten Jessica noch weniger, schließlich verfügte sie über eine versteckte Waffe, von der die Dorfbewohner nichts ahnten.

Sie fürchteten sich vor den Mönchen, hatten das Kreuz geschlagen und gesagt: »Gehen Sie nicht da hinauf, die beten den Satan an.«

Philo hatte ihr nie das Gefühl vermittelt, dass er den Teufel verehre, und doch hatte er bei der einen oder anderen Gelegenheit Dinge gesagt wie: »Beten ist reine Zeitverschwendung. Keiner hört zu.« War er ein Atheist? Wenn einer nicht an Gott glaubte, wie konnte er dann an den Satan glauben?

Wie oft seht ihr die Mönche?, hatte sie die Dorfbewohner gefragt.

Nie.

Kommen sie denn nicht ins Dorf, um einzukaufen?

Einmal im Monat landet ein Hubschrauber in der Festung und bringt Vorräte.

Jetzt wurde Jessica einiges klar: Die Mönche mieden die Läden im Dorf und so etwas führte unweigerlich zu Ressentiments. Aus Ressentiments erwuchs Hass und Hass führte zu Furcht.

Als sie ihren königsblauen Lamborghini Diabolo auf den Bergpass zulenkte, erhaschte Jessica dann und wann einen Blick auf die Türme und Giebel der mittelalterlichen Burg inmitten der herben Gebirgslandschaft. Und während Buchen- und Eichenwälder an ihr vorbeizogen, sie in immer luftigere Höhen weitab jeder Zivilisation getragen wurde, lächelte sie zufrieden in sich hinein.

Sie war kurz davor, Philos Geheimnis zu lüften.

Glenn hatte den Militärjeep ebenfalls entdeckt und fing an zu rennen. Er hatte Candice schlafend allein im Lager zurückgelassen.

Der Jeep, ein verbeultes Fahrzeug mit drei abgerissenen, bewaffneten Männern an Bord, kam immer näher.

Glenn duckte sich hinter einen Felsen. Das Fahrzeug würde nur wenige Meter an ihrem Lagerplatz vorbeifahren.

Wo steckte Candice nur?

Der Jeep hielt in einer Staubwolke an, die Glenn momentan die Sicht nahm. Die Männer sprachen Arabisch, kickten die Aschereste des Lagerfeuers und schauten sich suchend um. Aufgeregte Stimmen, dann ein triumphierender Schrei. Glenn erklomm den Felsen. Die Männer hatten etwas entdeckt.

Candice!

Er wollte nach seiner Waffe greifen. Aber sie war nicht mehr da.

Jetzt merkte er, was die Männer in Aufregung

versetzt hatte. Sie hatten seine Pistole im Sand gefunden. Er musste sie verloren haben. Aber wo waren die Schlafsäcke?

Da entdeckte er Candice in der Felsnische. Sie hatte ihren Rucksack und die Schlafsäcke mitgenommen. Inzwischen hatten die Männer ihre Suche ausgedehnt und zogen immer größere Kreise um das Lager. Dabei kamen sie Candice unaufhaltsam näher.

Glenn brach der Schweiß aus. Er musste da hinunter, musste die Männer von Candices Versteck weglocken. Wenn er sich als Polizist zu erkennen gab, würde das die Männer einschüchtern oder eher herausfordern?

Mit der Pistole in der Hand kam der Anführer Candices Versteck bedrohlich nahe. Glenn sah ihre Haarsträhnen wie schokoladenbraune Wimpel im Wind wehen. Ein Blinder konnte sie sehen.

Er robbte sich an dem Felsen entlang, den Blick immer auf die Männer. Als er versehentlich einige Steine lostrat, die in der Nähe des Anführers landeten, hielt er den Atem an. Candice hob den Kopf. Ihr Gesicht war erschreckend blass. Glenn bedeutete ihr, sich nicht zu rühren.

Mit einem Mal legte sich der Wind und absolute Stille trat ein. In der sengenden Sonne rann Glenn der Schweiß über das Gesicht.

Der Anführer stand jetzt unmittelbar vor Candices Versteck. Wenn er sich umdrehte, musste er sie entdecken.

Glenn nahm alle Kraft zusammen, und bevor der Mann unter ihm reagieren konnte, hatte er sich auf ihn geworfen. Er versuchte ihm die Pistole zu entwinden, sie rangen miteinander. Da schoss Glenns Faust vor und traf den Mann am Kiefer. Der Mann ging zu Boden.

Die anderen Soldaten eilten herbei, rissen Glenn von dem bewusstlosen Kameraden hoch und warfen ihn gegen die Felswand. Während sie ihn festhielten, versuchten sie ihm mit Schwingern in die Rippen und in den Magen beizukommen – bis ein harter Schlag einen der Männer am Kopf traf und er nach hinten kippte.

Der Dritte schoss herum, aber zu spät. Den Gewehrkolben wie einen Baseballschläger schwingend, verpasste Candice ihm einen Schlag an den Schädel, dass es ihm die Füße unter dem Leib wegzog und er der Länge nach hinschlug.

Sie stürzte zu Glenn. »Alles in Ordnung?«

Er riss sie an sich und küsste sie fest auf den Mund. Sie ließ das Gewehr fallen, schlang ihm die Arme um den Hals und erwiderte den Kuss in einer atemlosen, verzweifelten Umarmung. »Ich dachte, du hättest mich im Stich gelassen!«, rief sie.

Er vergrub die Finger in ihrem Haar und drückte sie so fest an sich, als wolle er sie nie wieder loslassen. »Du meine Güte, warum sollte ich so was tun? Ian ist abgehauen. Ich habe seine Reifenspuren verfolgt. Candice, er hat die Tontafeln!«

»O nein!«

Einer der Soldaten kam wieder zu Bewusstsein. Stöhnend versuchte er auf die Beine zu kommen und tastete nach seinem Gewehr.

Glenn warf die Schlafsäcke in den Jeep. Dann packte er Candice am Arm. »Komm!«

Als er den Motor anließ, rappelte sich der andere Soldat auf die Knie und legte sein Gewehr an. Glenn würgte den ersten Gang rein und gab Gas, als bereits die erste Kugel am Fahrzeug abprallte. »Deckung!«, brüllte er und drückte Candice nach unten.

Während ihnen die Kugeln um die Ohren pfiffen, preschte ihr Jeep im Zickzack über Sand und Gestein, bis sie aus der Schusslinie waren.

Glenn fuhr mit unvermindertem Tempo weiter. Die Soldaten konnten Teil einer Patrouille sein, die sich irgendwo in der Nähe aufhielt. »Es wollte mir nicht einleuchten, dass Philo uns nicht verfolgt und die Tontafeln an sich genommen hat«, sagte Glenn, während sie über die Ebene jagten. »Ich hatte im Schlaf so eine Eingebung, dass Ian für Philo arbeiten könnte. Also habe ich die Autoschlüssel des Pontiac an der einzigen Stelle versteckt, an die Ian nicht herankam, ohne mich zu wecken – unter meinem Kopfkissen.« Seiner Jacke, die er zu einem Kissen zusammengelegt hatte. »Hat nicht geklappt. Ich bin eingeschlafen, und als ich wieder wach wurde, waren die Schlüssel verschwunden.«

»Und warum bist du nicht aufgewacht?«

»Weil wir betäubt waren.«

»Was?« Ians Kaffee fiel ihr wieder ein. »Kein Wunder, dass ich so müde wurde. Dieser Mistkerl! Ich könnte ihn umbringen!« Der Jeep holperte über unwegsames Gelände und Candice suchte Halt am Armaturenbrett. »Wo fahren wir hin?«

»Ians Reifenspuren führen nach Norden. Wir können nur hoffen, dass wir ihn finden, bevor jemand anders *uns* findet.«

Sie würde Macht über ihn gewinnen. Wenn sie ihm damit drohte, sein Geheimnis und das seiner geheimen Bruderschaft zu enthüllen, würde er ihre Bedingungen akzeptieren müssen.

Jessica lachte lauthals, und der Wind trug ihr Lachen davon, während sie in ihrem Cabrio, das wie ein Saphir in der Sonne glänzte, durch die Bergwelt raste. Nichts, hatten die Dorfbewohner gesagt, würde die Mönche dazu bewegen, die Tore zu öffnen. Viele hatten es versucht, alle waren gescheitert. Nicht so Jessica Randolph. Sie würde die Mönche mit einem idiotensicheren Plan dazu bringen, die Tore zu öffnen, weil sie wusste, was Männer am meisten fürchten.

Als die Giebel, die Bogenfenster und Rundtürme der alten Festung hinter den Bäumen auftauchten, wurde Jessica an die Märchen ihrer Kindheit erinnert, in denen tapfere Ritter tugendhaften Jungfrauen zu Hilfe kamen, und daran, wie sie selber an diese Helden geglaubt hatte, bis sie erwachsen wurde und sich schwor, selbst diese Art Macht zu erringen. Die Ironie des Schicksals wollte es, dass ihr Kindheitstraum sich tatsächlich erfüllte. Philo Thibodeau war zwar nicht in einer Ritterrüstung auf einem feurigen Hengst dahergekommen, und doch hatte er sie gerettet.

Sie drosselte das Tempo.

Gemäß Raymond von Toulouses Niederschrift hatte diese alte Kreuzfahrerfestung vor neunhundert Jahren eine Bruderschaft mit dem Namen Ritter der Flamme beherbergt, die, welch ein wunderbarer Zufall, auch heute noch hier lebte.

Jessica fuhr bis an das Tor heran, die geheime Waffe unter ihrem Rock verborgen. »Hallo«, rief sie in perfektem Französisch. »Kann mir jemand helfen? Ich habe mich verirrt. Ich bin auf dem Weg nach Boncourt.«

Die Wache saß in einem Schilderhäuschen, das mindestens zweihundert Jahre alt sein musste, aber mit allem technischen Zubehör der Neuzeit ausgestattet war. Als Jessica den Mann aus seinem Wachhäuschen heraustreten sah, war sie zutiefst überrascht. Zu seinem langen Haar und weißen Bart trug er eine weiße Mönchskutte und Sandalen an den Füßen. Auf seiner Brust prangte ein rotgoldenes Emblem mit einem Flammenmotiv.

Wie Philos Ring.

»Bedaure, Madame. Sie müssen umkehren.«

Sie stieg aus dem Wagen. »Ich war auf dem Weg nach Boncourt und muss falsch abgebogen sein. Darf ich Ihr Telefon benutzen?«

Als der Blick des Mönchs auf ihren gebauschten Rock fiel, änderte sich sein Gebaren: Er wurde misstrauisch. In seinem Blick flackerte jene uralte Angst, so alt wie die Menschheit, die jeden Mann nervös werden ließ: die Angst vor der schwangeren Frau. Jessica ging einfach voran und sein Unbehagen wuchs. In ihrer Zeit als Kleinkriminelle hatte Jessica mit ihrem Schwangerenakt so manches Ding gedreht und beherrschte auch heute noch den typisch watschelnden Gang mit der Hand auf dem gewölbten Leib bis zur Perfektion. »Darf ich Ihr Telefon benutzen?«

Er hob entsetzt die Hände. »Nein, nein. Gehen Sie. Es gibt kein Telefon hier.«

»Oh!«, stöhnte sie.

»Was ist mit Ihnen, Madame?«

»Meine Wehen! So plötzlich! Es ist zu früh! Helfen Sie mir!«

Einziges Entsetzen in seinem Gesicht. »Sie können hier nicht herein.«

Sie presste sich die Hand an den Leib und riss einen verborgenen Wasserbeutel auf. Rinnsale liefen an ihren Beinen herunter. »Mein Kind kommt. Jetzt!«

Ein hastiger Telefonanruf und schon eilten weiß gekleidete Mönche herbei. Sie legten Jessica, die unentwegt schrie, auf eine altmodische Trage und hasteten mit ihr den Berg hinan.

Sie wurde durch dunkle Gänge, unter Torbögen hindurch und an schweren Holztüren vorbeigetragen. Alles wirkte wie ausgestorben. Kaum ein Mönch war zu sehen. Eine geheime Gesellschaft, die vom Aussterben bedroht war? Es sei denn, die Festung diente anderen Zwecken, für riesige Lagerbestände zum Beispiel. Keine Kruzifixe an den Wänden. Keine Rosenkränze. Es gab überhaupt kein christliches Symbol in dieser Festung. Welchem geheimen Kult gehörten diese Menschen an? Welche Ziele verfolgten sie?

Auf der Krankenstation wurde sie auf ein Bett mit frisch gestärkten Laken gelegt. Mit seinen kahlen Wänden, den Holzregalen mit Flaschen und Tiegeln darauf, schien der Raum aus einer anderen Zeit zu stammen, als gehöre er zu einer mittelalterlichen Apotheke. Sie griff mit nassen Fingern nach der Hand des Krankenwärters und sah den Ekel in seinem Blick. Er stürzte zum Waschbecken, zog sich den Goldring vom Finger und wusch sich hastig die Hände. Dann ging er nach draußen, um zu telefonieren. Die Frau sollte mit einem Hubschrauber in ein nahe gelegenes Krankenhaus gebracht werden.

Als er zurückkam, fand er das Bett leer bis auf ein kleines rundes Kissen, das er noch nie gesehen hatte. Die Frau war verschwunden.

Und mit ihr, zu seinem Entsetzen, sein Goldring.

»Warum hast du angehalten?«

Glenn schlug mit der Faust auf das Lenkrad. »Wir haben kein Benzin mehr. Wir müssen zu Fuß weiter.«

Mitten in der Wildnis, Wind und Sonne, Sand und Schlangen ausgesetzt und mit der allgegenwärtigen Bedrohung durch die Soldaten im Rücken. Wortlos schulterten sie die Schlafsäcke und Candices Rucksack. Ohne Nahrung und mit nur einer Flasche Wasser für zwei stapften sie Richtung Norden in die Wüste hinein.

Jessicas feuerrote Haare flatterten wie ein Siegesbanner im Wind, als der blaue Lamborghini Diabolo über die gewundene Bergstraße talwärts raste. Sie glühte geradezu, triumphierte innerlich ob der Entdeckung, die sie in der Festung gemacht hatte. Nachdem sie sich aus dem Krankenzimmer gestohlen hatte, war sie durch ein Labyrinth von Gängen und Räumen geschlichen und dabei immer wieder auf Bücher, Schriftrollen, Manuskripte, Briefe und Monografien gestoßen. Wohl wissend, dass die Mönche sie suchen würden, hatte sie sich nicht lange damit aufgehalten, die einzelnen Titel genauer in Augenschein zu nehmen – einer hatte genügt.

Es war ein Papyrus, zwischen zwei Glasplatten versiegelt, der sie so in Bann zog, dass sie beinahe entdeckt worden wäre. Auf dem Blatt daneben die mit der Schreibmaschine getippte französische Übersetzung des aramäischen Textes: DER VERSCHOLLENE SCHLUSS ZUM MARKUSEVANGELIUM.

Dann war sie gerannt, in ihr Cabrio gesprungen

und davongefahren, bevor die Mönche sie aufhalten konnten.

Wie im Rausch fuhr sie an ländlicher Idylle mit Bauernhäusern, Gänsen und Kühen vorbei, ohne etwas davon wahrzunehmen. Vor ihrem Auge standen einzig die getippten Worte, als seien sie ihr in die Netzhaut gebrannt: *C14-Analyse, infrarotes und ultraviolettes Spektrometer, Grafologie. Beglaubigtes Datum: plus/minus 40 n. Chr.*

Von diesem Dokument hatte Jessica noch nie gehört. Das älteste bekannte Fragment war fünfzig Jahre später datiert. Aber dieses hier war nur zehn Jahre nach der Kreuzigung Jesu verfasst ...

In ihrem Kopf drehte sich alles, zugleich hätte sie vor Freude juchzen mögen. Jetzt wusste sie, worauf Philo es angelegt hatte. Er wollte die absolute Macht über die Welt.

Denn das verschollene Ende des Markusevangeliums, wenn es denn echt war, würde die katholische Kirche in die Knie zwingen.

Und das war erst der Anfang.

Kapitel 22

Unter einem Himmel, der aussah, als würde er nie wieder blau werden, kämpften sie sich über ein in eintöniges Beige getauchtes Plateau, das mit seinen steil aufragenden Felsen wie eine Mondlandschaft wirkte. Um die Mittagszeit wölbte sich, einem schimmernden Krummsäbel gleich, das Segment eines Regenbogens über der Ebene. Wolken ballten sich zusammen, verästelte Blitze zuckten auf, gefolgt von nachhaltigem Donnergrollen. Ein Regenschauer, vermischt mit Hagel, prasselte nieder, harte Kügelchen, die sofort im Sand versickerten. Candice und Glenn suchten zwischen einer Gruppe von großen Felsblöcken Schutz; als der Regen abzog, stapften sie weiter.

»Wieso habe ich keinen Gedanken daran verschwendet, dass es so kommen könnte?« Candice nahm einen Schluck aus der Wasserflasche. »Ich bildete mir ein, Ian zu kennen.«

»Aber was passiert ist, war unmöglich vorauszusehen.«

Sie schaute Glenn an. »Du meinst, es waren nicht die beiden Fahrer, die den Einsturz der Höhle verursacht haben? Sondern Ian?«

»Höchstwahrscheinlich hat er die Männer ausbezahlt und zurück nach Palmyra geschickt.«

»Damit er die Tafeln an Philo verkaufen kann.« Sie war verbittert und wütend, dass Ian sie hintergangen hatte.

Der Wüstenwind strich um sie herum. Candice überlief ein Frösteln, auch weil ihr manches klar wurde. Lenore Masters' Tagebucheintrag zum Beispiel: *Philo macht mir Angst. Ich vermute bei ihm fortschreitenden Wahnsinn.* Und im Brief des Professors hatte es geheißen: *Philo darf unter keinen Umständen den* Stern von Babylon *bekommen. Er wird ihn für böse Zwecke missbrauchen. Er plant eine große Zerstörung.* Demnach ging es gar nicht mehr um die Texte auf den Tafeln, sondern nur darum, dass Philo sie in seiner Verblendung als entscheidend für seinen verrückten Plan erachtete. Der was beinhaltete? Die Welt zu vernichten?

Glenn sah, wie Candice die Lippen zusammenpresste und mit angespanntem Gesicht in die endlose Ferne dieser unfruchtbaren Ebene starrte. Sie hatte eindeutig Angst.

Und dann dachte er daran, wie sie ihn geküsst,

wie sich ihr an ihn geschmiegter Körper angefühlt hatte.

Er verlagerte das Gewicht der Schlafsäcke auf seinen Schultern und sagte: »Das erinnert mich an Sammy Blanco. Wir nahmen ihn fest, weil wir ihn eines Raubüberfalles verdächtigten. Wir waren uns sicher, dass er die Tat begangen hatte; er hingegen behauptete steif und fest, zur Zeit des Überfalls im Kino gewesen zu sein. Also kam es zu einer Gegenüberstellung – Sammy Blanco in einer Reihe mit fünf weiteren Männern, darunter zwei Polizisten –, um herauszufinden, ob Augenzeugen ihn identifizieren konnten. Und gerade als ich die Leute anweise, einer nach dem anderen vorzutreten und zu sagen: ›Rückt alles raus, was ihr an Geld bei euch habt, oder ich erschieße euch‹, platzt Sammy heraus: ›Das hab ich doch gar nicht gesagt!‹«

Candice lachte. »Jetzt du«, forderte Glenn sie auf. »Erzähl mir eine witzige Geschichte aus Ägyptologenkreisen.«

»Da gibt's nichts Besonderes zu erzählen. Wir sind ungemein ernste Leute. Also gut«, lenkte sie gleich darauf ein und rief sich eine peinliche, doch unvergessliche Erinnerung ins Gedächtnis. »Noch während meines Studiums absolvierte ich ein Praktikum auf der Hochebene von Giseh, wo unweit der Cheopspyramide gerade das Dorf der damaligen Arbeiter freigelegt wurde. Zwischen den Tonscherben, die wir ausgruben, fiel mir ein kleines, merkwürdig geformtes farbiges Objekt, das ich nicht identifizieren konnte, in die Hände. Ich nahm es an mich und behielt es ein paar Tage lang bei mir, in der Hoffnung, ein Geistesblitz würde mir eingeben, um was es sich da handelte, schon um beim Ausgrabungsleiter ein paar Pluspunkte zu sammeln. Da die Erleuchtung auf sich warten ließ, wurde ich dann doch beim Boss persönlich vorstellig und zeigte ihm stolz, was ich da gefunden hatte, gab aber zu, dass ich nicht wüsste, was das sein könnte. Insgeheim hoffte ich, dieses kleine Objekt wäre so außergewöhnlich, dass das Metropolitan Museum ganz wild darauf sein würde. Der Boss warf nur einen kurzen Blick darauf, gab es mir zurück und sagte: ›Versteinerte Hundescheiße.‹«

Die Schatten wurden länger und die Sonne versank am Horizont. Unversehens wurde es kühl. Da der Boden feucht und weit und breit kein Brennmaterial für ein Feuer aufzutreiben war, entschlossen sich die beiden, weiterzuziehen, nicht zuletzt auch deshalb, weil hier zu rasten oder zu übernachten Ian einen Vorsprung verschaffen würde. Also wickelten sie sich in ihre Schlafsäcke und marschierten weiter.

Die Nacht kroch über die Wüste. Glenn schaute zum Mond empor, einem Ball aus tausend glühenden Weiß- und Elfenbeintönen. Wie reines Silber hob sich das Licht der Sterne gegen das Purpurrot der Wüstennacht ab. Wie gern hätte er jetzt seine Palette dabeigehabt. Er blickte zu Candice, deren zartes, blasses Profil an eine Kamee erinnerte. Dies auf Leinwand zu bannen wäre umwerfend.

»WELTWEITE JAGD AUF HEILIGE TIBETISCHE TEXTE«

Philo Thibodeau war über die Schlagzeile der Los Angeles Times alles andere als erfreut. Kaum hatte er von den verschollenen Büchern Kenntnis erhalten, hatte er bereits ihre Fährte aufgenommen, und nun, da ein Reporter leichtsinnigerweise ihre Existenz hinausposaunt hatte, war jeder x-beliebige Sammler hinter ihnen her.

Deshalb hatte Philo seine Strategie geändert und flog jetzt in einem Hubschrauber die Hänge des Himalaja ab, an terrassierten Gärten entlang, vorbei an felsigen Gipfeln und Schneefeldern, bis er, in einer Höhe von über 3.000 Metern, zur Anlage eines alten buddhistischen Klosters mit atemberaubendem Blick auf das schneebedeckte Everest-Massiv im Osten gelangte. Die Gebäude waren in den leuchtenden Natur- und Erdfarben der Klöster im Himalaja bemalt und zusätzlich auf den Dächern mit großen Gebetsfahnen beflaggt. Ein vom modernen Tourismus noch unbeleckter Zufluchtsort, wo safrangelb gewandete Knaben vom Unterricht im Freien aus neugierig den zur Landung ansetzenden Helikopter beäugten.

Als der Chopper Bodenkontakt hatte und sich die Rotation der Schaufelblätter verlangsamte, sah Philo, wie Jessica, in einen Chinchillapelz gehüllt, mit wehender roter Mähne ins Sonnenlicht trat.

Sie schirmte die Augen ab und verfolgte, wie er den Fuß auf die Pflastersteine setzte. Zum ersten Mal, dachte sie, mischte sich Philo in ihre Angelegenheiten ein. Im Gegensatz zu beispielsweise der Sache mit den Britta-Buschhorn-Aufzeichnungen; da hatte er gelten lassen, dass die Frau nicht verkaufen würde, und von dem Deal Abstand genommen. Dass er diesmal persönlich auftauchte, konnte nur bedeuten, dass er mit dem Lama direkt verhandeln wollte. Warum war ihm dieser Erwerb derart wichtig?

»Der Lama will die Bücher nicht herausrücken«, sagte sie, als sie sich gegenüberstanden.

»Ich versuche es noch einmal. Du bringst meinen Hubschrauber wieder nach unten; ich komme in dem anderen zurück. Noch etwas, Jessica, lass bei dem Brief von Raymond de Toulouse nicht locker. *Ich muss ihn haben.*«

Sie blieb unweit des Helikopters stehen und sah ihm nach, als er, flankiert von seinen allgegenwärtigen Begleitern, über den Hof schritt. Ob Philo wusste, dass sie den Brief bereits besaß? Oder bildete sie sich nur ein, er könnte Verdacht geschöpft haben?

Als der Hubschrauber mit Jessica an Bord abhob und auf das unten liegende Tal zuhielt, gab Philo den Männern in der zweiten Maschine ein Zeichen, worauf sie darangingen, Kisten mit der Aufschrift LEBENSMITTEL und MEDIKAMENTE auszuladen.

Der Lama war ein Rinpoche – wie man auf Tibetisch einen »weisen Mann« bezeichnete, der sich nach Jahren des Studierens und der Meditation ein tiefes spirituelles Bewusstsein erworben hatte. Dieser Rinpoche hier war obendrein ein Tulku, die Wiedergeburt eines hoch entwickelten Wesens, das sich viele Leben hindurch in Nächstenliebe und Selbstlosigkeit geübt hatte. Darüber hinaus war er ein Quell der Wahrheit, ein Dharma. Die traditionelle Art ihn zu begrüßen, war, sich dreimal vor ihm niederzuwerfen. Philo indes beschränkte sich darauf, ihm auf amerikanische Art die Hand entgegenzustrecken.

Begleiter standen bereit, um dem Lama zu Diensten zu sein und dafür zu sorgen, dass sich der Besucher ihm gegenüber nicht ungebührlich verhielt; der Lama selbst äußerte niemals Bestürzung oder Wünsche, nicht einmal, wenn ein Besucher ihn mehr als erträglich ermüdete.

»Trifft es zu«, fragte Philo, derweil ein Diener Tee servierte, »dass Jesus dereinst hier verweilte?«

Der Lama nickte. Der Schädel des Dreiundzwanzigjährigen war rasiert und spiegelblank. »Ja«, sagte er in akzentuiertem Englisch. »Vor zweitausend Jahren, um sich auf seine heilige Mission vorzubereiten.«

»Und er hat Ihre heiligen Schriften gelesen?«

»Ja.«

»Stand in diesen Texten etwas über Licht?«

»Über das Licht Gottes, ja, in dem Buch *Sich ergießendes gleißendes Licht.* Und dann brachte Jesus die heilige Botschaft nach Jerusalem«, sagte der buddhistische Mönch.

Während die jugendlichen Mönche im Freien ihre Lektionen sangen, blickte der Rinpoche auf die Mala in seiner Hand. »Sie stehen nicht zum Verkauf an.«

»Darf ich sie mir zumindest einmal anschauen?«

Ein Schreinraum ist ein Ort, an dem ein Mensch mit der höchsten Form seiner Natur in Kontakt treten kann, ein Ort, um die Buddha-Natur in sich zu öffnen und das Wort der Wahrheit zu vernehmen. Philo war hier, um einen Handel abzuschließen.

Als 1959 chinesische Kommunisten in Tibet einmarschierten, wurden Klöster niedergebrannt und Tausende Mönche umgebracht. Von den ursprünglich fünfundsechzig Exemplaren dieses geheiligten Meisterwerks existierten dem Vernehmen nach lediglich noch sieben. Dieses hier war das achte. Sammler grasten die Welt nach ihm ab.

Das Papier wirkte wie äußerst fadenscheiniges Gewebe, erwies sich jedoch als überraschend fest und fühlte sich wie Seide an. Die ungebundenen Seiten waren mit tibetischen Zeichen in schwarzer Tusche beschrieben und handelten von Erleuchtung. Philo musste unbedingt in den Besitz dieser Schrift kommen. »Ich will ganz offen zu Ihnen sein, Rinpoche. Über diese heiligen Texte ist in einer weit verbreiteten Zeitung geschrieben worden, und jetzt sind jede Menge Leute darauf aus, den Rest der Sammlung ausfindig zu machen. Eine ganze Reihe dieser Schatzsucher hat weniger Skrupel als ich. Sie werden hier auftauchen, Ihnen Geld bieten, vielleicht sogar versuchen, die Bücher zu stehlen. Ich dagegen habe Ihnen höchst sinnvolle Geschenke mitgebracht. Wenn Sie diese Kisten öffnen, werden Ihnen die Augen übergehen – Lebensmittel und Medikamente für Ihre Leute. Decken und Lampen, Generatoren zur Stromerzeugung. Ich weiß doch, dass man so etwas gut gebrauchen kann, wenn man wie Sie abseits von jeglicher Zivilisation lebt.«

Der Rinpoche erhob keinen Einwand. Wie jeder Mensch aus Fleisch und Blut hatten auch Lamas und ihre Studenten gewisse Grundbedürfnisse. Die amerikanische Spende würde vielen zugute kommen. Dennoch sagte er: »Das Buch bleibt, wo es ist.«

Philo sah sich in dem uralten Kloster um. »Besonders gesichert scheinen Sie hier nicht zu sein.«

»Wir sind gut geschützt«, erwiderte der Lama.

»Darf ich Ihnen dann das Versprechen abnehmen, dass Sie mich informieren, sollte das Buch irgendwann einmal dieses Kloster verlassen, sei es, dass Sie es selbst auslagern, oder sei es, was Gott verhüten möge, dass es gestohlen wird?«

»Das Buch wird niemals diesen Ort verlassen.«

»Aber Sie versprechen es mir?«

»Sie erhalten Bescheid.«

Philo streckte die Hand aus. »Dann werde ich mich jetzt verabschieden. Die Spenden bleiben hier, zum Zeichen meiner guten Absichten.«

Als sich Philos Hubschrauber in die Höhe schraubte und abschwenkte, winkten ihm die Mönchsjungen nach. Philo winkte zurück und sagte: »Jetzt«, worauf Mr Rossi auf einen Knopf drückte. Sekunden später explodierten unten in der Klosteranlage vier riesige Feuerbälle gleichzeitig und setzten im Nu sämtliche Gebäude in Brand. Das Lächeln der jugendlichen Mönche wich blankem Entsetzen. Philo sah nur die lodernden Flammen, hatte keinen Blick für die verschreckten Gesichter, hörte nicht die Schreie, schaute nicht den Kindern und Mönchen nach, wie sie in versengten Gewändern, die nackte Haut mit Brandblasen übersät oder bereits schwarz, davonstoben. Er schenkte den kleinen Jungen, die zu Boden sanken und sich in Todeskrämpfen wanden, ebenso wenig Beachtung wie den älteren Mönchen, die sich über die Kinder warfen, um die Flammen zu ersticken. Er interessierte sich nur für die Bomben, die seine Männer während der Unterredung mit dem Lama in Stellung gebracht hatten.

Innerhalb von Minuten war das Gelände mit brennenden, zuweilen noch zuckenden Körpern übersät. Die Gebäude gingen in Flammen auf, Dächer stürzten ein, Torbögen sanken in sich zusammen, Feuerzungen wirbelten Asche und verkohlte Überreste uralter heiliger Schriften himmelwärts. »Ausgezeichnet«, lobte Philo. Er war mit der Ausführung seines Befehls zufrieden. Er wusste auch, dass einer seiner Männer nach dem Explodieren der ersten Bombe die von ihm begehrten Schriften ergriffen und mitgenommen hatte. Es war perfekt.

Als der Hubschrauber in Richtung Tal schwebte, klingelte sein Satellitentelefon. »Wir haben die Tafeln, Sir«, vermeldete die Stimme am anderen Ende.

Philo war erfreut. Was dann kam, erfreute ihn allerdings nicht. »Wir haben ihre Spur verloren, Sir.« Gemeint waren Candice und Glenn.

»Sucht nach ihnen«, sagte er. »Und wenn ihr sie habt, lasst Armstrong in der Wüste zurück und sorgt dafür, dass sie nicht mehr herausfindet.« Eine Gefälligkeit sozusagen. Wo sie doch als Ägyptologin bestimmt davon träumte, ihr Leben in der Wüste zu beenden. »Glenn Masters dagegen will ich lebend haben.«

Er brauchte Glenn. Ohne ihn würde sein Plan nicht funktionieren.

Ein Opfer war unerlässlich.

Über einer flachen, farblosen Welt ging die Sonne auf. Wortlos setzten Glenn und Candice ihren Weg nach Norden fort, den Blick starr geradeaus gerichtet, als wollten sie gleichsam aus dem Nichts heraus das Auftauchen einer Ansiedlung heraufbeschwören. Sie waren erschöpft, durstig und hungrig, ihre Füße wund gescheuert, Rücken und sämtliche Glieder schmerzten. Dennoch zwangen sie sich zum Weitergehen.

Gegen Mittag kam eine verschleierte Sonne durch. Als Glenn Candice beim Überqueren einer engen Schlucht half, bemerkte er, dass sie unvermittelt an ihm vorbeischaute und sich Verwunderung auf ihrem Gesicht abzeichnete. »Was ist denn das?«, fragte sie.

Er drehte sich um. Ein bräunlicher Höcker auf der gelblichen Ebene. »Ein Kamel?«

Der Pontiac!

Mit letzter Kraft hasteten sie darauf zu und stießen auf Ian Hawthorne, der unbeweglich und mit glasigen Augen der Länge nach im Sand lag. Seinen Puls zu überprüfen erübrigte sich.

»Großer Gott«, flüsterte Candice und sank am Auto zusammen.

Noch jemand lag da, in unmittelbarer Nähe – ein Mann in einem Hawaii-Hemd, mit zwei Schusswunden im Rücken. Auch er war tot.

»Ist er das?«, fragte Glenn.

Sie nickte, zitternd und mit Tränen in den Augen. Der Mann, der in das Haus ihrer Mutter eingedrungen war und ihr sein Messer an die Kehle gesetzt hatte.

»Hawthorne besaß keine Waffe«, sagte Glenn und schaute suchend die Gegend ab. »Sieht aus, als hätten sie sich gegenseitig erledigt, oder aber der im Hawaii-Hemd wurde von seinem Auftraggeber mundtot gemacht.« Hielt sich dieser Dritte noch in der Nähe auf?

»Wir müssen hier weg«, drängte Glenn. Er spähte in den Pontiac. Kein Schlüssel im Zündschloss. »Wer immer hier rumgeballert hat, rechnet wahrscheinlich damit, dass wir über kurz oder lang hier aufkreuzen und er dann zurückkommen und den Auftrag vollends erledigen kann. Wir müssen unbedingt die Wagenschlüssel finden.«

Candice riss sich zusammen und durchsuchte das Auto, Glenn nahm sich Ians Segeltuchsack vor. »Die Tafeln sind nicht mehr da«, stellte sie fest.

»Aber dies hier hat Hawthorne behalten.« Glenn hielt ein Bündel hoch.

»Die Keramikscherben!« Esthers *zweite* Geschichte.

»Und hier ist sein Handy.« Glenn drückte auf Tasten. »Tote Hose. Die Batterie ist leer.«

»Dahinter dürfte Philo stecken«, meinte Candice. »Er war auf dem Flur vor der Intensivstation und hat bestimmt gehört, wie Ian zu mir sagte, ich soll ihn anrufen, wenn ich Hilfe brauche. Daraufhin hat Philo sich ihn geschnappt und ihm Geld angeboten, damit er ihn über unser Vorgehen auf dem Laufenden hält.«

Die Wagenschlüssel fanden sich in Ians Tasche.

»Bloß weg hier!«, rief Glenn.

»Glenn ...«

Er drehte sich um.

»Wir können sie doch nicht so liegen ...«

Er warf einen Blick auf die Toten. Dann holte er aus dem Kofferraum des Pontiac eine Schaufel.

»Hawthorne hätte nicht sterben müssen«, sagte er über die frischen Gräber hinweg. »Wenn er nicht so verbiestert gewesen wäre.«

Candice wollte keinen Kommentar dazu abgeben – diese starren toten Augen! Sie trauerte um Ian, war aber gleichzeitig wütend auf ihn, weil er es gewesen war, der sie und Glenn in diese gefährliche Situation gebracht hatte. Er hatte sie hintergangen. Es würde mit Sicherheit eine Weile dauern, bevor sie ihm verzeihen konnte, auch wenn sie wusste, dass sie es irgendwann tun würde.

Als sie Hawthornes Segeltuchsack auf den Rücksitz wuchteten, fiel ein kleiner Umschlag heraus. Er enthielt eine Mikrokassette, die mit *Rückversicherung* gekennzeichnet war.

Glenn sah sich den Fund genauer an. »Sieht aus wie das Band von einem Anrufbeantworter.«

»Ian hatte die Angewohnheit, seine Telefongespräche mitzuschneiden«, sagte Candice. »Als Rückversicherung, wie's ja auch draufsteht. Soweit mir bekannt ist, hat er sich auf riskante Geschäfte mit ein paar skrupellosen Typen eingelassen, auf solche, die einen auszutricksen versuchen.«

»Warum er wohl ausgerechnet dieses Band hier bei sich hatte?«

Und dann fiel es ihnen wie Schuppen von den Augen: für den Zeitpunkt des Austauschs. Falls der Käufer der Tontafeln einen Rückzieher machte, konnte Ian anhand der Aufzeichnung nachweisen, was vereinbart worden war. Würden sie, wenn sie das Band abspielten, die Stimme von Philo Thibodeau hören?

»Wie geht's jetzt weiter?«, fragte Candice, als sie auf den Beifahrersitz kletterte.

»Wir fahren an die Küste, zu einem der Häfen. Vielleicht finden wir einen uns wohl gesonnenen Kapitän. Latakia wäre am günstigsten«, fügte er, die Karte studierend, hinzu.

»Wie weit ist das?«

»Dreihundert Meilen.« Er ließ den Motor an. »Ab Palmyra sind die Straßen gut ausgebaut, es gibt sogar Autobahnen. Aber erst einmal müssen wir diese Wüste hinter uns lassen.«

»Glenn, was ist mit Kontrollpunkten, Soldaten, Patrouillen? Man könnte uns anhalten und ausfragen, Papiere verlangen. Wir könnten sogar für Spione und Schmuggler gehalten und verhaftet werden.«

»Wir haben Geld. Wir kaufen uns den Weg frei.«

»Und dann? Wenn wir ein Schiff haben? Wohin fahren wir dann? Glenn, wir haben doch keine Ahnung, wo Philo die Tafeln hingebracht hat.«

Keine Ahnung, stimmte Glenn insgeheim zu, als der Pontiac beschleunigte und sie die frischen Gräber hinter sich ließen. Wie groß war doch die Welt, wenn man in ihr nach etwas Bestimmtem suchte ...

Kapitel 23

Südfrankreich, im Jahre 1534

Der junge Arzt trug ein Geheimnis mit sich herum.

Dessen war sich Hélène sicher. Sie hatte mit wachsendem Interesse den gut aussehenden Fremdling mit dem seidig glänzenden kastanienbraunen Bart und den so ausdrucksvollen Augen beobachtet. Wie alle anderen Bewohner von Agen wusste sie nicht viel über ihn, außer dass er, der roten Robe, die ihn als Gelehrten auswies, sowie dem den Ärzten vorbehaltenen flachen Samtbarett nach zu schließen, ein gebildeter Mann war. Seine Patienten nannten ihn vertraulich Dr. Michel, weil er nicht wie die gestrengen Doktoren war, mit denen sie es bislang zu tun gehabt hatten, reservierte und arrogante Vertreter ihres Standes, die ihnen bittere Pillen aufzwangen oder sie durch Aderlässe schier ausbluten ließen. Dr. Michel dagegen war freundlich, hörte sich an, was seinen

Patienten Beschwerden verursachte, und verordnete ihnen wohlschmeckende Arzneien, die nicht nur lindernd wirkten, sondern auch heilten. Seine Kollegen, deren ärztliche Kunst versagte und die immer weniger Zulauf zu verzeichnen hatten, äußerten hinter vorgehaltener Hand den Verdacht, dieser Dr. Michel müsse mit dem Teufel im Bund stehen. Mehr als einer von ihnen hatte örtliche Vertreter der Kirche aufgefordert, einzuschreiten und dem Gerücht nachzugehen, dieser Fremde sympathisiere mit den Protestanten, was in ihren Augen noch verwerflicher war, als Satan zu verehren. Aber Beweise dafür ließen sich nicht beibringen. Dr. Michel galt als vorbildlicher Katholik, der erstaunliche Heilerfolge erzielte. Die achtzehnjährige Hélène vermutete etwas anderes.

»Wie geht es meiner Mutter, Monsieur?«, fragte sie von der Tür der Schlafkammer aus.

»Sehr viel besser, Mademoiselle.« Michel klappte seine Arzttasche zu. »Ich habe ihr etwas gegeben, damit sie schlafen kann.« Gegen Brustbeschwerden verabreichte man üblicherweise Lungenkraut, so genannt, weil das Blatt der Pflanze wie eine Lunge geformt war. Dr. Michel dagegen bediente sich einer ungewöhnlichen Methode – einer Schüssel dampfenden Wassers, das mit Pfefferminzblättern versetzt war, die das ganze Haus mit einem berauschenden Duft erfüllten. Wo andere Ärzte versagt hatten, hatte dieser neue Mann ein Wunder vollbracht. Hélènes Stiefmutter atmete so befreit wie seit Jahren nicht mehr.

Aber nicht nur Arzneien trugen zur Heilung bei. Jeder Arzt, der die Universität erfolgreich abgeschlossen hatte, berief sich neben seinem medizinischen Wissen auch auf die Astrologie. Neben der Herzfrequenz des Patienten, seiner Hautfarbe, seiner Körpertemperatur und dem Grad der Schmerzen befasste sich Michel anhand von Tabellen, Tierkreiszeichen und Berechnungen mit Aspektanalysen, Übergängen und Zyklen, mit der Verlagerung der Planeten, mit den Scheitelpunkten von »Häusern« sowie mit Mondknoten. Seine Betreuung der Kranken ging stets mit der Anfertigung eines Geburtshoroskops des Patienten einher, wobei besondere Aufmerksamkeit der Mondphase zukam, eines der aussagekräftigen Instrumente der Astrologie, gab doch die Stellung des Mondes und des Aszendenten – das zum Zeitpunkt der Geburt am Horizont aufgehende Tierkreiszeichen – den Verlauf der Behandlung und die Prognose für den Patienten vor.

Derweil Dr. Michel seine Tabellen und Instrumente verstaute, konnte sich Hélène nicht vom Anblick dieses eleganten Mannes losreißen, der vor kurzem in ihr Leben getreten war. Seine Garderobe zeugte davon, dass er wohlhabend war und einen guten Geschmack besaß: ein wattiertes Wams, durch dessen Schlitze das weiße Leinenhemd darunter zur Geltung kam, darüber eine Weste; wattierte knielange Hosen, weiße Strümpfe sowie Schuhe mit breiten Kappen. Der großzügige Kragen seines Überziehers, den er anzog, wenn er das Haus verließ, war mit Fuchspelz besetzt. Wie bei allen modebewussten Männern wirkten seine Schultern dadurch übertrieben ausladend, obwohl Hélène mutmaßte, dass er von Natur aus gut gebaut war. Er besaß eine hohe Stirn, eine lange, ebenmäßig geformte Nase und Augen, die seinem Gegenüber geradewegs in die Seele zu blicken schienen. In den Tagen, in denen er sich in diesem Haus als Gast ihres Vaters aufgehalten hatte, war Hélène aufgefallen, dass Dr. Michel von Natur aus wortkarg war. Ein Mann, der viel nachdachte und wenig sprach.

Was sie jedoch mehr als alles andere beschäftigte, war die geheimnisvolle Aura, die ihn umgab. Woher kam er? Wer war seine Familie? Sie hatte ihn häufig dabei überrascht, wie er im Garten zum nächtlichen Himmel emporschaute. Was sah er inmitten der Sterne und Kometen und der Phase des Mondes? Er trug einen auffälligen goldenen

Ring, und als sie ihn einmal darauf angesprochen hatte, hatte er ihn zu ihrem Erstaunen mit der anderen Hand abgedeckt und war errötet, so als wäre er bei etwas Verbotenem ertappt worden.

Michel, der Hélènes Blick spürte, richtete sich auf und blickte die Gestalt an der Tür an.

Sein Herz schlug schneller.

Hélène entsprach dem, was man sich landläufig unter einer Tochter aus reichem Hause vorstellte: Ihr Rock war nach der neuesten Mode gefertigt, ausladend und glockenförmig, ein Effekt, der mit Hilfe von reich gefältelten Unterröcken erzielt wurde; darüber ein enges, tief ausgeschnittenes Mieder, das einen weißen Brustansatz freigab; gestärkte Manschetten aus Spitze als Abschluss der Ärmel. Eine modebewusste junge Dame. Darüber hinaus jedoch unterschied sie sich in Kleinigkeiten von anderen jungen Mädchen. Statt der üblichen züchtigen Kopfbedeckung ließ sie ihr Haar nach italienischem Vorbild unbedeckt und hatte es nach gängiger Florentinerart zu Zöpfen geflochten, die jeweils in Form einer Acht zu beiden Seiten ihres Kopfes aufgesteckt waren. Wovon sie jedoch abgesehen hatte, war, ihr dunkelblondes Haar zu bleichen, und sie brauchte sich auch nicht, wie Michel konstatierte, mit Gummiarabikum Löckchen an die Stirn zu kleben, weil sie von Natur aus lockiges Haar besaß. Höchst bemerkenswert war die kleine goldene Uhr, die sie an einer langen Kette um den Hals trug, ein winziger Chronometer, der von einer Spiralfeder in Gang gehalten wurde und dessen einziger Zeiger die Stunden verrinnen ließ.

Während des kurzen Aufenthalts in diesem Haus, wo er wie ein Mitglied der Familie und nicht wie ein Bediensteter behandelt wurde, hatte er Hélène näher kennen gelernt und noch ehe sie ihm ihr Geburtsdatum verraten hatte, vermutet, dass sie dem Sternzeichen der Fische angehörte.

Sie war bildhübsch und sie jagte ihm Angst ein.

»Wir sollten Eurer Mutter jetzt Ruhe gönnen«, sagte er, um das Schweigen und auch den peinlich langen Moment, in dem ihre Blicke ineinander getaucht waren, zu durchbrechen. Michel fragte sich, ob es nicht Zeit für ihn wurde, diese Stadt zu verlassen und aufs Neue weiterzuziehen, so wie es immer für ihn galt, unausweichlich.

Hélène ging voraus, durch den schmalen Gang und die Treppe hinunter ins Erdgeschoss des Hauses, wo ein Kaminfeuer gegen die kühle Frühlingsluft prasselte und Michels Gastgeber mit ofenwarmem Brot, cremigem Ziegenkäse und Wein ihrer harrte.

Hélènes Vater war ein wohlhabender Mann, der es sich leisten konnte, seine Frau und seine Tochter in Gewänder aus Florentiner Seide zu kleiden, ein Mann, der exotischen Neuheiten gegenüber aufgeschlossen war. So brachte er etwa an diesem Abend einen seltsamen neuen Vogel auf den Tisch, ein Geflügel, das die Spanier aus der Neuen Welt eingeführt hatten und das sich »Truthahn« nannte, das aber, wie Hélènes Vater befand, der Gans niemals den Rang ablaufen würde. Diese Region Frankreichs war bekannt für ihre Pflaumenbäume, die während der Kreuzzüge aus dem Nahen Osten eingeführt worden waren, und Hélènes Vater, der Eigentümer des größten Obstanbaugebiets, exportierte süßen Pflaumenwein und Zwetschgen nach ganz Europa. Dies ermöglichte der Familie den Erwerb von Luxusartikeln wie Gabeln mit perlenbesetzten Griffen, Glasscheiben in den Fenstern und Kerzen, die nicht aus Rindertalg hergestellt wurden, sondern aus dem teureren (und weit weniger unangenehm riechenden) Bienenwachs.

Trotz ihres Reichtums empfand Dr. Michel die Familie als zurückhaltend und bescheiden. Die Kranke im oberen Stockwerk war die dritte Ehefrau seines Gastgebers; ihre beiden Vorgängerinnen waren im Wochenbett gestorben, Tochter

Hélène hatte als einziges Kind überlebt. Dennoch bezeichnete sich der Pflaumenhändler als rundum zufriedenen Mann. Und sollte seine Frau unter Dr. Michels Fürsorge nicht wieder auf die Beine kommen und ein Opfer ihres Lungenleidens werden, gab es, wie er Michel anvertraut hatte, genug geeignete junge Frauen im Dorf, die glücklich wären, ihm den Haushalt zu führen und das Bett zu wärmen. Hélènes Vater vertrat die Ansicht, dass in einer Welt, in der fast die Hälfte der Neugeborenen nicht das erste Lebensjahr vollendeten, es die Pflicht des Mannes war, seinen Samen wo immer möglich zu verstreuen.

Er unterhielt sich abends gern mit Michel, mochte es nun darum gehen, ob es sinnvoll war, die Bibel zu übersetzen und sie dadurch dem einfachen Mann zugänglich zu machen, oder um die Vorzüge des heiteren Romans *Gargantua* im Vergleich zum davor erschienenen *Pantagruel* (wobei die Tatsache, dass die beiden in ganz Europa außerordentlich beliebten Bücher in Frankreich verboten waren, Monsieur nicht im Geringsten zu stören schien). Heute kam er auf Religion zu sprechen, und Hélène gewann den Eindruck, als fühlte sich Michel mit einem Mal nicht so recht wohl in seiner Haut.

»Eine Reform der Religion liegt in der Luft,

mein Freund«, erklärte der Vater, während er den Wein umfüllte. »Angesichts dessen, dass im Norden Luther die Praktiken der Kirche anprangert, in England sich König Henry von Rom lossagt, damit er sich von seiner Frau scheiden lassen kann, und es an der theologischen Fakultät der Universität von Paris zu Unmutsäußerungen kommt, steht zu befürchten, dass Mutter Kirche Gefahr droht. Der König selbst ist entsetzt über das, was diese so genannten protestierenden Humanisten veranstalten. Wie man sich erzählt, hat sich François dahingehend geäußert, dass er seine eigenen Kinder verdammen wolle, sollten sie diesem verderblichen Einfluss anheim fallen. Wie denkt Ihr darüber, Monsieur?«

Michel wusste den Blick seines Gegenübers nicht zu deuten. War er ein Anhänger Luthers und wollte ein Streitgespräch provozieren, oder war er Katholik und hoffte, einen Ketzer zu entlarven? Erst siebzehn Jahre war es her, dass Martin Luther seine Thesen am Portal der Schlosskirche zu Wittenberg angeschlagen hatte, und dennoch war die Welle des Reformfiebers wie ein Feuersturm durch Europa gefegt und loderte weiter, ohne dass man ihr Einhalt gebieten konnte. Jetzt schickte sich die aufgeschreckte Kirche an, zum Gegenschlag auszuholen, weshalb jeder dem anderen misstraute und sich das, was er sagte, vorher genau überlegte. Deshalb meinte Michel: »Ich bin Wissenschaftler, Monsieur. Ich glaube an die Sterne und meine Medizin.«

Als der kryptische Blick des Vaters einen Augenblick zu lange auf Michel ruhte, erhob sich Hélène. »Wie wär's, wenn wir im Garten ein wenig Luft schnappten, Monsieur?«, fragte sie. »Sie ist erquickend um diese Abendstunde.«

Kaum waren sie aus dem schummrig erhellten Haus ins helle Mondlicht getreten, gewahrte sie einen Anflug von Schweiß auf Michels Stirn. War er etwa krank? Oder war sein Unwohlsein nicht eher auf das Thema Kirche und protestierende Ketzer zurückzuführen? Sympathisierte dieser gut aussehende junge Arzt mit den Reformern?

Hélène hatte Recht mit ihrer Vermutung, dass er ein Geheimnis mit sich herumschleppte. Was sie jedoch *nicht* wusste, war, dass Michels Geheimnisse eine Gefahr für ihn selbst darstellten und dass er sie für sich behalten musste, um nicht der Ketzerei angeklagt zu werden – oder schlimmer noch, der Hexerei. Dies war auch der Grund, weshalb er von Stadt zu Stadt zog, sich niemals lange an einem Ort aufhielt. Des Weiteren ahnte Hélène nicht, dass sie ihn in ihrem Wunsch, mehr von ihm zu erfahren, und indem sie entschlossen war, diese Geheimnisse aufzudecken, in Bedrängnis brachte.

»Spielt Ihr *Tenez,* M'sieur?«

Tenez – französisch für »nehmt es« – war ein bei Frankreichs Jugend beliebter Zeitvertreib, ein Spiel, bei dem man einen Ball über ein Netz hin und her schlug. Michel machte sich nichts daraus. Sein Leben drehte sich um Medizinisches und Astrologie, über die er eine eigene Meinung vertrat. »Die medizinische Ausbildung ist hoffnungslos veraltet und ungenügend. Unsere Bücher sind voll von anatomischen Diagrammen, die nicht auf genauer Beobachtung basieren, sondern den Hirngespinsten eines Künstlers entsprungen sind. Gäbe es da nicht einen so mutigen Mann wie Monsieur da Vinci, der sich stundenlang im Leichenschauhaus aufhält ...«

»Ihr findet es in Ordnung, Verstorbene zu sezieren?«

»Wenn die Kirche es nur gestatten würde! Um wie viel größer wären dann unsere Heilerfolge.« Er sah sie lange an. »Jetzt habe ich Euch erschreckt.«

»Keineswegs«, sagte sie bescheiden.

Er vertrat eine weitere, nicht minder unpopuläre Überzeugung: dass sich die Sonne nicht um die Erde drehe, sondern die Erde um die Sonne. Seiner Vermutung nach wurde diese Meinung auch von anderen geteilt, wenngleich tunlichst nicht laut geäußert.

Wenn er doch diesem bezaubernden Geschöpf vertrauen, sich die Seele erleichtern und seine Geheimnisse ihrer fürsorglichen Obhut übergeben könnte! Er hatte nicht den Mut dazu. Das Offizium der Inquisition hatte es auf ihn abgesehen und folgte ihm auf Schritt und Tritt. Etwas jedoch konnte er mit Hélène teilen, eine Begeisterung, die von Herzen kam, und als er jetzt mit ernster Miene damit herausrückte, in diesem in Mondlicht getauchten und vom Duft der Frühlingsblüten erfüllten Garten, sah Hélène, wie seine Augen glühten, hörte sie, wie eindringlich er sprach, spürte sie Michels Energie ausstrahlen wie von einem Glutofen.

»Wir leben in einem neuen Zeitalter, Mademoiselle. Die Florentiner nennen es *rinascità,* Wiedergeburt, denn die Welt erwacht zu einem neuen Bewusstsein. Ein Wissensdurst greift um sich, ein bisher nicht gekanntes Streben nach neuen Erkenntnissen. Nicht von ungefähr stellen Männer wie Luther die Praktiken der Kirche in Frage. Damit Ihr mich recht versteht: Ich bin kein Protestier, aber hat uns nicht Gott einen Verstand und einen freien Willen gegeben? Etwas in Frage zu stellen und darüber zu diskutieren, kann nur von

Vorteil sein. Neue Welten sind entdeckt worden, in denen wir vormals Drachen vermuteten, ganze Kontinente und unbekannte Menschenrassen.« Als er merkte, wie sie ihn anstarrte, brach er unvermittelt ab. Er wollte ihr noch mehr sagen, dass er das Gefühl hatte, ihm sei ein außergewöhnliches Schicksal bestimmt, dass er auf der Suche danach durch die Länder ziehe, aber befürchte, sein Leben zu verlieren, ehe er die Aufgabe erfüllt habe, die auszuführen er auf die Welt gekommen sei. Aber ihr verdutztes Gesicht, die weit aufgerissenen blauen Augen – er war zu weit gegangen.

Er täuschte sich. Was die junge Hélène erstarren ließ, war eine nicht gekannte Erregung, die von ihr Besitz ergriff. Sie war noch nie einem derart energischen und zielbewussten Mann begegnet. Entsprechend beeindruckt war sie. Und gleichzeitig sprachlos. Deshalb griff sie zu ihrer Laute, setzte sich auf die Marmorbank und fing erst zu spielen, dann als Begleitung auch zu singen an, mit einer so zarten hohen Stimme, die Michel wie gesponnenes Silber erschien. Das Lied traf ihn wie ein Pfeil mitten ins Herz, durchbohrte ihn in süßem Schmerz. Wenn er doch nur die Freiheit besäße, sich in dieses holde Wesen zu verlieben! Aber seine ureigenen Dämonen würden so etwas nie und nimmer zulassen. Michel mochte diese Stadt und seine Bewohner und hätte sich gern hier niedergelassen. Er wusste jedoch, dass er bald weiterziehen musste, noch ehe sein Geheimnis offenbar wurde.

Zu später Stunde, bei fast niedergebrannter Kerze, saß Michel mit seinen Tabellen und Instrumenten und Kalkulationen an seinem Schreibpult und forschte nach Antwort.

Die Schatten hatten ihn erneut heimgesucht.

So war es von Kindesbeinen an gewesen. Sein Fluch. Niemals wusste er, wann die Schatten kamen, er konnte mit irgendetwas beschäftigt sein, allein oder in Gesellschaft – sie spürten ihn unweigerlich auf, und dann vermochte er weder zu essen noch zu trinken oder zu schlafen, bevor er nicht ihre rätselhafte Botschaft entziffert hatte. Längst wusste er, dass die Entschlüsselung in den Sternen zu suchen war, wo ja die Antwort auf alles Leben lag, und deshalb mühte er sich jetzt mit Federkiel und Gleichungen, seinem Astrolabium, dem Winkelmesser und dem Kompass ab, auf der Suche nach Antwort auf der ständig wechselnden Himmelskarte.

Und da war sie: Mars, der Unheil verkündende Planet, stand im Wassermann.

Michel stieß einen Schrei aus.

Das schreckliche Ereignis, vor dem die Schatten warnten, sollte morgen stattfinden. Und es schloss Hélène mit ein.

Er sprang auf und ging händeringend in der kleinen Kammer unter dem schrägen Dach auf und ab. Was sollte er tun, was denn nur? Wenn er Hélène einweihte, würde nachher jeder sagen: »Wie konnte er das wissen?« Er könnte sagen, dass er die Weissagung in den Sternen gelesen hätte, aber dann würden die Leute sagen: »Woher wusste er sie zu deuten?« Das mit den Schatten würden sie nicht begreifen.

Er rang mit dem Dilemma, bis er völlig verzweifelt war und es nur noch einen Ausweg gab. Hastig packte er seine Sachen zusammen, schlich sich aus dem Haus, holte im Schutze der Nacht sein Pferd und den Packesel aus dem Stall und verließ unbemerkt das schlafende Agen.

Nicht zum ersten Mal machte er sich derart Hals über Kopf aus dem Staub. Und er wusste auch, dass es nicht zum letzten Mal sein würde. Denn die Schatten trieben ihn an wie Kobolde, die ihn in die Fersen zwickten und Dr. Michel zu einem Leben rastloser Suche und Einsamkeit zwangen, zu einem Mann ohne Freunde, ohne Familie, ohne Liebe.

Jenseits der Stadttore hielt er nochmals an und

warf einen Blick zurück. Hélène. Er konnte unmöglich weggehen, ohne sie zu warnen. Wenn dies seinen eigenen Tod bedeuten würde, dann sollte es eben sein.

Sie dachte, es sei eine Maus, die da leise scharrte. Als sie dann aber vollends erwachte, erkannte Hélène, dass das Geräusch von einem Klopfen an ihrer Tür verursacht wurde.

Sie öffnete und sah zu ihrer Verblüffung Dr. Michel in dem schmalen Flur stehen, vollständig angezogen, reisefertig.

»Geht morgen früh nicht zum Marktplatz, Mademoiselle«, raunte er.

»Warum nicht?«

»Bitte fragt nicht, ich kann es euch nicht sagen. Versprecht mir nur, dass Ihr bis zum Mittag zu Hause bleibt.«

»Aber Monsieur, ich gehe immer auf den Markt, jeden Morgen. Papa wird fragen ...«

»Lasst Euch eine Ausrede einfallen. Ich bitte Euch.«

Sternenlicht, das durch das offene Fenster der Schlafkammer drang, fiel auf Michels Gesicht: Es war bleich und feucht, und seine Augen glänzten derart, dass Hélène erschrak. Aber auch etwas Flehendes lag in seinem Blick, sodass sich ihr Herz zu diesem Fremdling hingezogen fühlte, der ihr die Wiedergeburt in der Welt bewusst gemacht hatte.

»Ich werde darüber nachdenken«, sagte sie.

Michel zog sich in seine Kammer zurück, wo er den Rest der Nacht im Gebet zubrachte und Gott anflehte, er möge Hélène dazu bringen, seine Warnung ernst zu nehmen.

Unter dem Vorwand, unter Kopfschmerzen zu leiden, schickte Hélène Dienstboten aus, heute an ihrer Stelle Brot und Fleisch einzukaufen. Sie selbst beschäftigte sich mit kleineren Verrichtungen, über denen sie nochmals über Michels Auftauchen vor ihrer Kammer nachdachte, sich sogar fragte, ob sie sich das alles nicht nur eingebildet hatte, als sie plötzlich von der Straße her Geschrei vernahm. Sie warf einen Blick aus dem Fenster. Man rief nach Dr. Michel. Ein Pferdegespann sei auf dem Marktplatz durchgegangen, informierte man sie. Es habe Tote gegeben, andere hätten sich Arme oder Beine gebrochen, Blut rinne durch die Gassen. Dr. Michel werde dringend benötigt.

Er war bereits zur Stelle. Er hatte frühmorgens das Haus verlassen, mit seiner Arzttasche. *Er hatte es gewusst.*

»Ich nenne sie die Schatten«, sagte er erschöpft, als er sich, nachdem er den ganzen Tag über gebrochene Knochen geschient und Wunden versorgt hatte, endlich eine Pause gönnte. Insgesamt sieben Tote hatte es gegeben. Aber Hélène war verschont geblieben.

Sie saß mit ihm im Garten, blass und angespannt, noch immer von dem Gedanken verfolgt, »was gewesen wäre, wenn«.

»Sie überfallen mich, wenn ich am wenigsten darauf gefasst bin, und vermitteln mir das Gefühl einer Vorahnung. Ich weiß nicht, woher sie kommen oder wie ich mich ihnen entziehen kann, sie spüren mich unweigerlich auf. Es ist etwas, das mir angeboren ist, und ich kann es nicht anders deuten als das Vorhandensein eines doppelten Biquintilscheins in meinem Geburtshoroskop.«

Sie fand ihre Stimme wieder. »Ein was?«

»Eine Konjunktion von Sonne und Jupiter mit Schütze im fünften Haus steht im Gefünftschein zu einer im siebenten Haus von Saturn im Wassermann, mit einem im zwölften Haus stehenden Mond im Krebs am entgegengesetzten Mittelpunkt. Das wäre eine Erklärung.«

»Oh.«

»Und, Hélène, ich bin Jude. Ich muss mich vor der Inquisition verstecken.« Es war, wie Michel spürte, an der Zeit, sich zu bekennen. Wenn Hélène jetzt aufstand und wegging, könnte er ihr das nicht verdenken.

Sie blieb jedoch neben ihm sitzen.

»Als ich neun war, zwang man meine Familie, vom jüdischen zum katholischen Glauben überzutreten. Als ehemalige Juden wurden wir von der Kirche streng überwacht, vor allem als ich nach Montpellier ging, um dort Medizin zu studieren. Nachdem ich die Lizenz zum Praktizieren erworben hatte, zog ich aufs Land, um Pestkranken beizustehen. Es gelang mir, so viele Leben zu retten, dass ich nach meiner Rückkehr nach Montpellier, wo ich den Doktortitel erwerben wollte, aufgefordert wurde, meine ungewöhnlichen Behandlungsweisen zu erläutern. Da man mir nichts Ungebührliches nachweisen konnte und auch mein Wissen und meine Fähigkeiten außer Frage standen, durfte ich meine Dissertation abschließen. Weil aber meine revolutionären Theorien auf dem medizinischen Gebiet für Aufregung sorgten, musste ich Montpellier verlassen. Wo immer ich hinkomme, erwecke ich bei Gelehrten wie Kirchenmännern Argwohn. Hier in Agen jedoch ...« Er sah sie durchdringend an. »Hier ist mir Wärme und Freundlichkeit entgegengebracht worden. Auch von Euch, Mademoiselle Hélène.«

Ihr stockte der Atem.

Beherzt griff er nach ihrer Hand und sagte mit Inbrunst: »Seit den Chaldäern, den Sterndeutern zur Zeit Abrahams, glauben die Menschen, dass die Konstellation der Sterne auf Gutes oder Böses hindeuten und sogar den Verlauf eines Menschenlebens beeinflussen kann. Sollte diese Wissenschaft auch nur ein Körnchen Wahrheit enthalten, müssen meine Sterne nach Jahrhunderten endlich zueinander gefunden haben, zu genau dieser Position, die die Voraussetzung dafür ist, in mir eine Liebe und eine Verzückung zu wecken, die ich nicht für möglich gehalten hätte.«

Er spürte ihre Hand in der seinen zittern.

»Euch und nur Euch möchte ich mein bestgehütetes Geheimnis anvertrauen: Mein ganzes Leben lang, Hélène, habe ich gespürt, dass ich für etwas Außergewöhnliches ausersehen bin, für etwas, das über ein normales Leben hinausgeht. Nur wofür, vermag ich nicht zu sagen. Gut möglich, dass ich sterbe, bevor ich dahinter komme. Findet Ihr es vermessen von mir, zu behaupten, dass ich nicht zufällig in dieses Zeitalter hineingeboren wurde? Es geschah zu einem bestimmten Zweck, nur weiß ich nicht, zu welchem. Und es steht zu befürchten, dass ich das, was mir bestimmt ist, nicht in die Tat umsetzen kann.«

Sie lächelte und ihre Augen blitzten. »Ich weiß, was Euch bestimmt ist, Michel. Das habe ich von dem Augenblick an gespürt, da ich Euch kennen lernte. Denn auch ich trage ein Geheimnis in mir.«

Ein Geheimnis! Gesegnetes holdes Wesen! »Bitte verratet es mir, Mademoiselle, damit ich es in Ehren halte und in meinem Herzen bewahre.«

Sie senkte den Kopf, schaute ihn durch ihre langen Wimpern an und sagte: »Erst müsst Ihr mich heiraten.«

Sie nahm ihn mit zum Schloss in den Pyrenäen, das auf Betreiben ihres Vorfahren Alarich, Comte de Valliers, des Kreuzritters, der die Alexandrier vereint hatte, erbaut worden war. Als Michel ihr Gemahl geworden war, hatte er den goldenen Ring des Geheimbunds erhalten, einen Ring, den inzwischen ein neues Flammenmotiv mit der Inschrift *Fiat Lux* zierte. Er trug ihn neben dem Goldring, den ihm sein Vater geschenkt und den er seinerzeit vor Hélène versteckt hatte: einen Ring, der von seinem Großvater stammte, einem Rabbi, und in den etwas auf Hebräisch eingraviert war.

Während sie hoch zu Ross den schmalen Bergpfad erklommen, erzählte sie ihm die Geschichte von Alarich und den Rittern der Flamme und ihrem glorreichen Sieg in Jerusalem im Jahre 1099, von dem sie nicht nur die Briefe Maria Magdalenas mitgebracht hatten, sondern auch vieles andere, das in dieser unter Alarich erbauten Festung untergebracht worden war. Von jener Zeit an hatten es sich die Alexandrier zur Aufgabe gemacht, aufklärerische Schriften aus aller Welt zu sammeln.

»Was tun sie mit dieser Sammlung?«, fragte Michel. Sie ritten durch gesprenkeltes Sonnenlicht. Jenseits der Bäume hörte man muntere Bergbäche und Wasserfälle rauschen.

»Wir bewahren sie auf«, sagte sie.

»Wozu?«

Sie erreichten eine Stelle, an der sie rasten und die zahlreichen Pferde und Maultiere in ihrem Tross tränken konnten. Während sie einen Laib Brot und ein Rad würzigen Käse unter sich aufteilten, vertraute Hélène ihrem Gemahl den wahren Auftrag der Alexandrier an.

Michel war zunächst konsterniert, dann skeptisch. Aber er beherrschte sich und meinte lakonisch: »Wenn das tatsächlich der Auftrag der Alexandrier ist, dann genügt Sammeln und Verwahren allein nicht. Damit werdet Ihr Euer Ziel nicht erreichen. Die Schriften müssen gelesen, übersetzt, analysiert und auf versteckte Botschaften hin untersucht werden. Nur dann wird die Mission der Alexandrier Erfolge zeitigen.«

Auf Schloss de-Dieuvenir lebten dreiundvierzig Männer und Frauen, die sich der pfleglichen Aufbewahrung der ihnen anvertrauten alten Manuskripte verschrieben hatten. Auf eine derart unschätzbare Sammlung an Wissenswertem war Michel nicht gefasst gewesen, hatte er doch lediglich ein paar mit Folianten bestückte Regale erwartet. Stattdessen führte man ihn durch große Hallen, die voll gestopft waren mit dem Hintergründigen und dem Okkultismus uralter Völker, der Astrologie der Chaldäer, den Geheimnissen der Hethiter, dem verloren geglaubten Codex Hammurabi! Als er all dies an zusammengetragenen Erkenntnissen und Erleuchtungen sah, wusste er, dass er hier die Antwort auf die Schatten finden würde, die ihn quälten.

Die Alexandrier waren von Natur aus demokratisch. Sie hatten keinen Anführer und jedes Mitglied verfügte über das gleiche Stimmrecht. So kam es, dass man Michels Ausführungen Gehör schenkte und sie, nachdem man darüber diskutiert hatte, für gut befand.

Michel erklärte den Alexandriern, dass mehr vonnöten sei als Manuskripte zusammenzutragen; sie müssten sie lesen und übersetzen und analysieren und nach versteckten Botschaften durchforschen. »Ihr seid die Hüter der Zukunft, aber nur, wenn ihr euch die Vergangenheit zunutze macht.«

Dementsprechend kam es mit Ankunft des neuen Mitglieds zu Veränderungen und das Schloss erwachte zu Fleiß und Zielstrebigkeit. Seine Bewohner wurden von neuer Schaffenskraft durchdrungen, hatte man ihnen doch deutlich gemacht, dass sie mehr waren als nur Kuratoren alter Worte.

Michel war von den Alexandriern überrascht und fasziniert. Als Hélène ihm von der Gruppe berichtete, hatte er eine geheime christliche Vereinigung erwartet, wie es deren in Europa so viele gab – die Tempelritter, die Hüter des Heiligen Grals –, aber diese Gruppe unterschied sich deutlich von ihnen, denn wenngleich ihre Mission eine religiöse war, gehörten die Mitglieder den verschiedensten Religionen an; sogar Juden befanden sich darunter sowie mehrere erklärte Atheisten. Von Loyalität durchdrungen hielten sie fest zusammen, um Eindringlinge abzuwehren und ihr Geheimnis zu wahren. Kaum hatte Michel das Treuegelübde abgelegt, war er über das, was man ihm daraufhin anvertraute, zunächst verblüfft, dann umso faszinierter. War diese älteste der geheimen Gemeinschaften über die Antwort auf ein Geheimnis gestolpert, das älter war als die Sterne selbst?

Er entdeckte Schriften deutscher Mystiker – Hildegard von Bingen: »In meinem dreiundvierzigsten Jahr betete ich zu einer himmlischen Vision und ich erblickte in ihr eine ungemeine Helligkeit.« Und Mathilda von Magdeburg: *Das fließende Licht des göttlichen Hauptes.*

Demnach schien es in einem großen Teil der Schriftensammlung um Licht zu gehen.

»Alarich bezeichnete seine Erlebnisse als Luminanz«, erklärte Hélène. »In einer solchen Lichtvision sah er die Bedeutung des von ihm zu gründenden Ritterordens.«

Michel überkam ein Schauer hoffnungsvoller Erregung. Konnte dieses Licht seine Schatten bannen? »Wie überkommt einen diese Luminanz?«

»Das weiß ich nicht. Es heißt, die Luminanz kommt über jeden von uns, wenngleich zu Lebzeiten nur selten.«

»Erst muss man sterben?«

»Wir gehen ins Licht. So steht es in den Briefen der heiligen Maria Magdalena. Nach den Worten Jesu sind wir aus Licht geboren und kehren ins Licht zurück. Viele Arbeiten darüber finden sich hier, sogar aus China und Indien. Offenbarungen, niedergeschrieben von ehrwürdigen Männern, die dieses heilige Licht gesehen haben.«

»Die Aufzeichnungen von Heiden«, wandte er ein.

»Wenn dir das zu schaffen macht, Liebster, dann sprechen wir eben nur von christlichen Aufzeichnungen. Bei Lukas steht, dass Jesus auf den Berg stieg, um dort zu beten. Und während er betete, verklärte sich sein Gesicht, seine Kleider wurden blendend weiß und er sah Moses und Elias. Auch bei Matthäus steht, dass Jesus verklärt wurde. Sein Antlitz strahlte wie die Sonne und seine Kleider wurden weiß wie das Licht. Und Markus sagt, dass die Kleider von Jesus weißer wurden als gebleicht.«

»Die Verklärung«, murmelte Michel nachdenklich.

»Johannes, der Sohn von Zappedäus, sagt in einem Brief an alle Christen, dass Gott Licht und in Ihm kein Dunkel ist.«

Michel brannte darauf, die Luminanz zu erleben, spürte er doch, dass er im Licht seine Erlösung finden würde.

»Dr. Michel! Dr. Michel!« Der Junge hämmerte mit beiden Fäusten an die Haustür. »Maman ist krank. Ihr müsst unverzüglich kommen!«

Michel schlug die Decken zurück und schwang die Füße aus dem Bett. »Musst du?«, grummelte Hélène neben ihm und räkelte sich. Die Nacht war kalt und Michel fühlte sich mollig warm an. Ihre Frage war rhetorisch; wenn Michel zu einem Patienten gerufen wurde, lehnte er nie ab.

Er öffnete den Fensterladen und schaute zu dem Jungen hinunter. »Wer bist du?«

»Jean, der Sohn des Bäckers. Maman ist krank.«

»Schon gut. Hör jetzt auf, so herumzubrüllen, und geh nach Hause. Ich komme gleich nach.« Michel verzog sich wieder nach drinnen, und während er sich ankleidete, stand Hélène auf und sah nach dem Baby.

Seit fünf Jahren waren sie glücklich verheiratet. Hélène hatte zwei Kinder bekommen, die Familie nannte ein Haus ihr Eigen und hatte keine finanziellen Sorgen. Michel schiente gebrochene Knochen, stach graue Stare, zog Zähne, verschrieb Salben, Lotionen und Tees. In Schafshörnern, die ihm über die Schulter und am Gürtel hingen, trug er Puder und Kräuter mit sich herum und in seinem medizinischen Besteck fand sich das Neueste vom Neuen, scharfe kleine Scheren, die Haare schneiden und Nähen ungemein erleichterten. Vor allem aber deutete er die Sterne seiner Patienten.

In seiner Freizeit vertiefte er sich in Schriften

aus dem Schloss, und zweimal im Jahr besuchte er die Festung in den Pyrenäen, inzwischen ein Zentrum fleißiger Scholaren, die über den gesammelten Texten brüteten, sie prüften und katalogisierten, analysierten und übersetzten, sodass die Alexandrier zu den am umfangreichsten aufgeklärten Männern und Frauen wurden. Dennoch behielten sie ihr Wissen für sich, schon weil eine religiöse Unruhe das Land erfasste, sich immer mehr Stimmen gegen die Kirche erhoben und die Kirche Gegenmaßnahmen ergriff.

Die Frau des Bäckers hatte Fieber und stöhnte in ihrem Bett vor sich hin. Als Michel ihre Decke zurückschlug, musste er zu seinem Entsetzen feststellen, dass sich am Hals der Frau hellrote Knötchen gebildet hatten. Die weitere Untersuchung ergab Schwellungen in den Achselhöhlen und der Leistengegend. Wie versteinert starrte er auf die Symptome.

Der schwarze Tod hatte in Agen Einzug gehalten.

Die Pest verbreitete sich in Windeseile. Innerhalb einer Woche wurden infizierte Familien in ihre Häuser verbannt, Patienten in Pestkrankenhäusern sich selbst überlassen, Tote in Massengräbern verscharrt. Michel war ständig unterwegs. Den Lehrbüchern zufolge sah die Behandlung vor, dass man den von der Pest hervorgerufenen Schwellungen mit glühenden Brenneisen zu Leibe rückte, auch wenn dadurch das Fleisch versengt wurde und das Opfer unsägliche Qualen erlitt. Da diese Methode der Krankheit jedoch nicht Einhalt gebot, entschied sich Michel für eine ganz andere, von ihm selbst ausgetüftelte Behandlung. Überzeugt, dass sich die Pest über die Luft verbreite, es also darauf ankam, Atemwege und die Luft um sich herum so keimfrei wie möglich zu halten, ging er daran, Pillen aus Sägespänen, Iris, Gewürznelken, Aloe und pulverisierten roten Rosen herzustellen und sie unter der Bevölkerung zu verteilen, nicht ohne die Ermahnung, ständig eine dieser Pastillen im Mund zu behalten.

Insgeheim war er verzweifelt. Eine Befragung der Sterne erbrachte das niederschmetternde Ergebnis, dass fünf Planeten im Skorpion standen und damit unmissverständlich diesen neuerlichen Ausbruch der Seuche ankündigten. Wieso hatte er das übersehen?

Bald schon griff der Tod überall um sich. Väter ließen ihre kranken Söhne im Stich. Anwälte weigerten sich, Sterbende aufzusuchen und ihren letzten Willen aufzusetzen. Klöster und Konvente leerten sich. Leichen wurden in verwaisten Häusern zurückgelassen, niemand stand zur Verfügung, ihnen ein christliches Begräbnis zu bereiten. Die Seuche schlug zu und tötete derart schnell, dass Michel in seinem Tagebuch vermerkte: »Häufig speisen Pestkranke mittags noch auf Erden und abends bereits im Jenseits.«

Neben der Seuche befürchtete er noch etwas anderes: 1348, als der schwarze Tod zum ersten Mal über Europa hereinbrach und Millionen von Menschen mit sich riss, suchte man nach einer Erklärung dafür, nach einem Grund. Und obwohl auch viele Juden der Pest zum Opfer fielen, wandten sich die Überlebenden in ihrem Kummer und Zorn gegen die jüdische Bevölkerung, schlachteten sie ab in dem Glauben, dass *sie* die Seuche über das Christentum gebracht hätten. Jetzt hatte die Pest erneut Einzug gehalten und wieder machte man sich auf die Suche nach einem Sündenbock.

Beim ersten Auftreten der entsprechenden Symptome hatte Michel Hélène eingeschärft, so lange das Haus nicht zu verlassen und auch nicht die Läden zu öffnen, bis das Schlimmste ausgestanden sei. Sie solle vielmehr Tag und Nacht Weihrauch verbrennen und vor allem darauf achten, dass sie und die beiden Kinder ständig seine Spezialpastillen im Munde zergehen ließen.

Tage und Wochen vergingen und schließlich

zog sich die Krankheit allmählich aus Agen zurück. Die Toten wurden verbrannt; die Überlebenden bemühten sich, das Beste aus dem zu machen, was ihnen vom Leben verblieben war. Ein Drittel der Bevölkerung war gestorben. Jede zweite Frau war zur Witwe geworden, viele Kinder zu Waisen. Nach seinem langen Einsatz kam Michel nach Hause, abgekämpft und verstört. Hélène empfing ihn an der Tür.

Er küsste sie auf die Wange und sie entblößte ihren Hals. Drei hässliche rote Beulen verunstalteten ihre weiße Haut.

Es gelang ihm nicht, sie zu retten.

Wenige Tage nach seiner Rückkehr starb Hélène, dann der kleine Sohn und schließlich das Baby. Michel war mit drei leblosen Körpern allein, während auf den Straßen das Ende der Pest gefeiert wurde.

Sein Klagegeschrei hielt die Nachbarn fern. Sie glaubten, er habe den Verstand verloren. Bis sich einige von ihnen, im Gedenken daran, wie er ihnen beigestanden, seine Nachtruhe für sie geopfert hatte, gewaltsam Zutritt zu seinem Haus verschafften, um ihm Hélènes Leichnam aus den Armen zu reißen. Er wehrte sich und schrie nur noch lauter, sodass ihnen nichts anderes übrig blieb, als ihn zu zwingen, von seinen eigenen Kräutertees zu trinken und ihn dadurch in einen Tiefschlaf zu versetzen; erst dann gelang es ihnen, die Toten auf den Friedhof am Rande der Stadt zu bringen.

In den nachfolgenden Wochen irrte Michel wie ein Gespenst im Haus herum, das er niemals verließ. Er brütete vor sich hin, redete mit Leuten, die gar nicht vorhanden waren. Als sein augenscheinlicher Wahnsinn weiter anhielt, ebbte die Anteilnahme der Bevölkerung ab. Was Michel während der Pest geleistet hatte, war vergessen – jetzt nahm man es ihm übel, dass er sich weigerte, ein gebrochenes Bein zu schienen oder ein fieberndes Kind zu behandeln. Und untereinander fing man an zu raunen, wie fragwürdig es um einen Doktor bestellt sein müsse, dem es nicht gelungen sei, die eigene Familie zu retten. Seine Patienten wandten sich von ihm ab, griffen zu Hausmitteln und konsultierten die Ärzte, die durch die Stadt kamen. Hélènes Vater, dem das Geschwätz der Leute zu Ohren kam und der ebenfalls Zweifel hegte, strengte gegen den Schwiegersohn ein Verfahren an, in dem es um die Rückgabe von Hélènes Aussteuer ging. Schließlich wurde Michel wegen einer riskanten Bemerkung einem Bildhauer gegenüber, der an einer Bronzestatue der Jungfrau Maria arbeitete, der Ketzerei beschuldigt. Michels

Einwand, er habe lediglich die mangelnde Ästhetik der Statue kritisiert, wurde nicht zur Kenntnis genommen; die Inquisitoren wollten ihn nach Toulouse schicken, wo ihm der Prozess gemacht werden sollte.

Er beschloss, im Schutze der Nacht zu fliehen.

Er packte seine Taschen, um dem Ort den Rücken zu kehren, an dem er für kurze Zeit glücklich gewesen war, hielt, als er im Begriff war, ein weiteres Buch in seinem Gepäck zu verstauen, unvermittelt inne – und erinnerte sich daran, dass die Alexandrier geprahlt hatten, sie glaubten nicht an die Existenz eines Gottes.

Das war es, was Hélène und die Kleinen getötet hatte! Die Strafe Gottes dafür, dass sich Michel mit Ungläubigen verbündet, heidnische Schriften gelesen hatte. Wütend und verzweifelt zugleich trug er alles zusammen, was er an alten Manuskripten und Schriftrollen aus dem Schloss mitgebracht hatte, häufte sie in dem mit Platten belegten Teil seines Gartens aufeinander und zündete den Stapel an. Tränen rannen ihm über die Wangen und versickerten in seinem kastanienbraunen Bart, als er sein Glück verfluchte, Gott und die Sterne. Er reckte die Faust gen Himmel, schrie hinauf zu Planeten, Mond und Himmelskörpern, wie schändlich sie ihn betrogen hätten. Und als das Feuer immer höher und heißer loderte, spürte Michel, wie die Hitze nachließ und sich Kälte über ihn senkte. Bald schon breitete sich das Feuer im ganzen Garten aus, erfasste die Blumen, leckte an den Mauern seines Hauses. Aber es war kein heißes Feuer. Er ließ sich von den Flammen verschlingen, ohne Schmerzen zu empfinden. Vielmehr war ihm, als hüllte ihn eine ungeheure Wolke des Friedens und der Freude ein. Unwahrscheinliche Dinge traten ihm vor Augen: Städte mit gläsernen Türmen, seltsame Gefährte, die über breite Straßen rasten, fliegende Maschinen, Menschen, die Bilder aus dünner Luft betrachteten.

Er wähnte sich von unsichtbaren Wesen umgeben, die ihm zuraunten und ihm Geheimnisse offenbarten, und es wurde ihm klar, dass sie ihm die Zukunft zeigten.

Er begab sich zu den Alexandriern, sagte ihnen Lebewohl und bat sie um Verzeihung dafür, dass er sie nicht nur verflucht, sondern auch ihre kostbaren Schriften verbrannt hatte. Als er das Bewusstsein wiedererlangt hatte, stellte er fest, dass er sich in dem mit Platten belegten Teil seines Gartens befand, dass die Mauern seines Hauses noch standen und nur ein Aschehaufen von den verbrannten

Schriften kündigte. Und er erkannte, dass ihm so etwas wie Luminanz zuteil geworden war.

Die Alexandrier rieten ihm, über das, was ihm widerfahren war, nicht zu viele Worte zu verlieren; nicht jeder würde diese prophetische Gabe als besondere Gnade ansehen, sondern als das Werk des Teufels.

Er verließ sie und setzte seine Suche fort, erforschte die Himmelslichter nach Antworten, schrieb seine Visionen nieder, ohne sie publik zu machen. Noch immer glaubte er, die Antworten lägen in den Sternen, denn was waren Sterne anderes als Licht? Zwanzig Jahre lang streifte er im Land umher, ein heimatloser Mann ohne Familie, ohne echte Freunde, ein Wanderer auf der Suche nach etwas, das er nicht einmal in Worte kleiden, über das er auch mit keiner anderen Seele sprechen konnte, weil man ihn dann zum Ketzer und Hexer abgestempelt hätte.

Die Alexandrier hatten ihm ein Buch mitgegeben, das den Titel *De Mysteriis Egyptorum* trug und Anleitungen zur Ausübung von Magie enthielt. Dieser seltene Band diente Michel dazu, sich die Kunst der Beschwörung und Zauberei anzueignen, des Wahrsagens und der Telepathie, der Magie und Weissagung; er erschloss ihm die Macht der Kristalle, die heilsame Wirkung bestimmter Pflanzen und Arzneien und wie man Ratgeber von der Sternenebene anruft. Hauptsächlich aber benutzte er das Buch dazu, sich immer wieder Luminanzen, die für ihn Zukunftsvisionen waren, zu eröffnen.

Das geheimnisvolle wie verbotene Buch unterwies den Praktizierenden, in einem abgedunkelten Raum eine Schüssel auf einen Dreifuß zu stellen und in der Schüssel eine Flamme zu entzünden. Sobald der untere Teil der Flamme glühte, sollte der Geisterbeschwörer ins Herz der Flamme blicken, ihr seine Seele, seinen Geist und sein Wesen übereignen, in ihr aufgehen. Michel hielt sich an die Anweisung und sah schon bald, wie die Flamme größer wurde und sich ausbreitete, bis die Kammer lichtdurchflutet war und sich Visionen vor ihm auftaten.

Er sah in die Zukunft.

Wieder und wieder spürte er die unsichtbaren Wesen in der Helligkeit auf sich zukommen und erkannte sie als Aristoteles und Platon, die großen Aufklärer aus der Vergangenheit, die im Zeitalter der Wiedergeburt – der Renaissance – zu ihm kamen, um ihm Kommendes aufzuzeigen. Michel schrieb auch diese Visionen nieder, schwieg sich aber, da er noch immer fürchtete, verfolgt zu werden, über seine Tagebücher aus. Zu guter Letzt empfand er die Schatten nicht länger als Bedrohung, erhellte er doch ihr Dunkel mit Licht.

1554, nach zwanzig Jahren Abenteuer und Forschungsarbeit, ließ sich Michel in der französischen Stadt Salon nieder, wo er sich zum zweiten Mal verheiratete, mit Anne Ponsart Gemelle, die ihm sechs Kinder schenken sollte.

Am Abend nach der Hochzeit verriet er ihr sein Geheimnis und zeigte ihr seine Tagebücher. »Ich befinde mich in einer schwierigen Situation, Liebste. Ich muss diese Prophezeiungen unbedingt anderen zugänglich machen, aber dann laufe ich Gefahr, als Hexer verdammt zu werden.«

»Du weißt, dass Männer von wachem Verstand und klarem Denkvermögen das, was du zu sagen hast, als Hirngespinste abtun werden«, entgegnete die kluge Anne. »Deshalb solltest du deine Prophezeiungen verklausulieren. Diejenigen, die du aufklären möchtest, werden sie zu entschlüsseln wissen.«

Michel nahm sich ihre Worte zu Herzen. Er vollendete und veröffentlichte das erste von zahlreichen Büchern, die ihn in ganz Europa bekannt machen sollten, eine Zusammenstellung von Zukunftsvisionen. Dieses erste Buch versah er mit einem Vorwort für seinen kleinen Sohn César:

»Diese Weissagungen wurden mir durch die Macht Gottes zuteil, denn nichts kann ohne Gott sich vollenden, der sehr große Macht besitzt und seinen Geschöpfen viel Gutes erweist. Wenn sie diese Wohltaten bewahren, wird sich jedes Mal auch da, wo andere Wirkungen bezweckt werden, die ganze Inbrunst des prophetischen Charismas sich uns nahen. Es ist dasselbe, als wenn die Strahlen der Sonne zu uns kommen, auch sie verteilen ihre Kraft auf die wesenhaften und unwesenhaften Körper.

Es gibt ja noch mehr Bücher, welche durch lange Jahrhunderte verborgen waren. Ich ahnte, was mir widerfahren würde, darum habe ich sie nach der Lektüre den Flammen geweiht. Während nun das Feuer sie verzehrte, züngelte die Flamme in die Höhe und verbreitete eine ungewöhnliche Klarheit, heller als ein natürliches Licht, vielleicht wie das Aufleuchten eines Blitzes, der die Luft reinigt. Auf einmal war das ganze Haus erleuchtet in der Form, wie es bei einem plötzlichen Brandunglück zu geschehen pflegt ... Feuer wird in solcher Fülle vermischt mit Steinen fallen, sodass man an keinem Ort bleiben kann, wenn man nicht erschlagen werden will. Dies geschieht in Kürze vor der letzten Brandkatastrophe, wenn der Planet Mars seinen Zyklus beendet.

Ich will nun schließen, mein Sohn, nimm hin das

Geschenk deines Vaters Michel Nostradamus. Salon, am ersten März 1555.«

Eine Prophezeiung jedoch unterschlug Michel in dem für eine breite Öffentlichkeit bestimmten Buch, weil sie nur eine kleine Gruppe von Menschen betraf. Diese Prophezeiung ließ er den Alexandriern in den Pyrenäen zukommen: dass es eines Tages einem der Ihren gelingen würde, das Verborgene zu entschlüsseln und die versteckte Botschaft und Zukunft, wie im 83. Vierzeiler der VII. Centurie vorausgesagt, zu enthüllen.

Dritter Teil

Kapitel 24

In den Hügeln hoch über Los Angeles wanderte Sybilla Armstrong mit ihrem frisch gestylten Kraushaarlook, der ihre Dynamik unterstreichen sollte, stolz wie ein Pfau durch ihr »neues« Fünfziger-Jahre-Haus, das sie gerade erst für ein kleines Vermögen erworben hatte. »Was meinst du, Candy, worum geht es immer und überall auf dieser Welt?«, fragte sie ihre Tochter.

Candice, damals noch Schülerin, die Nase in einem Buch über alte ägyptische Sagen, hatte den Kopf gehoben und ihre Mutter mit einiger Verwunderung über diese philosophische Anwandlung angeschaut. Das sah Sybilla so gar nicht ähnlich, und sie fragte sich, ob der Erfolg und der Wohlstand das Spirituelle in ihrer Mutter erweckt haben könnten. Doch bevor sie noch etwas Kluges aus dem alten Sagenbuch zitieren konnte, war ihre Mutter ihr bereits zuvorgekommen. »Ums Gewinnen! Darum geht es, Candy. Um nichts anderes.«

Nein Mutter, dachte Candice bei sich, während sie auf die unendliche Wüste starrte. *Das stimmt nicht.*

Glenn warf ihr kurz einen Blick von der Seite zu. Seit sie Ians Grab verlassen hatten, war sie in ungewöhnliches Schweigen verfallen. Mit dem letzten Tropfen Benzin waren sie in Palmyra angekommen, hatten getankt und sich mit Proviant versorgt und waren dann Richtung Westen erneut aufgebrochen. Glenn wusste um den Grund für ihr Schweigen und hoffte, dass sie darüber sprechen würde, aber das sollte sie selber entscheiden.

Als spüre sie seinen Blick, wandte sie sich ihm zu. »Es tut mir Leid für Ian«, sagte sie schließlich. »Aber er hat ein gefährliches Spiel gespielt. Das war der reinste Selbstmord.«

Glenn wartete. Er wusste, dass etwas anderes sie bedrückte.

Nach einer Weile fuhr sie fort: »Dein Vater hat einmal zu mir gesagt, ich sei auf der Suche nach meiner Seele.« Ein Öltankwagen vor ihnen auf der Piste spuckte schwarzen Qualm. »Dein Vater hatte Recht. Ich habe mein ganzes Leben lang nach etwas gesucht, an das ich glauben konnte. Aber statt in mir selber zu suchen, habe ich in Büchern, in anderen Kulturen in anderen Epochen gesucht. Und dann, Dschebel Mara ...«

Glenn hatte gerade den Tankwagen überholt und gab nun Gas. »Candice, ich weiß, dass du auf Dschebel Mara große Angst empfunden hast. Ich habe das bei anderen Anfängern auch erlebt. Viele von ihnen haben nie wieder einen Berg bestiegen. Das kann ich gut verstehen ...«

Candice schüttelte den Kopf. »Das war keine Angst. Es war auch keine Panik, ich weiß nicht, wie ich es erklären soll. Mir fehlen einfach die Worte. Glenn, was ich auf Dschebel Mara erlebt habe, war einfach *wunderbar:* eine beinahe ... religiöse Erfahrung. Ergibt das irgendeinen Sinn?«

Er schaute sie von der Seite an, sah sie umrahmt von lohfarbener Wüste, grünen Oasen, kornblumenblauem Himmel, die schokoladenbraunen Haarsträhnen wie ein Banner im Wind flattern. Sie gehört hierher, ging es ihm durch den Sinn. Die Wüste verlieh ihr eine surreale Schönheit. Und sogleich wusste er, welche Farben er verwenden würde: Titanweiß für ihre Haut, Pechschwarz für ihr Haar, reines Siena für den Schatten an ihrem Hals, Ocker für ihre braunen Augen, helles Rot für ihre Lippen. Er würde Pinsel aus feinstem Zobelhaar verwenden und das Bild auf einer ovalen Leinwand ausführen, die dann in einem schmalen Rahmen mit Blattgold gefasst würde.

»Ich war von einer großen Ehrfurcht erfüllt«, fuhr Candice fort.

»So ein Gefühl habe ich bisher noch nie empfunden. Ich bin nie zur Kirche gegangen, Glenn. Ich hatte keine Ahnung, was eine spirituelle Erfahrung ist. Aber genau das empfand ich da oben auf Dschebel Mara in der untergehenden Sonne. Ich dachte mir, das muss Gott sein.«

»Du hast den Rausch des Bergsteigers erlebt«, meinte Glenn, ein wenig überrascht von diesem unerwarteten Geständnis.

Da war noch mehr, aber Candice fehlten die Worte, es war zu persönlich. Neue Fragen drängten sich ihr auf, als hätte der blendende Sonnenuntergang auf Dschebel Mara eine verschlossene Tür zu ihrem Innersten aufgestoßen: Warum sind wir hier? Was ist unser Ziel? Wo gehen wir hin? Derlei Fragen wurden beim Gottesdienst oder im Gebet gestellt, ihre geliebten Ägypter mochten sie vor langer Zeit gestellt haben und womöglich hatte Nofretete in ihrer unendlichen Heiterkeit die Antworten gewusst. Candice jedoch, in spirituellen Dingen gänzlich unerfahren, wusste nicht, wo sie beginnen sollte.

»Da war noch etwas.« Candice wandte den Kopf ab und ließ den Blick über eine Ansammlung kleiner Lehmhütten am Rande der Landstraße wandern, wo Wäsche an Leinen flatterte und Kinder im Sand spielten. »Das klingt vielleicht verrückt«, wandte sie ein, »aber als ich wie erstarrt am Felsen hing, als du mir gesagt hast, ich sollte nicht gegen den Berg ankämpfen ...«

Glenn wartete. Die Kinder winkten dem Pontiac hinterher.

»Ich war wie gelähmt. Dann gab ich mich dem Felsen hin und fand den Mut weiterzuklettern.«

»Ich erinnere mich.«

»Glenn, es war, als spürte ich ein unsichtbares Wesen neben mir.«

Er nickte. Er hatte das Gleiche bei seinem Sturz und der Vision der Luminanz empfunden. Ein Wesen an seiner Seite, das ihm sagte, alles würde gut. Er hatte nie darüber gesprochen.

Candice versank erneut in Schweigen, überwältigt von dem, was sie soeben gesagt hatte. Glenn griff nach ihrer Hand und hielt sie fest, um ihr stumm zu bedeuten, dass er sie verstand.

Allmählich wich die Wüste einer üppig grünen Landschaft, die mit Gemüsegärten, Zitrushainen, Getreidefeldern und Zypressen reich gesegnet war. Nach ihrem Ritt durch die Wüste atmeten sie begierig den würzigen Duft der Wälder, während sie durch das Küstengebirge fuhren, und als sie sich der Küste näherten, versank vor ihren Augen die Sonne hinter dem Horizont.

Latakia, das antike Laodikeia, entpuppte sich als lebhafte Hafenstadt mit prächtigen öffentlichen Parks, üppigen Palmenhainen und Oleanderstauden. Der Pontiac fädelte sich in den Feierabendverkehr auf der Küstenstraße ein, die von hübschen Promenaden gesäumt wurde.

Im Hafen herrschte geschäftiges Treiben. Vor der Hafeneinfahrt lagen riesige Frachtschiffe auf Reede, Barkassen und andere Boote flitzten emsig zwischen Fähren und Passagierschiffen umher, um Passagiere von Bord zu holen oder an Bord zu bringen oder um für die Nacht festzumachen. Zwischen den großen Lagerhäusern und riesigen Getreidesilos standen die Gebäude der Zoll- und Hafenverwaltung und der Touristinformation – genau die Orte, die Glenn und Candice auf jeden Fall vermeiden wollten. Wie sie der Ausschilderung entnehmen konnten, befanden sich die Anlegestellen für die Passagierschiffe nach Zypern, Beirut und Alexandria am Nordkai, doch zog Glenn es aus gutem Grund vor, sich im südlichen Hafenbereich nach einer geeigneten Mitreisegelegenheit umzutun.

Er setzte Candice am Meridien Hotel ab. Es wimmelte dort nur so von Touristen und eine

Amerikanerin, die sich in der Cocktail-Lounge die Zeit vertrieb, würde nicht weiter auffallen. Glenn lehnte ab, dass Candice mitkam. Für sein Unterfangen bedurfte es diskreter Ermittlungen und der richtigen Geldsumme. »Ich weiß nicht, wann ich zurückkommen werde. Wenn es zu spät wird, nimm dir ein Zimmer für die Nacht. Ich werde dich schon finden.«

»Glenn!« Sie hielt ihn am Arm fest. Die Angst in ihren Augen sagte alles. »Ich werde vorsichtig sein«, beruhigte er sie und war schon fort.

Zu Candices Erleichterung kam er bereits nach einer Stunde wieder. »Gute Neuigkeiten. Ich habe einen Kapitän gefunden, der uns mitnimmt. Sein Schiff fährt nach England, nach Southampton. Der Kapitän ist uns wohlgesonnen und wird uns helfen, dort von Bord zu kommen. Er versicherte mich seiner Diskretion, schließlich hat er schon anderen Passagieren in so einer Lage geholfen.«

»In so einer Lage?«

»Er hat Verständnis dafür, dass wir aus persönlichen Gründen die Einreise- und Zollformalitäten umgehen möchten. Nach Einbruch der Dunkelheit gehen wir an Bord. Es ist ein großes Frachtschiff, allerdings gibt es nur eine Kabine für Nicht-Besatzungsmitglieder.« Er zögerte.

»Wo liegt das Problem?«

»Ich musste eine Geschichte über uns erfinden. Bei aller Diskretion, die Kapitän Stavros uns gegenüber walten lässt, scheint er ein aufgeschlossener, geselliger Mensch zu sein und freut sich schon auf unsere Gesellschaft an Bord. Ich habe ihm eine Menge Geld dafür gezahlt, dass er keine unnötigen Fragen stellt, aber ich fürchte, es liegt in seiner Natur, genau dies zu tun. Damit wir ungestört bleiben, musste ich ihm sagen ...«

»Ihm was sagen?«, bohrte Candice.

»Na ja«, Glenn wurde tatsächlich rot. »Ich sagte ihm, wir seien auf Hochzeitsreise.«

»Willkommen, willkommen!« Kapitän Stavros strahlte über das ganze Gesicht und schwenkte ihre Arme in einem herzhaften Händedruck. Die Kapitänsmütze des kräftig gebauten Mannes saß auf einem dichten schwarzen Haarbusch und der prächtige schwarze Vollbart reichte ihm bis an die blitzenden Messingknöpfe seiner Uniform. Im Gegensatz zur alten, verrosteten *Athena* wirkte ihr Kapitän flott und schneidig wie auch seine beiden Offiziere in ihren schmucken weißen Uniformen.

Es war schon spät. Einer von der Bootsmannschaft der *Athena* hatte sie an einer versteckten Stelle am Kai aufgelesen und zum Schiff gebracht, das die Länge eines halben Fußballfeldes einnahm und von griechischen Offizieren und einer burmesischen Mannschaft geführt wurde. Wortreich beschrieb Stavros ihnen die Route der *Athena,* die zunächst Kurs auf Syrien nehmen würde, um Feigen, Datteln und Oliven zu laden, von da ging es nach Griechenland, um mehr Oliven zu laden, nach Italien, um noch mehr Oliven zu laden, dann über Spanien nach Southampton, um dort die Ladung zu löschen und Seide, englisches Gebäck und Regenschirme für die Rückreise an Bord zu nehmen.

»Was für Abenteurer!«, rief Stavros begeistert und winkte einen Matrosen herbei, der das Gepäck der Gäste unter Deck bringen sollte. »Als Ihr Freund mir sagte, dass Sie um die Welt trampten«, strahlte Stavros weiter, »dachte ich zuerst an zwei junge Männer. Aber ein Ehepaar! Und dazu noch frisch verheiratet!« Er zwinkerte ihnen zu und in seinem Mund blitzte ein goldener Schneidezahn auf. »Es wird uns ein Anliegen sein, Sie nicht zu stören«. Er schnippte mit den Fingern und ein Steward in weißer Uniform baute sich neben ihm auf. »Er wird Sie zu Ihrer Kabine bringen und sich auf der Reise um Ihr Wohl kümmern.«

Die Kabine war klein und eng, aber sauber. Es gab nur ein schmales Bett, aber auf dem Sofa ließ es sich auch schlafen. Außer einer kleinen Kommode gab es noch einen Stuhl und einen Tisch. Das Bullauge war ganz offensichtlich eingerostet.

»Nun, mein Schatz«, sagte Glenn, als der Steward die Tür hinter sich zugezogen hatte. »Sieht so aus, als hätten wir die Hochzeitssuite bekommen.«

Candice lachte kurz auf, dann verstummte sie. Bei geschlossener Tür war die Kabine noch kleiner. »Ich dachte mir ...«, setzte Candice an in dem Bestreben, etwas Vernünftiges zu sagen. Über den kleinen Tisch zum Beispiel, auf dem sie die Keramikscherben ausbreiten wollte, wo doch eine längere Seereise vor ihnen lag und sie sich an die Übersetzung der Scherben machen wollte. Aus diesem Grund waren sie schließlich hier, hatten Los Angeles verlassen und waren so weit gereist, um ein Versprechen einzulösen; auch um herauszufinden, wozu Philo die Tontafeln brauchte, und um einen Mörder zu schnappen. Sie musste sich das alles wieder vor Augen führen. So viel war inzwischen geschehen und sie fürchtete sich vor diesem Tumult neuer Gefühle, der in ihr tobte. Nur brachte sie kein einziges Wort heraus. In seiner ganzen Präsenz und Männlichkeit nahm Glenn ihr schlichtweg den Atem und sie spürte immer noch das Prickeln, das sein stürmischer Kuss in ihr ausgelöst hatte.

»Ich schlafe auf dem Sofa«, erklärte er.

Während der Mann mit den Bomben die Detonationsfrequenz erläuterte, weilten Philos Gedanken in anderen Sphären.

Jessica hatte also die Festung in den Pyrenäen entdeckt. Das verwunderte ihn nicht im Geringsten. Ihr wachsendes Interesse an seinem Privatleben und an seinen Käufen war ihm nicht verborgen geblieben, dennoch wusste sie so gut wie gar nichts über ihn, auch wenn sie sich schon länger kannten. Ohne Zweifel würde sie den Brief Raymonds von Toulouse lesen, Vergleiche zu anderen für ihn getätigten Käufen anstellen, womöglich seine Strategie mit anderen Branchenkollegen diskutieren und eins und eins zusammenzählen. Insbesondere jetzt, da in dem Brief ein gewisser Ring erwähnt wurde, den Jessica bereits an Philos Hand gesehen hatte.

Natürlich war sie in ihn verliebt. Frauen pflegten sich unweigerlich in Philo zu verlieben. Sie konnten seinem Charisma, seiner männlichen Ausstrahlung einfach nicht widerstehen. Wie die arme Mildred Stillwater. Aber keine würde ihn bekommen, selbst jetzt nicht, wo Sandrine tot war, denn er sparte sich auf für Lenore.

Wie aber sollte er jetzt mit Jessica verfahren?

Die logische Antwort wäre, sie zu vernichten, schließlich hatte er sie auch erschaffen. Aber war das unbedingt nötig? Sie hatte ihm gute Dienste erwiesen und würde das auch weiterhin bis zum bitteren Ende tun. Nur, dass weder sie noch irgendjemand wusste, dass das Ende unmittelbar bevorstand.

Der Bombenexperte wies auf eine Stelle der Blaupause hin, auf die Sprengvorrichtung, wie er sagte, und Philos Gedanken schweiften zu jenem Tag vor siebzehn Jahren zurück, an dem Jessica Randolph geboren wurde. Der innere Aufbau und die Funktionsweise der Bomben interessierten ihn nicht sonderlich, er brauchte nur zu wissen, wie man sie zündete.

Er war nicht zum Essen in das Restaurant gekommen. An diesem Ort hatte er drei Jahre zuvor Lenore zum letzten Mal getroffen, als sie den Eintritt ihres Sohnes in den Orden plante. Jener Tag hatte sich so messerscharf in sein Gedächtnis eingegraben, dass er ihn jedes Mal neu durchlebte, sobald er daran dachte: Lenore so fahrig und nervös, auf den oberflächlichen Betrachter mochte sie vielleicht verängstigt wirken, aber Philo wusste, dass sie in Wahrheit seine Ausstrahlung fürchtete. Am Tag danach hatte man sie ihm genommen, und er war durch die Welt gezogen und dann zurückgekehrt, um eine gläserne Kapelle als Gedenkstätte für sie zu errichten.

Die Kapelle befand sich noch in Bau, als Philo zum Gedenken an den Jahrestag ihres letzten bittersüßen Treffens an »ihrem« Tisch saß und daran zurückdachte, wie er Lenore bewundert hatte, dass sie so tapfer mit einem ungeliebten Mann zusammenlebte und dass sie dieses Opfer brachte, damit er, Philo, sein heiliges Werk vollenden konnte. An jenem Jahrestag vor siebzehn Jahren hatte er vor vollen Tellern gesessen, jedoch nichts von alledem angerührt, und dabei ungewollt ein Gespräch vom Nachbartisch mit angehört.

Aus der Art, wie die beiden miteinander sprachen, schloss Philo, dass sie sich fremd waren. Ein *blind date?* Callgirl und Kunde? Sie sah teuer aus. Wenn man ihr zuhörte, schien sie Kunstverstand zu besitzen – beinahe. Schien kultiviert zu sein – beinahe. Gebildet – beinahe. Der englische Akzent wirkte aufgesetzt. Sie brauchte Schliff. Sie verwechselte einen Cézanne mit einem Degas, aber ihr Begleiter schien es nicht zu merken.

Philo versuchte sich wieder auf seine Erinnerungen zu konzentrieren – Lenore hatte an jenem Tag Hummercremesuppe gegessen –, doch die Frau am Nebentisch lenkte ihn ab. Sie hatte etwas. Die Art, wie sie den Kopf neigte oder wie sie die Hand bewegte. Ein Naturtalent. Die unentdeckte Perle in einer Auster.

Das Paar stand schließlich auf und ging und Philo gab sich erneut seinen stillen Betrachtungen hin.

Zehn Minuten später kam die Frau zurück, aufgelöst und aufgeregt, weil sie einen Ring verloren hatte. Der Manager, die Kellner, die Gäste wurden befragt, keiner hatte den Ring gesehen. Sie nannte einen großzügigen Finderlohn und hinterließ eine Hoteladresse, unter der man sie finden würde. Dann war sie gegangen.

Philo betrat die Männertoilette und war kein bisschen überrascht, als ihm ein anderer Mann folgte und auf ihn einredete, er habe diesen teuren Ring gerade vor der Damentoilette gefunden. »Ich bin in Eile«, bekundete der Fremde. »Wenn Sie mir, sagen wir, fünfhundert Dollar für den Ring geben, können Sie ihn haben und den Finderlohn einstreichen.«

Als Philo seinen Platin-Geldclip hervorzog, gingen dem Mann beim Anblick des Geldbündels die Augen über. Philo bot ihm das ganze Bündel, fünfmal so viel wie der ausgemachte Finderlohn, wenn er ihn zu der Frau führe.

»Ich weiß nicht, wovon Sie reden.«

Philo maß den anderen mit einem stahlharten Blick, der bis in den hohlen Kern des kleinen Gauners stach, und brauchte kein weiteres Wort zu sagen.

Sie gingen zu einem schäbigen Hotel – es war nicht das Nobelhotel, das sie dem Restaurantmanager genannt hatte und wohin man ihre Spuren hätte verfolgen können. Jessica reagierte ungehalten, als sie sah, wen ihr Partner da mitbrachte.

»Bitte entschuldigen Sie die Störung, meine Dame«, sagte Philo in seinem galanten Südstaatengebaren, das immer beschwichtigend wirkte. »Aber ich habe Ihnen ein Angebot zu machen. Ein sehr großzügiges sogar. Ich würde gerne Ihre Dienste in Anspruch nehmen.«

»Ich bin keine Nutte.«

Er legte sich beteuernd die Hand auf die Brust. »Ich versichere Ihnen, meine Teuerste, dass ich nur die nobelsten Absichten hege. Es geht um eine *geschäftliche* Transaktion. Könnten wir unter vier Augen reden?«

Drei Sekunden, um den Fremden zu taxieren und zu dem Schluss zu kommen: reich. »Dan, lass uns allein.«

»He, wir arbeiten zusammen.«

»Ich sagte, geh.«

Der Mann funkelte die Frau und den Fremden böse an. »Luder!«, zischte er schließlich und wandte sich zum Gehen.

Philo hielt ihn am Ärmel fest. »Sir, wenn Sie sich bitte für diese Bemerkung entschuldigen wollen.«

Der Mann schnaubte verächtlich.

»Entschuldigen Sie sich bei der Dame.«

»Die ist keine Dame.«

»Für einen Gentleman sind alle Frauen Damen.«

»Und wenn ich's nicht tue?«

»Sie würden es bereuen.«

Noch ein verächtliches Schnauben. »Was soll's. Okay, Ruby, tut mir Leid.« Er riss die Tür auf und rief über die Schulter zurück: »Tut mir Leid, dass du ein Luder bist«, dann knallte er die Tür hinter sich zu.

Nachdenklich starrte Philo auf die geschlossene Tür, als wolle er sich etwas einprägen, dann wandte er sich der Frau zu. »Mit welcher Masche arbeiten Sie? Trickbetrug? Dubiose Anlagegeschäfte? Unlauterer Aktienhandel?«

Sie zuckte die Achseln. »Wie es sich gerade ergibt.« Ihre Augen wurden schmal. »Wie haben Sie's herausbekommen?«

»Ich habe Sie im Restaurant beobachtet. Sie trugen keinen Ring.«

»Gut beobachtet. Worum geht es bei der geschäftlichen Transaktion?«

»Ich möchte Ihre Dienste als Kunsthändlerin in Anspruch nehmen, hauptsächlich, um Käufe für meine Privatsammlung zu tätigen. Es steht Ihnen frei, für andere Kunden zu arbeiten, solange sich unsere Interessen nicht ins Gehege kommen.«

Ihr Name war Ruby Frobisher und Philo machte ihr deutlich, dass sie als Erstes ihren Namen ändern und sich die Haare färben musste. Am besten feuerrot. Zudem musste an ihrem Gang, an ihrem gesamten Habitus, an ihrer Ausdrucksweise und an ihrer Garderobe gearbeitet werden. Philo würde dafür Sorge tragen. Auch ihr Name war Philos Erfindung. Er hatte sie Randolph getauft, das war der Mädchenname von General Robert E. Lees Ehefrau. Sie stammte aus einer der ersten Familien Virginias und war die Ur-Urenkelin von Martha Washington. Dieser Name hatte Jessica gesellschaftsfähig gemacht.

Falls Jessica je herausgefunden haben sollte, dass ihrem vormaligen kriminellen Partner, einem Mann, der sich despektierlich über Frauen ausließ und eine Lektion in Umgangsformen nötig hatte, von einem mitternächtlichen Besucher die Zunge herausgeschnitten worden war, ließ sie sich das nicht anmerken.

Nun aber wusste sie alles über die Alexandrier und Philos Pläne.

Der Bombenhändler war jetzt bei den Zündkappen angelangt und erklärte gerade, wie alles von einer Ein-Hand-Vorrichtung kontrolliert wurde. Augenblicklich schenkte Philo ihm seine volle Aufmerksamkeit. »Diese Bombe zündet beim Aufschlag von selbst und streut das brennbare Kolloidgemisch auf alle umliegenden Objekte«, sagte der Mann, der weltweit in illegalen Waffengeschäften tätig war. »Sie haben die Mk 77 Mod 4 Brandbombe geordert, die fünfundsiebzig Gallonen von dem Gemisch enthält und in gefülltem Zustand fünfhundert Pfund wiegt. Beim Abwurf aus einem Flugzeug wird dieser Sicherungsdraht vom Zünder gezogen und die Bombe damit scharf gemacht. Wenn die Bombe im Ziel detoniert, haftet die Masse überall und ist praktisch nicht löschbar. Das Zeug brennt wie die Hölle, würde ich sagen.«

Philo nickte. Er hatte die Demonstration im Buddhistenkloster in guter Erinnerung.

Jetzt wusste er auch, wie er mit Jessica verfahren würde.

Kapitel 25

Kapitän Stavros fand die Sache von Anfang an suspekt.

Während er im Ruderhaus seinen Aufgaben nachging, konnte er seine beiden seltsamen Passagiere unauffällig beobachten. Schon die erste Nacht der vorgeblich frisch Vermählten – der Gentleman hatte sich im Schiffssalon aufgehalten, bis die Lichter in ihrer Kabine ausgingen, und am nächsten Tag hatte der Steward ihm gesteckt, dass sie beide in getrennten Betten geschlafen hätten – die Dame in der Koje, der Herr auf dem Sofa. Ein Zwist unter Liebenden? Waren sie womöglich gar nicht frisch verheiratet, es sei denn, die Welt hätte sich gravierend verändert, seit er seiner eigenen süßen Maria vor Jahren den Hof gemacht hatte.

Zugegeben, der erste Tag auf See, die Dame fühlte sich nicht wohl, und das konnte bisweilen zu kleinen Differenzen führen. Aber ein Päckchen Ingwerpuder, von Stavros höchst persönlich empfohlen, wo er doch als erfahrener Seemann jedes

Mittel für Seekrankheit kannte, hatte dann doch Wirkung gezeigt. Trotz alledem hatte ihr Ehemann diese Nacht und die darauf folgende im Salon mit Patiencespiel verbracht, derweil der Kapitän und seine drei Offiziere sich bei Ouzo und Zigarren gütlich taten, und hatte sich erst auf den Weg gemacht, als die Kabinenlichter erloschen waren. Spielten sie womöglich ein Spiel? Wie Liebende es manchmal taten? Die Dame wartete im Dunkeln und so weiter? Schon möglich, dachte Stavros bei sich, andererseits hatte er so ein Gefühl, dass der Gentleman eher darauf wartete, bis die Dame sich entkleidet hatte und ins Bett geschlüpft war, bevor er sich im Dunkeln seiner Kleider entledigte und in das Notbett kroch.

Stavros sah sie gelegentlich auf dem Achterdeck promenieren – nicht etwa Händchen haltend, wie er sofort bemerkte – und dabei so leise redend, dass man nichts davon mitbekam. Manchmal saß die Dame auch ganz für sich in ihrem Deckstuhl, betrachtete Keramikstücke oder schlug in einem Buch nach, hielt hin und wieder inne und machte sich Notizen, während ihr schweigsamer Ehemann an der Reling stand und auf die Wellen starrte, als würde er seine Seele darin finden. Dann und wann las er in einem Buch mit smaragdgrünem Einband, das wie ein Tagebuch aussah. Es musste von einiger Bedeutung sein, mutmaßte der griechische Kapitän, wenn so oft darin geblättert wurde.

Aber wen scherte es, ob sie frisch verheiratet waren? Im Grunde niemanden, solange man sich nicht fragte, warum sie sich überhaupt so eine Geschichte ausgedacht hatten.

Glenn stand an Deck und schaute in den klaren Nachthimmel. Mithilfe des Kapitäns hatte er Ians Satellitentelefon aktivieren können und als Erstes die letzten Nummern anzuwählen versucht, die Ian Hawthorne gespeichert hatte. Dummerweise hatte Ian alle Nummern aus dem Speicher gelöscht.

Daraufhin kontaktierte Glenn Maggie Delaney in seiner Dienststelle in Los Angeles. Sie war in seiner Abwesenheit mit dem Mordfall seines Vater betraut.

»Wir waren in heller Aufregung«, erklang ihre Stimme glasklar über den Satelliten. »Warum haben Sie sich nicht gemeldet?«

»Das ist eine lange Geschichte. Schon Neuigkeiten zum Fall meines Vaters?«

»Absolut nichts. Wir können Philo Thibodeau nicht finden. Er ist verschwunden. Andererseits benimmt er sich seltsam. Er verkauft alle seine Besitztümer, seine Firmen, seine Aktien, liquidiert sein Finanzimperium, stößt sozusagen allen Ballast ab. Wallstreet reagiert nervös. Jeder glaubt, Thibodeau wisse etwas, von dem die Welt nichts weiß. Könnte das stimmen, Glenn?«

Glenn erwiderte nichts darauf. Ein Passus aus dem Brief seines Vaters kam ihm wieder in den Sinn. *»Philo hat Nostradamus verinnerlicht.«* »Maggie, sehen Sie bitte zu, ob Sie etwas über eine Prophezeiung des Nostradamus, Centurie VII, Vers 83, herausfinden können. Und checken Sie, ob es zum gegenwärtigen Zeitpunkt irgendwelche ungewöhnlichen astrologischen Konstellationen gibt.«

Sie rief nach einer Stunde zurück. »Den genannten Vers gibt es nicht, Glenn. Und was das andere betrifft – ich habe die Astrologen bei der Los Angeles Times befragt. Sie sagen, Merkur sei bis zum zwanzigsten des Monats rückläufig, er wandert vom Steinbock zum Stier, mit dem Mond im Wassermann. Worum geht's, Glenn?«

»Nur so eine Vermutung«, erwiderte er. »Beten Sie, dass ich falsch liege.« Er klappte das Handy zu und schaute auf das glimmende Kabinenlicht. Candice war also noch wach, immer noch bei der Arbeit. Am liebsten wäre er jetzt in die kleine Kabine gegangen, hätte die Tür hinter sich zugezogen und die Nacht in Candices Armen verbracht.

Stattdessen wandte er der Versuchung den Rücken, trat an die Reling und schaute auf das sternengesprenkelte Wasser. In den Händen hielt er das Tagebuch seiner Mutter, dessen letzte Seite noch entschlüsselt werden musste.

Er würde sich der Kabine erst nähern, wenn das Licht erloschen war.

Während sie die Keramikscherben auf dem Tisch ausbreitete, versuchte Candice sich Esther bei der Arbeit vorzustellen, wie sie den Kopf über ein Keramikteil neigte, die Oberfläche säuberte, ihre Tintenfarben mischte und dann die Buchstaben mit größter Sorgfalt auftrug. Hin und wieder hielt sie wohl inne und lauschte dem Treiben der Stadt vor ihrer Tür. Wie mochte sie ausgesehen haben? War sie klein? Hübsch? Hatte sie einen Ehemann? Kinder? Vielleicht einen Liebhaber?

Candice war bei ihrer Arbeit nicht allein. Eine Frau ging ihr zur Hand, die sie bisher nur einmal, und zwar auf dem Krankenhausflur vor der Intensivstation, getroffen hatte und die ihr in den letzten Tagen so vertraut geworden war. Dr. Mildred Stillwater, pummelig, alterslos und mit diesem sonderbaren Lächeln. Was mochte nach der Veröffentlichung der *Hebräischen Bibelquellen* aus ihr geworden sein? Hatte sie geheiratet und Kinder großgezogen? Hatte sie die Orientalistik aufgegeben? Das wäre nicht weiter verwunderlich. Für Frauen aus Mildred Stillwaters Generation war die Welt der Archäologie noch eine eifersüchtig gehütete männliche Domäne. War das für die gutmütige Frau womöglich zu anstrengend gewesen? Hatte sie das Handtuch geworfen und sich an Küche und Herd oder in ein Häuschen im Grünen zurückgezogen, wo eine Frau ihrer Generation hingehörte?

Candice dachte an Paul und die Art, wie er ihr einen Heiratsantrag gemacht hatte. Dabei war es weniger ein förmlicher Antrag gewesen als vielmehr eine beiläufige Bemerkung: »Nachdem deine Karriere auf der Kippe steht, kannst du genauso gut bei mir in Phoenix leben, wir könnten sogar heiraten, wenn du möchtest.« Nach diesen Worten hatte sie jeder ernsthaften Beziehung abgeschworen, um sich nur noch auf ihren Beruf und ihre Karriere zu konzentrieren. Sie würde so erfolgreich werden wie ihre Mutter, und das ohne die Hilfe eines Mannes. Nur hatte sie sich dies geschworen, bevor Glenn Masters ihren Weg kreuzte und ihrer beider Schicksal auf seltsame Weise miteinander verknüpft wurde. Selbst jetzt, da sie sich auf die Keramikscherben konzentrierte, musste sie an ihn denken.

Sie erstarrte.

Die Scherbe in ihrer Hand: *Meine Urgroßeltern waren unter den Gefangenen Nebukadnezars.*

Also hatte Esther ihre Geschichte *doch* während der Babylonischen Gefangenschaft niedergeschrieben! Eine Jüdin im Exil nach der Zerstörung Jerusalems ... sie schreibt heimlich, etwas Verbotenes. Hastig schlug Candice in dem Quellenbuch nach und fand die Jahreszahlen der Babylonischen Gefangenschaft bestätigt: 587 bis 538 v. Chr.

Gesegnet sei Mildred Stillwater!

Somit waren die letzten Teile übersetzt, und Candice musste sie nur noch wie bei einem Puzzle so zusammensetzen, dass sich ein Bild ergab. Die Geschichte der Esther von Babylon. Und eine Erklärung für die Tontäfelchen, deretwegen Ian seine Seele verkauft hatte.

Ein leises Klopfen, dann steckte Glenn den Kopf durch die Tür. Candice blickte überrascht auf. Das Kabinenlicht brannte doch noch. »Alles in Ordnung?«, fragte sie.

»Ich habe endlich mit meiner Dienststelle telefoniert. Nichts Neues zum Fall meines Vaters.« Sein Blick fiel auf die Keramikstücke.

»Ich bin fertig.« Candice reichte ihm die Übersetzung, die sie auf schiffseigenes Briefpapier geschrieben hatte. »Hier ist Esthers Geschichte.«

Glenn ließ sich auf der Sofakante nieder und begann zu lesen: *Ich schreibe in Hast und im Geheimen. Mir bleibt nur noch wenig Zeit. Ich fürchte, man hat mich entdeckt. Ich bin die Letzte meiner Linie. Nach mir kommt Stille.*

Ich heiße Esther. Das ist nicht mein richtiger Name, aber meinem persischen Herrn gefiel es mich so zu nennen, denn er sagte, ich sei schön wie ein Stern. Mein wahrer Name ist nicht von Bedeutung, denn ich bin nur eine Botin für eine, die größer ist als ich und deren Name fortbestehen muss.

Meine Urgroßeltern waren unter jenen, die Nebukadnezar gefangen nahm. Sie sahen, wie unser König geblendet und in Ketten nach Babylon gebracht wurde. Dort bin ich geboren und aufgewachsen, doch bin ich keine Babylonierin. Ich lebte in der Gesellschaft anderer heimatloser Juden, die ihre Gebete täglich nach Westen richteten, dorthin, wo unser Tempel einst stand.

Lange vor dem Fall Jerusalems, lange bevor unser Volk in die Diaspora und ins Exil getrieben wurde, gab es eine auserwählte Gruppe in unserem Volk, deren Aufgabe es war, die heiligen Worte unseres Glaubens in ihrem Herzen zu bewahren und an die Nachkommen weiterzugeben. Meiner Ahne war Mirjams Lied anvertraut, so wie den Männern Geschichten über Männer gegeben wurden. Meine Mutter prägte sich die Worte ein und gelobte, das Geheimnis ihren Töchtern weiterzugeben, damit die heroischen Taten unserer Vorfahren nie vergessen würden. Die Perser entließen uns aus der Gefangenschaft. Nur ich durfte nicht gehen, denn ein Mann fand Gefallen an mir, machte mich zu seiner Sklavin und gab mir einen neuen Namen. Er verstand nicht, dass ich die Letzte in einer langen Reihe von Töchtern und mit einer heiligen Aufgabe betraut war. Er verbot mir, dieser Aufgabe nachzugehen, die schon vor meiner Geburt meine Berufung war, wie es die Berufung meiner Mutter und deren Mutter war und weiter zurück bis zu unserer ersten Mutter Eva.

Ich bin also eine geflohene Sklavin, und wenn man mich findet, werde ich den Tod erleiden. Ich bin meinem Herrn nicht um meiner selbst willen weggelaufen, sondern um all der Generationen willen, die nach mir kommen werden, und weil ich bei meiner Geburt mit Leib und Leben zur Hüterin eines heiligen Buches geweiht wurde.

Ich weiß, dass mein persischer Herr mich suchen lässt. Freunde haben mir zur Flucht verholfen, haben mich des Nachts auf ein Boot gebracht, das flussaufwärts nach Mari fuhr. Südlich davon gelangte ich auf die Karawanenstraße, die nach Jerusalem führt.

Jerusalem jedoch ist weit und ich bin erschöpft. Dieser Ort hier bietet Schutz vor den winterlichen

Regenfällen und Stürmen, die mich am Weiterziehen hindern. Und während ich auf besseres Wetter warte und mich den Häschern meines Herrn zu entziehen suche, möchte ich die Geschichte niederschreiben, die mir so tief eingeprägt wurde, wie ein Griffel Zeichen in feuchten Ton ritzt. In diesem Ton halte ich das Leben und die Worte derjenigen fest, die uns lehrte, dass der Lebendige Gott uns nicht erschuf, um zugrunde zu gehen, sondern damit wir unser Schicksal erfüllen; die uns lehrte, dass in unseren dunkelsten Stunden weiterhin die Sonne aufgeht und Gott Sein bestärkendes Licht über uns ausgießt; die uns lehrte, dass Gott über uns allen wacht, selbst über dem unscheinbaren Küken in seiner Eierschale; und die uns lehrte, dass Gott uns immer wieder ans andere Ufer des Meeres führt.

Und nun eine letzte Bitte: Obwohl ich von Dunkelheit umfangen bin, werde ich bald im Licht sein. Ich fürchte den Tod nicht, denn ich kehre zurück zum Vater, der das Licht ist. In den letzten Augenblicken meines Lebens habe ich nur noch einen Wunsch: Wer immer diesen Ort und meine armseligen Überreste findet, möge meine Schwestern in Jerusalem ausfindig machen, um ihnen dieses Buch als Vermächtnis für sie zu übergeben und ihnen auszurichten, dass meine letzten Gedanken ihnen galten.

»Mirjams Lied«, murmelte Glenn. »Ein verschollenes Buch der Bibel, das wegen Esthers Gefangenschaft und Tod ausgelassen wurde.«

»Aber wer ist denn nun die ›Frau des Astronomen‹? Mirjam?«, überlegte Candice laut. »Im zweiten Buch Mose steht, dass Mirjam Tänzerin und Sängerin war, womöglich auch eine Musikantin. Da wir wissen, dass Mirjam sich des Pharaos Tochter näherte und ihr von der Mutter des Babys erzählt hat, folgt daraus, dass sie im Palast gewohnt haben könnte und möglicherweise mit Moses zusammen aufgewachsen ist.« Ein Bild stand Candice vor Augen, hell, deutlich und farbenprächtig: ein Wandgemälde aus dem Grab des Nacht. Er war Astronom und seine Gattin Musikantin. Konnte es denn sein, dass es sich bei der Frau auf dem Gemälde um Mirjam, die Schwester von Moses, handelte?

»Glenn, was steht in ›Mirjams Lied‹, das Philo Thibodeau so dringend haben will, dass er dafür sogar tötet?«

Glenn schaute auf seinen Ring.

»Was?«, wiederholte Candice.

»Wie ich schon sagte, dachte ich, der Geheimbund, dem meine Eltern angehörten, sei ein religiöser Orden. Jetzt erinnere ich mich wieder an Dinge, die ich vergessen glaubte. Candice, diese Alexandrier sind Atheisten.«

»Was könnten sie dann für eine Verwendung für ein verschollenes Buch der Bibel haben?« Wie weit ging Philos Wahn? Suchte er bei Gott nach der Rechtfertigung, einen heiligen Krieg anzuzetteln oder Armageddon herbeizuführen? Standen in »Mirjams Lied« womöglich Worte, die ein Wahnsinniger als Aufruf zu einem nuklearen Holocaust verstand? »Glenn, wir müssen uns beeilen. Wir müssen runter von diesem Schiff, es braucht zu lange.«

»Einverstanden.« Er sah auf das Tagebuch in seiner Hand. Er hatte die letzten Seiten gelesen.

Jetzt konnte er ihr davon erzählen. Er fühlte sich sicher. Hatte sich unter Kontrolle. Er musste ihr nicht länger ausweichen. Obwohl er sie über die Maßen begehrte und am liebsten gleich jene Stelle an ihrem Hals geküsst hätte, hinter der sich diese betörende Stimme verbarg, wusste er, dass er der Versuchung widerstehen konnte.

Die letzten Worte seiner Mutter hatten ihm neue Kraft verliehen, er war jetzt wieder Herr seiner Sinne. *In zwei Monaten werde ich mit Glenn nach Morven reisen, um ihn in den Orden einzuführen. Aber ich fürchte um das Leben meines Sohnes. Ich fürchte Philos fortschreitenden Wahnsinn. Ich spüre, dass er eine Gefahr für Glenn darstellt. Was soll ich nur tun?*

»Morven ist ein Ort«, sagte Glenn. »Ich weiß nicht, wo er liegt, aber Philo ist dort.« Die letzten Worte seiner Mutter: *Philo hat es auf meinen Sohn abgesehen. Jemand muss ihn aufhalten.* »Stavros sagt, dass wir morgen früh in Salerno anlegen. Irgendwie werden wir an Land kommen, ein Flugzeug nach England nehmen. Und von dort werden wir Morven und Philo finden.«

Bald schon, dachte Philo voller Vorfreude, wird Glenn Masters die ungeheure Ehre zuteil werden, sein Leben für eine geheiligte Sache opfern zu dürfen. Natürlich würde er zunächst Widerstand leisten, dennoch, er war Lenores Sohn und hätte schon vor langer Zeit in den Orden eingeführt werden müssen. Philo war zuversichtlich, dass Glenn, wenn er seine Bestimmung erst einmal begriffen hätte, Einsicht zeigen und sein Leben gern für eine höhere Sache opfern würde.

Unruhig ging er hin und her, während Mildred Stillwater unter einem fluoreszierenden Licht über den Tontafeln brütete. Um die Geheimschrift zu entziffern, benutzte sie den »Code«, die Fotokopie von dem Duchesne-Stein, die aus Candices Hotelzimmer in Palmyra gestohlen worden war.

Mildred war über die Maßen entzückt über Candice Armstrongs Großzügigkeit, den Code mit ihr zu teilen und die Tafeln Philo auszuhändigen. Sie mutmaßte, dass dies nur auf Betreiben von Glenn geschehen sein könnte, der mittlerweile wusste, dass er ein Alexandrier und damit einer der ihren war.

»Trifft es unsere Erwartungen?« Philo versuchte, seine Ungeduld zu verbergen.

»O ja!«, rief sie begeistert. »Ein echter Schatz! Einer der schönsten in unserer Sammlung.«

Philo stimmte dem zu, wenngleich die Tontafeln für ihn noch eine andere Bedeutung hatten: dass sich nämlich seine bald zwanzig Jahre harter Arbeit dem Ende näherten. Die Tontafeln von Dschebel Mara waren das letzte Teil in einem riesigen Puzzle.

Die arme Mildred, die nie Fragen stellte, immer tat, was sie geheißen wurde. Vor vielen Jahren hatte sie auf der Schwelle zum Traualtar und zu einem neuen Leben gestanden. Das konnte Philo nicht zulassen. Als weltweit größte Expertin in Orientalistik, mit sämtlichen alten orientalischen Sprachen, Alphabeten, Dialekten und Untersprachen vertraut, war sie für ihn von unschätzbarem Wert. Er brauchte sie hier für seine Arbeit. Er hatte sie nach allen Regeln der Kunst so gründlich verführt, dass sie ihren Bräutigam vor dem Traualtar stehen ließ.

Mildred hob den Kopf und sah Philo mit hungrigen Augen an. Ihr flehender Blick rührte ihn. Sie hatte alles für ihn aufgegeben, hatte ein freudloses, asexuelles Leben geführt. Keine Umarmung eines Mannes, kein Kind waren ihr gegönnt.

Von ihrer Ergebenheit und Aufopferung gerührt, tat Philo etwas, was er noch nie getan hatte: Er umfasste ihr Kinn mit der Hand, hob ihr Gesicht zu sich auf, beugte sich über sie und küsste sie zart auf den Mund. Seine Lippen verharrten ein wenig, schließlich war es ihr erster Kuss nach dreißig Jahren und sollte ihr letzter sein.

Er löste sich von ihr. Mildred stand wie gelähmt. Ihre Augen leuchteten wie zwei Sonnen, von tiefer Dankbarkeit erfüllt. Philo lächelte in sich hinein. So unangenehm war dieser Kuss nun wirklich nicht gewesen, aber was für eine Geste! Er konnte sich Großzügigkeit leisten, nun, da die Welt, wie sie bisher existiert hatte, sich ihrem Ende zuneigte.

Ein trüber Himmel über einer trostlosen Landschaft, in der einsam der Wind heulte. Keine Menschenseele, kein Vogel, keine Pflanze meilenweit zu entdecken. Candice stapft durch hohen Sand, mit jedem Tritt rutscht sie tiefer, sinkt bis zu den Knien ein und kann sich nicht mehr rühren. Weiter vorn, zwischen den steilen Wänden des Wadi, Glenn, halb begraben, ein

Arm zum Himmel gereckt, die Finger wie Klauen gekrümmt. Seine Augen glasig und starr. Tot.

Sie erwachte mit einem Schrei.

Als sie sich in ihrer Koje aufrichtete, war Glenn schon an ihrer Seite und nahm sie in die Arme. Sie drückte das Gesicht an seine nackte Schulter. »Ich hab geträumt, du wärst tot«, wisperte sie. Silbernes Mondlicht fiel durch das Bullauge. Er strich ihr über das Haar. »Noch nicht. Noch eine ganze Weile nicht.«

Während er sie im Arm hielt, begann er eine Melodie zu summen, dann fielen ihm die Worte dazu ein: »She's the blues/My lady in red/Don't let the hot fire fool ya/My lady in red only the blues'll cool ya.«

»Ich kann noch nicht sterben, ich habe noch so viel vor«, versuchte er sie zu beruhigen. Unter ihrem dünnen T-Shirt fühlte sie sich so klein und zerbrechlich an. »Es gibt noch so viel zu sehen. Es gibt da ein Haus, in Oklahoma, glaube ich, das ganz aus Kotflügeln von Cadillacs erbaut ist.«

Sie sah ihn an und lachte.«Das hast du dir ausgedacht, nicht wahr?«

»Durchaus nicht. Oder denk an den Schrein der Heiligen Tortilla. Lach nicht, ich mein's absolut ernst. Das Ding existiert tatsächlich in Lake Arthur, Neu Mexico. Jesu Gesicht ist auf dieser

Tortilla erschienen und sie soll Menschen heilen. Ich werde mich irgendwann auf den Weg machen und die Wunder Amerikas aufsuchen.«

Candice strich sich eine Strähne aus der Stirn. »Du brauchst mich nicht aufzumuntern.«

»Ich wollte dir nur klar machen, dass dein Alptraum nichts taugt. Ich kann jetzt noch nicht sterben, ich habe noch so viel zu erledigen.«

Im fahlen Mondlicht wirkten Glenns muskulöse Arme und Schultern wie aus Marmor gemeißelt. Das Licht verlieh ihm etwas von einem griechischen Gott: Apoll, zwischen zwei ionischen Säulen. »Brauchst du auf dieser Reise vielleicht Begleitung?«, fragte Candice, die kaum zu atmen wagte, so heftig war ihr Begehren.

»Weiß nicht. Kannst du Straßenkarten sauber zusammenfalten?«

Dann verstummten beide voller Ahnung, dass der Moment gekommen war. Candices verwuschelte Haare, die ihr hier und da über die Schulter fielen und so verführerisch in ihr schlaftrunkenes Gesicht hingen. Und Glenn, so sexy mit seinen Shorts und dem bloßen Oberkörper. Unter der glatten Haut spürte Candice Muskeln und Sehnen und auf seiner Schulter die Närbe von seinem Sturz.

Er schaute auf ihren Hals. »Wo ist sie?«

»Wer?«

Er tippte mit dem Zeigefinger auf ihre Halsmulde.

»Ich nehme sie immer zum Schlafen ab.«

Er zog den Finger nicht weg, sah wie gebannt auf die Stelle, hinter der sich diese betörende Stimme verbarg, und drückte sanft die Lippen darauf. Candice erbebte. Sie schlang ihm die Arme um den Hals, ihre Lippen fanden sein Ohr.

Er zog sie fester an sich, sein Mund suchte den ihren, ein zögernder Kuss ...

Plötzlich hob er den Kopf. »Was war das?«

Die Schiffsmaschinen waren verstummt.

Rasch warf Glenn sich seine Sachen über und riss die Kabinentür auf. Männer eilten über das Deck. »Was ist los?«, rief Candice, während sie die Decke bis ans Kinn zog.

Stavros erschien auf der Schwelle, er zog sich gerade die Hosenträger über die muskulösen Schultern. »Nichts von Belang, Sir. Eine Maschine ist ausgefallen. Passiert immer mal wieder. Haben wir in null Komma nix wieder gerichtet.« Er bekreuzigte sich und hastete davon.

Als Glenn sich wieder umdrehte und die Kabinentür schloss, stand Candice fertig angezogen vor ihm. »Ich dachte, wir müssten alle in die Rettungsboote«, sagte sie.

Sie schauten einander an, wohl wissend, was der Maschinenschaden unterbrochen hatte. Aber wie fanden sie wieder einen Anfang? Sie hörten die Männer unter Deck rufen, hörten Metall an Metall schlagen und ahnten, dass die Maschine höchstwahrscheinlich bald wieder arbeiten würde, wie Stavros vorausgesagt hatte. Menschliche Wesen indes waren anders gestrickt. Einen romantischen Augenblick konnte man nicht so einfach wieder starten wie eine Maschine. Sie wussten beide nicht, was sie tun sollten. Aber das Verlangen war groß, das Begehren, die Gefühle wie ein Rausch.

Glenn stand in Candices Anblick versunken und fragte sich, wie er so lange ohne sie hatte leben können.

Und da war noch etwas: Sie hatte ihm ein kostbares Geschenk gemacht.

Obwohl er dem Klettern abgeschworen hatte, spürte er eine neue Kraft in sich, das Verlangen, es erneut zu versuchen. Er wollte es noch einmal wissen, wollte sich der Herausforderung stellen, die über die körperliche Anstrengung hinausging und ihm ein spirituelles Erlebnis bescherte. Wie konnte er die Stille in einsamer Höhe vergessen, wenn der Wind ihm um die Haare strich und nur das Klicken der Karabinerhaken und das Klopfen des

Pickels zu hören waren? Durch Candice war die Erinnerung an dieses Hochgefühl zurückgekommen.

»Candice«, sagte er voller Staunen.

Die Maschinen sprangen wieder an, die Dieselmotoren tuckerten und stampften, bis sie zu einem gleichmäßigen Brummen fanden und das Schiff Fahrt aufnahm. Glenn und Candice flogen sich in die Arme. Das silberne Mondlicht in der Kabine reichte, um sich in die Augen zu schauen, der Rest blieb im Dunkeln – und dieses erhöhte noch den Reiz des Entdeckens, als Hände und Lippen ihren Erkundungsweg aufnahmen.

Der erste Kuss war hart, ungeduldig, hungrig. Hände zerrten an Kleidern, streiften lästige Hüllen ab. Glenn streichelte ihre entblößte Brust. Sie sanken auf das Bett. Während Glenn mit den Händen durch ihr Haar wühlte, kostete sein Mund ihre Lippen, ihre Kehle, ihre Schultern. Sie presste ihn an sich. »Ja ... ja ...!«

In diesem verzauberten Moment öffnete Glenn sein Herz und gab sich der Leidenschaft hin, die ihm zum ersten Mal im Leben wahre Erfüllung verhieß. Und Candice gab sich ihm mit ganzer Seele hin, umschlang ihn, spürte die Hitze seines Atems in ihrem Nacken. Sie hörte, wie er ihren Namen sagte, und flüsterte den seinen. Er bedeckte ihre Lider mit Küssen, als sie einen wunderbaren Rhythmus, ihren Rhythmus fanden. Sie spürte seine harte Männlichkeit, seine heiße Haut und glaubte, in seinen Armen zu vergehen.

Tränen funkelten ihr in den Augen, als sie vor Ekstase erschauerte und aufschrie. Wenig später folgte Glenn, und danach hielten sie sich eng umschlungen, um diesen kostbaren, berauschenden Moment hinauszuzögern, während hoch über ihnen, in tiefschwarzer Nacht, Orion ewige Jagd auf Taurus machte.

Als Glenn erwachte, hielt er die schlummernde Candice immer noch in den Armen. Ihre Augenlider zuckten im Schlaf. Er betrachtete sie von tiefer Zärtlichkeit erfüllt. In ihren Armen hatte er sich schwach und stark zugleich gefühlt, wie ein kleiner Junge und wie ein Gott. Ihr Atem an seiner Haut, die Arme, die ihn umschlangen, ihr heiseres Stöhnen hatten ihn berauscht.

Wieso hatte er ihr erlaubt, ihn nach Morven zu begleiten? Schon vor zwanzig Jahren, als er achtzehn Jahre alt war, hatte seine Mutter befürchtet, dass von Philo Gefahr für ihn ausging. Wie groß würde heute erst diese Gefahr für ihn sein?

Er konnte Candice einem solchen Risiko nicht aussetzen. »Tut mir Leid«, flüsterte er, während er ihr eine Strähne aus der Stirn strich und sie zärtlich auf die Wange küsste. »Bitte vergib mir.«

Wenn sie am morgigen Tag in der Bucht von Neapel vor Anker gingen, wollte er Kapitän Stavros eine stattliche Summe Geldes bieten, damit er Candice sicher nach Southampton brachte, während er sich selber einen anderen Weg suchen musste.

Und wenn sie sich wiedersahen, wäre der Alptraum vorbei.

Während die *Athena* gemütlich mit ihrer Fracht von Feigen und Datteln durchs Mittelmeer stampfte, mit zwei eng umschlungenen Liebenden und einer schlafenden Mannschaft an Bord, saß der Kapitän am Funkgerät und beschrieb dem aufmerksam lauschenden Hörer am anderen Ende die interessanten Objekte, die der Steward, während er das Essen servierte, in der Kabine ausspioniert hatte. »Sehr alt«, sagte Stavros gerade. »Geschrieben ist mit Tinte auf Keramikscherben. Ich glaube, es ist Hebräisch, könnte auch Aramäisch sein. Ja, ja, wir legen morgen in Salerno an. Ich kann den Mann und die Frau ganz leicht aus dem Weg schaffen lassen.«

Er beendete die Verbindung und streckte sich auf seinem Stuhl aus. Der griechische Kapitän war außerordentlich zufrieden mit sich und der Welt. Schließlich betrieb er nicht nur einen lukrativen Handel mit Oliven und Wein, mit Seide und Schokolade, nein, er tummelte sich auch noch in einträglichen Nebengeschäften wie dem illegalen Handel mit Antiquitäten und hatte es dabei in beinahe zehn Jahren zu einigem Reichtum gebracht. Wen kümmerte schon ein drolliger Kapitän auf einem alten, rostigen Frachter?

Kapitel 26

»Was soll das heißen, Gesundheitskontrolle?«, brüllte Glenn. Vor der Hafeneinfahrt von Salerno dümpelte die *Athena* vor Anker und wartete auf die Erlaubnis zum Anlegen. Unterdessen ging die burmesische Mannschaft ihrer Arbeit in den Ladeluken nach, während Kapitän Stavros an Deck in die Sonne blinzelte und seinen Passagieren die schlechte Nachricht überbrachte.

Er zuckte bedauernd die Schultern. »Das kommt schon mal vor. Ich kann es auch nicht ändern. Wenn ein Schiff aus einem Hafen kommt, in dem eine Seuche ausgebrochen ist, muss eine Gesundheitskontrolle durchgeführt werden, bevor die Erlaubnis zum Anlegen erteilt wird. Ich schätze, die Leute von der Hafenbehörde werden lediglich Ihre Impfpässe sehen wollen.«

Glenn und Candice wechselten einen Blick. Sie besaßen keine Impfzeugnisse.

»Und was dann?«, wollte Glenn wissen, der mittlerweile froh war, dass er nicht von Bord gegangen und Candice ihrem Schicksal überlassen hatte.

»Wenn Sie gegen diese Krankheit geimpft sind, werden Sie von Bord gehen dürfen. Falls nicht, kommen Sie in Quarantäne.«

»Quarantäne!«

»Womöglich werden die Beamten auch Ihr Gepäck inspizieren wollen, ob Sie Obst, Fleisch oder verseuchtes Wasser bei sich haben. Falls Ihnen das Sorge bereitet, könnte ich Ihr Gepäck an einem Ort aufbewahren, den die Beamten nicht zu sehen bekommen.«

So verlockend dieses Angebot auch klang, stand ihnen nicht der Sinn danach, von ihrer Habe getrennt zu werden – schon gar nicht von den Keramikscherben. Sie eilten in die Kabine und packten ihre Sachen zusammen. Bei einer Durchsuchung würde ihnen schon eine passende Ausrede einfallen.

Darüber hinaus gab es momentan nichts für sie zu tun. Sie konnten nur hilflos von Deck auf das bunte Treiben im Hafen schauen und warten. Die Kaimauer, der Hafendamm und die Docks schienen unerreichbar weit. Die Amalfiküste lag in ihrer ganzen Schönheit vor ihnen, aber Glenn und Candice hatten kaum einen Blick dafür. Stumm in den Anblick des anderen versunken, rätselten sie über die Wende, die ihr Schicksal genommen hatte.

Keiner von beiden hatte das Wort »Liebe« ausgesprochen, es war alles noch zu neu und zu überwältigend. In der Intimität der kleinen, engen Kabine hatten sie sich geküsst, geliebt und ihre Leidenschaft gestillt. Doch nun, bei Tag, waren ihre Gefühle einem gnadenlos hellen Licht ausgesetzt. Eine unerklärliche Schüchternheit bemächtigte sich dieser beiden modernen Menschen, die sich wie ein altmodisches Paar in Flitterwochen vorkamen, das gerade die Hochzeitsnacht, die erste Liebesnacht, verbracht hatte. Verschämt dachten sie an all die Intimitäten der vergangenen Stunden, und schon wieder regte sich neues Begehren und sie wussten, dass die leiseste Berührung einen Funkenschlag auslösen würde.

Endlich hielt eine Barkasse mit Hoheitszeichen am Bug auf die *Athena* zu. Der Motor wurde gedrosselt, das Boot machte längsseits fest. Zwei Männer in frisch gebügelten Khakiuniformen erklommen die Schiffsleiter.

Nach dem üblichen Austausch von Höflichkeiten führte Stavros den einen Mann zum Ruderhaus, wo der erste Offizier bereits die erforderlichen Dokumente und Papiere bereithielt. Der zweite Mann blieb an Deck und kontrollierte Candices und Glenns Pässe. Als er sie zurückreichte, erbat er in ausgezeichnetem Englisch ihre Impfzeugnisse. Er hielt eine glatte, braungebrannte Hand auf.

»Wo liegt das Problem, Doktor?«, fragte Glenn. Ihm war aufgefallen, dass der Mann neben seiner Dienstmarke, die ihn als *medico* auswies, auch eine Dienstwaffe trug.

»Aus dem westlichen Teil Syriens ist uns der Ausbruch von Cholera gemeldet worden, insofern müssen wir alle Schiffe, die von dort kommen, kontrollieren. Für diese Krankheit brauchen Sie ein Impfzeugnis. Sollten Sie das nicht haben, müssen wir Sie in Quarantäne nehmen.«

»Für wie lange?«

Der Mann zuckte die Schultern. »Tage. Wochen. Kommt darauf an.«

»Wochen!«, platzte Candice heraus.

Glenn legte ihr begütigend die Hand auf den Arm und überlegte. »Doktor, als meine Frau und ich vor ein paar Monaten nach Zaire gereist sind, haben wir uns vorher gegen Cronitis impfen lassen. Das ist doch so ähnlich wie Cholera, nicht wahr? Würde eine Impfung gegen Cronitis nicht ausreichen?«

Der Mann schaute verständnislos drein. »Nun ja. Äh ... *mi dispiace,* aber Sie brauchen trotzdem ein Impfzeugnis.«

Als Candice Glenn verwundert ansah, schüttelte er nur diskret den Kopf.

Sie holten ihr Gepäck, verabschiedeten sich von Stavros und seinen Offizieren und folgten den Hafenbeamten auf die Barkasse.

Am Kai wimmelte es nur so von Fußgängern, Autos, Mopeds und Straßenhändlern mit aufgetürmten Waren aller Art auf ihren Karren. Während der Bootsführer die Leinen festmachte, hielten sich die Beamten dicht hinter den beiden Amerikanern. Candice wurde zuerst an Land geholfen, dann Glenn.

Das Erste, was ihm auffiel, war eine große schwarze Limousine am Ende des Kais mit so dunkel getönten Scheiben, dass die Insassen nicht zu erkennen waren. Als Zweites bemerkte er einen Jungen in Shorts und T-Shirt, der einen kleinen mit Zitrusfrüchten gefüllten Karren schob und dabei seine Ware lautstark feilbot.

Die beiden uniformierten *medicos* nahmen die Amerikaner in die Mitte und führten sie am Arm auf die Limousine zu. Glenn wandte sich an die Männer: »Die Früchte sehen wirklich lecker aus. Meine Frau und ich hatten noch kein Frühstück.«

Ihre Eskorte führte sie ungerührt und schweigend weiter.

»He da!«, rief Glenn dem Jungen zu, der sofort seinen Karren herumschwenkte und auf die viel versprechenden Kunden zuhielt.

»Hier müsste ich noch etwas Geld haben«, murmelte Glenn und griff sich in die Brusttasche. Er machte sich nicht die Mühe, das Geld zu zählen, es würde den Jungen mehr als entschädigen. Ehe ihre Eskorte auch nur reagieren konnte, hatte Glenn dem Jungen rasch die Geldscheine in die Hand gedrückt und den Karren umgestoßen, dass die roten, gelben und orangefarbenen Früchte nur so über die Kaimauer kullerten. Er packte Candices Arm und zog sie hinter den Karren, und von da aus rannten sie so schnell sie konnten los, während die überraschten *medicos* über die Früchte stolperten und ausrutschten.

Immer wieder duckten sie sich hinter Wagen und schlängelten sich behände durch den dichten Verkehr. Dann liefen Glenn und Candice weiter, bis sie in einer verwinkelten Gasse ankamen, die so weit entfernt vom Kai lag, dass sie es wagen konnten, anzuhalten und Atem zu schöpfen.

»Was war das denn?«, keuchte Candice, als Glenn sie in einen Toreingang zog.

»Ich hatte so eine Ahnung, dass der *medico* kein Arzt war und uns nicht zur Quarantänestation bringen würde. Also habe ich ihm eine Fangfrage gestellt. Als Kind hatte ich chronische Bronchitis und sagte immer ›Cronitis‹. Ein echter Arzt hätte sofort erwidert, dass er so eine Krankheit nicht kenne. Unser Freund hier wollte sich keine Blöße geben, und das war sein Fehler.«

Er spähte die kleine Straße hinunter, die direkt auf den betriebsamen Hafen zuführte. »Diesmal hat Philo uns beinahe erwischt.« Er nahm Candices Arm. »Wir müssen nach London. Und zwar schnell.«

Kapitel 27

Philo trabte mit gleichmäßigem Schritt auf dem Laufband, stählte sich wie ein Krieger für die entscheidende Schlacht.

Er genoss das Gefühl der Hitze in seinem schweißnassen Körper und die vibrierende Kraft in Muskeln und Sehnen. Hier, in seinem privaten Fitness-Studio, hielt er sich fit, und das mit der religiösen Inbrunst eines Fanatikers. Mit seinen siebzig Jahren gönnte er seinem Körper, der dem eines Fünfzigjährigen glich, nur das Beste vom Besten: Gesundheitsdrinks mit Kräutern und Vitaminen und frischeste, mineralstoffreiche Kost. Er konnte es sich nicht erlauben, dass seine Kräfte nachließen und sein Körper erschlaffte. Er musste vital und aktiv bleiben. Die Zeit raste. Die Stunde war nah.

Nach einer belebenden Dusche trat er, in einen weißen Seidenpyjama und einen weißen Seiden-Morgenmantel gekleidet, auf die Dachterrasse seines Chalets. Es war diese Zuflucht in den

Bergen, wo er innere Einkehr hielt und neue Kraft schöpfte. Sein Blick wanderte über schneebedeckte Gipfel, über Schluchten und Senken, über bewaldete Hänge, über Flüsse und Bäche bis zu dem Dorf im Tal. Dann schwenkte er den Blick zum Horizont und stellte sich vor, wie all die Menschen in den Dörfern, Städtchen und Metropolen geboren wurden, sich liebten und hassten und dort starben – er sah die Reichtümer der Erde und seine Seele schwang sich in lichte Höhen. Mit ausgebreiteten Armen umfing er die Welt, den Globus, diesen blauen Planeten im kalt glitzernden All, umfing die ganze Sphäre mit all den Hoffnungen und Träumen, Wünschen und Enttäuschungen von sechs Milliarden Seelen – seine Welt. Denn dies alles gehörte ihm, Philo Thibodeau!

Wovon selbstredend niemand etwas wusste. Aber das würde sich bald ändern. An dem Tag, da Philo zu Posaunenklängen und Fanfarenstößen einherschreiten würde. An dem Tag, da er vor dem Papst stehen und dieser Philos Ring küssen würde.

»Ich weiß jetzt, was du vorhast.«

Er wandte sich um und sah Jessica in der offenen Balkontür stehen. Ihre feuerrote Mähne wehte im Wind. Sie trug eine schwarze Bundfaltenhose, dazu eine weiße Seidenbluse, die ihre schmale Taille betonte. Sie war eine Stunde zuvor mit einem Privathubschrauber eingeflogen. Philo zog eine Augenbraue hoch. »Und was wäre das, meine Liebe?«

Jessica fröstelte auf der zugigen Dachterrasse und sie zog sich zurück. Sie ging barfuß, denn mit Ausnahme der Küche war jeder Zentimeter des Chalets mit Eisbärenfell ausgelegt, das angenehm unter den Füßen kitzelte. Verwundert schaute sie auf das köstliche Buffet und fragte sich, ob Philo wenigstens einmal eine Mahlzeit mit ihr teilen würde.

»Auf dem Schloss«, erklärte sie, während sie die geschälten Garnelen, die Käsestücke und die prallen Weintrauben mit den Augen verschlang, »habe ich so einiges gesehen.«

Als Philo sie angerufen hatte, um sie in sein Chalet einzuladen, hatte sie ihm ihren Ausflug zu der Festung gebeichtet, wie sie die Wache überlistet und dass sie ein wenig im Schloss herumgeschnüffelt hatte. Ihre anfängliche Befürchtung, dass Philo verärgert reagieren könnte, hatte sich nicht bestätigt. Im Gegenteil, er hatte sogar Verständnis für ihre Neugier gezeigt. Ob er genauso ruhig bleiben würde, wenn sie die Bombe platzen ließ und ihre Forderungen stellte?

»Was hast du denn gesehen?«, fragte Philo und

musterte die Frau, dieses schöne, künstliche Wesen, dem man nicht trauen durfte, mit kaltem Blick.

»Einen Papyrus«, sagte Jessica, neugierig auf Philos Reaktion. »Der Aufschrift nach handelt es sich um die älteste bekannte Fassung des Markusevangeliums. Ist es echt?«

»Daran besteht kein Zweifel.«

»In der frühesten Fassung endet das Markusevangelium mit Kapitel sechzehn, Vers acht«, fuhr Jessica fort, während sie sich ein Stück Cheddar abbrach, »wo die Engel Maria Magdalena und den anderen Frauen am leeren Grab erscheinen. Die folgenden Abschnitte über das Wirken Jesu in und um Galiläa sind später hinzugefügt worden. Warum, blieb immer ein Rätsel. Also befindet sich im Schloss der *wahre* Schluss des Evangeliums?«

Philo trat an ein Gestell mit Meerschaumpfeifen und wählte eine passende Pfeife aus. »Eine genaue Analyse hat ohne jeden Zweifel ergeben, dass das Evangelium bereits zehn Jahre nach der Kreuzigung niedergeschrieben wurde und das Einzige seiner Art auf der Welt ist. Alle anderen Kapitel des Neuen Testaments wurden erst viele Jahre später verfasst, als Jesu letzte Anhänger längst tot und begraben waren.« Er öffnete einen Tabakbeutel und tauchte die Pfeife hinein. »Wie du schon sagtest, meine Liebe, glaubt die moderne Forschung, dass die geläufige Fassung des Markusevangeliums länger ist, dass sie nämlich ursprünglich bei Vers acht endete: ›Und sagten niemand etwas, denn sie fürchteten sich.‹ In den meisten Übersetzungen steht ›denn sie fürchteten sich‹, die korrekte Übersetzung jedoch lautet ›denn sie fürchteten sich vor‹. Wovor fürchteten sich die Frauen? Und warum bricht das Evangelium mitten im Satz ab? Die einen behaupten, Markus sei gestorben, bevor er es vollenden konnte. Andere wieder meinen, der Schluss des Markusevangeliums sei gekappt worden, um etwas zu vertuschen. Womöglich passte der Originalschluss nicht zur Denkweise jener Zeit.« Philo stopfte seine Pfeife. »Hast du die Übersetzung gelesen?«

»Ich hatte keine Zeit sie aufzuschreiben, aber ich habe sie mir gemerkt. ›Denn sie fürchteten sich vor dem Engel. Und der Engel sprach zu ihnen: Was fürchtet ihr mich? Erkennt ihr mich nicht? Schaut mich an und sagt mir, wer ich bin. Und Maria Magdalena blickte auf und sah, dass der Engel Jesus war, auferstanden von den Toten. Und sie sah die Male an seinen Händen und an seiner Seite. Und Jesus sprach, gehet in alle Welt und verkündet das Evangelium.‹« Jessica konnte sich ein verschmitztes Lächeln nicht verkneifen. »Ich frage mich nur, warum es nicht aller Welt verkünden? Warum ein Geheimnis daraus machen?« Sie hob eine schlanke, gepflegte Hand. »Egal, ich weiß sowieso, warum.«

»Ach ja?«

Sie trat an das Buffet und nahm sich eine Hand voll Trauben. »Das Papsttum gründet sich auf die Tatsache, dass der auferstandene Jesus Petrus als Erstem erschienen ist und ihm aufgetragen hat, das Evangelium in die Welt hinauszutragen. Das Dokument im Schloss jedoch, ein Fragment des Evangeliums, das vor allen anderen Evangelien entstanden ist, besagt, dass er sich zuerst Maria Magdalena offenbart habe. Der Mann im Grab war nicht etwa ein Gärtner oder ein Engel, wie spätere Fassungen behaupten, sondern Jesus selbst. Kannst du dir vorstellen, wie du in den Vatikan marschierst und dem Papst erklärst, er möge seinen Stuhl räumen, weil er in Wahrheit der Schwesternschaft Maria Magdalenas zusteht, und das schon seit zweitausend Jahren? Wie könnte wohl der weibliche Papsttitel lauten. Päpstin?«

Philo registrierte Jessicas arrogantes Gebaren und ihr selbstzufriedenes Lächeln, mit dem sie sich eine Traube nach der anderen in den Mund steckte. »Ich nehme an, du willst auf etwas Bestimmtes hinaus?«, fragte er mit sanfter Stimme.

»Das Markusevangelium, all diese antiken Bücher und religiösen Schriften, die ich und andere für dich in den vergangenen Jahren erwerben mussten. Ich weiß jetzt, was du vorhast.«

»Und das wäre?«

»Religiöse Erpressung«.

Er war beeindruckt. »Zu welchem Zweck?«

»Um die Weltherrschaft zu erlangen. Herrsche über die Weltreligionen und du beherrschst die Welt«, sagte sie.

»Und zu diesem Schluss bist du aufgrund eines einzigen Fragments gekommen?«

Wieder verschwand eine Weinbeere zwischen Jessicas roten Lippen und wieder blitzten weiße Zähne auf. »Wenn die Öffentlichkeit von diesem Fragment erfährt, werden Katholiken überall auf der Welt merken, dass sie seit zweitausend Jahren hinters Licht geführt worden sind. Und wenn sie erst einmal diesen Punkt in Frage stellen, was ist dann mit dem übrigen katholischen Dogma? Ich möchte wetten, Philo, dass irgendwo in deinem Schloss oder in deiner Privatsammlung noch ein Brief oder ein Schriftstück liegt, das den Koran verändern oder beweisen könnte, dass Buddha nie gelebt hat oder dass Krishna ein Mythos ist. Zweifle die Weltreligionen an und Chaos und Anarchie werden die Folge sein. Die Führer etablierter Religionen würden alles darum geben, dieses Wissen unter Verschluss zu halten.«

Sie warf die restlichen Trauben auf das Buffet. »Waffen, Philo. All diese Fragmente, diese Schriftstücke und dieses Gedankengut sind Waffen – ein ganzes Arsenal«.

»Waffen ...«.

»Und die heimtückischsten, die man sich vorstellen kann. Denk doch nur an die schlimmste Form der Kriegführung – biochemische und Nuklearwaffen, Terrorismus –, aber selbst da hilft der Glaube den Menschen weiter. Nimmt man ihnen jedoch den Glauben ...«

»Brillant, meine Liebe.«

Ein zufriedenes Lächeln spielte um Jessicas Lippen. Das lief ja besser als erwartet. Philo würde auf ihre Forderungen eingehen müssen. Die Weltherrschaft. Eine Vorstellung, an die man sich gewöhnen konnte.

»Eine höchst interessante Schlussfolgerung«, bemerkte Philo. »Leider ist sie falsch. Ja, wir sind ein Geheimorden und wir nennen uns die Alexandrier. Aber lass mich von den wahren Zielen der Alexandrier erzählen.« Und das tat er. Nachdem sie alles über Alexander den Großen und den geheimen Priesterorden, den Brand in der Bibliothek, die schon seit zweitausend Jahren währende mühevolle Arbeit des Hütens und Bewahrens wertvoller Schriften und Bücher erfahren hatte, war Jessica vollkommen verwirrt. »Und all das nur, um die größte Bibliothek der Welt zu schaffen?«

»Das ist erst der Anfang. Hast du dich eigentlich nie gefragt, meine Teuerste, warum ich gerade dich angeworben habe? Die Alexandrier sind Sammler. Aber sie gehen nicht schnell genug vor. Ich musste das Tempo beschleunigen, ohne dass sie es merkten. Zudem ging es auch um einige Erwerbungen, die die Alexandrier nicht gebilligt hätten, die ich aber für meine Zwecke unbedingt brauchte.«

Jessica zog eine Braue hoch. »Deine Zwecke?«

Er gestand ihr Dinge, die vor ihr noch niemand erfahren hatte, nicht einmal seine selige Ehefrau Sandrine.

Und während er mit sanfter Stimme und seinem weichen Südstaatenakzent auf sie einredete und einen Plan entwickelte, von dem Jessica nicht zu träumen gewagt hätte, wurde sie von eiskalter Furcht ergriffen. Er meinte es ernst, todernst mit der Zerstörung, die er plante. »Philo«, sagte sie, als er geendet hatte und die Pfeife beiseite legte, »Philo, das ist Wahnsinn!«

Philos Miene wurde eisig. »Der Prophet gilt nichts im eigenen Land. Jesus hat das begriffen.

Und auch ich musste dieses Kreuz tragen. Aber bald wird die Welt eines Besseren belehrt.«

Jetzt wurde Jessica erst bewusst, welch grausamem Irrtum sie aufgesessen war und wie sehr sie Philo unterschätzt hatte. Warum hatte sie diesen Wahnsinn an ihm nicht schon früher bemerkt? Noch während sie fieberhaft nach einem Weg suchte, dieser Gefahr zu entkommen, erschien einer seiner allgegenwärtigen Gefolgsleute, der mit dem Erdbeermal, auf der Schwelle. »Wir haben Kontakt hergestellt«, verkündete Mr Rossi.

Philo schloss die Augen. *Kontakt.* Das letzte Puzzlestück war an seinem Platz. Der Anfang war gemacht, jetzt begann das Ende. »Ich breche sofort auf«, sagte er und ging zur Tür. Er schnippte mit den Fingern in Jessicas Richtung. »Kümmere dich darum.«

Rossi zog eine Waffe. Jessicas Augen wurden groß. »Philo?«

Er wandte sich zu ihr um. »Du hast mich hintergangen. Du wolltest meine glorreiche Sache vor der Zeit verraten. Hätte ich dich nicht hierher gebracht, hätte ich womöglich meine letzte Chance auf ein Wiedersehen mit Lenore verspielt.«

»Mit wem?«

»Niemand«, drohte er mit stahlgrauem Blick, »mischt sich in mein Leben ein.«

Rossi trat auf sie zu. »Philo!«, rief sie aus.

»Nicht hier«. Thibodeau deutete auf den teuren weißen Bodenbelag. »Draußen.«

»Nein, Philo!«, rief sie erneut, als Rossi sie am Arm packte und auf die Dachterrasse zerrte. »Philo, ich schwör's dir«, rief sie zum dritten Mal, wie dereinst Petrus Jesus verleugnete. Der Schuss brach sich wie Donnerhall an den gegenüberliegenden Bergwänden.

Sie verloren keine Zeit. Sie waren hier, um sich die Mikrokassette mit der Aufschrift *Rückversicherung* anzuhören.

Ian Hawthornes Wohnung lag im Stadtteil von Bloomsbury in einer kleinen Straße zwischen dem Britischen Museum und der University of London. Glenn und Candice beobachteten das Gebäude von einem benachbarten Buchladen aus, um sicherzugehen, dass die Wohnung nicht überwacht wurde.

Von Salerno waren sie nach Rom geflogen und von da direkt nach London. Da ihre Pässe aktuelle Einreisevisa aus dem Nahen Osten aufwiesen, hatten sie sich rigorosen Befragungen durch die Sicherheitsbehörden und einer Leibesvisitation unterziehen müssen, bevor sie den Flughafen verlassen durften. Die Verzögerung hatte ihre Ängste beflügelt, dass Philo oder einer seiner Agenten ihnen womöglich in Ians Wohnung auflauern würden, aber sie konnten nichts Ungewöhnliches entdecken. Sie schlossen mit dem Schlüssel auf, den sie in Ians Segeltuchsack gefunden hatten.

Candice überkam eine traurige Stimmung, als sie sich in Ians Heim umsah und dabei an seinen tragischen Tod in der Wüste dachte. Die Wohnung war mit Büchern, Kunstwerken, Keramiken, Statuen und alten Münzen voll gestopft; die Wände waren von Fotografien, gerahmten Briefen und Zeitungsartikeln über Sir Ian Hawthorne bedeckt; überall lagen persönliche Dinge. Die Summe eines Lebens auf zweieinhalb Zimmer verteilt.

Der Schreibtisch bog sich geradezu unter Schuldscheinen, Wettscheinen, Pferderenntabellen und Drohbriefen von Gläubigern. Zuoberst lag die Absage eines Verlegers, ein Manuskript Ians betreffend, das, wie der Verleger schrieb, lediglich »ein Aufwärmen dessen ist, was Sie vor zehn Jahren veröffentlicht haben«. Und dann entdeckte Candice zu ihrer Überraschung eine Ausgabe ihrer *Ägyptischen Liebesgedichte.* Ian hatte nie etwas davon erwähnt.

Glenn legte die Kassette in den Anrufbeantworter und drückte auf Wiedergabe.

Ians Stimme kam klar und deutlich aus seiner

Wohnung in Amman. Sie hörten ihn auf Pferderennen setzen, auf Fußballspiele, er kündigte jemandem einen Scheck an und erbat weitere Geldmittel für sein Ausgrabungsprojekt.

Dann erklang Candices Stimme. »Ian? Ich bin's, Candice. Du hast gesagt, wenn ich je deine Hilfe bräuchte ...« Es war nur wenige Wochen her, aber es kam ihr wie Jahre vor.

Sie lauschten gespannt. Der nächste Anruf. »Mr Hawthorne. Wir möchten Ihre Dienste in Anspruch nehmen.« Die Stimme eines Mannes, aber nicht die Philos. »Wir haben in Erfahrung gebracht, dass Candice Armstrong Ihre Hilfe bei der Einreise nach Syrien benötigt. Wir wären Ihnen sehr verbunden, wenn Sie sie überallhin begleiten würden.«

»So schnell!«, staunte Candice. »Wie konnten sie das wissen?«

»Dein Telefon war angezapft.«

»Aber ich hab ihn doch von meinem Handy angerufen! Wie schaffen die sowas.«

Sie lauschten weiter. Ian signalisierte sein Einverständnis, verhandelte und feilschte, bis sie sich auf einen Preis geeinigt hatten.

»Sie werden uns regelmäßig berichten, Dr. Hawthorne. Die Telefonnummer ist folgende ...« Glenn griff nach einem Stift und schrieb mit.

»Wir treffen uns morgen Abend in der Lobby des Al-Qasr-Hotels an der Abd-al-Hamid-Sharif-Straße. Unser Agent wird Ihnen drei Dinge übergeben: die erste Hälfte der Zahlung, ein Satellitentelefon und eine Waffe.«

Ian protestierte.

»Sie werden sie einsetzen müssen, falls Armstrong Probleme macht.«

Sie hörten Ians überraschtes Schweigen, dann wurde die Verbindung unterbrochen. Hier endete auch die Kassette.

»Ian sollte mich *erschießen?«* Candice sah Glenn ungläubig an. »Dich aber nicht. Warum nicht?«

Glenns Miene wurde finster. »Philo will den Showdown. Er will mit mir abrechnen. Ich soll ihn finden.« Der Streit, den er vor zwanzig Jahren mit angehört hatte. Die Worte »Blut« und »Opfer«, die da gefallen waren. Glenn war mittlerweile zu der Erkenntnis gelangt, dass diese Worte mit ihm zu tun hatten.

Er griff zum Hörer und wählte die Nummer, die Ians Anrufer als Kontaktnummer genannt hatte. Eine Stimme am anderen Ende der Leitung meldete sich: »Thistle Inn.«

»Thistle Inn«, wiederholte Glenn. »Habe ich richtig gewählt ...?« und er wiederholte die Nummer.

»Stimmt genau, Sir.«

»Können Sie mir sagen, wo Sie sind?«

»Wie war das nochmal?«

»Ich brauche eine Wegbeschreibung.«

Glenn machte sich Notizen. Als er aufgelegt hatte, sagte er: »Es ist in Schottland.«

Unter Hawthornes Büchern fanden sie einen Atlas. Glenn lokalisierte den Ort, in dem der Gasthof lag, in Südwestschottland. In kleiner Schrift stand da: Morven. Es war eine Insel.

Candice sah Glenn mit angstvollem Blick an. »Was glaubst du, was wir da finden werden?«

»Keine Ahnung. Aber eins weiß ich genau, es wird schwer bewacht sein.«

Kapitel 28

London, 1814

»Hör sich das einer an!«, ereiferte sich Frederick Keyes. »Was Desmond Stone da vorhat, ist, Fallstricke um Morven herum auszulegen! Tödliche Schlingen, Netze, mit scharfen Zacken bestückte Fallgruben. Stahlfallen mit Schnappfedern, wie sie kanadische Pelztierjäger für die Bärenjagd benutzen. Alles durch verdeckte Abzugsmechanismen auszulösen. Unverantwortlich ist das, grausam und unmenschlich!«

»Na, na«, meinte Stone gedehnt. »Grausam und unmenschlich? Um den eigenen Besitz zu schützen? Spione und alle, die sich unbefugt Zutritt verschaffen, verdienen nun mal den Tod.«

Sie saßen in einem Londoner Club zusammen, und weil es schon spät war, hatten sie den Rauchsalon für sich allein.

»Wenn nun jemand versehentlich das Gelände betritt?« Keyes wandte sich seinem Rivalen zu.

Seit ihrem gemeinsamen Architekturstudium war ein Wettstreit zwischen ihnen entbrannt. »Wenn sich einer zufällig nach Morven verirrt, ohne zu ahnen, dass er eine Gefahr darstellt? Bist du wahnsinnig?«

Stone zuckte mit den Schultern. »Im Krieg gibt es immer unschuldige Opfer.«

»Unschuldige Opfer!«

»Meine Herren.« Ein älterer Mann mit weißem Backenbart erhob die Hand. »Wir wollen doch vernünftig bleiben. Frederick, wir stimmen Ihnen durchaus zu, aber leider haben die Sicherheit und der Schutz der Bibliothek Vorrang vor allen anderen Überlegungen, einschließlich der der Gewähr für Leib und Leben von Reisenden und Spaziergängern, die unabsichtlich nach Morven geraten.« Der ältere Herr hatte in der Woche zuvor Gespräche mit Alexandriern in Großbritannien und auf dem Kontinent geführt und sich ihrer Zustimmung versichert, dass der Sicherheit von Morven Priorität einzuräumen sei.

»Frederick, Stones Plan hat nun mal den Vorteil, dass er fix und fertig vorliegt und sofort in die Tat umgesetzt werden kann, während Sie nicht einmal einen Vorschlag unterbreitet haben.«

»Ich brauche Zeit.«

»Die haben wir nicht. Das dürfte Ihnen doch

bekannt sein. Sie haben ja gesehen, was passiert ist, als in Frankreich die Revolution ausbrach. Um ein Haar hätte man das Schloss entdeckt! Deswegen haben wir uns doch über den Kanal verzogen. Was meinen Sie, würde Bonaparte mit unserer Sammlung anstellen, wenn er sie entdeckte? Mann Gottes, er würde sie dazu benutzen, die Welt zu erobern!«

»Aber zulassen, dass Unschuldige ihr Leben verlieren? Dass jeder, der nach Morven gerät ...«

»Dann lassen Sie sich um Himmels willen etwas anderes einfallen!«

»Das braucht Zeit ...«

»Wir geben Ihnen noch genau eine Woche. Danach halten wir uns an Stones Plan.«

Als sie zu ihren Zylindern und Spazierstöcken griffen, meinte Desmond Stone hämisch grinsend: »Das schaffst du nie, Frederick. Dir mangelt es an Ideen.«

Aber Frederick Keyes gab sich nicht geschlagen. »Ich werde deinem barbarischen Vorhaben Einhalt gebieten, Stone, und wenn es das Letzte ist, was ich tue.«

Mitternacht war längst vorüber. Kostbares Öl verbrannte, während Frederick über Skizzen, Entwürfen und Zeichnungen brütete. Ohne dass ihm eine zündende Eingebung kam. Nur noch drei Tage blieben ihm.

Fäuste trommelten an die Tür. »Aufmachen!«

Frederick fuhr auf, stieß dabei sein Tintenfass um.

Es pochte abermals. »Öffnen Sie, im Namen des Gesetzes!«

Er entriegelte die Tür und schaute hinaus. Ein groß gewachsener Mann in der Uniform der Nachtwache drängte ins Zimmer. »Frederick Keyes?«

»Der bin ich. Was kann ich für Sie tun, Constable?«

»Sie sollen vor dem Magistrat erscheinen. Kommen Sie mit. Widerstand ist zwecklos.«

Frederick warf einen Blick auf die Männer im Schlepptau des Constable, alles Officers auf Patrouille. »Worum geht es denn?«

»Um Hochverrat.«

Metallschellen schlossen sich um seine Handgelenke.

Die Stimme des Richters hallte durch den reich getäfelten wie geschichtsschwangeren Sitzungssaal: »Frederick Keyes, haben Sie gegenüber diesen Zeugen, die hier ausgesagt haben, behauptet, dass es eine höher gestellte Macht gibt als die Krone und Gott?«

Jeder wartete mit angehaltenem Atem ab: die Anwälte in weißen Perücken und schwarzen Roben, die mit lärmenden Zuschauern voll besetzte Galerie. Es ging um Hochverrat und deshalb fand der Prozess im Gerichtssaal Nummer eins statt, dem berühmtesten und ältesten Raum des Londoner Gerichtshofes Old Bailey. »Wenn Mylord gestatten …« Frederick Keyes erhob sich von seinem Platz auf der Anklagebank.

»Beantworten Sie meine Frage. Waren dies Ihre Worte?«

»Ja, Mylord.«

Entsetzen, Zorn und Schmähungen machten sich auf der Galerie Luft. Mit einem Hammerschlag stellte der Richter Ruhe und Ordnung wieder her. Seine buschigen Brauen runzelnd fragte er: »Und wer ist diese Macht? Etwa der Teufel?«

»Das kann ich nicht sagen, Mylord.«

Der Richter beugte sich vor. »Sind Sie Christ?«

»Nein.«

»Sind Sie Jude?«

Gelächter von der Galerie.

»Ich gehöre keiner bestimmten Glaubensrichtung an.«

»Streiten Sie ab, was die Zeugen heute hier ausgesagt haben? Dass Sie verräterische und gotteslästerliche Äußerungen getan haben?«

Frederick Keyes drückte die Schultern durch. Hoch aufgerichtet stand er da und sagte mit Nachdruck: »Meine Worte wurden falsch ausgelegt.«

»Sie leugnen sie demnach?«

»Nein.«

»Den Zeugenaussagen nach sprachen Sie von ›wir‹. Wer sind diese ›wir‹?«

»Das kann ich nicht sagen.«

»Sie meinen, Sie *weigern* sich, uns das zu sagen?«

Eine Pause. »Ja.«

Der Richter lehnte sich zurück. »Ein gottloser Mann, der sich über Gott und den König erhebt«, meinte er kühl. Er legte ein schwarzes Tuch über seine Perücke. »Bevor ich das Urteil verkünde, ergeht die Frage: Hat der Angeklagte noch etwas hinzuzufügen?«

»Ich bin unschuldig.«

»Mr Keyes, Sie sind des Hochverrats für schuldig befunden worden, ein Vergehen, das nur mit der Todesstrafe geahndet werden kann. Sie werden ins Gefängnis von Newgate verbracht und dort am Galgen aufgeknüpft, bis der Tod eintritt. Ich sehe keinen Grund dafür, dass Sie, ein bekennender Atheist, Gnade für Ihre unsterbliche Seele erwarten können, dennoch ist es meine Pflicht, die Urteilsverkündung mit den Worten zu schließen: Möge sich Gott Ihrer Seele erbarmen.«

»Es herrschen schon traurige Zustände«, meinte Jeremy Lamb zu seinem Diener und betrachtete sein frisch rasiertes Kinn im Spiegel, »wenn ein Mann sich so weit einschränken muss, dieselbe Krawatte zwei Tage hintereinander zu tragen.«

»Ganz recht, Sir«, pflichtete der Diener wie stets seinem Herrn bei. Selbst wenn Lamb Weiß als Schwarz bezeichnete, würde Cummings ihm zustimmen; schließlich wollte er seine Stelle nicht verlieren.

Lamb trat einen Schritt zurück, um sein Äußeres im Spiegel zu überprüfen: spiegelblanke Schaftstiefel, dunkle Hosen, blaues Jackett und darunter eine lederfarbene Weste. Er war mit sich zufrieden. Der Sechsunddreißigjährige war überaus penibel, ein Mann, der zum Ankleiden Stunden brauchte und für gewöhnlich drei Friseure beanspruchte – einen für die Koteletten, einen für die Stirnlocke und einen für den Hinterkopf (obwohl er sich an diesem Morgen der traurigen Zustände mit Cummings begnügen musste).

»Kleider machen Leute, Cummings, vergessen Sie das nie«, sagte er und wandte sich vom Spiegel ab und den Anforderungen des Tages zu, die unter den gegebenen Umständen dürftig genug waren. Aber zumindest ging das Gerücht von der bevorstehenden Einlieferung eines neuen Gefangenen um. Und so etwas war immer eine Abwechslung.

Kaum hatte sich Jeremy zu seinem aus Brot und Bier bestehenden Frühstück niedergelassen, als besagter Neuzugang an die vergitterte Tür gebracht wurde. Wie das jede Abwechslung mit sich brachte, wurde ihm sofort die Aufmerksamkeit sämtlicher Zelleninsassen zuteil, sodass Jeremy zumindest für ein paar Minuten ungestört essen konnte (und nicht wie sonst von den anderen angebettelt wurde. Aber wenn er sein Brot mit allen teilte, was bliebe ihm dann noch selbst?). Kaum war der Neue in Augenschein genommen und danach eingeschätzt worden, ob man ihn links liegen lassen konnte oder ob es sich lohnen würde, ihn zu bestehlen, hob das für gewöhnlich ohrenbetäubende Lärmen in der Gefängniszelle wieder an und verleidete Jeremy das Frühstück.

Er musterte den Neuen von oben bis unten.

Kein üblicher Krimineller. Stattdessen erkannte Jeremy in ihm einen gleichwertigen Gentleman, denn der Neue trug über einer gestreiften Weste eine lange Jacke mit abgerundeten Vorderschößen sowie altmodische weiße Kniehosen. Eigentlich sah er aus wie ein vornehmer Spaziergänger und keinesfalls wie ein armer Teufel, den man da ins Gefängnis von Newgate eingeliefert hatte, dem grässlichsten Ort überhaupt. Jeremys Interesse wuchs, als er den Anzug des Neuen als maßgeschneidert ausmachte – als Kunde in der Bond Street wusste er genau, wie der Faden des Tuchs, die Richtung von Schuss und Kette zu verlaufen hatte. Fragte sich nur, weshalb der arme Kerl einsaß. Höchstwahrscheinlich wegen Veruntreuung von Geldern. Wie ein gewöhnlicher Dieb oder Schuldner sah er jedenfalls nicht aus. Möglicherweise sollte er nach Australien abgeschoben werden, wie so viele, von denen wiederum die meisten vorzogen, aufgeknüpft zu werden. Aber seit die amerikanischen Kolonien von Großbritannien abgefallen waren und England infolgedessen einen neuen Platz zur Entsorgung unerwünschter Elemente brauchte, war man nun mal auf Australien verfallen, auch wenn die Reise dorthin unendlich lange dauerte und derart viele Risiken barg, dass viele sie nicht überlebten.

Der Neue war ungemein erregt, leistete seinen Wärtern Widerstand und behauptete immer wieder, zu Unrecht verurteilt zu sein. Als ob ihm das etwas nützen würde. Als die Tür zufiel und versperrt wurde, umklammerte der Mann die Gitterstäbe und beteuerte weiterhin lauthals seine Unschuld.

Nach einer Weile ließ er von seinem Tun ab

und sah sich in dem Albtraum um, in den er geraten war. Nacktes Entsetzen stand ihm ins Gesicht geschrieben. Anzunehmen, dachte Jeremy, dass auch er, der zwei Wochen zuvor zum ersten Mal Bekanntschaft mit einem Gefängnis gemacht hatte, so dreingeschaut hatte. Der Höllenlärm, das Gebrüll und Geschrei, der Gestank und der Dreck, die unerträgliche Atmosphäre von Brutalität und Korruption schlugen einem entgegen und waren gewöhnungsbedürftig. Was Jeremy an dem Neuen noch auffiel, war, dass er nicht die schweren Beinfesseln trug, mit denen die meisten anderen zur Sicherheit an im Boden und an den Wänden befestigten Eisenringen angekettet wurden. Da andererseits die Möglichkeit bestand, dass ein Gefangener gegen Geld leichtere Fesseln angelegt bekam oder, sofern er die dafür erforderliche Summe aufbrachte, vollends davon befreit wurde, folgerte Jeremy, dass der Neue nicht mittellos war, nicht anders als er selbst, hatte doch sein Vater zähneknirschend tief in die Tasche gegriffen, um seinem Sohn wenigstens die Eisenfesseln zu ersparen.

Der Neue lief erregt auf und ab, hieb sich mit der geballten Rechten in den linken Handteller, schimpfte vor sich hin. Als er über einen Mitgefangenen stolperte, der mit dem Rücken an der Wand auf dem Boden hockte und die Beine ausgestreckt hatte, stieß er ein »Verzeihung« aus und bemerkte, als dieser sich nicht rührte, dessen auffallend verfärbtes Gesicht. Er rüttelte ihn an der Schulter, worauf der Mitgefangene nach vorn sank. »Hier liegt ein Toter!«, rief er aus und stürmte ans Gitter.

»Sie verschwenden nur Ihren Atem«, meinte Jeremy. Er stand auf und streckte die Hand aus. »In ein, zwei Tagen kommen sie und schaffen ihn raus. Jeremy Lamb, zu Ihren Diensten.«

Der Neue starrte auf die ausgestreckte Hand, als hätte er so etwas noch nie gesehen. Dann ergriff er sie, drückte sie und sagte mit fester Stimme: »Frederick Keyes.«

»Darf ich Ihnen, der Sie wie ich ein Gentleman sind, einen Platz in meiner Ecke anbieten?«

Mit Blick auf die Gittertür, als wartete er nur darauf, dass sie aufsprang und der Gefängniswärter verkündete, er sei frei, kauerte sich Keyes auf das Stroh. »Das ist Cummings«, sagte der Jüngere und deutete auf den am Boden angeketteten armen Tropf. »Ich bezahle ihn dafür, dass er aufpasst, wenn ich schlafe, damit mir keiner was stiehlt. Außerdem fungiert er als mein Diener. Wenn Sie es sich leisten können – und es sieht so aus, als könnten Sie's –, schlage ich vor, Sie treffen mit einem dieser Leute hier ein ebensolches Abkommen. Sie sind billig und vertrauenswürdig.« Er deutete auf Cummings' schwere Kette. »Und weglaufen können sie auch nicht.«

Verblüfft nahm Keyes Jeremys Ecke in der scheußlichen Zelle in Augenschein: Auf einem hölzernen Bettgestell lag eine verdreckte Strohmatratze, ferner stand da eine Holzkiste, auf der die Toilettenartikel eines Mannes von Welt ausgebreitet waren; ein umgedrehter Eimer diente als Hocker, davor stand, auf zwei Ziegelsteinen aufgebockt, eine Platte mit Schalen und einer Tasse darauf. An der Wand waren ein Spiegel sowie Kleiderhaken angebracht.

Durch einen Rundumblick konstatierte Keyes, was die große und dicht besetzte Zelle, ein Hort für Ratten und Ungeziefer, ansonsten aufzuweisen hatte: Die meisten Gefangenen waren am Fußboden oder an den Wänden angekettet; nur einige wenige verfügten über einen Platz für eine Matratze und eine Decke. Wer sich frei bewegen konnte, verrichtete seine Notdurft in einen Eimer neben der Tür, die anderen lagen in ihrem eigenen Kot. Keyes' Blick streifte den toten Mann.

»Es ist eine Erlösung für ihn«, sagte Lamb und machte sich wieder über sein Frühstück her, während sich Cummings in Vorfreude auf die zu erwartenden Reste die Lippen leckte. »Der arme

Kerl sollte gehängt werden. Weil er aber keine Angehörigen oder Freunde hatte, die ihn mit Essen versorgten, ist er verhungert. Wie es heißt, hält nur ein Viertel der Gefangenen bis zum Tag ihrer Hinrichtung durch.«

Der Neue warf ihm einen grimmigen Blick zu. »Droht Ihnen auch die Hinrichtung?«

»Um Himmels willen, nein! Ich sitze eine Strafe von drei Monaten ab, dann zahlt mein Vater die Ablöse und ich werde freigelassen. Den einzigen Sohn und Erben im Kerker verschmachten zu lassen, geht natürlich nicht.«

»Weshalb sind Sie hier?«, fragte Keyes und schaute wieder zur vergitterten Tür. Jeremy fragte sich, ob er vielleicht Besuch erwartete.

»Ich hatte verteufeltes Pech. Speiste mit dem Herzog von Beaufort in meinem Club, als ich Wind davon bekam, ich sollte wegen meiner Schulden verhaftet werden. Ein Freund lieh mir seinen Vierspänner, ich fuhr die ganze Nacht durch, gelangte morgens nach Dover, wo ich hoffte, ein Schiff aufzutreiben, um überzusetzen, weil doch, wie Sie bestimmt wissen, Schuldner nicht nach Frankreich verfolgt werden dürfen.« Er seufzte. »Um ein Haar hätte ich es geschafft.«

»Spielschulden?«

»Glücksspiel, Sir, ist etwas für Narren. Mein Laster hat vielmehr mit eleganter Garderobe zu tun. Ich stehe bei jedem Schneider und Herrenmodengeschäft der Bond Street in der Kreide. Mutter hat immer meine Schulden bezahlt, aber sie ist voriges Jahr gestorben und Vater war unerbittlich.«

»Er hat sich geweigert, Ihre Schulden zu begleichen?« Keyes konnte nicht fassen, dass ein Vater sein Kind derart widrigen Umständen aussetzte.

»Mein Vater gehört zu denen, die Erben haben wollten, aber keine Kinder. Unseligerweise konnte er nicht das eine ohne das andere bekommen und deshalb ertrug er meine Geschwister und mich. Wenn wir ihn als Kinder überhaupt mal zu Gesicht bekamen, dann nur, um uns zu züchtigen, wenn Mutter und die Erzieher nicht mehr mit uns fertig wurden.«

Mehr gab er nicht preis – dass er, damit sein Vater stolz auf ihn war, sein Menschenmöglichstes versucht hatte. Er hatte die Aufmerksamkeit des Prinzregenten auf sich gelenkt und war in dessen Regiment – die 10. Dragoner – aufgenommen worden, wo er sich rasch hochgedient hatte und schließlich zum Hauptmann befördert worden war. Umsonst. Kein Wort der Anerkennung von Lamb dem Älteren. Infolgedessen hatte sich Jeremy zum Rebellen aufgeschwungen, vornehmlich in seiner Art, sich zu kleiden. Wie Mr Beau

Brummel es ja auch getan hatte. Auf diese Weise glaubte er, seinen alten Herrn zu beeindrucken, der weiterhin Samtjacken mit Goldknöpfen und gepuderten Perücken anhing. Als ihm auch dies keinerlei Würdigung des Vaters eintrug, hatte Jeremy aufgegeben, zumal er sich inzwischen einen Lebensstil zu Eigen gemacht hatte, der ihm durchaus behagte.

»Vater hat zugelassen, dass man mich in den Schuldturm wirft, damit ich dieses Elend mal am eigenen Leib verspüre. Aber alles, was ich hier kennen gelernt habe, ist Eintönigkeit und Langeweile. Ich hoffe nur, Sie sind amüsanter als die anderen. Zumindest nehme ich an, Sir, dass sie gebildet sind.«

Jeremy wartete ab, aber der Neue ließ nichts über sich verlauten. Bei näherer Betrachtung schien er kerngesund zu sein und schätzungsweise Ende vierzig. Der Backenbart leicht grau meliert, die Kleidung sauber und makellos. Jeremy räusperte sich. »Darf ich fragen, weshalb Sie hier sind?«

Frederick taxierte seinen leutseligen Zellengenossen. Was sollte er ihm antworten? Er war von Desmond Stone reingelegt worden, das war so sicher, als wäre er in eine von Stones Fallgruben geraten. Stone waren die zur Zeit herrschenden wirtschaftlichen Schwierigkeiten und die daraus resultierenden lautstarken Forderungen nach Sozialreformen zugute gekommen. Die Regierung antwortete mit Repressionen und erließ Gesetze, die darauf abzielten, die öffentliche Meinung zu unterdrücken. Und da Großbritannien an so vielen Fronten kämpfte – gegen Amerika, gegen Spanien, gegen Frankreich –, wähnte man überall Gefahr, spürte man Argwohn, musste man seine Zunge hüten. Die kleinste Äußerung konnte einem falsch ausgelegt werden und überall lauerten Spione.

Zwei Abende nach dem Geheimtreffen der Alexandrier war es im Club hoch hergegangen, sodass sich Desmond Stone unter dem Vorwand, man könne ja sein eigenes Wort nicht verstehen, ganz nah zu Frederick gebeugt und ihm so leise zugeraunt hatte, dass er sicher sein konnte, keinen weiteren Mithörer zu haben: »Ich sehe nicht ein, warum wir nicht mit dieser Geheimniskrämerei um den Orden aufhören. Wir leben doch schließlich in der Neuzeit.«

Frederick, der nicht merkte, dass er geradewegs auf die Falle zusteuerte, hatte heftig widersprochen: »Du weißt ebenso gut wie ich, wie gefährlich es wäre, wenn unser Geheimnis entdeckt würde. Wir sind Atheisten, Desmond, und dennoch die Gottesfürchtigsten von allen. Und wir schulden einer Macht Gehorsam, die größer und mächtiger ist als selbst die der britischen Krone. Das würde niemand verstehen.«

Die Ohrenzeugen im Club steckten nicht mit Desmond unter einer Decke, sondern waren ehrenwerte Männer, die das Gehörte lediglich weitergegeben hatten. Frederick trug ihnen das nicht nach, nur auf Desmond Stone war er wütend. Und auf sich selbst.

»Ich bin wegen Hochverrats hier«, sagte er zu Jeremy Lamb.

Zum ersten Mal im Leben war Lamb sprachlos. Der Neue würde demnach gehängt werden! »Immerhin«, rang er sich schließlich ab, »können Sie sich Ihren Aufenthalt hier so angenehm wie möglich gestalten. Das sehen Sie ja an mir. Sagen Sie Ihren Besuchern, sie sollten Geld mitbringen – mein Vater lässt mir einmal wöchentlich eine kleine Summe zukommen, die ich dann dazu verwende, mir bei den Aufsehern Vergünstigungen zu erkaufen.«

»Keine Besucher«, sagte Frederick und sah zu, wie sich Mithäftlinge daran machten, dem Toten die Kleider abzustreifen.

»Wie meinen Sie das?«

»Mich kommt niemand besuchen.«

»Aber *einen* Freund werden Sie doch haben?«

»Keine Freunde ...« Dem Leichnam die Kniebundhosen auszuziehen, erwies sich wegen des einen am Boden angeketteten Beins als schwierig. Man zerrte an seinem Fuß herum.

»Wie wollen Sie sich dann etwas zu essen beschaffen?«, fragte Jeremy, ohne auf das Treiben in der Ecke zu achten. Es war für ihn nicht neu. »Der Aufseher ist angewiesen, einem Häftling nicht mehr als einen Kanten Brot und einen Becher Wasser pro Tag zu verabreichen.«

Fast herausfordernd starrte Keyes ihn an. »Ich habe niemanden.«

Urplötzlich wurde Lamb von einem Mitleid überwältigt, dass ihm Tränen in die Augen schossen. Er zog ein Taschentuch heraus und bestimmte: »Dann werden Sie eben nicht nur den Platz, sondern auch das Essen mit mir teilen. Ohne Freunde ist man verraten und verkauft«, fügte er, der Hunderte zu haben meinte, noch hinzu.

Keyes lief hin und her. Wie ein Tiger im Käfig, befand Jeremy. Der Neue hatte nicht geschlafen, verweigerte das Essen und jetzt ging er auf und ab, den Blick auf die Gittertür geheftet. Tags zuvor hatte er behauptet, dass niemand kommen würde – was also erwartete er an der Tür zu erblicken?

Armer Teufel, dachte Jeremy und besah sich im Spiegel. Cummings war dabei, ihn zu frisieren, als befänden sie sich in seinem Stadthaus in Mayfair. Niemand hatte Keyes mitgeteilt, für wann die Hinrichtung geplant war. Sie konnte heute stattfinden oder aber erst in einem Monat.

»Was für eine grausame Strafe für freie Meinungsäußerung«, murmelte Jeremy vor sich hin, allerdings nicht zu laut, um nicht selbst des Hochverrats bezichtigt zu werden. »Erst neulich merkte ich Ihrer Königlichen Hoheit, der Duchess of York, gegenüber an ...« Er brach ab und seine Augen wurden kugelrund. »Wen haben wir denn da?«, platzte er heraus, und Keyes fuhr herum, neugierig geworden, was Jeremy derart in Erstaunen versetzte.

»Emma!«

Jeremy erhaschte einen Blick auf etwas Aprikosen- und Gelbfarbenes, das sogleich wieder von den unmittelbar neben den Gittern angeketteten Leibern verdeckt wurde, die sich jetzt an diese Gitter drängten, ihre abgemagerten Arme ausstreckten und um etwas zu essen flehten, um Geld und Freiheit. Die Stimme des Aufsehers erhob sich über dem Tumult, sein Knüppel schlug an die Gitterstäbe, scheuchte die Jammergestalten zurück. Sie schlurften wieder auf ihre Plätze an der nach Moder stinkenden Wand und sahen zu, wie die Gittertür aufging und einer elegant gekleideten Lady mit Hut Zutritt gewährte.

»Emma!«, sagte Keyes nochmals und eilte auf sie zu. »Ich habe dir doch verboten herzukommen.«

»Frederick, ich konnte nicht anders. Ich ...«

Sie schluckte und riss die Augen auf, als sie der qualvoll aufstöhnenden, nur noch aus Haut und Knochen bestehenden armen Schlucker ansichtig wurde, der gierig ausgestreckten Hände der dem Hunger Preisgegebenen, der verdreckten und mit Wanzenbissen übersäten Nackten mit den bis zur Brust herabfallenden Bärten, der Vergessenen und Heimatlosen, die, weil sie Brot gestohlen oder jemandem in die Tasche gegriffen hatten, hier einsaßen und um Essen, Wasser und Gnade bettelten.

Jeremy beeilte sich, ein sauberes Plätzchen für die Lady freizumachen, und Keyes half ihr, sich hinzusetzen, wobei er ihre Hände nicht losließ und ihr abermals, wenngleich liebevoll Vorhaltungen machte, hergekommen zu sein. Dennoch, fügte er hinzu, freue er sich über ihren Besuch.

Emma Venables war der zweite Grund, weshalb Keyes hängen sollte.

Obwohl sie von Geburt an dem Geheimbund der Alexandrier angehörte, war er ihr bis vor einem Jahr noch nie begegnet. Kein Wunder – deren Mitglieder gingen inzwischen in die Tausende und waren über den gesamten Globus verteilt; einige lebten sogar in Amerika, weshalb es unmöglich war, mit allen in Verbindung zu stehen. Emma Venables hatte er anlässlich der Beisetzung ihrer Eltern kennen gelernt, die durch die Hand eines Straßenräubers ums Leben gekommen waren – er hatte auf einer Landstraße ihre Kutsche angehalten und Geld oder Leben gefordert und ihnen letztendlich beides genommen. Der Mörder war gefasst und an der Kreuzung vor der nächstgelegenen Stadt aufgeknüpft worden; zur Abschreckung weiterer Übeltäter hatte man die Leiche noch wochenlang hängen gelassen.

In den darauf folgenden Monaten hatten sich die beiden häufig getroffen und aus der Freundschaft war innige Liebe erwachsen. Dass sie heiraten würden, stand bereits fest – bis er verhaftet worden war.

Weil ein anderer ein Auge auf sie geworfen hatte.

Emma Venables stammte von Ritter Alarich ab und genoss schon deshalb bei den Alexandriern hohes Ansehen. Wer sie als Braut heimführen würde, konnte sich glücklich preisen. Keyes argwöhnte, dass Desmond Stone, der Mann, der ihn in eine Falle gelockt und diesem schaurigen Ort ausgeliefert hatte, insgeheim dem Gedanken nachhing, nicht nur als Architekt für Morvens Sicherheit zu fungieren, sondern sich darüber hinaus an die Spitze des Ordens zu stellen und dessen zunehmenden Reichtum und Einfluss für seine ureigenen ehrgeizigen Ziele zu nutzen. Denn obwohl die Alexandrier als demokratisch und untereinander gleichberechtigt galten, kam man nicht um die Tatsache herum, dass sich Stone, der sich auf eine erstaunliche Abstammung berief, die bis zurück zum Hohepriester Philos reichte, der Unterstützung vieler Alexandrier sicher sein konnte. Und wenn er Emma heiratete, würde er eine Art Königreich innerhalb des Ordens ausrufen, galten doch auch die für die Bibliothek zuständigen Priester und Priesterinnen von jeher als Mitglieder des ägyptischen Königshauses.

Deshalb stand zu befürchten, dass, sobald Keyes aus dem Weg geräumt war, Desmond Stone alles daransetzen würde, um auf charmante oder erpresserische Art die elternlose Emma zur Heirat zu überreden.

Jeremy, der die beiden beobachtete, konnte sich nicht satt sehen an dem blassen, ovalen Gesicht der jungen Lady, an ihren seidenweichen Wimpern, den zarten Löckchen, die unter ihrem Hut hervorlugten. Wer sie wohl war?, fragte er sich und hoffte inständig, dass es sich bei diesem bezaubernden Wesen um Keyes' Schwester handelte.

»Ach Frederick, Liebster, was für ein bedrückender Ort. Der Gedanke, dich hier zu wissen, ist mir unerträglich.«

Emma wusste nichts von Stones Verrat, ebenso wenig wie die Alexandrier. Wenn Frederick sie darüber aufklärte, dass seine Verhaftung und Verurteilung auf Desmonds Veranlassung hin erfolgt war, könnte dies die Gemeinschaft spalten, sie zergliedern, die Mitglieder mochten für den einen oder anderen Partei ergreifen, Verdächtigungen würden sich zusammenbrauen, ein Bruder würde dem anderen misstrauen. Dem Orden zuliebe wollte Frederick Keyes sein Geheimnis mit aufs Schafott nehmen.

Emma umfasste seine Hände. »Lass uns heiraten, hier, jetzt, unverzüglich.«

»Ich möchte dich weder zur Witwe machen, noch lasse ich zu, dass du an einem solch unsäglichen Ort ein heiliges Gelübde ablegst.«

Urplötzlich sah Jeremy seinen neuen Zellengenossen in einem ganz anderen Licht als noch am Abend zuvor. Nicht als die verlorene, von allen verlassene Seele, wie zunächst angenommen. Als Keyes erklärt hatte, niemand würde ihn besuchen kommen, hatte Jeremy daraus geschlossen, der Mann habe keine Freunde, und nicht, dass er sich jedweden Besuch verbeten hatte. Im Gegensatz zu

Jeremys Freunden, die von sich aus weggeblieben waren.

Dies gab Jeremy zu denken. Er hielt sich für einen netten Kerl, wurde stets überschwänglich begrüßt, wo immer er sich blicken ließ, und zu den hochrangigsten Gesellschaften eingeladen. Aber zum ersten Mal erkannte er, dass die, die er als Freunde bezeichnete, gar nicht seine Freunde waren. Bislang hatte er sich nicht weiter den Kopf darüber zerbrochen und ihnen auch ihr Fernbleiben nicht übel genommen. Kostete immerhin einiges an Überwindung, jemanden im Gefängnis zu besuchen. Dieser reizenden Emma jedoch schien das nichts auszumachen.

Er war irgendwie verunsichert.

»Mein Liebster«, sagte Emma jetzt, »Horace Babcock wird deinen Fall dem Innenminister persönlich vorlegen und um Gnade bitten.«

»Ich weiß. Ich hatte gehofft, das Gesuch wäre schon durch. Aber keine Angst, bald bin ich frei. Bis dahin, Emma, muss ich an meinen Plänen zum Schutz von Morven arbeiten.«

»Aber dafür ist keine Zeit mehr! Desmond Stone ist bereits in Morven und überwacht die Vorbereitungen zur Durchführung seines Projekts.«

»Emma, es ist nie zu spät. Ich werde diesen Zwangsaufenthalt dazu nutzen, Stones barbarischen Plan zu durchkreuzen. Ich verspreche dir, dass ich mir zum Schutz der Bibliothek etwas Humaneres einfallen lassen werde.«

»Als du vor Gericht standest – ach Frederick, wie konnte man dich dort derart missverstehen! Und wie edelmütig von dir, unser Geheimnis nicht zu offenbaren.« Genau dies wäre Fredericks Karte in die Freiheit gewesen: zu erklären, warum er Äußerungen getan hatte, die zwar verräterisch klangen, es aber durchaus nicht waren. Dies richtig zu stellen, hätte jedoch bedeutet, die Existenz und den Zweck des Ordens zu offenbaren.

Welch unsägliche Ironie! Da war er beauftragt worden, die Sammlung vor Dieben und Spionen zu schützen, und die einzige Möglichkeit, dieser Aufgabe nachzukommen, war, die Existenz dessen publik zu machen, was es geheim zu halten galt!

Als die Glocke das Ende der Besuchszeit verkündete, übergab Frederick Emma eine Liste der Dinge, die er benötigte, und am nächsten Morgen erschien sie mit Skizzenpapier und Zeichengerät; außerdem brachte sie Frederick Verpflegung mit, Decken und Kleidung zum Wechseln. Sie blieb den ganzen Tag über, verwöhnte ihn mit gekochten Eiern, frischem Brot und Bier. Auch Spielkarten und Bücher hatte sie bei sich, berichtete über das, was an Klatsch die Runde machte. Ohne Hut und Handschuhe abzulegen, saß sie, derweil sich Frederick einen Platz zum Arbeiten freiräumte, in Jeremy Lambs Zellenecke, selbstbewusst und so, als stattete sie jemandem von hohem gesellschaftlichen Rang einen Besuch ab. Beide wussten, dass sich der Innenminister jeden Augenblick einschalten und Fredericks Freilassung anordnen konnte, waren doch die Alexandrier vermögend und einflussreich. Bis es so weit war, entwarf Frederick erste Skizzen, während Emma von dem skandalösen neuen Tanz berichtete, der von Wien aus England eroberte. »Stell dir nur vor – da liegen sich ein Mann und eine Frau volle vier Minuten lang auf einer überfüllten Tanzfläche in den Armen! Aber einmal ausprobieren würde ich diesen Walzer dennoch gern. Vielleicht wenn du hier rauskommst, Frederick.«

Jeremy ließ die beiden nicht aus den Augen. Und als er in Emmas Blick, wenn sie Keyes ansah, etwas entdeckte, das mehr war als Liebe, nämlich Hochachtung und Bewunderung, fast Verehrung, so als wäre Frederick Keyes ihr Gott, musste er sich eingestehen, dass er für niemanden ein Gott war, nicht einmal für einen Hund.

Als sich die Gittertür öffnete und der Gefängnisgeistliche die Zelle betrat, bekam Frederick vor

Schreck weiche Knie. Jeden Tag wachte er mit dem Gedanken auf, es könnte sein letzter sein, und bevor er einschlief, überlegte er, ob dies wohl seine letzte Nacht sein würde. Und jetzt war es so weit – der Geistliche war gekommen, um mit ihm zu beten!

Aber der Geistliche kam zu einem anderen, und während er sich durch das stinkende Halbdunkel den Weg bahnte, schämte sich Frederick für das Gefühl der Erleichterung, dass nicht er es war, für den der Galgen bereitstand.

»Jeden Sonntag wird hier im Gefängnis eine Messe abgehalten«, klärte Jeremy Frederick auf, während Cummings über der kleinen Spirituslampe, die Emma mitgebracht hatte, Wasser für Tee erhitzte. Emmas Besuche kam auch anderen zugute: So waren beispielsweise Cummings' Füße neuerdings bandagiert, damit die eisernen Fesseln nicht mehr so scheuerten, und die bereits wunden Stellen konnte er ab sofort mit einer Salbe behandeln. »Ich hab spaßeshalber mal an einer Messe teilgenommen. Es herrschte ein derartiges Durcheinander, dass der Kaplan bei seiner Predigt brüllen musste, um sich Gehör zu verschaffen.« Dass auch für die Todeskandidaten Messen gelesen wurden und sich die Gefangenen dann am Sonntag vor ihrer Hinrichtung an ihren bereitgestellten

Särgen eine ellenlange Predigt anhören mussten, behielt er taktvollerweise für sich. »Eigentlich sollen die Kapläne den Häftlingen Beistand leisten, ihr Gewissen zu erforschen, aber für gewöhnlich sind sie mehr darauf aus, sich deren Geschichten anzuhören, damit sie sie dann für gutes Geld an die Skandalblätter verkaufen können. Auf so was ist die Leserschaft nun mal versessen.«

Am folgenden Morgen, kurz nach Emmas Ankunft, hob die Glocke im Turm zu läuten an – das Zeichen für eine bevorstehende Hinrichtung durch den Strang – und ein Mann ging mit einer Schelle durch den Zellenblock und rief:

All ihr, die ihr verurteilt seid,
Zum letzten Gang macht euch bereit.
Geht in euch, betet, denn die Stunde naht,
Da ihr vor Gott den Herrn zu treten habt.
Prüft euch genau, bereut, was Übles in euch ward,
Auf dass nicht ew'ge Verdammnis euer harrt.
Und wenn's dann morgen von Sankt Sepulchrum schellt,
Verlasst auf Gott vertrauend diese Welt!

Jeremy und seine beiden Freunde sahen zu, wie man dem armen Wicht, der nur noch aus Haut und Knochen bestand, die Fesseln abnahm und ihn, ohne dass er Widerstand leistete, abführte. Emma nahm einen verblüfften Ausdruck in seinen Augen wahr, so als hätte er keine Ahnung, wo er sich befand und warum.

»Was hat er verbrochen?«, fragte sie. Ihr Gesicht war angespannt und bleich.

»Er trug die Post aus und wurde zum Tode verurteilt, weil er einen Brief unterschlug, in dem sich zehn Pfund befanden. Hat, wie man mir sagte, sechs Monate auf seine Hinrichtung gewartet.«

Emma fing an zu weinen, fing sich dann aber wieder. Frederick würde ganz gewiss ein solches Schicksal erspart bleiben. Sie vertraute darauf, dass die Alexandrier das Innenministerium bestürmen würden, einzuschreiten und ihn freizulassen.

Keyes fand keinen Schlaf – abgesehen davon, dass Albträume ihn heimsuchten und Ratten über ihn hinwegkrochen, war er davon besessen, Desmond Stones unmenschlichen Plan für den Schutz von Morven zu verhindern. Er schritt die feuchten Steine auf und ab, trat auf das faulige Stroh, achtete nicht auf das Stöhnen und die Schreie seiner Mithäftlinge, ließ Jeremy Lambs unermüdliches Geplapper nicht an sich heran. Wie war die Bibliothek am besten zu schützen?

Als Emma eintraf, gewahrten beide Männer unwillkürlich ihre roten und geschwollenen Augen. Sie sprangen auf und geleiteten sie zu einem Sitzplatz. Nur mit Mühe gelang es ihr, sie vom neuesten Stand der Dinge zu informieren: dass das Gnadengesuch für Frederick verworfen worden war.

Das war eindeutig Desmond Stones Werk! Mit seinem Geld und den vielen persönlichen Kontakten hatte er erreicht, dass der Innenminister Fredericks Ersuchen abgelehnt hatte. Mit steinernem Gesicht, das zugleich Entschlossenheit ausdrückte, beugte er sich über die weinende Emma.

»Emma«, sagte er zärtlich, »ich möchte, dass du jetzt gehst.«

»Nein!«

»Bitte, Liebste. Ich muss nachdenken. Mir eine konkrete Vorstellung davon machen, wie ...« Er stockte und warf einen Blick auf die nutzlosen Skizzen, die er zu Papier gebracht hatte. Stone hatte Recht: Keyes mangelte es an Ideen.

»Wie ich dieses Gefängnis verabscheue«, sagte Emma leise. »Für alles verlangen die Aufseher Geld. Allein um zu dir gebracht zu werden, musste ich einen Schilling bezahlen. Aber bei diesen verschlungenen Wegen hätte ich unmöglich allein zu deiner Zelle gefunden. Selbst Theseus hätte sich auf der Suche nach dem Minotaurus in einem derartigen Labyrinth verirrt.«

Frederick starrte sie an. »Was hast du da eben gesagt?« Sie schaute mit tränennassen Augen zu ihm auf. »Die Sage«, meinte sie verwirrt. »Das Labyrinth des Minos. Du weißt schon.«

»Erzähl sie mir noch mal.«

»Warum?«

»Erzähl mir einfach, wie es sich da verhielt.«

»Ägäus, der König von Griechenland, musste Minos, dem König der Minoer, einen Tribut leisten und ihm sieben Jünglinge und sieben Jungfrauen ausliefern. Frederick, warum willst du ...«

»Sprich weiter!«

»Die vierzehn Opfer wurden in einen unterirdischen Irrgarten verbracht, in dem ein Ungeheuer, der Minotaurus, lebte, eine hässliche Kreatur halb Mensch, halb Stier. Die Opfer konnten sich in diesem Labyrinth unmöglich zurechtfinden und waren dazu verdammt, nach und nach vom Minotaurus gefressen zu werden.«

»Worauf Theseus, der Sohn von König Ägäus«, fiel Frederick ihr erregt ins Wort und übernahm es, das Ende der Geschichte zu schildern, »worauf also Theseus beschloss, den Minotaurus zu töten. Er diente sich freiwillig als eines der auserkorenen Opfer an, und es gelang ihm tatsächlich, das Ungeheuer zu töten und anschließend mit Hilfe des Zwirnsfadens, den er bei sich trug und dessen eines Ende er am Zugang zur Höhle befestigt hatte, wieder aus dem Labyrinth herauszufinden!«

»Frederick?«

»Das ist die Lösung!«, rief er aus.

Jetzt wusste er, was zu tun war. Und zwar sofort. Die Schlinge des Henkers wartete auf ihn.

Ab sofort hatte Frederick ein noch größeres Problem. Zwar wusste er jetzt, wie Morven ohne Gefahr für Leib und Leben anderer zu sichern war, aber wie die Pläne den Alexandriern zukommen lassen? Emma war die Einzige, der er vertrauen konnte, aber sie war jung und unerfahren. Desmond Stone würde sie auf Schritt und Tritt beobachten, weshalb es riskant war, ihr die Pläne mitzugeben.

In Hut und Seidenkleid, aber ohne Handschuhe beschäftigte sich Emma mit ihrer Stickarbeit. Ungeachtet der Weisungen Fredericks weigerte sie sich standhaft, ihre Besuche einzustellen. Inzwischen hatte sich ein weiterer Alexandrier beim Innenminister für ihren Verlobten eingesetzt, und da sie felsenfest davon überzeugt war, dass er Erfolg haben würde, wollte sie jeden Tag bei Frederick sein – bis der Gnadenerlass spruchreif wurde.

Frederick hatte allen Grund, ihren Optimismus nicht zu teilen. Er grübelte noch immer, wie er es am geschicktesten anstellte, seine Pläne den Alexandriern zukommen zu lassen, als er zufällig aufsah und den Ausdruck auf dem Gesicht des jungen Jeremy bemerkte.

Und mit einem Mal wusste er, wie sein zweites Problem zu lösen war.

Jeremy wurde aus Keyes nicht schlau. Sobald jemand wusste, dass der Henker auf ihn wartete und eine Begnadigung ausgeschlossen war, ließ er alle Hoffnung fahren und gab auf. Frederick Keyes jedoch ließ sich nicht unterkriegen. Tag und Nacht kniete er über seinen auf dem verdreckten Boden ausgebreiteten großformatigen Entwürfen, zog Linien, kritzelte Zahlen, hantierte wie ein Besessener mit Kompass, Reißschiene, Lineal, Winkeldreiecken, Winkelmessern, Zirkeln, nahm Parallelverschiebungen vor. Alles im Wettlauf mit der Zeit – er musste sein Werk zu Ende bringen, bevor der Henker rief.

Welcher Mann, wunderte sich Jeremy, verbringt schon die letzten Tage seines Lebens mit Arbeit?

Was Keyes beflügelte, war, soweit Jeremy verstanden hatte, ein Ort namens Morven und Schutzmaßnahmen für irgendeine Sammlung. Ernüchtert stellte er fest, dass er selbst mit seinen sechsunddreißig Jahren außer einem mit erlesener Garderobe prall gefüllten Kleiderschrank nichts vorzuweisen hatte. Wenn er an die Zukunft dachte, sah er sich als Zielscheibe von Hohn und Spott, als ein Mann, der nicht in Würde zu altern verstand, sondern sich vielmehr zum Hanswurst machte. Jeremy hatte solche Männer erlebt, grauhaarige Gecken, hinter deren Rücken man sich über sie lustig machte. Nur: Welche Alternative bot sich ihm an? Der Gedanke, sich als Bücherrevisor in der Firma seines Vaters abzurackern, war ihm zuwider. Für ein Universitätsstudium war er zu alt und um ein Handwerk zu erlernen auch. Was also würde letztendlich auf seinem Grabstein stehen? *Hier ruht Jeremy Lamb. Ein Mann, der sich gut zu kleiden verstand.*

Emma erschien mit Essen, sauberer Kleidung und Neuigkeiten: Die Bauarbeiten für das Theater am Drury Lane waren endlich beendet; Beethoven hatte seine neueste Symphonie, die Achte, uraufgeführt; in Ägypten hatte ein Schweizer Forscher einen prächtigen Tempel entdeckt, an einem Ort namens Abu Simbel; außerdem wurden allerlei Vermutungen darüber angestellt, mit welchen Erkenntnissen Monsieur Champollion nach Beendigung der Übersetzung der Hieroglyphen auf dem Rosettastein aufwarten würde.

Aber anstatt sich ihr zu widmen, sagte Frederick: »Spiel doch mit Jeremy Karten, damit ich weiter an meinen Plänen arbeiten kann.«

Was er denn auch tat.

Seine nächste Bitte war: »Emma, könntest du etwas von deiner Spezialcreme mitbringen? Jeremy machen die Rattenbisse zu schaffen.« Und dann: »Emma, sei doch so nett und back für Jeremy ein paar von deinen exquisiten Marmeladentörtchen. Bestimmt hat er noch nie etwas derart Himmlisches gekostet.« Und schließlich: »Emma, warum berichtest du Jeremy nicht von unserem Vorhaben, die Bibel wieder in ihre Originalform zu bringen?«

Derart geschickt fädelte Frederick sein Vorhaben ein, dass weder Emma noch Jeremy, der die Aufmerksamkeit genoss, mit der man ihn neuerdings bedachte, auch nur im Entferntesten ahnten, was Keyes bezweckte.

»Haben wir denn die Bibel jetzt nicht in ihrer Originalform?«, fragte Jeremy, ganz berauscht von der Zuwendung, die ihm nun von der entzückenden Emma zuteil wurde, von ihrem Parfum und ihrer Nähe, die diese grässliche Gefängniszelle in einen Himmel auf Erden verwandelte.

»Es gab Hunderte von Evangelien und Episteln«, sagte sie, »die in den frühen Jahren des Christentums zirkulierten und dem neuen Glauben angesichts miteinander wetteifernder Sekten und widersprüchlicher Auslegungen eine unterschiedliche Interpretation beimaßen. Bis eine Gruppe beschied, es könne nur einen wahren Glauben geben; also setzte man sich bei einem Konzil zusammen und bestimmte, was zum Kanon gehörte und was nicht. Die Schriften, die man verwarf, wurden als ketzerisch eingestuft und gingen verloren. So etwa das Thomas-Evangelium. Die Alexandrier haben jahrhundertelang nach diesen verlorenen Schriften gesucht, um sie wieder in die Sammlung einzugliedern.«

»Erstaunlich«, befand Jeremy, beeindruckt von so viel Wissen in diesem hübschen Köpfchen.

»Auch das Alte Testament ist unvollständig. Hier fehlen der Sammlung noch einige Bücher.«

»Wenn sie fehlen, woher weiß man dann, dass es sie gibt?«, fragte Jeremy und stellte fest, dass in der blassblauen Iris von Emmas einem Auge ein kleiner schwarzer Punkt schwamm.

»Die Bibel selbst bezieht sich darauf. Josua zehn, dreizehn: ›Da stand die Sonne still und der Mond blieb stehen, bis das Volk sich an seinen Feinden gerächt hatte. Steht es nicht so im Buch Jaschars?‹ Wir glauben, dass es neben dem Buch Jaschars noch achtzehn weitere gibt, die aus welchen Gründen auch immer nicht ins Alte Testament aufgenommen wurden.«

Ermutigt durch Jeremys lebhaftes Interesse, das sich allein schon in seiner Haltung ausdrückte – vorgebeugt, die Ellbogen auf den Knien, die Hände andächtig gefaltet –, fuhr Emma fort: »Wir stehen kurz davor, die Sammlung zu vervollkommnen. Uns fehlt noch ein Gesang von Mirjam und vielleicht ein oder zwei weitere Evangelien. Und dann können wir mit einer vollständigen Bibel in ihrer ursprünglichen Form aufwarten.«

Jeremys Aufmerksamkeit galt Emmas Hut, der mit Bändern und Blumen verziert war. Dass sie ihn niemals abnahm, beschäftigte ihn sehr. Löckchen spitzten unter den Rändern hervor, kastanienbraune, irrsinnig aufreizende Schnörkel. Je öfter er sie mit diesem Hut sah, umso größer wurde sein Wunsch, ihn ihr abzunehmen und ihr mit den Fingern durchs Haar zu fahren. Wahrscheinlich verbargen sich unter diesem Hut dicke, zu einem kunstvollen Knoten verschlungene glänzende Flechten, die nur darauf warteten, von einem Mann gelöst zu werden.

Emma brachte ein kleines Buch zum Vorschein. »Das hier dürfte Sie bestimmt interessieren, Mr Lamb.« *Das Thomas-Evangelium.* Sie las daraus vor.

»Die Schüler sagten zu Jesus: ›Sage uns, in welcher Weise unser Ende sein wird!‹ Jesus sagte: ›Habt ihr denn schon den Anfang entdeckt, dass ihr nach dem Ende fragt? An dem Ort, wo der Anfang ist, dort wird das Ende sein. Selig ist, wer am Anfang stehen wird. Und er wird das Ende erkennen und den Tod nicht kosten.‹

Jesus sagte: ›Wenn man zu euch sagt: Woher seid ihr gekommen?, sagt zu ihnen: Wir sind aus dem Licht gekommen, dem Ort, wo das Licht durch sich selbst geworden ist.‹«

Die Löckchen zitterten. Wie gern hätte Jeremy darüber gestrichen!

»Jesus sagte: ›Ich bin das Licht, dieses, das über allen ist. Ich bin das All; das All ist aus mir gekommen. Und das All ist zu mir gelangt. Spaltet ein Holz, ich bin da. Hebt den Stein auf und ihr werdet mich dort finden.‹

Und Jesus sagte zu seinen Schülern: ›Ich bin aus dem Ersten Mysterium hervorgegangen, welches das letzte Mysterium ist, das Mysterium, das der Kopf aller Dinge ist, die existieren. Es ist die Vollendung der Vollendungen, es ist der Hort des Lichts.‹« Sie klappte das Buch zu. »Wir nennen es die Luminanz.«

Für Jeremy war Emma die Luminanz. Sie hatte Licht in seine dunkle Welt gebracht, sie war sein

Leuchtturm. Und er war im Begriff, sich rettungslos zu verlieben. »Erzählen Sie mir mehr darüber«, sagte er mit stockender Stimme.

»Vor mehr als zweitausend Jahren wurde Alexander dem Großen vorhergesagt, dass uns alle ein großes, wunderbares Licht erwartet, Mr Lamb. Die Luminanz. Dass Gott im Licht zu uns kommt und alle Menschen aus der Vergangenheit und Gegenwart im Licht vereint. Denn wir sind aus Licht gemacht, und ins Licht werden wir zurückkehren, um wieder mit denen, die wir lieben, zusammen zu sein.«

»Wenn ich das nur glauben könnte«, seufzte Jeremy und fügte für sich hinzu: *Meine liebste Emma.*

»Tod bedeutet nicht Dunkelheit, Mr Lamb, sondern Licht. Der Tod ist nicht das Ende, sondern ein Anfang.«

Der über sein Lineal und seine Diagramme gebeugte Frederick Keyes blickte auf zu der Frau, die er liebte, und wurde sich schmerzvoll bewusst, dass seine Rechnung aufging.

Er brütete weiterhin über seinen Entwürfen. Emma spielte mit Jeremy Karten, wurde aber abgelenkt, als sie merkte, dass sich außerhalb der Gittertür eine ansehnliche Zahl Neugieriger eingefunden hatte, die in die Zelle schauten, hierhin und dorthin deuteten. Einige lachten, andere schüttelten den Kopf, zwei Damen schluchzten in ihre Taschentücher. »Wer sind denn die da?«

»Touristen. Sie zahlen dafür, einen Blick auf Häftlinge zu werfen, auf die der Henker wartet.«

Emma sprang auf. Die Spielkarten glitten ihr aus der Hand. »Was ist nur in euch gefahren, ihr widerliches Gesindel?!«

»Nur die Ruhe«, sagte der Gefängniswärter. »Kein Grund zur Aufregung, Missy. Sie haben schließlich dafür bezahlt.« Er wandte sich der Gruppe zu und sagte unüberhörbar: »Hinrichtungen finden jeweils am Montagmorgen statt. Ein unvergessliches Schauspiel für jedermann. Der Sitzplatz an einem der Fenster mit Blick auf den Galgen kostet zehn Pfund. Lohnt sich durchaus, wenn Sie mich fragen. Und jetzt gehen wir weiter.«

Frederick unterbrach seine Arbeit und bemühte sich um Emma, zog sie außer Hörweite der anderen. »Mach dir nichts draus«, sagte er beschwichtigend.

Als er sie daraufhin wie nebenbei fragte: »Was hältst du von dem jungen Jeremy?«, entzog sie sich ihm und sah ihn skeptisch an. »Warum fragst du?«

»Nur so, Liebste.«

»Für mich ist er nicht jung.«

»Du weißt, wie das gemeint ist. Magst du ihn?«

»Ich finde ihn nicht unnett.«

»Immerhin lehnst du ihn nicht ab.«

In ihrem Blick zeichnete sich Entsetzen ab. »Frederick, was soll das?«

»Wo du doch niemanden hast, der dich beschützt, Liebste.«

»Ich habe dich.«

»Ich bin wohl kaum in der Lage, mich um dich zu kümmern.«

Sie reckte das Kinn. »Ich bin zwanzig.«

»Das ist ja der Punkt. Ich traue Desmond Stone nicht. Er will dich für sich gewinnen, aus verschiedenen Gründen, von denen kein einziger etwas mit Zuneigung zu tun hat.«

Ihr Entsetzen wich Verblüffung. »Desmond Stone? Ich habe nicht die Absicht, ihn zu heiraten.«

Vielleicht bleibt dir gar keine andere Wahl, entgegnete er im Stillen, um sie nicht zu beunruhigen. »Was würdest du sagen, wenn ich Jeremy bitten würde, sich um dich zu kümmern, wenn ich nicht mehr da bin?«

»Frederick, du darfst die Hoffnung nicht aufgeben!«

Er umfasste ihre Schultern. »Emma, du musst stark sein, um meinetwillen, unseren Ordensbrüdern zuliebe und zum Nutzen der gesamten Menschheit. Sobald diese Pläne hier fertig sind, musst du sie unbedingt nach Morven bringen und darauf dringen, dass sie ausgeführt werden. Wir können nicht auf eine Begnadigung warten, die vielleicht niemals ausgesprochen wird. Der junge Jeremy steht kurz vor seiner Entlassung. Ich möchte, dass du mit ihm gehst. Wenn nicht, steht zu befürchten, dass die Luminanz durch irgendwelche ehrgeizigen Machenschaften von Desmond Stone gefährdet wird.«

Die Pläne lagen bereit.

»Ich werde diese Entwürfe Emma mitgeben, damit sie sie zu den Alexandriern bringt«, sagte Keyes zu Jeremy. »Allerdings mache ich mir Sorgen um das Risiko, das sie damit auf sich nimmt. Da gibt es nämlich einen Mann, Desmond Stone, der vermutlich darauf aus ist, diese Unterlagen verschwinden zu lassen, und um sie erst einmal an sich zu bringen, könnte er Emma gegenüber Gewalt anwenden. Sie braucht einen Beschützer, jemanden, der auf sie Acht gibt.«

»Großer Gott, warum soll ausgerechnet ich das sein?«

»Weil ich mitbekomme, wie liebevoll und zärtlich Sie sie ansehen. Und weil ich weiß, dass Emma Ihnen wohlgesonnen ist.«

Jeremy war sprachlos. »Verehrter Mr Keyes«, sagte er endlich, »ich fühle mich geschmeichelt, aber ich bin nicht der Richtige für diesen Auftrag. Man kann sich nicht auf mich verlassen. Mein Ruf ist nicht der beste. Ich gelte als launisch und eitel.«

Keyes lächelte. »Sie zeichnen sich durch mehr als das aus, mein Freund. Sie sind eine Seele von Mensch, Mr Lamb. Als ich hier eingeliefert wurde, haben Sie sich mir gegenüber ohne ersichtlichen Vorteil für Sie als großherzig erwiesen, weil Sie annahmen, ich hätte keine Freunde. Sie haben mir aus reiner Herzensgüte geholfen und in diesem Gefängnis, wo jeder auf sich selbst gestellt ist, bedeutet das sehr viel. Noch mehr aber verrät Ihr Gesicht, wenn sie Emma anschauen. Es drückt Innigkeit aus, nicht etwa Wollust oder Besitzanspruch wie das von Desmond Stone, der sie anstiert wie einen Gegenstand. Sie sind ihr gegenüber so zuvorkommend, dass es geradezu schmerzt. Deshalb weiß ich, dass sie bei Ihnen gut aufgehoben sein wird.«

Jeremy war betroffen. So sehr er Emma liebte – diese Verantwortung war zu groß. Niemals würde sie so zu ihm aufschauen wie zu Frederick. Konnte er überhaupt mit ihr zusammenleben, wenn die Erinnerung an Frederick Keyes ständig zwischen ihnen stand? »So Leid es mir tut, Sir, aber auf mich ist kein Verlass. In jeder Hinsicht. Dieser Makel steckt tief in mir, und man kann, wie es so schön heißt, einem alten Hund keine neuen Tricks beibringen.«

Wenn Keyes ihm doch bloß nicht mit so was gekommen wäre! Jeremy konnte an nichts anderes mehr denken. Dass ihm zugemutet wurde, sich um Miss Emma Venables zu kümmern und auf sie aufzupassen, belastete ihn wie nichts anderes. Mit Ausnahme dieser kurzen Gefängnisstrafe war Jeremys Leben in einem ruhigen Fahrwasser dahingetrieben und so würde es wohl nach seiner Entlassung weitergehen. Er würde sich wieder mit seinen Freunden treffen, an Gesellschaften teilnehmen, sich amüsieren. Aber doch nicht die Verantwortung für jemanden übernehmen! Vor allem nicht für ein so zartes und hinreißendes Wesen wie Emma. Wer war überhaupt dieser Keyes, dass er eine derart hohe Meinung von ihm hatte? Wo doch sonst niemand große Stücke auf ihn hielt, am wenigsten Jeremy Lamb selbst. Sah Keyes in ihm einen Einfaltspinsel, der einen solchen Unsinn für bare Münze nahm? »Sie sind eine Seele von Mensch, Mr Lamb.« Lächerlich.

Erregt lief Jeremy in dem engen Raum auf und ab, war abwechselnd wütend, frustriert, angewidert von sich selbst und hoffnungslos verliebt. Keyes schien ihn gar nicht zu beachten – er verpasste seinen auf dem Boden ausgebreiteten Plänen den letzten Schliff. Was Jeremy im Kopf herumging, war viel wichtiger: Seine Freilassung würde zeitlich beängstigend nahe an die Eröffnung der Jagdsaison beim Herzog von Norfolk herankommen und Jeremy musste vorher noch unbedingt in die Savile Row und seine entsprechende Garderobe zusammenstellen. Blieb nur zu hoffen, dass sein Schneider verfügbar war, denn auf einen anderen auszuweichen ...

»Und hier, meine Damen und Herren, haben wir die Zellen mit den heimtückischsten und blutrünstigsten Verbrechern – alles Männer, die auf den Henker warten oder lebenslang hinter Schloss und Riegel bleiben. Treten Sie näher und machen Sie sich selbst ein Bild von diesen Unholden.«

Schon wieder diese Touristen. Jeremy war froh, dass Emma noch nicht da war. Am liebsten hätte er ihnen den Eimer mit dem Schmutzwasser entgegengeschleudert.

»Wann findet die Hinrichtung von dem da

statt?«, fragte eine aalglatte Stimme von oben herab. Der Mann, dem sie gehörte, deutete auf Frederick. Jeremy musterte den Touristen eingehender. Groß und schlank, Imponiergehabe, maßgeschneiderter Anzug. Nicht zu verkennen jedoch die Härte um die Augen und ein Zug von Grausamkeit um den Mund. Solche Typen waren Jeremy nicht fremd.

Warum deutete er ausgerechnet auf Keyes?

»Weiß noch nicht, euer Lordschaft«, meinte der Gefängniswärter. »Der Henker hat verdammt viel zu tun. Die Richter schicken uns die Todeskandidaten schneller, als wir sie aufknüpfen können. Und jetzt gehen wir weiter und werfen als Nächstes einen Blick in den Frauentrakt, in dem die liederlichsten Frauenzimmer von London untergebracht sind …«

Die Gruppe zog weiter, nur der hoch gewachsene Mann ließ sich noch Zeit, starrte auf den am Boden knienden Keyes. Seine Lippen kräuselten sich zu einem zynischen Lächeln. Instinktiv schaute Frederick auf und sein Gesicht nahm einen Ausdruck an, der Jeremys Blut gefrieren ließ.

Frederick hatte den Touristen erkannt.

Der jetzt sagte: »Dafür ist es zu spät. Die Fallen werden bereits aufgestellt.« Leise vor sich hinlachend schlenderte er davon, während Frederick wie erstarrt dahockte.

Jeremy half ihm auf die Beine. Keyes' Hand fühlte sich schweißnass an, sein Gesicht war aschgrau. »Stone ...«, flüsterte er, als Jeremy ihm einen Becher Wasser an die Lippen setzte. Stone, der Mann, der ihn hierher gebracht hatte.

Und der Emma begehrte.

»Uns bleibt nicht viel Zeit, Jeremy«, sagte Frederick hastig. »Sie werden morgen entlassen. Deshalb muss ich Ihnen jetzt ein Geheimnis anvertrauen.«

Der Auftritt von Desmond Stone hatte Jeremy tief aufgewühlt.

Alle seine bisherigen Entschlüsse schienen hinfällig. Er konnte nicht zulassen, dass dieser Teufel Hand an die liebreizende Emma legte.

»Mir wurde wegen verräterischer Gesinnung, die als Hochverrat deklariert wurde, der Prozess gemacht. Man hat mich verurteilt, weil ich behauptet habe, es gebe eine höhere Autorität als die von Krone und Gott. Jeremy, ich bezog mich dabei auf die Menschheit, konnte dies dem Gericht aber nicht vortragen, weil es das bestgehütete Geheimnis der Alexandrier ist.«

Jeremy verstand kein Wort, aber das tat nichts

zur Sache. Wie Frederick ahnte er, dass Stones Aufkreuzen an der Gittertür darauf hindeutete, dass der Tag der Hinrichtung kurz bevorstand. Keyes' Architekturpläne waren fertig und warteten darauf, von Emma abgeholt zu werden. Blieb nur noch, Jeremy in das Geheimnis einzuweihen. Das musste sein – zu Emmas Schutz.

»Wir sind keine Spinner, Mr Lamb. Alexandrier sind gebildete, denkende Menschen, denen bewusst ist, dass die Menschheit an der Schwelle zu einer erstaunlichen Veränderung steht. Dieses anbrechende Zeitalter wird eine Explosion neuer Techniken mit sich bringen, wie sie die Welt noch nicht erlebt hat. Dampfbetriebene Lokomotiven – Sie haben sicher schon gehört, dass dergleichen im Bergbau eingesetzt wird – werden in ständig steigender Zahl auf einem eisernen Schienennetz kreuz und quer auf dem Globus im Einsatz sein. Maschinen, die fliegen können, werden gebaut werden, schnellere Schiffe; man wird Kommunikationsmöglichkeiten schaffen, wie wir sie uns nicht erträumen können. Genau wie Mother Shipton, die Ihnen ein Begriff sein dürfte, 1550 prophezeit hat: ›Rund um die Welt werden der Menschen Gedanken fliegen, schnell wie ein Augenblick.‹«

Keyes beugte sich vor. »Hören Sie, mein Freund.

Ob Sie meinen Worten Glauben schenken oder nicht, ist unwichtig. Entscheidend ist, dass wir vor dem Anbruch eines neuen Zeitalters stehen, dass unsere Tage des gemächlichen Sammelns und Bewahrens zu Ende gehen und dass wir dabei sind, unsere wahre Arbeit aufzunehmen.«

»Und die wäre?«, fragte Jeremy skeptisch.

Und als Keyes ihn einweihte, meinte er spontan: »Völlig widersinnig!«, wurde dann aber doch nachdenklich und stimmte schließlich zu, dass der Schutz der Bibliothek dringend erforderlich war.

Vor Aufregung fand er in dieser Nacht keinen Schlaf. Er kam sich stark und wichtig vor, schmiedete Pläne, dachte an Emma. Morgen lockte die Freiheit! Er würde ein neues Kapitel im Buch seines Lebens beginnen. Keine Schulden mehr anhäufen, nie wieder anschreiben lassen. Er würde einen vernünftigen Beruf ergreifen, vielleicht doch in die Firma seines Vaters eintreten. Seine Freunde würde er selbstredend behalten. Man konnte doch nicht über Nacht mit altvertrauten Gewohnheiten brechen. Und es verstand sich von selbst, dass man das Beste aus sich machte, sich nach der neuesten Mode kleidete, durch den Schnitt der Garderobe seine Figur aufs Vorteilhafteste zur Geltung brachte. Einen oder zwei seiner bevorzugten Schneider in der Bond Street würde er jedenfalls beibehalten. Auch den Herrenausstatter, den Stiefelmacher, den Importeur seidener Krawatten und verschiedene Paare Handschuhe sowie Schnupftabakdosen brauchte man schließlich auch ...

Er glitt hinüber in den erquickendsten Schlummer seit Wochen.

Als er aufwachte, erwartete ihn eine böse Überraschung.

Der Gefängnisgeistliche hatte in der Zwischenzeit Frederick einen Besuch abgestattet, und somit erfuhr Jeremy erst am Morgen, dass die Hinrichtung von Frederick Keyes für heute angesetzt worden war.

Emma erschien. Keyes hielt die hemmungslos Schluchzende umfangen. Ungeachtet der Qualen und Angst, die in seiner Seele wüteten, sprach er zärtlich auf sie ein. »Versprich mir, Jeremy nicht von der Seite zu weichen. Begib dich von hier aus direkt nach Morven. Schau nicht zu, wenn ich gehängt werde. Behalt mich so in Erinnerung, wie ich zu Lebzeiten war.«

Sie schluchzte an seiner Brust.

»Versprich mir das, Emma!«

Jeremys Herz zog sich zusammen, als er die beiden beobachtete. Niemals hatte ihn eine Frau so geliebt oder würde ihn so lieben wie Emma Keyes liebte. Ausgebreitet wie eine farblose Decke sah er seine Zukunft vor sich – eine endlose Folge von Gesellschaften, Tratsch und Besuchen bei Maßschneidern, ein unerfülltes Jahr nach dem anderen, bis er allein und ungeliebt auf dem Totenbett lag. Sein Name vergessen, weil er nichts aus seinem Leben gemacht hatte.

Und dann dachte er an Desmond Stone, diesen schrecklichen, begüterten, einflussreichen, gnadenlosen Mann. Mit einem solchen Menschen konnte er es unmöglich aufnehmen, er würde es nicht schaffen, Emma vor ihm zu beschützen.

Die Lösung überkam ihn wie ein strahlender Sommertag.

Er nahm seinen ganzen Mut zusammen, ballte die Fäuste. »Frederick, Sie gehen«, stieß er aus. »Sie nehmen Ihre Pläne an sich und begeben sich mit Emma nach Morven.«

Die beiden Angesprochenen fuhren herum. »Wie bitte?«

»Wenn man mich aufruft, werden Sie antworten. Ich bleibe hier.«

»Nicht doch!«, rief Emma.

Jeremy sprach hastig und am ganzen Leibe zitternd. Der Strick des Henkers ... »Die Summe für die Freilassung ist hinterlegt, der Wärter wird Jeremy Lamb aufrufen. Es ist ihm egal, wer wer ist, solange die Zahl der Häftlinge am Ende des Tages stimmt. Und wenn Frederick Keyes aufgerufen wird, antworte ich.«

»Großer Gott, das kann ich nicht zulassen!«

»Versuchen Sie nicht, mir das auszureden. Noch nie habe ich etwas getan, was Mut erfordert hätte. Jetzt bietet sich mir einmal die Gelegenheit dazu.«

Keyes wollte nichts davon hören. »Ich werde keinen Unschuldigen aufs Schafott schicken.«

»Ihr Leben ist wichtiger als meins. Sie haben ein Ziel, ich nicht. Sie werden gebraucht, Frederick, ich nicht.«

»Ich werde nicht einwilligen!«, entrang es sich Fredericks Kehle.

»Sie haben mich mal eine Seele von Mensch genannt. Geben Sie mir die Möglichkeit, dieser Wertschätzung gerecht zu werden.«

Keyes suchte verzweifelt nach Argumenten, die dagegen sprachen. »Mit Sicherheit wird Desmond Stone der Hinrichtung beiwohnen und feststellen, dass der Mann auf dem Schafott nicht ich bin.«

»Nach dem, was Sie mir von ihm und seiner Doppelzüngigkeit erzählt haben, wird er nicht wagen, den Alexandriern vorzujammern, dass Sie der Schlinge entkommen sind. Damit würde er sich nur selbst verdächtig machen.«

»Trotzdem kann ich Ihren Vorschlag nicht annehmen!«

Jeremy packte Keyes bei den Schultern. Obwohl sein Gesicht weiß wie Kreide war, glühten seine Augen vor Leidenschaft. »Keine Menschenseele hat mich hier im Gefängnis besucht. All diese Gunstbeweise und Erleichterungen, die hat mir niemand zukommen lassen, die habe ich mir mit meinem eigenen Geld erkauft! Mein bisheriges Leben war so unerfüllt, Frederick. Jetzt bietet sich mir etwas, was ich nie gehabt habe oder zu haben hoffte – etwas Sinnvolles, Ehrenvolles. Wenn das, was Sie über die Luminanz sagen, stimmt, werden wir uns wieder sehen.«

Keyes sah ihm tief in die von Angst erfüllten Augen und erblickte eine Seele in Aufruhr. »Und Ihr Vater?«, kam es aus rauer Kehle. »Er wartet doch darauf, dass Sie freigelassen werden.«

»Er wird vermuten, ich hätte mich mal wieder gedrückt und wäre nach Frankreich abgehauen, um nicht mit weiteren Schulden konfrontiert zu werden. Wenn er dann längere Zeit nichts von mir hört, wird er glauben, ich sei bei einem Unfall ums Leben gekommen. Ich werde ihm nicht fehlen.«

»Mir werden Sie fehlen«, sagte Emma leise. Tränen strömten ihr übers Gesicht.

Jeremy griff nach ihrer Hand. »Versichern Sie mir, versichern Sie mir, dass das, was Sie über die Luminanz sagen, wahr ist.«

»Aus ganzem Herzen und aus voller Seele versichere ich Ihnen, dass es sich so verhält.«

Jetzt bat Lamb Emma um einen einzigen Gefallen: ihren Hut abzunehmen.

Sie kam der Bitte nach. Beim Anblick ihres wunderschönen Haars schossen ihm die Tränen in die Augen. Er küsste ihr die Hand und bedankte sich.

»Frederick«, wandte er sich an Keyes, »da wäre noch etwas: Falls es Ihnen möglich ist, dann seien Sie doch so gut und bezahlen die Freilassungsgebühr für Cummings. Nur damit seine Kinder etwas zu essen haben, hat er Geld gestohlen. Er ist ein anständiger Bursche und hat mir gute Dienste geleistet. Und jetzt gehen Sie. Reiten Sie Nacht und Tag und gebieten Sie Desmond Stone Einhalt.«

»Jeremy Lamb!«, rief der Gefängniswärter. Ein Schlüsselring schepperte am Schloss.

Frederick umarmte seinen neuen Freund ein letztes Mal, drehte sich dann um und rief: »Ich bin Lamb!«

Als sie den Gang entlangeilten, kam ihnen der Mann mit der Glocke als Vorbote für den Galgen entgegen. »Frederick Keyes!«, rief er und Frederick und Emma hörten Jeremy mit erstickter Stimme sagen: »Hier.«

Durch die wohltuend frische Morgenluft drang das Läuten der Glocken im Turm. Zahlende Zuschauer drängten näher, erpicht auf Plätze mit gutem Blick auf den Galgen. Frederick und Emma hasteten weiter. Frederick war sich bewusst, dass Jeremy Lambs Opfer ihn sein Leben lang verfolgen, dass er sich immer wieder fragen würde: Wenn ich auf Kosten eines anderen Menschen mit dem Leben davonkomme, habe ich dann wirklich überlebt? Und Emma würde ihn bis zu ihrem letzten Atemzug daran erinnern, dass die Abmachung nicht einseitig gewesen war, dass Frederick diesem Jeremy Lamb ein kostbares Geschenk gemacht hatte: das Wissen um die Luminanz.

Vierter Teil

Kapitel 29

»Sieht ziemlich verlassen aus«, sagte Candice, als sie Glenn das Fernglas zurückreichte.

Der östliche flache Teil der Insel erstreckte sich unter einem dichten Teppich aus Gras und grünem Klee. In der Mitte ragten altertümliche, kreisförmig angeordnete Steinquader wie eine Miniaturausgabe von Stonehenge auf. Das westliche Ende lag unter Wäldern und dichtem Nebel verborgen. Keine Menschenseele zu sehen.

Nach einem kurzen Flug von London hatten sie sich einen Mietwagen genommen und waren sofort losgefahren. Ihr Weg hatte sie durch die sanft gewellte Hügellandschaft Südwestschottlands, an großzügigen Golfplätzen, adretten Farmhäusern und malerischen Küstenorten vorbeigeführt. Der Mann am Telefon hatte ihnen eine Wegbeschreibung gegeben: »Von Ayr aus nehmen Sie die A 78 nach Süden. Das ist zwar nicht die Hauptstraße, aber eine landschaftlich schöne Strecke. Das Gasthaus liegt auf der rechten Seite auf einem Kliff über dem Meer. Wenn Sie Culzean Castle sehen, sind Sie zu weit gefahren.«

Am Wegweiser waren sie abgebogen. An brüchigen Steinmauern und dichtem Buschwerk vorbei waren sie nach einer Weile in einem verschlafenen Nest mit einer Hand voll weiß getünchter, geduckter Katen angelangt. Das »Thistle Inn«, das einige hundert Jahre auf dem Buckel haben musste, war das einzig markante Gebäude in diesem Flecken. Die asphaltierte Straße endete kurz hinter dem Gasthof, wo sich hoch über dem Firth of Clyde offenes Weideland bis an die Kante des Kliffs zog. Da standen sie nun und schauten auf eine kleine Insel, die auf der Landkarte mit Morven markiert war.

»Glaubst du, dass Philo dort ist?« Candice blinzelte in die späte Nachmittagssonne.

Glenn schaute sich nach dem Gasthof um, über den Hawthorne Kontakt mit Philo gehalten hatte. Dann musterte er die lang gestreckte Küstenlinie mit ihren Sandbuchten, zerklüfteten Felsen und kleinen Grotten. Vom Kliff führte ein steiler Fußweg zum Strand hinunter, wo ein Motorboot vertäut lag. »Wir werden es herausfinden.«

Das Boot war schon alt, aber der Motor machte

einen guten Eindruck. Nach ein paar Versuchen sprang der Motor an und schon flitzten sie über das Wasser.

Nebeneinander sitzend blickten sie gespannt auf die Insel vor ihnen, die im späten Nachmittagsdunst immer unwirklichere Formen annahm. An einem felsigen Strand legten sie an, zerrten das Boot ans Ufer, hängten sich die Rucksäcke über und zogen landeinwärts. Es ging über federnden Gras- und Moosgrund, der ihren Schritt dämpfte, bis sie sich plötzlich vor den prähistorischen Megalithen fanden.

Eine seltsame Stimmung lag über dem Rund mit den mannshohen Steinen, insbesondere jetzt, da die Sonne lange Schatten warf und den Eindruck vermittelte, als schlummerten Menschen im Gras. In Candices lebhafter Fantasie bevölkerte sich der Kreis mit Meeresgeistern und bärtigen Riesen, und sie stellte sich vor, wenn sie lange genug in der einsetzenden Dämmerung stehen blieben, würden sie noch Druidengesänge hören.

Sie stiegen weiter voran, passierten ein von Flechten überzogenes keltisches Steinkreuz, dessen verwitterte Inschrift davon zeugte, dass es vor langer Zeit geschaffen worden war.

Wo der Wald anfing, stießen sie auf ein Warnschild. »QUARANTÄNE! Auf Anordnung der staatlichen Gesundheitsbehörde. *Kein Zutritt!*«

Alle Sinne angespannt traten sie in den Schatten der Bäume. Es ging über totes Laub und morastigen Boden, überall roch es feucht und nach Verwesung. Vor einem rostigen Stacheldraht mit einem alten, verblichenen Schild blieben sie stehen. Die Aufschrift war kaum noch lesbar: *Morven Laboratorium.*

»Laboratorium!«, rief Candice aus. »Was ist das hier?« Nachdem sie unter dem Stacheldraht durchgeklettert waren, befanden sie sich in einem Waldstück, das voll fremder Gerüche und den Jagdgeräuschen unsichtbarer Nachttiere steckte. Der Nebel wirbelte um ihre Beine wie ein lebendiger Geist.

Plötzlich gab der Boden unter Candice nach und sie verschwand mit einem Aufschrei.

Glenn warf sich auf die Knie und leuchtete mit der Taschenlampe. »Alles in Ordnung?«, rief er. Candice lag unter Blättern und Zweigen in einem Loch.

»Ja! Was zum Teufel ist das?«

»Sieht aus wie eine alte Fallgrube.« Er reichte ihr eine Hand, um sie herauszuziehen. »Wir müssen besser aufpassen. Das ganze Gelände könnte vermint sein.«

Sie huschten weiter, und als sie nach einer Weile aus dem dichten Gebüsch traten, blieben sie wie angewurzelt stehen.

»Du meine Güte«, flüsterte Candice. »So einen Riesenkasten habe ich noch nie gesehen.«

Selbst durch die Nebelschwaden ließen sich die Umrisse des gewaltigen Gebäudes gut erkennen: massive quadratische Türme, mittelalterliche Erker und Zinnen, gotische Giebel, gewaltige Säulen und Pilaster und ein zentraler Glockenturm, der große Ähnlichkeit mit Big Ben aufwies. Das Gebäude, eine Mischung aus Schloss und Palast, war länger und breiter als ein städtischer Wohnblock, gewaltig und protzig. Und es hatte etwas von einem Spukschloss, wie Candice befand.

In den über hundert Fenstern brannte kein einziges Licht. »Es ist verlassen«, wisperte Candice.

»Nicht ganz.« Glenn wies auf einen der vielen Schornsteine, aus dem sich Rauch in den Himmel kräuselte.

Im Schutz der Bäume schlichen sie geduckt weiter zur Nordseite des Schlosses, wo sie auf einen altertümlichen Rundturm mit schmalen Fensterschlitzen und zinnenbewehrtem Dach stießen. Er musste zeitlich vor dem Schloss errichtet worden sein, das Schloss war gewissermaßen ein Anbau. Sie setzten ihre Erkundungstour fort. Auf der

Rückseite des Schlosses befanden sich die Reste eines alten, mittlerweile ausgetrockneten Wassergrabens. Durch sein Fernglas konnte Glenn eine dunkle Stelle im Mauerwerk ausmachen.

»Was meinst du? Könnte das eine Öffnung sein?« Er reichte Candice das Fernglas.

»Vielleicht ein ehemaliger Abwasserkanal. Und bestimmt voller Ratten.« Schon bei dem Gedanken gruselte ihr.

Unvermittelt riss Glenn sie an sich und küsste sie fest auf den Mund.

»Das bringt Glück«, meinte er und nahm sie bei der Hand.

Gemeinsam sprangen sie über den Graben und hangelten sich zu der Maueröffnung hoch. Sie war größer als erwartet. Drinnen roch es feucht und modrig. Glenn ließ den Strahl seiner Taschenlampe über Boden und Wände wandern. Sie befanden sich in einem Gewölbekeller aus gemauertem Ziegelstein. »Sieht wie eine Art Lagerraum aus«, murmelte Glenn. Im hinteren Teil entdeckten sie im Lichtkegel der Lampe eine schwere Holztür. Der Boden des Gewölbes war uneben und glitschig. Trotz ihrer Jacken fröstelten Glenn und Candice in der eiskalten Luft, ihr Atemhauch bildete kleine Wölkchen. Glenn leuchtete mit der Taschenlampe die Holztür und den Boden ab. Dann kniete er sich hin und untersuchte die Kratzspuren auf den Steinplatten. »Diese Tür ist schon lange nicht mehr benutzt worden«, stellte er fest.

Er fasste den gewaltigen Türgriff mit beiden Händen und zog daran. Knarrend schwang die Tür auf.

Ein ekelhafter, fauliger Geruch schlug ihnen entgegen. Sie erwarteten Männer in Kettenhemden zu sehen, die ihre Schwerter schärften und sich für die Schlacht fertig machten. Doch da war niemand, nur eine steile Steintreppe, die sich nach oben wand.

Während sie sich mit den Händen an der Wand entlangtasteten, erklommen sie Stufe um Stufe. Oben angekommen standen sie wieder vor einer Holztür, die sich aber leichter öffnen ließ.

Vor ihnen lag ein düsterer, verlassener Korridor. Nach wenigen Metern gelangten sie an eine Gabelung.

»Wenn mein Orientierungssinn mich nicht trügt«, meinte Glenn, »liegt der neuere Teil des Schlosses, das Haupthaus, in dieser Richtung.« Er schwenkte die Taschenlampe nach links.

Sie spitzten die Ohren. Nur entferntes Quieken und Huschen von Nagetieren war zu hören. Und ganz in der Ferne das einsame Tuten eines Nebelhorns.

»Glenn«, sagte Candice mit angstvollem Blick.

»Was für eine Art Laboratorium könnte das hier gewesen sein? Warum hat die Gesundheitsbehörde es schließen lassen und was hat Philo damit zu tun?«

Sie folgten dem nach links abgehenden Korridor und standen alsbald vor einer schweren Eisentür mit der Aufschrift: *Warnung! Für Unbefugte kein Zutritt!*

Glenn drückte probeweise gegen die Tür, sie schwang lautlos auf.

Vor ihnen öffnete sich ein hallenartiger Raum, dessen hinteres Ende sich irgendwo außerhalb der Reichweite ihrer Taschenlampen in der Dunkelheit verlor. Die Luft war auffallend trocken. In dem Raum selbst herrschte eine angenehme Temperatur. Und Totenstille.

Vorsichtig traten sie ein, ließen das Türschloss mit dem leisestmöglichen Klicken einschnappen. Die Lichtkegel ihrer Taschenlampen erhellten ein höchst verwunderliches Interieur: Es gab keine Fenster und der glänzende Linoleumboden und die Halogen-Deckenstrahler passten so gar nicht zu dem altertümlichen Erscheinungsbild des Schlosses. Statt der erwarteten Ritterrüstungen und mittelalterlichen Tapisserien reihten sich stählerne Aktenschränke und Rollcontainer von der Sorte an den Wänden, in denen gewöhnlich Blaupausen oder Kunstdrucke aufbewahrt wurden. Sie reichten bis unter die Decke, sodass man an die obersten Schübe nur mittels einer Rollleiter gelangte. Die Stahlschränke waren so tief, dass zwischen ihnen gerade noch ein Durchgang blieb.

»Was ist das hier bloß?«, fragte Candice verwundert. Die Schubladen und Schränke trugen keinerlei Aufschrift.

Kurz entschlossen wandte Glenn sich einem Stahlschrank zu seiner Linken zu und zog an der Griffleiste eines der Schübe. Zu seiner Überraschung glitt die Schublade geräuschlos heraus.

»Die Schränke sind nicht verschlossen. Offensichtlich hat der Besitzer keine Angst vor Dieben«, murmelte Glenn.

Candice hielt den Atem an, als ihr klar wurde, was sie da vor sich hatten. Unter einer Plexiglasscheibe versiegelt lag das Fragment eines Papyrus mit verblichenen Schriftzeichen. Daneben ein schlichtes weißes, maschinengeschriebenes Blatt mit folgendem Text: *Buch Maleachi, früheste bekannte Fassung, beglaubigt* von *F. N., Zürich – Carbon-14. Datum: plus/minus 98 v. Chr.* Dazu die Übersetzung: »Euch aber (Textlücke) ... soll aufgehen die Sonne der Gerechtigkeit und Heil unter ihren Flügeln ...«

»Ich verstehe gar nichts mehr«, wisperte Candice und schaute sich verstohlen um, als erwarte sie, dass jeden Moment bewaffnete Wachen hereinstürmten. »Ist das hier das Laboratorium von dem Schild draußen am Zaun? Morven Laboratorium?«

»Ganz offensichtlich kein biologisches oder chemisches Labor.«

»Und was ist mit der Verfügung der Gesundheitsbehörde?«

»Gefälscht, um Schnüffler fernzuhalten.«

Verwundert schauten sie in die nächste Schublade und fanden die Fragmente eines Aztekenbuches, dazu die Analysedaten mit dem beglaubigten Datum (sechzehntes Jahrhundert) und das Echtheitszeugnis (Thermolumineszenz und Gas-Chromatografie), außerdem eine Übersetzung des Textes: »Im Mond des Toxcatl beging das Volk von Tenoctitlan das Fest des Tezcatlipoca (Textlücke) ..., der noch ein Jahr leben sollte ...«

Ihr Staunen nahm kein Ende, als sie eine Schublade nach der anderen aufzogen und immer neue Briefe, Schriftstücke, Abhandlungen, Berichte, Sendschreiben und Denkschriften aus allen Epochen und Kulturkreisen entdeckten. Sie waren auf Pergament, Velin, Papyrus und Zwiebelhautpapier geschrieben; auf Hebräisch, Griechisch, Latein, in asiatischer Kalligrafie, Sanskritschrift und ihnen vollkommen unbekannten Schriftzeichen verfasst. Einige der Dokumente bestanden lediglich aus Zeichnungen auf Rinde, andere waren in Stein geritzt. Sie fanden Briefwechsel aus dem Deutschland des sechzehnten Jahrhunderts, Dokumente aus dem mittelalterlichen England und Quipus, die Knotenschnüre der Inka. Allen lag eine Übersetzung bei, eine detaillierte Beschreibung sowie ein Echtheitszeugnis, das von elektronenmikroskopischen Untersuchungen bis zur Pollenanalyse reichte.

»Das reinste Archiv«, bemerkte Candice ungewollt laut. Sie war so erfüllt von dem, was sie da sah, dass sie gar nicht mehr an die Gefahr dachte.

»Mit religiösem Inhalt.« Glenn ließ den Strahl seiner Taschenlampe weiter über die endlosen Reihen von Stahlschränken wandern. Jede Schublade, die sie aufzogen, enthielt Worte über Himmel und Hölle, Gott und das Seelenheil.

»Aber du hast doch gesagt, die Alexandrier seien Atheisten. Wozu brauchen sie dann diese heiligen Schriften?«

Sie kamen zu hermetisch verschlossenen Vitrinen, in denen Messgeräte die konstante Temperatur und Feuchtigkeit überwachten. In diesen Vitrinen lagen die größeren Exemplare: Folianten,

Tontafeln, riesige Schriftrollen. Noch mehr Sprachen und Schriftzeichen, noch mehr göttliche Offenbarungen.

Candice machte große Augen vor einem flachen, mehrere Fuß langen Schaukasten. Darin lag ein unter Glasplatten ausgerollter, mit Hieroglyphen beschrifteter Papyrus. »Das ägyptische Totenbuch«, flüsterte sie ergriffen. »Aber aus einer früheren Zeit als der, die ich kenne. Der Schrift nach datiert es aus einer Zeit vor der ältesten bekannten Fassung.« Sie trat näher an die Vitrine, um die Daten zu lesen, und schüttelte verwundert den Kopf. »Glenn, dieser Papyrus ist vor über hundert Jahren übersetzt und in seiner Echtheit bestätigt worden. Wieso habe ich davon nichts gewusst?«

Schließlich gelangten sie am Ende der Halle zu einer Doppeltür. »Glenn«, wisperte Candice. »Du hast gesagt die Alexandrier seien Atheisten. Wozu müssen sie alle diese religiösen Schriften sammeln? Was wollen sie damit beweisen, die Existenz oder die Nichtexistenz Gottes?«

Er erstarrte. Aus der Stille und den Schatten hob eine Stimme einen leisen Gesang an, eine Lektion für einen kleinen Jungen – lang vergessene Worte:

Wer sind die Alexandrier?
Wir sind Sammler von *Gottwissen.*
Zu welchem Zweck?

»Glenn? Was ist los?«

»Gerade fällt mir wieder etwas ein. Ein Katechismus, den meine Mutter mir beigebracht hat. Es geht um die Alexandrier, die alles Wissen um Gott zusammentragen.«

»Wozu?«

»Ich kann mich nicht mehr erinnern.« Er nahm sie bei der Hand. »Wir müssen weiter.«

Wieder kamen sie zu einer eisernen Sicherheitstür. Sie führte in eine kleine Halle mit einer Treppe und einem Fahrstuhl. Sie wählten den Fahrstuhl und fanden darin fünf Knöpfe: das bedeutete zwei Geschosse mehr über ihnen und, zu ihrer Überraschung, zwei Untergeschosse.

»Nach unten«, sagte Candice, aus dem unbestimmten Gefühl heraus, dass es weiter unten sicherer sei. Glenn drückte auf den Knopf.

Die Fahrstuhltür öffnete sich zu einem langen, holzgetäfelten Korridor mit Wandleuchtern. Es gab keine Türen. Als sie nicht mehr weiterkamen, fuhr Glenn mit der Hand über die Täfelung. »Dieses Gebäude ist umgebaut worden. Auf der anderen Seite der Wand ist ein Hohlraum«, sagte er und dachte dabei an die Geheimgänge jener Tage, da die Schlossherren zu nächtlicher Stunde gewisse Damen aufzusuchen pflegten.

Bei ihren weiteren Erkundungen fanden sie heraus, dass das Schloss wie ein Labyrinth angelegt war: Es gab plötzlich auftauchende Korridore, Türen, die ins Nichts führten, aufsteigende Treppen, absteigende Fahrstühle, ein einzigartiges Gewirr von Gängen, die irgendwo endeten. Die Türen, die sich als echt herausstellten, waren entweder verriegelt oder führten in verlassene Räume – meistens Bibliotheken oder Archive –, aber ein Raum überraschte sie doch: ein ansprechend möbliertes Zimmer, das von einem Kronleuchter und einem prasselnden Kaminfeuer erhellt wurde. Mit den tiefen Ledersesseln, den Jagdtrophäen an den Wänden und den passenden Jagdgewehren in der Glasvitrine vermittelte es den Eindruck eines Clubzimmers. Trotz des Kaminfeuers und der Beleuchtung befand sich niemand in dem Raum.

Sie hasteten weiter.

Als sie wieder in einem toten Gang landeten und sich einen anderen Weg suchen mussten, fragte Candice: »Wozu so ein Labyrinth?«

»Aus Sicherheitsgründen. Das war das Beste, was sie in jener Zeit tun konnten. Diebe konnten zwar herein, aber sie fanden nicht mehr heraus.«

Sie kamen an ein Messingschild. »*Vollendet A. D. 1825. Entworfen von Frederick Keyes. In Memoriam – Jeremy Lamb.*«

Candice schaute sich unbehaglich um. »Glenn, hast du nicht auch das Gefühl, dass wir beobachtet werden?«

»Ich spüre es, seit wir unseren Fuß auf diese Insel gesetzt haben. Und ich habe auch eine Ahnung, wer uns beobachtet.«

Der Geheimgang verlief mitten durch das Schloss, und nur ein Mensch wusste, wo er anfing und wo er endete. Philo Thibodeau, der gerade durch den dunklen Gang eilte. Im Schein seiner Taschenlampe hatte seine weiße Bekleidung etwas Geisterhaftes. Der letzte Teil seiner geheimen Aufgabe war erledigt.

Ein prüfender Blick auf die Leuchtdioden seiner Armbanduhr. Die Sprengvorrichtungen waren installiert, der Countdown hatte begonnen. Präzises Timing war alles. Die Bomben mussten absolut synchron gezündet werden.

Ein Schauer hoffnungsvoller Erregung erfasste ihn. *Bald, Lenore …*

Ihr Weg durch das labyrinthartige Schloss führte Candice und Glenn zu noch mehr verschlossenen

Türen, über Treppen, die im Nichts endeten und in verlassene Räume.

Schließlich standen sie wieder vor einer Stahlsicherheitstür, auch diese verriegelt. Aber es gab ein kleines Fenster, durch das sie spähen konnten. Sie schauten auf einen riesigen, hell erleuchteten Raum mit Arbeitstischen, elektronischem Gerät, Mikroskopen und Reagenzgläsern. An einer rundum verglasten Kammer hing ein Warnschild: *Warnung! Staubfreier Raum! Nur mit Schutzanzügen und -masken betreten!* Menschen jeden Alters und jeder Nationalität, in Jogginganzügen oder in weißen Laborkitteln, verrichteten schweigend ihre Arbeit und bewegten sich dabei emsig zwischen Werkbänken und Geräten hin und her. Es ging zu wie in einem Bienenstock.

Candice wollte nicht glauben, was sie da sah: Da wurden Statuen restauriert, Analysen an Papyri vorgenommen, Maschinen brummten, Lämpchen blinkten und …

»Dr. Stillwater!« Sie stand an einem Arbeitstisch voller Tonstücke und machte sich auf einem Klemmbrett Notizen. »Und das da sind die Tontafeln von Dschebel Mara!«

Besorgt zog Glenn Candice von der Tür weg. »Wir müssen Philo finden, bevor man *uns* findet. Komm!«

Sie kamen zu einer Bibliothek, die bis unter die Decke mit Regalen voller seltener antiquarischer Kostbarkeiten bestückt war. Den Buchtiteln nach zu schließen, ging es hier um ein anderes Thema: »Der Jüngste Tag!«, rief Candice aus mit dem unguten Gefühl, dass sie beobachtet wurden. »Geht es darum bei diesem Geheimorden? Um das Ende der Welt?«

In Glenns Augen lag ein seltsamer Ausdruck, als er endlich antwortete. »Ja«, meinte er zögernd. »Es geht ... aber auch um Gott.«

Candice zog eine Braue hoch. »Ich denke, die Alexandrier sind Atheisten?«

»Sie glauben schon an Gott.« Langsam fügten sich die Puzzleteile in seinem Gedächtnis zusammen. »Sie glauben nur nicht, dass es ihn gibt.«

»Wie meinst du das?«

»Gott existiert noch nicht und das wahre Ziel dieser Gesellschaft ist – *Gott zu erschaffen.*«

Kapitel 30

In den letzten achtundvierzig Stunden hatte Philo kein Essen angerührt, nur Mineralwasser getrunken, dennoch fühlte er sich gestählt und energiegeladen wie nie zuvor. Er nahm gerade ein Dampfbad in seiner Privatsuite im Schloss, um die letzten Unreinheiten auszuschwitzen. Danach unterzog er sich einer gewissenhaften Reinigung mit feinster Olivenseife und auf Flaschen gezogenem Quellwasser aus den Schweizer Alpen. Zum Schluss rieb er sich mit flauschigen Handtüchern aus weißer ägyptischer Baumwolle trocken.

Auf seinem Bett lag nagelneue, maßgeschneiderte Kleidung bereit, die er für diesen speziellen Anlass aus London bestellt hatte. Das weiße Hemd bestand aus feinster, einfädiger Seide, wie man sie nur im mittleren Kokon des Maulbeerspinners findet, von Hand gefärbt und gesponnen. Das Gewebe war so hauchzart, dass es nur einmal getragen werden konnte. Dazu blütenweiße Bundfaltenhosen aus erlesenem belgischen Leinen. Statt regulärer Schuhe erwarteten ihn weiße Satinslipper, denn er würde heiligen Boden betreten. Kinn- und Schnauzbart waren sauber gestutzt, das Haar akkurat geschnitten, die Nägel blitzten frisch manikürt. Am Handgelenk trug er eine Designeruhr mit Stahlarmband, das mit einem winzigen Schlüssel gesichert wurde. Sein Zeitmesser für den Countdown.

Zum Schluss steckte er sich je eine Derringer-Pistole mit Perlmuttgriff in die Hosentaschen, jede Waffe mit nur einem Projektil, das aus kurzer Schussweite jedoch tödlich war. Doch das reichte.

Er war bereit.

Candice starrte Glenn ungläubig an. »Um Gott zu erschaffen?« »Der Katechismus, den meine Mutter mich gelehrt hat. Ich erinnere mich wieder: ›Wer sind die Alexandrier? Wir sind Sammler von göttlichem Wissen. Zu welchem Zweck? Um Gott auf die Erde zu bringen. Wie werden wir das erreichen? Wenn alles Wissen zusammengetragen ist und wir Ihn *kennen,* wird Gott geboren.‹ Candice, diese Menschen glauben, dass sie Gott erschaffen werden. Das ist der Zweck dieser Anlage hier.«

»Wie können *sie* Gott erschaffen? Gott hat *uns* doch erschaffen!«

Während sie weitergingen, setzte Glenn seine Ausführungen fort: »Gemäß dem Glauben der Alexandrier sind wir nie erschaffen worden, sondern einfach aus dem Urstaub im Universum entstanden. Wir sind aber nicht etwa durch Zufall entstanden, sondern haben uns zu einem bestimmten Zweck entwickelt – um Gott zum Leben zu erwecken. Ohne uns würde Er nie werden. Das ist die große Aufgabe des Ordens.«

»Wie soll das geschehen?«

»Wenn alle Bücher und Schriften, alle Erkenntnisse und Visionen zusammengetragen worden sind – wenn die Menschheit alles weiß, dann wird sie Gott kennen und Er wird geboren.«

»Aber Gott existiert doch bereits im Alten Testament. Wie können die Alexandrier das übersehen haben?«

»Wenn ich mich richtig erinnere, hat mein Vater mich einmal auf eine bestimmte Bibelstelle hingewiesen, nämlich auf Moses und den brennenden Dornbusch. ›Ich bin, was ich bin‹ ist nicht korrekt übersetzt. Im original Hebräischen heißt es ›Ich werde sein, der ich sein werde‹. Gott wollte Moses damit sagen, dass Er im Prozess des Entstehens begriffen sei, deshalb sprach Er von sich im Futur. Auch Jesus bediente sich des Futurs, als er die Ankunft Gottes erwähnte. Beim Gebet sagte er zu seinem Vater ›dein Reich komme‹. Die Alexandrier haben sogar ihre Festung in den Pyrenäen Schloss de-Dieuvenir genannt.«

»Schloss der Ankunft Gottes«, murmelte Candice betroffen.

Eine neue Treppe tat sich vor ihnen auf. Sie führte nur nach unten.

Ihre Schritte hallten von den Steinwänden wider, als Glenn fortfuhr: »Es muss mit dem Gesamtbewusstsein zu tun haben. Vor hunderttausend Jahren gab es gerade mal eine Hand voll menschlicher Wesen auf der Welt, die sich erst allmählich ihrer selbst bewusst wurden, geschweige denn einer übergeordneten Macht. Heute aber sind wir sechs Milliarden denkender, aufgeklärter Menschen auf der Welt. Als wir noch in Höhlen lebten, gab es untereinander keine Verbindung, keine Kommunikation. Der Bauer auf seinem Feld glaubte, sein Dorf sei die Welt. Heute ist die Welt selbst zum Dorf geworden. Wir sind über Telefone, Computer und Satelliten miteinander verbunden. Und bei der Geschwindigkeit, mit der sich das alles entwickelt, wird es nicht lange dauern, bis jeder von uns mit jedem verbunden ist. Wir werden eins sein in unserem Denken und einen Gesamtgeist bilden. Zumindest lautet so die Theorie.«

Am Fuß der Treppe befand sich wieder eine

Tür. »Der Jesuitenpriester Teilhard de Chardin hat gesagt, die Menschheit entwickelt sich mental und sozial auf eine finale spirituelle Einheit, auf den Omega-Punkt, zu.«

Die Tür war nicht verriegelt und sprang unter Glenns Hand auf. Vor ihnen öffnete sich eine riesige Halle voller Ritterrüstungen zwischen antiken Möbelstücken, an den Wänden prangten mittelalterliche Tapisserien.

Zögernd betraten sie den Raum, der in gleißendes Licht getaucht war. Zusätzlich flackerten überall im Raum verteilt Votivkerzen in rubinroten Glasgefäßen. Und dann bemerkte Candice zu ihrer Verwunderung kostbare Vasen mit frischen Blumengebinden, von denen noch der Tau perlte.

Jemand musste vor kurzem noch hier gewesen sein.

Es befand sich zwar niemand im Raum, doch war er gleichwohl bevölkert von Menschen, die in goldene Rahmen gesperrt, auf Leinwand und Holz gebannt, in Marmor gemeißelt, in Zeit und Tracht erstarrt waren und nicht weniger erstaunt ins einundzwanzigste Jahrhundert blickten als die beiden Besucher, die sich mit großen Augen umschauten. An den Wänden, auf Regalborden und Möbelstücken prangten unzählige Familienwappen und -abzeichen, Embleme und handgestickte Stammbäume. Glenn und Candice schlossen daraus, dass sie vor der Ahnengeschichte des Ordens standen und dass die Menschen auf den Gemälden, die Büsten in den Nischen und die gerahmten, handgearbeiteten Namenslisten frühere Mitglieder darstellten.

Ein Gemälde, das den ganzen Raum beherrschte, schlug sie in Bann. Es stellte einen Kreuzritter dar. Er war ein Hüne von einem Mann, in Panzerhemd, Harnisch und langem, grauem Waffenrock. Was ihnen besonders in Auge fiel, war das Symbol auf dem Waffenrock, denn dort prangte nicht etwa das rote Kreuz der Tempelritter oder das Malteserkreuz der Johanniter, sondern ein Ring mit goldenen Flammen.

Das Flammensymbol von Glenns Goldreif.

»Glenn!«, rief Candice aus. »Sieh doch nur, seine Hand auf dem Schwert!«

Und in der Tat wies die rechte Hand des Mannes einen sechsten Finger auf.

Candice sah sich unbehaglich um, weil sie vermeinte, Geräusche hinter den Mauern zu hören. »Wo sind bloß alle?«, wisperte sie und hielt sich eng an Glenn, während sie die Ahnengalerie abschritten. Dort hingen riesige Porträts, aber es gab auch andere, die nur handtellergroß waren, Männer in voller Rüstung, Damen in Krinolinen, es ging durch alle Stilepochen, die sich hier dicht an dicht an der Wand drängten.

Am Ende der Halle entdeckten sie auf einer geschnitzten Mahagonikommode einen unter Glas versiegelten Papyrus mit griechischer Schrift. Wie sie dem beigefügten Text entnehmen konnten, datierte der Papyrus dreihundert Jahre vor Jesus und stellte, mit dem königlichen Siegel von Ptolemäus versehen, die Gründungscharta der Bibliothek dar.

Candice wies auf den Vornamen.

»Philos«, las Glenn, dann kam die Erinnerung zurück. »Der erste Hohepriester. Meine Mutter führte ihre Abstammung auf ein Mitglied des Hauses Ptolemäus, eine Frau namens Artemisia, zurück. Sie war eine königliche Prinzessin und zugleich Hohepriesterin an der großen Bibliothek.« Er zeigte auf das Porträt des Kreuzfahrers über dem Kamin. »Und dieser Mann, der Comte de Valliers, ein direkter Abkomme der Hohepriesterin Artemisia, ist ein Vorfahr meiner Mutter.«

»Und er ist damit auch dein Vorfahr«, merkte Candice an. Da fiel ihr Blick auf ein anderes Gemälde. »Glenn! Schau mal!« Es war das Porträt eines bärtigen Mannes in Renaissancetracht mit einem Astrolabium in der Hand. Eine Messingplakette am Bilderrahmen identifizierte den Mann als Michel de Notre Dame.

»Nostradamus!«

»Und sieh doch, sein Ring!« Das Flammenmotiv auf einem Rubin. »Er war auch Alexandrier!«

Auf einem Tisch unter dem Gemälde lag ein Foliant. *Die Prophezeiungen des Nostradamus.*

Aufgeschlagen war die Seite mit der IV. Centurie, Vers 24:

Ouy soubs terre saincte d'ame voix feinte
Humaine flamme pour divine voir leire:
Fera des seulz de leur sang terre tainte,
Et les s.temples pour les impurs destruire.

Darunter eine Übersetzung:

Vernehmbar aus der heiligen Erde
vom Geist, die heilige Stimme,
menschliche Flamme als göttliches Leuchten angesehen,
die heiligen Tempel werden für die Unreinen zerstört.

Glenn blätterte behutsam weiter, bis er zum siebenten Kapitel, zur VII. Centurie, kam. Hier endete das Kapitel nicht wie sonst bei Vers 42. Und da war er: Vers 83.

Im vierten Monat, bei rückläufigem Merkur,
In jenem Tempel, prunkvoll und gleißend im
Schein von Lampe und Kerze,
Wenn sieben Generäle befehligen sieben Sonnen,
In großer Luminanz die Erde wird wieder geboren.

Glenn starrte stumm auf die Zeilen. Die Luminanz. Seine Vision, als er damals beim Klettern abstürzte. Die Lichtflecken auf seiner Bildleinwand. Jetzt wusste er, was sie darstellte. Die Letzten Tage. Armageddon.

Das Ende der Welt.

»›Die Erde wird wieder geboren‹«, murmelte Candice und spürte, wie sich ihre Nackenhärchen aufstellten. »Was kann das bedeuten?«

»Nostradamus hat seine Prophezeiungen verklausuliert und verschlüsselt, hat Worte erfunden und Namen durch Auslassen von Buchstaben verändert. Er tat das, um nicht wegen Zauberei vor Gericht gestellt zu werden. Keiner weiß wirklich, um was es bei den Vierzeilern eigentlich geht.« Glenn blickte auf die roten Votivkerzen, deren goldene Flammen in den rubinroten Glaskelchen wie winzige Sterne funkelten. »Das hier könnte jener Tempel sein, mit dem prunkvoll gleißenden Schein von Lampen und Kerzen.«

Candices Augen waren dunkel wie tiefe Teiche.

»Und ›Sieben Generäle befehligen sieben Sonnen?‹«

»Candice«, platzte Glenn unmittelbar heraus. »Die Alexandrier huldigen dem Kult des Jüngsten Tages. Die Luminanz ist das Ende der Welt. Ich erinnere mich jetzt.«

»Das Ende der Welt ...« Entsetzt brach Candice ab.

»Ich weiß nicht, wie alles zusammenpasst – die religiösen Schriften, Nostradamus, die Alexandrier. Eines ist jedoch sicher, Philo brauchte die Tontafeln von Dschebel Mara aus einem bestimmten Grund. Er hat irgendetwas vor. Die große Zerstörung, wie mein Vater in seinem Brief schrieb, der Grund, aus dem meine Mutter ihn fürchtete.« Er überflog den 83. Vers noch einmal und rief sich sein Telefongespräch mit Maggie Delaney ins Gedächtnis. »Wir sind im vierten Monat und Merkur ist rückläufig. Philo wird die Prophezeiung dieses Vierzeilers erfüllen.«

»Was ist mit den sieben Sonnen gemeint?« Candice wagte kaum zu atmen.

Glenns Blick sagte alles. Er brauchte das Wort *Bomben* gar nicht auszusprechen.

»Aber warum? Warum sollte Philo die Welt zerstören wollen?«

Kapitel 31

»Hör zu.« Glenn umfasste Candices Gesicht mit den Händen und schaute ihr tief in die Augen. »Das ist eine Sache zwischen Philo und mir. Ich möchte, dass du verschwindest. Jetzt gleich. Nimm das Boot und fahr zum Festland zurück.«

»Ich gehe nicht ohne dich.«

»Du weißt, dass ich das hinter mich bringen muss.«

»Dann werden wir es zusammen angehen.«

»Die Bombe wird per Funksignal gezündet«, hatte der Bombenhändler ihm erklärt. »Effektive Reichweite zwei Meilen. Acht-Megabyte-Memory, programmierbar für zwanzig Funktionen.« Philo würde keine zwei Meilen weit entfernt sein, außerdem benötigte er nur sieben Funktionen.

Während er auf die roten Zahlen der Digitalanzeige starrte, dachte er: Alexander der Große hat die Welt mit Feuer erobert. Philo Alexander Thibodeau würde ihm in nichts nachstehen.

Sie befanden sich unterhalb des Schlosses. Fluoreszierendes Licht schien auf nackte Betonwände und -böden. »Sieht aus wie ein alter Schutzraum, vermutlich in den fünfziger Jahren errichtet.« Direkt vor sich entdeckten sie eine massive Stahltür.

Sie war unverschlossen und schwang geräuschlos auf.

Glenn und Candice waren nicht vorbereitet auf die glitzernde Pracht, die sich ihren Augen bot.

Glasvitrinen und Schaukästen mit unvorstellbaren Schätzen: Kronen und Tiaren, mit Juwelen besetzte Reichsäpfel und kostbare Zepter, mit Hermelin gefütterte Roben und goldene Schuhe, ein mit Edelsteinen besetzter Thron.

»Philo!«, rief Glenn, als die Stahltür hinter ihnen ins Schloss fiel. Keine Antwort.

Vorsichtig gingen sie zwischen Vitrinen mit goldenen Pokalen und Göttinnen aus Jade, mit Kruzifixen aus Elfenbein und silbernen Abendmahlskelchen hindurch.

»Was ist das für ein Geruch?« Candice war vor einer Vitrine mit seltenen byzantinischen Ikonen stehen geblieben.

»Ich rieche nichts.«

Candice schnupperte in die Luft. »Benzin.«

Glenn rief noch einmal Philos Namen. Sie

lauschten. »Hier ist niemand.« Sie stürzten zu der Stahltür. Sie war verriegelt.

»Warte.« Candice hob die Hand. »Ich höre etwas.«

»Jetzt höre ich es auch.« Ein unheimliches piep ... piep ... piep. Sie folgten dem Piepton durch ein Labyrinth von gläsernen Schaukästen, in denen Smaragde und Saphire unter gleißendem Licht erglühten, bis sie das Ende des Gewölbes erreichten und beim Anblick dessen, was sich ihnen bot, sprachlos stehen blieben.

Die Bombe war sechs Fuß lang, militärgrün, zylinderförmig – und mit einem Mechanismus verdrahtet, von dem das Piepen ausging.

»Ist das eine Atombombe?«, wisperte Candice, als könne ihre Stimme allein schon die Bombe zünden.

»Nein. Du hattest Recht mit dem Benzingeruch. Diese Bombe ist mit Napalm gefüllt.«

»Napalm!«

»Ein Benzinkolloid. Beim Aufschlag zündet das Gemisch von selbst und verteilt sich im gesamten Radius der Druckwelle. Die Masse haftet überall und ist praktisch nicht löschbar. Die äußere Ummantelung der Bombe besteht aus dünnem Aluminium und die Zündvorrichtung ist ...« Er hielt inne.

Ihrer beider Blick fiel auf die glimmernden Ziffern einer Digitalanzeige. Sie zählte rückwärts.

»Die wird losgehen! Kannst du sie entschärfen?«

Glenn schüttelte den Kopf.

»Hat Philo uns hierher gebracht, um uns zu töten?«

»Er will uns seine Macht demonstrieren.«

»Aber warum will er dann das Schloss in die Luft jagen?«

Er sah sie an. »Um die Luminanz aufzuhalten. Ich kann es mir nur so erklären: Er will nicht, dass die Welt endet. Er will seine Macht nicht mit Gott teilen. Der einzige Weg, wie er die Luminanz aufhalten kann, ist, alles hier zu zerstören. Und deshalb müssen *wir ihn* aufhalten!«

Er entdeckte einen kleinen Kassettenrecorder neben dem Zündmechanismus der Bombe und nahm ihn vorsichtig auf. Als er die Abspieltaste gedrückt hatte, ertönte Philos Stimme: »*›Die letzte Stunde hat begonn', die Stunde, da wir huldigen der Sonn.‹* Das ist der Ausgang des Ganzen, Glenn. Wir sehen uns dann im Jagdzimmer.«

»Huldigen der Sonn. Was bedeutet das?« Candice konnte ihre Augen nicht von der Digitaluhr wenden, die unerbittlich rückwärts zählte.

»Das bedeutet«, sagte Glenn und schaute sich

um, »dass Philo sein Spielchen mit uns treibt. Das hat er von Anfang an getan, er lässt uns sozusagen durch Reifen springen. Er will nicht, dass wir hier unten sterben, nein, er will uns lebend, damit er seine Schadenfreude voll auskosten kann. Er muss einen versteckten Auslösemechanismus für die Tür angebracht haben. Uns bleiben genau«, er sah auf die Uhr des Zeitzünders und drückte den Timer an seiner Armbanduhr, als die Anzeige auf 5:00 stand, »fünf Minuten, um den Auslösemechanismus zu finden.«

»Spiel das Band nochmal ab«, bat Candice. Gemeinsam lauschten sie noch einmal Philos Worten. Ihre Blicke trafen sich. *Huldigen der Sonn.*

Sie stürzten zu einer riesigen aztekischen Sonnenrosette aus massivem Gold und klopften jeden Zentimeter ihrer Oberfläche ab – Furchen und Rillen, Zahlzeichen, den Schwanz der Schlange und das Gesicht in der Mitte, die Augen und die heraushängende Zunge. Die Sicherheitstür rührte sich nicht.

»Was jetzt?« Während Candice sich hektisch umsah, entdeckte sie überall Ikonen des Sonnenkults. Der Zeitzünder zeigte auf vier Minuten. »Wir haben keine Zeit für all das!«

»Du übernimmst dort, ich übernehme diese Seite.«

Sie zerschlugen Vitrinen und Schaukästen, griffen nach kupfernen, bronzenen und silbernen Sonnensymbolen, assyrischen geflügelten Sonnen, Darstellungen von Apoll und dem ägyptischen Sonnengott Ra.

Drei Minuten.

»Ein Sonnensymbol kann manchmal auch ein Rad sein, eine Scheibe oder ein Kreis«, rief Glenn über die Schulter. »Manchmal wird die Sonne auch durch ein Auge dargestellt. Ludwig XIV. nannte sich der Sonnenkönig.«

»Wir können nicht alles durchsuchen!«

Glenn warf einen Blick auf seine Armbanduhr. *Zwei Minuten.* »Vielleicht liegen wir auch ganz falsch. Vielleicht ist es gar nicht die Sonne.«

Candices Gehirn arbeitete fieberhaft, während sie sich noch einmal den Spruch vergegenwärtigte: ›Die letzte Stunde hat begonn', die Stunde, da wir huldigen der Sonn.‹ »Warte mal, ich glaube, ich habe da was gesehen ...«

Sie fand, was sie suchte, hinter einem Schaukasten mit einem antiken römischen Mosaik vom Sonnengott Helios: einen mittelalterlichen Wandteppich. Darauf waren in leuchtenden Farben und absolut detailgetreu Menschen dargestellt, die sich um einen Felsen scharten, die Gesichter gen Himmel gewandt. In der oberen rechten und linken

Ecke der Szene zwei Symbole: Alpha und Omega.

Anfang und Ende.

Und über den Köpfen der Knienden war Jesus, der gen Himmel fuhr.

»Glenn! Hier!«

Er stürzte an ihre Seite.

»Es ist nicht die Sonne«, rief sie aufgeregt. »Es ist *Gottes Sohn!«* Sie zogen den Wandteppich beiseite und sahen ...

Kapitel 32

Einen Fahrstuhl.

Noch eine Minute.

»Welches war das Jagdzimmer?«

»Das mit den Jagdtrophäen. In welchem Stockwerk war das?«

»Im sechsten«, sagte Candice. »Nein, im fünften! Oder war es im vierten?«

Glenn drückte auf Vier und der Fahrstuhl kroch erbärmlich langsam nach oben. Glenn hielt Candices Hand fest, während sie die Leuchtanzeige des Fahrstuhls verfolgten.

Aber Glenns Uhr lief schneller. Als sie gerade den zweiten Stock passiert hatten, stand der Zeiger auf zwölf. Die Zeit war abgelaufen. Glenn zog Candice an sich und fest umklammert hörten sie die Sekunden ticken. Eine Minute verging. Absolute Stille umgab sie, als der kleine Fahrstuhl mühsam dem dritten Stock zu ratterte.

»Ist sie losgegangen?«, fragte Candice.

»Das hätten wir hören oder spüren müssen.«

»War das womöglich falscher Alarm?«, wisperte Candice ungläubig. »Eine Attrappe, um uns Angst einzujagen?«

»Oder Philo hat die Frequenz durch Fernsteuerung geändert.« Glenn sah ihr gerötetes Gesicht und die pochende Ader an ihrem Hals. »Ich habe dir immer wieder gesagt, Philo ist wahnsinnig. Und wir wildern jetzt in seinem Revier. Lass mich das machen. Keine überstürzten Aktionen. Versprich mir das.«

»Glenn

»Candice, er will, dass wir die Nerven verlieren. Bleib ganz cool.«

Im vierten Stock öffnete sich die Fahrstuhltür auf einen kleinen Flur, von dem mehrere Türen abgingen. Die zur Rechten und in der Mitte waren verschlossen. Die dritte schwang unter Glenns Hand auf.

Sie erkannten den Raum wieder, es war das Clubzimmer mit dem prasselnden Kaminfeuer, den tiefen Sesseln und den Jagdtrophäen an den Wänden. Und neben einem der Fenster stand Philo Thibodeau, eine Erscheinung in Weiß.

»Wie ich sehe, habt ihr das Rätsel gelöst«, begrüßte er sie. »Ich wusste, dass ich auf euch zählen konnte.« Er setzte ein vieldeutiges Lächeln auf. »Hat dir das Labyrinth gefallen, Glenn? Es stammt von deinem Ur-Urgroßvater, Frederick Keyes. Wusstest du das? Die Sicherheit von Morven zu gewährleisten, war meinem Ur-Urgroßvater, Desmond Stone, das größte Anliegen, aber Keyes hat ihn ausgetrickst.«

Während sie eintraten, musterte Glenn den Raum mit einem Rundumblick. Niemand sonst war anwesend, alles schien in Ordnung zu sein. Philos Hände waren leer. »Die Bombe«, sagte Glenn.

»Keine Sorge«, beschwichtigte Philo ihn. »Die Zeit ist noch nicht gekommen.«

Glenn sah ihn misstrauisch an.

»Bei dem Countdown, den du gesehen hast, ging es nicht um die Detonation. Es ging um die Ladung. Jetzt sind die Bomben scharf.«

»Sie! Es gibt also mehr als eine?«, fragte Candice hastig. Glenn spürte ihre Anspannung.

»Es sind sieben Bomben über das Schloss verteilt«, erklärte Philo gelassen. »Im Schatzgewölbe habt ihr die siebente gesehen – die größte und gewaltigste von allen.« Er hob den Arm und zog die Manschette seines makellos weißen Hemdes zurück. Die Armbanduhr blitzte im Licht der Lüster auf. »Die Bomben werden per Funksignal durch Fernbedienung gezündet. Ein Wunder der Technik. Um genau zu sein, mein eigenes Design. Diese Uhr ist antimagnetisch, feuerfest und so stoßsicher, dass sie nicht einmal mit einem Hammer zerschlagen werden kann. Insofern also pannensicher. Wenn die Frequenz erst einmal eingestellt ist, gibt es kein Zurück mehr. Und falls du glaubst, du kannst mich überwältigen – das Stahlarmband ist fest verschlossen und kann ohne den Schlüssel nicht von meinem Handgelenk gelöst werden.«

»Warum das alles?«, fragte Candice, fast ohne Stimme.

»Glenn weiß, warum. Deshalb ist er ja hier.«

»Ich bin hier«, entgegnete Glenn gelassen, »um dich zum Mord an meinem Vater zu befragen.«

»Nein, deswegen bist du nicht gekommen. Du brauchst mich auch nicht zu befragen. Ich habe ihn getötet.« Philo zog eine Augenbraue hoch. »Wie ich sehe, überrascht dich das nicht.«

Er trat vor den Kamin, nahm den Feuerhaken zur Hand und stocherte damit in der Glut. »Dein Vater hat uns oder unsere Arbeit da draußen nicht geschätzt«, sagte er. Sein Gesicht erglühte im Kaminfeuer. »John hat uns nur um deiner Mutter willen akzeptiert. Deswegen hat sie dich nicht schon in jungen Jahren hierher gebracht. John hat sie gezwungen, Schweigen zu bewahren, bis du volljährig warst. Er hatte kein Recht dazu, dich von uns fernzuhalten. Du gehörst zu uns. Du bist vom selben Blut.«

Jetzt fielen für Glenn die letzten Puzzleteile an ihren Platz. Zwanzig Jahre zuvor, wie jemand rief: »Er ist von unserem Blut!« Sein Vater, der dagegenhielt: »Lass die Finger von meinem Sohn oder ich bringe dich um!«

»Du bist also auf Rache aus«, erwiderte Glenn, den Blick auf dem Stahlarmband an Philos Handgelenk. Konnte er eine Bombe mit so einem Mechanismus auslösen?

»Rache? Nur zum Teil, aber John musste aus dem Weg geschafft werden. Um deiner Mutter willen.« Philo stellte den Feuerhaken an seinen Platz zurück. »Als John mir davon erzählte, dass der *Stern von Babylon* seiner Ansicht nach das verschollene Buch Mirjam beinhaltete und damit den letzten fehlenden Teil der Bibel, wusste ich, dass die Luminanz in greifbarer Nähe war. John hätte nur gestört, wenn Lenore zurückkam. Es hätte sie verwirrt. Welchem Mann hätte sie sich zuwenden sollen – dem, den sie einst geehelicht hatte, oder dem, den sie liebte?«

Glenn sah ihn überrascht an. »Meine Mutter ist tot.«

»In der Luminanz werden wir wieder vereint sein.«

Beide starrten ihn an, Candice mit ungläubigem Blick, Glenn mit wachsendem Unbehagen.

»Die glorreiche Luminanz!«, rief Philo aus. »Es gibt tausende von Prophezeiungen darüber. Unser gemeinsamer Vorfahr, Alexander, war nicht der Erste. In den religiösen Schriften und Niederschriften aller Kulturen finden sich solche Hinweise. Auf der ganzen Welt – von den Pygmäen bis zu den kalifornischen Indianern, von einem schwedischen Physiker des zwanzigsten Jahrhunderts namens Lundegaard bis zu einem koptischen Mönch im zehnten Jahrhundert – sind große Denker unabhängig voneinander zu dem einzigen Schluss gekommen, dass Gott im Licht erscheint, wenn die Menschheit bereit ist.«

»Und die Bomben?«, beharrte Glenn, der den Raum unentwegt nach Möglichkeiten absuchte, Philo abzulenken und zu überwältigen.

»Weißt du, was deine Mutter getan hat, als sie hierher kam? Sie hat die Werke der Hypatia von Alexandria, einer Mathematikerin des fünften Jahrhunderts, studiert. Deine Mutter hat ihren Gleichungen und Lehrsätzen ihr Leben gewidmet. Hat darin nach einem Beweis für die Existenz Gottes gesucht. Die Wissenschaft stellt nach der Religion und der Philosophie die nächste evolutionäre Stufe im Entstehungsprozess Gottes dar. Jedes Zeitalter vermittelt uns neues Wissen. Die

Steinzeitmenschen hielten den Mond für einen Geist. Vor fünfunddreißig Jahren haben die ersten Menschen den Mond betreten. Galileo wurde wegen seiner Behauptung, die Erde kreise um die Sonne, ins Gefängnis geworfen. Heute wissen wir, dass noch andere Planeten um andere Sonnen kreisen. Vor hundert Jahren haben Physiker das Ende der Wissenschaft ausgerufen, es gab nichts mehr zu studieren oder zu erforschen. Aber dann wurden die Quantenpartikel entdeckt und eine ganz neue Wissenschaft entstand. Was kommt nach den Elementarteilchen? Was könnte kommen, wenn nicht Gott? Und es wird ein Tag der Engel und Quantenpartikel, der Fanfaren und Quarks sein. Die Religion verbindet sich mit der Wissenschaft. Ein Freudentag, an dem der Himmlische Schöpfer sich mit Glorreicher Substanz vermählt, und die Menschheit wird Zeuge sein!«

»Wir haben deine Argumente gehört«, entgegnete Philo. »Entschärfe die Bomben, dann können wir reden.«

Ein leises Klopfen an der Tür, dann trat Mildred Stillwater mit einem Teetablett ein. Sie stellte Teegeschirr aus feinstem Porzellan mit rosaroten Rosen auf den antiken Mahagonitisch.

»Das sieht gut aus«, lobte Philo sie. »Earl Grey. Der einzige zivilisierte Tee auf diesem Planeten.

Weißt du, was köstlich dazu wäre? Ein wenig frische Minze aus unserem Gewächshaus.«

»Ja, Philo«, antwortete Mildred beflissen. Doch erst wandte sie sich den Besuchern zu. Über ihrer weißen Bluse und dem Tweedrock trug sie eine leuchtendgelbe Strickjacke. Sie nahm Candices kalte Hand. »Willkommen auf Morven, meine Liebe.«

Und zu Glenn gewandt: »Mein aufrichtiges Beileid zu dem Verlust Ihres Vaters. Sein Unfall war ein schrecklicher Schlag für uns alle. Und danke, dass Sie uns großzügigerweise Esthers Tontafeln zur Verfügung gestellt haben. Mirjams Lied ist ein zauberhaftes Gedicht.«

»Mildred«, mahnte Philo. »Die Minze.«

»Sofort«, reagierte sie nervös. Ihre leuchtendgelbe Strickjacke war schief zugeknöpft. *Sie ist in ihn verliebt,* begriff Candice. Aber wusste Mildred auch, dass er ein Mörder war?

»Ich liebte deine Mutter, Glenn«, fing Philo an, nachdem sich die Tür hinter Mildred geschlossen hatte, »wie noch kein Mann je eine Frau geliebt hat. Als sie starb, glaubte ich, vor Kummer vergehen zu müssen. Mein einziger Trost war die Gewissheit, dass ich in der Luminanz wieder mit ihr vereint sein würde. Im Buch Daniel steht geschrieben: ›*Und viele, so unter der Erde schlafend liegen, werden aufwachen: etliche zum ewigen Leben … werden leuchten wie des Himmels Glanz … wie die Sterne immer und ewiglich.‹* Aber ich war ungeduldig, ich konnte nicht abwarten. Ich erinnerte mich daran, dass ich dazu auserkoren war, Gott auf die Erde zu bringen, und so wollte ich den Prozess etwas beschleunigen.«

»Sie wollen Gott *befehlen,* dass er erscheint?«, fragte Candice ungläubig.

»Mein Vorläufer, Jesus, hielt sich für den Auserkorenen, aber diese glorreiche Aufgabe war mir zugedacht. Jesus hat mir nur den Weg geebnet.«

»Und wozu die Bomben?«

»Sie dienen dazu, die Botschaft an Gott zu senden.«

Candice starrte ihn fassungslos an. »Um Gott zu erschaffen, wollen Sie das ganze Schloss und die Umgebung in Flammen setzen?«

»In Flammen aufgehen lassen«, korrigierte Philo. »Aber nicht nur das Schloss, auch all die heiligen Worte und Schriften, die sich darin befinden. Wir waren nicht dazu bestimmt, nur Bücher zu sammeln und uns dann zurückzulehnen und zu warten, bis Gott erschaffen würde. Wir müssen Ihm eine Botschaft schicken. Mit Feuer. Worte müssen gen Himmel fliegen, um den künftigen Allmächtigen zu erwecken, Ihn aus seinem fetalen

Schlummer zu reißen und in Sein glorreiches Leben zu rufen.«

Mit leuchtenden Augen schaute Philo in die Flammen. »Alexander der Große hat seinen Eroberungszug damit begonnen, dass er die Stadt Theben in Schutt und Asche legte. Er hat eine feurige Spur über drei Kontinente gelegt, hat alles niedergebrannt, was ihm im Weg stand, und am Ende noch den großen Palast des Xerxes in Persepolis in Brand gesteckt.« Philo sah Candice an. »Sollte ich mich mit weniger begnügen?«

»Meine Leute wissen, wo ich bin«, warf Glenn ein. Er bemühte sich ruhig zu bleiben, während er Philos Handgelenk nicht aus den Augen ließ. Wenn er Philo überwältigte, würde es ihm dann auch gelingen, die Detonationsfrequenz auszuschalten?

»Völlig egal, ob jemand weiß, dass du hier bist. Keiner kann dir helfen. Ich habe alles unter Kontrolle.«

»Und die anderen? Die Leute im Labor?«, fragte Candice.

»Sie wissen nichts von der Bombe, Dr. Armstrong.«

»Du bluffst«, sagte Glenn. »Du würdest doch nicht zweitausend Jahre menschlichen Wissens und göttlicher Offenbarung zerstören. Nicht einmal du!«

Philo war ans Fenster getreten. »Komm, ich zeige dir was. Schau mal, da unten. Siehst du das Gewächshaus?«

Aus den Fenstern der unter ihnen liegenden Geschosse fiel Licht auf den Plattenweg, der vom Schloss zu dem Glaspavillon führte. »Schau mal, da!«, sagte Philo. Ein gelber Farbtupfer tauchte unter ihnen auf – Mildred Stillwater hastete in ihrer leuchtendgelben Strickjacke über den Fußweg. »Sie holt Minze für unseren Tee«, bemerkte Philo mit ironischem Unterton.

Sie sahen sie ins Gewächshaus treten, die Tür schwang hinter ihr zu. »Jetzt pass auf«, rief Philo und drückte einen Knopf an seiner Armbanduhr. Eine Explosion erfolgte.

»O Gott!«, rief Candice entsetzt, als die Flammen gen Himmel zuckten. »Sie haben sie getötet!«

»Ich habe es um ihretwillen getan. Das arme Ding fing an zu leiden, jetzt ist sie erlöst.«

Glenn packte Candice am Arm. »Versuch zu fliehen. Geh!« Aber sie klammerte sich an ihn, während ihr Tränen über das Gesicht liefen.

»Das war die Erste.« Philo war zufrieden mit der Demonstration, die anderen Bomben würden genauso zuverlässig zünden. »Die übrigen sechs Sprengkörper habe ich an den Schlüsselstellen installiert – im wissenschaftlichen Archiv, in der Ahnenhalle, im Jesus-Gewölbe und so weiter. Die siebente Bombe habt ihr im Untergeschoss schon gesehen. Ich werde sie der Reihe nach zünden. Rund um die Bomben sind die Wände mit brennbaren Chemikalien präpariert. Morven wird in einem prachtvollen Feuer aufgehen.«

Glenn schaute nachdenklich auf das brennende Gewächshaus, auf die umliegenden Büsche und Sträucher, die lichterloh brannten. Es war ein einziges Inferno, aus dem niemand hätte entkommen können. Aber etwas stimmte nicht ...

Da ging ihm ein Licht auf. Es eilte niemand zu Hilfe.

Seine Gedanken erratend bemerkte Philo: »Alle Türen und Ausgänge im Schloss sind verriegelt. Niemand kommt raus.«

Candice reagierte nahezu hysterisch. »Sie wollen alle umbringen?«

»Keine Sorge, sie werden den Märtyrertod erleiden, wie ihre Vorfahren siebzehn Jahrhunderte zuvor.«

»Lassen Sie sie raus!«

»Ich kann nicht zulassen, dass sie Hilfe holen oder auch nur mit Wassereimern eine Löschbrigade bilden.«

Glenn suchte fieberhaft nach einer Strategie. »Philo, lass uns reden. Entschärfe die Bomben …«

»Ich habe von deinen Überredungskünsten gehört. Mit deinem Gequatsche holst du noch Selbstmörder vom Dach runter. Hast du dich eigentlich nie gefragt, wozu ich dich nach Morven gebracht habe?«

»Was soll das heißen, *gebracht?*« Candice zitterte so heftig vor Anspannung, dass ihre Zähne klapperten. Der Gedanke an Mildred im Gewächshaus …

»Ich habe alles organisiert. Allerdings nicht für zwei, nur für Glenn. Er sollte alleine kommen. Ich habe alles in meiner Macht Stehende getan, um Sie da herauszuhalten, Dr. Armstrong. Aber Sie sind tatsächlich so unberechenbar, wie man Ihnen nachsagt.«

Dann wandte er sich Glenn zu. »Wir haben jeden deiner Schritte seit deiner Abreise aus Kalifornien verfolgt. Eine Zeit lang hatten wir dich in der Wüste verloren, doch dann kamen wir dir an Bord der *Athena* wieder auf die Spur. Ich habe euch in Salerno den falschen *medico* auf den Hals geschickt, der euch abholen sollte. Ich hatte nämlich erfahren, dass Kapitän Stavros die Keramikscherben stehlen und auf dem Schwarzmarkt verkaufen wollte. Und bei dieser Gelegenheit hätte er mit euch kurzen Prozess gemacht.«

Glenn spannte das Kinn in unbändiger Wut. »Und das alles nur, um mich hierher zu bringen und zu töten. Warum hast du mich nicht schon unterwegs umbringen lassen? Oder in Los Angeles. Wozu das ganze Theater?«

»Dich töten? Mein lieber Junge, deswegen habe ich dich doch nicht herbringen lassen.«

» Wozu dann, um Gottes willen?«

»Damit du an meiner Seite herrschst.«

Kapitel 33

Im Kamin prasselte ein Feuer, während draußen die Flammen zum Himmel schlugen und Funkenschlag die Baumwipfel in Brand setzte. Aus den unteren Geschossen waren schwach die Schreie verzweifelter Menschen zu hören.

»Nach dem Tod deines Vaters habe ich dich nicht gleich nach Morven gebracht«, fuhr Philo fort und genoss sichtlich Glenns entsetzten Gesichtsausdruck. »Du musstest dich zuerst beweisen und dich einer Feuerprobe unterziehen, wie es jedem göttlichen Wesen obliegt. Und du hast dich mit deiner Tatkraft, deinem Mut und deiner Energie bewiesen. Nun aber wirst du dein altes Leben für ein neues opfern. Du wirst kein gewöhnlicher Sterblicher mehr sein, sondern eines der höheren Wesen. Wir sind die Nachkommen von Alexander dem Großen! Uns obliegt die heilige Aufgabe, Gott auf die Erde zu bringen. Kannst du dein Geburtsrecht leugnen?«

»Mein Geburtsrecht ...«, stammelte Glenn.

»Nachdem Alexander in Persien gestorben war, übernahm Ptolemäus die Herrschaft über Ägypten. Aber es war Alexanders Sohn, der die heilige Mission weiterführte, die große Bibliothek errichtete und sie mit dem Wissen der Welt füllte. Dieser erste Hohepriester der Bibliothek zeugte Söhne, die ihrerseits Söhne und Töchter zeugten und somit ein Geschlecht begründeten, das bis zum heutigen Tag, bis in diesen Raum, bis zu Philo Alexander Thibodeau und Glenn Alexander Masters reicht.«

Ein Ruck ging durch Glenns Körper. »Dein zweiter Vorname steht für einen Onkel«, hatte seine Mutter ihm einst erklärt. Nur hatte er diesen Onkel nie zu Gesicht bekommen oder je etwas von ihm gehört.

»Sandrine konnte kein Kind austragen«, fuhr Philo ungerührt fort. »Ich wertete ihre vierte Fehlgeburt als Zeichen, dass du der für mich bestimmte Sohn seist. Hätte ich Lenore geheiratet, wärst du mein leiblicher Sohn gewesen. Und nun bist du hier, um an meiner Seite zu herrschen.« Er legte Glenn die Hand auf die Schulter. »Du bist geboren, um Gott zu erschaffen.«

Wie oft hatte Philo selbst diese Worte in jungen Jahren zu hören bekommen? Batseba, die ihm unaufhörlich einprägte: »Du bist geboren, Gott auf die Erde zu bringen. Das ist deine Bestimmung, mein lieber Sohn.« Sie hatte es die Luminanz genannt. Das Licht Gottes. Nicht etwa vernichtend, wie die Feuer von Hölle und Armageddon. Die Flammen der Luminanz würden kühl und erfrischend sein, gleißend, aber nicht blendend, und das Fleisch würde weder versengt, verbrannt oder verkohlt werden.

»Wir werden zusammen mit Lenore als Dreieinigkeit herrschen – Vater, Mutter und Sohn.«

Glenn leckte sich die trockenen Lippen. Er sah Candices aschfahles Gesicht, das Feuer vor den Fenstern. Auf all dies war er nicht vorbereitet. »Indem du mich und dich tötest?«

»Unser Tod wird nur eine Sekunde in der Ewigkeit sein. Wir überschreiten die Schwelle und werden im Licht wieder geboren.«

Jetzt erst wurde Glenn das ganze Ausmaß dessen, was er da hörte, klar. Er hatte es hier mit einem Mann zu tun, dem es nicht nur nichts ausmachte, zu sterben, nein, er *wollte* sogar sterben, um höhere Weihen zu erlangen. Bei all seiner Erfahrung wusste Glenn nicht, wie er mit einem messianischen Selbstmord-Bombenleger verfahren sollte.

»Das können Sie nicht tun!«, rief Candice, die nur noch an Mildreds letzte Momente in diesem

Inferno denken konnte. Philo wandte sich ihr von heiligem Zorn erfüllt zu. »Und im Brief des Paulus an die Thessaloniker heißt es, *›Löscht den Geist nicht aus! Verachtet prophetische Reden nicht!‹* Allein Ihretwegen hat mein Sohn sein Schicksal nicht angenommen. Schauen Sie ihn an! Er ist verwirrt, verunsichert. Nur Ihretwegen. Wie Delila haben Sie ihm die Kraft geraubt.«

Mit der rechten Hand zog er plötzlich die Derringer aus der Hosentasche. »Gehen Sie in den anderen Raum, Dr. Armstrong. Was nun kommt, ist nichts für Außenstehende.«

»Das reicht, Philo.« Glenn streckte die Hand aus. »Leg die Waffe weg.«

»Provoziere mich nicht, mein Sohn, denn ich werde schießen.« Während Candice sich Schritt für Schritt zurückzog, sprach Philo weiter. »Das haben Sie sich selber eingebrockt, Dr. Armstrong. Ich habe versucht, Sie fern zu halten. Als alle Angriffe auf Ihr Leben nichts fruchteten, habe ich es mit anderen Mitteln versucht. Der Job in San Francisco war bereits dem Neffen eines der Museumskuratoren versprochen. Sie hatte man für diese Aufgabe nie ernsthaft in Erwägung gezogen, genauer gesagt, man wollte Sie auf keinen Fall. Mit Ihrer Pharao-Nofretete-Theorie machen Sie sich zum Gespött Ihrer Zunft. Mr O'Brian meinte sogar, Sie würden seiner Institution nur schaden.«

Candice starrte ihn sprachlos an, kämpfte mit den aufsteigenden Tränen.

»Eine nicht unbeträchtliche Spende an das Museum ließ Mr O'Brian die Angelegenheit in einem ganz neuen Licht sehen. Sie hätten den Job annehmen sollen, Dr. Armstrong. Aber Sie wollten nicht. Störrisch und impulsiv nennt man Sie in Kollegenkreisen. Und sehen Sie nur, wohin Sie das gebracht hat.«

»Lass sie gehen, Philo«, mischte Glenn sich ein. »Das ist eine Sache zwischen dir und mir.«

Mit gezückter Pistole trat Philo auf Candice zu, die vor ihm zurückwich.

»Philo, ich flehe dich an, lass sie gehen. Sperr die Feuertüren auf und lass alle anderen auch gehen. Ich werde mit dir herrschen. Ich werde dir helfen, Gott zu erschaffen. Was immer du willst.«

Philo schüttelte den Kopf. »Leeres Gerede, mein Sohn. Du meinst es nicht ehrlich. Du sagst das nur ihretwegen.«

Als Candice den angrenzenden Raum betreten hatte, zog Philo die Tür zu, bis sie mit einem deutlichen Klicken einrastete. Glenn drehte an dem Messingknauf. Er rührte sich nicht.

»Diese Sicherheitstüren sind sehr stark«, erläuterte Philo. »Ich werde es dir beweisen.« Er drückte einen anderen Knopf an seiner Armbanduhr und von drinnen ertönte gedämpft eine Explosion.

Und ein Schrei.

Glenn rüttelte an dem Türknauf, der plötzlich heiß war. Ein Feuer auf der anderen Seite. »Der Raum ist in Flammen getaucht«, sagte Philo. »Es gibt keine Tür, keinen Fluchtweg. Aber der Sauerstoff wird sich schnell verbraucht haben, sie wird nicht lange leiden.«

»Hol sie da raus!«, brüllte Glenn und stürzte sich auf Philo.

Der ältere Mann hatte das vorausgesehen und trat elegant zur Seite. »Nach der Luminanz wirst du die Dinge anders sehen.«

Er riss die zweite Derringer hoch, und bevor Glenn reagieren konnte, hatte er abgedrückt. Der Aufprall des Geschosses schleuderte Glenn quer durch den Raum, wo er an die Wand schlug und zu Boden sank.

Sie konnte nicht atmen.

Kaum hatte Philo die Tür hinter ihr geschlossen, hatte Candice die Sprengvorrichtung entdeckt. Sie hatte sich noch an das andere Ende des Raums gerettet, bevor die Bombe detonierte und überall die Flammen hochschlugen.

Das Feuer kam unerbittlich näher, verschlang Möbelstücke und Vorhänge und erfüllte das Zimmer mit Qualm und einer so unerträglichen Hitze, dass ihr die Lungen brannten.

Hustend und würgend trommelte sie an die Wände, rief um Hilfe. Ihr wurde schwindelig. Tränen liefen ihr über das Gesicht, ihre Lungen schmerzten.

»Hilfe!«, schrie sie, während sie weiter mit den Fäusten auf die Wände einhieb.

Überall schlugen die Flammen hoch, die Luft war zum Atmen zu heiß, der Qualm stach ihr in die Augen, blendete sie. *»Hilfe!«* Mit einem Mal öffnete sich ein Teil der Wandvertäfelung und Candice stürzte in einen dunklen Gang. Während sie sich hustend aufzurichten versuchte, glitt die geheimnisvolle Tür lautlos wieder zu.

Es war eine Art Tunnel. Blind wie ein Maulwurf tastete Candice sich an den schroffen Wänden entlang, stieß sich an Mauervorsprüngen, landete in einer toten Ecke, tastete sich zurück. Das Schloss erbebte. Philo hatte noch eine Bombe gezündet.

Es roch nach Qualm und Benzin. Hitze drang in den dunklen Gang. *Wie die Flutwelle in Dschebel Mara.* Nur, dass Glenn nicht an ihrer Seite war, um sie zu führen. Sie hörte Hilfeschreie, das

Hämmern an verschlossene Türen. Wieder glitt ein Teil der Wand beiseite, und Candice fand sich in einem winzigen, engen Raum, aus dem sie nicht mehr herauskam. Sie saß in der Falle. Lebendig begraben wie Esther von Babylon.

Qualvolle Schmerzen. Beißender Qualm und der Gestank von Chemikalien.

Allmählich klärte sich Glenns Gehirn. Er lag auf dem Fußboden, neben seiner linken Schulter hatte sich eine Blutlache gebildet.

Unter großen Schmerzen setzte er sich auf. Warum hatte Philo ihn nicht getötet? Weil wir alle früher oder später sowieso sterben müssen.

Er taumelte auf die Füße, schaute sich suchend um. Candice? Und da fiel es ihm wieder ein.

Philo war verschwunden. Durch das geöffnete Fenster drang kühle Nachtluft, vermischt mit Rauchschwaden.

Glenn zog den Tischläufer vom Sideboard – Vasen und Kerzenständer gingen zu Boden – und wickelte sich das Leinen um die Schulter, um das Blut zu stoppen. Als er zum Fenster stürzte, sah er Philo zwischen Giebeln und Zinnen auf dem Dach herumklettern, eine makabre Silhouette vor den lodernden Flammen.

Dann hörte er Schreie in der Nähe und erkannte die Stimme von Candice. Sie musste irgendwo hinter den Mauern gefangen sein.

»Candice!«, rief er und trommelte an die Wandvertäfelung. »Hierher!«

Fieberhaft suchte er die Wände ab. Wie sollte er Candice befreien?

Ein neuer Knall, der das Schloss erzittern ließ. Glas zersplitterte, Feuerbälle schossen himmelwärts.

»Candice!« Seine Fäuste hieben auf jeden Zentimeter der Täfelung ein, suchten nach einem versteckten Mechanismus. Die Schmerzen verursachten ihm Übelkeit. *Nicht umkippen. Reiß dich zusammen.*

Er unternahm einen neuen Angriff auf die Wand, indem er Candices Rufen von der anderen Seite folgte. An einem Bücherregal angelangt riss er sämtliche Bücher aus den Borden. Bei den *Gesammelten Werken von Jules Verne* glitt die Wandtäfelung zur Seite und Candice stürzte in seine Arme.

Hustend und würgend versuchte sie Luft zu holen. Er strich ihr die Haare aus der Stirn. »Gott sei Dank.«

»Du bist verletzt!«

»Es geht schon ...«

»Nein, lass mich nachsehen.«

»Candice, Philo ist da draußen. Er zündet die Bomben.« Sie liefen ans Fenster. Der Ostflügel des Schlosses brannte, Flammen züngelten aus Fensteröffnungen und durch einen verkohlten Krater im Dach.

Und dort stand Philo, der mit wehendem weißen Haar und hoch erhobenen Armen rief: »Und Gott sprach ›Es werde Licht und es ward Licht‹, und Gott sah, dass das Licht gut war.«

Sie folgten Philo aufs Dach. »Philo!«, rief Glenn.

»Das wissenschaftliche Archiv!«, brüllte Philo und wies mit ausgestrecktem Arm zu dem brennenden Gebäude, aus dem Funken und Asche himmelwärts stoben. »Die Gesetze von Isaac Newton, die Briefe des Kopernikus, die Gleichungen von Albert Einstein – alles fliegt zu Gott!«

Als Glenn näher kam, setzte Philo auf einer bereitgelegten Holzplanke über einen breiten Mauerspalt. Auf der anderen Seite angekommen kickte er das Brett fort, damit Glenn ihm nicht folgen konnte. Mit seinem wilden Schattenriss aus Schornsteinen, Türmchen, Mansarden und Giebeln in unterschiedlicher Höhe glich das Dach von Morven einem künstlichen Grand Canyon. Es gab keine Möglichkeit, zu Philo zu gelangen.

»Und wenn du etwas übersehen hättest«, rief

Glenn Philo zu. »Was wäre, wenn du all das hier niederbrennst und Gott gar nicht erscheint? Dann wäre das Werk der Alexandrier um zweitausend Jahre zurückgeworfen.«

Ein Dreiviertelmond stieg über den Baumwipfeln auf und warf ein übernatürliches silbernes Licht auf die Szenerie. Die Sterne leuchteten heller, es schien so, als funktioniere Philos wahnsinniger Plan und die Natur mache sich für die Ankunft der Luminanz bereit.

»Ich bin nicht einer deiner Bankräuber, Glenn! Du kannst mir das nicht ausreden. Ich weiß, was heute Nacht geschehen wird, und wenn du nur einen Funken Verstand besäßest, würdest du es auch erkennen. Wie auch immer, du wirst es in Kürze erleben.«

Glenn rief zurück: »Du bist dabei, all das zu zerstören, für das unsere Vorfahren hart gearbeitet und sich aufgeopfert haben.« Hier ging mehr in den Flammen auf als nur Holz, Glas und Stein: die Reliquien, die er gesehen hatte, die Rüstungen von Alarich und Christofle, als sie gen Jerusalem ritten; eine Locke von Emma Venables' Haar; die Liebesbriefe von Kunigunde, die Christofle nie erreicht hatten; die Wände des von Frederick Keyes entworfenen Labyrinths – dreiundzwanzig Jahrhunderte der Leidenschaft, der Träume und Aufopferung sollten in Flammen aufgehen und für immer ausgelöscht werden.

Philo jedoch erwiderte: »Und Jesus sprach ›Ich bin gekommen, um Feuer auf die Erde zu werfen. Wie froh wäre ich, es würde schon brennen. Wer mir nahe ist, ist dem Feuer nahe, und wer fern von mir ist, ist dem Königreich fern ... Man zündet auch nicht ein Licht an und setzt es unter einen Scheffel, sondern auf einen Leuchter; so leuchtet es denn allen, die im Hause sind.‹«

Glenn wischte sich den Schweiß von der Stirn. *Denk wie Philo. Versetz dich in seine Gedankenwelt. Wovor fürchtet er sich am meisten?* »Philip und Alexander werden ebenfalls zurückkommen«, rief er zurück. »Hast du auch daran gedacht? Sie werden die Weltherrschaft für sich einfordern!«

»Sie waren schwach! Philip wurde ermordet und Alexander hat sich zu Tode getrunken. Ich bin stärker als beide zusammen!« Philo berührte seine Armbanduhr. Eine neue Explosion. Das Schloss erzitterte. Noch mehr Flammen züngelten in den Himmel. Die Luft war von dem Gestank brennender Chemikalien erfüllt. Menschen schrien.

»Reicht es denn, wenn du Morven zerstörst?«, brüllte Glenn in die Nacht. Er stemmte sich gegen die Schmerzen und einen Schwächeanfall, sein Arm wurde zunehmend gefühllos. »Müsstest du nicht auch die Archive des Vatikans in Brand stecken?«

»Ich habe mir alle heiligen Schriften aus dem Vatikan, die ich brauche, gesichert. Dort sind nur noch Kopien, Fragmente und Fälschungen. Ich zerstöre Morven auch nicht, ich schicke es gen Himmel zu Gott, damit Er auf die Erde kommt und mit Ihm meine geliebte Lenore.«

Wo Glenn stand, fiel das Dach um sechzig Grad ab. Er suchte Halt an einer Dachgaube und spähte in den Lüftungsschacht, der ihn von Philo trennte. Seine Schulter klopfte, er fühlte, dass er leicht ohnmächtig werden könnte.

»Wenn Nostradamus sich nun geirrt hat?«, bohrte er weiter. »Wenn du den Vers missverstanden hast? Die sieben Bomben mögen vielleicht die ›sieben Sonnen‹ sein, wer aber sind die sieben Generäle? Du kannst dir nicht einfach einen Teil der Prophezeiung herauspicken und den Rest negieren. Überleg dir das, Philo. Falls du einen Fehler gemacht hast und die Zeit noch nicht reif für die Luminanz ist, zerstörst du nicht nur all das hier, sondern du beraubst dich für immer der Chance, dich mit meiner Mutter in der Luminanz wieder zu vereinen.«

Philos Kopf fuhr herum. Blanke Wut funkelte in seinen dunkelgrauen Augen. »Deine Mutter und ich werden noch heute Nacht wieder vereint sein!«

»Warum hat sie gesagt, sie fürchte sich vor dir?«

Philo erstarrte.

»Es steht in ihrem Tagebuch. Du kannst es selber nachlesen. Sie fürchtete sich vor dir.« Glenn konnte vor Schmerzen kaum sprechen.

»Alles Lügen!«

»Sie wird nicht zurückkommen, Philo. Schließ die Türen auf und lass die Leute raus!«

»Sie müssen sterben! Gott braucht ihre Seelen.«

Glenn machte auf dem Absatz kehrt und rannte zum Jagdzimmer zurück. Dort zerschlug er die Scheibe des Waffenschrankes und schnappte sich ein Jagdgewehr. Er zog den Bolzen zurück, die Kammer war leer. Er fand eine Schachtel mit Munition, lud das Magazin und steckte ein Zündhütchen in den Lauf. Mit entsichertem Gewehr stellte er sich ans Fenster.

Als Philo über die Zinnen kletterte, um an den Fahnenmast zu gelangen, legte Glenn die Flinte an und nahm sein Opfer ins Visier. »Okay, Philo. Keine weitere Bombe mehr. Bleib, wo du bist!«

»Du wirst mich nicht töten. Du bist doch ein Mann der Vernunft.«

Glenn feuerte. Der Schuss ließ einen Dachziegel tanzen. »Stopp den Zeitzünder, Philo!«

Philo hatte sich rasch hinter einen Schornsteinkasten geduckt. »Außerdem bist du ein friedfertiger Mensch, hast du das vergessen?«

Glenn feuerte ein zweites Mal. Eine weitere Schieferplatte flog vom Dach. »Der nächste Schuss kostet dich einen Arm!«, brüllte Glenn, während er den Bolzen durchzog und neu anlegte.

Philo hob die Hand, griff nach seiner Armbanduhr. »Lenore!«, rief er in den Sternenhimmel. Die nächste Explosion. Das Schloss erbebte, Flammen schossen aus dem Westflügel. Philo, Glenn und Candice waren nunmehr von Feuer umzingelt.

»Was hat er vor?«, fragte Candice atemlos.

Mit brennenden Augen und geblendet von den Flammen sahen sie Philo hinter einem anderen Schornsteinkasten verschwinden und ein Dach tiefer wieder auftauchen. »Er bewegt sich auf die Mitte des Schlosses zu, genau über die Schatzkammer. Da liegt die letzte Bombe.« *Die größte und gewaltigste.*

Halb betäubt vom Prasseln des Feuers spähte Glenn durch die Rauchschwaden und sondierte die Dachlandschaft, wie er ein Kliff vor dem Besteigen abschätzen würde.

Da tauchten unerwartet zwei Männer mit Waffen auf, die beide auf Glenn zielten: Philos allgegenwärtige Handlanger, der Afrikaner und der mit dem Erdbeermal.

»Wissen Sie nicht, dass er uns alle umbringen wird?«, rief Glenn ihnen zu. »Sie mit eingeschlossen?«

»Damit rechnen sie«, rief Philo zurück. »Sie glauben an mich.« Glenn merkte, dass sie es ernst meinten und tatsächlich schießen würden. Langsam ließ er das Gewehr sinken. Plötzlich stand noch eine Gestalt auf dem Dach.

Mildred Stillwater. Mit ihren fliegenden Haaren sah sie wie ein Racheengel aus.

Die beiden Männer wurden von ihrem unerwarteten Auftauchen abgelenkt, da hatte Glenn schon sein Gewehr gepackt, angelegt und gefeuert. Der Afrikaner stürzte, der andere drehte sich mit angelegter Waffe um. Da packte Candice einen losen Ziegelstein, warf ihn mit aller Kraft und traf den Mann voll am Kopf.

Glenn kletterte über eine Dachgaube, um Candice heraufzuhelfen. Sie eilten zu Philo und hörten Mildred schluchzen: »Philo, als ich dich sagen hörte, du hättest John Masters getötet, wollte ich mehr erfahren und schickte Francesca wegen der Minze zum Gewächshaus. Und weil es draußen kalt war, lieh ich ihr meine Strickjacke. Du hast sie an meiner Stelle getötet. Und du hast alle Türen verriegelt, du Monster! Ich hatte kaum Zeit, alle Leute rauszulassen. Du wolltest jeden von uns umbringen. Und die anderen in all den Jahren ... Norbert Williams, Jeannie Meade, Ygael Pomeranz. Die hast du auch getötet! Und ich war deine Komplizin!«

Dieser schmerzliche Ausdruck, während die Worte nur so aus ihr heraussprudelten und sie sich qualvoll erinnerte: an den geliebten Mann, den sie Philos wegen vor dem Traualtar hatte stehen lassen. Wie Andy sie wochenlang am Telefon belagerte, was er denn falsch gemacht hätte und dass sie zu ihm zurückkommen möge. Sie schluchzte laut auf. *Andy, kannst du mir je verzeihen?*

»Gott wird kommen!«, rief Philo, der Mildred nicht beachtete.

»Das Einzige, was kommen wird, ist die gerechte Strafe für dein schändliches Tun.« Mildred machte Glenn und Candice Zeichen, dass sie sich in Sicherheit bringen sollten.

»Gehen Sie aus dem Weg, Dr. Stillwater!« Die nächste Kugel sollte Philo mitten ins Herz treffen. Glenn hob das Gewehr und lud nach.

Plötzlich hob Mildred den Kopf.

»Was ist das?«, fragte Candice.

Glenn lauschte. Ein Grollen und Donnern, das immer näher kam.

Philos Stimme gellte zu ihnen herüber: »Hört ihr das? Gott kommt! Die Luminanz ist nah!

Etwas traf Candice am Kopf. Sie fuhr sich über das Haar, ihre Hand war feucht.

Ein zweiter Tropfen traf sie, und noch einer.

»Lieber Himmel«, wisperte sie. Aus dem klaren Sternenhimmel fiel Regen hernieder.

Der Wind frischte machtvoll auf, Mond und Sterne verschwanden hinter gewaltigen Wolken. Und der Regen wurde heftiger. »Wo kommt das denn her?«, murmelte Glenn, der sein feuchtes Hemd betastete.

Philo hob erschrocken den Kopf. »Nein!«, schrie er. »Lenore, wo bist du?«

Er merkte nicht, dass Mildred auf ihn zu stürzte. »Verbrenn in der Hölle«, schrie sie und hieb ihm mit aller Kraft die Hände gegen die Brust.

Philos weiße Satinslipper rutschten auf den feuchten Ziegeln. Wild mit den Armen schlagend verlor er die Balance, schlitterte über das Dach und rutschte über die Kante. Im letzten Moment konnte er sich an der Dachrinne festhalten, wo er nun vier Stockwerke über dem mit Kopfstein gepflasterten Schlosshof hing.

Mittlerweile goss es in Strömen. Flammen wurden erstickt, schwarze Rauchschwaden stiegen auf.

Aber selbst in dieser misslichen Lage, im strömenden Regen an einer morschen Dachtraufe hängend, fand Philo noch einen Weg, um an die Knöpfe seiner Armbanduhr zu gelangen. Er hielt sich mit einer Hand fest und schwang die andere darüber. »Nein!«, brüllte Glenn.

Philo tastete mit dem Finger über die Armbanduhr. Durch den Regen konnte er den siebenten Knopf erkennen und wollte ihn gerade drücken, als die Leuchtanzeige der Uhr erlosch.

Fassungslos drückte Philo erneut auf den Knopf. Und wieder und wieder.

Da wurde ihm bewusst, dass er zwar jedwede Eventualität einkalkuliert hatte, dass er aber bei allen Finessen der Uhr – sie war feuerfest, stoß- und bruchsicher – eine Kleinigkeit vergessen hatte: sie wasserdicht zu machen.

Glenn warf das Gewehr weg, beugte sich über die Dachrinne und packte Philo an der Hand. »Halte dich fest!«

Von Wind und Regen gepeitscht warf Philo den Kopf zurück. »Lenore, meine Geliebte, warte auf mich!«, schrie er.

Dann sah er Glenn an. Ihre Blicke hielten sich fest.

Und dann ließ Philo los.

»Nein!«, rief Glenn.

Candice erreichte die Dachkante just in dem Moment, da Philo unter ihnen im weichen, nassen Strauchwerk landete. Er blieb einen Moment lang liegen, dann rollte er sich auf den Boden und rannte davon.

»Wo will er hin?«

»Ins Haus. Bestimmt will er die Bombe manuell zünden!«

»Wie kommen wir da hinunter?« Sie waren rundum von Feuer umgeben, während Dachrinne und Traufe vom Regenwasser überflossen.

»Mir nach!«, rief Mildred.

Die Stufen in dem alten Turm waren ausgetreten und glatt. Mit von der Hitze glühenden Gesichtern hasteten die drei hustend durch dichten Qualm hinunter.

Die Treppe endete in einer prächtigen Halle im viktorianisch-maurischen Stil, von der alle Flügel des Schlosses abgingen. »Da entlang!«, sagte Mildred. »Zum Gewölbekeller geht es durch das Musikzimmer.«

Das Zimmer bot das reinste Inferno. Der Steinwayflügel war nur noch ein glühendes Gerippe, die Flammen hatten Beine und Korpus bereits vernichtet. Auf der Schwelle stand Philo. Er zögerte. Es gab keinen anderen Zugang zum Gewölbe als durch dieses Zimmer.

Er machte einen Schritt vorwärts.

»Philo, tu's nicht!«, rief Glenn und hielt sich dabei schützend den Arm vor das Gesicht, so intensiv war die Hitze.

Philo drehte sich mit einem verklärten Gesichtsausdruck zu ihnen um. »Das Feuer kann mir nichts tun. Ich werde unbeschadet hindurchgehen.«

Er trat in das Feuer.

Weiße Seide, Leinen und Satin standen augenblicklich in Flammen. Dann schlohweißes Haar und weiße Haut. Wie eine Fackel brennend wirbelte Philo herum, der Körper an mehreren Stellen bereits angesengt.

Sein erstaunter Blick. Wie konnte das sein?

Aber so war es und genauso war es anderen vor ihm ergangen – Vater und Mutter hinter verriegelten Türen, die verzweifelt um Hilfe riefen. Die Schmerzen wurden unerträglich. Jetzt loderte seine Seele auf. *Mutter, Vater, hab ich das wirklich getan?*

Sein Blick kreuzte sich in plötzlicher Einsicht mit dem von Glenn – ein Moment der Klarheit in der Welt seines Wahnsinns – Was habe ich getan? – und mit seinem letzten Atemzug kam der Schrei: »Lenore ...«

Die Morgendämmerung warf ein trübes Licht auf glimmende Trümmer, auf in Decken gewickelte Männer und Frauen, auf Spürhunde, die an verkohlten Resten schnupperten. Bevor Mildred Stillwater die Sicherheitstüren entriegeln konnte, hatten die Eingeschlossenen bereits Hilfe über ihre Handys angefordert. Nachdem das unerwartete Gewitter sich verzogen hatte, waren Boote und Hubschrauber mit Leuten vom Festland – dem Wirt des Thistle Inn, ansässigen Bauern, einem Doktor und einem Wachtmeister, alles Alexandrier – eingetroffen und nun brach ein neuer Tag an. Und François Orléans von Interpol verhandelte mit den örtlichen Behördenvertretern, die nicht zu den Alexandriern gehörten.

Das Geheimnis von Morven war sicher.

Candice trat zu Glenn, der auf einer niedrigen Mauer saß und seine bandagierte Schulter hielt. Bei seinem Anblick schwoll ihr das Herz vor Liebe und Stolz. Glenn Masters, ihr Held. »Wie geht es dir?«, erkundigte sie sich.

Nach Philos Feuertod hatte Candice mitgeholfen, nach weiteren Eingeschlossenen im Schloss zu suchen, während Glenn sich in die Hände einer der Alexandrierinnen, die Krankenschwester war, begab und seine Wunde verbinden ließ. Es war eine reine Fleischwunde, die Kugel war glatt durchgegangen. »Das wird mich sicher beim Polospiel behindern«, meinte er und zog eine Grimasse, als er die Armschlinge fester zog.

Besorgt schaute er Candice in das rußverschmierte Gesicht. »Und wie fühlst du dich?«

»Wie gestählt«, lachte sie. »Ich habe seit zwei Tagen nicht geschlafen. Eigentlich müsste ich umfallen.«

Glenn strich ihr etwas Asche aus dem Haar. All die Jahre hatte er geglaubt, dass die Liebe ihn schwächen würde, dass Gefühle eine dunkle Seite in ihm heraufbeschwören würden. Aber genau das Gegenteil war der Fall, wie er sich eingestehen musste. Seine Liebe zu Candice hatte ihn stark gemacht.

Mildred Stillwater trat zu ihnen. »Die Beamten sind davon überzeugt, dass Philo Thibodeaus Tod ein Unglücksfall war. Wir haben das Feuer auf einen Defekt in der elektrischen Leitung geschoben.« Sie strich sich eine Haarsträhne aus dem Gesicht. »Wir hatten ja keine Ahnung. Andere haben mir erzählt, dass ihnen Philos merkwürdiges Benehmen in letzter Zeit sehr wohl aufgefallen war, aber wir hatten wohl alle Angst vor ihm.«

Sie schaute auf das Schloss, das in wesentlichen Teilen unbeschädigt geblieben war. Das Feuer war gelöscht, vereinzelt glommen noch Glutherde. Bitterer Rauchgeruch lag in der Luft. »Zum Glück ist nicht alles zerstört. Unseren kostbarsten Schätzen ist nichts passiert. Die Briefe der heiligen Maria Magdalena, das Markusevangelium, das Buch von Hsu Tsi. Was Philo gestohlen hat, werden wir selbstverständlich zurückgeben.«

Mildreds Knoten hatte sich aufgelöst, das Haar fiel ihr nun in Wellen auf die Schultern. Candice fand, dass sie merkwürdig jung wirkte, ihr Gesicht schien ohne Falten und alterslos. Mit ihren mandelförmigen Augen, die man hinter den Brillengläsern nicht vermutet hätte, musste sie in jungen Jahren eine Schönheit gewesen sein. »Wie geht es den anderen?«, wollte Candice wissen.

»Es sind alle versorgt. Ein paar Verbrennungen und Schürfwunden, alle sind heil davongekommen. Bis auf die arme Francesca, die an meiner Stelle ins Gewächshaus ging.«

Fröstelnd zog sie ihre rote Strickjacke enger, als sie fortfuhr: »Candice, es tut mir sehr Leid, dass Sie so eine Tortur erleiden mussten. Nachdem ich Francesca zum Gewächshaus geschickt hatte, kam ich zurück und lauschte an der Tür des Jagdzimmers. Als ich Philo von der geplanten Zerstörung Morvens erzählen hörte, bin ich die anderen warnen gegangen. Wäre ich geblieben, hätte ich Ihnen womöglich diese Qual mit dem brennenden Zimmer ersparen können.«

»Sie hätten ihn nicht aufhalten können, Dr. Stillwater. Keiner von uns hätte es gekonnt. Das Einzige, was ihn schließlich aufhielt, war der Regen.«

Mildred blickte in den klaren Morgenhimmel. »Schon merkwürdig ... Schottland ist für sein unberechenbares Wetter bekannt, aber das Gewitter letzte Nacht war äußerst ungewöhnlich, selbst für schottische Verhältnisse. Dabei ist mir etwas aufgegangen. Wir missverstehen die Botschaft in Alexanders Vision. Wir dachten, Gott verkündete uns sein künftiges Erscheinen auf der Erde. Er sprach jedoch nur von der Luminanz als seiner Wiederkunft. Gott ist schon vor langem zu uns gekommen, vielleicht schon zu Zeiten von Adam und Eva, und war immer bei uns, um über uns zu wachen und unsere Gebete anzuhören. Was als Nächstes kommt, ist die Luminanz, wenn wir sie verdient haben.«

»Was macht Sie so sicher?«, wollte Candice wissen.

»Weil Er den Regen über Morven gebracht hat, um Seine heiligen Worte zu schützen. Wie sonst sollte man ein Gewitter in einer klaren Sternennacht erklären?«

Traurig schaute Mildred auf das halb ausgebrannte Schloss, auf die anderen erschöpften Ordensmitglieder. »Werden Sie bleiben, Glenn? Wir könnten Ihre Hilfe dringend brauchen.«

»Ich gehöre nicht hierher, Dr. Stillwater. Auf mich wartet meine Arbeit in Los Angeles.«

Glenn hatte Pläne. In einem Jahr würde Captain Boyle in den wohlverdienten Ruhestand gehen und Glenn war der aussichtsreichste Kandidat für seine Nachfolge. Und er wollte weiter Verbrecher jagen, selbst vom Schreibtisch eines Police Captains aus. Er wollte auch das Felsenklettern wieder aufnehmen und seine Malutensilien bis auf die Bergspitzen schaffen, um die Luminanz für andere auf die Leinwand zu bannen.

Auch Candice wollte er malen. Unter all dem Ruß und der Asche in ihrem Gesicht leuchtete sie von innen heraus. Sie hatte die Luminanz verinnerlicht.

»Dr. Stillwater, wird die Bruderschaft ihre Mission weiter verfolgen?«, fragte Candice hoffnungsvoll.

»Aber gewiss. Die Luminanz kann morgen eintreten oder erst in ein paar tausend Jahren. Ich weiß nur, dass Gott sich nicht drängen lässt.«

Gerührt schaute sie auf die beiden und dachte dabei an ihre eigene Jugend. Sie wollte ihnen etwas mitgeben, etwas, das sie auf ihrem neuen, gemeinsamen Lebensweg begleiten sollte. »Philo mag ja wahnsinnig gewesen sein, in einem Punkt hatte er jedoch Recht: Wir werden mit dem geliebten Menschen in der Luminanz vereint sein. Glenn, ich bin sicher, Sie werden Ihre Mutter wieder sehen.«

Damit entschuldigte sie sich, weil es noch viel zu tun gab.

Während Glenn ihr nachschaute und ihre Worte in ihm nachhallten, deren Gehalt er aber zu einer anderen Zeit vertiefen würde, weil dringendere Dinge anstanden, drehte er gedankenverloren den goldenen Ring mit dem Flammenmotiv an seinem Finger und beschloss, ihn zu seinem Verlobungsring zu machen. Er war sich noch nicht schlüssig, wie er es anstellen würde, um Candices Hand anzuhalten, er wusste nur eins, er musste behutsam und nach einem klugen Plan vorgehen. Aufgrund von Candices Lebensgeschichte wusste er, dass sie nicht vorhatte zu heiraten und, wie ihre Mutter, als Single durchs Leben gehen wollte, wobei ihre Mutter, genau besehen, Witwe war. Er überlegte, ob er das als List anwenden sollte.

»Candice«, setzte er an, bereit ins kalte Wasser zu springen. »Was würdest du antworten, wenn ich dich fragte ...«

»Ja«, sagte sie.

»Ja was?«

»Ich möchte dich heiraten. Das wolltest du mich doch fragen oder etwa nicht?«

Ungeachtet der Blicke und Grimassen der Umstehenden zog er sie in die Arme zu einem endlos langen Kuss. Als er sich von ihr löste, bat er: »Versprich mir, dass du immer impulsiv bleiben wirst.«

»Ich verspreche es unter *einer* Bedingung.«

Er wollte sie erneut küssen, wollte sie über das Wasser zum Thistle Inn tragen, wo es Zimmer über dem Pub gab. »Und das wäre?«

»Dass du immer die Luminanz malen wirst.«

Mildred kam mit einem angesengten Pappkarton zurück. Während sie sich durch die Kollegenschar drängte, verharrte ihr Blick auf Glenn und Candice, die sich liebevoll umarmten.

Mildred erinnerte sich an derlei Zärtlichkeiten, die schon so lange zurücklagen, als sie einen ehrbaren Mann heiraten wollte, den sie dann für Philo verlassen hatte. Ihre Gedanken wanderten zu Andrew. Sie fragte sich, was aus ihm geworden war, und beschloss ihn wiederzusehen, um herauszufinden, ob es womöglich noch nicht zu spät für sie beide war …

»Die Tontafeln von Dschebel Mara«, sagte sie, als sie Candice den Karton überreichte. »Mit meiner Übersetzung. Aber bitte widmen Sie sie Professor Masters, schließlich hat er sie gefunden.«

Candice nahm die Gabe dankbar an. »Was steht darauf geschrieben?«

»Bitte, lesen Sie selbst.«

Ich bin des Lebendigen Gottes Magd.
Ich trage bei mir die heilige Lyra.
Ich trage bei mir die heilige Flöte.
Ich trage bei mir die heilige Trommel.
Ich führe meine Schwestern hin zur Musik.
Ich führe meine Schwestern hin zum Gesang.
Ich führe meine Schwestern hin zum Tanz.
Folgt mir, sprach der Lebendige Gott.
Über das Meer,
über das Meer,
zum anderen Ufer,
und stimmt ein Loblied an.
Denn die Strahlen der Sonne sind wie
die Arme eines Vaters, sie umfangen und trösten,
und all unsere Furcht hat ein Ende.
Freut euch und stimmt ein Loblied an.

Da wurde Candice die schreckliche Wahrheit bewusst: Dass Esther bei lebendigem Leib begraben worden war, hatte nichts mit ihren schriftlichen Aufzeichnungen zu tun; es war lediglich der Racheakt ihres grausamen persischen Herrn, weil sie sich erdreistet hatte, vor ihm wegzulaufen.

»Ich hoffe sehr, dass Sie mit einem neuen Verständnis von hier weggehen«, sagte Mildred.

»Es gibt viel, worüber ich nachdenken muss«, erwiderte Candice. »All das Gerede vom Ende der Welt.«

»Sie brauchen sich vor dem Ende der Welt nicht zu fürchten, meine Liebe. Auch wenn das Buch der Offenbarungen mit grausamen Bildern gefüllt ist, stellt es nur eine Vision vom Ende der Welt dar. Es gibt noch viel mehr, von allen Glaubensrichtungen des Globus gespeist, und die prophezeien eine *schöne* Apokalypse.« Mildred lächelte ihr gütiges Lächeln. »Rufen Sie sich Ihr klassisches Griechisch ins Gedächtnis. Das Wort ›Apokalypse‹ wird mittlerweile mit Weltuntergang, Grauen und Unheil in Verbindung gebracht, dabei ist die eigentliche Definition ›eine Enthüllung‹ – die Offenbarung von Wissen. Und die Offenbarung, von der ich spreche, ist die Offenbarung von Gottes Schönheit und Seinem leuchtenden Universum.«

Mildred wies auf den Karton. »Da ist noch etwas für Sie. Im Amon-Tempel in Heliopolis war eine alte Chronologie der Herrscher Ägyptens aufbewahrt. Diese Chronologie wurde von Prinzessin Artemisia 310 v. Chr. in die große Bibliothek aufgenommen. Ich wusste schon seit längerem von Ihren Nachforschungen über Nofretete, Candice, und ich habe nicht das Recht, Ihnen das hier länger vorzuenthalten.«

Candice konnte es kaum fassen.

»Alles authentisch«, sagte Mildred. »Die Echtheitszeugnisse sind beigefügt, ebenso eine Chronologie der Ereignisse, wie die Herrschaftsrechte über die Generationen von der Achtzehnten Dynastie bis zu Ptolemäus weitergereicht wurden.«

Im Morgenlicht sah Candice einen falschen Königsbart aus purem Gold, das königliche Emblem, das nur von den Pharaonen getragen wurde. Aus den Hieroglyphen der Kartusche konnte Candice den Namen entziffern: *Nofretete.*

Keiner Worte fähig umarmte sie Mildred.

Glenn kam mühsam auf die Beine, er spürte die Anstrengungen der vergangenen Nacht. »Sind wir hier fertig?«

»Ja«, verkündete Candice mit leuchtenden Augen.

Er hielt ihr die Hand entgegen und dachte an die Zukunft, die vor ihnen lag. Er dachte an die Luminanz und an Begegnungen, an eine Menschheit, die in Liebe zusammenwuchs, und bei all den Fragen und Mysterien, die noch vor ihnen lagen, wusste er eins mit Sicherheit: Er würde immer aufs Neue von dieser verführerischen, honigsüßen Stimme gebannt sein.

»Lass uns nach Hause gehen«, sagte er und nahm sie bei der Hand.

Eine sanfte Brise umwehte sie. Sie dachten, sie käme vom Meer, aber es war eine Versammlung der Geister, die ihre Stimme erhoben, ihnen zu danken und Glück zu wünschen – Philos und Artemisia; Alarich der Kreuzritter; Christofle, der Mönch, und Kunigunde; Michel Nostradamus; Frederick Keyes und Emma; Jeremy Lamb, John und Lenore Masters und David Armstrong, Candices Vater.

Und alle wisperten: *In der Luminanz sehen wir uns wieder.*

Die Autorin

Barbara Wood, 1947 in England geboren, wuchs in Kalifornien auf. Sie arbeitete nach ihrem Studium als OP-Schwester, bevor sie ihr Hobby zum Beruf machte und Schriftstellerin wurde. Inzwischen ist sie weltweit als Bestsellerautorin bekannt.

Genussvoll lesen

Bücher in großer Schrift

Lieferbare Titel in Großdruck

Wahre Liebe und große Gefühle

JANET EVANOVICH, Kussfest
416 S., ISBN 978-3-8000-9265-9

JULIE GARWOOD, Auf Befehl des Königs
496 S., ISBN 978-3-8000-9238-3

JULIE GARWOOD, Geliebter Barbar
616 S., ISBN 978-3-8000-9266-6

CHARLOTTE LINK, Sturmzeit
848 S., ISBN 978-3-8000-9212-3

CHARLOTTE LINK, Wilde Lupinen
928 S., ISBN 978-3-8000-9239-0

CHARLOTTE LINK, Die Stunde der Erben
880 S., ISBN 978-3-8000-9267-3

SUSAN E. PHILLIPS, Bleib nicht zum Frühstück! 640 S., ISBN 978-3-8000-9213-0

AMANDA QUICK, Geheimnis der Nacht
584 S., ISBN 978-3-8000-9268-0

UEBERREUTER

AMANDA QUICK, Liebe um Mitternacht
528 S., ISBN 978-3-8000-9214-7

NORA ROBERTS, Töchter des Feuers
624 S., ISBN 978-3-8000-9223-9

NORA ROBERTS, Töchter des Windes
720 S., ISBN 978-3-8000-9240-6

NORA ROBERTS, Töchter der See
608 S., ISBN 978-3-8000-9269-7

NICHOLAS SPARKS, Weit wie das Meer
448 S., ISBN 978-3-8000-9241-3

NICHOLAS SPARKS, Wie ein einziger Tag
272 S., ISBN 978-3-8000-9229-1

NICHOLAS SPARKS, Zeit im Wind
256 S., ISBN 978-3-8000-9270-3

DANIELLE STEEL, Die Liebe eines Sommers
512 S., ISBN 978-3-8000-9228-4

DANIELLE STEEL, Fünf Tage in Paris
384 S., ISBN 978-3-8000-9242-0

ROBERT JAMES WALLER, Die Brücken am Fluss. 224 S., ISBN 978-3-8000-9215-4

BARBARA WOOD, Lockruf der Vergangenheit
432 S., ISBN 978-3-8000-9216-1

KEN FOLLETT, Die Pfeiler der Macht
1040 S., ISBN 978-3-8000-9246-8

ELIZABETH GEORGE, Auf Ehre und Gewissen. 680 S., ISBN 978-3-8000-9275-8

ELIZABETH GEORGE, Gott schütze dieses Haus. 592 S., ISBN 978-3-8000-9218-5

JOHN GRISHAM, Der Klient
872 S., ISBN 978-3-8000-9276-5

JOHN GRISHAM, Die Akte
704 S., ISBN 978-3-8000-9227-7

JOHN GRISHAM, Die Firma
832 S., ISBN 978-3-8000-9247-5

LINDA HOWARD, Mister Perfekt
592 S., ISBN 978-3-8000-9248-2

P. D. JAMES, Ein Spiel zu viel
416 S., ISBN 978-3-8000-9225-3

STEPHEN KING, Atlantis
1072 S., ISBN 978-3-8000-9219-2

JAMES PATTERSON, Der 1. Mord
512 S., ISBN 978-3-8000-9220-8

IAN RANKIN, So soll er sterben
816 S., ISBN 978-3-8000-9253-6

JOANNE K. ROWLING, Harry Potter und der Stein der Weisen
472 S., ISBN 978-3-8000-9249-9

JOANNE K. ROWLING, Harry Potter und die Kammer des Schreckens
512 S., ISBN 978-3-8000-9277-2

MINETTE WALTERS, Die Bildhauerin
592 S., ISBN 978-3-8000-9278-9

MINETTE WALTERS, Die Schandmaske
624 S., ISBN 978-3-8000-9250-5

MINETTE WALTERS, Im Eishaus
512 S., ISBN 978-3-8000-9221-5

Aufmunterndes und Motivierendes

DIE BIBEL – Das Neue Testament
1048 S., ISBN 978-3-8000-9202-4

JACK CANFIELD & MARK V. HANSEN, Hühnersuppe für die Seele
336 S., ISBN 978-3-8000-9231-4

UEBERREUTER

JACK CANFIELD & MARK V. HANSEN,
Noch mehr Hühnersuppe für die Seele
392 S., ISBN 978-3-8000-9259-8

DALE CARNEGIE, Sorge dich nicht – lebe!
608 S., ISBN 978-3-8000-9200-0

DALE CARNEGIE, Wie man Freunde gewinnt
448 S., ISBN 978-3-8000-9258-1

ERICH FROMM, Haben oder Sein
400 S., ISBN 978-3-8000-9226-0

KHALIL GIBRAN, Der Prophet
96 S., ISBN 978-3-8000-9201-7

LAOTSE , Tao Te King
96 S., ISBN 978-3-8000-9232-1

SENECA, Vom glücklichen Leben
416 S., ISBN 978-3-8000-9203-1

NEALE DONALD WALSCH, Gespräche mit Gott. Bd. I
400 S., ISBN 978-3-8000-9204-8

NEALE DONALD WALSCH, Gespräche mit Gott. Bd. II
496 S., ISBN 978-3-8000-9233-8

Bestseller & Klassiker

JANE AUSTEN, Stolz und Vorurteil
640 S., ISBN 978-3-8000-9205-5

DONNA W. CROSS, Die Päpstin
1040 S., ISBN 978-3-8000-9251-2

ARTHUR CONAN DOYLE, Die vergessene Welt. 416 S., ISBN 978-3-8000-9206-2

ALEXANDRE DUMAS, Der Graf von Monte Christo. 480 S., ISBN 978-3-8000-9236-9

UMBERTO ECO, Der Name der Rose
1120 S., ISBN 978-3-8000-9207-9

JOSTEIN GAARDER, Sofies Welt
992 S., ISBN 978-3-8000-9252-9

ARNO GEIGER, Es geht uns gut
592 S., ISBN 978-3-8000-9261-1

NOAH GORDON, Der Medicus
1280 S., ISBN 978-3-8000-9208-6

ROBERT HARRIS, Pompeji
544 S., ISBN 978-3-8000-9254-3

MILAN KUNDERA, Die unerträgliche Leichtigkeit des Seins
488 S., ISBN 978-3-8000-9234-5

FRANK McCOURT, Die Asche meiner Mutter
800 S., ISBN 978-3-8000-9209-3

ANNIE PROULX, Schiffsmeldungen
640 S., ISBN 978-3-8000-9210-9

ARUNDHATI ROY, Der Gott der kleinen Dinge. 592 S., ISBN 978-3-8000-9263-5

JOSÉ LUIS SAMPEDRO, Das etruskische Lächeln. 480 S., ISBN 978-3-8000-9211-6

RAFIK SCHAMI, Die Sehnsucht der Schwalbe
488 S., ISBN 978-3-8000-9235-2

ZERUYA SHALEV, Späte Familie
848 S., ISBN 978-3-8000-9264-2

BRAM STOKER, Dracula
576 S., ISBN 978-3-8000-9256-7

ANTONIO TABUCCHI, Erklärt Pereira
256 S., ISBN 978-3-8000-9237-6